ハヤカワ・ミステリ

JEAN-CHRISTOPHE GRANGÉ

死者の国

LA TERRE DES MORTS

ジャン＝クリストフ・グランジェ

高野　優監訳・伊禮規与美訳

A HAYAKAWA
POCKET MYSTERY BOOK

LA TERRE DES MORTS
by
JEAN-CHRISTOPHE GRANGÉ

Japanese edition supervised by
YU TAKANO
Translated by
KIYOMI IREI
First published 2019 in Japan by
HAYAKAWA PUBLISHING, INC.
This book is published in Japan by
direct arrangement with
ÉDITIONS ALBIN MICHEL.

装幀／水戸部 功

死者の国

登場人物

ステファン・コルソ……………………パリ警視庁犯罪捜査部第一課長。警視

バルバラ・ショメット（バービー）
ナタリー・ヴァロン（ストック）
リュドヴィク・ランドルメール（リュド）
クリシュナ・ヴァリエ
……同犯罪捜査部第一課員。コルソの部下

カトリーヌ・ボンパール……………同犯罪捜査部長
パトリック・ボルネック……………同犯罪捜査部第三課長。警視
フィリップ・マルケ…………………同科学捜査部。警部補
ランベール……………………………同麻薬取締部第二課長。警視
リオネル・ジャックマール…………元警部
ティム・ウォーターストン…………イギリスの警部
ミシェル・ドラージュ………………裁判長
フランソワ・ルージュモン…………次長検事
ミシェル・チュレージュ……………予審判事
フィリップ・ソビエスキ……………画家
ジュノン・フォントレイ……………美大生
ディアーヌ・ヴァステル……………ブルジョワの夫人
マチュー・ヴェランヌ………………〈緊縛〉の師匠
クローディア・ミュレール…………弁護士
ピエール・カミンスキー……………ストリップ劇場《ル・スコンク》のオーナー

ソフィー・セレ（ニーナ・ヴィス）
エレーヌ・デスモラ（ミス・ヴェルヴェット）
……ストリッパー

アクタール・ヌール…………………ポルノ・ビデオのプロデューサー
マルコ・グワルニエリ………………麻薬の売人
エミリア………………………………コルソの妻
タデ……………………………………コルソの息子
カリーヌ・ジャノー…………………コルソの弁護士
アーメッド・ザラウィ………………麻薬組織のボス
メディ・ザラウィ……………………麻薬の売人。アーメッドの弟

第一部

1

パリ警視庁犯罪捜査部第一課長、ステファン・コルソは、地下三階の劇場に続く階段をおりていった。劇場の名は《ル・スコンク》。今、流行り(はや)のストリップ劇場だという触れこみだが、見るもの聞くもの、何もかもが気に入らなかった。階段も壁も床も天井も、すべてが黒で覆われているところも目障りなら、鈍く、くぐもった音が、身体の芯まで響いてくるのもうっとうしい。最初は地下鉄が近くを通っているのかと思ったが、そうではなかった。デヴィッド・リンチの映画で使われるような、期待と不安を高めるような効果音を流しているのだ。

廊下の壁には、五〇年代ふうのピンナップ写真が貼られ、薄暗いLED照明に照らされている。その奥にはバーカウンターがあった。カウンターの後ろにあるのは酒が並んだ棚ではなく、さびれた工業地帯や廃墟になったホテルの白黒写真だ。

〈ひどいもんだ〉コルソは思った。

ほかの観客たちのあとをついて右手に進むと、そこはホールだった。傾斜した床に赤い観客席が並んでいる。観客はここから女の裸を鑑賞するのだ。コルソは、端のほうの席に腰かけると、照明が消えるのを待った。ここなら観客の様子も舞台の様子もよく見える。偵察するには悪くない場所だ。

レントゲン写真のような、黒いプラスチックシートに白字で書かれたプログラムを見ると、ショーの出し物はもう三分の二が終わっているようだ。こうしたストリップショーのことを、今はアメリカ英語をそのまま使って「ニュー・バーレスク」というらしい。一九三〇年代から六〇年代にアメリカで流行した「バーレスク」をおしゃれなかたちでリバイバルしたものだ。そんな昔のものにまた人気が出るなんて、時流を追う俗物趣味にも程がある。何度考えてもコルソには、なぜこんなものに人が集まるのか、さっぱりわからなかった。

　ミス・ヴェルヴェットのショーが始まった。褐色の髪をルイーズ・ブルックスのようなボブカットにして、身体はキャンディームーンのタトゥーでいっぱい、ジプシー・ローズ張りに七枚のベールをまとって踊り、ブリッジをしながら靴を脱ぎ捨てる。コルソはうんざりした。さらにこれから、マドモアゼル・ニトゥッシュやらロヴァ・ドールやらが登場するという。コルソは、こうしたショーに魅力を感じたことは一度もなかった。また、出演する女たちも趣味ではなかった。ショーに出てくる女たちはどちらかといえば肥満気味で、恍惚とした表情をつくろうと、厚化粧した顔をしきりにしかめている。コルソはそういったものに欲情をそそられたことはなかった。欲情をそそられるのは、もっと別のものだ。

　反射的に、コルソは離婚調停中の妻のエミリアのことを思い浮かべた。と同時に、昼間、エミリアの弁護士から第一回の調停申立書が送られてきたことも思い出して、あらためて不機嫌になった。劇場に入る時からむかついていた本当の理由はこれだったのだ。申立書（コンクリュージョン）は結論（コンクリュージョン）と言っても、裁判所の出した結論（コンクリュージョン）ではない。相手側の結論（コンクリュージョン）だ。したがって、闘いはむしろここから始まるのだ。書類にはコルソに対する侮辱的な言葉が並んでいた。きっとエミリアが嘘八百を並べたてて、弁護士に書かせたにちがいない。本来なら、自分もそれと同じくらい侮辱的な言葉で対抗しなければならないのだが――はたして、自分にそれができるだろうか？

争いの焦点は、もうすぐ十歳になる息子のタデの親権だ。コルソは〈主たる親権者〉の地位がほしかった。息子を自分のものにしておきたいという気持ちもあるが、決してそれだけではない。それよりも、母親から遠ざけておきたいという理由のほうが大きかった。なにしろ、エミリアは絶対的な〈悪〉そのものなのだ。少なくとも、コルソの目にはそう見えた。ブルガリア出身で、今はフランスの高級官僚をしているスーパー・キャリアウーマン……。だが、それは表の顔で、裏の顔は筋金入りのSM愛好者なのだ。そのことを思うと、コルソは、喉のあたりに酸っぱいものがあがってくるのを感じた。こんなことが続くと、そのうち胃潰瘍か肝臓癌になって、そのまま死んでしまうことにもなりかねない。

いつのまにか、舞台にはマドモアゼル・ニトゥッシュが登場していた。コルソは舞台に注意を向けた。ブロンドの髪にミルクのような白い肌、そしてマンモスのような大きな尻をしている。今や、身につけているのは羽でできた襟巻きと、乳首につけた銀色の星型の飾り、そして必要な場所を覆いきれていない黒のストリングだけだ。と、突然、マドモアゼル・ニトゥッシュが身体を折り曲げて、尻のあたりで何かを探し始めた。そしてリボンの端を見つけると、するすると引っ張りだしてきた。それはなんと、季節はずれのクリスマス・ガーランドだった。コルソは目を疑った。だがその驚きから覚めないうちに、マドモアゼル・ニトゥッシュは今度は十二センチのハイヒールでバランスをとりながら、大きなコマのようにその場でくるくる回転し始めた。それにつれて、クリスマス・ガーランドもくるくる回った。

その歓声の中で、コルソは夜の十一時過ぎに自分がこの薄暗いストリップ劇場に来る原因となった事件の概要を、頭の中でもう一度思い返した。

事件は十三日前の二〇一六年六月十七日の金曜日に

起こった。この《ル・スコンク》のストリッパーであるソフィー・セレ、芸名ニーナ・ヴィス（年齢三十二歳）が遺体で発見されたのだ。場所はポルト・ディタリー駅の近くにあるプブリエごみ処理場だ。遺体は全裸で、被害者本人の下着を使って縛られ、その顔は見るも無残に加工されていた。唇の両端が耳まで切り裂かれ、喉には大きな石が詰められて、口を閉じることができないようになっていたのだ。その口は大きな叫び声をあげているように見えた。

　事件の捜査は当初、犯罪捜査部第三課長、パトリック・ボルネック警視に任された。ボルネックはきちんと自分の仕事をした。犯行現場の写真を撮って、証拠を採取すると、近隣への聞き込み調査を行い、防犯カメラの映像も確認した。もちろん、知人に対する事情聴取や目撃者探しも怠っていない。つまり、規定どおりの捜査をすべてやったのだ。

　ボルネック警視が最初に疑ってかかったのは、《ル・スコンク》の顧客たちだった。その中に性倒錯者がいるものと踏んだのだ。だが、この方面の捜査は無駄骨に終わった。ここに来るのは、ひと昔前のショーが流行っていると聞いて、それを見にいくのが粋だと感じるインテリか、流行に敏感な若者、時代の先端を行っていると自負する金融関係者たちがほとんどだからだ。そこでボルネックは、強姦罪などで収監されていて最近釈放された人物や、売春斡旋業取締部の監視対象者も調べたが、そこからも確たる結果は引き出せなかった。被害者が下着で縛られていたことから、ボルネックはＢＤＳＭ（ＳＭなど嗜虐的な性的嗜好）との関係を疑い、ボンデージの愛好者たちにも調査を広げた。だが、その方面からも何も見つからなかった。

　しまいには、全国犯罪情報分析システム（SALVAC）の過去の裁判記録データベースを用いて、データ化されているすべての犯罪情報も洗いだしたが、合致するものは結局何もなかった。下着に関連する訴訟まで手を広げて調べたものの、女性用ランジェリー店を開くつもりでもなければ何の役にも立たない情報ばかりだった。

　遺体発見現場のごみ処理場や、被害者の自宅周辺の聞き込みからも何も見えてこなかった。ソフィー・セレは六月十五日から十六日にかけての深夜一時頃、配車アプリのウーバーで車を呼び、イヴリ＝シュル＝セーヌ地区のマルソー通りにある自宅に戻った（この点については、その名前の女性客を建物の前で降ろしたと運転手が証言している）。しかし、そのあとは、誰もソフィーの姿を見ていない。翌十六日は、ソフィーは仕事が休みの日だったため、《ル・スコンク》では誰も心配しなかった。そして、ごみ処理場に廃材を捨てにきたポーランド人の作業員たちが、遺体を発見したのだ。それ以前には、警備員は特に不審なものには気がつかなかったと言い、防犯カメラにも怪しいものは何も映っていなかった。

　捜査陣はソフィーのプロフィールを作成し、過去についても調べた。ソフィーは自分を女優だと考えていたらしく、映画関係の仕事も探していた。友だちはほとんどなく、恋人もいない。匿名出産で生まれたため、親についてもわからない（それは、たとえ警察であっても、ソフィーの生物学上の両親が誰なのか、知ることはできないということだ）。生まれたのはフランスの東部で、その地域の施設や里親のもとで養育され、グルノーブルで経営の上級技術者免状を取得した。そして、二〇〇八年にパリにやってきたのだが、そこで前からやりたかった仕事についた。ストリップショーのダンサーだ。いや、これは本当にそうらしい。

　ソフィーは職業安定所の分類でいうところの〈舞踏家〉として、週三日《ル・スコンク》で働いていたが、地方のクラブでも踊っていた。そうやってストリップを見た男の子たちの人生を狂わせ、実際にストリップのお手本を見せることによって女の子たちの人生も狂わせていた。まるで男も女も、結婚前にすることはストリップしかないとでもいうように……。だが、この方面の捜査からもたいしたことは出てこなかった。

そのいっぽうで、ボルネック警視は型どおりの捜査も進め、ソフィーが自分のファンである客と寝て小遣いを稼いでいる可能性も調べてみた。だが、それも間違いだった。捜査の結果、売春の客らしき影は何ひとつ出てこなかったのだ。それどころか、ソフィーはスポーツや精神的な活動を好み、ハタヨガや瞑想、マラソン、マウンテンバイクなどを行っていた。それでももちろん、ショーやらサイクリングロードやらで、毎月百人くらいの男に出会う可能性はある。しかしそれは、毎月百人単位で名前のわからない容疑者が生まれるということを意味していた。

こうして一週間がたった。コルソは、この事件が自分に回ってくるのではないかという気がしていた。警察では、結果が出ない時に捜査チームを替えることがある。たいていの場合、それは単に〈やってる感〉を出しているにすぎないのだが、今回はメディアが夢中になっていることもあり、実際に結果を出す必要があった。なにしろ、この事件は欲情を刺激し、血なまぐさく、謎に満ちている。すなわち、よく売れる三面記事の要素を全部満たしているのだ。

案の定、コルソの女性上司である犯罪捜査部長のカトリーヌ・ボンパールは、警察が予審判事の許可をとらずに強制的な捜査ができる〈要急捜査期間〉の延長を検察に認めさせると、すぐに自分のオフィスにコルソを呼びつけ、捜査の指揮をとることを命じた。それが今朝のことだ。コルソは気乗りがしなかったが、すでにボンパールが決定してしまっていたので、断ることはできなかった。それに、ボンパールは単なる上司ではなく、コルソにとっては〈心の母〉とも言える存在だった。なにしろ、ボンパールのおかげで刑務所に行かずにすんだのだ。警察の仕事についたのも、ボンパールのおかげだった。コルソはこの二十年間、悪党どもを逮捕してきたが、あの時ボンパールがいなければ、自分自身が刑務所行きになっていたのだ。

ボンパールのオフィスから戻ると、さっそくコルソは捜査の準備を始めた。仕事の手始めは、すでにボルネック警視が作成したファイル五冊分にもなる分厚い資料を読むことだ。朝から一日、オフィスに閉じこもると、コルソは事件の概要をまとめた説明書をつくった。それから、夕方になってようやくチームのメンバーを集めると、この事件の捜査が自分たちに回ってきたことを伝え、「明日の午前九時には捜査会議を開始するので、現在進行中の案件の段取りをつけておくように」と命じた。そして、自分はこのストリップ劇場に来て、まずはオーナーから話を聞くことにしたのだ……。

その時ホールの照明がついて、コルソは我に返った。マドモアゼル・ニトゥッシュもクリスマス・ガーランドも舞台から消えていた。結局、見ることはなかったが、ロヴァ・ドールの舞台も終わったにちがいない。出口に向かう観客たちは誰もが上機嫌で、満足そうな表情をしていた。どうして、この連中は自分の心のうちをこんなにあけっぴろげに出せるのだろう？　そう思うと、いつものことだが、こんなふうにまっとうに生きている連中に対する憎しみが湧きあがってくるのをどうすることもできなかった。

観客が出ていくのを見送ると、コルソは舞台の右側にある黒い扉に目をやった。その向こうが楽屋にちがいない。この劇場のオーナー、ピエール・カミンスキーを尋問する時間になったようだ。

2

カミンスキーのことはずっと以前から知っていた。いや、知っているどころか、二〇〇九年、売春斡旋業取締部にいた時に、コルソ自身がカミンスキーを逮捕したのだ。コルソはこの男の経歴を頭の中でおさらいした。

ピエール・カミンスキーは一九六六年、シャルトル近郊の農場で生まれた。だが、十六歳の時に家族の農場を飛びだし、しばらくふらふらしたあと、大道芸人になった。道端でジャグリングをしたり、口から火を吹いたりしていたのだ。そのあと、二十二歳でアメリカに渡り、本人の弁によれば、オフブロードウェイあたりに出入りしていたという。フランスに帰国したのは一九九二年で、レピュブリック広場の近くに《ル・カリスマ》というナイトクラブを開いた。しかしその三年後、ホステスの顎を脱臼させるという傷害事件で逮捕され、有罪判決を受けると、店は倒産。執行猶予がついていたため、刑務所に入ることはなかったが、パリからは姿を消した。

だが、それから数年後、再びパリに戻ると、サン＝マルタン運河近くで《ル・シャフワン》という風俗業の店を始めた。商売は繁盛したが、今度は売春斡旋の罪で三年の実刑判決を受けた。しかし、二年で刑務所から出てくると、墓からよみがえったゾンビのように復活し、ポンチュー通りに《ル・シャー・ペイ》というストリップを見せるナイトクラブを作った。それが二〇〇一年のことだ。だが、この店も二〇〇九年に、人身売買で連れてきた娘たちをストリッパーとして働かせた罪で警察から摘発される。この時、この男を捕まえたのがコルソだったのだ。

こうして、カミンスキーは再び警察に身柄を拘束されることになったのだが、その容疑は〈人身売買〉にとどまらなかった。店から数ブロック先のジャン＝メルモーズ通りのごみ箱から、踊り子のひとりが顔をめちゃくちゃにされて殺されているのが見つかったため、殺人の容疑まで加わったのである。だがこの男はどこまで悪運が強いのか——おそらく〈人身売買〉の組織が証人も告訴人もどこかに隠してしまったのだろう——起訴が不可能になり、まもなく釈放された。そして、またパリから姿を消してしまったのである。姿を消したのは賢明だった。そうでなければ、コルソ自身の手で制裁が加えられていたはずだからだ。コルソは踊り子の殺害がカミンスキーの仕業だと確信していた。それなのに、司直の手から逃れたとすれば、自分のやり方で事件に決着をつけるしかない——コルソはそういう男だった。

ところが、それから四年後の二〇一三年に、カミンスキーはまたパリに戻ってきた。そして、この《ル・スコンク》を開くと、流行に敏感な者たちの人気を集めた。そこに、今度の事件が起こったのだ。

舞台の右側にある黒い扉を開けると、コルソは中に入っていった。思ったとおり、そこは楽屋になっていた。壁二面には洋服掛けがあり、たくさんの舞台衣裳がかかっている。もうひとつの壁面には、電球に縁どられた化粧用の大きな鏡が一列に幾つも並んでいた。テーブルの上は化粧道具であふれ、床にはキャスター付きのスーツケースや、靴、アクセサリーが転がっている。まるで戦いが終わったあとの戦場のようなありさまだ。だが、その散らかりようは、にぎやかで楽しげだった。

ほとんどの踊り子たちはまだ尻を出したままだった。隅のほうには見習いがひとり待機していて、テニスコートでボール拾いの女の子たちがボールを拾って歩くように、ブラジャーやパンティーを拾い集め、ハンガーにかけていく。黒い肌にバラ色の衣装を着た男のタップダンサーが、スツールに腰かけてタップシューズの鋲を打ちなおしている。

「カミンスキーはどこだ?」コルソは黒い肌の男に声をかけた。

男は一目でコルソが刑事だとわかったようだが、驚いた様子はなかった。怯えた様子もない。なにしろ、ニーナ・ヴィスこと、ソフィー・セレが殺されてからというもの、毎日のように刑事がやってきているのだ。

「この部屋を出た廊下のつきあたりだ」

その言葉に黙ってうなずくと、コルソは床に落ちているものをまたいで歩いていった。空気を入れて膨らませるハンバーガー型のクッション、頭につける羽根飾り、サテンのようなつやつやしたコルセット、タヒチふうのネックレス……。少しでも客を楽しませようと、踊り子たちはそれぞれに工夫して、小道具や衣裳を自分で準備しているのだ。おそらく、演目や振りつけも自分で考えているのだろう。そう思うと、コルソは急に、この踊り子たちに対する温かい気持ちが湧きあがってくるのを感じた。そしてどういうわけか、子ども時代に共同寝室の鏡の前で、インディ・ジョーンズの仮装をしたり、ブルース・リーの真似をしたりしたことを思い出した。

廊下に出てつきあたりまで行くと、コルソはノックせずいきなり中に入った。最初に目に入ってきたのは、はしごの上のほうに立っている男の姿だった。たぶん雑用係だろう、天井の照明器具を修理している。次にカミンスキーの姿が目に入った。上半身裸で下はジーンズ、握った手を腰に当て、男の作業を監視している。まるでタイのクワイ川鉄橋建設工事でも監視しているかのようだ。

カミンスキーは、外人部隊の兵士のような短く刈った髪型で、やせてとがった顔つきをしている。肩も細かったが、胸の筋肉は隆々としていて、いつでも人を殴るのに使えそうだった。平和なパリのストリップ劇場で、女たちを相手に商売しているようには見えない。まるで、休戦地域にまちがってパラシュートで降りてきてしまった屈強な兵士のような違和感があった。

「おやおや、お巡りさんの登場だ」コルソをちらっと見ながらカミンスキーが言った。

コルソは、カミンスキーが靴をはいていないのに気がついた。床にはココ椰子の繊維でできたマットが敷いてある。畳の代わりというわけだろう。この男は空手をやっているのだ。

「おれを見ても、驚かないようだな」

「ここのところずっと、刑事が山のようにやってきて、もういい加減うんざりしてるところだ」

コルソは口の端で笑ってみせた。

「いくつか質問があって来た」

するとカミンスキーは、何も言わずにいきなり空手の〈前屈立ち〉の姿勢をとった。片足を前に出して曲げ、後ろの足はまっすぐ伸ばし、手は握りこぶしを作って構えている。そして言った。

「警察は、おれを勾留しただけじゃ足りないってのか?」

カミンスキーが強気に出るのも無理はなかった。当初ボルネック警視は、この男の前科を見てすぐに勾留した。だがカミンスキーにはアリバイがあり、アリバイの裏がとれた数時間後には釈放されたのだ。

コルソが何も言わずにいると、カミンスキーはくるりと雑用係のほうを向き、回し蹴りを繰りだした。そして相手の足の数ミリ手前で蹴りを止めた。雑用係は慣れているのだろう、身動きひとつしなかった。

「警察は何回ここにくれば気が済むんだ? もう十回以上だ。踊り子は尋問され、従業員は出頭させられ、客も迷惑千万だ。おれの評判も店の評判も先週から地に落ちっぱなしで、商売もあがったりだぜ」

「よく言うな。ソフィー・セレ——つまりニーナが殺されたあと、ホールはいつも満席だそうじゃないか。客を呼びこむのに、血の匂いはうってつけだからな」

「ほう、客を集めるために、おれが人殺しをしたって言うのか！」

「なあ、真面目に話そうじゃないか。腹をわって」

それを聞くとカミンスキーは声をあげて笑いだした。

「よくそんなことが言えたもんだな、コルソ。おれたちは腹をわって話せるような仲じゃない。最後に会ったのは、確か二〇〇九年、あんたがおれを刑務所送りにした時だったと思うがな」

だが、コルソはその挑発には乗らなかった。

「ニーナがどんな人物か教えてほしいんだ。人柄とか、交友関係とか。おまえは親しかったんだろう？」

カミンスキーは再び〈前屈立ち〉の姿勢をとった。

「社長と従業員の常識的な関係だ」

コルソは、カミンスキーに顎を脱臼させられたホステスのことを思い浮かべた。それからジャン＝メルモーズ通りのごみ箱で発見された、顔をめちゃくちゃにされた踊り子のことも……。

「ニーナと寝たんじゃないのか？」

「あの子は誰とも寝ない」

「どんなことに興味をもっていた？」

カミンスキーはくるりと身体を回すと、今度は雑用係の膝の高さに横蹴りを繰りだした。雑用係はあいかわらず照明器具の修理に格闘している。

「いちばん好きだったのは、海岸の白い砂浜の上を素っ裸で散歩することだな」

確かに、コルソが読んだ資料の中にも、ソフィー・セレがヌーディストであると書かれていた。踊り子はどんなに小さくても衣裳をつけなくてはならない。それが嫌で、私生活では解放された気分を味わいたかったということか。

「ドラッグやアルコールはどうなんだ？」

「わからないやつだな。ニーナはピュアな子なんだ。

地下から湧き出る泉のようにな」

「店の客と寝ることは？」

　カミンスキーは深く息を吸うと、今度は〈四股（しこ）立ち〉の形になった。両足を横に開いて九十度に曲げ、手を膝に置いている。相撲の四股から来た構えだ。五十代にしては見事な体型だった。

「聞くだけ無駄だ。いいか、コルソ、ニーナは穢（けが）れのない、思いやりのある子だったんだ。善良そのものだった。あの子がここで働いていたおかげで、おれたちもちょっとは救われていたんだ。葬式は三日前だったが、友だちやら同僚やらひいきの客やらで、墓地には参列者が大勢来ていた。身寄りはなかったが、誰もがあの子の死を悲しんでな」

　それを聞いて、コルソはその葬儀に参列できたらよかったのにと思った。実際にその場の雰囲気を知れば、捜査の役に立ったのは間違いないからだ。

「仕事ぶりもプロだった。フランスでも一、二位を争うストリッパーだったんじゃないか。シナリオから振りつけまで全部自分でこなす。それこそ、いろんなポーズや表情、小さなディテールまでな。このまま行けば、ディタ・フォン・ティース並みのスターになるんじゃないかと思っていたくらいだ。バーレスクの踊り子としてだけではなく、モデルとして活躍するくらいのな」

　いや、それはいくらなんでも誇張だろう。コルソは思った。インターネットで見たニーナは、単なるブロンドのきれいな娘にすぎなかった。昔ふうにつくったサイレント映画での演技もたいしたことはなかったし、踊りの振りつけも単純すぎた。多少、容姿が目立つだけだ。

　カミンスキーが別の構えを始めた。足を交差して二歩前に出る〈送り足〉だ。

「ニーナは優しくて、いい子だ。だが、どこかでおかしなやつに出会って、まずいことに巻きこまれた。たぶん、そういうことだろう」

「そのどこかとは、ここ、ここだろう？」

「ここにいても時間の無駄だ、コルソ。この店は健全だ。ここに来る客もな。性倒錯者はいない。性倒錯的行為ってのは、セックスに関してほかにどうすることもできない連中がするものなんだ。最初に歪んだ精神があって、歪んだ行為をするようになる。逆じゃない。それはあんたも知ってるだろう？」

その言葉に、コルソは不快感を覚えて唾を飲みこんだ。まるで自分が丸裸にされたような気がしたのだ。警察に入った時からこれまでずっと、自分は本当の姿を見せないようにしてきた。四十歳近くになったのに、いまだにアメリカのグランジバンド《ニルヴァーナ》のファンのような服装をして、骨の髄まで悪党なのに警察の仕事をして、教会にはほとんど足を踏み入れたこともないのにクリスチャンと自称している。セックスについては、清純な処女しか愛せない。だがそれは、よりよく穢すためだ。こんなふうにして、自分が騙そうとしているのはいったい誰なのだろう？　自分自身なのだろうか？　コルソは口を開いた。

「おまえの仲間はどうなんだ？　刑務所仲間とは連絡をとってるんじゃないのか？　なかには性倒錯者もいるんだろう？」

だが、それにはすぐに答えず、カミンスキーは〈裏回し蹴り〉と〈つま先蹴り〉を続けて繰りだした。どちらもぎりぎりで止めている。たいした技だ。コルソもかつて空手をやっていたので、それは認めないわけにはいかなかった。その技の迫力に恐怖を覚えたのか、さすがの雑用係も、今度は膝をがくがく震わせ始めた。

「違うな。まだわからないのか。あんたが探している殺人犯はムショ帰りとは限らないし、『連続殺人犯です』というプラカードを掲げているわけでもない。問題を起こしたこともない、目立たない普通の男かもしれないんだぞ」

そうかもしれない――コルソは思った。ふだんはおとなしく見える人ほど、内部に暴力的衝動を秘めていることがある。その衝動はおとなしさと比例するので、おとなしければおとなしいほど、殺人にまで至ってしまうのではないだろうか？

「事件を知って、ほかの踊り子たちの反応はどうだった？」

「どうだったかって？　パニックに陥っていた。楽屋の隅に心療内科をつくらなきゃいけないくらいだったよ」

コルソは思わず声をあげて笑いそうになった。カミンスキーが続けて言った。

「だが、もう落ち着いた。今はきちんと仕事をしている。連帯感ってやつだな。ニーナを偲ぶためにはそれがいちばんだって思ったんだろう」

「ショーは続けなければならない、というわけか」

雑用係が、やっと最後のコードを接続しおわり、天井の照明器具をもとの位置に戻した。電気が接続されると、部屋の隅に転がっていた人形の赤い目が点灯した。きっとカミンスキーのスパーリング練習に使われるのだろう。

もう、ここに用はない。コルソは思った。少しばかり長居しすぎたようだ。くだらないショーを見物して、汗臭いのを我慢して空手の稽古まで見せられたのに、事件の手掛かりになるようなものは何も見つからなかった。カミンスキーが犯人だとはとうてい思えなかった。こいつはご自慢の空手でホステスを殴るのがせいぜいの男だ。今度の事件のような計画的な犯行は行わない。異常で、倒錯的な犯行は……。それに、コルソを見た時、カミンスキーに怯えた様子はなかった。いや、カミンスキーだけではなく、犯人は《ル・スコンク》の関係者でもないだろう。関係者であったなら、ボルネックが突きとめていたはずだ。犯人は、外部の人間にちがいない。

雑用係が脚立から降りてくると、カミンスキーは空手の試合が終わったあとのように、礼儀に則り、頭を下げて挨拶した。雑用係は素早くうなずくと、道具箱をつかんでそそくさと出ていった。カミンスキーが大麻と巻紙、それから煙草を取りだしながらつぶやくように言った。

「コルソ、あんたができる刑事だってことはみんな知ってる。こんな夜ふけに、おれのところに厄介ごとを持ちこむ暇があったら、こんなことをしたゲス野郎をさっさと見つけてくれ」

「そいつに回し蹴りをするつもりなのか？」

カミンスキーは煙草を近くのテーブルに置き、大麻を紙で巻くと、紙の端を舐めた。それから、コルソにウインクして言った。

「回し蹴りはあんたのために取っておこう」

コルソはかつて黒帯の二段だったが、それは若い時のことだ（そもそも、今の自分と若い時の自分には何のつながりもないように思えた）。現在の状態でカミンスキーと対峙しては、二分ともたないにちがいない。

「いつでも相手になるぞ」コルソは、その場を繕うためとりあえずそう答えた。

カミンスキーは大麻を巻きおわると、それに火をつけた。が、そう思った瞬間、いきなりコルソの顔めがけて〈横蹴り〉を放ってきた。いや、実際には蹴りが飛んできたのを見たわけではなく、放たれた足が自分の顎すれすれのところで風を切ったのを感じただけだった。

コルソは再び唾を飲みこんだ。口の中がからからだった。だが、なんとか笑みを浮かべると、テーブルの上を指さして言った。

「おれも煙草をもらおうか」

3

コルソが住んでいるのは、カッシーニ通りにある二部屋のアパルトマンだった。六〇年代の建物で、「将来、ほかの建物に眺望をさえぎられることは絶対にない」という理由で家賃が下げられていた。目の前のコシャン病院がすでに大きな外壁で視界を塞いでいるので、これ以上、眺望をさえぎりようがないのだ。それもあって、アパルトマン自体はどうということもないものだった。が、コルソはこの界隈が好きだった。ここからアラゴ通りを越えてモンスリ公園まで、感じのいい道が続いていたからだ。特にルネ・コティ通りには、散歩道やプラタナス並木、芸術家のアトリエがあって、ここを通ると元気が出た。

帰宅して、上着とホルスターをソファーの上に放り投げると、コルソは調理台として使っているカウンターのところへ行った。冷蔵庫を開けてみたが、中にはろくなものが入っていなかった。賞味期限切れの食品、食べかけの缶詰、持ち帰りで買った食べ物の残り……。いかにもやもめ暮らしといった冷蔵庫だ。

コルソはビールを取りだし、ソファーに腰かけた。家具と言えるのは、ベッド兼用のこのソファーベッドと事務用デスクくらいなものだ。妻のエミリアと別居したあとにこの部屋に引っ越してきたのだが、息子のタデのために用意した部屋をきれいに飾りつけたほかは、きちんと整理しようという気はなかった。またすぐに出ていくかもしれない仮そめの感じが気に入っていたからだ。それはたぶん、自分がはみだし者であり、永久追放された身であるからだろう。

殺されたストリッパー、ニーナ・ヴィスことソフィー・セレ同様、コルソは、社会の底辺で親が誰かも知らずに生まれた。子ども時代は施設や里親のもとを転々とし、十代になると街をうろついて惨めな日々を過ごした。一ヵ所に落ち着いたり、環境に順応できたりしたことは一度もない。そうして、盗みをはたらき、麻薬におぼれ、社会からはみだしていたところを、最後の最後でカトリーヌ・ボンパールに助けだされたのだ。コルソはボンパールの庇護のもとに置かれ、そのおかげで、人生で初めて何かを成し遂げることに成功した。それが警察官としてのキャリアであり、それはコルソが息子に誇ることのできるただひとつのことだった。

いや、本当にそうだろうか？　確かにボンパールのおかげで前科はつかなかったし、警察に入ってからの勤務態度も評価され、多少とっつきにくいところはあるが、それは生真面目な性格ゆえだとまわりからは思われていた。十年程前には結婚もし、社会人として税金も納め、素行も改めようと努力した。だが、その間も自分ではいつも、心の奥底に悪の芽があるのを感じていた。そう、本性はそれほど簡単には変わらないものなのだ。実際、数年後には結婚は破綻し、警察ではアウトサイダーとなり、人生の放浪者となってしまった。荒野でひとりで生きるロマのようなものだ。

そんなことを考えているうちに、いきなり胃の中のものが喉まであがってきた。この数時間に経験したことのせいで、ビールを何口か飲んだだけなのに悪酔いしてしまったのだ。ストリッパーたちのぜい肉が目の前にちらつき、アルコールと大麻の匂いが鼻孔によみがえってくるなか、コルソはトイレに走って、すべてを吐きだした。夜だ。夜のせいだ。コルソは夜が嫌いだった。夜そのものも嫌いだったし、そこに生息する人々も嫌いだった。ナイトクラブやストリップショーやさまざまな性的嗜好を満足させる売春宿——そこでは金持ちたちが札束で夢を買い、インテリたちが妄想をまきちらしては悦に入っている。だがそれは結局のところ、怠惰で愚かな人間たちが作りだす堕落した世界にすぎないではないか。何もかもが見せかけで、怪しげな取引が横行し、誰もが飲んでしゃべってセックスをすることに時間を費やす無駄な世界。そこにあるのは幻想だけだ。それが夜の世界だ。

コルソは夜中の十二時を過ぎると、いつも猛烈に眠くなった。足がくたくたになり、胃がむかむかして吐きそうになった。まったく、警察官としてはどうしようもない。自分はむしろ軍隊に入るべきだったのかもしれない。コルソはよくそう思った。夜は早めに床に入り、日の出とともにラッパの音で起床するのだ。あるいは体育の教師になって、早朝から朝日を追いかけてランニングするか。

コルソは便座から顔をあげた。気分は少しよくなっていた。水で顔を洗い、歯を磨くと、デスクの前に座る。結局もう眠気は飛んでしまっていた。そこで、パソコンを開くと、ふたつの〈悪夢〉からどちらを選ぶかを考えた。ボルネックの捜査資料か（これはすべてスキャンして保存済みだった）、エミリアの弁護士から送られてきた離婚訴訟の第一回調停中立書か……。種類は違うが、どちらも悪夢であることに変わりはない。一瞬考えたのちに、コルソは、嘘で固められた申立書よりも、おぞましい殺人事件の捜査資料を見るほうを選んだ。

ファイルを開くと、まずは現場での写真を確認する。遺体が発見された当日は雨が降っていたので、光が弱く、そのせいもあってか、遺体はまったく血の気がなく真っ白に見えた。だが何よりも目をひくのは、遺体が特異な体勢をとらされていることだ。首から下は胎児のような格好で、足をふたつに折り曲げている。だが、両手は膝を抱えるのではなく、腰のあたりで後ろ手に縛られ、手首と足首が被害者のショーツで結ばれている。また、頭はこれ以上無理だというほど後ろに引っ張られて、首が弓形に反り返っている。そしてその首には、犯人が被害者を窒息させるために使った被害者自身のブラジャーが巻きつき、そのブラジャーは手首と足首を結ぶショーツに結びつけられていた。最初にそれを見た時コルソは、〈プリンセス・タムタムの下着がこんなに丈夫だとは……〉と馬鹿げた感想を抱いた。

それはともかく、一見すると、犯人は被害者を強姦したあと、手近にあったブラジャーで首を絞めて殺したように思える。だが実際には、状況はもっと複雑だった。まず、被害者は強姦されていなかった。強姦を示す外傷はいっさいなく、また精液もまったく検出されていない。次にブラジャーとショーツの結び方を見ると、それは技術を要する特別な結び方で、ブラジャーで絞殺したあとに、気まぐれにショーツと結んだものとは思えなかった。犯人はおそらく、被害者が生きているうちにこの体勢で縛り、そのあとで顔を切り裂いたのだろう。その痛みで被害者は身をよじり、それによって喉に巻かれたブラジャーが締まった。つまり、被害者は自分で自分の首を絞めたのだ。

いや、実際、むごたらしく加工された被害者の顔からすれば、その痛みは想像を絶するものであったにちがいない。犯人はナイフかカッターか、とにかく鋭利な刃物を使って、口から耳までがつながるように頬を切り裂いていた。そして、顎が閉じてこないように、喉の奥には石が押しこまれていた。その結果、被害者はムンクの絵のように、絶望のあまり大きな口をあけて叫んでいるように見えた。しかも恐ろしいことに、目を真っ赤にして……。血圧の上昇によりまぶたと白目の毛細血管が破裂したせいで、眼球全体が赤く染まっていたのだ。

こうした写真を見ても、コルソは特に何も感じなかった。ほかの刑事と同様、長年刑事を続けていると、人間の残忍さをまのあたりにして憤る能力も低下してくる。コルソはただこう思った――犯人はこれまでに出会ったなかでもいちばんの冷酷な怪物だ。なにしろこれほど残酷なことを、緻密な計画をたてて平気で実行できるのだから……。

　写真を見おわると、コルソはほかの調書もパラパラとめくってみた。ボルネックはしっかり仕事をしていた。文句を言うべきことも書き加えることも何もない。犯人はソフィー・セレの知り合いだったのかもしれないし、知り合いではなかったのかもしれないし、もしかして二十年前に出会っていたのかもしれないし、事件の前夜に出会ったのかもしれない。いずれにしても、犯人はかつてどこかでソフィーと出会ったにちがいないのだが、今のところ犯人とソフィーの軌跡がどこでどう交わったのか、その時点にさかのぼる道筋は見えなかった。

　時計を見ると、午前二時になっていた。あいかわらず眠気は吹きとんだままだった。コルソはまたビールを取りにいった。そして、いちばん嫌なことに立ち向かおうと決意した。画面をクリックして、弁護士から送られてきた離婚の調停申立書のファイルを開く。そこには、コルソがアルコール中毒であること、怠け癖があってよく職場を欠勤すること、妻に対して暴力をふるったりモラルハラスメントをしたりすることなど、ありとあらゆる欠点や悪行がリストにして書きつらねてあった。まだリストに載っていないのは、息子に対する性的虐待くらいだ。だがいざとなれば、エミリアはそんなでっちあげさえ厭わないだろう。

　まったく馬鹿げたリストだ。どれもこれも信じられないようなことばかりなので、普通だったら、判事もこれに騙されたりはしないだろう。だが、エミリアと弁護士が、コルソの性格のどんな小さな特徴をも、たとえそれが長所であっても、ねじ曲げて短所に変えてしまっているところを見れば、決して油断はならない。たとえば、〈仕事熱心〉であるという長所は、〈家庭を顧みない〉という短所になっているし、徹夜明けで家で休んでいれば、仕事をさぼっているということになる。息子の宿題やピアノの練習をみてやれば、〈過干渉で、息子を抑圧している〉ということになるし、できるだけ息子と自由に過ごす時間をつくるよう努力すると、今度は〈息子を母親から遠ざけるための策謀だ〉と非難される。すべてがそんな具合だった。そもそも〈家庭を顧みない〉と〈息子と時間を過ごす〉というのは矛盾しているではないか！

　そんなことを考えているうちに怒りが湧きあがり、パソコンの文字が、燃えあがる炎のようにゆらゆらと揺れだした。ファイルを閉じると、コルソはパソコンを壁に投げつけたい衝動に駆られた。

　この怒りをなんとかして発散したい。コルソは考えた。そして、ひとつだけいい方法を思いついて、麻薬取締部第二課長の警視ランベールに電話をかけた。

「ランベールか？　コルソだ」

「やあ、調子はどうだ？　犯罪捜査部は夜の十時には寝ているもんだと思ってたよ」ランベールはそう言ってくっくっと笑った。

「今夜は何かあるのか？」

「おまえには関係ないだろう。ひょっとしておまえサツか？」

「真面目に訊いているんだ」

　コルソがそう言うと、ランベールは鼻で笑って答えた。

「ちょっとした家宅捜索がある」

「大物か？」

「ザラウィ兄弟だよ。三年間、この時を待っていたんだ。情報源によれば、高層マンションの地下駐車場が改造されて、麻薬製造所（ラボ）になっているらしい。大麻を圧搾して樹脂にするための水圧プレス機とか、真新しい設備が整っている。できたブツを運ぶ高速船（ゴー・ファースト）まであるんだぜ。もちろん、できたてのブツもある」

「どのくらいの量だ？」

「大麻樹脂(ハシシ)が百キロ。それに、加工前のコカインがかなりあるらしい」

コルソは驚いて、ひゅうっと口笛を吹いた。思いがけず大規模な捜索のようだ。この作戦に参加してぞくぞくした感覚を味わいたくなった。そうすれば怒りは収まるだろう。

「場所はどこだ?」

「ピカソだ」

ナンテールの《シテ・パブロ・ピカソ》のことだ。そこは、治安の問題を抱えた〈困難地区〉の中でも一、二を争う地区で、治安の悪さにかけては一級品だった。

「おれも出動するよ」

「何言ってるんだ、うちは麻薬取締部だぞ。お遊びじゃない」

「おれが一緒なら役にたつぞ。あそこで育ったんだからな」

「ほらをふくのはよせよ。でも、どうしてそんなに行きたいんだ?」

「イライラを何かで発散したいんだよ」

「ここはストレス発散の場じゃないぞ」

「そうだな」コルソは答えた。

ランベールのほうは、コルソの態度にがぜん興味をひかれたようだ。

「上司ともめてるのか?」

「女房とだよ。弁護士から最初の離婚調停申立書が送られてきたんだ」

ランベールは七面鳥のような声でくっくっと笑って言った。

「そういうことなら、不可抗力ってわけだな。わかった。勝手にしろ」

4

《シテ・パブロ・ピカソ》はパリの西の郊外ナンテールの街なかにある。だが、実際にはその名前の地区は存在せず、パブロ・ピカソ通りにある何棟かの高層マンションをそう呼んでいるのにすぎなかった。建築家エミール・アヨーの設計によるこのタワーマンション群は、どれも数本の円柱を寄せ集めた形で、壁面には雲をイメージしたカラフルな模様が描かれ、窓が水玉の形をしているなど、そのユニークな外見で知られていた。だが、建築家が思い描いた美しい夢の高層マンション群は、いまや貧困と犯罪を象徴する悪夢になり果てていた。

　コルソは少年時代をここで過ごした。だから、内部の模様は細かいところまでよく覚えている。中はゆったりしていて、共用スペースのドアは鮮やかな色で塗られ、仕切り壁は色とりどりのモルタルで覆われていた。部屋に入ると、壁は丸く、床は短く刈った芝生を思わせるようなカーペットが敷いてあった。そこには確実に夢の世界があった。だがここの住人たちは、競うようにこの美しい世界を汚し、壊していったのだ。〈結局、住めさえすれば、あとはどうでもいいってことだな〉コルソはよくそう思った。

　車でデファンス地区の環状道路にさしかかると、シテ・パブロ・ピカソのマンション群が暗い夜空に浮かびあがってくるのが見えた。時間を見ると、午前三時四十五分だった。麻薬取締部は、勾留と釈放を担当する判事から、夜間の家宅捜索の許可を取っていた。ランベールは、作戦実行は四時きっかりだと言っていたから、ちょうどいい頃合いだ。

　コルソは環状道路から一般道に降りると、デファンスのオフィスビル街を走り抜けた。ガラス張りのビル、鋼鉄製のビル、洗練されたモダンなシルエットのビル。自分の少年時代にはなかったビル群だ。最初のロータリーまでくると、もうお祭り騒ぎが始まっているのがわかった。シテ・パブロ・ピカソのタワーマンションの下が、パトカーの回転灯の光で明るく照らされている。闇の中から、銃声も聞こえた。と思うまもなく、何台ものパトカーがタイヤをきしませながら、コルソの車を追い抜いていった。

　コルソは車の屋根に回転灯をつけ、無線のスイッチを入れた。たちまち、耳をつんざくような指令の声が流れてきた。

「緊急連絡！　TN5からパトロール中の全警官へ！　警官一名が負傷した。TN5からパトロール中の全警官へ。繰り返す。警官が一名負傷した！」

　時刻はまだ四時前だ。家宅捜索の時間を早めることはランベールにはできないはずだ。ということは、敵の見張り役に作戦のことを嗅ぎつけられてしまったのだろうか？　そこで何か罠が仕掛けられて、その罠に落ちたということか？　現行犯逮捕のはずが、ちょっとしたことで歯車が狂い、とんでもない事態に陥ってしまう。それはよくあることだ。

　二番目のロータリーに向かう途中でコルソは急ブレーキをかけた。バン型の警察車両が何台も並んで、道をブロックしていたからだ。その前にはナンテールじゅうの制服警官が全員ここに集められているのかと思うほど、たくさんの警察官が立っていた。ざっと見ただけでも、機動隊やオー＝ド＝セーヌ県の司法警察の連中、各警察署の制服警官がいて、付近一帯を占領している。

〈まったく、ここから数百メートル先のトロワ・フォンタノ通りには、フランスの治安の元締めである内務省の支局があるっていうのに！　そのお膝元でこんな騒ぎが繰り広げられるとは、皮肉なものだ〉

そんなことを思いながら、コルソは歩道に車を停めると外に飛びだし、トランクから防弾チョッキと、シグ・ザウエルSP2022型拳銃を取りだした。拳銃を手に、路上駐車の車の列に沿って通りを前進し、いったい何が起きているのかを見定める。シテの高層マンションのうち、ロータリーから数えてふたつ目のタワーの下に、防弾チョッキを着た男たちがいる。それはまさに、コルソが昔暮らしていた建物だった。

コルソは、最初に出くわした見張りの警察官に自分の警察バッジを見せると、声を張りあげた。

「いったい何があったんだ？」

「自分はナンテール警察署のメナール巡査部長です」

「何があったかと聞いているんだ」

「現在二班だけです。あと三班が合流する予定です」

この男は自分を馬鹿にしているのか、それともドラッグでいかれているのだろうか？　コルソはいぶかしく思ったが、その理由はすぐにわかった。そこで警官にぐっと近づくと耳元で怒鳴った。

「その耳栓を取るんだ！」

警官は驚いて飛びあがり、耳に着けていた防音用イヤホンをはずすと、口ごもりながら言った。

「も、申し訳ありません。これのせいでよく聞こえませんでした。お、お尋ねはなんでありますか？」かなり緊張しているのだろう、全身が震えている。持っている拳銃も震えていた。

「いったいここで何があったんだ？」

「わかりません。十分ほど前から急に銃撃戦が始まって……」

コルソは両手で拳銃を握り、小股で再び通りを進んでいった。やがて、地上のLEDライトに照らされて人々の様子が見えてきた。右手側のタワーの下では、防弾チョッキを着た警官がふたり、腹這いになって、セメントの築山の陰から広場に向かってショットガンの銃弾を撃ちこんでいる。いっぽう、通りをはさんだ左手の歩道には、野次馬を近づけないように立ち入り禁止のテープが張られていた。だが、そのテープをくぐって銃撃戦の只中に飛びこもうとする野次馬はひとりもいなかった。

コルソはあらためてあたりを見回した。目を細めてよく見ると、駐車した車の陰に何人もの警察官が隠れているのがわかった。その間でひとり、ベールをかぶってジュラバを着た太った女が叫び声をあげているのが、街灯の明かりに照らされて目に入った。

「イブニ！　イブニ！　アユン・フー？　アユン・フー？」（息子よ！　息子よ！　どこにいるの？　どこにいるの？）

アラビア語だ。コルソはアラビア語の言葉をかなり知っていたので、女が何を言っているのかわかった。と、覆面の機動隊員が女の前で膝をつき、女の服を引っ張って身をかがめさせようとしている。銃弾が飛んでくるので、立っていると流れ弾に当たる危険があるからだ。

それを横目に、コルソはさらに前進してシテに向かう小道に入ると、銃撃戦に参加している警官たちの後方を通りすぎた。警官たちは当てずっぽうに弾を撃ちこんでいるように見えた。何発もの弾丸が空を切り、ショットガンがベンガル花火の最後の瞬きのように火花を散らす。危険な祭典だ。そこに無線の音が入り混じり、あたりは騒然とした雰囲気に包まれていた。

とりあえず安全な場所を求めて、コルソはごみ収集コンテナーの後ろに身を隠そうとした。と、そこには死体が転がっていた。銃の連射を受けたらしく、顔が吹き飛ばされてしまっている。流れ出た大量の血でコンテナーのキャスターは血まみれ、あたりにはごみ袋が散らばっていた。コルソは、自分も膝をついて倒れこむようにしながら身を隠した。〈息子よ！　息子よ！　どこにいるの？　どこにいるの？〉先ほどの女の声が頭によみがえった。たぶん、これがその「息子」にちがいない。

　だが、広場の様子はどうなっているのだろう？　コルソはセメントの築山の上に腹這いになって、向こう側をのぞいてみた。だが暗くて何も見えない。ただ銃火の閃光だけが、夜の闇を切り裂いている。そのうちに少し目が慣れてくると、蛇のうろこが見えた。広場に設置されている巨大な蛇のモニュメントのうろこだ。その右手にはベンチがある。そのベンチに目をやって何気なくその上を見あげた時、コルソは驚いた。ベンチのそばにある街灯から男がひとり、首をくくられて吊り下げられていたのだ。男の首はねじ曲がり、その頭は街灯の柱と直角になっていた。

　いったい、何が起こったのか？　そう思いながら、コルソは防弾チョッキを着た男たちが集まっているタワーのほうを見て、そこにランベールと部下の刑事がふたりいるのを認めた。ランベールたちは、建物の楕円形の玄関ホールに身を潜め、順番に銃を撃っていた。三人とも黒ずくめで、唯一赤い腕章だけが目立っている。まるで葬式の喪章のようだ。

　コルソはランベールたちに合流しようとその場に駆けこんだ。そして挨拶をするより前に、三人が構えているのがＮＡＴＯ（北大西洋条約機構）で採用されている突撃銃であることに気づいた。口径五・五六ミリの半自動小銃Ｈ＆Ｋ Ｇ36だ。

と、ランベールが肩越しに振り返って言った。

「おまえも暇だな。まあ、来て損はないぞ」

　そして、ピリピリした様子で高笑いした。

5

「あそこで絞首刑にされてるやつは何者なんだ？」コルソはその場にいる刑事たちの肩越しに、広場の街灯のほうを見やって言った。

「うちの情報屋だよ。あの馬鹿、おれたちに情報を流したあと、やつらにつかまっちまったんだな。それで警察が動くってことをやつらに漏らしたにちがいない。おかげで待ち伏せするはずが、おれたちのほうが待ち伏せされてたってわけだ」ランベールが説明した。

　玄関ホールは薄暗かったが、刑事たちの姿ははっきり見えた。ランベールは大柄だが、青白い顔の男だ。ぼさぼさの髪の毛は干し草色、眉毛は色が抜け落ちている。顔にはあばたがあり、歯はぼろぼろときていた。部下のふたりは似た者どうしで、ひとりは首からこめかみまで麻薬ギャングのようなタトゥーをしており、もうひとりは、売人を豚箱にぶちこんだ時にくらった傷の跡が、口角から耳にかけて広がっていた。いわゆる〈チュニジアの微笑み〉というやつだ。

「つまりそういうことで」ランベールが続けた。「ザラウィ兄弟とその一味が、蛇のモニュメントの陰からこっちに向かって撃ちこんでくる。それからやつらの後方、ほら、正面に見えるあのタワーのあたりには、絞首刑になった男の仲間たちがいて、やつらはやつらで発砲してるんだ。ザラウィたちは時々、そっちのグループのことを思い出してはそちらにも何発か撃ちこんで、次はまたこちらに向かって発砲してくる。かと思えば今度は絞首刑男の仲間のほうが、警察がいることを思い出したかのように、こちらにも連続射撃をしかけてくる。まったく、本当の三つどもえというわけだ」

そう言うと、ランベールはどうにでもなれというように高笑いをした。声がホールに響きわたる。くだらない争いのために、今夜はこれから、まだ死者や負傷者が出るかもしれないのだ。

「無線で聞いたが、こちらに負傷者が出たって？」コルソは尋ねた。

「たいしたケガじゃない。だがザラウィのほうは、死人がひとりと、重傷者がひとりだ。運がよけりゃ、あの蛇の向こうに、もうひとつふたつぐらい死体が転がってるだろうよ」

「それで、どんな作戦でいくんだ？」

「作戦なんてないさ。そのうちに地下経済対策部（GIR）の連中がやってきてやつらを蹴散らしてくれるのを、待っているだけだ。もし無事にうちに帰ることができたなら、聖リタに感謝の祈りでも捧げるさ」

「で、麻薬製造所（ラボ）のほうは？　やつら、地下の駐車場をラボに改造したんだろ？　そっちはもう押さえたのか？」

「しくじった。こっちで拳銃をぶっ放している間に、別のやつらが広場の地下からブツや設備を運びだしているようだ。やつら、駐車場の入り口を見張っているから、それに間違いない。たぶんこっちの援軍が到着する前に、ブツも設備もすっかり消えているだろう」

ランベールの話を聞いて、コルソは急に思いついた。

「いい考えがあるぞ」

「何だって？」

「この建物の共同物置部屋から地下駐車場へ行ける」

「そりゃだめだ。おれは見取り図を持っているが、この物置部屋は地下じゃなくて一階にあるんだ」

「おれはここで暮らしていたことがあるんだ。物置部屋の換気用ダクトを通れば、地下駐車場の天井に出られる」

それを聞くと、ランベールが目を光らせた。何かに取り憑かれたように言う。

「物置部屋は改築されてモスクになっているから、今はもう外からしか入れないぞ」

「ここから壁沿いに十メートル行けば、そのモスクの防火扉だ。おまえの仲間が掩護してくれればたどりつける」

ランベールは手に持ったH&K G36の安全装置をオンにすると、部下たちに向かって叫んだ。

「みんな、今のを聞いたか？　今夜は撃ちまくるぞ！」

部下たちは持ち場につき、ランベールの合図で一斉に射撃を開始した。その間に、コルソはランベールとともにタワーの壁沿いに前進した。大きなモザイクのうろこをつけた蛇の姿が、広場の石畳の上に浮かびあがっている。その蛇の顔を見ながら、コルソは神に感謝した。自分が警察官で、〈死〉そのものが〈生〉を鼓舞してくれる生き方ができることに。

ランベールが立ちどまった。ここから先は敵から丸見えになる。ランベールが再び合図を送ると、部下たちはコルソとランベールが防火扉まで行けるよう、さらに射撃を続けた。暗闇の中、蛇のモザイクが火花を散らし、弾丸が敵をめがけて飛んでいった。モスクの防火扉の前まで来ると、ランベールは足で思い切りドアを蹴破った。ふたりは中に転がりこみ、懐中電灯で内部を照らした。中には誰もいなかった。

かつてこの物置部屋は二輪車置き場になっていた。コルソは午後になるといつもここにやってきて、原付を直したりしながら時を過ごしたものだった。今、電灯で照らしてみるとその場所には、じゅうたんや、メッカの方向を示す木製の聖龕があり、壁にはコーランの言葉や神の名前を書いたものが掛けられていた。

コルソは一瞬、どちらのほうに行けばよいのかを考えた。そして、今いる場所とかつての記憶のイメージがつながると、ランベールに向かって言った。

「こっちだ！」

ふたりは部屋を斜めに横切って左側に進み、ボイラー室を見つけた。コルソはドアを足で蹴破ろうとしたが、南京錠が頑丈で、ランベールの時のようにはうまくいかなかった。ランベールはコルソを押しのけ、鋼の南京錠に向けて銃を放った。弾の威力で錠が吹き飛んだ。〈モスクの中で発砲とは、冒瀆の極みってとこだな〉コルソは思った。

狭いボイラー室の中には、ボタンやレバー、ヒューズが並んでいた。その上方、床から二メートルくらいの壁面に、排出口を鉄格子で保護された換気用のダクトがあった。ランベールは計器盤に足をかけてちょうどいい高さまで身体を持ちあげると、フィンランド製のプッコナイフで鉄格子の枠をはずしはじめた。みんなで食事をとる時に、いつも見せびらかしているナイフだ。

鉄格子がガランと転げ落ちた。ダクトの中は断熱材のグラスウールが敷き詰められている。銃を片手に、まずランベールが中に入った。コルソもすぐにあとについていったが、内心は不安だった。ここを通ったことは一度もなかったからだ。実のところ、この管が本当に駐車場に続いているのかどうかもわからなかった。暗闇の中を数メートル進んでいくと、だんだん息苦しくなってきた。汗まみれになりながら、コルソは頭の中で、どのくらいの距離を進んだかを計った。たぶんちょうど真ん中くらいにちがいない。

「さがれ!」突然ランベールが金切り声をあげた。急に管の中が熱い空気に包まれた。ランベールは巣穴の中でたたき起こされた野獣のように、かみつくような甲高い声でがなり立てた。「やつら、火をつけたぞ!」

コルソは肘と膝とを同じリズムで動かしながらバックした。煙と、グラスウールの繊維や金属くずとで、喉が締めつけられるように苦しくなった。このままグラスウールが燃えれば、ふたりとも火のマントに包まれたも同然になってしまう。

「さがれ！　馬鹿野郎！　早くさがるんだ！」

ランベールはパニックになって、足をどんどん後ろに蹴ってくる。コルソは蹴りをまともに顔に受けながら、腹這いのまま必死に後ろにさがりつづけた。ダクトの穴の中をイモムシのように這いつづけると、やっと靴の先が空を切ったのがわかった。コルソはそのまままさがりつづけ、ボイラー室に転がり落ちた。すぐにランベールも、鋲を打ったブーツから先に、コルソの上に落下してきた。コルソは顔でランベールの足を受け止め、足でランベールの顔を受け止める形になった。ボイラー室にはすでに煙が充満していた。ふたりは激しく咳をして、痰と煙を吐きだした。

「ドアを開けろ！　死ぬぞ！」ランベールが喘ぎながら言った。

コルソは踵で蹴ってドアを開け、四つん這いになりながら、ランベールとともになんとか外に出た。暗闇の中で身体を丸めてグラスウールの繊維を吐きだしながら、溺れかけた人間がようやく水面に顔を出した時のように、思い切り息を吸いこんだ。

ランベールが立ちあがり、コルソの上着をつかんで言った。

「引き揚げるぞ。こんな場所にいたら焼け死んじまう！」

コルソはうなずいた。だが立ちあがる前に、ふとボイラー室のほうに目をやった。火の手があがっている気配はまったくない。一瞬考えたあと、コルソは何が起こっているのかを理解した。グラスウールは耐火性があるのだから、あの煙はグラスウールそのものが燃えているわけではない。おそらく、ダクトのもういっぽうの先から、焼夷弾を使って煙を送りこんだのだ。コルソはランベールに説明した。

「だから、何だっていうんだ？」ランベールが尋ねた。

「ダクトに戻るんだよ。やつらは、おれたちが焼け焦げになったか、それとも逃げだしたかと思っているはずだ。今こそ現行犯で捕まえるチャンスだ」

ランベールは膝に手をついて前かがみになると、再び呟きこんだ。

「おまえがいかれたやつだってことを忘れてたぜ……」

コルソはさっさとダクトの口に飛びついた。しばらくの間息をしないで全速力でダクトの中を這っていき、反対側から飛びだせばいいのだ。売人どもは死人が生き返ったと思って簡単に降伏するはずだ。コルソは目を閉じ、息を詰めて前進した。後ろから、鋲を打ったブーツがグラスウールをひっかいたり、鋼鉄製の留め金に当たる音が聞こえる。結局、ランベールもついてくることにしたのだ。

やがてダクトの出口が見えてきた。売人たちが焼夷弾を投げ入れる時に取ったのだろう、鉄格子ははずされていて、そこから天井が見えた。汚れた蛍光灯がついている。まちがいない。駐車場の天井だ。

コルソはさらに前進し、ダクトの上から設備の運びだしの様子を眺めた。ひとりの男が、引っ越しの段ボールほどもある大きなハシシの塊を手にしていた。別の男ふたりは、水圧プレス機を押している。四人目の男は、何かの化学薬品が入っているらしい十リットルほどのプラスチック容器を何本か担いでいた。

焼夷弾の煙のせいでコルソの目は涙でいっぱいになっていた。たぶん肺も二酸化炭素でいっぱいになっているにちがいない。息苦しくてしかたがない。コルソは考えた。自分とランベールとで、こいつらを制圧できる可能性はどのくらいあるだろう？　今やつらは手がふさがっているので、その点ではこちらに有利だ。しかし不利なのは、地面から二メートルも上にあるこのダクトから抜け出るには数秒かかるため、その間にやつらに銃をぬく隙を与えてしまうことだった。もっとも、やつらのほうも状況を理解するのに数秒はかかるだろうが……。

「おい、前に行けよ！」ランベールが後ろから息苦しそうにささやいた。

コルソは拳銃をベルトの中に滑りこませると、ダクトの外側の縁をつかんでなんとか外に出た。そして頭から先に、駐車している車のボンネットにダイブした。その拍子に拳銃が転がり出た。

だがコルソの予想どおり、連中も状況を理解するのに時間がかかったようだ。その間にコルソは床の上を転がり、四つん這いで拳銃に飛びつくと、おおよその見当で敵のいるほうに銃口を向けて叫んだ。

「動くな！」

ひとり目の男はハシシの塊を手にしたまま、駐車場のど真ん中で立ちすくんだ。水圧プレス機を運んでいたふたり組の男たちは、バックドアを開けたメルセデスのミニバンの脇で動きを止めている。最後の男はプラスチックの容器を地面に落としていた。

次の瞬間、すべての動きが同時に起こった。メルセデスの脇にいたいかつい男が車の中に手をつっこみ、容器を落とした男は走って逃げ、ハシシを持っていた男はあとずさりした。そしてコルソの後ろでは、先ほどトランポリン代わりになった車の上に、ランベールが銃を持って落下してきた。

コルソは車から何かを取りだそうとしていた男に向けて銃を撃った。武器を取りだそうとしていたなら、その男がいちばん危険だからだ。男は動きを止めた。次に駐車場の真ん中でハシシの塊を抱えていた男に銃を向けると、そのハシシの塊を狙って発砲した。男はその衝撃で後ろに吹き飛ばされた。銃弾がハシシを貫通することはない。二〇一二年以降、警察は先端が空洞になっている新しい銃弾を使用している。その弾は標的を貫通せずに、中でつぶれるのだ。コルソはそのことをよくわかっていた。

すべての動きが止まった。銃弾がどこかに命中したのだろう、最初に撃った男はメルセデスの中に倒れていた。車の脇にいたもうひとりの男は、無意識に両手を上にあげている。ハシシを運んでいた男は地面に尻もちをつき、近くにあった車とハシシの塊の間で身動きが取れなくなっている。四人目の男は姿を消していた。

メルセデスの脇の男とハシシの男に交互に銃口を向けながら、コルソはランベールに叫んだ。

「やつらに手錠をかけるんだ！」

返事がなかった。コルソは緊張した。頭の中でアラームが鳴り響く。ランベールは落下した拍子に気を失ったのだろうか？　素早くまわりに視線を走らせる。と、ランベールが地面に膝をついて、フードをかぶった男ともみ合っているのが目に入った。どこから現れたのだろう。五人目の男だ。フードの男はランベールの銃を反対側に向けようとしていた。両手でランベールの手をつかみ、ランベール自身に向けて発砲させようとしているのだ。すでに男の指は引き金の上にかかっていた。コルソは、自分が男の頭をぶち抜いても、その貫通した弾がランベールを殺すことがないように、二歩ばかり素早く移動した。新しい銃弾が貫通しないことは知っていたが、それでも危険は冒したくなかった。

位置を変えてコルソが再び銃を構えた時、フードをかぶった男は必死の形相をしながら力ずくでランベールの頭に銃口を向け、まさに引き金を引くところだった。コルソは発砲した。弾は男の頭蓋骨に深くめりこみ、骨や脳みそが飛び散った。コルソは急いでそばに駆け寄った。地面に伸びた男の口から発砲であがる煙が立ち上っていた。

ランベールはすぐに体勢を立てなおし、自分のH&K G36の銃口を残りのふたり――メルセデスの男とハシシの男に向けた。ふたりがこの間ずっと動かずにいたことを知って、コルソは〈奇跡だ〉と思った。そのまま後ろにさがって、車にもたれる。自分の足が震えているのがわかった。見ると、すでにランベールはふたりに手錠をかけていた。

その時ふと嫌な予感がして、コルソはメルセデスのミニバンに近づいた。予感は当たっていた。自分の射撃の腕前はまったく衰えていない。メルセデスの中に倒れていた男は、銃弾によって腸（はらわた）を半分吹き飛ばされていたのだ。肉は焼け焦げ、内臓がずたずたになっていた。これで今夜はふたり殺したことになる。コルソは吐き気を催した。

と、ランベールが背中を小突きながら声をかけてきた。

「ふたりの馬鹿どものおかげで、おまえの女房は喜ぶことになるだろうよ。これで離婚の調停は自分に有利に運ぶってな」

6

その日は朝九時から、オルフェーヴル河岸三十六番地のパリ警視庁で、捜査会議が予定されていた。

コルソは自宅に戻ると、五時から八時まで服を着たまま眠った。それから起きてシャワーを浴びると、髭を剃り、服を着替えた。昨夜の殺人のことは考えないようにした。

すべてが終わったあと、コルソとランベールは、昨夜あの場所にコルソはいなかったことにするという取り決めをしていた。作戦の指揮をとって麻薬製造所（ラボ）を壊滅させた功績は麻薬取締部第二課長のランベールのものとなり、家宅捜索及び銃撃戦の間に死者が出たことの責任もランベールにあるということにしたのだ。

遅れて到着した地下経済対策部（GIR）の警察官たちは、街灯に吊るされて殺された男の仲間たちは取り逃がしたものの、蛇のモニュメントの陰から発砲していたザラウィの手下たちは逮捕することができた。結局、昨夜の事件を総括すると、タワーマンションの地下に作られた秘密のラボがひとつ壊滅し、何人かの密売人が逮捕され、犯人側には死者三名（内一名は、一味のリーダー格であるメディ・ザラウィだった）と負傷者二名が出て、警察側の負傷者は一名ということになった。別の総括の仕方をすると、ランベールにとってはお手柄になり、コルソにとってはストレスを発散する場になった。そしてコルソは、公式には昨夜の事件と関わることなく、自分の捜査に戻ることになったのだ。

　だが、ひと晩にふたりの人間を殺すということは――十八年間の警察での勤務の中では六人目か七人目だったが――決してなんでもないことではなかった。こういう時、コルソはサン・ジャック・デュ・オ・パ教会に行って神に赦（ゆる）しを請うことにしていた。郊外で荒れた少年時代を送ったあと、パリに来て初めて見つけた教会だ。以来、何かで心がすさむと、必ずこの教会を訪れることにしているのだ。

　警察官という仕事のせいもあって、コルソはどんな人間の心の中にも〈悪〉が存在することはよくわかっていた。だがそれでも、この世界に対する希望を捨てていなかった。宇宙には〈愛〉という相互作用をもたらす力があると信じて……。だからこそ、しかたなく血を流してしまったあとは、香の漂う静かな教会の中で、自分の中にいる〈悪〉を鎮めることにしていたのだ。自分の中には悪魔がいる。その悪魔を、神に祈り赦しを請うことによって封じこめたかった。そうすることによって、もう一度生き返ることができるような気がするのだ。

　だが、今朝はこの儀式を行う時間がなかった。捜査会議に間に合うようにしようと思ったら、八時四十五分には車で家を出なければならなかったからだ。車の屋根に回転灯をのせると、コルソはサイレンを鳴らしながら、急いでセーヌの方向に向かった。そして運転しながら、昨夜、麻薬取締部の家宅捜索に参加したことを後悔した。あれは軽率だった。自分は九歳の息子の父親なのだ。何よりも大切なその息子のためにすべてをかけて戦っている。それなのに、またしても不必要な危険に身をさらすようなことをしてしまったのだ。

職場に着くと、コルソは四階の自販機でコーヒーを飲んだ。味も香りもなく、熱いとしか感じなかったが、今はむしろその舌を焼く熱さだけが必要だった。

会議室に入ると、部下たちはすでに集合していた。バルバラ・ショメット、ナタリー・ヴァロン、リュドヴィク・ランドルメール、クリシュナ・ヴァリエの四人だ。いずれも有能で、個性が強い。この四人をどうにかまとめて、コルソは四年前から強力なチームを作っていた。チームの結束は強かったが、それはコルソがひとりひとりのメンバーに配慮して、微妙なバランスを保つのに努力した結果だった。そのために時には眠れない夜を過ごすこともあった。ひとつでも何かが変われば、魔法が消え、チームはばらばらになってしまうからだ。

チームのナンバー2はバルバラ・ショメットという女性で、《バービー》というニックネームで呼ばれていた。「バルバラ」と聞けば、コルソなどはどうしても、背が高く物憂げな顔をしたシャンソン歌手を思い出してしまうが、バルバラ・ショメットにそのイメージはなかった。《バービー》というニックネームも似つかわしくない。どう見ても、その名前の人形には見えないからだ。年齢は三十代、小柄な女性で、栗色の髪に、特徴のない顔だちをしている。棍棒のような痩せた身体に、いつも黒のウールのワンピースを着て、穴のあいたストッキングとくたびれたスタン・スミスのスニーカーをはいている。おそらく神経質で、どことなく生き辛さを感じているからだろう、話し方は猛烈な早口で、身のこなしはぎくしゃくしていた。

　学歴は優秀で、パリ政治学院で学んだあと、順当に国立行政学院に進んだエリートだ。だが二十六歳の時に、方向転換して警察学校に入った。それもサン＝シル＝オ＝モン＝ドールにある幹部養成のための国立高等警察学院ではなく、カンヌ＝エクリューズにある単なる警察官養成学校に入学したのだ。その理由は誰にもわからない。また家族関係やプライベートについても、知る人はいなかった（気難しい性格なので、恋人はいないと思われる。いたら、その恋人は同情されるだろう）。現在の階級は警部だが、すぐに警視になるだろうとコルソは思っていた。バルバラほどの分析能力と記憶力を持った警察官をこれまで見たことがなかったからだ。なにしろ、電話の通話記録や銀行口座の取引記録の調査を任せれば、自動解読装置にかけたようにさらりとやってのけるのだ。

　このバルバラのほかに、チームにはもうひとり女性がいたが、その女性ナタリー・ヴァロンは、バルバラとはまったくちがうタイプだった。年齢は四十八歳、長年ボディービルをやっているために、たくましい（コストーな）身体つきをしている。そのことから、警察でよく使う逆さ言葉で《ストッコー》――急いでいる時は《ストック》というニックネームで呼ばれていた。その身体つきから、警察内ではレズビアンだという噂が出回ったこともあるが、実際には、小学校教師の夫と二十年間結婚していて、学業優秀なふたりの子どもの母親でもあった。

　服装は地味で、いつもおしゃれでも何でもない黒のスーツと白いブラウスを着て、憲兵隊員のような黒のショートブーツをはいている。その姿はまさに犯罪捜査にあたる兵士で、役人と葬儀屋を足して二で割ったようだった。

　警察の中で出世しようという気持ちはまったくない

ようで、警視どころか、警部になりたいとも思っていないようだった。問題は無類のアルコール好きだということで、コルソはいつもその点に注意を払っていなければならなかった。つまり、〈勤務中は酒もドラッグも禁止〉というチームの決まりを、絶えずナタリーに思い出させなければならなかったのだ。「引き出しには銃が入っているんだ。だから、酒を飲んで馬鹿なミスをしないでくれ」と、コルソはよくナタリーに懇願した。

捜査の面からすると、ナタリーはその人間的な魅力を武器にしていた。ナタリーが微笑みを浮かべ、優しく落ち着いた態度で接すると、証人はもちろん容疑者さえも簡単に心の扉を開くのだ。その結果、ナタリーに取り調べを任せれば、ほかの誰よりも多くの成果を得ることができた。

三人目のメンバーは、トゥールーズ出身のリュドヴィク・ランドルメールという男だ。年齢は三十五歳。髪はふさふさの赤い縮れ毛で、ウェストを絞ったスーツを着て先のとがった靴をはき、まるで自動車のセールスマンのような外見をしていた。趣味はラグビーで、出身地を尋ねると「ラグビー場だ」と答えるくらいだった。経済学の修士号を持ち、頭もよく、ここまで順調に昇進してきた。だが、コルソはこの部下のことはあまり評価していなかった。

弱点は出会い系サイトで、独身だということもあって、〈毎晩ひとりの女性、毎週一試合のラグビー〉をモットーに、夜は女と寝ることだけを考えている。そのためチームのほかのメンバーは、リュドヴィクが出会い系サイトにアクセスできないようにパソコンの使用を制限したり、私用のスマホをロッカーにしまわせなければならなかった。

だがそういった欠点があっても、警察官としてはいくつか優れた資質も持っていた。中でも優れているのは〈粘り強さ〉だ。聞き込みの調査があると、リュドヴィクはすべての建物をまわり、すべてのドアの呼び鈴を鳴らして、繰り返し何度も同じ質問をしてまわることができた。その間、倦むことも集中力が途切れることもない。そして自分が調べた範囲に、捜査の決め手となる事実や、ほんの小さなほころびでも、それまでの捜査の見立てを覆す事実があれば、それを見逃すことはなかった。そうしたことから、チームの中では《底引き網のリュド》と呼ばれていた。

四人目のメンバーはクリシュナ・ヴァリエという男だ。クリシュナとはヒンドゥー教の神の名だが、インドの出身だというわけではない。両親がヒッピーだったせいで、息子にこの名前をつけたのだ。だがその両親は、成長した我が子の姿を見て絶望したにちがいない。ヒッピーである自分たちのように、伝統的な社会の価値観から自由になって生きるのではなく、警官という権力の手先となったのだから……。といっても、クリシュナはほかのメンバーのように外に出て捜査にあたることはない。犯人を自分の手で逮捕することよりも書類を扱うほうが好きで、一日中専用の執務室にこもって（そこは〈独房〉と呼ばれていた）、尋問調書や報告書の作成にあたっていた。法学の修士号を持っていて、チームの中では、裁判用語や複雑な司法行政手続きを理解できる唯一の人間だった。また、全国犯罪情報分析システム（SALVAC）という巨大なデータベースシステムにアクセスすることができ、チーム内でそのシステムを利用する必要が出てきた場合には、果てしない質問項目に入力しながら、メンバーが欲しがっている情報をたちどころに取りだすことができた。

チームのメンバーは皆ヒンドゥー教徒ではなかったが、この〈書類の神〉であるクリシュナを崇めた。クリシュナのおかげで、自分たちはパソコンの前で事務仕事にうんざりさせられることなく、現場で捜査にあたることができるからだ。

背が低く、身体つきは華奢（きゃしゃ）で、クリシュナはその仕事のイメージどおりの外見をしていた。あるいはその外見だったから、こういう仕事についたのか。年齢はまだ三十五歳前だが、頭は禿げ、顔を装飾するように高級ブランドの四角いべっ甲の眼鏡をかけている。その四角い眼鏡のせいで、クリシュナはまるで顔自体がレゴのブロックでできているかのように見えた。私生活は不明だったが、顔がレゴでできているとすれば、私生活のほうは付箋に書かれて、どこかに貼りつけられているにちがいない。

クリシュナは、捜査はもちろん会議にも参加せず、自分の執務室から出ることはなかった。だがそれでも、チームにとってなくてはならないメンバーだった。ほかのメンバーは、書類の作成を頼む時や、データベースで何か調べてほしいことがある時には、挨拶代わりに「ハレ・クリシュナ」（クリシュナ神よ、苦しみを取り除いてほしい）と言って執務室に入ってくる。その願いをクリシュナは寛容に聞き入れる。その寛容さに限度はなかった。

会議室に腰を下ろすと、コルソは集まっていた部下たちに向かって、手をパンと鳴らして言った。

「各自、これまでの案件については、片がついてるか？」

「マルテルの案件は終わりました」《バービー》が答えた。「リュドが担当していた韓国人のアトリエの件については、最終報告書があがっています。オーベルヴィリエの駐車場に関しては、あいかわらず鑑定報告書を待っているところです。シャトー・ルージュのリンチ事件については、証人への出頭命令を延期しました」

〈リンチ〉と聞いて、コルソは昨夜の首吊り男のことを思い出した。そして、自分自身が犯した罪のことも……。〈シテ・パブロ・ピカソの家宅捜索の間に死者が出た件で、こちらに捜査がまわってこなければいいが……〉そう考えて、コルソは冷や汗をかいた。〈いや、そちらはたぶん、ランベールがうまくやってくれるだろう。おそらくパリ警視庁ではなく、オー＝ド＝セーヌ県の司法警察のほうに捜査を任せるにちがいない。自分の膝元の事件は自分で解決するものなのだから〉

「それじゃあ、《ル・スコンク》の事件だけに集中できるな？」コルソは言った。

すると、《ストック》ことナタリーが、ポケットに手を入れたまま口を開いた（決してメモを取らないのでいつも手は空いているのだ）。

「どうしてそういうことになったんですか？」

「昨日言ったとおりだ。担当を変えたら少しは事態が進展するんじゃないかと、上が期待してな。それで、おれたちに事件を押しつけてきたというわけだ」

「書類は読みましたが、ボルネックのチームはいい仕事をしていますよ」リュドヴィクが言った。

「おれたちならもっといい仕事ができる」コルソは言い切った。

その言葉に、部下たちは誰も何も言わなかった。ボスの意見に同意しているのだ。プライドこそ、捜査の原動力だ。

「おれたち五人全員で、五百パーセントの力でこの件に取り組むぞ。少なくとも月曜日までは昼夜問わずだ。もし何も見つからなければ、〈要急捜査期間〉が終了して担当判事が任命される。そうなれば捜査もまたふりだしに戻ってしまう。せっかく膨らんだスフレがぺしゃんこになるようにな」

「上にとっては、私たちが最後の砦というわけね？」ナタリーがそう言って微笑んだ。

「そのとおりだ。みんな、被害者の写真を見ただろう。あんないかれた犯人を野放しにしていい気にさせておくわけにはいかない。二度と同じことはさせないぞ」

部下たちはうなずいた。コルソはさらに皆を奮い立たせるように言葉を続けた。

「したがって、捜査はゼロから始める。どんな手掛かりも見逃すな。ボルネックのチームは、ニーナ、つまりソフィー・セレが住んでいた通りの商店への聞き込みを、すべて終わらせている。ならばおれたちは範囲を広げて、その地域全体の商店の聞き込みをする。ボルネックたちはソフィーが死んだ前の月の電話の明細を調べた。ならば、おれたちは三カ月前までさかのぼって調べる。そういうことだ」

リュドヴィクがパソコンから顔をあげて訊いた。

「どんな観点から調べるんです？」

「殺人が計画的だったという観点からだ。とにかく、犯人は被害者を知っていたはずだ。近くにいたか遠くにいたかは別にしてな」

「でも、生きている間に知ったことは間違いない」リュドヴィクが冗談を言った。「ソフィーは死ぬ十五分前までは生きていたんだから……」

その冗談には応えず、コルソは話を次へ進めた。

「被害者と接触のあった人間はすべて調べるんだ。親しい人物だけでなく、ショーや研修などですれちがっただけの人物もだ」

「すごい人数になりますね」

「だから、被害者の行動を細かく追う必要がある。犯人は被害者に狙いを定め、卑劣なやり方で近づいたにちがいない。どこかで尻尾を出しているはずだから、それを見つけるんだ。フィルムを逆に回して、一場面ずつチェックしていくぞ」

それを聞くと、部下たちは顔を見合わせた。捜査方針としては、確かに素晴らしい。しかし実際にやるとなると、それはうんざりするような捜査を百時間以上続けるということを意味するのだ。おそらくは何の成果も出ないままに、へとへとになりながら……。

「それでは分担を決めてください」バルバラが淡々とした口調で尋ねた。

「きみは、電話の通話記録と銀行口座の明細、そしてパソコンを調べてくれ。メールやどこのサイトにアクセスしたかも含めてな。ともかく、ソフィーが接触した可能性のある、あらゆる相手をしらみつぶしにチェックするんだ。消去された内容の復元は、庁内のエンジニアに頼むといい」

「証拠品の中に被害者のスマホがありませんでしたね」

コルソはうなずいた。

「遺体は裸だった。バッグも携帯も、私物はいっさい見つかっていない。もしそのことに意味があるとしたら、犯人は被害者の予定を知られたくなかったということになる。だからこそ、通話やメールの明細が重要なんだ」

「それはもうボルネックの部下たちがやっていますよ」バルバラが言った。

「さっき言ったことが理解できなかったようだな」コルソは声を荒らげた。「ボルネックは前の月の記録を調べて、手掛かりを見つけることができなかった。ということは、手掛かりはそれ以前にあるか、もっと些細なことだということだ。きみはこれまで以上の力を出して捜査に臨むんだ」

そして今度は、ドアにもたれて立っているナタリーのほうを向いて言った。

「きみは、地域の住人や商店の主人、それから親しくしていた人物の聞き込みをしてくれ。ボルネックたちのやったものより、もっと対象を広げてな。ソフィーはヌーディストで、ヨガやらなんやらの愛好家だったらしいからな。可能性はあるだろう？　殺人者はヌーディストかもしれないぞ」

最後はジョークを入れたつもりだったが、笑った者はいなかった。たいしたことではない。会議というのは、自分のチームにどのくらいのエネルギーを吹きこめるかで評価されるのだ。

「ひとつ情報がある」コルソはさらにナタリーに向けて言った。「ソフィー・セレは匿名出産で生まれている。生物学上の両親を見つけるのは不可能かもしれないが、それでもボルネックは、ソフィーが育った施設や里親を知るための手続きをとっている。そちらがどうなっているかも確認しておいてくれ」

「そんな昔のことまで関係があると考えているんですか？」

「ないとは限らないさ。動機は子ども時代に関係があるのかもしれない。捨てられたほかの子どもの欲求不満とか……」

　ナタリーは身動きせず、表情も変えなかった。そんな馬鹿なことはないと態度で示しているのだ。

　コルソは最後に、リュドヴィクのほうを向いた。

「リュド、きみはソフィーがこれまで働いていたナイトクラブを全部まわってくれ。そして客の中にいかれたやつがいないか調べるんだ。一度しか出演していないクラブも忘れるな。ソフィーはクラブや個人の家で、よく一夜だけのストリップショーにも出ていたようだからな。調査対象者は、かなりの数になるだろう。それから、クリシュナに頼んで、全国犯罪情報分析システム（SALVAC）で似た案件がないか調べてもらってくれ。現場は遠くてもかまわないから、同じように顔を傷つけたり、首を絞めたりした殺人事件がなかったかどうか」

「それもボルネックが……」

「ボルネックが調べたのは、イル＝ド＝フランス（パリを中心にした地域）だけだ。きみは調査をフランス全土に広げるんだ。デジタルファイルから古い文書まで全部探せ。ベテラン刑事に話を聞いて、書類をひっくり返して調べるんだ。ちくしょう、同じような傷害事件も探すんだ！　もし以前に似たような事件が起きているのなら、忘れ去られているはずがない！」

　そう叫んで、コルソはいらいらを爆発させた。だがメンバーたちは、コルソの要求が高くて誰にでも厳しく当たることを知っていたので、何も言わなかった。

「それで、ボスは何をするんですか？」とうとうバルバラが質問した。こういった時、こうした挑発的な物言いができるのはバルバラしかいなかった。

「おれはまずボルネックのご機嫌をとってくるさ。この階の半分を敵にまわすわけにはいかないからな。そのあとで踊り子や、ソフィーの同僚や友人たちを調べるつもりだ。ソフィーはみんなから好かれていたということだが、私生活に関しては何もわかっていないんだ」

ほかの課であれば、トップがいちばんおいしい仕事――つまり娘たちの調査を、自分のために残しておいたとなれば、文句も飛びだそうというところだ。だがコルソに関しては、そんなことはありえなかった。コルソが女の尻を追いかけたがっているなどとは、誰も思わないからだ。そういう種類の男ではないのだ。

7

三課の課長室を訪ねると、デスクの前にボルネックが立っていた。

「おれたちよりうまくやれると思っているなら、とんでもない思いちがいをしているぞ」コルソを見ると言う。

「そんなことは思ってないさ。ボンパール部長に捜査を引き継げと言われたから、おれなりにちゃんとやろうとしているだけだよ」コルソは答えた。

パトリック・ボルネックは、上半身がでっぷりした中背で獅子鼻の男で、その容姿には性格がよく表れていた。すなわち、頑固な信念のもとにがむしゃらに働き、何度壁にぶちあたっても挫けない。実際ボルネックは、そのような性格をもとにさまざまな経験を積み、そこから教訓を得て、第一級の捜査官になったのだ。

そのキャリアは、コルソとは正反対だった。危険な部署で派手な立ち回りを演じたことは一度もない。ただ忍耐力だけを頼りに、ゆっくりと内規どおりに昇進してきた。事件の解明率も、コルソのチームに比べて、決して劣っているわけではない——単に、スピードが遅く、華々しさに欠けているだけだ。

ちなみに、今回のソフィー・セレが殺された事件は、本来ならコルソのチームが担当するはずだった。遺体が発見された日の当直はコルソだったからだ。だが、ちょうどその直前、コルソは公証人がペーパーナイフで喉を切られた事件で、現場に呼びだされていた。もちろん、犯人を割り出すまでの間に（犯人は、相続権を失って不満を募らせた男だった）並行してこの事件の捜査に手をつけることもできたが、犯罪捜査部長のカトリーヌ・ボンパールは、この一件をボルネックに担当させた。コルソの一課に比べて、ボルネックの三課は地味な活動をしている。すでに事件はマスコミで大きく報道されていたため、より目立たない部署に担当させたほうがいいと判断したのだ。

黙ってコルソを見つめると、ボルネックはデスクの後ろに戻って椅子に腰をおろした。そのとたんに首が肩に埋まって見えなくなった。と、ボルネックが、これから闘牛場に引き出される雄牛のようなしかめ面をして言った。

「おまえだって何も見つからないさ。犯人のやつめ、何の手掛かりも残していないんだ。殺人の二十四時間前から、誰も被害者を目撃していないし、事件までの数日の間、おかしなことに気づいた人間もいない。友人や知人もしつこく問い詰めたさ。あんまりしつこく聞き込みをしたので、ハラスメントで訴えて損害賠償請求すると言われたくらいだ」

「犯人は下着で被害者を縛っていたな？　あれについ

ては何かわかったのか？」

「窒息の原因になったのは被害者の首に巻きつけたブラジャーだが、そのブラジャーは首のところで〈鞭結び〉（自在結びのこと）になっていることがわかった。結び目が滑って締まる結び方の一種だ。手首と足首の結び目は〈8の字〉だ。もともとは船乗りが工夫した結び方だが、だからといってル・アーヴルやトゥーロンの港に行って、船乗り全員に尋問するわけにはいかんだろう。まあ、犯人がボーイスカウトの出身だということも考えて、その線は当たってみたが……」

「どうして、ボーイスカウトなんだ？」

「ボーイスカウトはよくロープを使うからな。〈8の字結び〉だってお手のものだろう。いいか？　捜査はそこまで行き詰ってしまったんだ」

「ボンデージは？」コルソは食いさがった。「ソフィーが写真や動画を撮ってネットにあげていれば、ＳＭ愛好家と出会っているかもしれない」

「それも考えたさ。だが口座を調べても、そういった仕事の形跡は何もないんだ。ほかのことでは、ずいぶん細かく稼いではいたようだがな。一応、ＳＭ業界も探ってみたし、売春斡旋業取締部の同僚にも訊いてみたが、何も出てこなかったよ」

「顔の傷については？」

「いいかげんにしてくれよ。犯人がかわいそうな娘の顔を傷つけて、何をしようとしたか知りたいってのか。冗談じゃない。やつは傷つけて醜くしたかっただけ。それでたくさんだ」

だが、それを聞いてコルソは思った。ボルネックは間違っている。口の傷も、喉に詰めた石も、どうでもいいことじゃない。犯人は被害者の顔をあんなふうにして何かを伝えようとしたのだ。あの悪夢のような仕業はどこかに原型があるにちがいない。

「被害者は抵抗しなかったのだろうか？　写真を見ると、防御創がないようだが……」コルソはあえて口にした。

「だから？」ボルネックがいらいらした口調で訊き返してきた。「被害者は犯人と知り合いだったとでも言うつもりか？　犯人を警戒していなかったせいで、おとなしく縛られていたと？　そんなものはドラマの中だけだ。そんなことで実際に事件が解決したことなど一度もないんだ。犯人は被害者を急襲してひもできつく縛りつけたのかもしれないし、痕跡の残らない薬で眠らせたのかもしれない。あるいはあまりに恐ろしくて動くことができなかったのかもしれない。実際にはどうだったかなんて、絶対にわかりっこないんだよ」

コルソは、ボルネックがさじを投げたことがわかった。それを拾うために自分がここにいるのだ。

「おれはソフィー本人のほうから捜査を進めてみようと思うんだが……。犯人のほうからではなく……。たとえば、ソフィーの生活を追っていって……」

「そんなこと、おれたちがやらなかったとでも思うのか？　おれたちは何から何までひっくり返して調べつくしたんだ。もうこれ以上は何も出てこない。犯人の側からも、被害者の側からもな」

「子ども時代のことはわかったのか？」

「児童社会扶助局から資料が届くのを待っているところだ。だが、わかるだろう、ああいうところは仕事がな……」

コルソは考えた。もし、いつか自分が殺されるようなことがあったなら、自分の過去についてはどんな捜査結果が出てくるのだろうか。自分も孤児で、国の施設で保護された。登録番号は六〇六五。イタリアとの国境から数キロのニースで生まれたので、〈コルソ〉というイタリアふうの響きを持つ苗字を与えられた。

警察が自分の幼児期や少年期をさかのぼって調べたら、いったい何が見つかるのだろうか？　もちろん、どこの施設にひきとられたか、なんという里親に育てられたか、そのくらいはわかるだろう。だがその間にどこで何をしていたのか、詳しいことまではわかるはずがない。それは調べる側にとっては、混沌とした闇の部分だ。しかし、自分はそういった闇の部分の生活によって人格を形成したと言ってよい。ほかの人には窺いしれない闇の部分によって、自分は複雑で、矛盾や秘密を抱えた人間になっているのだ。そう考えると、コルソは希望が湧いてくるのを感じた。ソフィー・セレにもそういった闇の部分の生活があったにちがいない。その秘密に迫れば……。

ボルネックが立ちあがり、手をポケットにつっこんだまま、窓のそばに立った。

「今回のお役御免は……」

「そんな言い方するなよ」

「だってそうだろう。今回のお役御免は、マスターベーションをしたあとのようなもんだ。惨めな気分だが、最終的にはほっとしている」

事件については、もうこれ以上話すことも訊くこともない。コルソは立ちあがり、最後に心にもない言葉を言った。

「まあ、捜査はするが、これ以上は何も出てこないだろうよ。今回の担当替えは、マスコミや世間に対して、警察もいろいろ手を打っていると見せているだけだからな」

「よく言うよ」ボルネックが振り返って言った。「おれはおまえがどういうやつか知っている。おまえは、おれたちよりうまくやれると自信を持ってる。いいじゃないか。幸運を祈らせてもらうよ。おれはバカンスに出かけるがね」

会見は終了した。ボルネックの部屋を出るとコルソは自分の部屋に向かった。その途中で、麻薬取締部の前に差しかかる。そこでは二課の連中が昨夜の武勲に沸き立っていた。コルソは誰とも顔を合わせないように、急いでその前を通りすぎようとした。と、突然、後ろから声がかかった。

「コルソ警視?」

その声に振り向くと、そこには、名前は忘れてしまったが、よく警察の廊下をうろついている新聞記者が立っていた。コルソは新聞記者に対して、何の敵意も持っていない。確かに、あることないこと、いろいろ書きたてはするが、判事や弁護士ほどひどくはない。同僚の警察官たちは新聞記者のことを、人の不幸を食い物にするろくでなしだと考えていたが、コルソ自身はそうは思っていなかった。人の不幸を食い物にすると言えば、警察官だって変わらない。人の死肉をむさぼるハゲタカのようなものだからだ。

記者はこちらに近づき、握手の手を伸ばしてきた。だがコルソはそれを避けた。握手は嫌いなのだ。

「シテ・パブロ・ピカソで行われた昨夜の家宅捜索について、少し教えてもらえますか?」

「さあ、私は、麻薬取締部を出てからもう五年もたっているんだ」コルソは答えた。

そのうちに、男の名前がぼんやりと浮かんできた。「トレパニ」とか「トリヴァリ」とかいったはずだ。以前、一度か二度、この男の質問に答えたことがある。ピエロのような顔で、今あらためて見ると、飛びだした大きな目と小さな口が、ゲームのキャラクターの「ラビッツ」にそっくりだった。

「そうは言っても、首吊りによる死者一名、銃による死者三名と負傷者三名。これはもうパリの近郊で起こった出来事とは思えませんよね? まるでメキシコのシウダー・フアレスかコロンビアのメデジンだ」

「何があったか知りたいなら、麻薬取締部の連中に聞くといい」

「あなたはシテ・パブロ・ピカソのタワーで育ったと小耳に挟んだんですが」

新聞記者というのは、警察官についてそんな情報まで持っているのか? コルソはびっくりした。これでは監察室より詳しいのではないか? 記者が続けた。

「昔は夢のような地区だったということですが……。その後の変化についてどう思いますか?」

「悪くなったという記事を書きたいのかね? 消防士が放火してまわるといった話を探して……。そんなことなら、私には聞かないほうがいい。私は別にあの地区の未来を悲観しているわけではない。あそこの住人のほとんどは善良な人々だ」

記者はしたり顔でにやりと笑った。

「あなたの時代には、街灯に吊るされた人間はいなかったかもしれませんがね」

そう、そんな人間はいなかった。だが、ほかの〈悪〉はあったのだ。ほかの人には窺いしれない闇の部分で……。コルソはそう言いたかったが、なんとかこらえた。

「今でも普通の人はそんなことはしない。あれは違法組織の連中のやり方だ。やつらは住民たちを恐怖で支配しようとしているんだ」コルソはできるかぎり穏やかに言った。「でも、そんなことはさせない。そんな連中はほんのひと握りだし、そういった連中を捕まえるために警察がいるんだ。シテそのものが危険だというレッテルを貼るのはやめるべきだね」

もちろん、最後の部分は政治的に正しい(ポリティカル・コレクトネス)発言にすぎない。コルソ自身もそんなことはひとつも信じていなかった。シテ・パブロ・ピカソにいた時のことを思い出すと、音楽を聴いていると音がうるさいといっては近所の人から飼い犬をけしかけられたし、タワーに住むがきどもは、宿題もせずに郵便受けの中におしっこをしてまわっていたし、自分の里親の家族も、同じ階の隣に住む不法滞在者を警察に密告していた。どの階にもごみが散乱していた。

「しかし、悪いことは伝染していきます」記者は言った。「山羊が一頭病気にかかると、それが群れに広まっていくように……」

「だから、まず悪いことをしている連中を捕まえるんじゃないか！　二度と悪さができないようにしてやる。それだけだ。少しでも悪いことをしているやつがいたら、片っ端から檻の中にぶちこんでやるべきなんだ！　あんなやつら、ぶち殺してしまってもいいくらいだ」

言ってしまってから、コルソはすぐに後悔した。

〈やっちまったな。にっちもさっちもいかなくなったじゃないか〉

「先ほどとは少し風向きが変わりましたね。シテのご出身にしては、ずいぶんと厳しい」

「出身だからこそ、厳しいんだ」

そう言って、コルソはその場をあとにした。そしてオフィスに戻りながら、自分の言葉を呪った。あれは少し乱暴だった。もちろん、昨夜自分が麻薬組織のメンバーのうちのふたりを撃ち殺したことは、誰も知らない。だが自分の身を守るためには、もっと慎重になるべきだった。一度吐いた言葉はメディアやネットや、あらゆる方法で取りあげられ、それぞれの好きなように使われてしまうのだから……。そうならないように、つねに身構えている必要がある。

部屋に入ってほっと一息つくと、すぐにドアをノックする音がした。見ると、入り口にバルバラが立っていた。にわか雨にあった黒猫のような風情だ。

「〈ナワシ〉の居場所を突きとめましたが、関心はありますか？」

「何の居場所だって？」

「〈キンバク〉、つまり日本のSMで、相手をロープで縛る時の特別な技術を持っている師匠のことです」

日本のSMには〈緊縛(きんばく)〉というプレイがある。女性をロープできつく縛り、天井から吊り下げたりして、性的に責めるプレイだ。エロチシズムと耽美主義が交錯する、その怪しげなプレイのことを、コルソはよく離婚調停中の妻のエミリアから聞いていた。

「そっち方面は、もうボルネックが調べただろう。何もなかったと言っていたぞ」

「パリのSMクラブを三つか四つ調べたようですが、私が言っているのはもっと本格的なもので……。本物の〈緊縛〉の師匠のことですよ」

「日本人なのか？」

「いいえ、マチュー・ヴェランヌといって、パリ出身のフランス人です。ワークショップを開催したり、緊縛ショーや講演を行っている人物です」

「どこに住んでいるんだ？」

「十六区です。行きますか？」

コルソは腕時計に目をやった。まだ十一時だ。

「おれの車で行こう」

8

バルバラが「運転は自分がする」と言い張ったので、コルソはハンドルを任せた。車がセーヌ川沿いの道を走っていく間、バルバラは〈緊縛〉について説明し、またこれから会うマチュー・ヴェランヌという男について詳しく話した。だが、どうしてバルバラはこの男のことをよく知っているのだろう？　もしかしたら本人も〈緊縛〉の愛好家なのだろうか？　だが、それを知るすべなどあるはずがなかった。

コルソは時々、バルバラはセックスでは何に燃えるのだろうと思うことがあった。わかっているのは、バルバラはほかの何よりも、人間の闇の部分を探るのが好きだということだ。捜査の途中でそういった闇の部分に突きあたると、いつまでもそれにこだわってしまうところがある。自分にはまるで、〈人間の魂の本質を暴き、報告する義務がある〉と考えてでもいるように……。

「そいつは仕事をしているのか？　そのヴェランヌという男は……。まさか、縄師を仕事にしているわけじゃあるまい」コルソは尋ねた。

「ファンドマネージャーです。アジアの投資家向けにヘッジファンドの運用をしていて、パリと香港、東京の間を行ったり来たりしているようです」

「家族は？」

「妻と、子どもがふたりだったと思いますが……。でも、もっとも情熱を傾けているのは〈緊縛〉で、家族は二の次です。金を稼いで家族を養い、銀行員らしく忙しく動き回っていますが、それは表の顔で……。本当に夢中になっている縄師という裏の顔とは、断絶しているということです」

「きみは、どこでヴェランヌと知り合いになったんだ？」

「売春斡旋業取締部にいた時に、現場で顔を合わせたんです。ある〈緊縛〉の会で事故があって……。縄が外れて女性が天井から落下し、首の骨を折ったんですよ」

その情景を思い浮かべて、コルソは思わず笑いそうになった。だが、なんとかそれを押しとどめた。車の外では、七月の太陽が石造りの建物を照らしていた。いくぶん雲が出ているせいか、日差しは穏やかで、まるで太陽がパリの街を口説こうと、優しくささやきかけているようだった。その光に、街全体が魅力的に見えた。

「つまり、ヴェランヌが会の主催者だったというわけか？」

「違います。主催者は別で、ヴェランヌは専門家として現場に来ていたんです。女性の縛り方に過失があったかどうかを判断するためにね」

「それできみも……」コルソは聞いてみた。「試してみたのかい?」

バルバラは鼻で笑って答えなかった。腕が細いので、握っているハンドルがとてつもなく大きく見える。

しばらく沈黙が続いた。その間に、車はグラン・パレを通りすぎ、エッフェル塔の方向に向かった。回転灯も屋根にのせず、サイレンも鳴らしていないので、警察の車には見えないだろう。コルソは思った。はたから見れば、古ぼけた黒のポロに乗ってドライブを楽しむカップルといったところだ。

性的な欲望を満たすために、ロープを使って相手を拘束する。いや、ロープだけではなく、さまざまな道具を使って……。そう考えた時、コルソは頭によみがえってくる思い出を押しとどめることができなかった。コルソ自身も、もっと簡単なやり方ではあるが、エミリアを拘束したことがあったからだ。もちろん、エミリアがそのプレイを承諾した時に限ってのことだが……。その中で、コルソは悪徳警官や背徳的な男となり、清純な処女に扮したエミリアに足かせをはめ、辱めを与えるのだ。その時間は昏く、まばゆかった。そこでは性の快楽が、加熱した温度計の水銀のように跳ねあがった。その時、自分は、光のような速さで進む原子になったように感じる。原子は頂点に達すると膨張し、純粋なエネルギーになり、そして〈ほかの何か〉に形を変える。エミリアにとってもそれは同じだったと思う。拘束されて身をよじらせている時、彼女はまばゆい光輪となって拡張し、混じりけのない硫黄の球になってコルソを爆破しそうになった……。

コルソは助手席で背筋を伸ばし、頭から雑念を追い払った。これまでエミリア以外にはほかの誰とも、この種の快楽に身を任せたことはない。だが、それは快楽であったと同時に、消してしまいたい過去でもあった。私生活の中にぽっかり空いたブラックホール……。

この穴を塞ぐために、コルソは夢中になって仕事をした。犯罪者に憎しみを燃やし、時には殺してしまうほどの暴力をふるえば、その快楽を忘れられるのではないかと思うこともあった。しかし、決して忘れることはできなかった。そして執拗に、ひとつの問いに悩まされつづけた。〈はたして、自分はエミリアと同じくらい堕落した人間になっているのではないか？　いや、もっとひどい。エミリアはまだ自分の本性を受け入れている。それを受け入れられない自分は偽善者ではないのか？〉

車はグルネル橋にさしかかるところだった。バルバラはハンドルを右に切った。セーヌ川を渡り、ラジオ局の前からグロ通りに入る。そのあとはすぐに、一方通行ばかりの、十六区の込みいった道に入りこんだ。

マチュー・ヴェランヌの住まいはドクトゥール・ブランシュ通りにあった。警察官にとっては不吉な通りだ。というのも、一九八六年一月十四日、この通りの三十九番地にあった銀行で、当時世間を騒がせていた銀行強盗・詐欺事件に関する逮捕劇があったのだが、警察は組織犯罪対策部や強盗犯罪取締部を動員して大規模な作戦を展開し、当初は犯人グループを追い詰めていたのに、最終的には大失敗に終わったからだ。歩道には死体が転がり、犯人たちは逃走し、人質まで取られた。そのうえ事件の終了後には、現場の警察官たちが作戦の指揮にあたった警視の更迭を要求する異例の事態となり、警察を揺るがす大騒動になったのだ。

十九番地の前で、バルバラが車を停めた。ヴェランヌはそこの建物に住んでいるのだ。五〇年代から六〇年代にかけてパリの——特に十六区で流行った、直線的で装飾のない建物で、十二階の高さから周辺の地区を見下ろすかのように、超然とそびえ立っている。

背の低い鉄柵を開けて中に入るとすぐに中庭があり、そこにはふたつ奇妙なものが置いてあった。ひとつは噴水の水盤で、色は青緑、陶器製で波形曲線状のフォルム。もうひとつは水盤の端にある彫刻で、黒い樹脂でできていて、ボクシングのグローブの形をしている。

コルソは、昔のモダニズムを思い起こさせるこうした物が好きだった。あらためて建物を見ると、中には五十戸ほどの住居が入っているようだった。それはまるで、長方形の箱の中にぎっしり詰めこまれた角砂糖のように見えた。

コルソとバルバラは建物の入口に向かった。建物は小さなエントランスホールを除いて一階の部分が柱で支えられているだけなので、そのまま奥の庭園に抜けられるようになっている。そのため、建物全体が宙に浮かんでいるように見えた。エントランスホールの扉はガラス張りで、庭園側に抜ける扉と向かい合っている。床は大理石で、壁にはアルミニウムの郵便受けが光っている。ここではすべてがきらきらしていた。

この光景を見て、コルソはなんとなく幸先がよい気がした。この美しく透明感のある景色は、きっと暗闇の中にひらめきや真実の光をもたらしてくれるにちがいなかった。

9

　マチュー・ヴェランヌは、足が長く背の高い、五十歳くらいの男だった。銀髪に骨ばった凹凸のある顔、出っ歯で、眼球は飛びだすほど大きく、貪欲そうにきょろきょろとせわしなく動いている。唇は分厚く、口角にはひきつった笑いが張り付いているが、笑うとさらに恐ろしいことになった。すべての歯が、まるでどう猛な肉食動物が歓喜の雄叫びをあげるように、唇の外に飛びだしてくるのだ。それはひとことで言うと、好色な顔つきだった。

　まさに縄師にふさわしい顔だ。

　コルソは、趣味でも仕事でも、自分が情熱を傾けている内容にふさわしい顔つきをしている人に出会うと、いつも心を動かされた。失礼だと思いながらも、それがぴったりだった時には、こんなところに内面が正直ににじみ出るのだと思っておかしくなるのだ。

　コルソとバルバラが案内されたのは、天井が低く、壁が羽目板張りになっている広い部屋だった。調度品は一九六〇年代に制作された彫刻や絵画、それにモダンアートふうの家具で、最初からここに備えつけられていたようにも見えるが、おそらくそうではないだろう。本業のせいか、副業のせいか、ヴェランヌの実入りがよくなってきたので、最近になって買い集めたのだ。作品の評価が定まって、高値がついてから……。この調度品にどれだけ金を使っているかは、窓の向かいの壁に「ジャン・アルプ」と署名された大きな抽象画がかかっていることからもわかった。

　そういったいかにも六〇年代的な雰囲気のなかで、コルソは一カ所だけ、その調和が乱れている場所を見つけた。チューリップの形をした黄色いウール地の椅子に、二十歳くらいの日本人らしき娘が、膝にイーストパックのリュックを載せて、沈みこむように座っているのだ。娘は特別きれいというわけではなく、おしゃれな感じでもなかった。何度も落第しそうになっている女子高生といった印象だった。

娘が手にしているスマホからは、ゲームのくぐもった音が聞こえてくる。そちらに集中しているせいか、コルソたちが入っていっても、娘は顔をあげなかった。ヴェランヌも娘を紹介する必要はないと思ったらしい。コルソたちに卵形の肘掛け椅子を勧め、自分は赤い革張りのソファーに腰をかけると、さっそくこう尋ねた。

「さて、どんなご用件でしょうか？」

「ニーナ・ヴィスというストリッパーが殺された事件のことをご存じですか？」コルソは言った。「ニーナ・ヴィスは芸名で、本名はソフィー・セレというのですが……」

「知っています。新聞で見ましたから……」足を組み、無造作にズボンの埃を払いながらヴェランヌが答えた。「《ル・スコンク》の踊り子でしたか、あのクラブのことも知っていますよ」

ヴェランヌの態度におかしなところはなかった。落ち着いていて、何の屈託もない。時間があるので訊かれたことに答えているだけといった風情だ。

「遺体の写真はメディアには一度も公表されていません。被害者は自分の下着で、特殊なやり方で縛られていました」

そうコルソが説明する前に、バルバラはすでに殺人現場の写真を何枚も取りだしていた。その写真を目の前の低いテーブルの上に、トランプのように並べていく。

ヴェランヌはテーブルの上にかがみこみ、じっと写真を見つめた。その間、一言も発することなく、身じろぎもしない。その顔からは何の感情も読み取れなかった。いったいこの男はどんな手つきで、ロープで裸の女を縛り、宙づりにするのだろう？　どんなふうに鞭をふるうのだろう？　この男の仕事ぶりを見てみたいものだ。コルソは思った。

やがてヴェランヌが組んでいた足をほどいて、写真を一枚一枚、順番に手に取った。

「何かわかりますか？」コルソは尋ねた。

写真を見ながら、ヴェランヌはずっと口を突きだしていた。厚い唇のせいで、さらに好色さが際立った。日本人の娘は、あいかわらず部屋の隅に座ったまま、スマホのゲームに熱中している。スマホからは何かが振動するような耳障りな音が鳴りつづけていた。

「これは、〈緊縛〉の中でももっとも危険な縛り方に似ていますね。〈ウシロ・タカテ・コテ・シバリ・ツリ〉というものです」

「どんな縛り方なんですか？」

「パートナーの両手を背中にまわして縛り、その体位のまま宙づりにするんです。その写真のように、足首と手首を結びつけることもしますよ。その場合は身体をしっかりと固定します。さもないと、身体の重みで手や足が折れてしまいますからね」

「首に巻いた下着の結び目を見てください。何かわかることがありますか？」

「これは輪が締まるタイプの結び目ですね。〈緊縛〉の世界ではまれですよ。危険すぎますからね」

「と言うと？」

「縛られている者がもがけばもがくほど、輪が締まってしまいますからね。首に巻いたりはしません」

「では、どんな時に使うんですか？」

「敵を捕まえる時ですね。日本では十五世紀（室町時代）に〈ホジョウジュツ〉（捕縄術＝とりなわじゅつ）というものが現れましてね。当時、敵を捕まえたり、捕まえた敵を縛って拘束することは、武術のひとつだったんですよ。それが十七世紀（江戸時代）になると、罪人を縛るのに使われるようになりました。縛り方はさまざまで、罪人の身分や罪状によって特別なやり方があったんです。だから縛り方を見れば、そいつがどんな身分でどんな罪を犯したか、わかるようになっていたんです」

話を聞きながら、コルソは隣にいるバルバラを見やった。バルバラは興味しんしんといった顔で、この話に聞き入っている。その様子にコルソは苛立った。〈縛り方の歴史など、事件には関係ないのに、どうしてそんなに夢中になるんだ!〉そう思ったのだ。ヴェランヌが話を続けた。

「そのいっぽうで、この罪人を縛る技術は、ひとつの〈わざ〉として、書道や茶道と同じように洗練され、純粋に美を追求する流れも生まれてきました。そのやり方は流派によってさまざまで、江戸時代には百五十以上の異なった流派があって、そのそれぞれが……」

「つまりあなたのお考えでは……」コルソは歴史の講義をさえぎって言った。「犯人はその技術の基礎を身につけていた、ということですね?」

「今の時代は、インターネットで調べればすぐに、パートナーを正しく緊縛することができますよ」

コルソはふと別のことを思いついた。

「昔は、罪状によって違う縛り方をした、とおっしゃいましたよね。とすると、今回の被害者を縛った手法についても、被害者が何か特別な罪を犯したというか、非難されるようなことをしたと考えることはできますか?」

「いいえ、私の知る限りでは、ないと思いますが。歴史の本を見てみないことには……。まあ、私に言えるとしたら、これは死刑に相当するだろうということですね。どんな流派のやり方であれ、罪人を後ろ手に縛りあげて、それをさらに足首に縛りつけるなんていうのは、最大限に苦痛を与えるやり方ですからね。失敗する危険も大きい。今でも、中途半端にこういう縛り方をして、事故になるケースがあとを絶ちません。おや……」

そう言うと、ヴェランヌはそこで話をやめ、一枚の写真に目を留めた。しばらくの間、その写真のある部分を見つめている。それからもう一度その写真を手に取ると、もういっぽうの手で胸ポケットから眼鏡を取りだした。

「さっきは気がつかなかったが」眼鏡をかけながらヴェランヌは言った。「この8の字結びは特殊な形をしているな」

「どういうことです？」コルソは尋ねた。

ヴェランヌはサギのような動きで顔をあげると、わざとらしい仕草で眼鏡をはずした。

「8の字結びというのは、文字どおり、結び目が数字の8の形をしているのですが……」そう言うと、べっ甲のフレームで結び目を指す。「これを見ると、8の字がもうひとつあるでしょう？　でも、こちらは8のふたつ目の輪がまだ閉じていないのです。つまり、結び目が留まっていない」

ヴェランヌから写真を受け取ると、コルソはその部分を見なおした。確かに、手首の結び目の先にもうひとつ8の字の結び目がある。だが、その結び目は留められていなかった。

「これはどういう意味だと思いますか？」コルソは尋ねた。

「言おうと思えば何とでも言えますが——まあ、誰でも知っているとおり、8の字を横にすれば〈無限〉を表す記号になります。とすると、これは直感ですが、犯人は警察にふたつのことを伝えようとしているような気がしますね。ひとつは、〈無限に〉というわけではないが、殺人はこれからも続くということ。もうひとつは、誰もそれを〈止める〉ことはできないということです」

これが本当なら、驚くべき情報(スクープ)だ。コルソは、息子のタデと一緒に見た『トイ・ストーリー』に出てくる、バズ・ライトイヤーの決め台詞を危うく口にしそうになった。《無限の彼方へ、さあ行くぞ！》と……。

「この女性に見覚えはありませんか？」コルソはスマホを出して、ソフィー・セレの写真を見せた。

「被害者の女性ですね。新聞の写真で見ましたよ」

「どこかほかのところでは？　ＳＭのクラブとか、〈緊縛〉のワークショップとかでは？」

「ありませんね」

コルソはスマホをポケットに戻した。

「そうした……〈緊縛〉のショーを行っているパリのナイトクラブのリストをいただけますか？」

「いいですよ。そんなにたくさんはありませんがね」

「ご協力感謝します」

そう言って、コルソは立ちあがり、バルバラもそれに続いた。ヴェランヌも立ちあがった。日本人の娘は、あいかわらず部屋の隅でじっとしている。コルソは、このふたりの間に秘めやかな関係があるのを感じ取った。それは簡単に言葉で表すことはできないが、ほかのどんな関係よりも、ずっと強いつながりなのだろう。

コルソは日本のアニメに出てくるような、あどけないくせにセクシーなその娘を見つめた。それから、ざっくばらんな口調を繕って、ヴェランヌに話しかけた。

「あなたのお友だちはご機嫌ななめのようですね」

「この子は友だちじゃない」

「あなたに対して怒っているみたいだ。ちょっと強く縛りすぎたんじゃないですか？」コルソはわざと下品な冗談を言った。

するとヴェランヌは口元に見下すような笑みを浮かべた。だが、そのぎょろりとした目は笑っていない。まるで死刑執行人のような冷たい目だ。

「そのせいではありません。この子がふくれっ面をしているのは、昨日、私が少しばかり、鞭で強く打ったせいです」

「なるほど」コルソは嫌な気持ちで答えた。

その言葉に、ヴェランヌはさらに人を見下したような笑みを浮かべた。バスティーユ監獄の看守を見るサド侯爵のようだ。

「確かに、私はこの子に苦痛を与えた。だが、それはこの子がそれを望んでいるからだ。この子は、心の底では私がそうすることを望んでいるのだ」

その口調には、「そんなこともわからないのか、この馬鹿が！」という響きがあった。コルソはあえて、〈そんなこともわからない馬鹿〉の役割を引き受けて、部屋を辞去した。

建物の外に出た時には、午後一時になっていた。太陽は高く昇っているが、暑さはそれほどでもなかった。噴水の端にあるボクシングのグローブの形をした彫刻が、夏の光に輝いている。その美しい日差しを目にしながら、コルソは妙に憂鬱（ゆううつ）な気持ちになった。

「すみませんでした」バルバラが口を開いた。「もっと、なんというか……役に立つ話が聞けると思ったんですが……」

「いや、そう簡単に捜査に役立つ情報が得られることはないさ。それは奇跡のようなもんだ。いずれにしても、〈緊縛〉の愛好者を調べあげよう」

「オフィスに戻りますか？」

「きみは戻ってくれ。ウーバーで車を呼ぶといい」

「ボスはどうするんです？」

「約束があってね。個人的なやつだ」コルソは簡潔に答えた。

10

離婚調停のために頼んだ弁護士カリーヌ・ジャノーは、八区のサン・フィリップ・デュ・ルール通りにある建物の中に事務所を構えていた。来訪を告げると、受付ロビーでしばらく待ってほしいという。コルソは、その広くてスタイリッシュなロビーにある赤い肘掛け椅子に腰をおろした。原生生物をイメージさせるモダンな椅子だ。そこでふと自分の姿に気づくと、コルソはたちまち落ち着かない気分になった。髪はぼさぼさでジャンパーは擦り切れている。髭も三日間、剃っていない。どう考えてもこのおしゃれなロビーにはそぐわなかった。

そのうちに、時間は五分、十分と過ぎていった。だが、待つこと自体は気にならなかった。弁護士が来るまでの間、コルソは妻と離婚調停をするにいたった経緯をふり返った。

そもそも、コルソは人生の初めから、女性との関わりにおいて問題を抱えていた。特にセックスについてはそれが顕著だった。結婚がうまくいかなくなってから八年間、つねにそのことを考えて、問題は幼少期からの経験にあるとぼんやりと思ってきたが、では、何がいちばんいけなかったのかと言うと、その原因をはっきりと突きとめることはできなかった。とはいえ、なんとなく思い当たる節はあった。それは児童社会扶助局の斡旋でいくつか世話になった里親の家庭が、どれもカトリックの信徒だったことだ。そういった家庭では、女性は男性の支配下にあり、セックスの話も避ける傾向にあった。もちろん、里親の家庭で、父親が母親に対して暴君のようにふるまうのを見たわけではないし、少しでも性的な話をすると、極端なかたちで叱られたわけでもない。だがそこまでいかなくても、男性優位で、性的なことはオープンにしてはいけないという里親たちのメッセージは伝わるものなのだ。したがって、幼い頃に初めて性の衝動を感じた時、コルソは必死でそれを抑えこもうとした。

しかし当然のことながら、そういった衝動は完全に抑えこめるものではない。その結果、自分は無意識のうちに欲望の対象自体を——つまり女性そのものを、自分の意を叶えてくれないものとして恨むようになってしまったのではないだろうか？　コルソはよくそう考えることがあった。そして長ずるうちに、その恨みを空想の中で晴らすようになっていったのではないかと……。実際、高校生になった頃には、コルソは頭の中で少女を辱め、脅かし、傷つけることにしか魅力を感じないようになっていたのだ。そして、そういった場面がふんだんにある猟奇的な漫画や映画、小説でしか勃起しなくなっていた。

しかし、それはあくまでも空想の世界のことなので、その性癖が現実の生活に支障なり困難なりをもたらすことはなかった。高校のクラスでは、仲間たちがたわいのない恋愛話をしたり、時には地下室で女の子とセックスしたという話で盛りあがったりしていたが、「自分はそんなことに興味はない」などとあえて仲間に告白することもなかった。自分はただ少女を辱め、傷つけるという妄想に耽っていればよかったからだ。とはいっても、そういった妄想を続けるうちに、自分は相手を愛することではなく、侮蔑することでしか勃起できないのかと心配になり、この愛と欲望の矛盾に引き裂かれるようにもなった。

いや、相手を愛することではなく、侮蔑することでしか勃起できないというのは、正確ではない。それよりはむしろ、心から愛する女性を——崇高で穢れのない女性を、乱暴に裸にし、辱め、犯すことでしか欲望を満足させることができないのだ。自分の中にあるもっとも邪悪なもので、その女性を傷つけることでしか……。いずれにせよ、そういったことから、十代の後半に現実の女性と関わることはなかった。

そのうちに、現実は別の方向に動いていった。ドラッグだ。〈ママ〉と呼ばれるホモセクシュアルの売人から麻薬を買ったことがきっかけで、その売人に精神的に支配され、たった数グラムのヘロインと引き換えに、〈ママ〉の家に監禁され、性奴隷にされてしまったのだ。ちなみに、この時コルソを救ってくれたのが、現在の上司である犯罪捜査部長のカトリーヌ・ボンパールだ。ボンパールは死にかけたピノキオを救った青い妖精（ブルー・フェアリー）のように、地下室に監禁されたコルソを発見すると、新しい命を吹きこんでくれた（ボンパールがコルソを見つけた時、その足元には〈ママ〉の死体がころがっていた）。そうして、そこからコルソを救出すると、ナルコティクス・アノニマス（薬物依存症から脱却するための自助グループ）のプログラムによって依存症から回復させ、まずは高校に復学させ、それから警察学校へと送りこんだのだ。

だが、そういった辛い経験をしたあとも、コルソの性的な嗜好はほとんど変わらなかった。コルソは頭の中で、吸血鬼に血を吸われる処女やカウボーイに凌辱される娘、連続殺人犯につけ狙われるティーンエイジャーなどを想像して、欲望を満足させる生活を続けていた。だが、その欲望が現実の世界で充足されることはなかった。

エミリアに出会うまでは……。

最初にエミリアと会ったのは、彼女が十四区にある中央警察署に現れ、夫に暴力をふるわれたと訴え出てきた時のことだ。その時、コルソは二十七歳で、その警察署に勤務していたが、エミリアの顔やアーミッシュ（アメリカやカナダの一部の州で移民時代の生活様式を守って暮らしているドイツ系移民の集団）の小学校教師のようなたたずまいに、ひと目で虜になった。もっともその時はまだ、彼女に惹かれたのは、〈崇高な女性を穢したい〉という自分の理想に、エミリアがぴったり当てはまるせいだということに気づいてはいなかったが……。

だが、いくら相手に夢中になっても、交際が始まらないことにはどうしようもない。コルソはなんとか相手にアプローチする糸口を見つけようと、エミリアの生い立ちや経歴を調べた。すると、エミリアはブルガリアの出身で、故郷のスリベンという町でフランス語の勉強を始めたところめきめきと力をつけ、ほかの学業が優秀だったこともあってパリ政治学院に入学した才媛だということがわかった。しかもそこを首席で卒業すると、そのあとはいくつかの省庁に勤めて実力を認められている。つまり、エリート中のエリートだったた。それがわかった時、コルソは茫然とした。自分はしがない警察官で、社会の底辺にいる犯罪者たちを相手にしている。それに引き換え、彼女は社会の上層部で生きている。これではふたりの人生は交わりようがない。

しかし、だからと言って、コルソはエミリアをあきらめるつもりはなかった。そこで、警察官としての職業的な立場を利用することにした。おそらくエミリアの夫は、これからも彼女に暴力をふるうだろう。その現場に居合わせて、夫の暴力から彼女を救えば、これ以上ない交際のきっかけとなる。そう考えて、コルソはパリ郊外カシャンのデュノワ通りにあったエミリアの家の前で、毎晩夜を徹して張り込みをすることにしたのだ。

だが、その努力はすぐには報われなかった。それから数週間しても、エミリアの夫はいっこうに妻に暴力をふるう気配を見せなかったからだ。警察に訴えられたことで、夫は態度を改めたのだろうか？　しかし、コルソがそう思いはじめた頃、事態が動きはじめた。ついに夫が行動を起こしたのだ。聖ヴァレンタインの日のことだ。

その夜、いつものように通りで張っていると、家の中から叫び声や、何かがぶつかる音、扉が激しく閉まる音が聞こえてきた。そして、しばらくすると夫が外に現れ、車に乗るなり、夜の闇に消えていった。コルソはすぐに呼び鈴を鳴らしたが、返事はなかった。そこで、入口の錠をこじ開けて中に入ると、家じゅうを探した。エミリアは浴室にいた。壁に設置された懸垂バー（たぶん夫が取りつけたのだろう）に、裸で宙づりにされていたのだ。エミリアの身体には拷問を受けた傷跡がいくつも残っていた。

コルソは救急車を呼び、彼女は病院で治療を受けた。傷は回復に向かった。その間に、コルソは夫を逮捕し、規則にのっとって判事のもとに送った。警察官としての役目はそれで終わりだ。だが、エミリアを手に入れるため、コルソはそれ以上のこともした。判事に対して印象操作をして、夫に厳しい処置が下されるように、そして裁判を待つ間フルーリー＝メロジス刑務所に勾留されるようにした。また、刑務官にも手を回し、エミリアの夫がどんなことをしたのか、刑務所中に噂を広め、刑務官からも、仲間の囚人からもひどい目に遭わされるようにした。そうやって、〈人生〉というものを夫に教えてやったのだ。

そのいっぽうで、コルソは花束を持って定期的に病院を訪れ、エミリアを見舞った。そしてエミリアに離婚の意志があることを確かめると、その手続きを手伝った。もちろんその間も、愛の言葉をささやきつづけながら……。これに対してエミリアのほうも、怪我が治って退院すると、積極的にコルソの誘いを受けるようになった。こうして、細やかな気遣いと使い古された口説き文句のおかげで、コルソはエミリアをものにすることに成功したのだ。

これは信じられないことだった。つまり、肉体的に……。コルソは〈崇高な女性を穢す〉ことに性的な充足を求めてきた。だが、現実にはそんなことはできない。ところがエミリアは、コルソが憧れる清らかな女性であるいっぽう、それを穢し、辱めたいという、コルソの暴力的な欲望を受け入れてくれたのだ。空想の世界で夢見てきたことを現実の世界で実現してくれたのは、エミリアが初めてだった。当然のことながら、それはあくまでもセックスのプレイとしてであって、嫌がっているのを無理やり従わせるわけではない。だが、ただのプレイにしても（そのおかげで本当には傷つくこともなく）、コルソはエミリアを凌辱し、〈心から愛する女を辱めたい〉という長年の欲望をついに満足させることができたのだ。エミリアはそれをプレイとして受け入れ、もちろん、それがプレイであるとは微塵も思わせなかった。そんなことは嫌だと拒否するふりをして、コルソの歓びを最大にしてくれたのだ。

　コルソは興奮して、天にも昇る心地だった。思ってもみなかったセックスパートナーを見つけたのだ。エミリアは、母親と娼婦を同時に演じることのできる女性だった。もっと言えば、無理やり娼婦のふりをさせられている母親を演じることのできる女性だった。エミリアといると、羞恥心や良心の呵責を忘れ、幸福を味わうことができる。コルソはそう思った。

　だが、それは思い違いだった。コルソは自分が性的満足を得るためにエミリアに奉仕してもらっていると思っていたのだが、奉仕していたのは自分のほうだったのだ。コルソから凌辱されることによって、エミリアは背徳的なセックスを楽しんでいた。暴力をふるわれることによって偽りの恐怖に歓びを覚え、執拗にいたぶられることから無限の快楽を引き出していたのだ。

　いや、エミリアの欲望はそのレベルにとどまらなかった。コルソが倒錯の極みだと思っていたことも、彼女にとっては前菜にしか過ぎなかったのだ。その時になって初めて、コルソはいかに彼女が危険な女であるかを理解した。それと同時に、エミリアと前夫との夫婦関係がどうなっていたかについても、その真実の姿が見えた。前夫がエミリアに暴力をふるったのは、あれはDVでもなんでもなく、エミリアが要求したことだったのだ。自分の性的な欲望を満足させるために……。それがわかると、コルソはエミリアの前夫に対して忸怩(じくじ)たる思いにとらわれた。前夫が刑務所を出た時、コルソは保護観察官が前夫に対して偏見を抱くようにさせたり、再就職の邪魔をしたり、エミリアに近づいたら承知しないと脅迫したり、あの男の人生をめちゃくちゃにするようなことをしたのだ。実際はあの男のほうが被害者だったというのに……。あの男は妻の命令に従い、妻の異常な欲求を満足させなければならなかった。彼女を殴り、火傷を負わせ、宙づりにするよう要求したのは、エミリア自身だったのだ。

その頃、コルソはすでにエミリアと結婚していたが、彼女の要求はエスカレートするばかりだった。それはコルソが空恐ろしくなるほどだった。そして彼女が妊娠したとわかった時、コルソは唖然とした。自分たちの破廉恥な行為から子どもが生まれるなどとは認めることができなかったからだ。いったい、いつ赤ん坊ができたのだろうか？　一面に割れたガラス片が散らばる上で、自分を押し潰してくれと彼女が要求したあの時だろうか？　それとも彼女をめった打ちにしながら挿入せざるを得なかったあの時だろうか？

だがそのいっぽうでコルソは、妊娠によって彼女が落ち着くのではないかとも考えた。しかし、それはまたも思い違いだった。ホルモンの影響に突き動かされたのかどうかは知らないが、エミリアはますます倒錯的なプレイに夢中になっていった。エミリアが自分の腹に何本も針を刺しているのを見つけて、とりあえず寝室に閉じこめたこともあった。

産前の病気を理由にして（それはまさに〈病気〉だった）、エミリアの勤め先に休暇願いを出させると、コルソは毎日、教会へ出かけて祈った。こんな異常な両親から生まれる子どもは、何か悪い宿命を背負って生まれてくるのではないかと思うと、神にすがるしかなかったのだ。心のなかは恐怖と嫌悪でいっぱいだった。

やがて子どもが生まれると、コルソはほっとした。子どもは無垢で純粋で、何の悪の印もつけられていないように見えたからだ。この子にはバランスのとれた教育を与え、母親のおぞましい本性を隠しておかなければならない。そう考えると、コルソは子どもが成人するまではエミリアと一緒にいて、この邪悪な女から子どもを守ろうと決心した。

こうして、年月が過ぎた。コルソはエミリアとの夜の生活を慎んだ。そのせいでエミリアの欲求不満が募り、家庭は難破船同然だったが、息子のタデは幸福に暮らした。この子が幸せになるためだったら、どんな犠牲も厭わない。そう思うと、コルソはこれまでの自分の罪を引き受け、性的な欲望を満足させることも我慢した。夫婦生活は地獄だったが、コルソは毎日、天国を味わった。かわいい我が子の成長を見守るという天国を……。だが、この偽りの暮らしは、とうとうエミリアをうんざりさせた。ある晩、コルソが帰宅すると、家の中は空っぽになっていた。エミリアが家具も何もかも持って、引っ越してしまったのだ。もちろん、息子もいなくなっていた。

それだけではない。すぐに警察がやってきて、コルソは逮捕されてしまった。「夫から暴力を受けた」とエミリアが訴えたのだ。前夫の時と同じだ。この窮地は、内部に手を回すことによって、なんとか脱することができた。すると、今度は離婚を要求する書類が送られてきた……。こうして、コルソは今、この離婚調停を乗り切り、息子の〈主たる親権者〉の地位を獲得するために、勝ち目のない戦いに乗り出すことになったのだ。

「コルソさん、お待たせしました」

その声に顔をあげると、目の前には鮮やかなスカイブルーのワンピースを着たジャノー弁護士が立っていた。顔には微笑みを浮かべているが、ガラスをひび入らせるような冷ややかな笑みだ。この女はエミリアに似ている。コルソはあらためて思った。誇り高く美しく、貞淑そうだがそれは見かけだけで、その裏には誰よりも淫らな欲望が潜んでいる。

コルソは立ちあがり、挨拶代わりにうなずいた。だが書類かばんを持ちあげた時に、ジャンパーの袖に血がついているのに気がついた。昨日の夜、麻薬組織のメンバーを撃ち殺した時についた血だ。反射的に、コルソはかばんを脇にはさんで、その血痕を爪でこそげ落とした。それから肘でこすって、痕跡がわからないようにした。

その間、ジャノーは腕を組み、啞然とした様子でコルソを眺めていた。その視線を浴びながら、コルソは思った。〈この女を味方にして、自分は申し分のない父親だと判事に認めさせることができるだろうか？　できるとしたら、それはおそらく、ゴルゴタの丘に登るような、厳しい道のりになるにちがいない〉と……。

11

「すでに申しあげたと思いますが、あなたに関する書類を見ると、状況は不利です」オフィスに案内して、椅子を勧めると、ジャノーは言った。

〈冗談だろう？〉コルソは思った。もう少しよい話を期待していたのだ。離婚調停の弁護士としてジャノーを選んだのには理由があった。警察の同僚のひとりが離婚した際、裁判で負けてすべてを失ったのだが、その時の相手側の弁護士がジャノーだったのだ。同僚は「勝つためならなんでもする、あこぎな女だ」と言っていたが、コルソが必要としていたのはまさにそんな弁護士だった。それなのに……。

「相手側から出てきた離婚調停申立書を読む時間はありましたか？」

オーク製のデスクの向こう側に座ってジャノーが続けた。デスクの上にはレザーでできたダークグリーンの大きなデスクパッドが敷かれている。

「もちろんですよ」コルソは書類かばんを開けながら答えた。「一文一文に注釈を加えました。それに……」

「基本的には、どう思われましたか？」

「あんなの嘘の塊ですよ」

「それを証明できますか？」

「もちろんです。私は……」

「あなたのほうは、どのような材料をお持ちですか？　相手側を貶めるために……」

その問いに、コルソは答えを躊躇した。オフィスの内装はロビーとは違っていた。調度品はどれも光沢のある木製で、おそらく二十世紀初頭の時代物だろう。敏腕女性弁護士というよりは、鼻眼鏡をかけた公証人の姿が思い浮かぶ――そんな内装だった。

「たとえば、奥様が悪い母親だということを示す材料をお持ちですか？」ジャノーが続けた。

「あいつは最悪の母親だ。でも、その情報を使うつもりはありません」

「なぜです？」

「息子のためです」

「息子さんは証言内容を知ることはありません。まだ小さくて調停には参加できませんから……」

「中学生くらいになって、理解できる年頃になったら、母親が判決内容を見せるかもしれません。いや、もっと早くにそうするかもしれない。自分の母親が悪い女だというイメージをタデに――息子に与えたくないんです。私が母親を責め立てたと、息子に思われるのも嫌です」

「それなら裁判をするまでもないでしょう。結果はわかっています」

「それがあなたの仕事のやり方ですか？　このまま、すごすごと引きさがるんですか？」

ジャノーは立ちあがって、窓を開けた。それから、落ち着きはらった様子で煙草に火をつけると、また椅子に戻った。その姿は美しく傲慢で、コルソは思わず欲望を感じた。

「もう一度現状を確認しておきましょうか？」ジャノーが再び口を開いた。「奥様はあなたが暴力をふるうという理由で、子どもを連れて逃げだしました。それからすぐに――つまり、二〇一六年一月に、あなたを警察に訴えています。あなたに暴力をふるわれた証拠を添えてね。それなのに、今、離婚に際して、あなたは九歳になる息子の〈主たる親権者〉となることを求めている。はっきり言って、この状況では、あなたが親権を得る可能性はまったくありません」

「あの告訴は嘘っぱちだ。それが嘘だと証明したうえで、エミリアのほうが妻として、母親として家庭を放棄したと主張すれば……」

「そんなことをしても、あまり役には立ちません」煙草の煙を吐きだしながらジャノーが言った。「親権に関しては、父親が圧倒的に不利なんです。〈交互親権〉を要求する場合でさえ、厳しい戦いになるでしょう」

「今は判事も、父親に好意的な裁定を下すようになったと聞きましたが……」

「違います。ほとんどの判事は、子どもが小さい場合は母親のもとにいるべきだと考えているんですよ。母親が働いていようが、父親と比べて子どもの面倒をみられる時間が少なかろうが、です。本当のことを言うと、離婚の原因が明らかに妻側にあったとしても、同じことなんです。母親であるということは、父親であることより正しいのです。〈母親ルール〉と呼ばれていますけどね」

コルソは椅子の上でもそもそ身体を動かした。やはり、父親は不利なのだ。それは内心気づいていた。ジャノーはそのことを口に出して言ったにすぎない。開いた窓から、外の工事の音が聞こえた。

「じゃあ、どうすればいいんです?」

「先ほど言ったとおりですよ。相手を貶めるんです。奥様が悪い母親で、一緒にいると子どもが危険にさらされるということを証明するんです」

「それはだめだ」

「では、どうすることもできませんね」

「私が父親として優れていると証明するのでは?」

「こういう場合、決定を左右するのは長所ではなく、欠点のほうなんですよ。判事たちは一年じゅう、お互いを侮辱して相手の欠点をあげつらう夫婦を目にしていますからね。あなたが奥様の悪いところを主張しないようであれば、奥様には何も非難できるようなところがないと判断するでしょう。そして、あなたの欠点をあげる奥様の言葉が真実だと考えるのです」

そう言うと、ジャノーは立ちあがって、煙草の吸い殻を指ではじいて外に捨てた。そして窓を閉めると、また席に戻って座りながら言った。

「それでは、まず奥様の非難にどう反論するか、そちらから考えましょう。奥様はあなたが何度も浮気をしたと断言していますが……」

「嘘です」

「それを証明できますか？」

「証明するとしたら、それは妻のほうです。でも、あいつにそんなことはできません。だって、嘘をついているんだから……。まったく、いい加減なことを！」

ジャノーが微笑んだ。唇に分厚く塗られた口紅がインクの雫のように光って見える。口の端から垂れてこないのが不思議に思えた。

「あなたは奥様がどのような人物か、おわかりになっていないようですね」

「妻のことは誰よりもよくわかっていますよ」

「私が言っているのは、職業的な経歴のことです。エミリア・コルソのキャリアは模範的なものです。母語でない言語で学位を取得し、フランスに帰化してからは、農業省や社会問題省に勤務しています。今や、国民教育大臣付き閣外事務局のナンバー2ですよ。たぶん、まだまだ出世することでしょう」

「だから、何なんですか？」

「だから、キャリアの問題です。あなたのほうは、単なる警察官です。たかだか警視にすぎません」

「警視庁の中で、もっとも優秀な刑事のひとりだ！」

それを聞くと、ジャノーはダークグリーンのデスクパッドの上に両手を置いた。マニキュアを塗った爪が赤く光った。それは血のついた甲殻類の殻を思わせた。この女性は、いったい、いつこんなふうにめかしこむ時間があるのだろう？　子どもはいるのだろうか？　夫は？　離婚する時には、相手の弁護士はこの人を論破することができるのだろうか？

「いくら優秀な刑事でも、それが調停で有利に働くことはありません」穏やかな口調で、ジャノーが言った。「でも、あなたの勤務状況が不利に働くことは考えられます」

「そいつはいい」コルソは思わず、口をはさんだ。

「あなたは数年間、警察署にいたあと、組織犯罪取締部や売春斡旋業取締部、そして麻薬取締部で勤務してきました。それはつまり、ほとんどの時間を犯罪者や変質者、麻薬の売人たちと一緒に過ごしてきたということを意味します」

「一緒に過ごしてきたわけじゃない。私はやつらと戦ってきたんだ」

「同じことです。社会の裏側で、好ましくない人物と接触してきたということですから……。そして、今は犯罪捜査部ですよね。一日じゅう殺人犯を相手にしているのだから、さらに悪い環境といえます」

　コルソは椅子の上で身を固くすると、教師に口をきくまいとしている劣等生のように下を向いた。だが、心の中ではこう考えていた。ジャノーが言ったことは本当だ。確かに、警察官は社会の汚水を汲みだし、善良な市民が平穏に暮らせるように、その生活を守っている。それは崇高な任務で、誰にでもできるというわけではない。しかしその任務のせいで、逆に自分たち自身が嫌われ者になってしまうのだ。世間から見ると、警察官と犯罪者は同じ匂いがするらしい。つまり、同類だと思われているのだ。

「そんな指摘をしてなんになるんです？　私のやる気を失わせようとしているんですか？」

「私は判事が指摘しそうなことを言っているだけです。あなたがどんな経歴で、どんな勤務状況にあるか、そのメリットとデメリットを厳しく判断するのは当然のことです」

「いや、そんなことより、問題は父親として何ができるかということでしょう？　親権を得たら、私は息子のために最善を尽くすつもりだ」

「でも、奥様の申立によると、あなたはほとんど家にいないそうじゃないですか？　勤務時間が異常に不規則だとか……」

「嘘だ。いつも夜には帰宅して、息子と一緒に夕食をとっている」

　ジャノーが微笑んだ。哀れみといってもいいような笑みだ。

「そんなこと、誰も信じませんよ。犯罪者は定時で働いているわけではありませんからね」

「今の犯罪捜査部では、以前よりずっと規則的な勤務をしているんですよ。もう、張り込みも急な出動もしていないんです」

「奥様は、あなたがお酒を飲んでばかりいると言っていますが……」

「飲むのは時々です。それもグラス一杯程度で……。それくらいなら普通じゃありませんか」

「奥様はあなたがドラッグをやっているとも主張しています」

　コルソは身震いした。麻薬依存だった過去や、そこから抜け出すためにナルコティクス・アノニマスに通った日々のことが頭に浮かんでくる。自分は麻薬欲しさに、「ママ」と呼ばれる売人の性奴隷となり、発作の最中に「ママ」を殺したのだ。

「嘘です」コルソは答えた。

「本当に？　少しはやったんじゃないんですか？」ジャノーはたたみかけるように質問を浴びせてきた。

「同僚の中には、強壮剤を使う者はいましたよ。麻薬取締部にいた時は、密売人を追い詰めるために、何日も徹夜で張り込みをすることがありましたからね。でも、それは私には関係ないことです。私は使っていません」

　ジャノーは書類のページをめくった。いくつかの文に下線が引かれている。大切なところに下線を引くのは自分と同じだ。コルソは思った。

「奥様はあなたが武器を携帯していることも問題にしています。それは危険だと言って……」

「私は警察官です。武器を持っているのは、善良な市民を守るためです」

「これまでに五人を死亡させましたね。先方の弁護士が、あなたの武器の使用歴に関する調書を入手しています。三十三、三十四、三十五、四十七、六十三番の書類です。女性の弁護士ですが、この弁護士はいい仕事をしていると言わざるを得ません」

〈死亡させたのは七人だけどな、お嬢さん〉コルソは心の中でつぶやいた。駐車場での場面が、一瞬頭によみがえってきた。銃弾が相手の頭蓋骨に深くめりこみ、骨や脳みそが飛び散った場面。メルセデスの中に倒れていた男の姿を確かめにいったら、銃弾によって、腸(はらわた)の半分が吹き飛ばされていたこと……。

「それはすべて任務を遂行する中で起こったことです」コルソは答えた。「そうしなければ、こちらが死んでいましたよ。それに、やつらは最低の殺人犯でした」

「奥様は、あなたが暴力をふるう男だとも言っています。つまり、DVだけではなく、一般的にということですが……」

「それもまた大嘘です。私は誰に対しても、決して手をあげたりしません」

「弁護士からの書類の中には、あなたを訴えた容疑者たちの資料が添付されています。それによると、あなたは容疑者たちに……」

「やつらは人間のクズだ！　ちくしょう！　私たちが毎日相手にしているやつらがどういう連中かわかってるんですか？　いったいなんだと思ってるんです？優しく話せば自白してくれる連中だとでも？　私は警察官なんですよ。街に出たら、そこはもう闘いなんだ。場合によっては力に訴えることもあるが、それは社会のためだ。でも私生活では、誰にも手を出したりしませんよ」

ジャノーは、書類に何か書き入れてから再び口を開いた。

「では、DVについては？　先ほどあなたは『嘘っぱち』だとおっしゃいましたが、ここに二〇一六年一月四日に提出された訴状があります。中立書の五十七番。それによると、エミリア・コルソは暴力を受けた翌日、すぐに医師の診察を受けています。診察結果は……」

コルソはそれを身振りで押しとどめた。瞼を閉じると、あの夜のことが思い出された。その頃、自分たちはもうベッドをともにせず、性的な関係も絶っていたが、エミリアのほうはひそかに自分の身体を傷つけながらマスターベーションに耽っていたらしい。コルソはあの夜、偶然その場面を見つけてしまったのだ。そして、暗澹たる気持ちにとらわれた。タデがすぐ隣の部屋で寝ているというのに、こんな倒錯的な行為をするなんて……。この女の狂気はとどまることを知らない。コルソはすぐにその行為をやめさせた。彼女が自分の身体をそれ以上ひどく傷つけることがないように……。だが、その時だって、暴力をふるったりはしなかった。

「身体に傷をつけたのは妻自身です」

「自傷ということですか？」

「普通の意味とは違いますが。彼女は……」

「彼女は？」

「いや、いいんです」そう言うと、コルソは身体を起こして、ジャノーのほうに身を乗りだした。椅子の継ぎ目がきしんだ。額に汗が噴きだしたのがわかった。

「調停でこのことに触れるつもりはありません。ですから、ほかのやり方で、勝つ可能性を見つけてください」

「相手を攻撃したくないというのであれば、あとはあなたが、人とは違ってどれだけ優れているかを、判事に見せるしかありませんね。あなたの素晴らしいところを手品のように取りだして……」

その言葉に、コルソはあることを思いついた。

「ストリッパーが殺された事件をご存じですか？　昨日から、私がその事件の捜査をすることになったんです」

「ええ、新聞やテレビでずいぶん話題になっていますね。難しい事件だとか……。犯人を逮捕できる可能性はあるんですか？」

可能性があるかないかと言われると、それはないほうに近い。今のところ、何の手掛かりもないのだ。ボルネックに話を聞いても、希望の光は見えなかった。わかっているのは、〈犯人は、パリを中心とするイル＝ド＝フランス地域の、数百万人の住民の中にいるのだろう〉ということだけだ。だが、コルソは言った。

「逮捕してみせますよ」

「もしそうなら、可能性がないわけではありません。国じゅうを騒がしている殺人事件を解決したら、あなたは英雄になる。そうなれば、話は別ですから」

コルソは立ちあがった。と、ジャノーが続けて言った。

「あなたに有利になる証言を集めてください。それから、息子さんと一緒に過ごしたバカンスの写真や、一緒に外に出かけた時の写真を探してください。あなたと息子さんの両方が写っているものを……」

「それが役に立つんですか？」

「殺人犯を逮捕できた場合には、それも役に立つでしょう」

12

車に戻ると、コルソはエミリアに電話をかけた。今夜は何時に息子を迎えにいったらいいか訊くためだ。いくらなんでも、答えてくれないということはないだろう。そんなことをしても、何の得にもならないからだ。夫と息子の面会を妨害したということで、調停で不利に働くこともある。

「何の用？」コルソだとわかると、エミリアはいきなり言った。

「今夜のことを打ち合わせておこうと思ってね」

「何の話よ？」

コルソは鼻から息を吸いこんで〈落ち着け〉と自分に言い聞かせた。

「何時にタデを迎えにいったらいいかな？」

電話の向こうで笑い声が聞こえた。いかにもエミリアらしい、表面上は穏やかで、そして冷ややかで、人を寄せつけない笑い声だ。どうして笑っているのかはわからない。

「全然わかってないわね。カレンダーも見ないのね」

「つまらないことを言うのはやめてくれ」コルソは唇の間から息を漏らすように言った。「今週末はおれがタデと過ごす番だ。きみもわかってるだろう」

「今日は七月一日よ。夏休みが始まったのよ。私がタデと過ごす夏休みがね。八月一日まではあなたはタデには会えないのよ」

考えてみれば、そのとおりだった。どうしてそんな大事なことを忘れていたのだろう？　仕事があったし、いろいろ心配ごともあった。いや、何よりも、この女と早く決着をつけたいという気持ちでいっぱいで、ほかのことに頭が回らなかったのだ。この女に振り回される生活はもううんざりだった。エミリアはまだ何か話していたが、コルソはその言葉を聞いていなかった。耳に入るのは、声の調子だけだ。東欧ふうの発音のせいで、柔らかく、リズミカルに聞こえる。かつてはこの声に魅了されたのに……。

「じゃあ、今晩、タデに電話するよ」コルソは言った。

「電話に出られるかわからないわ。バカンスに出かける前の最後のピアノのレッスンがあるから、とても疲れているんじゃないかしら」

「話をさせないと言うのか？　そういうことなら、こっちだって……」

「そっちだって、何？　言ってごらんなさい。あなたに何ができるって言うの？」

コルソは黙った。おそらく、エミリアはこの会話を録音しているにちがいない。いや、もちろん、相手の許可を得ずに録音したやりとりの内容は、正式な証拠にはならない。だがそのやりとりに、暴力的に相手を脅すような内容が含まれているとしたら、こちらが有利になることは決してない。そう考えると、脅し文句を飲みこんで、コルソは尋ねた。

「バカンスはどこへ行くんだい？」

「あなたに言う必要はないわ。《双方の移動に関しては、互いに通知する義務はない》。私たちはそう合意したはずよ」

エミリアのフランス語は、古めかしく、もったいぶっていた。

「ブルガリアに行くのか？　国外に出る時は、おれの同意が必要なはずだ」

「ご立派な刑事は国境を封鎖するつもり？」そう言って、エミリアはまた笑った。

コルソは唇を嚙みしめた。口の中で血の味がした。袖の折り返しで口をふくと、コルソは強い口調で言った。

「向こうに着いたら、おれに電話するんだ」

返事を待たずに電話を切る。それから、全速力で車を発進させた。神経が極度に高ぶっている。こういう時は、いつものように思い切り車を走らせるしかない。青い回転灯を車の屋根に乗せると、コルソはサイレンを鳴らし、一度もブレーキペダルを踏むことなく、パリ警視庁のあるオルフェーヴル河岸三十六番地まで戻った。

四階にたどりつくと、課長室の前でバルバラが待っていた。

「ちょっといいですか？　報告したいことがあるので」

コルソは口を引き結んだまま、バルバラのあとについていった。バルバラはリュドヴィクと共同で狭苦しい部屋をオフィスとして使っていたが、リュドヴィクはちょうど聞き込みで外に出ていた。バルバラのデスクを見ると、プリントアウトした紙が積まれていて、その紙は床まで散らばっていた。電話の通信記録や銀行口座の明細を調べる時、バルバラは昔ながらのやり方ですべて紙に印刷し、一項目ずつ下線を引いてチェックしていくのだ。

「過去四年間の、ソフィーの銀行口座の明細を調べました」

「そんなにさかのぼることができるのか？」

「うまいやり方があるんですよ」

「それでどうだった？」

「ソフィーがショーや映画、ビデオ以外の分野で仕事をしていないか、チェックしようと思いまして……。それで、振り込みや小切手の入金記録と、いつ、どこで何時間働いたのか、本人が申告した労働時間の記録を突き合わせてみたんです」

そう言って、バルバラはプリントアウトした紙を見せた（経費を節減するため、紙は両面印刷されていた。バルバラは真面目にエコロジーに取り組んでいるのだ）。紙には、ほかの人間には解読できない、ちんぷんかんぷんな数字が何段にもわたって並んでいた。

「その結果、ナイトクラブともビデオ会社とも関係ない、ふたつの企業から入金があることがわかりました。ソフィーは、二〇一二年二月には《エドガ》という会社から二千二百ユーロを、二〇一三年五月には《コンパ》という会社から三千ユーロを受け取っているのです。ところが、ソフィーが仕事をした数カ月後には、両社とも会社をたたんでいるんです」

「事業内容はわかるのか?」

「情報の暗号化サービスです。会社自体はたたんでいますが、ネットに残っていた情報でわかりました」

「情報の暗号化サービスとは……。ソフィーにそんな技術があったのか?」

「いいえ、まったく。経営の上級技術者免状は持っていますが、そのすぐあとに、ストリップの世界に入っていますから」

「その会社で何をしていたんだろう?」

「口座の明細からではわかりません。支払い日時と金額しか残っていませんから……。どんな契約をして、何に対して支払ったのか、見当もつかないのです。会社があった時の連絡先もわかりません。でも、先ほど興味深い事実を発見したんです」

コルソは近くにあった椅子を引き寄せて腰をおろした。こうなったら、辛抱強くバルバラの推理に付き合うしかなさそうだ。

「情報関連のデータベースで調べたところ、エドガ社についてもコンパ社についても、自社を紹介する文章がまだそのまま残っていたのですが、比べてみると、その紹介文がまったく同じものだったのです。言葉はもちろん、つづり字の間違いまで……」

「つまり、同じ連中が作った会社だということか?」

「そうだと思います。それからもうひとつ。その紹介文によると——まあ、ふたつの会社の紹介文は同じなのですが、エドガ社とコンパ社はDVDの暗号化もしているということで……」

「すると、やっぱり映画やビデオに関係しているわけだ」

「それで思ったんです。ひょっとしてエドガ社とコンパ社をたたんだあと、連中は新しい会社を作って、その会社の紹介文をデータベースに登録しているのではないかと……。そこで、データベース内の検索機能を使って、逆方向で調べてみたんです。つまり、つづりの字の間違いを含めて、紹介文をそのまま検索ボックスに打ちこむというやり方です。すると、エドガ社とコンパ社のほかに、同じ紹介文を使っている会社が見つかりました。二〇一五年に設立された《ＯＰＡ》という有限会社です」

「その会社にはウェブサイトがあるのか？」

「いいえ。データベースに登録しているだけで、ネットで調べても、ほとんど詳しい情報は得られません。でも、何人かの知り合いのコンピューターマニアに訊いたところ、こういった会社の実態がわかりました。この手の会社はＤＶＤの信号を暗号化して、スクランブルをかけるサービスをすると謳っていますが、実際のところはよそからの依頼でそういったサービスをすることはありません。スクランブルをかけているのは、自分たちが作成した動画だけなんです」

「どんな動画だ？」

「ポルノです。それもいわゆる〈ゴンゾ〉と呼ばれるタイプのもので……」

組織犯罪取締部や売春斡旋業取締部にいたせいで、〈ゴンゾ・ポルノ〉については、コルソも聞いたことがあった。要するに、監督がみずからセックスしているところをみずから撮影するというタイプのものだが、九〇年代に始まって、そのあと市場に広く出回るようになった。〈ゴンゾ〉というのは英語で「常軌を逸した」という意味だが、〈ゴンゾ・ポルノ〉の名前のほうは、七〇年代の〈ゴンゾ・ジャーナリズム〉から来ている。これはそれ以前の〈ニュー・ジャーナリズム〉の流れを汲むもので、ジャーナリストが取材対象の内側に入りこみ、自分がそのルポルタージュの登場人物のひとりとして行動する、いわば主観的なジャーナリズムの手法だ。

　これに倣って、〈ゴンゾ・ポルノ〉のほうは、監督がカメラを担ぎ、自分のペニスをビデオに出演させる。撮影セットもシナリオもなく、スタッフもいらない。必要なのは、もそれほど高度な技術は要求されない。必要なのは、常軌(ゴンゾ)を逸(な)した監督と、その大きなペニス、セックスの相手をしてくれる近所の女の子だけだ。あとは床にカーペットを敷いて、性交場面を大写しで撮影すれば、日常とハードコアポルノを合体させた、なんとも言えないものができあがる。だが、これが一世を風靡したのだ。

「それじゃあ、ソフィーは、少なくとも二回は〈ゴンゾ・ポルノ〉に出たってことか？」コルソは訊いた。

「エドガ社とコンパ社がそういうことをしていたのなら、その可能性がありますね。でも、もしそうなら、これは氷山の一角にすぎないと思いますよ。銀行口座の明細からはわかりませんが、もっとほかの仕事もしていたと思います」

　ストリッパーがポルノ映画に出演していたことなど、世紀のスクープとは言えない。が、ボルネックはこの線を突きとめられなかったのだ。コルソはさらに質問した。

「きみの知り合いのコンピューターマニアたちは、その会社の動画を見たことがあるのか？」

「いいえ。でも、評判を耳にしたことがあるようです。というのは、非常に高度な暗号化処理がされているらしいので」

「中身よりもスクランブルで有名ということか？」

「まあ、そういうことですね」

「でも、動画というのは、ネットに行けば誰にでもアクセスできるものなんだろう？　だったら、すぐに誰かに暗号を解読されて、見られるようになってしまうのでは？」

「違うんですよ。動画を見るためには、有料の匿名サイトに申し込みをしなくちゃいけないんです。そのうえで、さらにお金を払って、見たい動画の暗号解読キーを手に入れるという仕組みです。そのようにすれば、すべての動画にアクセスできますが……。まあ、簡単に見られないとなると、欲望をかきたてられるので、お金を払う人はいると思います」

「だが、有料会員になってそのサイトに行った者が、そこにある動画を手に入れて勝手に暗号を解読してしまったら、スクランブルがはずれていつでも見られる状態になる。そうしたら、それがネット上に流出するんじゃないか？」

「そうじゃないんです。サイトにアップされた動画は、コピーや転送ができないようにプログラムされていますからね。そういうことをしようとすると、料金を払っていても、もう見られなくなるんです」

結局、申し込みをしなければ見ることができないよう、さまざまな予防措置がとられているということか。その結果、さらに好奇心がかきたてられる。コルソは尋ねた。

「動画について、ほかにわかっていることは？」

「先ほども言ったように、〈ゴンゾ・ポルノ〉ではあるのですが、設定がかなり特殊なようで……」

「つまり、違法だということか？」

バルバラはあいまいな素振りをした。ポルノの場合、合法か違法かを判定することは難しい。出演者は必ず同意書にサインしているので、違法だと言いにくいのだ。ほとんどの場合、それが警察による追及を困難にしていた。

コルソの質問に答える代わりに、バルバラは紙のファイルを開いた。そこには動画のタイトルと内容を示すサイトのページが印刷されて、綴じられていた。コルソは中身を読んだ。ページには〈切断〉とか〈小人〉とか〈グローリー・ホール〉という言葉が並んでいる。〈グローリー・ホール〉というのは、ペニスを差しこむことができる壁の穴のことで——特にトイレの壁が好まれる——壁の反対側には女がいて、手や口を使って射精させるのだ。確かに、特殊であることは間違いない。

「これも知り合いの話ですが」バルバラが言った。「この会社の後ろには、教祖みたいなリーダーがいるようですよ。アクタール・ヌールという名前の男です。最初は、九〇年代に潤滑油を売り出し、ホモセクシュアルの男たちに重宝されました。それで、かなり名前を知られたようです」

「そのあと、ポルノを配信するようになったというわけか？」

「最初は自社制作ではなく、《ジャーマン・グー・ガールズ》社の動画をネットにあげています」

あのアクロバティックな格好をした女たちが精液まみれになるという動画か……。コルソは思った。バルバラが続けた。

「そのあとで、〈ゴンゾ・ポルノ〉を作りはじめたようです。〈ビオ・ゴンゾ〉とか〈オーガニックポルノ〉とか名づけて……。でも、最初の頃はまだスクランブルをかけていなくて、ネットにも無料でアップしていました。そのあと、暗号化技術を身につけたことによって、有料会員制のサイトを立ちあげたんです。《ＯＰＡ》という社名の最初のＯＰは〈オーガニックポルノ〉の略じゃないかと思います。最後のＡは、単にアクタールのＡかと……」

「そいつには前科があるのか？」

「いいえ。パキスタンかバングラデシュ出身のようですが、詳しいことはわかりません。〈サフラズ〉とか〈ブカリ〉という姓を使っていることもあるようです。

今、住所を渡します」

「そいつを串刺しのケバブにしてやるよ」

フランスでの滞在資格もはっきりしていませんね。会社を立ちあげる時はいつも他人名義です。今は、その種のコミュニティを率いて、あらゆるニーズに対応しているようですよ。タントラ教の性の秘儀を〈ゴンゾ・ポルノ〉のやり方で撮影するという過激なビデオも作っています」

それを聞いてコルソは思った。ひょっとしてソフィーは、この会社のいくつかのビデオに出ただけではなく、この男の何ものにもとらわれない自由奔放な思想に共鳴したのかもしれない。〈自然に帰ろうと主張するヌーディストとストリッパー〉の組み合わせが〈タントラ教のセックスとゴンゾ・ポルノの女優〉に形を変えたとしても不思議はない。

「バービー、きみはすごいな。最高だ」コルソはそう言って立ちあがった。「そいつはどこにいる？　そのアクタール・ヌールという男は……」

「だいたいはパラディ通りの事務所にいるようです。

13

パラディ通りに車を駐車しながら、コルソは相手がポルノ動画を作っているからといって、道徳的な見地から非難するのはやめよう、と心に誓った。〈オーガニックポルノ〉がどんなものなのかはよくわからないが、仕事の関係で、ほかのポルノ・ビデオについては、かなり詳しいことを知っている。売春斡旋業取締部にいた頃は（かつては風紀取締部と呼ばれていたが……）、とんでもない制作現場に踏みこんだこともある。スタジオの扉を開けてみたら獣姦の最中で、まわりを見ると、キャストの半分が動物だったのだ。同僚が押収したDVDを見て、驚愕したこともある。ふたりの男が膣の中で握手をするとか、女優の肛門にペニスを三本挿入するとか、おぞましい場面がたくさんあったからだ。輪姦の場面ばかり撮影して、一日千回近く挿入させて、記録を更新したという女優の話も聞いたことがある。

どれもこれも、意識して忘れていた思い出だ。エミリアとのセックスのことも、あえて思い出さないようにしていた。あれはおぞましいことの連続だった。いったい、自分の人生は何だったのだろう？　そんなことには振り回されずに、もっと穏やかで、落ち着いた、理知的な生活を送りたかった。

車を降りてあたりを見回すと、近くには漆喰のはがれた建物がいくつもあった。どれも中庭がついている。かつてはクリスタルガラスや磁器の製造工場があった地域だ。コルソは番地を確かめると、建物のひとつに入った。その中に《ＯＰＡ》の事務所があるはずだった。もちろん一階には案内板もないし、郵便受けにも名前はない。だが、コルソはバルバラから正確な情報を得ていた。三階の左側の部屋だ。

玄関ホールには、格子つきの大きな貨物用リフトがあって、階段はその陰にあった。コルソは明かりをつけずに、その階段を上っていった。三階に着くと、短く一度だけ呼び鈴を押した。今のところは、外から見ても、誰も刑事だとは思うまい。ドアの向こうからは、ただの訪問者にしか見えないはずだ。ドアの向こうからは、何の反応もなかった。そのまま一分が過ぎた。コルソはもう一度呼び鈴を押した。二分が過ぎた。誰もいないようだ。午後の三時だった。アクタールはどこかに出かけているのかもしれない。だが、「もう少し待て!」直感がそうささやいていた。

と、ついにドアが開いて、まっすぐの髪に浅黒い肌をした小柄な男が戸口に現れた。白いチュニックとパジャマのようなズボンを身につけ、裸足のまま、部屋の暗がりの中に立っている。その姿は闇夜に現れた幽霊のように見えた。明かりもつけず、おそらく鎧戸も閉めきっているにちがいない。

「アクタール・ヌールさん?」

男は何度も頭をこっくりさせた。コルソは警察のバッジを見せて言った。

「入っていいかな?」

アクタールは脇へ寄ってコルソを中に入れた。近くで見ると、アクタールの皮膚には皺が寄り、整髪料はつけているものの髪はぼさぼさだった。教祖様は昼寝から覚めたところにちがいない。

暗がりに目を凝らして見ると、部屋は東洋ふうで、かなりの広さがあった。床にはじゅうたんが敷かれ、壁にはタペストリーがある。椅子はない。床に置いたクッションに、直接、座って暮らしているからだろう。カレーとスパイスの強い香りが部屋に充満していた。

「チャイでもどうですか?」突然、甲高い声でそう尋ねると、アクタールはわざとらしい仕草で髪をなでつけた。

コルソは身振りでそれを断った。部屋の隅を見ると、低い台の上に数台のパソコンが並んでいる。この部屋で光を放っているのは、そのパソコンの画面だけだ。だがどのモニターも、音もなく、ちらちらした映像を映しだしているだけだ。コルソは先ほどの判断を訂正した。アクタールは昼寝をしていたのではない。仕事の最中だったのだ。ドアを開けるのに時間がかかったのは、映像にスクランブルをかけていたのだ。

「邪魔だったかな？」

「いやあ、編集作業が遅れていましてね」アクタールは笑みを浮かべると、申し訳ないというように軽く両手を合わせて言った。その言葉には軽い訛りがあった。「すみませんが、靴を脱いでいただいてもいいですかね？」

コルソは返事をしなかった。怒りが湧きあがってくる。目の前の、このモニターの画像のスクランブルを解いたら、おぞましいポルノの場面が映っているのだ。そう思うと、神経が高ぶった。

「本当にチャイはいりませんか？　じゃあサンデッシュはどうです？　ベンガル地方の小さな菓子で……」

「芝居はやめるんだ、アクタール」コルソは相手の目の前に立って言った。

道徳的な見地から非難するのはやめようという誓いはどこかに消えていた。

タントラ教の教祖様にとっては、辛い午後になりそうだ。

14

「このモニターに何が映っているのか、見せてもらいたいんだが……」

「それは無理です。職業上の秘密ですから……」

モニターの白い光に照らされて、アクタールの浅黒い顔が光った。それは黒光りするコガネムシの背を思わせた。

「刑事に秘密はないんだよ。覚えておくがいい」そう言うとコルソは、アクタールをコンピューターの前にあるクッションに無理やり座らせた。

「でも、スクランブルがかかっていますから……」

「じゃあ、そのスクランブルを解け！」コルソは両手でアクタールの肩を押さえつけた。「大丈夫だ。この手のポルノならほかに見たことがあるからな。おまえが作ったものが違法じゃなければ、何も心配することはない」

「違法なんかじゃありません。おれの会社は……」

「さあ、早くスクランブルをはずす暗号キーの番号を入れろ」

コルソはアクタールの後ろに立って拳銃を抜いた。シグ・ザウエルの銃だ。弾を装塡して、銃口をアクタールの耳に押しつける。

「左側のモニターから始めるんだ。ちょっとでも消去するような真似をしてみろ、鼓膜を吹き飛ばしてやるぞ」

アクタールは反射的に首をすくめた。そして指を震わせながらキーボードを打ち始めた。やがて画面の白いちらちらが消え、くっきりとした映像が現れた。完璧な解像度のものだ。俳優の顔は探すだけ無駄だった。画面に現れたのはひとつの膣に入った二本のペニスと、肛門に突っこまれた握りこぶしだったからだ。ふたつの穴の間の薄い肉片が今にも破れそうだった。

「うちはクローズアップをよく使うことにしていまして……」アクタールがもごもごと言った。「それに、最近では客の要求がどんどん激しくなっていて……。客の要望に応えようと思ったら、想像力を働かせて、工夫を凝らさないと……」

　その結果がこれか。まったく、見事な想像力だ。これはポルノというより外科手術に近い。身体の各部はすべて脱毛されて、毛は一本も見当たらない。

　カメラのアングルが変わった。ようやく俳優の顔が映った。俳優は日本の暗黒舞踏のように、皆、坊主頭だった。

　ここまでのところは、ハードでどぎついが、違法性はない。

「次のモニターを見せるんだ」

「でもこれは……」

「早くしろ、アクタール。おれの忍耐を試すんじゃないぞ」コルソは言った。

　新しい映像が現れた。〈スロート・ギャガー〉――イラマチオの場面だ。ひざまずく女の口を男が両手で開け、中に唾を吐き、すぐに自分のペニスを乱暴に喉まで入れると、激しく突き動かす。不愉快きわまりない場面だった。喉の奥でくぐもった音がする。女があえぎ、しゃくりあげる。涙、よだれ、嘔吐……。

「全部、演技ですよ」クッションの上でますます震えながら、アクタールは言い訳した。

「よほど演技がうまいと見えるな」コルソは皮肉った。

　女は叫ぼうとしていたが、ペニスが文字どおり喉を詰まらせていた。醜悪きわまる場面だったが、これも非合法とはいえなかった。

「なにしろ、需要があるので……」アクタールが言い訳した。「市場の要求に応えるしかないんです」

「三つ目のモニターに行け」

コルソが命令すると、アクタールは身体じゅうを震わせて、キーボードを打った。首の後ろを汗が流れ落ちていくのが見える。いや、汗ではなく、体温で整髪料が溶けだしたのかもしれない。

映像が現れた。女がひとりX字型の十字架にくくりつけられている。聖アンデレが殉教した時にくくりつけられた十字架と同じものだ。と、メリケンサックをはめた拳が、女性の顔を思い切り殴りはじめた。メリケンサックの鉄の輪が肉を引き裂き、皮をはぎ、骨を砕いていく。女は意識を失い、パンチに反応しなくなった。その顔は傷だらけで、最初に見た時とはすっかり変わっていた。

「さあ、これだな、アクタール」コルソは言った。喉が渇いて、ひりひりする。「これで、正式に逮捕する理由ができたな」

その言葉を聞くと、アクタールはクッションから飛びあがって、くるりとこちらに向きなおった。

「いったい、あんたは何を調べにきたんだ。本当に違法ポルノの捜査なのか？」

その声からは、おもねるような響きは消えていた。不思議なことに、発音の訛りも消えている。アクタールが続けた。

「おれは自分の権利は知ってるんだ。二〇〇四年六月二十一日の法律第一条でこう言ってる。《電子通信は自由である。したがってインターネットに対しては、表現の自由に関して活字及び視聴覚における出版物に与えられているのと同等の自由が保障される。この自由の行使は、人間の尊厳の保護、公共の秩序の維持、青少年の保護に必要な場合にしか制限されない》ってな」

コルソはにやりとして、拳銃をホルスターに収めた。

「上出来だ、アクタール。ちゃんと勉強したらしいな。だが、おまえの言った〈表現の自由〉ってのは、メリケンサックを使って顔を殴ることには適用されないんだよ。〈人間の尊厳の保護〉に反するからな。この場合、おまえは拷問及び虐待の行為によって、有罪判決を下されることになる」

チュニックの下でアクタールが大きく息をしたのがわかった。黒いオリーブのような顔は汗びっしょりだ。

「違う」アクタールは唇を震わせて答えた。「うちの女優たちはみんな、撮影条件に同意するという契約書にサインしてるんだ」

「その〈撮影条件〉そのものが、法律に照らすと犯罪なんだよ」

「違う、違う。うちのビデオに出演することに、女たちは同意しているんだ。つまり、自分の人生をどうするか、そこで何をするか、女たち自身が決めたことだ。これについては、裁判の判決も出ているぞ。『サド・マゾ行為に関して、国から自決権を侵害された』と、K・AとA・Dのふたりが欧州人権裁判所にベルギー政府を訴えた裁判の判決だ。二〇〇五年二月十七日に下されたその判決で、欧州人権裁判所は〈個人の自決権〉を認めて、こういったことを述べている。〈自決権には、性的関係を結ぶ権利が含まれるし、自分の肉体を自由に用いる権利も含まれる。本人にとって肉体的・精神的なダメージがあり、危険だと思われる行為に身を任せることも自由なのだ〉と……」

その判決は知っていた。妻が異常な被虐性向を持つので、コルソはこういった裁判についても調べていたのだ。

「だが、そうした行為が撮影されて、ネット上で有料配信されたとなったら、話は別だろう?」

しかし、アクタールはますます得意げになって言った。

「それも問題ない。肉体を傷つけられても、当事者があらかじめ同意していれば、罪にはならない。裁判所はそういった判断を示している。《性行為における当該行為において、当事者の同意は違法性阻却事由となる》と……。つまり、行為についても、またその行為を撮影して公表することについても、女の同意があれば罪にはならない。ネットで動画を配信することは合法なんだ」

その間も、モニターはずっと暴力シーンを流しつづけている。アクタールは彫刻家が自分の作品にするように、パソコンの上に手を置くと言った。

「わかったか？　民主主義国家において、サド・マゾは性の自由のひとつとして国家から認められているんだ。欧州人権裁判所では、一九九七年にラスキー・ジャガード・ブラウン事件で、警察がSMビデオを押収したのは適法だと、国家の規制を認める判決を下しているが、さっきの二〇〇五年の判決で法解釈の流れが変わった。この問題にはもう決着がついているんだ」

コルソは画面に目をやった。高画質で映るその顔は、もはや肉屋に吊るされているクズ肉にしか見えなかった。コルソは銃身でアクタールの頬を殴りつけ、壁に押しつけた。

「決着がついてるだと？　動画をきちんと調べれば、おまえをブタ箱に放りこむ証拠など、いくらでも見つかるさ。よく聞け、このクズ野郎め。おれはここに法律の講義を受けにきたわけじゃない。ましてや、おまえのくだらないSMの話や欧州人権裁判所がなんたらという話を聞きにきたわけでもない。おれの訊きたいことはひとつだけだ。二〇一二年二月と二〇一三年五月に、おまえはニーナ・ヴィスこと、ソフィー・セレの銀行口座に金を振り込んでいるだろう？　ソフィーはおまえのところで何をしていたんだ？」

「ソフィー・セレ？　ニーナ・ヴィス？　そんな名前は……」

コルソは拳銃のグリップでアクタールの顔を殴りつけた。鼻がへしゃげる鈍い音がして、アクタールが床にころがった。

「二週間前に殺害されたストリッパーだ。ここのところずっと新聞やテレビのニュースはこの話題で持ち切りだからな。聞いたことがないなんて言わせない。写真もネット上に出回っている。おまえは情報通だから、すぐに誰だかわかったはずだ」

「わ、わかった。話すよ。ニ、ニーナは、うちのクラブに所属していてね。定期的にうちで働いていた」

「口座への支払い記録は二回しかないぞ。ほかは直接払ったのか?」

鼻をへし折られ、唇は腫れあがっていたものの、アクタールはうすら笑いを浮かべて見せた。

「わかってねえな。最初の二回は別として、そのあと、ニーナはノー・ギャラでやってたんだ。自分の快楽のために、みずから進んでな。まあ、ほかの連中と同じように、おれの思想に共鳴したってわけだ。おれたちはビデオを作ってるんじゃない。高邁な思想のためには……」

コルソは、顎にもう一発お見舞いし、そんな御託を聞きにきたのではないということを教えてやった。

「ニーナはどんなビデオに出ていたんだ?」

「今見たようなやつだよ」

「嘘をつくな! ニーナはストリッパーだ。おまえのいかれたビデオで、身体に傷をつけられたり、顔をめちゃめちゃにされるような危険をおかすはずがない」

「ニーナの身体が傷つくのは外側じゃない。内側なんだ」アクタールは落ち着き払って答えた。「うちのクラブに登録している有料会員たちは、〈祭儀〉の時にどんな道具を使うか、自分たちで選ぶことができる。そう、これは祭儀なんだ。そこで選ばれた道具を使って、〈司祭〉が女優を責める。そして……」

内側だと? コルソはもう一発殴ってやろうと思ったが、手を上にあげたまま動きを止めた。浴室で裸になっているエミリアの姿が頭に浮かんだ。そのエミリアは……。その先は思い浮かべたくなかった。コルソは目の前のことに集中した。

「ニーナが出たビデオはどこにある?」

「探してみないと……。一応、目録はあるが……。なにしろ、たくさん作ったからな」

「ニーナの相手は誰だ?」

「それもすぐにはわからない。出演者の名前など、いちいち覚えてないからな」アクタールは鼻から流れ出る血と鼻水をふきながら答えた。

コルソはアクタールの身体を起こすと、もう一度クッションに座らせた。それからスマホを出して、ナタリーの番号にかけた。ナタリー・ヴァロン——ボディービルをやっている女刑事だ。だが、それにしても、捜査を始めてわずか数時間で、このような突破口が開くとは……。コルソはあらためて、バルバラの能力に感心した。普段は穴のあいたストッキングをはいているくせに……。ボルネックのチームは優秀だが、穴のあいたストッキングをはいた天才はメンバーの中にいないにちがいない。子どものように鼻をすすっている

アクタールから目を離すことなく、コルソはナタリーに説明した。

「ニーナ・ヴィスの足跡を見つけたよ。ちょっと特殊なクラブでな。詳しい話はバービーに聞いてくれ。今やっている仕事はやめて、ほかの連中と一緒にすぐ来てほしい。コンピューター関係の技術者も連れてきてくれ」

それを聞くと、アクタールが立ちあがる素振りを見せた。

「そんなことをする権利はないはずだ。家宅捜索をするのなら、ちゃんと……」

コルソはアクタールの髪の毛をつかんで、そのべとついた感触を我慢しながら、クッションの上に戻した。ナタリーに説明を続ける。

「特殊なクラブっていうのは、違法なポルノ・ビデオを制作して、ネットで配信しているグループでな。だから、パソコン、ハードディスク、ファイル、帳簿、

とにかく全部押収してくれ。そして、ここにいる首謀者の男を逮捕して、動画にスクランブルをかけている暗号解読キーを吐かせるんだ。もちろん、ほかの証拠についてもな。それから、ニーナが出演している動画を全部調べて、相手役や撮影に関わった技術者を洗いだしてほしい。ああ、それからこのサイトでニーナの動画をダウンロードした変態どものリストも見つけてくれ。最後に、制服の警官を何人か、至急送ってほしい。きみたちが来るまでの間首謀者を監視するためにね。このあたりをパトロールしている連中がいるだろう。ここの住所は今からメールで送る。その警官が来たら、おれはここを離れるからな。あとは頼んだぞ」

電話を切って、メールを送ると、コルソは、パソコン台からいちばん離れた場所にあるラジエーターに、アクタールを手錠でつないだ。それから窓を開けて、部屋にこもっているカレーの匂いを外に出した。その匂いを嗅いでいるといらいらしてくるからだ。ふと見ると、じゅうたんの上にはチャイのポットとカップをのせた銀の盆が置いてあった。カップにチャイを注いで窓辺に戻ると、コルソはひと口飲んだ。これで少しは気持ちが落ち着いた。

ラジエーターのほうを見ると、アクタールは床にうずくまってうめき声をあげていた。コガネムシの背のように黒光りしていた顔色は、今はナメクジのようにくすんだ色に変わっている。カップを持ったままアクタールの隣に行くと、コルソは近くにあった、擦り切れた革製のクッションを置いて座った。

「スマホを渡すんだ」

それを聞くと、アクタールは自由になるほうの手で、チュニックのポケットからスマホを取りだし、コルソに渡した。コルソはそれを自分のポケットに入れて言った。

「警官が来るまでの間に、何か役に立ちそうな情報を教えてもらおうか。事件に関係するような人間の名前とか、ニーナの私生活の状況とか……」

アクタールは鼻血をすすり、血の混じった痰を吐いた。

「何が言いたいのかよくわからないが、おれは……」

コルソは座ったまま、踵でアクタールの脇腹を蹴った。

「だから、ニーナが関係した人間の名前だよ。相手役とか、ニーナといかれた趣味をともにした男とか、ニーナをものにしたやつとかのな。誰でもいいから、名前を言うんだ。さもなきゃ、おまえを痛めつけるよう、おれの仲間に言っておくぞ」

アクタールは、またじゅうたんの上に痰を吐くと、喘ぎながら言った。

「マイクに会うといい……。ポルノ俳優だ。ニーナと仕事をしていた。たぶん、ふたりは親密な関係だったんだと思う」

「どうしてだ？」

「波長が合ってたようだからな。ニーナをこのクラブに紹介したのもマイクだ」

「どこに行けばそいつに会える？」

「お、おれは、連絡先は知らないんだ……」

コルソはまた足を振りあげた。が、蹴りを入れる必要はなかった。アクタールが身を縮めて、すぐに答えたからだ。

「ル、ル・ヴェジネだ。そこにスタジオがある。住所は……」アクタールは住所を告げた。

「本名はなんていうんだ？」

「カードを見てみないとわからないが。いずれにしても、みんなフロイトって呼んでる」

「フロイト？」

「あいつはインテリだから」

その時、ドアをドンドンと叩く音がして「警察です！　コルソ警視はいらっしゃいますか？」と叫ぶ声が聞こえた。コルソは立ちあがって言った。

「次は警察で会おう。もう少ししたら、おれのチームの仲間が来るからな。おまえは暗号の解読キーをすべて教えるんだ。質問にもちゃんと答えろ。あとは余計な口をきかずに、おとなしくしていろ！」

「べ、弁護士を呼びたい」歯茎をむきだした口で、アクタールがもごもごと言った。

コルソは立ちあがって、警官たちのためにドアを開けにいこうとした。だが、その前にアクタールの腹に最後の足蹴りをくらわした。アクタールは泣き崩れた。

「どうした？　ＳＭの監督にしてはずいぶんひ弱じゃないか」コルソは言った。

15

「ドクターですか？　犯罪捜査部のステファン・コルソ警視ですが……」西に向かって車を走らせながら、コルソはパリ法医学研究所の監察医に電話をかけた。「実は、ストリッパーが殺害された事件を引き継ぎました」

「それで？」不機嫌そうな声で、監察医は答えた。

明らかに仕事の邪魔をしてしまったようだ。声の響きからすると、どうも冷蔵室にいるらしい。コルソの知らない新しい監察医だった。

「二週間ほど前にソフィー・セレの検死解剖をされましたよね。それについて詳しい話をお伺いしたいんですが」

監察医はため息をついた。作業を中断するようにアシスタントに指示を出すのが聞こえる。それは映画監督が「カット！」と言うのと同じような感じだった。

「どうぞお話しください」監察医が言った。

「報告書を何度も読みましたが、膣の損傷についてはは何も言及されていませんでしたね」

「それについては繰り返し書いていますよ。《この女性に強姦された形跡はない》と……」

「殺される前からあった傷、あるいはその傷跡について知りたいんです」

「というと？」

監察医は少し興味を持ったようだ。

「実は今日わかったことなんですが、ソフィー・セレはSM傾向のあるポルノ映画に出演していたんです。何か気がついたことはありませんでしたか？」

「いいえ」

「肛門や膣の裂傷などは？」

「何もありませんでした。申しあげたとおりです」

「性感染症の検査はされなかったんですか？」

その言葉に、監察医は怒りを爆発させた。

「検死解剖した遺体は傷つけられ、骨が折れ、引き裂かれていたんだ。それなのに、クラミジアに感染していたか調べるべきだったというんですか？　私を馬鹿にしているんですか？」

「ありがとうございました、ドクター」コルソは電話を切った。

車はデファンス地区にさしかかっていた。コルソはまた昨日の銃撃戦のことを思い出した。昨夜は麻薬の売人をふたり殺し、今日はパキスタンだかバングラデシュだか、東洋人をひとり痛めつけた。まったく、自分はいつになったら、暴力から自由になれるのだろう？　暴力はたちの悪い風邪のようなもので、なかなかすっきりと厄介払いすることができない。

デファンスから西の郊外に向かう道は、果てしなくトンネルが続いている。英仏海峡の黒い波の下を通るユーロスターのように、自分は今、暗い少年時代を過ごした郊外の下を走っているのだ。その時、携帯が鳴った。ナタリーとリュドヴィクが現場に到着して、パソコンやハードディスクなどの押収が始まったという報告だ。押収品は動画の入ったパソコンやビデオを含めて、すべてベルシーにある犯罪捜査部の証拠品保管所に運ばれることになっている。あとはサイバー犯罪対策部の連中が動画にかけられたスクランブルを解いて、そのおぞましい内容を明らかにしてくれるだろう。

「容疑は何にするんですか？」ナタリーが尋ねた。

「押収した動画をいくつか見てみれば、何か出てくるさ。あれは違法だ。本人がなんと言おうとな。二時間後にオフィスに戻るよ」

車がトンネルを抜けた。ナンテールあたりの暗い郊外と違って、そこはもう別世界だった。大通りには堂々たる街路樹が並び、ガラス張りの建物や尊大な構えの邸宅が建ち並んでいる。

セーヌ川を渡って県道一八六号をまっすぐ行くと、やがて目的地のエミール・ティエボー通りに着いた。スタジオは色鮮やかなマロニエと鉄柵に囲まれた、ハーフティンバー様式の一軒家だった。

〈撮影現場に行ったら、その場の雰囲気を壊さないよう、自分はアクタールの友人で、ビデオのプロデューサーをしていることにしよう〉コルソは思った。アクタールが主宰しているクラブがどんなふうに活動しているのか、ありのままの姿を知りたかったし、マイクだかフロイトだか、ニーナの相手役の男にも、警察であると気づかれずに話を聞きたかったからだ。

呼び鈴を鳴らすと、耳がピンと立ったボディービルダーのような男が門のところまで出てきた。アクタールの名を出すと、男は質問を浴びせてきた。コルソは自分はアクタールの友人のプロデューサーだと名乗り、アクタールの部屋で見た最初の映像のシーンを思い出しながら、なんとかそれらしい話をしようとした。だが相手は警戒を強めるばかりで、まったく効果はなかった。

しばらく押し問答が続いた。この不毛な状況を脱するため、コルソは「それなら、アクタール本人に電話したらどうだ？」と提案した。

「おまえの名前は？」男は尋ねた。

「コルソだ」

すぐに男が携帯の番号を押しはじめた。これは一か八かの勝負だった。アクタールのスマホは最初にやってきた警官に渡しておいたので、今現在どこにあるかについては、ふたつの可能性がある。ひとつ目は、すでに証拠品としてビニール袋に入れられて、封印されている可能性。その場合は誰も電話に出ない。ふたつ目は、警官から渡されたナタリーかリュドヴィクのどちらかがまだ持っていて、しかも、アクタールもその近くにいる可能性。その場合は、ナタリーなりリュドヴィクなりに促されて、アクタールが電話に出る可能性がある。音声をスピーカーにして、こめかみに拳銃をつきつけられながら……。

男が耳に当てている携帯から、呼び出し音が漏れてくるのが聞こえた。コルソは男が着ている薄紫色のポロシャツのラコステのロゴを眺めた。男の胸筋の動きにつれて、小さなワニの顎が閉じたり開いたりして、大笑いしているように見える。

と、ふたつ目の可能性が現実になった。男の電話にアクタールが出たのだ。アクタールはコルソの訪問にオーケーを出し、建物に入れてもかまわないと許可を出した。門が開くと、コルソは男のあとについて、細い砂利道を通っていった。建物の前には芝生があり、その真ん中には抽象的なモチーフの彫刻が置かれている。建物のガラス窓には白いカーテンが引かれていた。

玄関に来ると、男が「靴を脱げ」と命じた。どうやらこれはこのクラブの掟らしい。コルソは靴を脱ぎ、男について迷路のような部屋をいくつも通り抜けた。どの部屋も二十世紀前半のドイツ・モダニズム建築の巨匠ミース・ファン・デル・ローエ本人がデザインしたかのような調度品が置かれている。と、ある部屋の前まで来た時、男が足を止めた。

コルソは以前にも、ポルノの撮影を見たことがあった。一般的に現場の雰囲気は穏やかで、裸になったポルノ俳優たちは、周囲がHIVの検査結果を確認したり、照明の調整をしている間、ペニスをいじりながら、家族やサッカーや車の話をしていた。

だが、案内された部屋に入ってみると、アクタールの現場の雰囲気はまったく違っていた。本がちらばり、ビリヤード台が置かれているところを見ると、おそらく楽屋として使われているのだろうが、ともかく部屋全体に重々しい空気が流れていて、まるで秘密の儀式をしているようなのだ。俳優たちは、男も女も無言で精神を集中している。誰もが裸で、髪を短く刈っていて、これから大きな外科手術を受ける患者のようだった。

「ここで待っていろ」案内の男はそう言うと姿を消した。

コルソはできるだけ目立たないように気をつけた。白い身体、勃起したペニス、つるつるの頭が並んでいる中では、服を着たコルソのほうが変質者のようだった。

何人かの男は、身体の先っぽに奇妙な装置を取りつけていた。油圧ポンプのような装置で、取りつけが終わると慣れた手つきで作動させている。女たちは足を開いて自分の割れ目に何かを塗ったり、ビリヤード台によりかかってスプリットをしたりしていた。テーブルのひとつには、こういった現場によくあるように勃起剤、潤滑油、浣腸剤などが置かれている。だがあまりに数が多く、テーブル全体を覆っているので、野戦病院の薬置き場のように見えた。

そのうちに、コルソは服を着ているのが自分ひとりではないことに気づいた。スポーツ選手のように紺のトレーニングウェアを着た小柄な男が（そのトレーニングウェアはビロードの生地でできていたが）、首から聴診器をさげ、女たちの間を忙しく動きまわっていたのだ。トレーニングウェアの男は、何も言わずに、女たちの局部に注射を打っていく。たぶん、これから撮影する行為に備えて、麻酔を打っているのだろう。

コルソはそっとため息をついた。

しばらくすると、アクタールと同じような白いチュニックを着た男が部屋の中に入ってきた。男はまっすぐコルソのほうにやってくると、言った。

「アクタールの紹介で来たのか？」

「そうだ」

「スタジオに人を来させることなど、今まで一度もなかったんだが……」

「何にでも最初があるものさ」

「監督と話がしたいのか？」

男はあまり身体を動かさず、小さな声でぼそぼそと話した。白いチュニックとあいまって、その態度は司祭をイメージさせた。だが、コルソは、男の首からLEDのポケットライトがぶらさがっているのに気がついた。おそらく、〈ライト・プッシー〉——挿入のその瞬間に照明を当てる係なのだ。

「いや。マイクに会いたいんだ」コルソは言った。

「誰にだって？」

「フロイトにだよ」

「どうして？」

「案内を乞うた時に言っただろう。おれもプロデューサーなんでね。あの男の能力には関心がある」

「ついてくるがいい」

コルソは男のあとについて別の廊下に出た。床にテープで留めてあるケーブルをまたぎ、アルミ製の大きな容器をよけて歩いていくと、やがて広い部屋に着いた。ひとわたり見渡すと、家具はすべて端に寄せられ、白い布で覆われている。床はビニールシートで保護されていた。どうやらここが撮影現場のようだ。技術者たちがプロジェクターを接続し、反射板を設置している。照明もカメラマンも俳優たちも全員そろい、これから〈ゴンゾ・ポルノ〉の撮影が始まるのだ。素人が撮ったいい加減なものではなく、プロによる洗練されたものが……。

部屋の真ん中にはベッドが置かれ、アシスタントの男たちがフィットシーツでマットレスを包んでいる。最初にゴムシーツをのせたうえで、そのシーツごとマットレスを包むのだ。部屋の隅には裸の女優がふたりいた。窓から入る光に照らされ、頭がまぶしいくらいに光っている。ふたりは抱き合ってキスをし、メーキャップ係がその尻にパウダーをはたいていた。

「あそこに座っているのがマイクだ」白いチュニックの男が言った。

コルソは指さされた方向を見た。マイクは窓を背にして、蓮華のポーズで座っていた。もちろん、裸で……。その目は柔らかく閉じられていた。身体つきは小柄だが、筋肉がついて、たくましかった。顔はブルドッグのように平たく、目は窪み、眉毛は剃られていた。顔の骨が皮膚の下で張り出し、金属の顔型の上に薄い肉を貼ったように見える。一度見たら、絶対に忘れられない顔だ。

だが、マイクの身体でいちばん目を引くところは、もっと下——股の間にあった。そこには、二十五センチを超えるXXLサイズのペニスが勃起して揺れているのだ。マイクは無頓着な様子で、左手で潤滑油をつけながら、右手でそのペニスをこすっていた。

コルソはそっとマイクに近づいた。すると、マイクは目を開けて、微笑んだ。

「警察の人ですね。ぼくを見つけるのにずいぶん時間がかかりましたね」

16

「ニーナとはネットで知り合ったんだ。当時ニーナはSMのサイトをよく見ていたからね」

「ソフィーの――いや、ニーナのパソコンを調べたが、その種のサイトに接続した形跡はなかったが……」

「当時、って言ったでしょ。ここ数年はその必要がなかったんだよ。自分が出演する側になったからね」

「どのくらい前の話なんだい？」

「六、七年だと思うけど」

コルソの質問に、マイクは気軽に答えてくれた。自分から警察に出頭することはないが、こちらから訊けば話してくれるタイプのようだ。蓮華のポーズで組んでいた足をほどくと、マイクはその足を軽くさすり、別にしびれた様子も見せずに立ちあがった。ジタンの煙草をつかんで、バルコニーのガラス戸を開けながら言う。

「こっちに来て！　煙草を吸いたいから……」

あらためてその立ち姿を見ると、マイクはローマ彫刻のような、筋肉の発達したたくましい身体つきをしていた。コルソはインドの性的なレリーフを思い出して、少しばかり興奮した。と同時に、それを見せないよう、自然にふるまうのに苦労した。

バルコニーに出ると、マイクは手すりにもたれ、煙草に火をつけた。それから、その煙草を口にくわえたまま、瀟洒な郊外の景色をバックにまたペニスをこすりはじめた。コルソは戸惑いながらも、思わずその姿に見とれた。まったく現実離れした光景だった。

「気にしないで」コルソの戸惑いに気づいたのか、マイクが言った。「もうすぐ出番なんだけど、変な薬を飲まされるのは嫌なんだ。それがぼくのやり方でね。

そんなのを飲まされたらずっと勃起したままになって、中に入れない」そこでマイクはにやりとした。「つまり、こうやって少しずつ大きくしていかないと……」

コルソは、わかったふうにうなずいた。

「調べによると、ニーナは誰にでも親切にしていたということだが……。でも、本当の友人はあまりいなかったようなんだ」

「そうだね。まあ、ぼくだけだと思うよ」マイクも同意した。

「ニーナと寝たことは一度もないのかい？」

「ないよ。撮影の時だけさ」マイクは笑みを浮かべた。「ニーナはハードSMにしか興味がなかったからね。全部、ぼくが教えてあげたんだけど……」そう言って、マイクは煙草を投げ捨てた。

「全部とは？」

「このクラブのこととか、ビデオとか。〈オーガニックポルノ〉とかね。アクタールから聞いたと思うけど……」

「ニーナはどんなスタイルのをやってたんだい？」

「まるで知らないみたいな聞き方だな」

「アクタールは〈祭儀〉とか、有料会員が道具を選ぶことができると言っていたが、よくわからなくてね」

その言葉にマイクは笑って、二本目の煙草に火をつけた。

「ニーナはオンラインゲームのスターだったんだよ」

「どんなゲームなんだ？」

「おやおや、この人は」マイクは煙を吐きだして言った。「あまり捜査は進んでないようだね」

「説明してくれ」

「《ＯＰＡ》はリアルタイムで行うオンラインゲームを配信しているんだ。もちろん、ゲームの映像にはスクランブルがかけてあって、お金を払わなければ参加できないようになっている。で、参加者は賭けるんだ」

「何に？」

マイクは、困ったものだというようにため息をついた。

「女優がそのゲームをできるかどうかに……。あるいは、そのゲームをどこまで続けられるかに……。ニーナは〈願いごと〉というゲームと、〈大麦キャンディー〉というゲームが得意だった」

「何だ？　それは」

「〈願いごと〉は、教会で使うようなろうそくを根本のほうだけ膣に入れて、芯に火をつける。芯が燃えるにつれて、火は性器に近づいていくから、女優が途中で熱さに耐えられなくなったら、そこでゲームが終了して、客の払う額が決まる。つまり、炎が身体に近づけば近づくほど、クラブに入る金は大きくなるわけだ。ニーナは誰よりもこのゲームがうまかったんだ。最後まで続けて、自分の膣で火を消していたからね」

「〈大麦キャンディー〉っていうのは？」

「大麦の煮汁に砂糖を入れて煮詰めたものを固めたキャンディーがあるだろ？　あれと同じで、棒状のキャンディーを作るんだけど、砂糖を煮詰める時に、砕いたガラスの欠片を一緒に入れるんだ。これはアクタールが用意する。女優はこのキャンディーを性器に入れるんだけど、キャンディーのほうは体内の熱で溶けるから、性器の中にはガラスの欠片だけが残る。で、女優は会陰の筋肉を使って、その欠片を外に出していくんだ。性器を傷だらけにしながらね。こちらも女優がやめたところで、客の払う額が決定する。血も出るし、痛いだろうし、普通なら見ているだけで胸がむかつくけど、女優のほうは結構、夢中になってやってるよ」

　それなら膣の中には傷跡が残ることになる。コルソは監察医のことを考えた。監察医は、どうして何の異常にも気がつかなかったのだろうか？

「そういったゲームに熱中していた会員は何人くらいいるんだろう？」

「数千人だと思うけど」

「ニーナはほかのゲームもしていたのかい？」

その時、マイクが隣家の庭に向かって親し気に手を振ったので、コルソは首を伸ばしてのぞいてみた。シャネルのジャケットを着た五十代と思われる女性が自分の家の庭を横切っている。マイクのペニスの先端が小劇場のマリオネットのように手すりからはみだしているからだろう、女性はこちらを見ると、大急ぎでBMCの《ミニ》に乗りこんだ。

「していたよ。あのゲームはさすがにやりすぎだと思ったけど……」マイクが話を続けた。「それはやめたほうがいいよって、本人にも何度も言ったんだけど、ニーナは聞かなかった。〈リクエスト・ゲーム〉って言われるやつをやってたんだ。やり方は、M役の女優が検死台に縛りつけられる。その間にS役の男優がゲームの参加者である会員に呼びかけて、この女優に何をしてほしいか、リクエストを受け付けるんだ。まあ、たいていは、性器におかしなものを入れることだけどね。それで、何を入れるかが決まると、いくらでそれをするか、金額の交渉が始まる。金額が低いうちは、もちろん、女優はそれを拒否する。けれども、参加者が見たいと思えば、クリックするだけで金額はあがっていくので、ある程度のところまで来たら、オーケーを出して、ゲームが始まる。そういう仕組みだ。ニーナはこのゲームも得意だった。〈リクエスト・ゲーム〉の女王と言われるくらいにね」

「どんなものを入れるんだ？」

「スマホとか。中に入れて電話を鳴らして面白がる。釣り針なんかもあった」

「アクタールから聞いたんだが……。ニーナはノー・ギャラでやっていたとか？」

「まあ、ニーナだけじゃないけどね。だから、実入りは全部アクタールのポケットに入ってたよ。あの男はポルノに関しては、うんざりするようなアイデアを次々思いつくけど、セックスに興味があるっていうより、ただの商売人なんだ。うまい儲け口があったら、絶対に逃さない。正真正銘の商売人だ」

「でも、ニーナは？　金のためじゃないのなら、どうしてそんなことを引き受けてたんだろう？」

「快楽のためさ。ニーナは苦痛が好きだったんだ。本当にね」

「その説明じゃあ、よくわからないな。もっと詳しく話してくれ」

マイクは煙草の吸い殻を指ではじいて、隣家の庭に捨てた。

「ニーナは自分を痛めつけたがっていた。なぜなら、自分を愛することができなかったからだ。なぜ愛せなかったかというと、自分は愛されるに値しないと思い込んでいたからだ。彼女は匿名出産で生まれたんだけど、そのくらいは知ってるよね？」

コルソはうなずいた。

「それはつまり、親から捨てられたってことだ。だから、自分には愛される価値がない、むしろ、自分は憎まれても当然の存在だと思い込むようになってしまった。その結果、絶えず苦痛を与えられ、虐待され、侮蔑を受けていなければ、自分が自分でないような気がして、そういった方向に欲求が向かうようになった。そして、ついには暴力だけが快楽をもたらすものになってしまったんだ。つまり、生まれやそれに対する認識のせいで、すべての価値観がひっくり返ってしまったというわけだ」

バルコニーの手すりによりかかって、右手でペニスをこすりながら、小難しい話をしているマイクの様子を見ると、コルソはマイクが自分のペニスに語りかけているのではないかと思った。だが、その話の内容を聞けば、なぜ皆がマイクのことを〈フロイト〉と呼ぶのか、その理由がわかった気がした。

だが、それにしても、ニーナがそんなゲームをしていたのなら、膣内に傷が残っていたはずだ。それなのに、どうして監察医は、そんな傷はないと言ったのだろう。コルソはマイクにそのことを尋ねた。

「最近はSMのゲームはやめていたからね」マイクは即座に答えた。「傷も治ってるんじゃないかな。肉体的にも精神的にも落ち着いていたと思うよ」

「どうしてそう思うんだい？」

「恋人ができたからだよ」

「恋人？」

この点に関しては、これまでの証言はすべて一致していた。《ソフィー・セレ、別名ニーナ・ヴィス、三十二歳。恋人がいたことは一度もない》

「でたらめを言うなよ。どの調書にも、恋人なんてまったく出てこなかった。スマホにもパソコンにも、いっさいそんな形跡はなかったんだ」

マイクは呆れたというように頭を振った。

「ニーナのことを全然わかってないね。プライベートは完全に秘密主義なんだよ。実際には隠すことはほとんどなかったんじゃないかと思うけど、でも、そうしたがっていた」

「その恋人というのは誰なんだい？」

「全然知らないね」

「ニーナはその人物について何か言っていた？」

「たいしたことは聞いてないけど。画家だと言ってたな」

「そいつもSMをやるのか？　どこで知り合ったんだろう？」

「知らないって言ってるだろ。ニーナが教えてくれたのは、彼氏には時々会ってるということ。それから、会うと元気になるってことだけだよ」

おそらく、その画家も自分の嗜好を秘密にしていたにちがいない。だから、ニーナの過去を調べても、表面に浮かびあがってこなかった。でも、その嗜好を通じて、ニーナとその画家はどこかで出会ったのだ。

「それでも何か役に立つようなことを覚えていないかい？」

「ニーナはその男の絵のモデルになったって言ってたかな」

「その絵はどこにある？」

「さあ、見当もつかないよ」

「自分のギャラリーがあるのかな？」

「何も知らないって言ってるだろう！」

「何か思い出してくれないか」

するとマイクは、額に手を当てて言った。

「帽子をかぶっていると言っていたかな」

「帽子？」

「一度、聞いたことがある。そいつは服装の趣味が変わっているらしい。白いスーツに白いボルサリーノの帽子をかぶって……。一九二〇年代の女衒（ぜげん）というか、ジゴロふうの格好で……」

その服装からすると、何か秘密の嗜好を持った男のようには思えない。だが、今はすべての情報を集めて、事件に関わりがあるかどうか、ふるいにかけていくしかない。いずれにしろ、ボルネックの調査と比べればかなりの前進だった。

コルソはマイクに礼を言ってその場を立ち去ろうとした。が、ふと思いなおした。

「最後にひとつ、訊いてもいいかな？」

「何です？」

「どうしてみんな髪を短く刈ってるのかな？」

マイクは意地悪そうな笑みを浮かべた。

「アクタールのアイデアでね。このほうがセクトっぽいでしょ。それに便利だ」

「何をするのに？」

「ヘッド・ファッキングだよ」

17

オフィスに戻ると、部下たちが会議室で待っていた。押収したビデオの検証は、すでに始まっていた。サイバー犯罪対策部の専門家たちがベルシーの証拠品保管所に行って、アクタールの無償協力のもとに暗号解読キーを聞きだし、ビデオにかけられたスクランブルをはずしていたのだ。

「どんな感じだい？　動画の内容は？」コルソは尋ねた。

「ひどいもんです」感情を押し殺した声で、リュドヴィクが答えた。「女の子たちは本当にひどい目にあわされていましたよ。今のところはまだ、ソフィーというか、ニーナの出ているビデオは見つかっていませんが、きっと同じようなものでしょうね」

「会員のほうは？」

「コンピューター技師によれば、今のところサイトへのアクセスログしかわかっていないということです。そこから個人を特定するのは大変でしょう。それよりも、名簿か何かのファイルが出てくるとよいのですが……。まあ、そのファイルも暗号化されているでしょうから、まだまだ先は長いですよ」

「俳優たちの情報は？」

「アクタールは新しい名簿を持っていましたが、何の役にも立ちませんね。みんな偽名で働いているので。基本情報さえとれませんでした」

「給与明細はなかったのか？」

「それが皆、ノー・ギャラなんですよ。《ＯＰＡ》からの支払いの形跡はありません。まったく頭がおかしいとしか言いようがない……」

「アクタールに弁護士を呼ぶのを認めたのか？」

「いいえ。容疑を固めるにあたって、これは違法に問違いないというビデオが出てくるのを待っているんです」

「アクタールは欧州人権裁判所がなんたらとか、個人の自決権がどうとか言っていたが、女の顔をずたずたにしてしまうようなものは、やっぱりだめだろう？　十字架に磔（はりつけ）にしてメリケンサックで殴ったやつだけで十分じゃないのか？」

「それが、アクタールのやつ、あれは特撮でとったものだと言い張っているんです」

「ペニスを四本、挿入するやつもか？　性器や肛門に物を詰めこむやつもか？」

リュドヴィクは肩をすくめた。

「それについては、ボスの言ったとおり、個人の自決権を持ちだしています。あれは大人同士の合意に基づく行為だそうです。女たちがサインした契約書もありますし……。『そういった性行為をすることによって、女たちはユダヤ・キリスト教的な束縛や抑圧的な社会のタブーから解放されて、人間らしさを取り戻すことができる。自分はその手伝いをしているんだ』と、アクタールはうそぶいています。スクランブルをはずす作業は続けますが、児童ポルノや獣姦ものでも出てこないかぎり、アクタールを釈放せざるを得ないでしょうね。法律を守る、善良な市民として……」

　アクタールを罪に問うには、未成年を出演させているビデオか、動物と性行為をしているビデオでも見つけださないかぎり難しい。それはこの会議に出席しているメンバーの誰もがわかっていることだった。コルソはもちろん、バルバラもリュドヴィクも、かつては売春斡旋業取締部にいたので、そのあたりは詳しいのだ。児童ポルノが犯罪に問われるのは当然として、動物を使った性行為については、刑法第五二一条の一にこういう規定がある。《公衆の面前であるか否かにかかわらず、家畜、ペット、捕獲した動物に対して、重大な虐待、性的行為、残虐行為を行う行為は、これを罰する》という規定だ。実際、ポニーに対する肛門性交に有罪判決を下した判例も存在していた。

「じゃあ、引き続き、ビデオを調べていくしかないな」コルソは言った。「あんな胸糞の悪い動画、見させられるほうはたまったもんじゃないだろうが……。それから、会員や、ビデオを制作したスタッフを特定しろ。アクタールのほうは留置所にとどめておけ」

「でも、検察が気づきますよ」

「責任はおれが取る」

そう言うと、コルソはそこでひと息ついて、ル・ヴェジネのスタジオでマイクから聞いた驚くべき情報(スクープ)をみんなに伝えた。ソフィーに画家の恋人がいたという情報だ。

「この男が事件に関係している可能性は否定できない。だから、今夜にでもソフィーの住まいを捜索し、この謎の画家の手掛かりを見つけてくれ。《ル・スコンク》にも行って、ストリッパー仲間の子たちにも訊いてくれ。その男はどうやら白いスーツに白いボルサリーノの帽子という、少しレトロな格好をしているようだ。なので、現代絵画の画商をしらみつぶしに当たって、そんな格好の画家と付き合いがないか、ギャラリーに姿を見せたことがないか、調べてほしい。ムーラン・ルージュの画家たちの古き良き伝統に倣って、この画家がストリッパーをモデルにしていた可能性もある。あるいは、もっと現代的にポルノ俳優をモデルにして……」

するとナタリーが口を開いた。たまたまかけていた大きな眼鏡のせいで、意外にも筋肉系ではなく、頭脳系の捜査官に見える。

「よくわからないんですが……。そうすると、ゴンゾの線は捨てるってことですか?」

「捨てたりしないさ」

「じゃあ、誰がアクタールの匿名サイトの会員調査をするんですか? ニーナの相手役の調査は?」

「応援部隊を頼むことにするよ」

「ボルネックに頼んだらどうです？」リュドヴィクがそう言ってにやにやした。

「いや、ボルネックはそっとしておいてやれ。すぐにバカンスに出るはずだしな」

「警視庁の半分は今夜からバカンスですよ」ナタリーが付け加えた。

「誰をよこしてもらえるか、ボンパール部長に相談してみてくれ。そのうえで、明日になったらもう一度調整して、捜査の分担を決めよう」

部下たちは顔を見合わせた。コルソが口にするまでもなく、この打ち合わせの結果、わかったことがふたつあったからだ。ひとつは、今夜は仕事だということ。ふたつ目は、今週末も仕事だということだ。

「クリシュナも今夜、出発しますよ」バルバラがあえて口にした。

「バカンスはキャンセルさせるんだ！」

そう言うと、コルソはチームに挨拶して会議室を出た。なにしろ、数時間の間に大きな手掛かりがふたつも見つかったのだ。まずは自分のオフィスに戻り、落ち着いて状況を整理しておく必要があった。いずれにしろ、捜査初日の成果としては上出来だった。その時、後ろから声がかかった。

「ボス！」

その声に振り向くと、バルバラが手に書類のファイルを持って、廊下を追ってきていた。その姿は傘の代わりにファイルを持った、できそこないのメリー・ポピンズのように見えた。時代遅れの風采や肩からかけたじゅうたん生地のバッグが大好きという人でなければ、とうてい魅力的だとは思わないだろう。はっきり言って、あり得ない！

「ニーナの顔の傷に関して、面白いものを見つけたんです」バルバラが言った。

「あのあと、まだほかの仕事をする時間があったのか？」コルソは驚いた。

「私は一度にふたつのことができるんですよ」

実際には三つだった。〈緊縛〉の専門家であるヴェランヌを見つけたのはバルバラだったし、ニーナの銀行口座を調べて、アクタールのところまで導いてくれたのもバルバラだった。だが、それは素晴らしいと同時に、いらいらさせられることでもあった。あまりに卓越した能力を持っているので、ボスである自分も含めて、チームの誰よりも先に行っているという印象があるのだ。

ファイルを開くと、バルバラはカラーコピーされた紙を何枚も取りだした。

「フランシスコ・デ・ゴヤの絵です」

「おれのオフィスに来てくれ」

部屋に入ってドアを閉めると、コルソは絵のコピーを自分のファイルの上に並べた。

「この画家を知っていますか？」バルバラが尋ねた。

「おれを馬鹿だと思っているのか？」

ゴヤの絵なら、少しは知っている。実際、コピーを見ると、有名な絵がいくつかあった。マドリードの宮廷の人々を描いた何枚かの肖像画、フランス軍に対するマドリード市民の抵抗を描いた傑作『マドリード、一八〇八年五月三日』、そして「黒い絵」の連作から『ふたりの老人』、『魔女の夜宴』、『砂に埋もれる犬』……。この連作はどれもデフォルメされた顔が恐ろしい存在感を示している。

バルバラはコピーを三枚選び出すと、よく見える位置に置きなおした。

「これを見てください。何か思い出しませんか？」

コルソはひとつひとつ丁寧に見ていった。題材はさまざまだが、どれも赤を基調とした恐ろしい絵で、画面の中には必ず赤ら顔の人物が大きな口を開けているところが描かれていた。その様子は苦しみのあまり叫んでいるようにも、見る者を嘲笑しているようにも見えた。そして、その口は端が耳まで裂けていた。ソフィーの遺体の顔にあった裂傷のように……。

「これも『黒い絵』の一部なのか？」

コピーの一枚を手に取ると、コルソは尋ねた。その絵に描かれた男は手首に鎖の枷（かせ）をはめられている。やつれた顔で、口が耳まで裂けているのは、ほかの絵と同じだ。

「いいえ。こちらは『赤い絵』と呼ばれているそうです。実は、この連作については、知っている人はあまりいません。数年前に発見されて、ゴヤの作品だとされたものですから……。あまり大きな絵ではないようですが、題材は〈ガレー船を漕ぐ囚人〉〈魔女〉〈瀕死の人間〉で、ゴヤは明らかに自分が見た戦争の陰惨な記憶から着想を得ているようですね」

「作品はどこにあるんだ？」

「マドリードの、ある財団の美術館です。ずいぶんお金がかかったと思いますが、メセナ（企業などが文化・芸術活動に対して行う支援活動）の一環として、この一連の作品を購入したということです。美術館の住所も調べてあります。私が思うに、犯人は絶対にこの絵の前で何時間も時を過ごしたはずです。もしそうなら、犯人がスペイン人である可能性もあります……」

コルソはびっくりした。今日、三つ目の大きな手掛かりだ。特にこの手掛かりは、ソフィーに画家の恋人がいたという情報と合わせると、非常に興味深い。このふたつには、なんらかのつながりがあると思わざるを得なかった。

「では、これについても、明日担当を決めて調べることにしよう。どうしてこの三枚の絵のすべてに、口が耳まで裂けた人物が描かれているのか？　それは何を象徴しているのか？　など、専門家に話を聞いてみる必要がある」

「財団のほうはどうします？」

「国際協力部の誰かがマドリードにいるだろう。そいつに連絡を取ってくれ」

「私たちは行かないんですか？」

「いや。フランスでの捜査を優先する」

バルバラは絵を集めてファイルに入れると、それをコルソの手に押し付けた。

「私は行ったほうがいいと思います。犯人はこの絵を見て、異常な欲求を抱くようになったんです。そうに違いありません。この連作は事件の核心に位置するはずです」

「マドリードにいるやつに連絡を取れと言っているだろう」

その言葉に、バルバラは不満な顔をしながらも、うなずいた。卓越した能力を持っている人物の例に漏れず、バルバラは傷つきやすい性格だった。警察官としては大きな欠点だ。だが上司としては、それですませているわけにはいかない。

その時ふとあることを思いついて、コルソは部屋から出ていこうとしているバルバラを呼びとめた。

「今、忙しいかな？」

「ふざけてるんですか？　さっき、私たちに三日分の仕事を命じたところですよ」

「いや、その、ちょっとコーヒーでも飲む時間がないかな？」

「おっと」

「どうして『おっと』なんだ？」

「七年間、ボスの下で真面目に働いてきた中で、コーヒーに誘われたのは二度ありましたが、一度目は、『チームのひとりをクビにするつもりだが、どう思うか？』と訊くためで、二度目は、『きみが捕まえたばかりの女が独房で首を吊った』と言うためでした。つまり、決していい話じゃないってことですよ」

コルソは無理やり笑みを浮かべて言った。

「実は頼みたいことがあるんだ」

「まったく、心配でぞくぞくしてきましたよ」

18

「きみに証明書を書いてもらいたいのだが……」

　警視庁のすぐ近くにある刑事のたまり場を避けて、そこから少し離れたドーフィヌ広場のカフェにバルバラを連れてくると、コルソは言った。

「証明書？　何の証明書です？」

「おれの品行についてだよ。いい父親だって証明してほしいんだ」

　バルバラは〈いったい何の冗談だ〉という顔をした。それから、同情するように、首を横に振った。

「なんだよ」コルソはつっかかるように言った。

「いえ、離婚の手続きがうまくいっていないんだなと思って……」

「なるほど。きみは離婚に詳しいようだ」

　コルソは負け惜しみを言った。真剣に相談するなら、弁護士のジャノーと交わしたやりとりを話す必要がある。だが、なかなかその気にはなれなかった。

「ボスの様子を見ればわかりますよ。こちら側の中立書には何を入れるつもりなんですか？」

「おれが品行方正な人物だという証明書と、それから、タデとおれとふたりで何かしたことがわかるような写真とか……。あとは息子の教育方針について書いたものも入れようと思ってる。父親の役割をおれがどう考えているか、よくわかるように……」

　バルバラはコカコーラ・ゼロを一口飲んだ。グラスを両手ではさみ、その冷たさで身体を冷やしているように見える。

「そういった証明書なら、友だちに頼んだほうが……。お友だちは？」

「そんなには……。いや、いない」

「家族は？」

「タデひとりだ」

「息子さんの学校に行って、課外活動の手伝いをすることは？」

「ない。そんな時間はないからな。おれは自分にできることをやっている」

それを聞くと、バルバラが微笑んだ。だが、それはその次に続く言葉を和らげるためだった。

「友だちもいない。一緒に課外活動した父兄もいない。つまり、頼りになるのは職場の同僚の証明だけってことですね」

「誰の証明かなんて関係ないさ」

「じゃあ、自分が逮捕した犯罪者でもいいわけですね？」

「それも考えたよ」

もちろん実際にそうするつもりはなかったが、考えたことは本当だ。どんな犯罪を犯して、どうして捕まってしまったのか、詳しく述べてもらったら……。犯罪者は自分のやったことを話したがるので、たくさんの証言が集まるだろう。だがそんなことをしても、結局は自分が刑事として優秀だということを証明するにすぎない。

「率直に言ってもいいですか？」冷たいコーラをもう一口飲んでから、バルバラが口を開いた。

「だめだと言っても、言うんだろう？」

「私がボスのチームに配属された時、息子さんは二歳でした。それ以来、ずっと折に触れて話を聞いてきましたから、ボスが、まあ、よい父親であることはわかっています。ご自分でおっしゃったように、ボスは自分でできることはすべてやっているんだと思います。でも……」

「でも？」

バルバラは後ろに身を引いて、背筋を伸ばした。その様子は、まるで椅子の上で飛びあがったように見えた。言葉を続ける。

「でも、子どもを育てるには、刑事は激務ですからね。それに、ボスのそのチンピラみたいな格好……。それじゃあ、調停の場で有利には働きませんよ」

「おれはチンピラに見えるのか？」

それには答えず、バルバラは話を続けた。

「奥さんのご友人たちはなんて言うでしょうね。まあ、想像したくはないけれど……」

「おれは、妻の友人から非難されるようなことは何もしていない」

「もちろん、そうでしょう。でも、ボスはなんというか、ある種の存在感があって、見ている人を不安にさせるんです」

コルソは唾を飲みこんだ。バルバラは、この機会に腹の内を全部ぶちまけることにしたのだろう。続けて言った。

「ボスはお酒を飲まないけれど、それはアルコール中毒になった人が過去の反省に立って飲まないようにしているみたいなんです。〈アルコホリック・アノニマス〉（アルコール依存症から脱却するための自助グループ）でがんばっている人のように……。ドラッグもやらないけれど、それは若い時に嫌な経験をしたから……。警察官になったのも、正義を守りたいというよりは、そうしなければ自分が犯罪者になってしまうという気持ちがあったからでは？本心と表に出てくる行動がいつもばらばらと言うか……。毎日のちょっとしたことでもそうですよ。ジョークを飛ばすといつもすべって、笑えるのはジョークを言うつもりがなかった時だけ……。誰かに優しい言葉をかけようとすると尋問のようになる。ボスがリラックスしていると私が思うのは、銃を持っている時だけです」

「言いたいことはそれだけか？」

「まだあります。ボスは今、離婚の調停中ですが、離婚なんてパリの半分の人間がしていることです。それなのに、まるでテロ攻撃が計画されていて、犠牲者が何十人もでるかのように大騒ぎしている……」

「タデはおれにとって何よりも大切なものなんだ。だから離婚の結果がどうなるかは、とても大事なことなんだ」

バルバラはうなずいた。ちょうど精神科医が患者の言葉の中に、明らかな病気の兆候を見つけたように……。

「奥さんは警察内部の資料を調べて、ボスに不利な証拠を見つけることもできます」

「警察官として、おれは特に問題になるようなことはしていない。事件の解明率は警視庁の中でいちばんだ」

「それはよく知っています。今さら言われなくてもね。でも、だからと言って、ボスが非の打ちどころのない刑事だということにはならないでしょう？」

もちろん、そうだ。自分は非の打ちどころのない刑事ではない。これまでにも警察官として一線を越えて、職務違反に問われるようなことを何度もしてきた。だが、エミリアの弁護士がいくら丹念に調べても、それに関する記録は出てこないだろう。ボンパール部長がすべて注意深く処理してくれたのだから……。バルバラが続けた。

「被害者の家族をまるで犯罪者のように乱暴に扱うし、そうなったら、もう誰のために捜査をしているのか、わかりません。いえ、ボスは自分のために捜査しているんです。自分の手で裁きを下したいという気持ちから……。ボスのしていることを見ると、英雄気取りで拳銃を振り回している自警団のように思えるんです」

「それはおおげさだろう」

「いいえ。犯罪捜査部の警察官は被害者の家族に配慮して黒のスーツを着るけど、ボスはいつもジャンパーを着て、きちんとした服装などしたことがありません。こちらがやりたいかどうかは別として、自分がやりたくないことはすべて人に押し付ける。人に対して共感を示すことなんて、ほとんどないんです。礼儀正しくもないし、人を尊重することもまったくない。もう最悪の上司です。確かにボスは結果を出しています。でも、みんな思っているんですよ。チームを率いるのなんてやめて、一兵卒に戻るべきだって」

コルソは息を吐いた。ここまで言われると、逆に爽快だった。冷たいシャワーを浴びたあとのように、力がみなぎってくるのを感じた。

「それでおしまいか？」

「いいえ。仕草の問題があります」

「仕草？」

バルバラは肩をすくめて、輪切りのレモンの残骸が沈んでいるグラスの底を見た。バルバラの手には、すべての指に指輪がはまっていた。ヴァンドーム広場の高級ジュエリーふうではなく、どちらかといえばバイクに乗った暴走族がつけているような指輪だ。

「ボスはいつも手を振り回しているか、貧乏ゆすりをしているか、そうじゃなかったら、歯ぎしりをしているか、そのどれかです。たぶん、いつも自分にいらいらして、爆発寸前になっているんです。それが被害者の家族の前でも、証人の前でも出るんですよ。だから被害者の家族や証人は、それに怯えて、いたたまれない気持ちになっています。いったい、いつまでそんなふうにしているつもりなんですか？」

話は離婚のことからずれてしまった。だが、それはそれでよかったのかもしれない。バルバラは自分の不満を述べていると同時に、たぶんチーム全員の気持ちを代弁しているのだろう。しかし、それでもコルソは言ってみた。

「でも、それは息子の親権とは関係のないことだろう？」

「関係あります。つまり、ボスが奥さんと戦って勝つ見込みは、まったくありません。そのことをわかってもらおうと思って言ったんです」

　自分の人間性についてバルバラが言ったことは、すべてが正しいとは思わなかった。だが、たとえバルバラに反論するにしても、興奮はしないようにしよう、とコルソは思った。気がつくと、カップの受け皿にコーヒーがたくさんたまっている。十分ほど前からスプーンでかき混ぜつづけていたので、カップからこぼれてしまったのだ。いや、それよりも問題は離婚のことだ。スプーンを手から離すと、コルソは言った。

「でも、やっぱり親権を勝ち取らないといけないんだ。妻は……危険だから」

「危険？　でも、そのことについては、どうやらそれ以上、言いたくないようですね」

「そのとおりだ」

「ボスのほうの弁護士は何と言っているんです？」

「《ル・スコンク》の事件の犯人を逮捕すれば、判事の見方が変わるかもしれないと……」

「それはいいニュースじゃないですか」

　コルソは顔をあげた。

「そう思うかい？」

「もちろんですよ。殺人犯をとっつかまえてやりましょう」

　バルバラは立ちあがると、ポケットを探って五ユーロを取りだし、テーブルに置いた。

「職場に戻ります。チームに合流して、ソフィー・セレの自宅の、家宅捜索の準備をしないと……」

　そしてバッグをつかんで歩きはじめた。

「証明書は書いてくれるんだろうか？」コルソはおそるおそる尋ねた。

「もちろんですよ」バルバラはそう言ってウインクしてみせた。「それから、忘れないように言っておきますが、ボスの拳銃の腕前は最高ですよ」

19

カフェを出てひとりになってみると、バルバラの話はさすがに身にこたえた。コルソは車に乗りこむと当てもなく街なかを走った。セーヌ河岸は次第に夕闇に包まれ、人を誘惑するような夜のとばりがパリの街を刺激的に変えていく。

コルソはエミリアに電話してみたが、エミリアは電話に出なかった。タデの顔が頭に浮かんだ。ぼさぼさのブロンドの髪、母親と同じ黒い瞳。その顔を思い浮かべると、ナイフで切り裂かれたように、胸に痛みが走った。一カ月間も息子に会えないなんて。それも、いきなりそのことを知らされて、別れの言葉もかけることができないままに……。

〈あんまりだ。本当にあんまりだ〉コルソは心の中でつぶやいた。

そのうえ、これは始まりでしかない。自分は親権は取れないだろう。それは間違いない。下手をしたら、月に一度会えるか、三カ月に一度、会えるか——そんなおこぼれのような面会で我慢するしかないのだ。そして毎晩、エミリアが小さな息子をSMの世界に引き込むのではないかと不安に打ち震えることになる。

そう思うと、目に涙があふれてきた。この悲しみから逃れるには……。その瞬間、コルソはかつての悪魔が目の前をよぎるのを見た。麻薬という名の悪魔が……。昔、麻薬中毒だった人間にとって、そのあと、いくら長い間、禁欲の年月を積み重ねていても、その年月は辛抱強く砂上に建てた楼閣のようなものだ。見た目は頑丈に思えても、近寄って見れば、土台がぐらぐらして、いつ崩れてもおかしくないということがわかる。

コルソは、自宅とは別方向の、ロワイヤル橋方面にハンドルを切ると、セーヌの右岸に渡った。ルーブル美術館沿いの道に街灯がともっている。それを見ると、コルソはこれから自分がどこに行って誰と過ごしたらよいのか、すぐにわかった。

数カ月前に知り合った恋人のところだ。若く、優しく、慎み深い、自分にとっては理想的な恋人……。小柄でぽっちゃりとしていて、髪は褐色、美しいとはいえないが、ゆったりとした服の下には豊満な肉体が隠されていた。眼鏡をかけ、キース・リチャーズのような髪をバレッタで留めた平凡な外見は、あまり欲望をそそるとは言いかねた。が、いったん服を脱ぐと、尽きることのない官能的な魅力にあふれているのだ。見た目は清楚で官能とは無縁に思える女性とセックスをして、その女性を冒瀆する。コルソはその女性との交わりから、愛する女性を穢すという、自分にとって唯一の快楽を引き出すことができた。

その女性と最初に出会ったのは、事件の捜査をしている時だった。ある宝飾店に夜間、押し込み強盗が入り、店主が頭に銃弾を受けた事件で、コルソはその店の従業員に聞き込みをした。その従業員のひとりが彼女だったのだ。事件が発生した時、彼女は現場に居合わせなかったが、その出来事に大きなショックを受けていた。そこで、コルソが優しく声をかけているうちに、親しくなったのだ。それ以来、時々自宅を訪れるようになっていた。だが、コルソはこの女性と一緒に暮らそうとは考えていなかった。そこで、彼女から将来の話が出た時には聞かなかったふりをし、それでも話が続くようなら、スマホを確かめて、「緊急の用事が入った」と言ってアパルトマンをあとにした。

ミス・ベレー……。彼女のことを、コルソはそう呼んでいた。彼女がよくバラ色のベレー帽をかぶっているからだ。その姿を見ると、頭の中にはいつもプリンスの〈ラズベリー・ベレー〉という歌が聞こえてきた。

ミス・ベレーは十二区に住んでいた。犯罪捜査部の証拠品保管所があるベルシーのそばだ。その近くを通りながら、コルソは思った。今頃はその保管所の中で、サイバー犯罪対策部のコンピューター技師たちが動画を復元する作業をしているだろう。ならば、彼女の家に行くのではなく、技師たちに合流するべきだろうか。それとも、セーヌ川を渡って、対岸のイブリ＝シュル＝セーヌ地区に行き、ソフィー・セレの自宅の家宅捜索を手伝うべきだろうか？　だが、その気力はもう残っていなかった。今はそんなことはしたくない。ソフィーを殺した犯人からも、耳まで裂けた口のイメージからも、アクタールのおぞましいビデオからも無縁の世界にいたかった。

ドアを開けたミス・ベレーは、ジョギングウェアに柔らかな室内ばき姿で、眼鏡はかけず、髪をイタリアンジェラートのようなシニョンに結っていた。その姿は、内に魅力を秘めた慎ましい女性でも、最初の夜に見せた官能的な女性でもなく、こんな妹がいたらいいなと思わせるような女性だった。セックスをするためでも、話をするためでもなく、金曜夜のドラマを見ながら、一緒に食事をするような女性……。

ドアの外でうつろな目をして、上着の中で身体を震わせているコルソを見た時、ミス・ベレーのほうも、即座にそのことを理解したようだった。コルソを優しく迎え入れると、ミス・ベレーは黙って微笑んだ。

20

夢の中で、コルソは昔よく通った道を車で運転していた。パブロ・ピカソ通り、モーリス・トレス通り、ジョリオ・キュリー通り……。街灯にはいくつもの死体がぶらさがっている。裸で、手足が切断され、身体じゅう切り刻まれて……。アクセルをめいっぱい踏みこむが、車は前に進まない。サイレンが甲高い人間の声でうなり声をあげている。片手でハンドルをつかみ、もう一方の手でサイレンを止めようとスイッチを探すが、スイッチはどこにも見つからない……。

そこでようやく、コルソはそのサイレンの音が携帯の着信音だということに気づいた。目を開けると、携帯はすでに手の中に握られていた。

「起こしてしまった？」

声ですぐに誰だかわかった。犯罪捜査部長のカトリーヌ・ボンパールだ。腕時計を見ると、まもなく朝の八時になるところだった。昨夜はひさしぶりに心安らぐひと時を過ごすことができた。少なくとも、最初のうちは……。ミス・ベレーの作ってくれたカルボナーラを食べながら、気の張らない刑事ドラマを見たのだ。そのドラマは警察の日常を単純化したもので、もちろん現実とは違っていた。刑事は誰ひとり調書を書くことがないし、犯人は何度も〈致命的なミス〉を繰り返す。いちばんびっくりするのは、五十分たつと、必ず事件が解決することだ。〈そりゃ最高だ〉コルソは思った。

だが、ドラマがおわると、やすらぎの時間はおわった。寝る前に、バルバラからもらった「赤い絵」の連作と、それにまつわる資料にうっかり目を通してしまったのがいけなかったにちがいない。ベッドに入ると、いつも以上に悪夢が押し寄せてきて、夜中に何度も目が覚めたのだ。そのたびにコルソは、〈はたして、こんな眠りで本当に疲れが取れるのだろうか?〉と自問した。

「調子はどう?」ボンパールが言った。

「最高ですよ。ストリッパー殺人事件のことで電話してきたんですか?」

「もちろん、そうだけど」

ボンパールとは本当に長いつきあいだ。コルソはあらためてそのことを思い出した。最初に出会ったのは、《シテ・パブロ・ピカソ》で荒れた少年時代を送っていた時のことだ。コルソは麻薬中毒になって、タワーマンションの地下室に性奴隷として監禁されていたのだが、ボンパールはそこからコルソを救いだしてくれたのだ。そのあとボンパールがまず最初にしたことは、コルソのために歯を治すためのローンを組み、その支払いを立て替えることだった。麻薬のせいでコルソの歯はぼろぼろになっていたからだ。どの歯も根元からぐらぐら揺れ、全体に黒ずんでいた。前歯は欠けていたり、中には完全に抜け落ちているものもあった。そのせいで、笑うとまるで老人のように見えたくらいだ。けれども、このボンパールの援助のおかげで歯を治すと、コルソはやはりボンパールのはからいで、麻薬から抜け出すために〈ナルコティクス・アノニマス〉に入り、それから警察学校に入学した。そしていよいよ警察学校を卒業しようという時、ボンパールはコルソにひとつプレゼントをしてくれた。歯の治療のために自分が立て替えた金は、返さなくてもいいと言ってくれたのだ。さらには、これからの警察官には英語が必要だと言って、警察の試験に合格したあと、一年間アメリカの大学で勉強できるようにしてくれたのだ。

そんなふうに人情に厚いいっぽうで、ボンパールは警察官として、輝かしいキャリアも持っていた。レジオン・ドヌール勲章の四等オフィシエと、国家功労勲章のやはり四等オフィシエのふたつの勲章を授与され、現在は犯罪捜査部のトップを務めている。自伝も執筆し、右翼の論客としてテレビの討論番組に出演し、強権的な犯罪捜査の必要性を説くこともある。年齢は六十歳近い。小柄で褐色の髪、服装のセンスは特別よいというわけでもなかったが、素晴らしいプロポーションをしていた。少し高圧的なところはあったが、人柄は気さくで、情にもろかった。

そのあとのコルソとの関係で言うと、ボンパールはつねにコルソを見守りつづけてきたが、少なくとも、公式にはコルソを特別扱いすることはなかった。その扱いはむしろ厳しいくらいで、配属される部署はいつも大変なところだった。だが、それはおそらく〈愛の鞭〉と言ってよいものだったのだろう。そういった辛い部署に送りこむことによって、ボンパールはコルソに、過去に行った罪の償いをさせていたのだ。

現在のボンパールとの関係が上司と部下のものなのか、それとも家族のように親密なものなのか、それはかなりあいまいなところがあった。ボンパールはコルソに対してあくまでも部下のひとりとして話しかけるし、コルソのほうも上司に対するように答える。だが、廊下ですれちがった時など、ボンパールの目にはいつも息子を見るような優しさがあった。その目は、「あなたを地下室から救ったことは決して後悔していない」と言っているように見えた。

いや、実を言うと、ボンパールとコルソの関係にはもっと複雑な部分があった。コルソがエミリアと付き合っている時、ボンパールはエミリアを気に入って、しきりに結婚を勧めた。だが、結婚してエミリアとの関係がうまくいかなくなった時に、ほんのしばらくの間、男と女の関係になってしまったことがあるのだ。その関係はすぐに終わり、ボンパールは夫とふたりの息子のところに帰った。そして、コルソのほうは社会のごみと性倒錯の妻を相手にする生活に戻ったのだ。

ベッドに横になった姿勢のまま、スマホを持ちなおすと、コルソは昨夜までの捜査の状況をかいつまんで報告した。ソフィーにSMの嗜好があったこと、〈ゴンゾ・ポルノ〉のオンラインゲームに出演していたこと、画家の恋人の影がちらついていること、マドリードの美術館にゴヤの「赤い絵」の連作があって、それが犯人に影響を与えたかもしれないということ……。

「それだけなの？」

「冗談でしょう？　たった一日で、ボルネックが一週間かかっても見つけることができなかった手掛かりをいくつも見つけたんですよ」

「でも、どれもみんな、あまりにはっきりしない手掛かりのように見えるけど……」

「それをはっきりさせるために、応援部隊が必要なんです」

「わかってるわよ。そちらの〈小さなゾンビ〉が電話してきたから」ボンパールはバルバラのことをこう呼んでいた。〈小さなゾンビ〉と……。「どうしたらいいか考えてみるけど。ただ問題は、今が七月ってことね。うちの兵隊たちはみんなバカンスに出てしまうから」

「大至急必要なんです」

「それなら、大至急、事件を解決してちょうだい。今のところは、マスコミもこっちを放っておいてくれているけど、捜査が進展していないと気づいた時には、大騒ぎになるわよ。新しい知らせを、具体的な知らせをもっていらっしゃい。月曜の朝までにね」

コルソはそれには答えず、部屋のなかを見回した。部屋は狭く、シンプルなソファーベッドの向こうには、すぐ壁が迫っている。窓の外には《芸術の高架橋（ヴィアデュク・デ・ザール）》のアーチが見える。台所からは、ミス・ベレーが忙しく立ち働く音が聞こえてきた。

「でも、電話の目的はそれではありませんね？　何の用です？」コルソは尋ねた。ボンパールはいわば自分の後見人だ。何を心配しているかはよくわかっていた。

「ナンテールで銃撃戦があったことは知っているわね？　シテ・パブロ・ピカソで……」

「なんとなくは……」

「あなたの名前が出ているけれど……」

コルソはベッドの中で起きあがり、煙草の箱をつかんだ。

「どういうことです？」

すると、突然ボンパールの声の調子が変わった。

「何人もの警官が、あの場にあなたがいたことを見ているのよ」

「何のことかわからな……」

「何のことかわからない？　ランベールがひとりでやったなどと、私が信じるとでも思ってるわけ？　駐車場に通じる換気ダクトをランベールが見つけたと？　ランベールが敵と取っ組み合いをしながら、薄暗がりの中で五十メートル以上離れた男を撃ったなんていう話を、私が鵜呑みにするとでも思ってるわけ？」

コルソは煙草に火をつけた。最初の煙が目にしみた。まさにこの場にぴったりだ。

「わからないなら、私が教えてあげるわよ」ボンパールが続けた。「シテ・パブロ・ピカソはあなたの家も同然。換気ダクトのことなんか知っているのは、あなたしかいないわ。そのうえ、あなたはパリ警視庁一の射撃の名手ときてる。だから、いつ、どうやってかは知らないけど、あなたはランベールがあそこで捕り物をすることを聞きつけ、自分もそこへ行きたいと思った。行って、拳銃を抜いて、あなたの人生を台無しにしたあの場所に復讐してやりたいと思ったんでしょう？　そうじゃなかったら、なんだかわからないけど、あなたの人生でうまくいっていないことに対して……。そして、そのとおりにした」

「いや、必ずしも、そうとは……」コルソはもごもごとつぶやいた。

「でも、おおまかなところは合っているでしょう?」

コーヒーの香りが、ベッドまで漂ってきた。ソファーベッドの角と椅子との間から、ミス・ベレーの丸みを帯びたふくらはぎと、ペンギンの形をしたおかしなスリッパが見えた。

「薬きょうはランベールの銃とは一致しなかった」ボンパールはさらに続けた。「事実を確認するために、あなたの拳銃を回収して調査することになるかもしれない。調査を阻止できればいいんだけど、私にできるかどうかわからないわよ」

コルソは黙ったままでいた。こんな時には、おとなしくしていたほうがいい。

「あんなところまで、わざわざ面倒に巻きこまれにいくなんて、いったい何を考えてるわけ? もう、こっちはあなたが犯罪捜査部でうまくやっていけるように、さんざん苦労してきたというのに……。それもこれも、あなたが最後にはまっとうな人生を歩めるようにするためなのに……。あなたもそうすると誓った。でも、結局は暴力のほうがあなたの意志よりも強かったというわけね」

「でも、おかげで麻薬製造所(ラボ)も使えなくしてやったし……。少しは役に立ったと思いませんか?」

「まったく。この件でラッキーだったのはひとつだけよ。警察に対する訴えは一件だけで、ショットガンで撃たれた男の母親からのものだった。やったのは機動隊の連中だから、あちらが批判されることになるでしょう」

一瞬コルソの目の前に、顔を吹き飛ばされた若者の姿が浮かんだ。そして夜の街灯の明かりの下で、「イブニ! イブニ! アユン・フー? アユン・フー?」(息子よ! 息子よ! どこにいるの? どこにいるの?)とアラビア語で叫んでいた母親の声が耳によみがえった。

「ステファン」ボンパールが声をやわらげて言った。

「この件に関して、私が目をつぶることのできる理由を教えてちょうだい。もちろん、ちゃんとした理由を……。ひとつでいいから……」

「タデの親権を失いそうなんだ」

「これまでだって親権なんてなかったでしょう。それにこんな調子じゃ、いずれタデのほうが父親の墓参りをするはめになるわよ。もし、銃撃戦がお望みだというなら、特別介入部隊に入りなさい。その代わり、私に親権がどうとか話をしにくるのはお断りよ！」

「エミリアの弁護士から離婚調停申立書が送られてきたんだ」コルソは食いさがった。「そのせいで親権を失いそうになっている。でも、向こうの申立は、まったくの嘘っぱちなんだ」

「どうして、そんなに親権にこだわるの？」

「タデは母親と一緒にいちゃいけないんだ」

「じゃあ、本当のことを言いなさいよ。エミリアのいけないところを証明しなさい。書類を作りなさい。警察官なんでしょう！」

もちろん、そうすることはコルソも考えた。エミリアを尾行し、盗聴し、異常な性行為の現場を押さえること。そうすれば、エミリアが親権を持つのにふさわしくないと証明できる。だが、それにはふたつの問題があった。エミリアの尾行や盗聴は、警察官としてはお手のものだが、その結果、逆に職業上の権利の濫用を非難される。相手側の弁護士はその点をついてくるにちがいない。もうひとつは、警察とは関係のない、いつものジレンマだ。エミリアの歪んだ嗜好を暴くのはよいが、将来、タデが母親にそんな嗜好があったという事実を知った時に、深く傷つくことになる。それだけはなんとしても避けたかった。

「それはそうなんですが……」コルソはごまかした。それから、急に思いついて、付け加えた。「ところで、ひとつ頼みたいことがあるんですが……。証明書を書いてくれませんか？」

「何の証明書？」

「親権を主張するのにふさわしいという証明書です。模範的な父親だと言って……」

「もちろん、いいわよ。実際そう思っているし」

その言葉に、コルソは胸が熱くなった。と同時に、少しばかり希望が出てきた。犯罪捜査部のトップがサインした直筆の書類は、きっと調停で効力を発揮するにちがいない。

「ありがとう」

「その間に、ストリッパーを殺害した犯人をとっつかまえていらっしゃい！」

コルソは電話を切った。その瞬間、ミス・ベレーが、コーヒーとジャムを塗ったパンを乗せたプレートを持って、部屋に入ってきた。たぶん、会話が終わるのを待っていたのだろう。ふだんから、コルソの警察官という仕事に敬意を払い、細かい気配りをしてくれているのだ。

コルソは彼女に微笑みかけた。だが、すぐに立ちあがって、急いで服を着た。これまでとは捜査の方針を変えて、少し思い切ったことをしてみる気になったのだ。

21

ミス・ベレーの家を出ると、コルソは車に乗って、オルリー空港に向かった。やっぱり、マドリードに行って、「赤い絵」の連作をこの目で見てみようと思ったのだ。

運転をしながら、昨日、ベッドに入る前に見た「赤い絵」の連作にまつわる資料の内容を思い出す。バルバラがその連作について、そしてまた画家であるゴヤの生涯について、簡潔にまとめてくれていた。

ゴヤは人生の半ばで聴力を失い、また多くの苦難を経験した。中でも、ナポレオン軍がマドリードの住民を虐殺した一八〇八年五月の事件は、とりわけ辛い出来事だったろう。その後の作品に深い影響を与えている。やがて、一八一九年、年老いたゴヤは、偶然にも《聾者の家》と呼ばれていた邸宅に移り住む。そして、孤独な隠遁生活を送りながら、その家の壁に、魔女や老人や自分の子どもを食べる巨神などの恐ろしい絵を描いた。これが有名な「黒い絵」の連作だ。

そのあと、十九世紀の末に、この壁画の連作は《聾者の家》の壁からカンバスに移され、マドリードのプラド美術館で展示されることになった。プラド美術館に行けば、今でも見ることができる。だが、《聾者の家》の壁に絵を描いていた頃、ゴヤは三つの小さなカンバスに、それよりもさらに恐ろしい絵を描いていた。題材は、〈ガレー船を漕ぐ囚人〉〈魔女〉〈瀕死の人間〉で、どの絵を見ても、そこには口が耳まで裂けた人物が描かれていた。

といっても、この三枚の絵については長らく知られておらず、その存在が明らかになったのはつい最近のことだ。二〇一三年にカスティーリャ地方の貴族の家の屋根裏部屋から出てきたものがゴヤのものではないかと話題になり、鑑定の結果、おそらく本物だという結論になったのだ。絵は競売にかけられ、マドリードの財団がメセナの一環として手に入れた。そして現在は、赤を基調とするその画面から、「黒い絵」に対して、「赤い絵」の連作として、その財団の美術館に展示されている。コルソはその美術館に行ってみようと決心したのだ。

空港で確かめると、午前九時十分パリ発の出発便と、午後五時パリ着の到着便があった。これなら、お昼前にマドリードに着いて、二時間くらいはゆっくり絵を見る時間がとれる。背景や人物の配置はもちろん、細かいところまで何が描いてあるのか、どうしてそんなものが描いてあるのか、確かめることができる。昨日の夜、バルバラからもらった資料を読み、コピーされた絵を見てから、この絵が気になってしかたがなくなっていた。根拠は何もなかったが、実際にこの連作が展示されている美術館に行って本物を見たら、犯人を異常な犯罪に駆り立てたものがわかるのではないかという気がしたのだ。美術館自体の雰囲気も知っておきたい。この連作から着想を得て、ソフィーの顔をあんなふうにしたのだとしたら、犯人はこの美術館に通っていたにちがいないからだ。

オルリー空港に着くと、コルソはバルバラに電話して昨夜の報告を受けた。それによると、ソフィーの自宅の家宅捜索のほうは不発で、めぼしいものは何も出てこなかったという。いっぽう、ベルシーの証拠品保管所で作業を進めていたコンピューター技師たちのほうは、アクタールの匿名サイトの有料会員の名前を突きとめたという。複雑な解読作業をへて、暗号化されたファイルを片っ端から開いていったところ、申し込み時に使われたクレジットカードの番号を記したリストが出てきたのだ。会員の数は予想より少なく、数百人程度だった。バルバラは、「まずは会員の氏名を犯罪記録と照合して、この中に前科者がいないか調べてみるつもりだ」と言った。そうして、「それ以外の会員については、職業や年齢、住所などを割りだしていく必要があるが、これには時間がかかりそうだ」と付け加えた。コルソはうなずいた。おそらく全員を尋問するのは不可能だろう。このほかにも、リュドヴィクが作成した〈緊縛〉の愛好家のリストもあるのだ。

コンピューター技師たちは、SM動画に出演した俳優たちのリストも作成したという。月曜にはその俳優たちに対して、警察に出頭を命じることになっているということだった。しばらくの間、警察は人でいっぱいになることだろう。

「ほかにわかったことは?」コルソは訊いた。

「ソフィーの出ている動画を見つけました」

「それで?」

「ノーコメントです。あれを見た男は全員殺人犯の可能性がありますね」

「アクタールの尋問はしたのか?」

「あの男は釈放しました」

「何だって?」

「弁護士が怒鳴りこんできて、ひと悶着あったんですよ。本当です」

コルソはそれ以上聞かなかった。実際のところ、アクタール自身が犯人である線はまずないだろうと考えていたからだ。

「恋人のほうは?」

「調べていますが、まだ何も出てきていません」

「急いでくれ。ストリップの愛好家で、ボルサリーノの帽子をかぶった画家なんて、そんなにたくさんはいないはずだ」

「優しい言葉をありがとうございます。そんなに言うなら、ボスも手伝ってくださいよ」

まったくそのとおりだ。昨日の夜から今朝までの間、自分はテレビの刑事ドラマを見て、悪夢に悩まされたとはいえ、恋人の豊かな乳房に顔を埋めて眠っていただけなのだ。

「ボスの予定は？　今日は何をするつもりです？　よかったら教えてください」

「マドリードへ行って『赤い絵』を見るつもりだ。今、オルリーにいる」

　これでバルバラの機嫌は少しはよくなるだろう。なにしろ、自分が見つけた手掛かりをボスが重要だと認めてくれたのだ。しかも、昨日、自分が提案したとおり、ボスは直接、マドリードに行くと言っている。案の定、バルバラは今までより優しい口調で言った。

「どうぞよいご旅行を！　何か新しいことがわかったら電話しますから……」

　飛行機に乗ると、コルソはマドリードまでのフライトの間ずっと、膝にファイルを置いたまま眠りつづけた。といっても、眠りは浅く、昨日の夜のように悪夢にうなされた。飛行機がアドルフォ・スアレス・マドリード・バラハス空港に到着した時には、顔じゅうに汗をかき、頭の中はおぞましい光景でいっぱいだった。

「大丈夫ですか？」隣の席にいた老婦人が心配そうに声をかけてきた。

「変な夢を見てしまって」コルソは無理やり笑みを浮かべて答えた。

「大事なことは」老婦人は窓の外に目をやりながら言った。「どんな時でも自分の思いを貫くことです」

　コルソは光に照らされた窓を見つめた。太陽のせいで、窓は真っ白に光っていた。だが、それは生きる喜びではなく、命を焼き尽くす爆弾の閃光のように思われた。そう言えば、こんなふうに太陽が真っ白に輝く中、老人たちが死んでいったのを見たことがある。太陽と老婦人の組み合わせに、コルソは二〇〇三年の夏のことを思い出した。当時、コルソは二十四歳で、ルイ・ブランにあったパリ東部中央警察署の警察官だった。あの夏は猛暑で、街はどこもかしこも真っ白に燃えていた。その暑さの中で、独り暮らしの老人たちが次々と孤独死をとげていったのだ。その数は霊安所に入りきらないほどだった。

飛行機から一歩、足を外に踏み出すと、カスティーリャ地方の熱風が吹きつけてきた。コルソは息が詰まりそうになった。また二〇〇三年の嫌な記憶がよみがえってくる。霊安所は老人たちの遺体で入り口までいっぱいになり、死者を覆う白い布が列になって並んでいた。遺体の肌は蒼白で、歯茎は腐敗して膨らんでいた……。

その嫌な記憶を振り払うために、コルソは移動式のタラップを勢いよく駆けおりた。勢いあまって、下に着いた時にはバランスを崩したが、なんとか体勢を立てなおして、エアコンのきいた空港の建物に駆けこんだ。そのまま反対側の口から外に出ると、タクシーに飛び乗る。

これまでに何度か来たことがあるので、マドリードの街はよく知っていた（そのうちの一回はエミリアと一緒だった）。この季節はいつもそうだが、昼のマドリードは、暴力的といっていいほど強烈だ。壁は目をくらませるように白く光り、焼けつくような大気は身体を麻痺させ、太陽はすべての感覚を打ち砕く。だが、日が沈む頃になると、街は活気を取り戻し、人々を魅了する。通りはどこも広く、まっすぐだ。そんな通りに車を走らせていると、四輪馬車に乗った王侯貴族の気分を味わうことができる。

建物もまた美しい。コルソはアルカラ通りとグラン・ヴィア通りが交差するところにあるメトロポリス・ビルが好きだった。そのビルのドームの先端に輝くフェニックスの像は、ロールスロイスの先端についている《スピリット・オブ・エクスタシー》のエンブレムを思わせた。昼の熱気がまだ残り、人々がざわめきはじめた夕方の喧騒の中でこのフェニックス像を見ると、走りおえたばかりでまだ車体にエンジンの振動と熱が残るロールスロイスのボンネットに手を置いて、最前部にあるエンブレムを眺めているような気持になった。だが、今日はそのビルまでは行かない。エミリオ・チャピ財団はセラーノ通りにあった。真っ白な邸宅や、堂々たるシュロの木が植えられた庭が並ぶ、金持ちの多い洒落た地区だ。資料によると、財団は二十世紀初頭、薬の特許で財を成した富豪の医師によって設立された。だが、一九六〇年代になって、ある企業グループによって買収された。その企業グループはメセナの名目のもとに芸術作品を買いあつめることにしたのだが（もちろん、目的は節税だ）、そのためにこの財団を使うことにしたのだ。ゴヤの「赤い絵」の連作は、そうした活動の一環として購入されたものだった。

空港からおよそ三十分、タクシーは長い緋色の壁の前で停まった。〈ペロタ〉（壁にボールを打ち合うゲーム）の壁のようだ。門を入ると、白と赤の大きな建物が現れた。屋上には石造りの尖塔が立っている。中庭ではスプリンクラーが回って、水を撒いていた。チッ、チッと指を鳴らすような、そのスプリンクラーの音に合わせて、コルソはシュロの小道を進んでいった。その風景を見ていると、ここは事件の捜査からも、離婚の調停からも、まったく関係のない場所のように思われる。だが、この瞬間、〈自分は正しい道にいる〉とコルソは身体で感じていた。

建物に入ると、中は薄暗かった。半分閉まった鎧戸が日の光をさえぎっている。玄関ホールには木や、石や、大理石があったが、何もかもが静寂の中に佇んでいた。おそらく、それほど名の知れない画家が描いたものか、受付ロビーにも、すでに何点か、絵が掛けられていた。鎧をつけた何人もの人物画が数世紀もの時間の彼方からこちらを見つめている。明暗法で描かれた人物たちは、蜜蠟で艶（つや）を出したように光っていた。

「入場券を一枚ください（ウン・ボレト・ポル・ファボール）」チケット売り場に行くと、

コルソはスペイン語で言った。

　ここで目立ちたくはなかったし、ましてや警察官の身分証明書を見せるつもりなどまったくなかった。第一の目的は「赤い絵」を見ることだ。そのうえで、警備員から何か聞きだせるかやってみようと思っていた。だが、最終的にはスペイン警察の協力が必要になるだろう。もちろん、ここに来たのがまったくの見当ちがいでなければの話だが……。

　コルソはエレベーターのほうに向かった。

「乗りますか？（キエレス・エントラール）」制服のエレベーターボーイが言った。

　エレベーターはかなり時代がかったもので、錬鉄製の籠（かご）のような昇降路（エレベーター・シャフト）の中をエレベーターが上下するのが外から見えるようになっている。各階の乗り口にはニスを塗った木製の扉がついていて、コルソがうなずくと、エレベーターボーイがその扉を開けた。

ゴヤの絵は四階だ。

　エレベーターの中に足を踏み入れると、そこはひと昔前の世界だった。内部は羽目板張りで、乗客用に黒の長椅子が据えつけられている。操作盤は螺鈿（らでん）で飾られている。天井はガラス張りで、壁に斜めに取り付けられた鏡が昇降路に光を反射させていた。

　コルソはにんまりした。ここに来たのは間違いではなかった。犯人はここから出発したのだ。エレベーターが階をひとつ通過するごとに、コルソは犯人が頭の中で作りあげた〈妄想の世界〉に近づいている気がした。

22

最初の展示室には、十五世紀から十七世紀の《スペイン黄金世紀》に描かれた宗教画が展示されていた。次の展示室も同時代のものだが、こちらは宮廷の人々を描いた肖像画で、モデルになった人々は、ラフと呼ばれる大きなひだ襟や、ダブレットと呼ばれる胴衣、真珠の装身具などを身につけていた。室内を見回すと、身軽な格好をした観光客が数名、まるで聖地にたどりついた巡礼のように瞑想的な顔つきで、一枚いちまいの絵を眺めている。しかし、いくらもっともらしい顔をしてみても、ショートパンツにサンダルばきという服装では、かえって滑稽に見えた。もっとも、コルソ自身も人のことは言えないが……。昨日の朝、家を出たままの格好なので、夏だというのに、ロックフェスティバルのヘルフェストにでも行くような黒ずくめの服を着ていたのだ。

「赤い絵」の連作は、三つ目の展示室にあった。正面の大きな白い壁に小さな絵が三つ、適当な間隔をおいて掛かっている。その前には見学者が絵に近づきすぎないように、ビロードのリボンが張られていた。それほど価値の高い作品だということだ。バルバラの用意してくれた資料の中には、確かこの絵のサイズについても書かれていたはずだが、コルソはただ「小さな絵だ」という情報だけで満足して、数字までは確かめなかった。だが、実際にこうして実物を目にすると、本当に小さいことにあらためてびっくりした。たぶん、縦は五十センチもなく、横も三十センチあるかないかだろう。にもかかわらず、覗きこむようにして見ると、絵はより鮮烈に、よりおどろおどろしく迫ってくる。そこには、暴力的なものが凝縮されていた。

絵の下にある説明文には、簡単に「赤い絵　作品番号一」、「赤い絵　作品番号二」、「赤い絵　作品番号三」とだけ記されていた。だが、コルソが事前に読んだ資料には、作品を鑑定した専門家によって、三つの絵はそれぞれ、『叫び』『魔女』『死』と命名されたと書かれていた。

コルソはいちばん左の絵を見た。『叫び』だ。ソフィーを殺した犯人がこの絵に触発されたのは明らかだと、コルソは思った。おそらく囚人なのだろう、ガレー船を漕いでいる男を描いた絵だ。絵の下のほうには、手首に取り付けられた黒い枷（かせ）と鎖とが、はっきり見て取れる。男の口は耳まで裂けて、その痛みに恐ろしい叫び声をあげているように見えた。だが、それはまた見る者を挑発し、嘲笑しているようにも見えた。はたして、この男は苦しんでいるのか、それとも人を嘲ることに喜びを覚えているのか。男の顔は悪魔のように歪んで、見ただけで背筋が凍りつくことに変わりはないが、そこには明らかに二面性があった。〈本物の苦しみを知って、その苦しみの底からこちらを見つめている〉とも、〈その苦しみを知らないこちらの無知を嘲笑している〉とも、どちらにも取れるのだ。

だが、この絵のもっとも素晴らしく、また魅力的な点は、絵の大部分を占める赤紫の色合いだろう。その赤紫の背景の中にぱっくりと口を開けた顔が描かれているさまは、どろどろに溶けた大地から粘土でできた顔が浮かびあがってくるようで、迫力があった。それはちょうど、現像液の中で少しずつ写真の画像が姿を現してくる、まさにその瞬間を捉えたように見えた。

その隣、真ん中の絵が『魔女』だ。この絵は当時としては革新的な構図で描かれていた。地面を表す線がカンバスを斜めに横切り、画面を真っぷたつに区切っているのだ。その点では、「黒い絵」の中の『砂に埋もれる犬』に似ていたが、もっと大胆で、もっと不思議な印象を与えていた。色合いはこちらも赤を基調としていたが、ただしこの絵の赤は、流れ出る溶岩と灼熱のマグマを連想させた。そして、圧巻はこの斜めに引かれた地面の線の後ろから突き出ている、ぞっとするような女の顔だ。吊りあがった目、皺だらけの顔……。ぐしゃぐしゃの髪には垢と泥炭がこびりついている。この〈魔女〉の顔も、やはり口が耳まで裂け、最初の絵の男と同様、笑っているように見えた。たぶん、地面の線はこちらの世界と悪魔世界の境界を表しているのだろう。〈魔女〉はその境界の向こう側から、こちらにいる人間を騙して、自分たちの世界に引っ張りこもうとしているのだ。

コルソはぞっとする気持ちを抑えながら、三つ目の絵を見た。『死』だ。背景の色合いは三つの作品の中でいちばん暗く、赤土のような赤褐色をしている。前景で男が断末魔に苦しむ部分は夕暮れ時の燃えるようなオレンジ色だ。男はベッドか、あるいは担架のようなものに寝かされていた。場所は病院ではない。独房か、そうじゃなければ、屋根裏部屋のようなところだろう。男の身体は奇妙な格好に曲がっているが、輪郭しか描かれていない。それに対して、顔のほうは……。その顔は、一度見たら二度と忘れられないだろう。それほどの存在感を放っていた。頬はげっそりして、目はぎょろりと大きく、全体にのっぺりしている。そして、その口はほかの二枚の絵と同じように、耳まで裂けていた。だが、よくよく見ると、その口は笑っているようには見えなかった。顔の中にぽっかりと空いた〈虚無〉――その口は〈虚無〉を連想させた。そして、その〈虚無〉は口から出ると、一瞬ごとにまわりを侵食してゆくのだ。

この顔は何かに似ている。コルソは思った。そして、記憶をたどって思い出した。以前、法医学に関心を持って、十九世紀の医学書を読んだ時に、この顔に似た絵を見たのだ。それは梅毒第三期の患者の病状を描いたもので、顔の肉はこそげ落ち、鼻は溶けて、唇は内側にめりこんでいた。身体のほうも、この絵と同じように、脛（すね）が病気のせいで変形し、サーベルの刃のように曲がっていた。おそらくゴヤは、どこかの病院か救済院で目にした梅毒患者をここに描いたにちがいない。

遺体と同じように、口が耳まで裂けた人物を描いた三枚の絵……。いや、もちろん、それがあるからと言って、この美術館と犯人の間につながりがあるとは証明できない。だが、コルソはそれでも、犯人はきっとここでこの絵を見たにちがいないと確信していた。犯人はこの美術館に来て、この三枚の絵を見て、インスピレーションを受けたのだ。この絵がそいつを犯行に向かわせるきっかけになったのだ。たぶん、犯人の心の奥には、自分ではどうすることもできない殺人衝動があったのだろう。癒そうとしても癒しきれない大きなトラウマが……。そうでなければ、絵を見ただけで、人は殺人を犯そうとは思いつかない。けれども、この絵を見たことによって、犯人はそのトラウマを刺激され、これまで隠していた殺人衝動が呼び覚まされた。そこで、この絵に似せたかたちで、人を殺したのだ。

そうだ。間違いない！　犯人はこの美術館を何度も訪れている。だとしたら、暗い情熱を湛えた目をして、この絵の前に佇む、その犯人の姿を、警備員の誰かが覚えているにちがいない。そう考えると、コルソは警備員たちに質問するため、一階に戻ることにした。エレベーターはまだ一階にあったので、その隣の階段を使っておりていく。と、下の階からブーンというモーター音がして、ガタンゴトンと音をたてながら、エレベーターがあがってくるのが見えた。昇降路は鉄製の籠（かご）のようになっているので、階段から覗けば、エレベーターがあがってくるのが見える。すぐ脇を釣合おもりがさがっていくのが見えたと思ったら、まもなくガラス張りの天井が近づいてくるのが目に入った。

その天井の下を見て、コルソは飛びあがった。こちらには背を向けて、白いスーツを着て白いボルサリーノの帽子をかぶった男が、エレベーターボーイの隣に立っていたのだ。ル・ヴェジネのスタジオで、ポルノ俳優のマイクから聞いた言葉が閃光のごとくよみがえった。「そいつは服装の趣味が変わっているらしい。白いスーツに白いボルサリーノの帽子をかぶって……。一九二〇年代の女衒（ぜげん）というか、ジゴロふうの格好で……」マイクはそう言っていたのだ。

その〈ジゴロ〉を乗せたエレベーターは、ちょうどコルソのいる高さを通りすぎ、上の階へとあがっていく。

コルソはすぐに、階段を数段飛ばしで駆けあがった。四階にたどりつくと、乗り口の木製の扉とエレベーター本体の鉄製の扉が閉まったあとで、エレベーターが一階におりていくのが見えた。コルソは「赤い絵」の展示室に駆けこんだ。だが、男はいない。結局、四階にある展示室を何度も回って、《スペイン黄金世紀》の時代の肖像画を集めた部屋に戻ってきた時、そこにいるのは王侯貴族や道化師たちだけだった。白いスーツの男はどこかに姿を消していた。

〈ちくしょう〉

そう心の中で毒づくと、しかたなくコルソはエレベーターの乗り口まで戻った。この階にはトイレも事務室もない。あるのは三つの展示室だけだ。そこで、何気なく、エレベーターの昇降路に目をやると、ちょうどまたエレベーターがあがってくるところだった。ガラスの天井と斜めについた鏡が見える。その瞬間、コルソは、先ほど、何が起こったのかを理解した。急いで階段を駆けおりる。白いスーツの男は、エレベーターの中の鏡を見てコルソに気づいたのだ。そうして、四階に着いてもエレベーターをおりずに、また下に行ってくれとエレベーターボーイに命じた。エレベーターがおりていく時に、中にいる男の姿が目に入らなかったのは、コルソの死角に入ったからだろう。もしかしたら、何か適当な理由をつけて、エレベーターの中でかがんだのかもしれない。それから、コルソが階段をおりて追ってこないのを確認して、また立ちあがったのだ。単純なやりかたほど、うまくいくということだ。

コルソは一階までおりたが、エレベーターは逆に上にあがっていたので、エレベーターボーイに確認するわけにはいかなかった。しかたがない。無駄だとは思うが、一応、受付ロビーや中庭を調べてみるしかあるまい。だが、あの男はどうして逃げだしたのだろう？階段をおりながら、コルソは考えた。顔を見た瞬間に、おれが刑事だとわかったのか？　それとも、おれのことを最初から知っていたのだろうか？

一階には誰もいなかった。チケット売り場の近くにも、その隣の図書室にも、職員のほかは誰もいない。コルソはトイレも調べてみた。男性用、女性用、すべての扉を開けてみたが、誰もいない。白いスーツの男は外に逃げたにちがいない。コルソは建物から飛びだした。が、その瞬間、強烈な太陽の光を顔に浴びて思わず立ちどまった。真正面から熱風も吹きつけてくる。コルソはいったん玄関ホールに引き返し、もう一度、中を見回した。それから、大きく息を吸いこむと、今度は迷わず、灼熱の太陽の下に飛びだした。

手を額にかざして、ざっと周囲の状況を確認する。見たところ、小道のほうにも、シュロの木陰にも人はいないようだ。いや、だいたい、この焼けつくような暑さのなかで、生きている人間の気配など、ひとつも感じられない。太陽の光に照らされて、木々の葉が白く光る。それは葉というよりは、もはや白く燃えあがる炎でしかなかった。芝生もまた白く光り、まばゆい光線を反射する鏡でしかない。ここでは、すべての存在が奪われてしまうのだ。

あいかわらず額に手をかざしながら、コルソは中庭を抜け、門のところまで走った。砂利の小道も真っ白だ。その中で、自分の影だけがこの白い世界にぽっかりと黒い穴をあけている。男は外に出たのだろうか？　コルソは鉄門の扉を押した。が、すぐに手を引っこめた。鉄が焼けるように熱かったのだ。喉も焼けるように渇いている。ほんの数メートル走っただけなのに、バーナーで焼かれたようにひりひりしている。熱いのを我慢して、コルソは鉄の扉を開けた。目の前の通りは右も左も、どこまでもまっすぐに続いていたが、男の姿は豆粒ほどにも見えなかった。これ以上、男を探して、駆けまわる気力は出なかった。だいいち、いったいどこに行けばいいというのだ？　まわりの景色に溶けこむように、男は姿を消してしまった。真っ白なスーツを着て、真っ白に光る街の中に……。

砂利道を引き返すと、コルソは玄関ホールに戻った。息が切れ、頭がガンガンした。と、その時、携帯が鳴った。画面を見ると、〈ストック〉と表示されている。ナタリーだ。だが、コルソにはどこか別の星から電話がかかってきたように思えた。

「いったいどこにいるんです？」ナタリーの怒鳴り声が聞こえた。「一時間も前からずっと電話しているんですよ！」

どうやらバルバラは、ボスがどこに行ったのか、チームのメンバーには黙っていることにしたらしい。コルソはナタリーに知らせようかどうか迷ったが、結局は上司の特権で、パリに戻るまでは自分も黙っていることにした。

「どうしたんだ？　緊急事態か？」

「次が起こったんですよ！　まったく！」

「何がだ？」

「もうひとり犠牲者が出たんです。同じやり方で顔を切り裂かれています。下着で喉を絞められたのも同じです。前回と同じような結び目を作って……。被害者がもがいた結果、首が絞まったんです」

「身元はわかったのか？」息を整えながら、コルソは訊いた。

「私たち全員が知っている人間です。エレーヌ・デスモラ、《ル・スコンク》のストリッパーです。ええ、ニーナの同僚のミス・ヴェルヴェットです！」

23

幸い、予定よりひとつ前の飛行機に乗れたので、コルソは午後四時二十分にパリのオルリー空港に戻ってくることができた。バカンスシーズンであることを考えると、その飛行機に乗れたのは、本当に幸運だった。とはいえ、この時間では、もう犯行現場に駆けつけるには遅かった。おそらく、エレーヌ・デスモラの遺体はすでに発見現場であるセーヌ＝サン＝ドニ県の空き地からパリ法医学研究所に移され、鑑識の捜査官たちもその場から撤収しているだろう。今頃、現場には立ち入り禁止のテープが張られているはずだ。コルソはとりあえず、空港からバルバラに電話をして、状況を確かめた。

バルバラによると、当初、この地域を管轄するボビニーの検事は、現場に出動した司法警察セーヌ＝サン＝ドニ支部に、事件の捜査を任せる意向だったという。だが、バルバラは、「この事件はソフィー・セレの事件と関連しているので、捜査は自分たちに任せてほしい」とパリ検察庁に申立を行ったらしい。検察庁は、その方向でボビニーの検事に話してみると約束してくれた。だが、書類上の手続きに手間取り、現段階ではどちらが捜査を行うのか、正式には決まっていないということだった。したがって、コルソがいない間にバルバラにできたことは、司法警察セーヌ＝サン＝ドニ支部に連絡して、現場検証をした警察官が作成した報告書をメールで送ってもらうことくらいだった。

　空港から警視庁に戻ると、コルソはプリントアウトされたその報告書をつかみ、自分のオフィスに閉じこもった。チームのメンバーに向かって、この事件についてのコメントもしない。マドリードに行っていたことも言わなかった。今はともかく、この新たな殺人事件について事実を確認し、冷静に分析していく必要があった。マドリードであった出来事を考えると、気持ちが騒ぐが、今はそれを横に置いておかなければならなかった。

　報告書によると、死体が発見されたのは午前十一時頃。場所は《スタッド・ド・フランス》（サッカー、ラグビーなどの多目的スタジアム）の駅からさほど遠くない、アルフレド・ドレフュス大尉通りとフローラ・トリスタン通りの角の空き地だ。だが、その場所からすると、殺害されたのは発見時間よりずっと前、おそらくは朝の早い時間までさかのぼる可能性があるだろう。というのも、あのあたりの空き地は、こっそりマリファナを吸うような不良少年たちの溜まり場で、そういった少年たちが死体を発見してすぐに警察に通報するとは考えられないからだ（少年たちにとって警察は敵なのだ）。おそらく、少年たちのうちのひとりが親に話し、親から警察に電話があったのだろう。これについては、正式な鑑定結果が出れば、はっきりするにちがいない。

コルソは現場で撮影された写真を見た。遺体は、ソフィー・セレの時と同様、裸だった。バッグや財布も残されていないので、証明書やクレジットカードなど、身元のわかるようなものはいっさいなかった。だが、遺体の状況がソフィーの事件と似ていると気づいた警察官のひとりが《ル・スコンク》に行き、指紋を照合したところ、殺されたのはミス・ヴェルヴェットこと、エレーヌ・デスモラだと突きとめたのだ。

前回同様、被害者は首から下は胎児の格好をして、手首と足首を縛られていた。その手首と足首を小さなショーツがつないで、さらには首と両手首がブラジャーで結ばれていた。結び目は首の部分が自然に締まるように〈鞭結び〉になっていて、手首は〈8の字結び〉だ。だが、その8の字の先にはもうひとつ〈8の字結び〉があって、そちらのほうの結び目は留められていなかった。ソフィーと同じように、エレーヌも身をよじってもがき、そのために結び目が滑って、自分で首を絞めることになったのだろう。そして、ふたつ目の〈8の字〉が留まっていないのは……。

顔の裂傷も同じだった。口の端が耳まで切り裂かれ、歯茎が露わになり、喉には石が詰まっている。おぞましい写真のページをめくりながら、コルソは《ル・スコンク》の舞台でジプシー・ローズ張りに七枚のベールをまとって踊っていたミス・ヴェルヴェットの姿を思い出した。外見的には、ふたりのストリッパーにはまったく共通点がなかった。ソフィーは背が高く痩せていて、髪はブロンド、卵形の顔にくっきりとした眉の持ち主だった。エレーヌのほうは、たぶん染めているのだろうが、褐色の髪をルイーズ・ブルックスふうのボブカットにしている。体型はぽっちゃりしていて、ふっくらとした丸い顔をしていた。

だが、殺害方法がここまで酷似しているということは、犯人は同一人物とみて間違いない。その時、コルソははたと思いあたった。このふたつの事件の犯人が同じで、その犯人がマドリードで見た白いスーツに白いボルサリーノの帽子の男だとしたら、あの男はパリでエレーヌを殺したあと、スペインに戻ったことになる。はたして、そんなことがあるだろうか？〈あっても不思議はない！〉コルソは思った。殺人を犯したあと、犯人は自分にインスピレーションを与えてくれた「赤い絵」の連作の前で静かに瞑想にふけりたかったのかもしれない。あるいは、殺人そのものがこの三枚の絵に対する捧げ物なのかもしれない。いや、それは今のところ、根拠のない想像にすぎない。とりあえず、今は白いスーツの男のことは忘れよう。それよりも、まずは事実だけに着目して、捜査を進めていくのだ。

ファイルのページをめくると、コルソは殺害現場の空き地をいくつかの角度から撮った写真に目を移した。パリの郊外ならどこにでも見られるような荒廃した風景だ。家もなく、草のまばらに生えた空き地がどこまでも広がっている。報告書によると、この空き地の土壌は産業廃棄物によって汚染されているということだった。ソフィーの殺害現場はごみ処理場だったから、直接、関係があるとは思えない。たとえあったとしても、そこからどんなメッセージを読み取ればよいのか、まったく見当がつかなかった。

遺体が発見された場所ということで、ふたつの事件に共通するところがあるとすれば、それは被害者の自宅と遺体が見つかった場所が比較的、近いということだ。エレーヌ・デスモラが住んでいたのはサン・トゥアン近くのオルドネ通りで、遺体が発見された空き地からは数キロほどしか離れていない。ソフィー・セレが暮らしていたイヴリ＝シュル＝セーヌと遺体発見現場であるププリエごみ処理場も、ほんの数キロの距離だ。しかし、犯人が被害者の自宅で殺人を犯し、発見現場に運んだという仮説は成り立たない。ソフィーが殺されたのが自宅ではないことがわかっているからだ。だとしたら、エレーヌも自宅で殺されたのではないだろう。

報告書を読んでいる間、司法警察セーヌ＝サン＝ドニ支部の連中から何度か電話がかかってきた。この事件は自分たちのものだとデモンストレーションをしているのだ。実際、捜査のほうも続けているらしく、殺害前日、つまり昨日のエレーヌの行動もすでに調べたということだった。それによると、エレーヌは独り暮らしで、おとといの夜は《ル・スコンク》で踊っていた。それから、オルドネ通りの自宅に戻り、起きたのはたぶん、昨日の昼頃。それから家を出て、午後一時頃にはいつものようにフォーブール・ポワッソニエール通りにある《ワウ・クラブメッド・ジム》に出かけている。ところが、そこを出たあとは足取りが不明になり、結局、今日の昼に死体で見つかったというわけだ。残念だが、あまり役に立つ情報は見当たらない。

コルソは報告書のファイルを脇に抱えてオフィスを出ると、会議室に向かった。そこでは部下たちがあからさまに苛立ちを示しながら、コルソが来るのを待っていた。無理もない。新たな殺人事件が起こって、それだけでも腹が立つのに、検察庁から連絡がないので、どこがこの事件を担当するのかまだわからないのだ。書類の手続き云々で、捜査の時間を無駄にするなど、刑事としては耐えられるはずがなかった。

コルソは、「この事件は我々がやる。検事に連絡して、そのことを強く言っておいたから心配するな」と部下たちをなだめると、よりデリケートな話題に入った。部下たちの士気を落とさないようにするために、これだけは言っておかなければならない。

「きみたちがどう思っているか知らんが、おれたちは決して時間を無駄にしたわけじゃない」

「そうですか？」すぐにナタリーが口をはさんだ。

「私はやっぱり時間を無駄にしたと思いますね」

　コルソは安心した。少なくとも、ナタリーの士気は落ちていない。捜査の見込みが違っていた時、刑事はよく無力感にとらわれるが、ナタリーはそういったタイプではなかった。今もただ、自分の主張をぶつけているだけだ。

「ええ、最初から捜査の方向が違っていたんです。〈ゴンゾ・ポルノ〉なんかは事件に関係ない。犯人の狙いはただひとつ、《ル・スコンク》の踊り子たちだったんです」

「そうだな」コルソはナタリーの主張を認めた。「やはり、《ル・スコンク》の線を中心にして、もう一度、調べる必要がある。カミンスキーや踊り子たちに、あらためて話を聞くことにしよう。《ル・スコンク》が入る前に、あそこにはどんな店があったのか、建物の所有者はどんな人物で、いつあの建物を手に入れたのか、なんでも調べるぞ。もうやめてしまった踊り子たちのことも追ってみる必要がある。ともかく、その線に集中して捜査を行う」

「アクタールのビデオのほうはどうするんですか?」バルバラが尋ねた。「その線が薄くなったからと言って、調査を途中で放り出すわけにはいかないでしょう?」

「応援部隊のほうはどうなってる?」

「ボンパール部長が研修生を大量に送りつけてきました」

　コルソはうなずいた。もともと、それ以上のことは期待していなかった。七月のバカンスシーズンに、元気いっぱいの歴戦の兵(つわもの)を期待するのは無理というものだ。

「ベルシーのコンピューター技師たちから、アクタールのサイトの有料会員リストが送られてくると言っていたな? ポルノ俳優とか、スタッフのリストも……。その全員に出頭命令を出して、尋問のほうは研修生たちにやってもらおう。おれたちは《ル・スコンク》の線を追いながら、エレーヌ・デスモラ殺害の捜査をする」

「遺体の発見現場や被害者の自宅周辺の聞き込みはどうします？」

「そちらは司法警察セーヌ＝サン＝ドニ支部の連中がやってくれるだろう。こっちに主導権があるとしてもな。そっちと連絡をとっておいてくれ。現場周辺の防犯カメラの映像も見たいな。その件についても頼んでおいてくれ」

「はたして、防犯カメラが動いているかどうか……。ああいった地区ではすぐにガキどもに壊されちゃうんですよね。パリの郊外では……」

リュドヴィクがにやにやしながら言った。だが、コルソは聞こえなかったふりをして、話を続けた。

「あとは現場に残された証拠だな。鑑識が証拠の可能性があるとして、現場付近で採取したものがたくさんあるだろう？　足跡とか遺留物とか……。そいつの分析を急いでもらってくれ。人手が足りなかったら、民間の研究所にも手助けしてもらうようにと言ってな。これは急を要するんだ」

「でも、鑑識が到着した時には、すでに現場は踏み荒らされていたんじゃないですかね？　朝からずっとガキどもがたむろし、マリファナを吸っていたんだから……」

リュドヴィクがまた茶々を入れた。だが、コルソは今度も無視して、言葉を続けた。

「犯人は今回も同じ手口で犯行に及んでいる。これはひとつの儀式のようなものだ。だから、そのひとつひとつに意味があると考えて、犯人がどうしてそんなことをしたのか想像してみるんだ」

今度はリュドヴィクも何も言わなかった。部下たちはボスが何を言いだしたのかという表情で、顔を見合わせている。

「被害者の自宅にはもう行ったのか？」コルソは訊いた。

「さっき、クリニャンクール署の連中が行ったばかりです。特に何も出なかったとのことですが……」

「じゃあ、おれたちは明日の午前中に行こう。四人全員でな。家宅捜索というのはどんなふうにするのか、クリニャンクール署の連中に教えてやろう。ともかく、エレーヌがどんな人物だったか詳しく洗いだすんだ。ソフィー・セレと共通点がないか、ふたりが親しかったかどうか……」

「エレーヌのほうはアクタールのビデオの仕事はしていませんでした」バルバラが口をはさんだ。「それはもう調べました」

「あの業界にはアクタールしかいないわけじゃない。SM業界を逐一あぶりだすんだ。きみなら簡単にできるだろう」

話しながら、コルソは手応えを感じていた。大丈夫だ。部下たちは十分、事件に立ち向かう気でいる。ならば、そろそろ具体的に任務を割りふってもいい。できれば、今すぐ動きだす必要があるのだ。たとえ、正式に捜査を任せるという通知が来ていなくても……。

「リュドヴィク、きみはエレーヌの検死に立ち会ってくれ。鑑識に連絡して、DNAのサンプルも作ってもらってくれ」

リュドヴィクは素早くうなずいた。今夜はネットで知り合った女性ではなく、死体と一緒に過ごすことになるわけだが、別に不満そうな様子はない。こういった時には、この男も仕事優先なのだ。そう心の中でつぶやくと、コルソはナタリーのほうを向いて言った。

「ストック、きみには《ル・スコンク》に行って、カミンスキーと踊り子たちへの尋問をしてもらう。そのあとでまだ時間があるようだったら、エレーヌの部屋の隣の住人に話を聞いてくれ。エレーヌがどんな人間だったか詳しく知りたいんだ。司法警察のほうは目撃調査だけだろうから、きみのほうはエレーヌの人物像に絞って、情報を引き出してほしい。夜遅いようだったら、叩き起こしてでも質問してくれ」

「それは違法ですよ」

「かまわん。これは緊急なんだ。それから、そのあたりに防犯カメラがあるか、きみの目でも確かめてくれ。司法警察の連中がどこまでやってくれるか、わからないからな」

「そんなものを調べてなんになるんです?」リュドヴィクが割って入った。「犯人がエレーヌを誘拐しているところが、そのカメラに映っているとでも?」

「犯行はこれで二回目なんだ。つまり、それだけ証拠を残している確率が高くなる。犯人が天才でないかぎり、どこかに犯行の痕跡を残しているだろう。手品師のようにすべてを消してしまわないかぎり……。だから、我々がそれを見つけるんだよ」

そう言うと、コルソは最後に残ったバルバラのほうを向いて言った。

「きみはエレーヌのスマホとパソコンを調べてくれ。電話の通話記録と銀行口座の明細も手に入れて、大至急、分析してほしい」

バルバラはいつものように黒のウールのワンピースを着て、片足を尻の下に敷き、膝にノートを広げて、メモを取っていた。まるでゴシックファッションの女子学生といった風情だ。

「どうやって手に入れるんです。私たちはまだ正式に捜査を託されていないのに……」

「その件は、おれに任せてほしい。今、やるべきことは、この数日の間に、エレーヌが誰に電話をしたか、誰からの電話を受けたか、金を引き出したかどうかを知ることだ。地下鉄に乗っても、貸自転車を借りても、その記録は明細にちゃんと残っているはずだ。それがわかれば、エレーヌの足取りが追えるだろう」

こうして全員に指示を下すと、コルソはみんなを見回した。誰も「ボスはどうするんですか？」とは訊かない。自分の予定について、コルソがあまり話さないことをよく知っているからだ。だが、チームワークを高めるためには、普段はしないことでもする必要がある。コルソは言った。

「おれは《ル・スコンク》に行ってくるよ」

それを聞いてナタリーが口をさしはさんだ。

「でも、さっき私に《ル・スコンク》に行けと……」

「さっきも言ったように、きみはカミンスキーと踊り子たちを調べてくれ。おれは《ル・スコンク》が入るまえに、あの建物にどんな店が入っていたかとか、建物自体のこととか、ともかく場所を中心に調べる。近くに住む人たちにも話を聞いてな。あの場所には何かいわくがあるかもしれない。それを知りたいんだ。それが犯人の動機になっているかもしれないからな」

皆がいっせいにうなずいた。捜査に新しい視点を導入したことで、チームは活気づいたようだ。


「最後にひとつ」バルバラが問いかけた。「ソフィーの恋人の件はどうします？　白いボルサリーノをかぶって、白いスーツを着た画家の件は？　それから、ゴヤの絵については？」

コルソはマドリードで見た光景を思い出した。口が耳まで裂けた人物を描いた三枚の絵……。街に照りつける強烈な太陽の光……。その白い光の中に消えてしまった白いスーツの男……。バルバラがじっとこちらを見ている。自分がマドリードに行ったことを知っているのはバルバラだけだ。本当なら、マドリードでその白いスーツの男を見かけたことをバルバラに話すべきだった。だが、まだその時間がとれない。

「その件に関して、何か見つかったか？」コルソは尋ねた。

「いいえ」

「それじゃあ、今のところはエレーヌ・デスモラの事件の調査に集中してほしい。そして、その調査の結果をもとに、月曜の朝になったら、今後、全体としてどうするか検討することにしよう。つまり、エレーヌに関して調べる時間は、今から二十四時間以上あるということだ。何か質問は？」

　ナタリーが、まるで学校にいるかのように手をあげた。といっても、筋骨たくましいナタリーの姿からして、学校と行っても東欧の体育学校だろうが……。

「《ル・スコンク》のほかの踊り子たちを警護する必要はありませんか？」

「もちろん、そうしたほうがいいな。これについては、ボンパール部長に話しておこう。それから……」

　だが、その言葉を終える前に、ポケットの中で携帯が振動した。

「失礼」そう言ってコルソは携帯を取りだした。そうして、ひと言の説明もなく、部屋の外に出た。

　そこにはエミリアの電話番号が表示されていた。

24

「うまくいっているかい？」

　折り返しで、エミリアに電話をかけると、コルソは努めて明るい調子で言った。もちろん、腹の底では自分にタデを会わせることなく、バカンスに行ってしまったことに怒っている。タデに会えないのも辛い。だが、その怒りや悲しみを相手に悟られたくなかったからだ。それに、いきなり怒りをぶつけたら、電話を切られてしまう恐れがある。いや、何よりも、自分が辛い気持ちでいると知ったら、エミリアは喜ぶだけだろう。それが嫌だったからだ。

　実のところ、エミリアから電話があるとは思っていなかった。だが、着信記録にエミリアの名前を見た時、どうして電話をかけてきたのかわかった。もちろん、父親として一ヵ月間、息子と会えないのは寂しいだろうという思いやりからではない。バカンスの間、父親が息子と電話で話すことができないようにしたと言われたら、離婚調停で不利になるからだ。自分から電話をかけて、父親と息子に話をさせた——それが大切なのだ。

「うまくいっているわ」

「結局、今はどこにいるんだい？」

何気ないふうを装って尋ねる。息子がどこにいるか知りたかった。だが、その気持ちがわかったと見えて、エミリアはくっくっと笑った。居場所をなかなか教えずに、こちらをいたぶってやろうと考えているのだ。だが、今日は比較的、気分がよかったらしい。皮肉を交えながらも、すぐに答えた。

「ヴァルナよ、ダーリン。私たちが過ごした、いちばん美しい思い出の地よ」

ヴァルナはブルガリアの海辺のリゾート地で、エミリアと付き合いはじめた時には、確かにそこで素晴らしい時間を過ごした。早朝の黒海……。そのはるか向こうの対岸はもう東洋で、そこから昇る朝日が黄金色に空を染める。沿岸部にはギリシア正教の教会が密集し、いくつものドームがきらめきながら空に向かって溶けてゆく。美しく彩色された家々や、異国情緒を感じさせるキリル文字が並ぶ通りは、市が立つ祭りの雰囲気と、温泉地の風情をあわせもっていた。

「今月はずっとそこにいる予定なのか？」

「どうかしら」

コルソはそれ以上聞かなかった。やりすぎは禁物だ。

「タデは元気？」

「母語の練習をしているわ」

エミリアはこれまでも、タデがフランス語と同じくらいブルガリア語を話せるようになるよう力を入れていた。もちろん、そのこと自体にはコルソも賛成だった。けれども、今となっては、母親と息子がブルガリア語でしゃべって、父親との間に壁を築く手段になるのではないかと心配だった。

「でも、それだけじゃないだろう？　海水浴もするだろうし……。ほかには何かする予定があるのか？」

「いとこたちに会っているわよ。本当の家族にね。つまり、タデの唯一の家族ってことだけど……」

さっそく言葉のパンチを繰り出してきた。しかも、反則気味に……。このままだと、たちまちロープに追いつめられ、こちらは身体を丸めて防戦一方になる。その前に、エミリアとの会話を打ち切ろう。

「タデと話せるかな？」

「待ってて」

エミリアが簡単に同意したので、コルソはびっくりした。たぶん、こちらが会話を録音しているのではないかと警戒したのだろう。

「パパ？」

タデの声が聞こえてきた。独特の高い声だ。若木で作った横笛のような、耳にしただけで全身の血が新しくなるような無邪気な声……。その声を聞いたとたん、コルソは目に涙があふれそうになるのを感じた。

「元気かい、タデ？　楽しくしているかい？」

「ハリネズミを見つけたんだよ」

「そうか。じゃあ、その話を聞かせてくれないか？」

コルソは頼んだ。言葉は何でもよかった。声を聞くのが嬉しかった。声の調子から、コルソはタデの表情を想像した。外国語の歌を聴いて、歌詞はわからないけれど、その美しいメロディーから歌の内容を想像するように……。

タデの澄んだ美しい声を通して聞くと、ありきたりの話も魅力的なものになる。タデは普通のことを特別なことに変える能力を持っているのだ。バスク地方で一緒に拾った貝殻が、ほかの何よりも大切な宝物になったのも、それと同じことだ。

「じゃあ、またね、タデ。ママに替わってくれるかい？」

ひとしきりタデの話を聞いたところで、コルソは自分から切りだした。あまり長く話していると、エミリアがタデから電話を取りあげにくる。その時に、がっかりするのが嫌だったからだ。タデから電話を替わると、エミリアはただちに言った。

「じゃあね、コルソ」かなり前から、エミリアはコルソのことを名前ではなく、苗字で呼んでいた。「来週、電話するから」

エミリアは魅力的な声をしていた。東欧ふうの発音だけではなく、声自体も素晴らしく、低すぎも高すぎもしない、豊かな響きを持っている。それは光沢のあるサテンや、金糸銀糸で刺繡を施した、きらびやかな布地を思わせた。

「おれもそっちに合流していいかな？」

「私は嫌よ」

コルソは思わず、声の調子を荒らげた。

「父親と息子が会うのを邪魔するつもりか？　きみにそんな権利があるのか？」

「せっかく妥協点を見つけるために努力しているんだから、それを無駄にしないでよ」

「妥協点だって？」コルソは大声で言った。「おれを父親失格のケダモノ扱いしておいてか？」

エミリアは口で奇妙な音を立てた。チッ、チッ、チッ、チッという音は、マドリードの美術館の中庭にあった自動スプリンクラーを思い出させた。

「落ち着きなさい、コルソ。少しは人間らしくしてちょうだい。たとえ、あなたの本性はケダモノでも……」

「そんなのくそくらえだ」

「ほらね」エミリアはくっくっと笑った。「すぐに本性が出たわ。あなたは人殺しなのよ、コルソ。それも最悪の人殺し――法に守られた殺人者よ。私の両親を殺したやつらのようなね」

この両親の話というのは、エミリアが繰り返すお気に入りの話だ。エミリアの両親は大学に勤めていたのだが、反体制派だったため、ブルガリアの秘密警察に殺されたというのだ。だが、コルソはこの話をいっさい信じていなかった。娘を見れば、親がどんな人間であったかは想像がつく。エミリアの両親はむしろ体制の熱心な協力者で、自分たちだと気づかれないように、周囲の人々のことを密告していたのではないか？　そのほうが自然だ。

「おれはただ……」コルソは反論を試みた。

だが、その時にはもう電話は切られていた。コルソは素早くあたりを見回した。離婚調停中の妻と言い争いをして、電話を切られたなどというみっともない場面を誰にも見られたくなかったからだ。もっとも、見られたとしても、それほどたいした意味はなかったが……。なにしろ、この階の半数は離婚経験者で、特に男のほうは馬鹿高い養育費を払うために働いているのだから……。〈母親ルール〉とやらのせいだ。

と、会議室からバルバラが現れて言った。

「理解できませんね。会議はあれで終了したということですか？」

バルバラは背中を丸めていた。まるで身長を高く見せるために、ふだんは無理をして背筋を伸ばしていたのが、急な筋肉痛でそれができなくなったとでもいうようだ。コルソが返事をしないでいると、バルバラは眉をひそめて訊いた。

「大丈夫ですか？　顔が真っ赤ですよ」

「大丈夫だ。何でもない」コルソは答えた。

「それでマドリードはどうでした？　私には話したくないとか……」

コルソはバルバラを促して、建物の屋根の上に出た。建物の最上階から翼（よく）と翼の間にある狭い屋根に出られるのだが、そこは犯罪捜査部のすべての刑事たちにとって、隠れた溜まり場になっていた。おそらく、パリでもっとも眺めのよい場所のひとつだろう。とはいえ、ずいぶん前から眺めを楽しむために来ている人間はいなくなったが……。それでも二〇一七年の初めには犯罪捜査部をはじめとするパリ地域圏司法警察局全体が別の庁舎に移転することが決まっているので、最近では「この景色も見おさめだな」と惜しむ声も出ていた。

煙草に火をつけると、コルソはマドリードであった出来事をかいつまんで話した。「赤い絵」の連作はどれも衝撃的だったということ。それから、白いボルサリーノの帽子をかぶった、白いスーツの男を見かけたのに、取り逃がしてしまったこと……。

「ほかには？　それくらいですか？」自分も紙を出して煙草の葉を巻きおえると、バルバラが訊いた。

「美術館の連中はおれのことを怪しい人物だと思っただろう。それくらいだ。おれのほうは、新しい殺人があったとナタリーから聞いて、あわてて戻ってきた。このあとマドリードの捜査は現地にいる国際協力部の警察官に頼むことにしよう」

「その男が犯人だと思いますか？　白いスーツの男が……」

コルソは屋根の亜鉛板の上に立ち、肺の空気を全部吐きだした。煙草を一本吸うたびに、人生の何秒かを燃やしているような気がする。だが、それは喜びでもあった。

「あの男がエレーヌ・デスモラを殺し、遺体をサン＝ドニに捨ててから、マドリード行きの飛行機に乗ったということも考えられる。しかも、おれと同じ便に……」

「それはあり得ますね」

「あり得る。だが、あまりそうあって欲しくないな。いずれにしても、役に立ちそうな手掛かりはいくつもある。『赤い絵』の連作、白いスーツと白い帽子の男。ソフィーの恋人が画家で、やはり白いスーツと白い帽子をかぶっていたという情報と合わせると、話はみんなひとつにつながってくる」

バルバラが煙草に火をつけ、灰色の屋根に寝ころんだ。黙って空を見つめている。知らない人が見たら、〈何かロマンチックなことでも考えているのだろう〉と思うかもしれない。と、バルバラが突然、身を起こした。休み時間に校庭でお手玉をする女の子のように、あぐらを組んで座りなおす。

「美術館の話で、ひとつだけ質問があるんですけど」

「何だい？」

「エレベーターがおりていった時、どうして、中に男がいるのが見えなかったんです？」

コルソは煙を吐きだした。もう少し注意を払えばよかったと思うと、その煙は苦い味がした。

「あとでエレベーターボーイに聞いたら、思い出してくれたよ。客は靴ひもがほどけているのに気づいて、かがんで結びなおしたというんだ。いや、本当にほどけていたらしい。そのために、偶然、おれの死角に入ってしまったんだ」

それを聞くと、バルバラの口元に笑みが浮かび、唇が小刻みに震えはじめた。人がふたりも死んで、その犯人を捕まえそこなったというのに……。そう思って、コルソは不機嫌になった。しかし、そういう状況だからこそ、おかしいのだ。バルバラは今や大声で笑っていた。確かにそのとおりだ。犯人を取り逃がしたのは、偶然、ほどけていた靴ひものせいなのだ。そうなったら、もう笑うしかない。

コルソは半ば本気で、半ば笑いながら文句を言った。

「さあ、仕事だぞ、ちくしょうめ！」

25

《ル・スコンク》に向かう途中で、コルソは「これは必ずしてください」と言って、犯罪捜査部長であるボンパールに要請の電話をかけた。要請は三つあった。ひとつは自分のチームがエレーヌ・デスモラ殺人事件の正式な担当になれるよう、検察局に言ってほしいということ。この事件はソフィー・セレ殺人事件と関連があるはずなので、これは当然の要求だ。もうひとつは、国際協力部に言って、マドリードに駐在している警察官と連絡をとってほしいということ。最後は、応援部隊を増やし、研修生ではない人間を送ってほしいということだ。〈ゴンゾ・ポルノ〉のほうの捜査も進める必要があるし、エレーヌの事件が報道されれば、一般市民からさまざまな情報が寄せられる可能性があるので、その処理にあたる要員も確保しなければならない。

　この要請をボンパールは何も言わずに受けてくれた。ただし、「月曜日までには、きちんとした結果を出すように」と言って……。週が明けたら記者会見を開いて、「捜査は順調に進んでいる」と発表する必要があるからだ。確かに警察としては、そう発表するしかない。観光客の押し寄せる七月のパリに殺人犯がうろついているとなったら、パリじゅうの店やホテルに計りしれない影響を与えるからだ。

　コルソは必ず結果を出すと約束した——約束はタダだからだ。そして。「くれぐれも応援部隊をよろしく」と言って電話を切ろうとすると、ボンパールが言った。

「シテ・パブロ・ピカソの駐車場で死んだ人間のひとりがメディ・ザラウィだと知っていたの？　あの麻薬

製造グループの……」

「知っていましたよ。それで?」

「兄のほうも捕まって、刑務所に入れられたわ。弟を殺した人間にとってはひと安心というところだけど、でも、まだほかの連中も残っているから、油断はできないわ。なんと言っても、アラブ人だし……」

だが、コルソはそういったことで、余計な心配はしないことにしていた。警察官として職務を果たすということは、犯罪者やその仲間から恨みや憎しみを買うということなのだ。心配していたらきりがない。コルソは「なに、そんな連中は怖くもなんともありませんよ」と虚勢を張って電話を切った。

《ル・スコンク》に行ってみると、店のドアは閉まっていた。少し頭を働かせてみるべきだった。出演者のひとり、ミス・ヴェルヴェットが死んだのだ。店はしばらくの間、休業しても不思議はない。なんだか急に気力が萎えてきた。これからこの建物に入って、住人たちの部屋の呼び鈴を鳴らし、話を聞いていかなければならないかと思うと、建物の黒いメタルの壁の前で気が重くなった。

その時、コルソの左手にある扉が開いて、ひと組のカップルが笑いながら出てきた。コルソは反射的に手を伸ばし、扉が閉まる前に建物の中に滑りこんだ。偶然のタイミングだったとはいえ、入ってしまったからには、この機会を利用したほうがいい。コルソはこの建物をじっくり調べることにした。まずは地下室に行ってみよう。そこから《ル・スコンク》に入れるかもしれない。郵便受けにちらっと目を向けると、コルソは地下室へのおり口を探して、廊下を進んでいった。

おり口は通路の突きあたりにあった。ドアに鍵が掛かっているが、問題はない。コルソは錠前キットを取りだすと、ゴム手袋をつけて、てきぱきと錠をはずした。ドアを開けると、その向こうはまだ廊下だった。地下室におりる階段はもう少し先にあるのだろう。コルソはスマホのGPS機能をオンにして、現在地を記憶させた。警察官としては褒められたことに、方向感覚がまるでなかったので、ネズミだらけの迷路で途方に暮れたくなかったのだ。

しばらく廊下を進むと、階段が現れた。電気のスイッチは押さず、スマホで足元を照らしながら、コルソは階段をおりていった。と、すぐにかび臭い匂いが鼻をついてきた。たちまち、忌まわしい記憶がよみがえってくる。少年時代に地下室に監禁された時の記憶だ。ホモセクシュアルの売人から麻薬を買ったことがきっかけで、その売人にタワーマンションの地下室に監禁されて、性奴隷にされた記憶……。ボンパールに救いだされたのは、その売人を殺した直後だった。だが、今はそんなことを思い出している場合ではない。

下までおりると、コルソはもう電気をつけても大丈夫だろうと思った。上の廊下には窓があったので、明かりをつけると、外から見える恐れがあったのだ。壁のスイッチを押して、天井灯をつける。すると、レンガの壁や虫に食われたドア、土がむきだしになった床とそこに置かれた廃材が目に入った。コルソはスマホを見て、今、自分のいる場所を確かめた。《ル・スコンク》の側からは遠ざかっている。だが、この廊下をつたって、曲がり角に来るたびに正しい方向に行けば、最後にはきっとたどりつけるだろう。

そう考えて、さらに廊下を進んでいくと、だんだん通路の幅が狭くなってきた。壁にぴったりと囲まれているせいか、室温が高くなっている。臭気は息ができないほどになっていた。左右に並ぶ地下室のドアは、どれにも南京錠が掛かっている。その廊下を何度か曲がりながら進んでいくうちに、ようやく《ル・スコンク》に近づいてきたようだ。GPSの情報によれば、今いるところからまっすぐに行けば、《ル・スコンク》の壁に突きあたるはずだ。だが、そこまで行ったとして、いったい何ができるのだろう？　自分は何をしようとしているのだろう？　自分でもよくわからないまま、コルソは前に進んだ。

だが、この地下室の廊下にいると、犯人の心の震えが伝わってくるような気がする。犯人はこの廊下の先にある《ル・スコンク》で被害者たちに出会った。《ル・スコンク》は、犯人の殺意に火をつけ、その炎を燃えあがらせていった舞台なのだ。最初はただ金を払い（おそらく現金で）、ショーを見にきただけかもしれない。だが、舞台の上でストリッパーたちの白い裸体が揺れるのを見ているうちに、その姿がゴヤの「赤い絵」と一体化していった。その時、それまでは妄想にすぎなかった殺意が現実的な意味を持ちはじめ、ついにはあのような痛ましい犯罪に結びついたのだ。もはや〈狂気〉としか言えない、恐ろしく、残虐な犯罪に……。

その時、コルソは廊下の突きあたりがレンガの壁になっているのに気づいた。レンガの継ぎ目のセメントを見ると、まだ新しい。たぶん、《ル・スコンク》の経営者であるカミンスキーがひそかにこれまでの壁を壊し、レンガ造りにして、出入り口をつけたのだろう。廊下は右に曲がっているので、そこにドアがあるにちがいない。カミンスキーは店から直接、地下室の廊下に出るドアを作って、自由に利用できるようにしたのだ。

はたして、突きあたりまで来て右手を見ると、そこにはドアがあった。南京錠が掛かっているが、ごく普通のタイプのものなので、開けるのは難しくない。〈シム〉と呼ばれる先を尖らせたアルミニウムの細い棒を取りだすと、コルソは錠のボルトを動かし、あっさり開錠した。地下室の貯蔵品を盗んだ経験のある人間なら、誰にでもできることだ。特に《シテ・パブロ・ピカソ》で荒れた少年時代を過ごした者なら……。

ドアを開けて中を見渡すと、そこが《ル・スコンク》の部屋のひとつであることはすぐにわかった。たぶん、物置き部屋に使われているのだろう、椅子やプロジェクター用の三脚のほか、舞台の小道具、鏡、じゅうたん、ハンガーなどが部屋いっぱいにあふれていたからだ。昔のミュージックホールを彷彿とさせるようなガラクタの山……。それを見ると、「アリ・ババの洞窟」という言葉が浮かんできた。

コルソはスイッチを探して電気をつけた。すると、部屋の左奥に、まるで動物が巣穴を作ったかのように、そこだけ何もない空間があるのに気づいた。あるのは古びた椅子がひとつだけで、その椅子の周囲、半径七十五センチくらいの空間はきれいに片づけられている。コルソはガラクタの山をかき分けながら、そちらに進んでいった。床はそれこそ足の踏み場もなかった。コルセットの骨を踏みつけてぼきぼき折ったり、小道具につまずいたり、不安定な物の上に乗って足首をくじきそうになったりしながら、ようやく椅子が置かれたその空間にたどりつく。椅子は思ったよりしっかりしていて、この部屋にあるほかの椅子と違い、十分座れそうだった。だが、その向きを見て、コルソはあっと思った。椅子は壁に向かって置かれていたのだ。

となれば、考えられることはひとつしかない。コルソは椅子の真向かいのレンガの壁を見て、そこに細工をした跡がないかどうか探した。たとえば、椅子に座って、ちょうど目の高さにある壁のレンガが外せるようになっていたとしたら、ここに座っていた人間はレンガをはずしたその穴から、壁の向こう側を覗くことができる。見ると、その部分のレンガは、確かに外れるようになっていた。コルソは椅子に座って、穴から向こうを覗いてみた。今日は店が休みなので、明かりはついていなかったが、GPSの位置情報によると、穴の向こうは《ル・スコンク》の楽屋らしい。誰かがこの穴からストリッパーたちを覗き見していたのだ。

しかし、ストリッパーの裸を見るなら、何もこんなところから覗き見する必要はない。金を払って、客席から見ればいいだけだ。だが、覗いていたのが犯人だとすると……。コルソは犯人の気持ちを考えてみた。自分は姿を見られることなく、相手の姿を思う存分、堪能する。犯人はそこに興奮したのではないか？　性的に満足するためには、この仕掛けが必要だったのだ。だが、誰にも見られていないと思ったら、犯人は少し警戒をゆるめていたかもしれない。ぬか喜びに終わるかもしれないが、犯人がここにいた痕跡を探してみよう。

そう考えると、コルソは床に片膝をつき、円の周囲のガラクタの山をあさりはじめた。アクセサリー、布地、衣装、積み重なった椅子……。特に興味を引くようなものは見当たらない。と、その時、エナメル塗料を塗ったフットライトと、丸く巻いた赤いじゅうたんの間から、一冊のノートが出てきた。

実際に手に取ってみると、それはノートというよりスケッチブックで、大きさは縦、約二十一センチ、横、約十四センチのA5判。表紙はクラフト紙でできていて、針金で二重の螺旋綴じになっていた。心が騒ぐのを感じながら、コルソはスケッチブックの分厚い紙をめくっていった。そこには、《ル・スコンク》のストリッパーたちの姿が、いくぶん誇張されてデフォルメされているものの、はっきりした線で描かれていた。六〇年代のアメリカン・コミック特有のスタイルで、フランク・フラゼッタによるヒロイック・ファンタジーの挿絵や、ホラー・コミックの表紙を思わせる絵だ。きゅっと引きあがった大きな尻、三角に突きだした豊かな胸……。その絵に描かれている女たちの肉体は、もはや肉欲のために作られた、官能の装置のように思われた。その中には、ソフィー・セレとエレーヌ・デスモラの絵もあった。たぶん、店を訪れた最初の夜に見た、ほかのダンサーたちの絵もあるのだろう。だが、コルソはもうその顔を覚えていなかった。

スケッチブックに埋めつくされたストリッパーの絵

――まさに現代のロートレックだ。これを描いたのはきっとソフィーの恋人である、白いスーツの男にちがいない。そして、その男こそが犯人なのだ。コルソは確信した。

もうひとつ、スケッチブックの絵で特徴的なことは、まるで子どもがするように、人物の衣裳や肌にシールやスパンコールが貼られていることだ。シールのモチーフは、羽根やバラ、蝶、ダイヤモンドなどで、それがいかにもバーレスクふうな雰囲気を漂わせていた。さらに、絵の四方にはまるで額縁のように、唐草や輪縄、鞭、星などをモチーフにしたパステルカラーの模様が描かれていた。

コルソは、早く大人になりすぎた子どもの絵日記を見ているような気がした。大きな尻と紫がかった乳首のことで頭がいっぱいの少年の絵日記……。そこにはアクタールの作っていた〈ゴンゾ・ポルノ〉やSM動画とはまったく異質の世界があった。そのいっぽうで、マドリードで見た「赤い絵」とは、どこかしら共通点がある。それは絵自体が持つ力だ。スケッチブックのページをめくるたびに表れる女の顔と肉体は素晴らしい筆致で描かれていた。どの顔も表情が豊かで、どの肉体も躍動感がある。この男は筆を自由に操ることができる。

そして、おそらくはロープを自由に操って、〈8の字結び〉にすることも……。

コルソは次々とスケッチブックをめくっていった。ところが、最後のほうのページまで来た時、驚くべき光景が目に飛びこんできた。そこにはエミリア・コルソ、旧姓エミリア・ミリックが描かれていたのだ。間違いない。それはまさしくエミリアだった。エミリアは床にひざまずき、上半身裸で、絹のドレープとシマウマの皮をまとっていた。髪は古代エジプトの女王のようにして、アテフと呼ばれる冠をかぶっている。胸のところには、宝石をたくさん飾った黄金の首飾りをつけていた。

この絵がエミリアだとはっきりわかるのは、特にその身体つきのためだ。エミリアは細身だったが、乳房は大きく丸まるとしていた（そのせいで、胸に黄金のりんごをふたつつけているように見えた）。尻は鎌ですぱっと切りあげたように、きゅっと引きあがっていた。それを見たら、どんな男でも欲情をそそられ、この女を抱きたいと思うだろう。それほど官能的だった。

だが、どうしてエミリアの絵がここに？　コルソは手袋をはめたままの手で、紙が破れそうになるほど強く、その絵を握りしめた。

「ちくしょう、きみはこんなところで、いったい何をしてるんだ？」思わず、声に出して言う。

そうすると、エミリアはストリップの世界と関わりを持っていたのだろうか？　あるいは、この絵を描いた画家と個人的なつながりがあったのか？　たとえ、そのどちらだとしても、別に驚くにはあたらない。その点で、コルソは動揺することはなかった。だが、急にあることを思いつくと、その瞬間、背筋が凍りついた。

〈ということは、エミリアが次の犠牲者になることもあるのだろうか？〉

26

エレーヌ・デスモラが暮らしていたのは、十八区のオルドネ通りにある小さな七階建ての建物だった。コルソは午前八時に、オルドネ通りとオルナノ通りの交差点の角にある、開いたばかりのカフェで部下たちと待ち合わせをした。エレーヌの家の家宅捜索をするにあたって、直接、現地に集合し、部下たちから昨夜の報告を受けてから出かけようと考えたのだ。

　昨夜は誰も眠っていないようだった。リュドヴィクは法医学研究所で、エレーヌ・デスモラの司法解剖に立ち会っていた。順々に解剖されていくエレーヌの遺体のそばで、紙の白衣を着て、ひと晩じゅう立ったまま過ごし、午前四時頃、その場をあとにしたという。

　ナタリーは《ル・スコンク》に尋問に行ったが、店が休みだったため、カミンスキーや踊り子たちの家を個別に回って、話を聞いたらしい。そのあとはエレーヌの友だちだというミュージシャンやパンクふうのチンピラたちを探して溜まり場をはしごし、最後はエレーヌが住んでいた建物の隣の部屋の住人を起こして話を聞くため、夜明けまで呼び鈴を鳴らしつづけたという。もちろん、違法捜査だ。コルソのチームはまだこの事件の正式な担当になっていたわけではないし、そもそもそんな夜更けに住民に聞き込み捜査をすることは、法律で禁じられているからだ。

　バルバラは、エレーヌの電話の通話記録や銀行口座の明細を丹念に調べたという。また、生まれた場所や子どもの頃、どんなふうに過ごしたか、学校では成績がよかったかなど、エレーヌの過去に関する情報も収集したということだった。その報告を聞いて、コルソは内心、バルバラが何かを見つけたのではないかと睨んだ。顔に、かすかに満足そうな表情が浮かんでいたからだ。

それぞれの報告がすむと、チームのメンバーはいっせいにスマホの画面に見入った。『ジュールナル・デュ・ディマンシュ』という毎週日曜日の朝に発刊される新聞のウェブ版に、エレーヌ・デスモラの事件の記事が載っていることに、誰かが気づいたからだ。事件はトップ記事の扱いで、画面には《ストリッパー殺人事件、ふたり目の犠牲者が発見される》という見出しが躍っていた。この記事が人々の不安をあおり、七月のパリに恐怖を巻きおこすことは間違いない。

コルソたちはカフェのカウンターに立ち、各自、スマホの画面でその記事を読んだ。それにしても、いったい、誰が新聞に情報を流したのだろう？　コルソは思った。司法警察セーヌ＝サン＝ドニ支部の連中がいちばん怪しいが、事件については、サン＝ドニ市内の警察署の連中も半分くらいは知っている。そうなったら、情報の出所を突きとめるのは難しいだろう。

記事の内容については、別段、驚くようなことはなかった。記者のつかんだ情報は自分たちと同じ程度だ。犯罪捜査部長のボンパールやその下の第一課の課長であるコルソの名前も出てきたが、どこが正式に事件の捜査を担当しているのかもわからない。それも当然だ。コルソたち自身でさえ、まだわからないのだから……。だが、こんなふうに新聞に騒がれると、〈犯人はまだ見つからないのか〉〈警察は何をやっているのか〉と、あちこちで叩かれることになる。それはあまり愉快なことではなかった。

といっても、記事を読みながら、コルソは頭の半分ではほかのことを考えていた。エミリアのことだ。昨夜、スケッチブックを見つけてから、そのことが気になってしかたがなかったのだ。最初はほとんどパニック状態だった。エミリアが犯人の標的の候補になっているなら、すぐに帰国させなければならない。そう思って、いてもたってもいられなくなった。だが、犯人がパリにいるなら、このままブルガリアにいたほうがいい。そう考えて、気持ちを落ち着けた。そして、今回のふたつの殺人事件と、あのスケッチブックはまったく関係ないのだと、無理やり思い込もうとした。だが、夜が明ける頃には、スケッチブックはこの事件に関係があるのだと思い、また不安に襲われた。やはりこの事件は、《ル・スコンク》のストリッパーたちを覗き見して、妄想をふくらませた犯人が踊り子たちをひとりひとり殺していくのだと……。

だが、犯人はこれまで自分の足跡を注意深く隠している。それなのに、どうして、あの場所にスケッチブックを残していったのだろう？　うっかり忘れたのだとしたら、あまりに初歩的なミスだ。それとも、いずれ警察があのスケッチブックを発見すると考えて、わざと置いていったのだろうか？　警察を挑発するために……。

結局、そんなことを考えているうちに、昨夜はほとんど眠れず、朝の六時になるのを待って、コルソは二十区のソルビエ通りにあるミシェル・ボリの自宅を訪ねた。ボリは鑑識課の捜査官で、今回はふたつの事件の両方で、現場に残された証拠品の鑑定を行っている。コルソとは十年前からの知り合いだ。朝の早い時間だったにもかかわらず、ボリはカフェでコルソの話を聞いてくれた。コルソは、《ル・スコンク》の建物の地下室の廊下が楽屋の隣にある物置き部屋に通じていること、その部屋に何者かが侵入し、壁のレンガをはずして、楽屋を覗いていた形跡があることを話した。そして、至急、何人かの鑑識官を現場に派遣し、指紋の採取など、必要な調査を行ってほしいと頼んだ。

また、昨夜発見したスケッチブックを渡して、指紋の採取と、絵を描くのに使われている鉛筆やパステル、シールの製造元なども突きとめてほしいと依頼した。もちろん、スケッチブックは全ページ、コピーを取っておいた。だが、エミリアを描いたページだけは、あらかじめ切りとっておいた。どうしてそんなことをしたのかはわからない。いや、逆だ。そうする理由はありすぎた。家族が事件に巻きこまれるのが嫌だから……。もしかしたら、離婚調停で有利に使えるかもしれないから（どうやったら使えるのか、見当もつかなかったが）……。たぶんそのあたりのことがいろいろあって、この件については、内密に、単独捜査をしたいと思ったのだ。

いずれにしろ、昨晩はずっと胸のあたりが重苦しかった。身体は疲れているのに、神経が高ぶって眠れない。麻薬をやりすぎた時のように、身体が熱っぽく、興奮状態にあった。

そうして、鑑識課のボリと別れてこのカフェの近くまで来て、部下たちと合流する前に、コルソはとうとうエミリアに電話してみた。とりあえず問題なくやっているか訊いたうえで、ストリップ業界のことや、あのスケッチブックの画家のことを問いただしてみようと考えたのだ。だが、エミリアは電話に出なかった。コルソは気勢をそがれたが、エミリアが電話に出ないのなら、それはそれでよかった。エミリアのことだ。たとえ、何か関係していたとしても、すべてを否定するに決まっている。あの女を追い詰めるには、こちらのほうにも準備が必要なのだ。

そのうえ、この話には何かしっくりこないものがあった。昼間のエミリアは教育大臣にもっとも近い顧問のひとりであり、夜のエミリアはおぞましいSMの世界に浸っている。だが、ストリッパー専門の画家のために、古代エジプトの女王に扮してポーズをとっているエミリアは、そのどちらの世界にも属さない。そんなエミリアを想像することができないのだ。ここはやはり、あとで直接、本人に確かめてみるしかない。

気がつくと、目の前にはまだスマホの画面があった。新聞記事の画面はとっくに消えている。ほかのメンバーも、もう読みおわっているようだ。

何も言わずに、コルソは全員分のコーヒー代をカウンターに置いた。コインがカチンと音を立てた。

「よし、行こう」コルソは言った。

27

押収した証拠品を運びだすため、建物の前にはすでに数名の警官が待機していた。玄関ホールには専門の錠前屋も到着している。建物によっては管理人が鍵を持っていないこともあるので、その時に備えて、事前に呼んでおいたのだ。

法律上、家宅捜索の際には、二名の立会人が必要となる。そこで、コルソは建物の管理人の女性とその夫に立ち会いを依頼した。だが、管理人のほうはテレビのミサを見逃したくないと言って断った。夫もあとで競馬の馬券を買いにいかなければならないと言って、首を縦に振らなかった。コルソはどうしようかと思ったが、結局、ナタリーが、十一時前には必ず終わりにしますからと約束して、何とか立ち会ってもらえることになった。

エレーヌ・デスモラが住んでいたのは、この七階建ての建物の屋根裏部屋だった。エレベーターがなかったので、コルソたちはしかたなく、塗料とごみの匂いがする階段をのぼっていった。七階に着くと、ドアの鍵は閉まっていた。管理人も鍵を持っていない。だが、ドアは普通の三点締めで、防犯用に補強していないタイプのものだった。そのおかげで、錠前屋は難なく開錠することができた。

部屋は広さが四十平方メートルほどで、間取りは2DKだ。チームはひと言も発することなく、いつものように仕事に取りかかった。台所と浴室、トイレはリュドヴィクの担当だ。リュドヴィクは「ぼくはいつも〈水回り〉の担当だから」と言っていた。テーブルや椅子、タンスなどの家具とその引き出しはバルバラが見た。ナタリーは壁や床、天井や窓枠などの担当で、そういった部分に細工して、何かを隠していないか、捜索した。専用の機械で壁の内部を調べたり、床板をはがしたり、計器の取り外しをやらせたりしたら、ナタリーの右に出る者はいなかった。

コルソは全体の作業を監督しながら、自分も目と指を使って、細かいところまで確認した。これには物的な証拠を探す目的だけではなく、その場の雰囲気を感じとる目的もあった。それによって、被害者や容疑者と一体化することができて、捜査の死角が見えてくるのだ。現場にいるうちに、被害者なり、容疑者なりがおりてくる。その意味で、コルソはチームにとってシャーマンのような役割を果たしていると言ってよかった。これは刑事の勘のようなものかもしれないが、家宅捜索や現場検証では、場の空気をつかみ、目に見えないものを感じとるという、いわばスピリチュアルな部分も大切になる。そういったスピリチュアルな部分と、物証を見つける現実的な部分と、ふたつの側面から捜査を進めていくのだ。
まもなく、バルバラとリュドヴィクとナタリーの三人がそれぞれの持ち場で、お祈りの言葉を復唱するように、声をあげはじめた。物品でも書類でも、証拠品を押収する時には、ビニール袋に放りこむ前に、何を入れるのか、声に出して言うことになっているのだ。エレーヌの住まいは、朝の点呼の声がうるさく響く兵舎のように、証拠品を確認する単調な声でいっぱいになった。

コルソは部屋の中を見回した。ポスター、洋服ダンス、アクセサリー、本やDVDなど、ざっと目に入る物を見ただけで、エレーヌがどんな人物だったのか、だいたいのところがイメージできた。ソフィーの場合は、自然主義のヌーディストで、ベジタリアン、性的な嗜好はSMだったが、エレーヌはそれとはずいぶん違っていた。音楽の趣味はパンクで、持っている本からしてもかなり反社会的なところがある。服やアクセサリーはゴシック系のものが多く、色はグリーンが中心だった。ただ、エコロジストであることや、アルテルモンディアリスト（新自由主義に反対して、弱者を保護し、社会正義を実現する立場からグローバリズムを進めようという考えを持つ人）であることは、ソフィーと共通していた。

だが、この部屋には何か欠けているものがある。リュドヴィクが台所の流しを確かめ、ナタリーがカーテンレールをはずしているのに目をやりながら、コルソは皆に聞こえるように大声で尋ねた。

「家族の写真はないのか？」

すると、バルバラが寝室のドアのところに現れた。髪は乱れ、抗アレルギー手袋は埃だらけになっている。

「家族のことなら、もうすぐわかりますよ。エレーヌは養護施設で育っているんです」

コルソは、ソフィー・セレのことを思った。

「エレーヌも匿名出産で生まれたかもしれないということか？」

「違います。両親がアルコール中毒だったので、養育権を取りあげられたんです」

まったく見事なものだ。コルソはあらためて、バルバラの能力に驚かされた。膨大な通話記録の分析だけではなく（それだけなら特に不思議ではないが）、たったひと晩の間に、被害者の過去まで調べてしまったのだ。

「出身地はどこだ？」

「フランシュ＝コンテ地方のロン＝ル＝ソニエです」

「リヨンの近くだな。ソフィーもフランス東部の出身だった。エレーヌとソフィーが同じ施設にいなかったか、調べてみよう。同じ里親家庭にいた可能性だってないことはない。もしそうなら、大きな共通点があることになる」

「それについては、スクープが……」

バルバラがそう言いかけた時、

「ちょっとこっちに来てください！」ナタリーが大声をあげた。

きっと何かを見つけたのだろう。ナタリーはカーテンレールの点検を終え、床を調べはじめたところだったが、コルソが目を向けると、床板を一枚はがして、中から何やら取りだしている。それから、満足そうな表情で、戦利品を掲げてみせた。おとぎ話に出てくる古い魔法の本を真似たような、革張りの大きなノートだ。

「それは何だ？」

「日記ですよ」床から立ちあがって、ナタリーが答えた。

その言葉に、コルソをはじめ、メンバー全員がナタリーのまわりに集まった。ナタリーがノートを開く。すると、高校生が書いたような文字と、かわいらしい絵が目に飛びこんできた。絵のまわりは色のついた模様で飾られている。まるで思春期の少女の日記帳だ。あまりに無邪気というか、天真爛漫ぶりに、コルソはびっくりした。

後ろのほうからページをさかのぼりながら、ナタリーが声に出して、読んでいった。それを聞くと、内容のほうも天真爛漫だった。

《二〇一六年二月二十日。ローラン・エベール。肌がすべすべで、天使のようにきれいな顔。あなたは口をきかないけれど、そばにいるだけで幸せな気持ちになる。それから、あの魔法のような手。素敵な夜だった》

ナタリーがページをめくった。

《二〇一五年五月七日。トマ・ランデ。あなたと過ごした夜は忘れられない。〈孤独で冷たい〉夜……。私の大好きなヴェルレーヌの詩の言葉よ。トマ、ありがとう》

それから、また次のページ。

《二〇一五年三月十二日。ヤン・オドマール。いつまでも覚えている。あなたの胸に唇を重ね、あなた自身を口に含んだことを……。私のヤン、つれないあなた。もう会うことはないけれど、あなたのことは決して忘れない……》

そこで、またナタリーがページをめくろうとしたので、コルソは日記帳を奪いとった。

「もういい。だいたい、わかった」

実際、これ以上、ここでナタリーに読みあげてもらう必要はないだろう。日記帳には、日付とその日に夜をともにした男の名前、そして、〈夢のようなひと時だった〉とか〈幸せの絶頂だった〉とかいう感想が数行にわたって記されているだけだ。タトゥーをした、パンクの反社会的な心情を持つストリッパーがこれほど夢見がちだったとは……。日記を聞かされるまでは、思いもしなかった。ただ、毎回、相手の名前が違っていることは、思春期の少女の日記と異なっていた。

「まるで一夜限りの出会い系サイトにでも申し込んでいたようだな」そう言うと、コルソは日記帳を押収袋に入れた。「さあ、持ち場に戻って、作業を続けるぞ」

その言葉を聞いて、リュドヴィクは台所に、ナタリーは床板に、バルバラは引き出しに戻っていった。コルソはこれまでに集まった押収品をもう一度、点検してみた。だが、興味を引かれるものは何もなかった。すると、またエミリアのことが気になってきた。コルソはスマホを取りだすと、部下たちに気づかれないように、後ろを向きながら、エミリアに電話をしてみた。だが、エミリアは出ず、今度も留守番電話になっている。コルソはそっとメッセージを残した。「至急、電話をしてほしい」今までに何度も吹きこんだメッセージだ。

それにしても、エレーヌはこの部屋でどんなふうに暮らしていたのだろう？　そう考えると、コルソはふたつある窓のうち、ひとつのほうに近寄って、窓から見える向かいの建物を眺めた。その建物の住人の誰かがエレーヌの日常を目にしている可能性がある。それならば、どの部屋からなら、エレーヌの部屋が覗けるのか、一応、当たりをつけておかなければならない。聞き込み前の基本作業だ。

すぐ目の前には、向かいの建物の金属の屋根やレンガの煙突が見える。その下のいくつかの部屋を眺めているうちに、コルソは自分が向こうの部屋を覗いているような気になった。

〈キーワードは覗きだ〉コルソは突然、思った。〈窃視症〉――自分は見られないようにして、相手を見ることに喜びを覚える病気。あのスケッチブックにストリッパーたちの絵を描いた人間が犯人なら、今回の事件はそこから始まっているはずだ。おそらく、最初はただ壁の穴からストリッパーたちを覗いていただけで満足していたのだろう。相手に知られず、こちらだけが見ることのできる状況に興奮し、踊り子たちの姿を絵に描いた。初めはそれでよかったのだ。だが、そのうちに、踊り子たちを見つめる気持ちが〈愛〉から

〈憎しみ〉に変わった。そうなったのは、おそらく理想と現実のギャップのせいだろう。だが、ともかく〈愛〉は〈憎しみ〉に変わったのだ。その〈憎しみ〉から、犯人は踊り子たちをひどい目にあわせ、残虐なやり方で殺し、その遺体を傷つけなければならなくなった。その結果、あの悪夢のような作品ができあがったのだ。耳まで裂けた口。開いた喉に詰めた大きな石。ひと目見たら、その光景に惹きつけられ、魂を揺さぶられる――あれは犯人の〈憎しみ〉がつくりあげた作品なのだ。もちろん、ゴヤの「赤い絵」の連作が、この作品にインスピレーションを与えていたことは間違いない。

背後では、あいかわらず、部下たちが声に出して確認しながら、証拠品を押収袋に入れている。

「髑髏の浮き彫りがついたスチール製の指輪。色はシルバー。ブランドはアレキサンダー・マックイーン」

「クリアファイル一冊。エグザコンタ社製。中身は社会保険と納税申告に関する書類」

「ホメオパシーの薬がはいった薬箱ひとつ」

その声を耳にしながら、コルソは考えにふけった。考えというよりは、想像だろうか？　その想像の中で、コルソは犯人と一体化していた。犯人が感じた〈殺意〉を自分も感じることができるほどに……。

最初のうち、犯人はレンガをはずした穴から踊り子を覗き、着替えをする姿を楽しんだ。踊り子たちは、これから舞台で、妖しく身体をくねらせ、猥褻な美しさをふりまくことになっている。その姿は、犯人の目には〈夜の妖精〉のように映っただろう。だが、犯人はその淫らで頽廃的な裸体を披露する、その直前の踊り子たちの姿に、何か清純なものを感じていたはずだ。

それはあのスケッチブックの絵を見れば明らかだ。鉛筆や木炭のひとつひとつのタッチにはモデルに対する尊敬と賛美の気持ちがあふれている。そこには見る者を感動させる人間味が感じられるのだ。画家はその視線で踊り子たちを愛おしみ、その気持ちをそのまま絵にした。そこには愛があった。踊り子たちの姿を描いている時、画家は踊り子たちを愛していたのだ。

　だが、そのうちに、どこかで何かがおかしくなりはじめた。おそらく、夢中になって絵を描いたあと、ふと現実に戻った時に……。犯人は現実の状況を理解した。自分がいるのは、薄汚れた地下室の覗き穴の前で、妖精だと思っていた女たちは売女（ばいた）でしかない。実際、ソフィーはSM嗜好の性倒錯者であり、エレーヌは毎回、違う男と寝る、淫乱な女だ。犯人は現実の中で、それを知ってしまったのだろう。清純な女性が淫らな姿で踊る——その幻想が打ち砕かれて、踊り子たちに対する愛は憎しみに変わった。そして、その憎しみがある一線を越えた時、犯人は恐ろしい方法で、踊り子たちを殺さなければならなくなった。現実でふしだらな生活を送る女たちを裁くために……。そして、そんな女たちを愛し、性的な興奮を覚えた自分自身を裁くために……。

　いや、もしかしたら、犯人は性的に不能だったかもしれない。被害者はどちらも強姦されていなかったからだ。だが、犯人が不能だったかどうかは問題ではない。犯人は踊り子たちに幻想を抱き、その幻想は現実によって打ち砕かれた。その罪は被害者に屈辱を与えることによって裁かれなければならない。無惨な現実を目にすることによって、犯人自身が屈辱を味わったのだから……。その意味で、犯人は自分の罪と被害者たちの罪を同一視していた。したがって、女たちを殺した時、犯人は自分に罰を与えていたのだ。被害者がもがくことによって首が絞まるという、まるで自殺のような殺し方や、口を耳まで切り裂くという、残酷な傷つけ方は、自分を罰するためのものなのだ。それによって、犯人はようやく精神的なバランスを取り戻し、自分がバラバラにならずにすんだ。そう、だから、ただ殺すだけでは足りない。死んでいく間、女に屈辱を味わわせる必要があった。そこで初めて、自分は現実で感じた屈辱感から解放される……。結局、女たちはみずからの罪を贖うために苦しんだのではなかった。犯人の罪を贖うために苦しんだのだ。被害者の苦悶の声が聞こえ、血がほとばしりでる中で、犯人は自分を制裁したのだ。

「ボス、これでだいたい終わりました」

その声に、コルソはびっくりして、飛びあがった。振り返ると、すぐ後ろにバルバラが立っている。犯人の気持ちを想像しているうちに、ずいぶん時間がたってしまったらしい。

「ほかに、何か面白いものは見つかったか?」しどろもどろになりながら、コルソは質問した。

「日記帳がいちばんの収穫ですね。でもノートパソコンを押収しましたから、中に重要な情報があるかもしれません。それに期待しましょう」

腕時計を見ると、まもなく十一時になろうとしている。コルソはほぼ家宅捜索の終わった2DKの屋根裏部屋を眺めた。部屋は床板がはがされ、引き出しの中身が外に出されている。それは住人であるエレーヌの遺体を連想させた。

「捜索は終了にしよう。押収品は車に積んで、ベルシーの証拠品保管所に運ぶ必要があるな。それから、この部屋を元どおりにしなければならない。このふたつは所轄の警察官たちにやってもらってくれ。パソコンはオフィスに戻ったら、サイバー犯罪対策部のコンピューター技師たちのところへ持っていこう」

そう言うと、コルソはもう一度、窓のほうを向いて大きく息を吸いこんだ。太陽が高く昇り、パリの街がもっとも美しく見える時間だ。光は優しく、マドリードで見た、周囲のものを焼きつくすようなものとはちがう。二〇〇三年の猛暑の時の光とも……。霊安所で見た、あの嫌な光景がよみがえってくることなく、この光を受け止められることに、コルソはほっとした。

28

車はパリ警視庁のすぐ近くまで来ていた。オフィスに戻ったら、狭苦しい会議室に閉じこもって、打ち合わせをしなくてはならない。部屋の中はかなり暑くなっているはずだ。そう思うと、胸が苦しくなるのを感じたので、コルソは打ち合わせの場所を変更することにした。携帯をつかんで、後ろから自分の車でついてくるナタリーに電話をかける。

「予定変更だ。少し早いが、ノートルダムでランチにしよう。おれのおごりだ」

それを聞くと、ナタリーは驚いたような声を出した。コルソがみんなでにぎやかに食事をするのが嫌いだと、よく知っていたからだ。けれども、昼食もとらずに、狭い部屋で延々と会議をすることを考えたら、願ってもない申し出だ。「オーケー、ボス」と返事をするナタリーの声は弾んでいるように聞こえた。

コルソたちは警視庁の中庭に車を駐車すると、セーヌの川沿いにオルフェーヴル河岸を歩いて、ノートルダム寺院のほうに向かった。途中、サン＝ミシェル橋は渡らず、寺院の手前で右に曲がり、プティ・ポン・カルディナル・リュスティジェ橋を渡る。あたりは観光客でいっぱいだった。全員が黒い服を着ていなければ、四人もまた観光客に見えたことだろう。

警視庁に戻るまでの間、コルソはバルバラと話をした。バルバラはエレーヌに対して抱いていた人物像が家宅捜索によって裏づけられたと言っていた。社会に対してひねくれた感情を持っていて、あまり賢いとは言えない三十女。毎日、仕事に出かけて、八時間きちんと働くよりは、舞台の上で裸になって自堕落な生活をするほうが好きな女……。

だが、それは家宅捜索のあとにコルソが抱いた人物像とは違っていた。クラブでつまらない出し物を演じて、一夜をともにした男たちを理想の恋人にしたてあげるほかに、エレーヌは人生で何を求めていたのだろう？　不思議なことだが、犯罪捜査部の刑事として被害者の人物像をイメージし、その気持ちを理解しようとする時、コルソはいつも世の中から疎外されているような気分になった。自分は世間一般の人とは違う生活を送ってきたので、普通の人が何を考え、何を夢見て、何を心配しているか、わからないような気がするのだ。その意味では、殺人者の考えていることのほうが理解できた。

橋を渡ると、コルソたちは、プティ・ポン通りとサン＝ミシェル河岸の交差点にある《ル・ノートルダム》というレストランに入って、テラス席に座った。ここからだと右手にノートルダム寺院のふたつの塔と後ろの尖塔が見える。尖塔はその錐のように尖った先端で鋭く天を突いていた。旅行者たちがラフな格好をしている中で、カラスのように真っ黒な服を着た一団の姿はそこだけまわりから浮いていたが、それでも料理の注文をすませると、四人はしばらくの間、事件のことを忘れて、夏の日差しを楽しんだ。だが、いつまでもそうしているわけにはいかない。頃合いを見はからって、コルソは言った。

「よし、それじゃあ、昨日の報告から始めてもらおうか。詳しいやつをな。誰から始める？」

するとと、先陣を切って、リュドヴィクが話しはじめた。

「監察医のコスカスによれば、特に目新しいことはないそうです。つまり、ソフィーと比較してということですが……。傷口も同じ、絞殺のやり方も同じ。顔を切り裂くのに使用した凶器も同じだそうです」

「どんな凶器だ？」

リュドヴィクは顔をしかめながら、籠の中のパンをひと切れ、取った。

「まったくわからないそうですよ。狩猟用のナイフかもしれないし、料理包丁かもしれない。ストッパーのないタイプです。厚さは数ミリと考えられますが、犯人は何度も執拗に切り裂いているので、はっきりと特定するのは難しいそうです。今日じゅうには報告書が出る予定です」

「死亡推定時刻は？」

「金曜から土曜にかけての、二十二時から翌日一時の間です。でも、犯行を開始したのはもっと前でしょう。あのやり方では、死亡するまでに少なくとも五時間はかかっているのではないかということです」

一瞬、誰もが押し黙った。いくら百戦錬磨の刑事たちといえども、エレーヌが受けた拷問のことを考えると、言葉が出なかったのだ。

「顔の裂傷は、ソフィーとまったく同じものだったのか？」リュドヴィクを見つめたまま、コルソは続けた。

太陽の光が当たっているせいで、リュドヴィクは頭に光の輪をはめているように見えた。縮れ毛がその部分だけ輝いている。光は首にも当たっていた。リュドヴィクは首が長く、いつも背中を丸めて歩いている。そのせいで、〈ラクダ〉と呼ばれることがあった。

「裂傷自体は同じです」リュドヴィクが答えた。「でも、監察医によると、ひとつだけソフィーと違うところがあったそうてす。エレーヌのほうは、両方のこめかみに内出血のあざがあったんです」

「内出血のあざ？　それはまたどうして？」

「百パーセントの自信はないそうですが、たぶん、頭を万力で挟まれたのではないかと言っていました」

「首を下着のひもで絞められた姿勢で？」

「あくまでも監察医の仮説です。それによると、犯人は被害者を肉屋の肉切り台のようなものに乗せて、その台についていた万力で、頭を両側から挟んで固定したのではないかということです。それとは別に、左肩と左腰、それから左太股に刺がささっているのが見つかったそうです」

その時、料理が運ばれてきた。料理といってもオムレツのサラダ添えで、ごちそうと言えるものではない。飲み物をつけたのが、ちょっとした贅沢だった。ナタリーは赤ワイン、リュドヴィクはビール、コルソとバルバラはコカコーラ・ゼロを注文していた。

みんなはいっせいに食事に取りかかった。話し声がやみ、その代わりに、まるで小さな剣で決闘しているような、ナイフとフォークのカチカチという音がテーブルに響いた。

メンバーの腹が少し落ち着いたようなのを見て、コルソは質問を再開した。

「リュド、監察医は死因について、何か言っていたか?」

「ブラジャーのひもで首が絞まったことによる窒息死です。ソフィーと同じです」

「目は? ソフィーの目は赤くなっていたが……」

「同じです。首が絞まったことによって、頭部の血がまぶたのあたりに集まってきて、目からあふれでたんです。たぶん、窒息して死ぬまで、流れつづけていたと思います」

まさに〈血の涙〉だ。あのスケッチブックの画家が興奮しそうなシーンだ。《ル・スコンク》の壁の穴から踊り子たちを覗いていた画家が……。

「身体のほうは? 何か特別な所見はなかったのか?」

「タトゥーがたっぷりとありましたよ」

リュドヴィクが手帳を取りだした。外傷については記憶しているが、タトゥーについてはメモが必要らしい。

「ただし、それぞれのタトゥーに関連はありませんがね。首にはポリネシアのティキ像、右肩には曼荼羅、股関節には時計とバラの花。どうしてそんなものを彫ったのかは、ぼくに訊かないでください。それから、《ナイン・インチ・ネイルズ》というバンドのロゴマークに……」

「鑑識のほうから何か情報は？」リュドヴィクの話をさえぎって、コルソは尋ねた。

「遺体に犯人の髪などが残っていないかどうか、ロープの結び目や下着に指紋が残っていないかどうかなど、徹底的に調べたそうですが、何の痕跡も見つけることができなかったそうです」

「DNAは検出されなかったのか？」

「それについては、結果待ちです」

「わかった」

コルソは次に、ちょうど赤ワインのお代わりを注文したばかりのナタリーに向かって訊いた。

「きみのほうは？　カミンスキーや踊り子たちの話は聞けたのか？　そう、あとはエレーヌの友だちだ」

その質問に、何がおかしかったのか、ナタリーは大声で笑いだした。豪傑笑いだ。筋骨隆々のいかつい身体で人を怯えさせるところがあるいっぽう、ナタリーは陽気で、おどけたところがあった。こうして日の光の下で見ると、女性版《シュレック》だと言うのがふさわしい。

「カミンスキーは自殺寸前……というのは本人の弁ですが。でも、カミンスキーがこの件に関係しているとは考えられません。踊り子たちにも会いにいきましたが、みんな怯えて家に閉じこもっていましたよ」

「エレーヌのことは聞きだせたか？」

「パンク好きのロマンチスト。家宅捜索で裏がとれたとおりです。あとは、いつも疲れた様子をしていたということ。それから、性格的にもろいところがあると言っている子がいました」

「もろいというのは？」

ナタリーは肩をすくめた。そして、話をしながら、《ロディア》の小さなメモ帳を見た。ナタリーの手の中にあると、メモ帳が郵便切手くらいに見える。

「いずれにしてもソフィーとは似ていませんね。ソフィーは攻撃的な性格だったようですから。エレーヌは行き当たりばったりに行動するタイプで……。まあ、ストリッパーらしいタイプだと思います」

「ストリッパーらしいって、どういうことだ？」

「頭の中は空っぽで、尻がすべてってことですよ」

あいかわらずだ。コルソは思った。ここにいる中で、いちばん女性を蔑視しているのは女であるナタリーだ。

「売春もしていたのか？」

「していても驚きませんけど、それはもう少し調べてみないとわかりません」

「ポルノは？」

「それも可能性はあります」

「友だちは？」

「わけなく見つかりましたよ。夜中を過ぎると活動を始める、どうしようもない連中が……。みんな金に困ってぴいぴいしていて……。あとは麻薬の売人とか……。要するに、店のブラックリストに載っているチンピラどもです」

「その中に怪しい人物は？」

「いいえ。雑魚（ざこ）ばかりです」

その時、ワインのお代わりが運ばれてきた。ナタリーはさっそくグラスを手に取ると、ごくりと飲みこみ、いかにもうまいというように舌鼓を打った。まるでフルーツジュースでも飲むようだ。それから、言葉を続けた。

「エレーヌと会うのはいつも夜で、溜まり場を渡りあるいていたようです。昼に会ったことはないそうで……。エレーヌはきっと、昼間は家でマリファナを吸ったりして、のらくらしていたんじゃないでしょうか？エレーヌの部屋の隣の住人も、昼間は寝ていたようだと言っています」

その時、コルソは家宅捜索の最中に、エレーヌの入っていた施設のことで、バルバラが「スクープが……」と言いかけていたことを思い出した。ナタリーが日記を見つけたので、話が中断してしまったのだ。そこで、ナタリーの報告はそのくらいにして、バルバラから詳しく話を聞くことにした。

「じゃあ、バービー、きみは？　確かエレーヌが養護施設で育ったことを突きとめたと言っていたが……」

「ええ。児童社会扶助局のほうを調べたらわかりました」

「よくそんな情報が入手できたな。いったい、どうやったんだ？」

「どうやったと思います？　局員と寝たんですよ」

「真面目に話してくれよ」

「大丈夫です。入手方法に問題はありませんから……。で、その件について、スクープがあります。ボスはエレーヌとソフィーが同じ施設にいなかったか、気にしていましたよね。同じ里親家庭にいなかったかとか、要するにふたりが知り合いだった可能性はないかと……。それがあったんですよ。ソフィー・セレとエレーヌ・デスモラは九歳と七歳の時から知り合いだったんです」

「何だって？」

「エレーヌの資料を調べた時、ついでにソフィーの資料にも目を通したんです。ふたりは一九九三年にフランス東部、フランシュ＝コンテ地方のポンタルリエの近くにある同じ施設にいました。それ以来、ふたりは切っても切れない関係になって、児童社会扶助局の職員も、施設を変わったり里親が決まりそうになったりした時に、ふたりを一緒にいさせてやろうと、いろいろ手段を講じています」

そう言うと、バルバラはノートパソコンの電源を入れた。それから、眼鏡をかけて、キーボードを叩きはじめた。コルソは股間が熱くなるのを感じた。ポルノに出てくる眼鏡をかけた女教師みたいだったからだ。

「ふたりが育った施設の名前はわかっています。里親の調査は少々面倒なんですが、明日の夜までには手に入れられると思います。私が話をしたのは施設の教師たちなんですが、なにしろずいぶん昔のことですからね。いずれにしても、私の情報によれば、ふたりはフランシュ゠コンテ地方で学業を終えて、結局、何の役にも立たなかった経営の上級技術者免状を取り、その後、一緒にパリに出てきています。その時にはふたりともダンサーになりたかったようですが、結局ストリッパーになったというわけです」

ソフィーとエレーヌは、たぶん〈心の姉妹〉だったにちがいない、とコルソは思った。だが、この情報はカミンスキーからも、《ル・スコンク》のほかの踊り子仲間からも出てこなかった。ということは、ふたりは自分たちの関係を周囲に隠していたにちがいない。いったい、どうしてだろう？

「それから、もうひとつ」バルバラが続けた。「資料によると、エレーヌは警察のお世話になったことがあるようです」

「どうして、そんなことが今頃、わかるんだ。そんなものは前科を調べれば……」

「まあ、まあ、落ち着いてください。エレーヌはその時、未成年だったので、前科はつかなかったんです。補導記録のほうを見て、わかりました」

「何をやったんだ？」

「文化財の破壊、喧嘩、墓荒らし、物乞い。パンクなろくでなしがやりそうな馬鹿げたことです」

コルソは目を伏せた。料理にはまったく手をつけていない。昨日の夜はエミリアのことが気になって、ほとんど眠ることができなかった。そのせいで、腹がすかないのだ。レストランのテラスには夏の太陽が降りそそぎ、目の前の通りを走る車の音や、フォークやナイフの音が聞こえてくる。普通だったら、楽しい時間のはずだ。だが、今は逆にそういったものすべてのせいで、気分が悪かった。もうさっさと仕事を終わらせたかった。

「通話記録のほうは?」

「手元に届いたばかりなので、まだ分析する時間がありませんでしたが、発信記録は十三時三十分頃で終わっています。そのあとは受信もしていません」

「エレーヌが最後にかけたのは誰なんだ?」

「パトリック・セルナールという男で、地下鉄のスターリングラード駅で大麻の売人をやっている人物です。この地区を管轄しているルイ・ブラン署の警察官を送りこみましたから、すぐに見つかるでしょう。私はこれからリュドと一緒に通話記録を調べることにします」

「いや。リュド、きみには日記帳を調べてもらうつもりだ」

リュドヴィクははっと顔をあげて、訊きかえした。

「というと?」

コルソは押収袋から日記帳を取りだした。それだけは証拠保管所に運ばせず、自分で持っていたのだ。テーブルに日記帳を置いて言う。

「鑑識に渡す前にコピーを取って、その中に出てくる男を全部ピックアップしてほしい。名前と日付があるだろう。難しいことじゃない」

リュドヴィクは、気乗りしない様子でビニール袋をつかみ、小声で尋ねた。

「犯人がこの中にいると考えているんですか?」

「そういうわけじゃないが、被害者と性的な関係があった人物には全員興味がある」

「私はどうしましょう? もう少しエレーヌが住んでいた建物の住人や、向かいの建物の住人の聞き込みを続けますか?」

ナタリーが尋ねた。すでにオムレツはたいらげ、今は三杯目のグラスを前に、ポケットに両手をつっこみ、椅子に深々と身を沈めている。通常であれば、少し休ませてやりたいところだ。ナタリーだけではなく全員を……。だが、月曜日は明日に迫っている。そして、今日はまだ残りの時間がたくさんあった。

「いや、きみにはやってもらいたいことがある」

そう言うと、コルソはかばんからスケッチブックのコピーを取りだし、どこで見つけたかを手短に説明した。絵は手から手へと回され、テーブルは重苦しい沈黙に包まれた。まるでレストランの喧騒から離れて、そこだけガラスの覆いがかぶさっているかのようだ。

誰もがこの絵を描いた人間が犯人だと思っている。この絵を描いたその手で、被害者たちの顔を切り裂いたのだと……。それは皆の表情を見ただけでわかった。

「《ル・スコンク》の踊り子たちの顔は知っているな?」ナタリーに言う。「だから、ストック、きみはソフィーとエレーヌ以外で、どの踊り子がこのスケッチブックに描かれているのか、それを突きとめてほしい。至急、警護対象にしないといけないからな」

ナタリーは大きく首を縦に振った。ほかの者もうなずいている。コルソはもう一度、バルバラのほうを向いた。ソフィーとエレーヌが育った養護施設や里親の話が気になっていた。

「バービー、きみは研修生の中から何人か選んで、ソフィーとエレーヌの過去をもっと詳しく調べさせてくれ。ふたりが出会った可能性のある児童社会扶助局の職員、一時的な里親、教師など全員の名前、連絡先、経済状況などを知りたい。できれば、ふたりが預けられた先で出会った子どもたちの名前も知りたいんだが……。それも、できるだけ多くね」

「それは時間がかかりますよ」

「大丈夫だ。時間なら今夜までたっぷりある」

「何を考えているんです?」リュドヴィクがにやにやしながら言った。「連続殺人鬼を捕まえてみたら、教育関係者だったっていう、例のあれですか? そう言えば、〈ヨンヌの殺し屋〉と呼ばれたエミール・ルイ当たるんだ」

もスクールバスの運転手でしたね」

「その手の戯言をエミール・ルイ事件の被害者の家族の前で言えるか？」コルソはむっとして、たしなめた。

リュドヴィクは《クローネンブルグ》のグラスの向こうで、身をすくめた。コルソは立ちあがると、テーブルの上に紙幣を置いた。

「今日はおれのおごりだ。最初に言ったようにな」

「ボスはどうするんです？」バルバラが聞いた。

「オフィスに戻って、これまでにわかったことを整理してみる」

「それなら、すぐに終わっちゃいますね」リュドヴィクが茶化した。

「うるさい。少しはおとなしくしていろ。ところで、クリシュナは部屋にいるかな？」

「バカンスはやめさせましたけど……。今日は出勤していません」バルバラが答えた。

「じゃあ電話して呼んでくれ。今回の事件には全員で

29

バカンスが始まって、また日曜日だということもあって、庁内にはあまり人がいなかった。世間を騒がせている殺人事件を警察が全力で捜査しているようには、とうてい思えない。どのオフィスも閑散としていて、廊下を歩く人はひとりもいない。みんないったい、どこに行ってしまったんだろう？　自分のオフィスに向かいながら、コルソはひとりごちた。だが、窓から斜めに照りつける太陽の光を見ると、その答えは明らかだった。太陽の光はこう言っていた。「こんな日は部屋に閉じこもっていないで、外の空気を満喫しよう」と……。

人気のない庁内を見ているうちに、コルソは庁舎の移転にともなう引っ越しがもう終わってしまったのではないかという錯覚にとらわれた。自分はみんながいなくなり、荷物も運ばれたあとの、がらんとした庁舎にひとり残されているのではないかという錯覚に……。犯罪捜査部が属しているパリ地域圏司法警察局は、今から数カ月後にはこのオルフェーヴル河岸三十六番地を離れ、十七区のル・バスティオン通り三十六番地に移転することになっている。その騒ぎをどう考えたらよいのか、コルソにはわからなかった。もちろん、動くというのはよいことだ。いつまでも同じところにいたのでは、何も変わらない。だが、移転先が十七区の環状道路の近くということで、パリの中心からは離れることになる――その点を不満に思っている者は大勢いた。

コーヒーを持って、自分のオフィスに入ると、コルソは内側から鍵を掛けた。ほんの少しの間オフィスを出る時には掛けることがないのに、中に入った時には習慣的に閉めてしまうのだ。

と、その時、突然携帯が鳴った。

「午前中に四回も電話してきたわね。どうしたのよ?」

エミリアだった。昔のタイプライターで言葉を打っていくようなリズミカルな話し方だ。さっそく、あのスケッチブックの絵のことについて訊こうと思ったが、単刀直入に尋ねることはためらわれた。エミリアは強い。正面から切りこんだら、たちまちはねかえされてしまうだろう。それになんと言っても、まだ妻だ。関係が近すぎる。

「心配になっただけだよ」コルソは言った。

「何が心配なのよ?」

「そっちはうまくいってるかい?」

「何が言いたいの?」

エミリアとは離婚を前提に話し合っているところだ。プライベートな生活について、あれこれ聞きだす権利はない。それにスケッチブックの件は、離婚調停でエミリアの不利になる可能性もある。そんな情報をこちらに渡してほしいと要求することはできなかった。自分たちの利害は、真っ向から対立しているのだ。

だが、それでも、これは確かめなければならない。事件を解決するにはそれが必要なのだ。どう切り出していいかわからないまま、コルソはしどろもどろに尋ねた。

「いや、つかぬことを訊くが……。きみはその……これまで、何かのショーに出演したことがあるかなって……」

エミリアがくすくす笑う声が聞こえた。

「どんなショーなのよ?」

「ストリップショーだ」

それを聞くと、エミリアの口調が変わった。突然、銃で武装したように、攻撃的になる。

「私のことを調べているわけ?」

「そんなことはしていない。ただ……そういった業界と関連した事件を担当しているから……」

「あのストリッパーが殺された事件のこと？」

エレーヌ・デスモラが殺害されたのは、黒海沿岸に息子とバカンスに出かけたあとなので、エミリアが言ったストリッパーとは、ソフィー・セレのことだ。パリであんなに騒がれていたのだから、もちろん、エミリアが知らないはずはない。

「そうだ」

「それで？　私に何の関係があるって言うの？」

「きみがそういう界隈に足を踏み入れたことがないかと思ってね。いや、単なる確認だよ」

「私を何だと思っているの？」エミリアの言葉がきつくなった。「私は教育省で働きながら、ひとりで子どもを育てているのよ。あなたと私の子どもをね。あなたが言うように、ナイトクラブをうろついて、舞台で裸になっている時間があるとでも思うわけ？」

それはわからない。だが、ほかのところはうろついているだろう。コルソは心の中で思った。しかし、それ以上は何も言わなかった。たとえ、息子の親権を得るためでも、その方向で妻を非難することはしないと決めたのだ。ほかならぬタデのために……。コルソは少し攻め方を変えてみることにした。

「それじゃあ、別のことを訊くが、画家のモデルになったことはないかい？」

受話器の向こうで、ため息をつく声が聞こえた。

「同情するわ、コルソ。捜査が行き詰って、別れた妻を尋問するしかなくなったなんて……。いっそのこと刑事なんてやめて、元の掃きだめに戻りなさいよ。そして私たちに静かなバカンスを過ごさせてちょうだい」そう言うと、エミリアはこちらに反論のいとまも与えず、電話を切った。

コルソはそれから数分かけて、ようやく心を落ち着かせた。こういう時、バルバラなら、スマホに入れている〈瞑想用アプリ〉を使うのだろう。そのアプリを自分もダウンロードしたほうがいいのではないかと、コルソは本気で考えた。エミリアと話しおわると、いつも気持ちがざらつくのだ。だが、いずれにしても、犯人のスケッチブックにその姿が描かれていた以上、エミリアのことは守らなければならない。コルソはボンパールの電話番号を押した。捜査状況を報告するついでに、エミリアのことも頼んでみようと思ったのだ。

「エレーヌ・デスモラの事件のことなら、話はついたわ」電話に出ると、ボンパールは言った。「あなたのチームが正式な捜査担当に決まったわ。〈要急捜査期間〉は今日からよ。これから一週間は、判事の許可なしで捜査できるわ」

「その間は、ソフィーの事件についても、いちいち判事の許可をとらずにできますか?」

「ええ、連続殺人事件だから、そういうことにしてもいいと思うわ。応援部隊としては、所轄の警官を何人か、明日の朝に送る手筈を整えたから……。私にできることは、これが精一杯よ。そっちはどんな成果があがっているの?」

コルソは《ル・スコンク》の楽屋の隣に物置き部屋があって、そこからスケッチブックが見つかったこと、エレーヌ・デスモラの部屋の家宅捜索をした時に日記帳が出てきて、その日記を見ると、エレーヌは何人もの男たちと一夜かぎりの付き合いをしていたということ、バルバラが児童社会扶助局の記録を調べた結果、ソフィーとエレーヌが親しい関係にあったということなど、ここ数時間の捜査でわかったことを報告した。

ボンパールは何のコメントもしなかった。期待したほどの成果はあがっていないが、そのいっぽうで、今度の事件の捜査が難しいと、よくわかっているからだろう。確かに、この事件の犯人は、いつものようにDNA検査や目撃情報で簡単に捕まえられるような連中とは違う。過去に例を見ない殺人鬼なのだ。

「マドリードに駐在している警察官とは連絡がとれましたか？」コルソは訊いた。

「今朝、美術館に行って、館員たちに質問してきたそうよ」

「それで？」

「あなたの言っていた男――白いスーツに白いボルサリーノの男は、よくゴヤの絵を見にくるそうよ」

「それだけですか？」

「それだけよ。正直に言って、犯人がそんなおかしな格好をしているなんて、冗談としか思えないんだけど……」

　だが、殺人というのは、凶悪な面ばかりではない。そこにはあらゆる面が潜んでいる。もちろん、滑稽な面も……。長年の経験を通じて、時には苦い思いをしながらも、コルソはよく知っていた。

「美術館には防犯カメラがあるから、それを確認するそうよ」ボンパールが続けて言った。

「そいつはありがたい。それから、ひとつお願いがあるのですが……」

「ずいぶん欲張りね」

「真剣な話なんです。確かブルガリアのソフィアにも国際協力部の警察官がいましたね。その警察官に連絡を取ってくれませんか？」

「私を旅行代理店の社員だと思っているわけ？」

　ボンパールの冗談には付き合わず、コルソは《ル・スコンク》の物置部屋で見つけたスケッチブックの中にエミリアの絵があったことを話した。

「エミリアには訊いたの？」

「今はタデと一緒にヴァルナでバカンスを過ごしていて……。遠回しに訊いたんだけど、すぐに電話を切られてしまって……」

「まったく、あなたたちときたら……」

「至急、エミリアに警護をつけてもらいたいんですが……」

いた。

「わかったわ。でも、確約はできない。ソフィアにいる刑事はせいぜいひとりだろうから……。その警察官が黒海までボディーガードに行くわけにもいかないでしょ？」

「警護をつけてもらえるかどうか、結果がわかったら教えてください。実を言うと、それほど心配すべきことかどうかもわからないんですが……」

「そうね。ならば、そのことはこちらに任せて、今は捜査に集中しなさい。結果が出たら、連絡するから……」

コルソはほっとして電話を切った。ボンパールには不思議な力があった。電話で話をするだけで、自信と活力が湧いてくるのだ。コーヒーをひと口飲むと、コルソは指を鳴らした。このあとは捜査状況を整理する作業にかからなければならない。その前に一度、大きく息を吸った。

そして、手帳を広げた時には──深い眠りに落ちて

30

「起こしてしまいましたか？」

　まだ半分眠ったまま電話に出ると、リュドヴィクの皮肉な声が聞こえた。

「何だって？」

「起こしてしまいましたか、と訊いたんですよ」

　コルソは顔をこすりながら腕時計を見た。午後五時十五分だった。自分でも呆れた。手帳の上にうつぶせになって眠ってしまったのだ。顔に手帳の跡がついているにちがいない。見事なもんだ！　だが、どうして自分が寝ていたことがリュドヴィクにわかったのだろう。

「どうしてそんなことを訊くんだ。起こしてしまったかなんて……」

「どうしてでしょう」リュドヴィクが喉を鳴らして、嬉しそうに笑った。「声が寝ぼけていましたから……。それに、ドアの外から三回、声をかけて、二回、ノックをしたのに、返事がありませんでしたから……。こっそり逃げだしてしまったのかと思いましたよ。それで、電話をしてみたんです」

「どうしたんだ？」リュドヴィクの軽口に腹を立てながら、コルソは尋ねた。「何かわかったのか？」

「エレーヌが夜をともにしていた相手がわかりました。日記に書いてあった男たち全員が……」

「全員が？」

「全員です。でも、ひとつだけ問題があるんです」

「何だ？」

「みんな死んでいるんです」

　いったい、こいつは何を言っているんだ？　言葉ははっきり聞こえたが、意味はさっぱりわからなかった。

コルソは無意識に煙草を一本、抜きとると、窓を開けた。

「今、何て言った?」あらためて訊く。

「みんな死んでいるんです。エレーヌ・デスモラの日記に登場した男たちは、みんな死亡告知欄に載っていた……」

コルソは煙草をふかした。というより、大きく息を吸いこんだので、たちまち喉が熱くなった。

「つまり、エレーヌが全員、殺したのか?」

それを聞くと、リュドヴィクはいかにも楽しそうに大笑いした。

「ちがいますよ。ぼくの言い方が悪かったようですね。エレーヌが相手の男と一夜をともにした時、その男はすでに死んでいたということです。正確には死後一日か二日というところでしょうが……。はっきり言うと、エレーヌは死体性愛者だったんです。だから、例の日記に書かれていた〈愛の夜〉の舞台は死体安置所だったというわけで……」

それなら、わかる。だが、この件については、慎重に裏づけを取らなければ……。リュドヴィクの言葉が本当なら、エレーヌは法医学研究所の霊安室にしのびこんで、死体と愛を交わしていたことになる。鵜呑みにしていい話ではない。だが、その時、コルソはエレーヌが未成年の時に墓荒らしで捕まったという話を思い出した。それも死体と交わることが目的だったということか? それなら、こちらも信憑性があるかもしれない。

「相手の死者たちに何か共通点はあるのか?」

「まったくありません。死因は脳血管障害、癌、バイク事故による頭部打撃など、さまざまです。ああ、ひとつだけ、共通点と言えるようなものがありました。あちこちに電話をしてみてわかったのですが、エレーヌは若い恋人が好きだったようです。三十を超えていた人物はひとりもいませんでした。それから、比較的、保存状態がいい遺体というか……」

コルソは天窓から外を見た。いつのまにか、空が鉛色になっている。雨も降りだしたようだ。さっきまでは、あんなに太陽が輝いていたのに……。ぶるっと身体が震えた。感覚がなくなってしまったようだ。気分が落ち着いているのか、沈んでいるのか、それもわからない。たった二時間もしないうちに、夏はどこかに消えてしまった。浜辺に打ち寄せた波がさっと引いてしまったように……。

「よし、この件について、もう少し調査を続けてくれ」コルソは命じた。

はたして、エレーヌのこの異常な性的嗜好は、事件と関係があるのだろうか？　それはわからない。だが、今は調べてみるよりなかった。

電話を切ると、コーヒーが飲みたくなって、コルソは自分のオフィスを出た。廊下にはわずかばかり活気が戻ってきたようだ。自動販売機の前で、コーヒーが入るのを待っていると、ひとり、ふたりと、後ろを通りすぎる足音が聞こえる。褐色の液体がカップに注がれるのを見ながら、コルソは自分が実際の年齢より年をとっているのではないかと思った。まだ、そんな年ではないはずなのに、ひと晩、徹夜しただけで、オフィスで眠りこけてしまうなんて……。

カップを手に部屋に入ろうとしていると、向こうからバルバラが来るのに気づいた。手に書類を持っている。いい兆候だ。

「何か見つけたのか？」バルバラを部屋に通して、デスクにコーヒーを置くと、コルソは尋ねた。

バルバラは書類を掲げてみせた。

「銀行口座の明細を手に入れましたよ」

今日は日曜日なのに……。ミラクル・バービーには、曜日など関係ないらしい。

「支出についてなんですが……」バルバラは言った。

「全体には大きな問題はないんですが、ひとつだけ気になることがあります。というのも、エレーヌは木曜日に、ほぼ毎週と言っていいほど、五十ユーロおろしているんです。毎回、同じATMで、時刻は夕方の四時五十分から五十五分の間です」

「そのATMは自宅の近くか？」

「いいえ。バスティーユです。正確に言うと、リシャール＝ルノワール通りとアムロ通りが交差するあたり。銀行は《クレディ・リヨネ》です」

「売人から麻薬を買うためか？」

「それも考えましたが、いつも同じ時間に麻薬を買いにいく人間はいません。私はむしろ、精神科医だと思いますね」

　本当は、コルソもそう思っていた。精神科医なら診療（セッション）のたびに医師に直接、金を渡すので、現金が必要だ。精神科医の治療を受けていたことがあるので、そのことはよく知っていた。だが、自分から言うのはためらわれた。精神科に通ったことがあると、バルバラに思われたくなかったからだ。

「その近辺の精神科医を探してみたか？」

「アムロ通り二番地にひとつクリニックがありました。エレーヌ・デスモラが通っていたのはそこだと思います」

　さっそく尋問に行きたいところだが、日曜日に医者が診察室にいる可能性はほとんどあるまい。だが、コルソはバルバラがその先まで調べているにちがいないという気がした。と、思ったとおり、

「電話帳に載っていたので、医師の自宅もわかっています」バルバラは答えた。「その精神科医は女性で、名前はイアンジャ・ラジャオナリマナナ……。マダガスカルの出身です。ええ、住所は電話帳で調べたもので間違いありません。電話帳には同姓同名の人物がひとりもいませんでしたからね」

「どこに住んでいるんだ？」

　バルバラはコルソに付箋を渡した。

「十一区のメルクール通りです。通り沿いに長い建物がありますので、〈十一・十三・十五〉という番地の表示板がある門から入ってください。ペール・ラシェーズ墓地の近くですね」

「わかってるよ。その精神科医について、ほかに情報は？　警察と関わったことはないのか？」

「ないと思います。交通違反の記録ひとつありません。ただ、精神鑑定の専門家として、お隣のクレテイユ市の大審裁判所のリストに載っています」

裁判所につながりがあるなら、ここは慎重にいかなければならない。強引な聞き込みをしたら、そちらのほうから圧力がかかるだろう。

「よし、これからおれが行って、話を聞いてくる」

「私も一緒に行きますよ」

「いや。きみはここで、ソフィーとエレーヌがいた養護施設の調査を続けてほしい」

「それは研修生にやらせていますが……」

「研修生だけじゃ心もとない、きみが中心になってやるんだ。施設にいたほかの子どもたちと、ふたりが連絡を取っていないか、それを調べてくれ。それから、研修生を何人か使って、《ル・スコンク》の入っている建物の来歴も調べさせてほしい。おれがやるつもりだったんだが、できなくなったからね」

「わかりました。でも、出かけるのはちょっとだけ待ってください」

そう言うと、バルバラは小走りに部屋を出ていった。黒い服に身を包み、ちょこまか動く様子は、ネズミそっくりだ。コルソが上着に袖を通していると、すぐにバルバラが戻ってきた。書類を差しだしながら言う。

「精神科医に会うなら、事前に目を通しておいてください。役に立つと思いますよ」

それは二〇〇四年六月二十一日に、リヨン郊外の墓地で、エレーヌ・デスモラが墓荒らしをした件で作成された調書だった。それによると、エレーヌは十七歳の時に、前の夜に埋葬された青年の墓を掘りおこそうとしているところを、墓地の管理人に見つかったらしい。エレーヌは未成年だったし、掘りおこしているところを見つかっただけなので、たいした事件にはならなかったが、今のコルソにとっては、その事件は重要な意味を持った。コルソはページをめくって、共犯者がいなかったかどうか探した。はたして、思ったとおりだった。共犯というよりは、そばに一緒にいて、エレーヌのすることを見守っていただけだが、そこにはソフィー・セレの名前があったのだ。これで役者がそろったというわけだ。

「この話はリュドにしたか？」

「いいえ」

「リュドに会うといい。どうしてエレーヌが墓荒らしをしたのか、その理由がわかるはずだから……」

そう言って、コルソはバルバラに笑いかけた。

「精神科医に会ったら、ここに戻ってくるよ」

31

その精神科医——イアンジャ・ラジャオナリマナナが住んでいるのは、通り沿いに百メートルにも及ぶ、細長い八階建ての団地だった。パリの周辺部の通りでよく見かけるように、建物は全体を窯で焼いたような赤いレンガ造りで、ひとつひとつの窓に白いバルコニーがついている。おそらく第二次世界大戦前に建てられたのだろう、当時の人々がパリの中心部とは違う、新しい共同生活の場にすることを夢見て、公園や上水道を整備し、風通しをよくするなどして衛生環境を整えようとしたことがよくわかる——そんな古き良き時代の団地だ。

バルバラに言われたとおり、〈十一・十三・十五〉

という番地の表示板がある門から入ったあと、コルソは目的の部屋を見つけるのに苦労した。なにしろ、建物が長いので、入口もたくさんある。バルバラのメモにあった入口の暗証番号がどの入口のものか、いちいち確かめていかなくてはならなかったのだ。それでも、ようやく中に入り、教わった部屋番号のドアの前に立って、呼び鈴を押すと、まもなくイアンジャ・ラジャオナリマナナがドアを開けて顔を見せた。葉巻色の顔の小柄な女性で、もじゃもじゃの髪を頭の上でひとつにまとめ、鼻の上に、色の薄い大きなサングラスをかけている。唇はほとんどないくらいに薄い。そのせいで、顎の上に裂け目ができているように見えた。正直、美人とは言いがたい。

「いったい、どうやって入ってきたの？ 入口の暗証番号も知らないでしょうに……」コルソを見ると、精神科医は鼻にしわを寄せ、いきなり攻撃的な口調で言った。

コルソは警察手帳を見せて名を名乗った。精神科医は驚いた様子も見せず、脇に寄って、コルソを通した。それから先に立って、狭い廊下を歩いていった。あとに続きながら、廊下の壁を見ると、そこには一九六八年の《五月革命》のスローガンを再現したポスターが貼りめぐらされている。たとえば、〈新聞〉というラベルを貼った青インクの瓶に、〈飲み物ではありません〉というコピーがついたポスター。これは《新聞に書いてあることを鵜呑みにするな》というメッセージだ。また、別のポスターには、盾をずらっと並べた機動隊の姿が描かれ、その盾の部分には《石畳をはがすと、そこは砂浜だ》という文字が書かれている。こちらは、パリの石畳の下には砂が敷かれていることを踏まえて、石畳をはがしてバリケードを作ったり、投石をして権力を倒せば、圧政が終わり、砂浜で過ごすような自由な生活ができるという意味がこめられている。そのほかにも、《我々の欲求を現実のものに！》と殴り書きされた手紙が写ったポスターがあった。

「怒れる若者の気持ちを持ちつづけていらっしゃるということですか?」コルソは感想を口にした。

「一九六八年には、まだ私は生まれていなかったけれど……」イアンジャ・ラジャオナリマナナは首だけ振り向いて肩越しに答えた。

「じゃあ、なぜこういうポスターを?」

「考古学みたいなものよ。これはヒエログリフのようなもの……。こういったポスターを見ると、過ぎ去った時代に思いを馳せることができるの……」

廊下の先には居間があって、コルソはそこに案内された。広さはせいぜい二十平方メートルといったところで、モケット生地を張ったソファーといくつかの肘掛け椅子が置いてある。この団地の部屋はどこもそうなのだろうが、広さも天井の高さも建築資材も、すべてがコストを削減して作られている。それはひと目でわかった。

ふと部屋の隅を見ると、スーツケースがふたつと、布バッグが置いてあるのに気づいた。スーツケースは傷だらけで、バッグのほうは不法移民の荷物を連想させた。

「いずれ、警察が来ると思って、待っていました」部屋の真ん中に突っ立ったまま、ラジャオナリマナナは言った。

コルソはスーツケースを指して言った。

「でも、どちらかというと逃げだすような気配ですが……」

「バカンスに出かけるのよ。七月三日なんだからふつうのことでしょう?」

「この時間からですか?」

「私は夜に運転するほうが好きなの」

「どちらに行かれるんですか?」

「ドローム県よ。行き先の住所を言う必要はありますか?」

コルソは微笑んだ。こうしておしゃべりをしていても何も進まない。

「今日はエレーヌ・デスモラについて話を伺いにきました」ソファーに腰かけながら、コルソは言った。

「新聞はお読みになったでしょう」

ラジャオナリマナナは、テーブルをはさんでコルソの向かいの椅子に座り、煙草を取りだした。キャメルだ。コルソも昔、この煙草を吸っていた。黄色と金のパッケージには思い入れがあった。

「精神科医には守秘義務があるでしょ。それを理由に、訊かれたことに答えないとは、考えなかったの?」煙草に火をつけながら、ラジャオナリマナナが尋ねた。

「これは殺人事件ですからね。私たちは殺されたエレーヌのために捜査をしているんです。そう考えたら、エレーヌが先生に何を話していたかはとても重要になります。守秘義務が問題になるとは思えません。必要でしたら、医師会評議会の正式な許可を取りますが、それまではパリにとどまっていただかなければならないということになります。バカンスにはお出かけになれないということになりますが……」

それを聞くと、ラジャオナリマナナは手を振って、コルソの話をさえぎった。

「わかった。降参よ。でも、まずは、どうして私のことがわかったのか教えてちょうだい。エレーヌはいつも現金で支払いをしていたし、私も処方箋を出したことは一度もなかったのに……」

コルソは毎週、木曜日の同じ時間に、クリニックの近くのATMから現金が引き出されていることを話した。ラジャオナリマナナは肘掛け椅子に深くもたれて、ゆっくりと煙草をふかしながら、話を聞いていた。一九六八年の怒れる若者は、《五月革命》以来、ようやく警察の言葉に耳を傾ける気持ちになったということだ。

「どのくらい前からエレーヌのことを知っているんで

すか？」コルソは質問を始めた。

「六年前からよ。最初は週に二日来ていたの。その後、二年前の二〇一四年からは週一度になった」

「精神分析ですか？　それとも認知療法？」

「精神分析よ」

「どうしてエレーヌの診察をしていたんです？」

「何を知りたいのか、先に言ってちょうだい」

「調査の結果、エレーヌ・デスモラは死体性愛者だと考えられるんです」

ラジャオナリマナナはサングラスの奥からコルソを突きさすように見つめ、それからまた、最初のように攻撃的な顔つきになった。歯をむきだしにして怒っているリスのようだ。

「そのとおりよ。エレーヌは死体を抱いていたの」強い口調で言う。「ただ、私は、そのことでエレーヌが病気だとは一度も思ったことがないけれど……。欲望というものに規範はないし、今の時代、倫理観などという馬鹿げたものには、誰も興味を示さなくなった。幸いなことにね。〈性倒錯〉という言葉自体が、もう意味を持たないものになっているのよ」

「しかし、エレーヌは霊安室にしのびこんで、遺体にいたずらをしていたんですよ。遺体を冒瀆したと言ってもいい。死者の尊厳はどうなるんです？」

ラジャオナリマナナは肩をすくめた。紫色のキャメルの煙が部屋全体に広がっている。確かにあの時代——一九六八年の《五月革命》の時代は、窓を閉めたまま煙草が吸えた時代だ。そのせいで癌になるとは誰も言わなかった。いや、癌になって死ぬなら、自由に死ねたのだ。ラジャオナリマナナはその時代への郷愁に浸るように、夢見るような面持ちで煙草をふかしていた。

「死者の尊厳？　エレーヌは死者を愛し、慈しみ、愛撫したのよ。それが冒瀆したことになるのかしら？」

「でも、死者たちはどうだったのでしょう？　本当にそうされたかったのでしょうか？　エレーヌは死者たちの意向は訊いていません」

ラジャオナリマナナはもう一度、肩をすくめた。おそらく、死者たちの意向など、どうでもいいと考えているのだろう。エレーヌは死者の胸に口づけをしたり、ぐんにゃりした死者のペニスを口に含んでいたのだ。けれども、このマダガスカル出身の女性精神科医が、そのエレーヌの行為を性倒錯でも、死者に対する冒瀆でもないと考えているなら、それ以上、コルソは反論することができなかった。だいたい、そういった問題について議論するために、ここに来ているわけではない。エレーヌを非難しようにも、本人もまた死んでしまって、死体安置室に収まっている。今頃はあの世で恋人たちと再会していることだろう。問題はエレーヌを殺した犯人を捕まえることだ。

「エレーヌの嗜好について、もっと詳しく教えてください。死体性愛について……」コルソは続けた。

「始まったのは一九九九年。エレーヌがまだ十二歳くらいの時だったそうよ。同じ施設の男性入所者が心不全で急死して、その遺体がひと晩、施設の医務室に安置されていたの。エレーヌは医務室に行って、遺体に身体を擦りよせていたそうよ。その後、パリに来てからは霊安室にしのびこむようになったらしいけれど、大事なことは遺体が劣化していないことだと言っていた。エレーヌが欲求を満足させるには、相手の外見に明らかな傷があってはいけないの」

「そういう嗜好の原因は何だと思いますか？」

「特にきっかけになる事件があったわけではないと思う。でも、小さい頃から、男性に対して——生きている男性に対して、正真正銘の嫌悪感を抱いていたそうよ。だから、生きている男性に敵意を持つことはあっても、興味を抱くことは決してなかった……」

「子ども時代に性的虐待を受けたとか？」

その質問にすぐには答えず、ラジャオナリマナナは新しい煙草に火をつけた。コルソは、自分も一服したい気持ちに駆られた。だが、その衝動を我慢した。煙草を吸えば、どこかで気分がゆるんでしまう。そんな状態にはなりたくなかった。今は精神科医の話に精神を集中しなければならないのだ。相手の言葉の裏を読むには、それが必要だった。

「私の知るかぎりでは、性的虐待を受けたことはないと思う」煙を吐きだすと、わずかに顔をしかめながら、ラジャオナリマナナが答えた。「だとすると、両親から捨てられたせいで、そうなったとしか……。自分の親に裏切られたら、男を信用しようとは思わなくなるもの……。生きている男を信用しようとは……」

そんな理屈を言うなら、養護施設で育った人間は誰でも死体性愛者になってしまう。自分だって、刑事の仕事で目にしてきた死体のすべてと寝ていたことになる。そう考えると、コルソはとうとうマルボロに火をつけた。精神を集中するにも、まずは気持ちを落ち着けなければならない。

「エレーヌの死体性愛は、単なる性的欲求ではないのよ。いわば個人として、死者のそれぞれを愛していたの。だから、死者はいつも名前を持って、年齢がわかる個人でなければならなかった。ただ、死体がそこにあるというだけじゃだめだったの。だから、名前や年齢を知るために手を尽くしていた。その代わり、どのように死んだのかにはまったく興味がなかったみたい……」

コルソはエレーヌの書いた日記の文章を思い出した。死体と交わった夜の思い出を綴る、甘ったるい文章を……。

「つまり、死体のことを生きていると想像していたんですか？」

「そうじゃないのよ。死体を個人として愛しただけ……。だって、エレーヌにとって、恋人にできるのは死体だけなんだもの。死体に、自分の欲求や幻想や期待を投影していたの。動いたり、反応したりする現実の男は怖かったのよ。エレーヌが愛したのは、冷たくて動かない彫刻のような男なの」

コルソは話題を変えることにした。エレーヌの性的嗜好について話しても、捜査に役立つ情報は出てきそうになかったからだ。

「エレーヌはソフィー・セレの話をしていましたか？」

「もちろんよ。ソフィーはエレーヌの親友よ。それも、たったひとりのね」

「ふたりとも周囲には、自分たちが親友だということを隠していたようです。その理由をご存じですか？」

「ふたりでパリに出てきた時に、隠しておこうと決めたそうよ。そのほうがお互いに頼りすぎず、強くなれるんじゃないかと考えて……。自分の身を守るには強くなる必要があるって感じたんじゃないかと思う」

コルソはまた話を変えた。

「私たちはエレーヌが売春していた可能性も考えていたのですが、その点については、どう思われます？」

「そのとおりよ。エレーヌは売春をしていた……」

「相手は生きている男なのに？」

「まあ、男だと思っていなかったのね。大人になるにつれて、生きている男に対する恐怖や嫌悪感は消えて、どうでもいい存在になったのよ」

「ソフィーはエレーヌが死体性愛者であることも知っていたんですか？」

「知っていたと思う。お互いに隠し事はないと言っていたから……」

「エレーヌは……幸せだった、と思いますか？」

「ええ。彼女なりにね」

コルソは少し挑発してみることにした。

「でも、それなら、精神科医はいらなかったんじゃないですか？　あなたの役割は何だったんです？」

精神科医の顔つきが変わった。怒ったリスのような顔が引きつった笑いを浮かべている。

「私の役割ですって？　私はエレーヌが特別な性的嗜好を持ちながら、それでも穏やかに暮らせるよう、助けてあげていたの」

つまり、「あなたのやっていることは間違っていない」と、励ましていたわけか……。この精神科医は自分が犯罪を隠匿し、またそれ以上に、犯罪をそそのかしていたことに気づいていない。だが、コルソはここで医師を糾弾するのはやめにした。

「最近、エレーヌの精神状態に変化はありましたか？」気持ちを抑えて、別の質問をする。

「あったんじゃないかしら」

「どんなふうに？」

「恋をしたっていうか……。最近、誰かに出会ったみたいなの」

コルソは身震いした。

「それは死者でも、売春の客でもない、生きた恋人ということですか？　でも、どうして、そんな大切なことを教えてくれなかったんです？」

「だって、警察に密告するのは嫌だから……」

そう言うと、ラジャオナリマナナは今度は攻撃的な笑みを浮かべた。結局、コルソとラジャオナリマナナの間には、決して越えられない溝があるのだ。警察と反体制派、当局と反乱分子、ブルジョワと絶対的自由主義者の溝……。一九六八年からの溝だ。ふたりはしばらく睨みあった。

「今、言ったのだからいいでしょう？　そう、エレーヌの恋人は生きている男よ」

コルソは肌がぞくぞくするのを感じた。服の下に蛇が潜りこんだようだ。

「その男について、エレーヌは何て言ってたんです？」

「たいしたことは言ってないわ。相手の男から、『自分たちのことは秘密にしておいてほしい』って言われたみたいだから……」

ラジャオナリマナナは一応、話す気になってくれているようだった。コルソは基本の質問から片づけることにした。

「秘密にしておいてほしいということは、その男は結婚しているんですか？　それとも、有名人？」

「結婚はしていないのは確かみたい。有名かどうかと言うと、少しは知られているみたいなんだけど……」

「どんな分野で？」

「美術の分野で……。絵を描いているらしいの」

その言葉はまるで海に潜った時のように、鼓膜を刺激した。頭の中でいろいろな歯車がいっせいに動きだした。そして、その歯車がカチッと音をたてて止まった瞬間、頭の中にひとつのイメージが浮かんだ。白いスーツに白いボルサリーノをかぶった男が両脇にソフィーとエレーヌを従え、スケッチブックを手に持って立っているイメージ……。

「エレーヌはその男の外見について、何か言っていませんでしたか？」

ラジャオナリマナナは分厚いガラスの灰皿で煙草を揉み消した。灰皿はメリケンサックの形をしていた。

「年齢はずいぶん上で、かなり風変りな格好をしているらしいの。白いスーツを着て、白いボルサリーノの帽子をかぶっているって、エレーヌは言っていた」

「そのほかには何か？　これはとても重要なことなんです」

ラジャオナリマナナは、大きなサングラスの奥からコルソを見つめた。

「その男が殺人犯かもしれないってこと？」

コルソは正直に言うことにした。ここで隠しごとをする理由はなかった。

「たぶん、ソフィーもこの男を恋人にしていたんです。そのことはご存じでしたか？」

「いいえ」

「それはつまり、エレーヌもそのことを知らなかったということですか？」

「それはわからない。エレーヌは、私にすべてを話していたわけではないから……。実を言うと、それもあって、ここのところ治療が停滞していたの」

「ほかに何か思い出せることはありませんか？　どんな小さなことでもいいんです」

ラジャオナリマナナは新しい煙草を手に取った。煙草の吸い方も六八年ふうだ。

「そうね。その男は……服役したことがあるとか……」

コルソは、首の後ろがチクッとするのを感じた。

「何の罪で？」

「さあ……。それについては、エレーヌが話したがらなかったの。でも、私が理解したところでは、もうずいぶん昔のことみたいよ。絵はそのあとで描きはじめたということだった。刑務所から出て画家になったんだから、まったく、まあ、名誉回復ってとこよね」

まったく、素晴らしき日曜日だ。ソフィーの恋人だと思って追っていた白いスーツに白いボルサリーノの男は、エレーヌの恋人でもあったのだ。それはゴヤの「赤い絵」を展示しているマドリードの美術館で、自分がちらっと見かけた男にちがいない。《ル・スコンク》の物置き部屋に潜んで、壁の穴からストリッパーたちを覗いて、スケッチブックに描いていたのもその男だ。しかも、そいつは服役した経験もあるときている。罪名はわからないが、たぶん刃傷沙汰だろう。そうなったら、この男はもう容疑者ではない。犯人として表舞台に登場してきたのだ。

「エレーヌがその男を怖がっていた様子は？　なんといっても、そいつは生きている男なのですから……」

「怖がっている様子はなかったと思う。そうね、不思議だけど……」

「ふたりの関係はどんなものだったんでしょう？」

「さっきも言いましたけど、エレーヌは全部私に話していたわけではないのよ。でも、セックスに関しては、うまくいっていたみたいよ。エレーヌはようやく生きている男と関係を結べるようになったということね。きっと、その男がうまくエレーヌの警戒を解いたのでしょうけど……」

「その男はエレーヌよりずいぶん年上だと言いましたね？」

「ええ。少なくとも、倍の年齢はいっていると思う。そのほうが、いろいろな意味で経験豊かだから、エレーヌも惹かれたのでしょう」

コルソは、エレーヌの性格がにじみでたスケッチブックの絵を思い出した。優しいまなざし、自信のない微笑み……。そう言えば、踊り子仲間のひとりが、エレーヌは性格的にもろいと言っていたはずだ。タトゥーだらけで、ゴス趣味というのも、そのもろさを裏づけているにちがいない。その男はエレーヌのこの性格のもろさを利用したのだろう。

「エレーヌは男の何に惹かれたのでしょう？」コルソはしつこく訊いた。「肉体的な魅力？　愛情？　それとも作品に尊敬の念を抱いた？」

精神科医は腕時計に目をやると、満面の笑みを浮かべた。

「精神科医の決まり文句で申し訳ないけど、エレーヌはその男に父親を求めたのでしょう。まあ、だいたい、そういうことね」

それを聞いて、コルソは立ちあがった。これ以上いたら、今度は〈子捨て〉の話を聞かされることになるだろう。そんな必要はない。自分はもう身をもって知っているのだから……。

32

警視庁に戻ると、コルソはさっそくメンバーを集めて、エレーヌが精神科医にかかっていたこと、その精神科医の話から、エレーヌには恋人がいたこと、またその恋人はソフィーの恋人である白いスーツに白いボルサリーノの男と同一人物だろうということがわかったと告げた。

「したがって、まずはこの男を大至急、見つける必要がある。精神科医の話では、この男には服役経験があるそうだ」コルソは言った。

だが、意外なことに、このスクープを聞いても、部下たちは色めきたたなかった。コルソはすぐにその理由を理解した。エレーヌの部屋の家宅捜索のあとも、部下たちは一日じゅう捜査に駆けずりまわっていたのだ。このあたりで、息が切れてしまっても不思議ではない。それは部下たちの顔を見れば明らかだった。どの顔も疲労困憊していたのだ。

コルソは部下たちから、午後の仕事の報告を受けた。誰もがそれなりの成果を出していたが、自分たちが望んでいるほど、大きな成果は得られていない。部下たちに元気がないのは、そのせいもあった。

ナタリーは、スケッチブックに描かれていた踊り子たちのうち、何人かを特定し、警護の手筈を整えていた。これまでの捜査で、住所はすでにわかっているので、建物の前に制服の警官を配備したのだ。それを見たら、犯人もためらうはずだ。だが、これは起こらないかもしれない犯罪に備えた予防策でしかない。

リュドヴィクは、エレーヌ・デスモラが霊安室にしのびこんで遺体を冒瀆していた件について、捜査を続けていた。もしかしたら、家族とか恋人とか、その遺体に関係する人がエレーヌのしていることを知って、復讐したのではないかと考えたのだ。エレーヌとその親友であるソフィーに……。だが、その線には何も浮かびあがってこなかった。

バルバラは研修生を使って、ソフィーとエレーヌの施設時代の仲間を調べさせていた。だが、何かしらの情報にたどりつくには時間が足りなかった。いっぽう、《ル・スコンク》が入っている建物の捜査については、これも研修生に行わせていたが、こちらもはかばかしい成果は得られていなかった。また研修生たちの一部は、ナタリーの指揮のもと、エレーヌの住んでいた建物や近隣の住人の捜査も行っていた。こちらの研修生は二班に分けられ、一班は一軒いっけんの聞き込み捜査、もう一班は市民からの情報提供の受付を担当したが、これはという情報は出てこなかった。特に、市民からの情報はいい加減なものがほとんどだった。

こうして部下たちの話を聞くと、コルソは白いスーツに白いボルサリーノの男の捜査は、自分ひとりでやろうと決心した。すでにマドリードの美術館でこの男を見かけた時から、これについては自分の案件になっている。と、その時、頭にボンパールの顔が浮かんだ。明日の月曜日に迫った記者会見に備えて、ボンパールは自分の報告書を待っている。これから取りかかって、明日の朝までに仕上げなければならない。そう考えると、コルソは言った。

「よし。みんな家に帰って休むといい。明日の九時からまた始めよう」

皆は顔を見合わせると、何も言わずに立ちあがった。そして会議室から出ていった。

コルソは自分のオフィスに戻ると、ノートパソコンを膝に置いて、デスクの前の小さなソファーに座った。コルソがひそかに〈休憩コーナー〉と呼んでいる場所だ。

報告書を書くには、いくつかインターネットで調べ物をしなければならない。だが、その前に、コルソは白いスーツの男について考えた。今までの捜査でわかったことをまとめると、この男には服役経験があり、刑務所から出たあとに画家になった。そうして、壁の穴からストリッパーたちの姿を覗いて、そのうちのふたりを殺害した。年齢は六十代から七十代……。

だが、男はどうしてふたりを殺したのだろうか？ 不意にまた〈懲罰〉という言葉が浮かんだ。ソフィーの場合も、エレーヌの場合も、男は自分の〈理想の女〉と〈現実の女〉のギャップに失望し、自分にそんな思いをさせた女を罰したのだ。ストリッパーというのは、白い肌をさらして、官能的に踊るいっぽう、その出し物はたいてい稚拙で、子どもっぽく見える。その意味では純真無垢で、犯人はそこに性的興奮を覚えていた。つまり、清純な女性が淫らな姿で踊っているのを見ることに……。

だが、その実、ふたりは現実の世界では、犯人が決して許すことができないような背徳的な行為に手を染めていた。ソフィーはSM愛好者だし、エレーヌは死体性愛者だ。犯人は恋人として、現実生活のなかでふたりと付き合っているうちに、この事実に気づいて、深く失望した。そうして、残虐なやり方でふたりに罰を与えることにしたのだ。ゴヤの「赤い絵」の連作からインスピレーションを得て……。コルソはマドリードで見た『叫び』『魔女』『死』の三枚の絵を思い出した。

その時、デスクの上の固定電話が鳴った。一瞬、出ないでおこうかと思ったものの、もしかしたら大切な電話かもしれないと思いなおして、コルソはソファーから立ちあがった。

「警視どのですか？」受話器を取ると、受付の警官のためらいがちな声が聞こえてきた。「こちらに警視どのに会いたいと男が来ているんですが……。お部屋に行かせてもよろしいでしょうか？」

腕時計を見ると、午後九時を過ぎている。

「名前は？」

しばらく時間があいた。おそらく訪問者の身分証明書を確かめているのだろう。

「リオネル・ジャックマールです」

「知らないな。追っ払ってくれるかい？」そう言ってから、コルソはもう一度、言いなおした。「つまり、情報提供を受け付けている部署に案内してほしいということだが……。もし、その部署に誰もいなかったら、明日、出なおすように伝えてくれ」

「でも、本人は警察の関係者だと言っているのですが……」受付の警官は、声をひそめて食いさがった。

「バッジをつけているか？」

「定年退職者のようです」

コルソはため息をついた。

「わかった。上にあがらせてくれ」

「もうひとつ問題があって……。身体が不自由なんです」

「どういうふうに？」

「足が悪くて、杖を持っています」

コルソはまたため息をついた。

「それじゃあ、E階段の脇にあるエレベーターを使うように言ってくれ。四階で待っているから……」

電話を切ると、コルソは部屋の前の廊下を突きあたりまで行き、一回曲がって、さらに突きあたりまで行った。そこには業務用リフトのような小さなエレベーターがある。身体の不自由な人が訪ねてきたり、抵抗する容疑者を上の階に連れていったりする時に使うエレベーターだ。

しばらくそこで待っていると、エレベーターのドアが開いた。見ると、奇妙な格好をした六十代くらいの男が立っている。レポーターが着るようなポケットのたくさんついたベストを身につけ、灰色の髪も髭もぼさぼさで、それに釣り合うように、目も赤い有刺鉄線のように血走っている。もちろん、黒い真珠などと言うにはほど遠い。まったく、たいした風采だ。

　コルソは、男にエレベーターから出る時間を与えず一階のボタンを押して送り返したい衝動にかられた。だが、そんなことはできるはずもないので、なるべく寛容に応対しようと心に決めた。そうして、まずは礼儀正しく名を名乗ると、男がエレベーターから降りるのを待った。

「リオネル・ジャックマール元警部だ」廊下に出ると、男はフランシュ゠コンテ地方の強いアクセントで言った。「九〇年代には、司法警察ブザンソン支部に勤務していてね。ああ、生粋のジュラ県人だ！」

　最後は笑いながら、そう付け加えると、ジャックマールは杖を地面に突きたてるかのように床に立て、両手を添えて、その杖に寄りかかった。その姿は、ジャン・ジオノの小説、『木を植えた男』に出てくる主人公のように見えた。

「こんな遅い時間に申し訳ない」ジャックマールが続けた。「技術的なトラブルとやらで電車が遅れてね。実はブザンソンからまっすぐ来たんだ！　で、時間も遅いし、ホテルに行こうかと思ったんだが、もしかしたら、まだ誰かがいるかもしれないと思って、一応、こちらに寄ってみることにしたんだ」

　ジャックマールを見ながら、コルソは〈十分間だけだ〉と心の中でつぶやいた。それ以上、この男の相手はしたくない。

「こちらへどうぞ。私のオフィスへ行きましょう」

　そう言うと、コルソは先に立って歩きだした。ジャックマールが足を引きずってついてくるのを確認しながら、さっき来た廊下をゆっくりとオフィスの前まで戻る。それから、中に案内すると、椅子も勧めず、いきなりここに来た理由を尋ねた。

　だが、ジャックマールは驚いた様子も見せず、ずる賢そうに微笑むと、まるでショーの開演を告げるかのように、杖を持ちあげて言った。

「どうしてここに来たのかだって？　簡単なことだよ。私はあんたの探している殺人犯を知っているんだ」

第二部

33

ジャックマールを椅子に座らせると、コルソは話を聞きはじめた。だが、ジャックマールが一九八七年にブザンソンの南にあるスイスとの国境の村、レ・ゾピト・ヌフで起きた強盗殺人事件について詳細に語りはじめると、たちまちうんざりして、オフィスに通したことを後悔した。ジャックマールは、「強盗が殺したのはその家の娘だ」とか、「犯人は十カ月後に逮捕された」とか、事件に関することをこと細かに話していたが、その話をコルソが黙って聞いていたのは、警察官のよしみと言うか、ジャックマールが元警察官だったという、それだけの理由だった。〈世の中には楽しい日曜の夜というものはない。日曜の夜はいつも最低だ〉我慢して話を聞きながら、コルソは呪文のように、ひたすらそう唱えた。

だが、ジャックマールの口から「犯人はフィリップ・ソビエスキという男で、十七年間服役し、二〇〇五年に出所した」という言葉が出てくると、次第に興味が湧いてきた。そして、「そのソビエスキという犯人が刑務所を出所後に画家になった」と聞いた時には、思わず椅子の上で飛びあがった。ジャックマールの話によると、ソビエスキは刑務所の中で初めて絵を描きはじめたものの、すぐにその絵のうまさが評判になり、まだ服役中であるにもかかわらずその終盤には、刑務所の外で展覧会をするまでの腕前になったという。その頃から、パリの美術界ではその名を知られる存在になったらしい。

「その男の写真はありますか？」話の途中だったが、

コルソは口をはさんだ。

「ああ、関係する資料は全部、持ってきたよ」

コルソの態度の変化に気づいた様子もなく、ジャックマールはこれまでどおりの口調で返事をした。そして、かばんの中から布張りのファイルを取りだすと、そこからさらにクリアファイルを抜きだした。ファイルを受け取って中身を見ると、そこには新聞や雑誌から切り抜いた写真が何枚もはさまっていた。どうやらジャックマールは、このソビエスキという男が刑務所に入ったあとも、その動向を追っていたらしい。よほどこの男に執着しているのだ。

写真の男は六十歳くらいで、身体はガリガリに痩せ、頬がげっそりこけて、目だけが挑発的に光っている。だがなんと言っても、その外見で人目を引くのは服装だった。ソビエスキは白いスーツを着て、白いボルサリーノの帽子をかぶっていたのだ！ いかにもならず者ふうに、肩にビクーニャのウールのコートを掛けて……。その姿はひと昔前のジゴロそのものだった。

今や大事な部分のピースが埋まりつつあった。もしマドリードで見た男のモンタージュ写真を作るとしたら、この写真のようになるにちがいない。そう思うと、コルソは喉の奥に爆弾が詰まって、今にも破裂するのではないかという気分にとらわれた。身体を動かすこともできない。

写真は画家としてのソビエスキを紹介するファッション雑誌の記事で、雑誌の刊行は二〇一一年。今から五年前だ。スーツはイタリアの有名デザイナーの手になるもの……。ということは、一見古めかしいと思えた、この白いスーツに白いボルサリーノという姿は、リバイバルで掘りおこされた〈時代の最先端〉をいくつものだったというわけだ。

記事にはソビエスキのプロフィールが簡単にまとめられていた。強盗に入って殺人を犯したものの、服役中に思いがけない才能を開花させて画家になった男……

…。刑務所に入ったことで罪は償っていたが、今でも不良少年の雰囲気を保ちつづけて、これでもかと言わんばかりに、社会に対して挑発的な態度を見せつけている男……。まさしく、メディアやインテリが気に入りそうな人物だ。こういったステレオタイプな悪のイメージに、ブルジョワどもは弱いのだ。〈結構なことだ〉コルソは思った。

「この男の描いた絵が、写真か何かに残っていませんか？」

　それを聞くと、ジャックマールは別のファイルを差しだした。そこには展覧会に出品した作品の写真が入っていた。ページをめくりながら、コルソは順番に絵を見ていった。絵はすべて人物画で、裸の男や女が青みがかった土色で描かれていた。人物の輪郭は歪んでいたが、計算されて描かれたものであることはよくわかった。筆遣いは荒々しく、絵の具が何層にも重ねられている。モデルは麻薬中毒患者や娼婦、同じ刑務所に服役していた受刑者だろう。いずれにしても、社会の底辺にいる人々だ。それは見ただけでわかった。あのスケッチブックの絵と同様に、ソビエスキの筆はその底辺にいる人々の純真で無垢な部分を描きだすのに成功していた。

　それにしても、なんと激しく、濃密で、表情豊かな作品なのだろう。コルソはひと目見て、ソビエスキの絵が気に入った。人物の輪郭といい、不気味な色遣いといい、画家は絵そのものを壊そうとしているように見える。だが、それは底辺にいる人々の悲惨な現実をはっきりと浮かびあがらせるためのものなのだ。そして、この絵に注がれた優しいまなざし……。底辺の人々に対するこの画家の共感によって、絵の中の男や女は、天使のように穢れのない純粋な存在に昇華させられていた。ソビエスキは、そういった人々の苦しみを理解し魂を浄化する、社会の最下層の人々のお抱え画家なのだ。

そんなことを考えながら最後のページを見た時、コルソは飛びあがった。そこにはエレーヌ・デスモラを描いた絵の写真があったのだ。その絵についた解説によると、描かれたのは二〇一五年。大きさは一二〇×一六〇センチで、かなり大きい。この絵の中で、エレーヌは斜めを向いて、横座りをした姿勢でポーズをとっていた。左腕を前に出して身体を支え、顔を軽く傾け、視線は下に向けている。髪型はボブにして、黒い前髪もはっきりと描かれていた。身につけているのは薄紫の羽根の襟巻きと黒のストリングで、これはミス・ヴェルヴェットとしての舞台用の衣裳だろう。だが、画家は明らかにストリップの場面を描こうとしたわけではなかった。エレーヌの内面を描こうとしていたのだ。

実際、その絵の中で、エレーヌは暗い表情をしていた。顔色は冴えず、幽霊に取り憑かれたようで、全体に生気がなかった。その生気のなさを表すために、肌は白とベージュと茶色でベッタリと塗られていた。鮮やかな色彩で描かれているのは、羽根の襟巻きとタトゥーだけだ。とりわけタトゥーは強調されていて、腕と肩に彫られたものは、エレーヌの肌につる植物が這って、活力を奪っているように見えた。赤道地帯の森で、老木に絡みついたつる植物が、養分を吸いとってついには木を枯らしてしまうように……。生きているものが、死んでいくものの命を食らい、生きのびていく。これは過酷な掟なのだ。その掟を十分に知っているかのように、エレーヌは、無垢で悲しげな顔をしていた。

気がつくと、写真を持つ手が震えていた。コルソは写真をテーブルに置き、手をテーブルの下に隠した。エレーヌ・デスモラの絵を描いていたということは、このソビエスキという男が、《ル・スコンク》の物置き部屋にスケッチブックを残していった男であり、エレーヌの恋人であることは間違いない（精神科医は〈父親の代わり〉と言っていたが……）。また、白いスーツに白いボルサリーノという姿からすると、ソフィー・セレの恋人であり、マドリードの美術館で見かけた男であることも間違いない。今度こそ、すべての事実がはっきりつながったのだ。

「それでは、ジャックマール警部」コルソは力強く言った。「そろそろ重要な話に移ってもらえますか？」

「話なら、今、全部したところだが……」

「いや、ソビエスキの話は伺いましたが……」コルソは慎重に続けた。「でも、どうしてソビエスキが今回の事件の犯人だと思ったんですか？」

「それは……犯罪の手口だよ」

「お話を聞いたかぎりでは、あまり重なるところはないように思いますが……」

「私に言わせれば、むしろ共通点が多いと思うがね」

「でも、警部の担当なさったのは、強盗事件でしょう。私たちが捜査しているのは殺人事件です」

それを聞くと、ジャックマールはむっとした顔で言った。

「きみは何も聞いていなかったのかね？　ソビエスキは盗みの最中に、クリスティーヌ・ウーに見つかったんだ。それで、ウーを殺害した。これは立派な殺人事件だろう」

「ウーと言うと、被害者は中国系だったんですか？」

ジャックマールは今度は呆れた顔をした。きっと、最初のほうできちんと説明していたのだろう。それなのに、コルソが真剣に聞いていなかったのだ。

「ウーというのはアルザスの名で、池という意味だ」

そう言うと、ジャックマールはしばらく押し黙った。開いた足の間に杖を突きたて、組んだ両手を杖の上に置いている。手には複数の指輪がはまっていた。ひとつは髑髏の指輪だ。

「続けてください」コルソは先を促した。

「よろしい。では言うが、娘を殺した時、ソビエスキは手近にあった下着で身体を縛りつけ、顔に傷をつけた。そのあとで首を絞めて殺した。まさにきみの捜査している事件と同じではないか?」

確かに下着で縛りつけた点と、顔に傷をつけた点は共通している。コルソもそれに気づいたが、片方は盗みの最中で偶発的に起こった殺人事件だし、ジャックマールも顔の傷が口の端から耳まで裂けているものだとは言わなかった。もしそうだったら、そんな大切なディテールをジャックマールが省くわけがない。殺されたクリスティーヌ・ウーの傷は、たぶん逆上した犯人が殴りつけた結果、できたものだろう。だが、ジャックマールが共通点が多いと思ったのは不思議ではない。警察が事件の詳しい状況を発表していないせいで、メディアでは、被害者が下着で縛られていたことと、顔の傷のことしか報道されていないのだ。いや、クリスティーヌ・ウーの顔の傷が口から耳まで裂けたものだったはずがない。ソビエスキは当時、まだ絵を始めていなかったのだ。そう考えを巡らせながら、コルソは質問した。

「あなたは、どうして今までここへ来なかったんです?」

ジャックマールは杖で床を叩いて言った。

「ずいぶん意地の悪い質問をするな。私は十年前に定年になって、シャイユーの森の近くで隠遁生活をしているんだよ。事件のニュースは入ってこない。最初の殺人のことも知らなかった。たまたま今朝のラジオでふたり目の殺人のことを聞いて、すぐに『ジュールナル・デュ・ディマンシュ』を買ったんだ。ちくしょう、ソビエスキがまたやりやがった、と思ったね。それですぐに電車に飛び乗ってここに来たというわけだ」

コルソは腕時計を見た。二十二時三十分だった。ジャックマールが、隠遁生活を送りながらもソビエスキから目を離さなかったのだということは、今、目の前にあるファイルを見れば明らかだ。だが、ジャックマールはどうして、そんなにソビエスキに執着するのだろう？

「当時、やつを逮捕したのはあなたですか？」コルソは尋ねた。

ジャックマールは大きくうなずき、遠くを見るような目をした。

「捜査は六カ月に及び、調書も百を超えたが、当初、犯人は見つからなかった。目撃者はいないし、指紋もない。何の手掛かりもなかった」

「どうして捕まえることができたんです？」

「よくある偶然というやつだ。一九八八年の初めのことだ。ソビエスキは泥棒に入った先で古い版画を盗み、それをアンヌマスの骨董屋に売りにいったことがあったんだ。そう、ジュネーブの近くのアンヌマスだ。ところが、そこで骨董屋とトラブルになり、相手に怪我をさせて警察沙汰になった。いや、もちろん、警察で調書を取った時には、その版画が盗んだものであることを白状しただけで、レ・ゾピト・ヌフで起きた強盗事件については、口をつぐんでいたがね」

「じゃあ、どうして、ソビエスキがレ・ゾピト・ヌフの事件の犯人だとわかったんです？」

「ボタンだよ。実はレ・ゾピト・ヌフの事件では、被害にあった家の現場に、革でくるんだボタンが落ちていたんだが、それが犯人のものなのかどうかもわからなかった。ところが、骨董屋の事件で警察に捕まった時、あの馬鹿、同じボタンがついたカナディアン・ジャケットを着ていたんだ。しかも、ボタンが取れたままでね」

「信じられませんね」

「きみはソビエスキを知らないからだよ。やつは自分は法の外にいると思っている。頭はいいが、それだけではなく、動物的な勘を備えている。自分は絶対に捕まらないって確信があったんだな」

「それなら、どうして逮捕することができたんです？　そんな男なら、なおさら、現場にボタンが落ちていたからといって、犯行を自供するわけがないじゃありませんか？」

「もちろん自供はしなかった。だが、ジャケットの裏側にまだ血がついていたんだよ。クリスティーヌ・ウーと同じ血液型のものがね」

「やはり、納得できませんね」何がおかしいとは言えないが、どこかに引っ掛かりを感じたまま、コルソは言った。

ジャックマールはため息をついた。それも当然だろう。三十年前に犯人を逮捕した事件にいちゃもんをつけられているのだ。せっかくの功績を疑われて、不愉快な思いをしているにちがいない。

「きみは警察官ではないのかね？　被害者の血液型と同じ血がジャケットの裏側についていたとしたら、それだけでソビエスキが犯人だと考えるのに十分ではないか。しかも、そのあとでほかの証拠も出てきたんだ。ソビエスキには当時、付き合っていた女がいてね。その女が重要な証言をしてくれたんだ。ブザンソンで時々、娼婦をしていた女で、最初に尋問した時には何も話してくれなかったんだが、『今、ソビエスキを牢にぶちこんで痛い目にあわせているところだ』と言ったら、たちまち怖気づいてね、すぐに初めの証言をひるがえしてくれたよ」

「最初に尋問した時と言うと……、その女には強盗殺人の事件の時に、すでに話を聞いていたんですか？　つまり、ソビエスキも捜査線上に浮かんでいたと？」

「ああ、やつは警察のブラックリストに載っていたからね。一応、身辺は洗ってみたんだ。なにしろ、ブザンソンのバッタン地区で女衒をしていたならず者で、娼婦を脅して、無理やり仕事をさせる札付きの悪党だったからな。そのくらいしても悪くはない。まあ、その時には何も出てこなかったが……。いや、あいつは本当にろくでもない男なんだ。どこまでも女を食い物にするやつでな、強姦や暴行の前科もある」

ジャックマールの言葉を聞きながら、コルソは思った。やはり、何かが違う。少なくとも、ソビエスキのイメージは、ソフィーとエレーヌを殺した犯人のイメージと合わない。こちらの犯人は、もっと緻密で計画的だ。盗みに入って見つかったせいで人を殺したり、犯行当時の服を着て警察沙汰になったりはしない。それに、ストリッパーたちを殺した目的は、懲罰を与えるためだ。金目当てではない。また、ソビエスキには強姦や暴行の前科もあるということだが、これも違う。パリの連続殺人の犯人は、おそらく性的不能者なのだ。もっとも、三十年もたてば人は変わるのかもしれないが……。

「で、ソビエスキの女がした重要な証言とは？　女は何と言ったのです？」コルソは尋ねた。

「強盗殺人の事件があった夜、ソビエスキが午前三時頃、血まみれになって家にやってきたというんだ。ソビエスキ自身は否定したが、ほかの証拠が出てきた」

「どんな証拠です？」

「ファイルを見ればわかるよ」

ジャックマールはそろそろ疲れてきたようだった。質問に答える態度にもムラが出てきた。何かに憑かれたかのように夢中になって話したかと思うと、突然、不機嫌になって、口を閉ざしてしまったりするのだ。

コルソはこのあたりで話を打ち切ることにした。ファイルの上に両手を置いて言う。

「それでは、警部。私のほうは、この資料をもっとよく読んでみることにします。つきましては、もう一日か二日、パリに滞在していただけませんか？」

ジャックマールは人差し指を顎に当てて、剃りのこした髭をこすった。鉋で木を削るような音がした。

「その場合……」

「滞在費は司法警察がお支払いします」

「そういうことなら……」

「ホテルを手配しましょうか?」コルソは訊いた。

だが、ジャックマールは杖に体重をかけて、やっとのことで立ちあがりながら答えた。

「いや、大丈夫だ。私に連絡を取りたかったら、そのファイルを見てくれ。どこかに電話番号が書いてあるはずだから……」

コルソはオフィスのドアまで送っていった。

「ソビエスキは刑務所で十七年間服役して、二〇〇五年に出てきたんでしたね。それから今までの間、別に事件は起こしていない。それなのに、どうしてあなたはソビエスキが今回の事件の犯人だと思ったんですか? ソビエスキが更生した可能性だって考えられるでしょうに……」

すると、ジャックマールは大きく首を横に振った。

「こういうやつらは変わることがないんだ。確かに、ソビエスキは刑務所を出たあとに画家になって、大金持ちになった。その絵は素晴らしいものなのかもしれない。だが、やつが殺人犯であるということに変わりはない。当時、やつがあのかわいそうな娘にしたことを考えれば、あのまま刑務所にいるべきだったんだ。命が尽きるまでな。あいつはケダモノだ。ケダモノは決して、野放しにしてはいけないんだ」

極右の意見だ。コルソは身を固くして、この意見にうなずかないようにした。だが、ジャックマールの言っていることはよくわかった。警察官のひとりとして、再犯率の高さはよく知っている。刑務所を出た人間が二度と犯罪を行わないなどとは、そう簡単に思うことはできないのだ。

ジャックマールの肩に手を置くと、コルソは言った。

「遠くからお越しいただき、ありがとうございました。いただいた情報を参考にして、捜査を進めていきたいと思います」

34

デスクに戻ると、コルソはジャックマールの置いていったファイルの資料に目を通した。資料は詳細で、これをもとにすれば、『偉大な画家の隠された生涯』というタイトルをつけて、フィリップ・ソビエスキの伝記が書けそうだった。その武骨な外見に似合わず、ジャックマールは丹念に証拠を集める警察官だったようだ。

いっぽう、その詳細な資料を見るかぎり、ソビエスキのほうは社会学や心理学の本によく出てくる、〈犯罪を行うかどうかは、生まれ育った環境によるところが大きい〉というのを実地で証明するような人間だった。

実際、フィリップ・ソビエスキの生涯について語るならば、母親であるモニク・ソビエスキの生まれた時にさかのぼって、話をしなければならない。

モニク・ソビエスキ（旧姓モール）は、一九四一年に、フランスの東部、ブザンソンから六十キロほど東にあるモンベリアル近くの大家族に生まれた。何かと問題の多い、いわくつきの家族で、近親姦によって生まれたとの噂もあった。そんな環境にあったせいもあって、モニクはろくに高校にも行かず、しばらくの間は美容師の見習いをしていたが、十七歳の時に、当時露天商をしていたジャン・ソビエスキという男と結婚した。フィリップ・ソビエスキの父親である。だが、結婚はしたものの、夫になったジャン・ソビエスキはアルコール依存症だった。おそらく、孤児として生まれて周囲から辛くあたられたという生育環境も影響していたのだろう、ひっきりなしに酒を飲み、飲むとよく暴力をふるった。そのため、モニクは夫に殴られ、みずからもアルコールに依存するようになった。かわいそうに、そのあとには結核も患っている。

容貌は独特で、ジャックマールの資料には、一九七三年、モニクが三十二歳の時に、児童虐待の罪で警察に逮捕された時に作成された犯罪者識別カードのコピーが添付されていたが、そのカードの写真を見ると、唇が紙のように薄く、目はぎょろりとして、何かに取り憑かれたように、大きく見開いていた。一度見たら忘れられない顔だ。髪は縮れていて、五〇年代ふうに頭の上で巻いている。身長は百五十三センチと低く、三十歳を過ぎているのに十二歳くらいにしか見えない。服装はパンク系で、身体つきは子どもっぽいのに、革のジャケットを着て、ヒョウ柄のミニスカートをはくという、人目を引く格好をしていた。

フィリップを生んだのは一九六〇年、モニクが十九歳の時だ。だが、出産を機に夫が失踪してしまう。そのせいで、モニクは男に対して憎しみを抱くようになり、その憎しみは色欲のかたちをとった。身体を動かせる者も動かせない者も、モニクにとってはあらゆる男がセックスの対象となった。病人であろうと関係ない。やがて、モニクはモンベリアルの病院で、寝たきりの患者にわずかな金でフェラチオをする女として有名になった。

そして、フィリップが小学生くらいになると、モニクの憎しみはフィリップに向かった。フィリップは殴られ、階段の下に押しこめられ、ろくに食事も与えてもらえなかった。母親の暴力から身を守るために、森に身を隠して時間を過ごすこともあった。学校は小学校五年生の時から行かなくなり、盗みを働いたり、物を壊したりで、たびたび警察に補導された。だが、モニクはそんな息子の将来を心配することなく、機会を見つけてはひどい目にあわせた。たとえば、家には金がなかったので社会給付を受けていたが、モニクは必ずその給付金をフィリップに取りにいかせていた。そうして、フィリップが役所から金を持って戻ってくると、「おまえは途中で金をくすねたろう」と激しくなじって、殴打するのだ。

　また、フィリップを虐待するのに、わざわざ近所の子どもたちまで利用した。「いいものを見せてあげる」と言って近所の子どもたちを家に呼びよせると、目の前でフィリップを折檻するのだ。みんなでゲームをして、わざとフィリップが負けるようにしむけ、手ひどい罰を与えることもあった。

　フィリップが思春期を迎えると、その虐待は性的な色合いを帯びるようになった。フィリップに対して、「おまえはセックスのことしか頭にない。父親と同じで、変態だ」と罵り、顔や身体を殴って、手の甲に煙草の火を押しつけた。マッチをすって、その炎をペニスに近づけたこともあった。「不潔だから、殺菌してやる」と言って……。

　だが、フィリップが十三歳の時、福祉事務所が介入し、この虐待はようやく終わりを告げた。フィリップは母親から引き離され、施設に保護されたのだ。しかし、その際の健康診断の結果は驚くべきものだった。腹が膨らみ、毛髪が抜けて、身体全体に湿疹があった。また、肌は色素の抜けた部分と過剰に沈着した部分でまだらになっていた。これは栄養失調の明らかな兆候だ。また、火傷や切り傷など、全身に傷跡があり、レントゲンの撮影の結果、骨が折れたまま変形した跡や、頭蓋骨にひびが入った跡も見つかった。こういった所見を見ると、この年齢になるまでフィリップが生きていたのは奇蹟だと言えた。正気を保っているのさえ不思議だった。

　いっぽう、モニクは息子に対する児童虐待の罪で逮捕され、懲役十二年の判決を受けた。その後のモニクの生涯については、ジャックマールの資料では触れられていない。

　ということで、このあとは、レ・ゾピト・ヌフで強盗殺人を犯すまでのフィリップ・ソビエスキの話になるのだが、母親が逮捕されたあと、ソビエスキは施設に入れられ、その後、ガップの里親家庭に預けられた。だが、それまでの生育環境を思えば無理のないことではあるが、ソビエスキはこらえ性がなく、衝動的に暴力をふるう少年になっていた。そして、十五歳の時に、里親家庭の娘のひとりで知的障害を持つ少女を強姦してしまう。

その結果、未成年だという理由で罪には問われなかったものの、ソビエスキは問題のある少年を保護する施設に移された。が、そこでまた暴力沙汰を引き起こしてしまう。施設の共同寝室でロック音楽を流していた子どもを殴りつけたのだ。あとでわかったことだが、母親のモニクに虐待されていた時に、いつも《レッド・ツェッペリン》や《ディープ・パープル》《ザ・フー》《テン・イヤーズ・アフター》などの曲が流れていたために、エレキギターの音を耳にするのが耐えられなかったらしい。

こうして、ソビエスキはますます悪の道に進みはじめた。施設でロックを聴いていた子どもを殴りつけてから一年後、今度はカフェで少女に性的暴行を働いた。未成年ということで、またもや罪に問われなかったが、別の施設に移されると、そこでもまた問題を起こした。酒を飲みはじめたのも、その頃からだ。麻薬の売買にも手を染め、それで小銭を稼いでいたらしい。そのうちに十八歳になったので、今度はジュネーブの南にあるシャンベリーの成年専用の施設に入ることになったのだが、その頃にはいっぱしの悪になっていた。ジャックマールの資料によると、スイスとの国境付近をうろつきながら、麻薬の密売をしたり、バーの用心棒をしたりしていたらしい。

そのいっぽうで、性に関しては欲望をむきだしにし、相手が女でも男でも、狙った獲物は確実にものにした。仲間うちでは、ソビエスキの名の一部をとって、〈こまし屋ソビ〉と呼ばれていたくらいだ。当時、すでに男相手に売春していたこともわかっている。後に本人は、「バイセクシュアルになったのは刑務所の中でだ」と言っているが、実際には、この頃からだった。

　そして、一九八一年、ソビエスキは、スイスとの国境付近の町、モルトーで強姦事件を引き起こし、警察に逮捕された。この時はもう成年に達していたので罪を逃れることはできず、裁判にかけられ、懲役二年の判決を受けた。刑期が終了したあとは、以前のようにスイスやイタリアとの国境付近をうろうろしながら、行く先々の町で麻薬の密売や、用心棒の仕事をしていたらしい。一カ所に定住しないところは、ヒッチハイカーでもなく、ガターパンク（社会からドロップアウトし、物乞いをしながら旅をして暮らすパンクの若者）でもない。かと言って、ギャングの一員となって、暗黒街で生きていくわけでもない。その頃のソビエスキをひと言で表現するなら、〈放浪するならず者〉だった。

　やがて、一九八四年からはブザンソンに滞在し、街の歓楽街であるバッタン地区の駐車場を巡回しながら女衒と用心棒の仕事をした。また、プラノワーズ地区や四〇八団地地区で麻薬の密売にも関わったという。そのため、三年後の一九八七年には、司法警察や、警察同様に地域の治安を守る憲兵隊から、ブラックリストに載せられる存在になっていた。そこに例の強盗殺人事件が起こったのだ。警察は当初、ソビエスキの身辺も洗ってみたが、何も出なかった。しかし翌年になって、カナディアン・ジャケットのボタンの一件と、付き合っていた女の重要な証言によって、事件の容疑者として逮捕された。ソビエスキは裁判にかけられ、有罪の判決が下り、懲役二十年の刑に処せられた。そして、恩赦不適用期間の過ぎた十七年後に刑務所から出てきたのである。

　そこまで読むと、コルソは資料を抱えて自宅に戻った。だが、車で帰る間も、自宅で再びファイルを広げてからも、ジャックマールと話していた時に抱いた違和感がどうしても頭から去らなかった。確かにソビエスキは腐った男だ。根っからの犯罪者だと言っていい。こういう男なら、これまでの事件で山ほど知っている。だが、ソビエスキの人物像は、今回の連続殺人事件の犯人の人物像とは、どうしても一致しないのだ。今回の犯人は、計画的で、現場に一切の痕跡を残さず、非常に残酷な行為を冷静かつ緻密にやりとげている。それに引き換え、ソビエスキの犯行は行きあたりばったりで、事件当時に着ていたカナディアン・ジャケットをその後も着て歩き、しかも暴力沙汰まで起こすなど、あまりに慎重さに欠けている。

それに、ジャックマールのファイルには、強盗殺人事件の現場写真や検証報告、検死結果などの資料が添付されていなかった。ソビエスキの人生については詳細な資料を集めているのに、事件に関する具体的な資料が抜けていたのだ。これでは今回の事件と比較して、類似点を探すことはできない。殺されたクリスティーヌ・ウーは下着で縛られていたというが、それはどんな縛り方だったのだろう？　また、その結び目は？　顔につけられていたという傷は、口から耳までが裂けた傷だったのだろうか？　コルソはまずその点が知りたかった。

いや、やっぱり、殺人に至った経過や犯行後の不用意な行動を見るかぎり、ソビエスキの人物像は、今回の連続殺人の犯人の人物像と重ならない。だがそのいっぽうで、刑務所のなかで絵の才能を開花させ、出所後も更生した画家として活躍しているソビエスキのイメージは、ソフィーとエレーヌを殺した犯人のイメージに見事に一致するのだ。もしかしたら、ジャックマールは自分の解決した事件と今回の事件を結びつけたいと思うあまり、資料の一部に手を加えたのだろうか？　コルソはそんな可能性さえ疑った。

ジャックマールのファイルによると、ソビエスキはブザンソンの刑務所に収監されると、服役中に大学入学資格をとり、法律の学士号を取得した。絵を描きはじめたのは、九〇年代の半ばに、フルーリー＝メロジス刑務所に移されたあとのことだ。最初はもちろん趣味の領域を出なかったが、できあがった絵を囚人仲間や看守たちに見せるうちに、次第にあいつは絵がうまいと評判になっていった。看守たちはよく仲間うちで、「二八三四六六番は素晴らしい絵の才能を持っている」と噂した（二八三四六六番というのは、ソビエスキの囚人番号だ）。なにしろ、どんな囚人の似顔絵でも描くことができたし、頼まれれば、看守の姿を戯画化してみせることもあった。写真を見ながら、受刑者たちの大切な人の顔をそっくりそのまま写しとることもできた。

生育環境のせいか、ソビエスキは人間関係がうまくいかず、刑務所内ではトラブルメーカーになっていたが、それでもその絵の人気が出てくると、所長の特別許可を得て、独房を小さなアトリエにすることが認められた。油絵の具やカンバスも支給されるようになり――いわば、公認の〈刑務所画家〉となったのだ。作風は幅広く、古典的な技法による肖像画を描くだけではなく、ムンクやカンディンスキーなどの《表現主義》のスタイルを独自に発展させて、暴力や真実をテーマにした驚くべき作品を生みだしていった。

画家として世間に知られるようになったのは、二〇〇〇年のことだ。刑務所内で展覧会が開かれ、その写真が世の中に出回ったのである。さらに二〇〇二年には、その写真を見て興味を持った画廊の共同経営者たちが、自分たちの画廊にソビエスキの絵を展示するまでになった。それも、ただの画廊ではない。現代美術の世界でその名を知られるニコル・クルーゼとジャン＝マリー・ガヴィノーの画廊である。クルーゼとガヴィノーは、もちろん、ソビエスキの才能に賭けたのだろう。だが同時に、ソビエスキが刑務所にいて、しかも殺人犯であることにも賭けたにちがいない。ブルジョワやインテリたちは、こぢんまりとまとまった自分たちの〈文明社会〉に牙をむく人間が大好きだからだ。

画廊の経営者たちの賭けは成功した。絵の展示が始まってまもなく、ソビエスキの釈放を求める嘆願書が出回りはじめたのだ。「画家はもう十分に刑に服したのではないか」と、有名人たちがメディアで言いはじめ、「こんなに素晴らしい絵を描く人間は、もう犯罪者ではない」と誰もが主張した。「いや、たとえ過去に犯罪者であったとしても、その経験が逆に作品の魅力を支えているのだから、それに免じて刑は軽減されるべきではないか」と……。あげくのはてには、バロック期のイタリアの画家で、喧嘩好きで殺人まで犯したカラバッジョに喩える者まで出てきた。その間、ソビエスキのほうは、自分から釈放を求めることはしなかった。放っておけば、自分の絵を見た人々が勝手に騒いでくれる。自分はただ素晴らしい絵を描いていればよかった。こうして、人々はソビエスキのことを〈塀の中の一流画家〉と認めるようになった。

そうなると、政治家たちも黙っていない。ソビエスキの刑期は二十年で、そのうち十七年までは恩赦が適用されない。ということは、釈放されるのは服役してから十七年たった二〇〇五年になるのだが、この話が新聞やテレビをにぎわせた二〇〇二年当時は、そもそも恩赦など、ほとんど行われていなかった。そこで、左派のみならず、右派の大物政治家までが議会で演説して、〈ソビエスキを自由の身に！〉というスローガンのもと、恩赦を実現する方向に動いたのである。ジャックマールのファイルには、このようにソビエスキを擁護する人々の記事が山のようにあった。嘆願書の写しもある。コルソは呆れながら、その文章を読んだ。書いているのは、作家や歌手、政治家など各方面の有名人だ。こいつらは事件が起きるたびに、まだ判決が出る前から――もっと言えば、警察が犯人を捕まえる前から、自分たちは何でも知っていると言わんばかりに、「そんな悪いことをしたやつを許してはいけない。ともかく厳罰に処して、そう簡単に恩赦など与えてはならない」と声高に主張する。

だが、このソビエスキの釈放を求める件では、まったく言うことが違う。「罪を犯した人間もきちんと更生できる」「たとえ殺人犯でも、第二のチャンスを与えるべきではないか」と主張するのだ。中には、「芸術の力がソビエスキを更生させたのだ。だから、もう刑務所に入れておく必要はない」という、とんでもないことを言う者もいる。コルソにしてみれば、そんなものはちゃんちゃらおかしかった。ソビエスキが二十年近く服役し、絵を描き始めたからといって、どうしてそのセックスに対する異常な欲望を抑えることができるようになると言うのだろう。これについてはボンパールがよくこう言っていた。「精神病質者(サイコパス)をずっと教育しつづけることはできる。だが、その結果得られるのは、よく教育された精神病質者(サイコパス)なのだ」と……。

しかしそう思いながらも、ソビエスキが描いた絵の写真を見ると、そこには人に強い印象を与える何かがあると思わざるを得なかった。二〇〇〇年代に描かれた、仲間の受刑者たちをモデルにした絵は、いわば習作というものだが、逆に、それ以降の絵にはない力強さがあった。受刑者たちは狭い独房のなかで、孤独に押しつぶされ、やつれた顔をしている。あるいは、栄養のない食事と張りのない生活のせいで、腫れぼったい顔をしている。その様子が真に迫っているのだ。

出所してから描かれた、ストリッパーたちをモデルにした絵も、光り輝いていた。一連のその作品の中で、ソビエスキはストリッパーたちのひとりひとりに、まるでゴヤが描いた十八世紀の宮廷の肖像画のように美しい宝飾品をつけ、ストリッパーを王妃に変えていた。だがそれと同時に、舞台でたったひとり、観客の容赦のない欲望の視線にさらされる、深い孤独も描いていた。受刑者たちの時と同じように、ここでもまた孤独がテーマとされていた。

最近では、ポルノ俳優や娼婦、麻薬中毒患者などをモデルにした絵が多く、作品から感じられる孤独と絶望はいっそう色濃いものになっている。社会の中で行き所を失った、不安定な状態にいる人々。その不確かさを表現するために、人物ははっきりした輪郭を失い、色の濃淡による陰影で表現されていた。また、そのいっぽうで、ソビエスキは絵の具を塗りかさねることによって、その人物の存在感を出していた。何層にも重ねられた絵の具でカンバスの表面は盛りあがり、そのごつごつとした手触りが、その人物が現実にこの社会で生きていることを示している。それは視覚のみならず、触覚にも訴えるものだった。コルソは写真を見ただけでそのことを感じた。だがそれにしても、色や形だけではなく、塗りかさねた絵の具が作る起伏やひだも、作品の美的要素として取りこむのは、たいした腕にちがいない。

展示会のカタログや新聞の評を見ると、ソビエスキの作品は《新表現主義》だと紹介されていた。確かにあいまいに歪んだ輪郭で人物の尊厳を表したり、あざだらけの肌で見る人の欲望をそそる描き方は、二〇世紀初頭の《表現主義》の流れを汲んでいる。だが、社会の中で疎外された無名の人々の悲惨なありさまをそのまま伝えたいという姿勢は、むしろ《表現主義》に敵対した、オットー・ディクスやジョージ・グロスなど一九二〇年代の《新即物主義》の画家の精神を受け継いでいるとも言えた。

また同じく、カタログや新聞の紹介記事によると、ソビエスキの絵はフランシス・ベーコンやルシアン・フロイドなどの最近の画家とも比較されていた。市場価値ということで言えば、このふたりの作品には非常に高値がついている。つまり、ソビエスキの絵にもそれだけの市場価値があるということだ。だが、それならどうして、自分はこれまでソビエスキのことを耳にしたことがなかったのだろう？　コルソは不思議に思った。これでも現代美術にはつねに関心を持っていたのに……。これだけ評価されている画家なら、新聞や雑誌で紹介されるのはもちろん、評伝が書かれたり、テレビでインタビューされていたにちがいない。それなのにどうして？

そのいっぽうで、コルソはソビエスキの出所後の状況から見て、再び殺人を犯すことがあり得るかどうか考えてみた。ソビエスキは社会復帰をはたしたというだけではない。画家として輝かしい成功を収めたのだ。そんな人間がまた犯罪に手を染めて、現在の成功を台無しにする可能性があるだろうか？　成功を捨てて、刑務所に逆戻りする可能性が……。

いや、その可能性はあるだろう。刑務所に戻るのが嫌だというそれだけの理由で、服役者が二度と犯罪を犯さないということはない。する時はするのだ。また、受刑者を犯罪に駆りたてた抑えきれない欲望や、残酷な衝動が、服役したことによって消失するとも思えない。刑務所は逆に、その欲望や衝動を圧縮し、いわば瓶に詰めこんで、出所した時にまた噴出する準備をするのだ。ソビエスキは服役するまでに強姦を繰り返し、強盗を企て、最後には殺人を犯した。そういった暴力的な衝動や果てしない性欲が、十七年間服役しただけで、まったくなくなってしまうものだろうか？　ソビエスキを擁護した人々の中には、芸術が欲望を昇華したのだ、ソビエスキは絵を描くことによって欲望を克服したのだと主張していた。だが、そんなことはあり得ない。その意見には賛成できかねた。

気がつくと、夜中の二時になっていた。コルソはなおも、写真に撮ったソビエスキの絵を眺めていた。と、その時、ふと一枚の写真に目がとまった。現代美術の国際フェアである《アート・バーゼル》に二〇一五年に出品された一連の作品を撮ったものだ。その写真のいちばん右には人物画が写っていて、そのモデルがなんと、あのマイクだったのだ。ル・ヴェジネのスタジオで会ったポルノ俳優のマイク。またの名をフロイト。ソフィーの唯一の友人だ。その絵の中で、マイクは裸でポーズをとっていた。ペニスは勃起していなくて（そういうこともあるのだ）、ソビエスキが塗りかさねた絵の具によって、そのぐんにゃりした質感が伝わってくる。

　ということは、ソビエスキはマイクを知っていたのだ。ここでまたひとつ、点と点が線になってつながった。マイクとソフィーのつながりを考えたら、ソビエスキがソフィーの恋人であることは、もはや疑いを入れない。すでにエレーヌの恋人であることはわかっているし、両方の恋人が白いスーツと白いボルサリーノという格好をしていたというのも、ソビエスキに合致している。その服装からすれば、マドリードの美術館で見た男も、ソビエスキだったのだろう。ゴヤの「赤い絵」の連作を展示していた美術館で見た男も……。そうだ！　この男の絵には、ゴヤの絵と何か共通するものがある。技術ではなく精神性が……。この男の絵を見たあとで、ゴヤの「黒い絵」と「赤い絵」を思い出してみると、その精神性が共通していることは明らかなように思われた。やはり、この男が犯人なのだ。

　コルソは携帯を手に取ると、バルバラの電話番号を押した。

「おれだ。今、寝てたか？」

35

月曜日の朝、六時に部下たちを招集すると、コルソはそれぞれに指示を出して、これまでの捜査の中で、ソビエスキの名前がどこかに出ていないか、調べさせた。ソビエスキのところには、重要参考人として、なるべく早めに尋問に行かなければならない。その前に確実なものを手に入れておきたかったのだ。だが、最初に調べた段階では、何の収穫も得られなかった。ソフィーとエレーヌの通話記録には、ソビエスキと連絡をとった形跡はいっさいなかった。《ル・スコンク》の顧客にソビエスキがいたという証言もない。〈ゴンゾ・ポルノ〉の有料サイトの会員リストにも、ソビエスキの名前はなかった。

みなが調べている間、コルソはマイクに電話をかけた。寝ているところを起こされたからか、マイクの機嫌はあまりよくなかった。ソビエスキのことを訊いても、昨日の資料にあったような擁護派の主張を面倒くさそうに口にするだけだ。いわく、〈ソビエスキは偉大な画家で、罪を犯したのは過去のことだ〉〈自分が社会から見放されて、辛い人生を送ってきただけに、社会の底辺に生きる人々を愛情を持って描いている〉と……。コルソは「ソビエスキがソフィーと知り合いだったか」と、一応、マイクに尋ねてみた。だが、案に相違して、マイクは「わからない」と答えた。そして、「ソフィーに恋人がいることは知っていたが、それがソビエスキだとは思ったこともなかった。あの六十近い、頭の禿げた男だとは……」と付け加えた。すると、マイクの絵を書いた時、ソビエスキは白いスーツに白いボルサリーノという格好をしていなかったということか？　コルソはまたわからなくなった。それとも、マイクが嘘をついているのか……。

コルソはカトリーヌ・ボンパールにも電話をかけた。重要参考人が見つかったので、今日の午前中に予定されている記者会見を一日、延ばしてほしいと頼むためだ。「夜まで待ってもらえれば、ソビエスキを単なる重要参考人ではなく、容疑者として尋問できるようになっているかもしれない。記者会見をするなら、それからのほうがいいのではないか」と言って……。だが、ボンパールの答えはノーだった。それどころか、「重要参考人が見つかったのなら、記者会見で発表したいので、ソビエスキに関する詳しい情報を欲しい」と要求してきた。そして、コルソが、「ソビエスキの名前を出さないのはもちろん、余計なことを言って、相手を警戒させないようにしてほしい」と言うと、「誰にものを言っているの。あなたを刑事にしたのは私なのよ」とぴしゃりと言われてしまった。

午前八時になっても、具体的な手掛かりはひとつも見つかっていなかった。スケッチブックの絵や雑誌の写真、友人や精神科医の証言から推測した状況証拠ばかりで、ソフィーやエレーヌとソビエスキを結ぶ直接的な証拠はまったくなかったのだ。ソビエスキが刑務所に入るきっかけとなったレ・ゾピト・ヌフの強盗殺人事件と、今回の連続殺人事件の共通点もまだわかっていない。コルソは、司法警察ブザンソン支部に連絡して、一九八七年の強盗殺人事件の捜査報告書を至急、送ってもらう必要があると思った。その中に、今回の連続殺人事件につながる手掛かりが、何か見つかるかもしれないと考えたのだ。少なくとも、犯行の手口が同じかどうかだけでも確かめたかった。

チームは八時を過ぎたところでいったん休憩をとり、警視庁の近くのカフェ、《ル・ソレイユ・ドール》でコーヒーを飲んだ。それからまた会議室に戻って、九時ちょうどに作戦会議を始めた。議題はただひとつ。〈フィリップ・ソビエスキについて、誰が何を調べるか〉だ。コルソはまずナタリーに向かって言った。

「ストック、きみは午前中のうちに、ソビエスキのアリバイを調べてくれ。ソフィーとエレーヌが殺された時間に、やつが何をしていたのか、こっそりとな」

「どうして、直接、本人に訊かないんです？」

「正式な尋問をする前に知っておく必要があるからだ。ソビエスキは〈塀の向こう側にいた画家〉として人気がある。いわばメディアの寵児だ。しっぽをつかむには準備をしておかないとな。リュド、きみはフルーリー＝メロジスの刑務所と連絡を取れるか？」

「何人か知り合いがいますので、簡単にできます」

「じゃあ現地に行って、やつがどんな囚人だったのか、誰とつるんでいたのかなど、調べてきてくれ。やつはそこに十年もいたんだから、看守や受刑者の中に、覚えている人間もいるだろう」

「私はどうします？」バルバラが尋ねた。

「きみは午前中のうちに、やつの関係者に電話をかけてくれ。画廊の経営者や知り合いの画家、女たちなどだ」

「こちらの趣旨を伝えますか？」

「いや。ジャーナリストだということにしよう。出所してから、やつはしょっちゅう新聞やテレビに出ているようだから、ジャーナリストが電話をかけても誰も驚かないだろう」

「それはいいのですが、ほかの仕事はどうします？」リュドヴィクが質問した。

〈ほかの仕事〉とは、昨日まで全員で手分けしてやってきた作業のことだ。エレーヌの身辺調査、被害者ふたりに共通する過去の調査、〈ゴンゾ・ポルノ〉の有料サイトの会員リストを見て、怪しい人間を洗いだす作業――そういった仕事はすべて途中になっていた。

「とりあえず忘れよう。今日一日はソビエスキの線を徹底的に調べる。その中で、細かくて時間のかかる作業が出てきたら、研修生にやらせよう。会議は以上だ」

　そう言うと、コルソは会議室をあとにして、自分のオフィスに入った。

　捜査の手筈は整えた。だが、まだいちばんきつい仕事が残っていた。エミリアに電話することだ。考えぬいた末に、コルソは正面から挑むことにした。大きく息を吐いて、携帯の番号を押す。

「まだ何か言いたいわけ？」電話に出ると、エミリアはいきなりとげとげしい口調で言った。

　コルソは単刀直入に訊いた。

「フィリップ・ソビエスキを知っているかい？」

　エミリアはすぐには返事をしなかった。突然そんなことを訊かれて、答えに窮しているようだ。だが、しばらくしてからこうつぶやいた。

「あの人は天才よ」

36

「個人的に知っているのか？」コルソは尋ねた。

「友人ではないけれど、素晴らしい人よ。あんなに知的な人は、今までに会ったことがないわ」

　それを聞いて、コルソはびっくりした。エミリアが人を褒めるのを初めて聞いたからだ。エミリアは他人の長所を認めるタイプではない。だがソビエスキに対しては、心から敬意を抱いているようだった。

「最初に会ったのは？」

「個展のオープニング・パーティーが開かれた時よ」

「招待されたのか？」

「知り合いの紹介でね。何年も前から、あの人の作品に興味を持っていたから、頼んだら招待状を送ってくれたの」

「そのあとも会ったのか？　いったいどんな関係なんだ？」

「ただの知人よ。友人でもなくね。ねえ、これは尋問なの？」

コルソは咳払いして、その質問にはあえて答えなかった。エミリアを怒らせてはいけない。自分は今、地雷原を歩いているのだ。エミリアはきっと貴重な情報を持っているはずだ。個人的な感情のもつれから、その口をつぐませてしまうようなことがあってはならない。刑事の基本は仕事に私生活を絡ませないことだ。

「きみ自身がソビエスキのモデルになったことは？」

コルソは話の方向を変えて訊いた。

その言葉の調子で、エミリアはコルソがすでに証拠を握っているとわかったのだろう。いつものようにもったいぶったりはせず、すぐに答えた。

「一度だけね」

「そんなことをするなんて、きみらしくないな」

「ソビエスキについての調査をしているの？　それとも私の調査？」

コルソはまた話をそらした。

「ソビエスキの作品に関心を持っているなら知っているだろうが、あの男はストリッパーたちの絵を描いているんだ。でも、この前電話で、ストリップの界隈に足を踏み入れたことがないかと訊いた時、きみは即座に否定したよね？」

「私が何をしようと、もうあなたには関係ないのよ。この尋問が何のためなのか言わないのなら、電話を切るわよ」

「ソビエスキは、今捜査している事件の参考人なんだ。例のストリッパー殺人事件のね。で、捜査の途中でソビエスキのスケッチブックが一冊見つかったんだが、その中にきみを描いた絵があった。古代エジプトの女王の扮装をしたきみの絵が……。いや、こんな話をするのはあくまでも捜査のためだ。離婚調停で利用してやろうと、そんな魂胆で訊いているわけじゃない」

「あなたのやり方はいつも同じね」皮肉たっぷりに、エミリアは言った。

だが、それにはかまわず、コルソは続けた。

「これは捜査なんだ。だから、証人として、至急きみを帰国させることもできるんだ」

それははったりだった。実際には、エミリアをフランスに帰国させる権限をコルソは持っていない。だいいち、まだ容疑者だと決まったわけではない人間の情報を得るためだけに、一般市民のバカンスを中止させるなど、そんなことができるはずもなかった。だがエミリアは、コルソがはったりをかけているのを知っているか知らずか、さっきより穏やかな口調になって言った。

「何が知りたいの？」

「どういうわけでモデルをすることになったんだい？」

「さっきも言ったように、ソビエスキとはパーティーで知り合ったんだけど——あれは確か、二〇一四年のことね。その時にすぐに、モデルになってほしいと頼まれたのよ。私の身体は彼の絵の世界にぴったりなんですって」そう言って、エミリアはくすくすと笑った。「でも彼の絵を見たら、それが褒め言葉かどうかわからなくなるけど……」

コルソは首をかしげた。エミリアの容姿がソビエスキの絵にぴったりだとは思えないからだ。受刑者や娼婦、ストリッパーなどに比べて、エミリアはソビエスキのモデルになるにはもったいないくらい美しく、あかぬけている。これはソビエスキが嘘をついているか、エミリアが嘘をついているかのどちらかだ。〈しかし、まあ、それはどちらでもいい。少なくとも、あのスケッチブックがソビエスキのものだという証拠にはなるのだから……〉そう心の中でつぶやくと、コルソは質問を続けた。

「場所はどこだったんだい？　ソビエスキのアトリエか？」

「そうよ。サン・トゥアンにある、彼のアトリエ」

「モデルをしただけか？　ほかにもっと、何かあったんじゃないのか？」

　エミリアがまた笑った。ガラスにひびが入るような甲高い声だ。

「やきもちを焼いてるの？」

「質問に答えてくれ」

「何もないわよ。私みたいなのは、あの人のタイプじゃないから……」

「でも、やつは性倒錯者だ」

「そうだけど、私の……嗜好とは違うわ」

　だが、ソビエスキは十五歳で女性を強姦し、十八歳で男に身体を売った。性に取り憑かれているという意味では、エミリアと似たりよったりではないか。

「きみの見たところでは、やつは暴力的な男か？」

「とんでもない。怒っているところも、興奮しているところも見たことがないわ。子羊みたいにおとなしい人よ。暴力行為を働いたって言うけど、それはもう三十年前の話じゃない。今はちゃんと罪を償って、立派にやっているわ」

　いわゆる政治的に正しい発言（ポリティカル・コレクトネス）というやつだ。だが、そんな言葉がエミリアの口から出ると、まったく場違いに聞こえた。エミリアの考えはもっと背徳的で、歪んだものだからだ。

「いいこと？」エミリアは突然この会話にうんざりしたとでもいうように、ため息をついて続けた。「いちばん簡単なのは、自分で確かめることよ。あの人を疑っているなら、直接、訊いてみればいいじゃないの」

「ご忠告、感謝する」皮肉な口調で、コルソは答えた。

「会ってみれば、あの人の本質がすぐわかるわ」

「どんな本質だ？」

　再びため息が聞こえた。今度はわざとだろう。エミリアは巧みに演技をする。かつてはその演技力で、夜の営みを魅力的にしてくれたものだった。コルソの妄想をかたちにするために……。悪人に襲われる清純な処女のふりをして……。

「あの人は子どもなのよ」

「なんだって？」コルソは訊きかえした。

「ソビエスキには子ども時代がなかったの。早熟だったとか、そういう意味ではなくてね。子どもとして、親から扱われたことがなかったということ……。ちやほやされた経験がないのよ。そのあとだって、ずっと刑務所に入っていたわけだし……。ところが、十七年間服役して、外に出てきたと思ったら、これまで望んだこともなかったような立場が用意されていた。絵を描いたら褒められて、もっといい絵を描くことが期待される立場がね。そこで、親に認められて嬉しく思った子どもが、もっと認められたくて一生懸命がんばるように、世間の期待に応えようとしているわけ。嬉しくて、興奮しながら……。ね？　子どもでしょう？　クリスマスの夜にジャック・スパロウ（映画『パイレーツ・オブ・カリビアン』の主要登場人物）の扮装をして、親の関心を引こうとしている子どものように……」

　エミリアの言葉はソビエスキに対する同情に満ちていた。こんな口調でエミリアが話すのを聞くのは、これが初めてだった。

　携帯を耳に当てながら、コルソはデスクの上でファイルを開いて、ソビエスキの写真を探した。写真は若い頃のものと最近のものと二種類あった。若い頃のものは、犯罪者識別カードに貼ってあったもので、それを見ると、かつては美男子だったことがわかる。だが、出所後に雑誌のインタビュー記事に載ったものを見ると、長年の刑務所暮らしのせいで、すっかり変わっていた。身体はミイラのように痩せほそり、肌は干からびて、ごつごつした骨が浮いて見える。落ちくぼんだ目、突きだした頬骨。髪は抜けおち、眉は白く、まばらになっている。クリスマス・ツリーの下ではしゃいでいる、天使のような子どもには見えなかった。

「ゲス野郎はいつまでたってもゲス野郎だ」コルソは言った。

「ソビエスキに何か恨みでもあるの？」

「いや、そうではないが……」

するとエミリアの口調がきつくなった。

「さあ、もう邪魔するのはやめてちょうだい。今は朝食の途中なの。さっき、タデが起きたところでね」

なんだか急に腹が立ってきて、コルソはエミリアをやりこめたくなった。

「きみはずいぶんとソビエスキに好意的だがね、ソビエスキはストリッパー殺人事件の容疑者だと思われるんだ。ストリッパーたちが殺された事件の……」

「ストリッパーたち？　殺されたのはひとりじゃないの？」

「ああ、一昨日の土曜日にふたり目が殺された。ひとり目とほとんど同じやり方で……。犯人は被害者を下着で縛って、窒息死させたんだ。しかも、口から耳まで顔を切り裂いて……。被害者を殺す前にね。ふたり目は、被害者の頭を万力で挟んで動かないようにしている。それで……亡くなった被害者たちは、ふたりともソビエスキの絵のモデルをしていたんだ」

それを聞くと、さすがにエミリアも動揺を隠せなかったらしく、数秒の沈黙があった。だが、すぐに平静を取り戻して、冷淡な声で言った。

「それは痛ましいこと。でも、やったのはソビエスキじゃない。いくら若い時に過ちを犯したからといって、あの人に付きまとうのは無駄よ」

「その過ちというのが、どんなものだったか知ってるかい？　やつは強盗に入って、その家にいたクリスティーヌ・ウーという娘の首を絞めて殺したんだ。二十三歳の娘を……。下着で縛って、顔に傷をつけて……」

エミリアは黙っていた。が、しばらくして、急に軽蔑したような口調で言った。

「あなたのやりそうなことね。ソビエスキを追いまわそうとしているのは、ほかに容疑者を見つけられなかったからでしょ。あなたには真実なんて関係ない。ただ、結果が欲しいだけなのよ」

コルソはやり返そうと思ったが、うまい言葉が出てこなかった。エミリアに話を聞くなら、もっとソビエスキの情報を集めてからのほうがよかった。失敗だった……。電話をするのが早すぎたのだ。そう考えながらも、コルソは資料をめくって、ソビエスキの写真を探した。すると、ジゴロふうの白いスーツを着た写真の下に、上半身裸の写真が何枚か見つかった。コルソは思わず声をあげそうになった。その身体は、腕も肩も胸も腹も背中も、すべてタトゥーで覆われていたのだ。服役囚の象徴とも言うべき〈彫り物〉で……。絵柄はマオリ族の飾り、東洋の龍、ヒロイック・ファンタジーの怪物などさまざまで、それこそ無数のタトゥーが、青を基調として緑や黒、バラ色や黄土色など、変化に富む色彩で、上半身いっぱいに並んでいる。だが、首から上と手首から先にはまったく彫られていないので、まるでうろこ模様のシャツを着ているようだった。

「ソビエスキのことは忘れなさい」突然、エミリアが言った。「それから、私がモデルになったことも……」

「何が言いたいんだ?」

「何も……。でも、私があの人のモデルをしていたとしても、そんなことで状況が変わるわけじゃないわよ。あなたが望んでいる方向に変わるわけでは……」

「もし、きみが言っているのが、あちらのことなら……」

「私は何も言っていないわ。ただ、犯罪を捜査していたら、私がモデルをしていたことがわかったなんて、ずいぶん都合のいい偶然があったものだと思っただけ……」

「おれが捜査にかこつけて、自分の有利な状況を引きだそうとしていると言うのか？　まったく！　おれを悪者にするのもいい加減にしろ。いいか？　殺人犯のために裸でポーズをとったのは、おれじゃない！」

「あいかわらず、品がないわね」見くだしたように、エミリアが言った。

冷静になるため、コルソは頭の中で五まで数えた。

「最後に会ったのはいつなんだい？」抑えた声で尋ねる。

「さっきも言ったでしょ？　あの人は友人じゃないの。ただの知人なのよ。どこかの展覧会で偶然すれちがったのが最後だと思うわ」

「どこの展覧会？」

「もう覚えてないわよ」

「やつはどんな様子だった？」

「いつもどおりよ。面白くて、魅力的。そして知的だった」

「心配そうな様子とか、逆に興奮している様子はなかったか？」

「切るわよ。タデが呼んでるわ」

エミリアはタデに替わろうかとは言わなかった。だが、コルソにとっても、そのほうがよかった。息子は遠くにいてまだ数週間は会うことができない。今、電話で話したら、すぐに心の傷が開いて、また痛みだすにちがいないからだ。

「この件を軽く考えないでほしい」コルソは真面目に言った。「殺されたストリッパーたちもソビエスキの絵のモデルだった。だとしたら、きみもやつのリストに載っているのかもしれないんだから……」

エミリアは鼻で笑った。

「自分の望みを現実みたいに言わないでよね」

37

二時間後、オフィスにバルバラが現れた。

「何かわかったか？」コルソは尋ねた。

「手ごたえなしです」

「というと？」

「ジャーナリストを装って、ソビエスキの関係者に話を聞いたんですが、私が電話をかけた相手は全員同じことを言っています。ソビエスキは素晴らしい画家だとか、今は立派に更生して社会に復帰しているとか……」

「ストックのほうは？　ソフィーとエレーヌが殺された時、ソビエスキは何をしていた？　アリバイは？」

「その時間にアリバイがあったかどうかは、まだわかりません。いずれにしろ、ここ数週間、ソビエスキはいつもどおりの生活をしていたようです。つまり、絵を描いて、セックスをするという……」

「相手は？　女も男も両方を相手にしていたんだろう？　人数は？」

「ずいぶんたくさんいたようですよ。誰と寝た、誰とも寝たという話が飛びかっていますから……。今、名前と住所を調査中です」

「電話は？　ソビエスキがソフィーやエレーヌと電話をした形跡は？」

「ありません。でも、その理由は簡単です。ソビエスキは携帯電話を持っていないんです」

「どういうことだ？　なくしたのか？」

「初めから加入の申し込みをしていないんです。家の電話もありません」

　自分は芸術家なのだから、電話などでわずらわされたくないというポーズなのか？　それとも、テロリストを見習って、電話から足がつかないようにしているということか？

「リュドのほうは？」

「看守や受刑囚の話を聞きに、まだフルーリー＝メロジス刑務所に行っています。今のところ連絡はありません」

しばらく沈黙があった。ソビエスキという重要参考人が見つかって、昨夜は気分が高揚したのに、今日は何の成果も得られず、一気に突きおとされた気分だ。飲んで浮かれたあげく、二日酔いになったような……。頭が痛い。が、その時、バルバラが一枚の紙をそっとデスクに置いた。悪い癖だ。自分が見つけてきた手掛かりを効果的に見せるために、ちょっとした演出をするのだ。

「プレゼントです」唇にわずかな笑みを浮かべながら、バルバラが言った。

だが、コルソはその紙を手に取ろうとしなかった。きっとわけのわからない数字が上から下まで並んでいるにちがいない。バルバラにしか読みとくことができない数字が……。だったら、本人に説明させたほうがいい。

「それは何だ？　銀行口座の数字を見ても、おれにはわからんぞ」

「口座の明細ではありません。イベリア航空の乗客リストです。先週の土曜日の午前七時四十分発、マドリード行きの……。ちょっと思いついて、調べてみたんです。もしかしたら、ソビエスキがこの数日の間にマドリードに行っていないかと思って……。白いスーツにボルサリーノの帽子をかぶって……」

コルソはリストを手に取った。リストにはすでに黄色いマーカーが引かれていて、そこにはソビエスキの名前が記載されていた。自分が乗ったのは午前九時十分発だから、あの日、ソビエスキは自分の前の便に搭乗したのだ。それなら、夜中の間にエレーヌ・デスモラをひどい目にあわせて殺害する時間もあっただろう。そうして、マドリードでのんびり日曜の午後を過ごしたあと、晴れやかな顔でパリに戻ったのだ。

コルソはバルバラの顔を見た。バルバラもこちらを見ている。同じことを考えているのだ。コルソはデスクの引き出しを開けて拳銃を取りだした。シグ・ザウエルの拳銃を……。

「おれの車で行こう」

行く先はもちろん、ソビエスキの家だ。車がパリ市内を走っている間、コルソはひと言もしゃべらなかった。急いで飛びだしてきたものの、今、ソビエスキの家に行くのは早いのではないか？——そう自問していたのだ。〈現在、持っている材料だけで大丈夫だろうか？　新たな手掛かりを見つけてからのほうがいいのではないか？〉と……。バルバラも口をきかない。ふたりはまるで、舞台に登場する前に、頭のなかで自分のセリフを繰り返す俳優のようだった。だが、車がサン・トゥアン門から《蚤の市》に向かう場所まで来た時に、突然バルバラが声をあげた。

「あれは何？」

見ると、環状道路沿いに、ケシュア社製のテントが連なり、そのまわりには汚い身なりの家族連れが大勢集まっている。かなり悲惨な光景だ。子どもたちは裸のまま、素足でアスファルトの上を歩き、頭にヒジャブのような布を巻いた女性たちが地べたで食事の支度をしている。そのそばでは、ジャージ姿の男たちがむっつりした顔で黙りこんでいた。ポリ袋や缶、ペットボトルなど、あらゆる種類のごみが地面を覆いつくし、まるでごみ処理場で暮らしているようだ。

「シリア難民だよ」コルソは答えた。

二年前から、シリアの独裁者アサド大統領や、イスラム過激派組織ＩＳの抑圧から逃れてきた人々がパリの城門周辺に集まり、フランス政府の滞在許可証や支援を待つようになっていたのだ。だがそのあたりには、シリア難民だけではなく、ほかのところから来た人々もいるようだった。以前、コルソはこの地域で行われた難民の掃討作戦の話を聞いたことがあった。「キャンプから出た難民たちが町のあちこちで物乞いをして、地域の迷惑になっている」と住民から苦情が出たので、警察が一斉検挙したところ、シリア難民はひとりもおらず、ルーマニア人やロマの人々ばかりだったというのだ。

コルソは思わずスピードを緩めて、その光景を観察した。豊かなパリの一角に、まるで別の時代のような貧困がそこにあった。だがそれを見ても、コルソはショックを受けることも、憤りを感じることもなかった。ここからほんの数百キロメートル離れた場所では、人類が古くから経験してきた不幸――つまり貧困が今でも猛威をふるい、その中で人々はニーチェの言う〈力への意志〉――より強く生きようという意志を持ちながら、必死でもがいている。それが世界の現実なのだ。そんなことは少しでも旅行をしてみればわかる（コルソは今まで、かなりいろいろな土地を旅行していた）。ただ、そういった世界のあちこちで見られる貧困と目の前の貧困が違うところは、それがパリで起こっているということだ。しかも、《蚤の市》のすぐ近くで……。《蚤の市》というのは、毎週日曜日の朝になると、豊かなパリ市民がやってきて、がらくたの中から掘り出し物を見つけ、貧乏人になったように値段をまけさせて楽しむ場所なのだ。皮肉と言えば、これ以上の皮肉はない。

「もう行きましょうよ」

コルソがしまいには車を停めて見入っていたので、バルバラがしびれを切らして促した。コルソは車を出した。

ミシュレ通りに入ると、またあたりの雰囲気が変わり、フードをかぶった大勢の麻薬の売人たちが人目をはばかることなく活動していた。コルソたちはその近辺でしばらく道に迷った末に、ようやくソビエスキがアトリエにしている建物を探しあてた。そこは十九世紀に建てられた巨大なボイラー製作所で、ソビエスキは五年前にこの赤いレンガ造りの建物を購入していたのだ。バルバラが調べたところによると、建坪は数千平方メートルはあるとのことだった。

門を入る前に、コルソは少しの間、その赤い建物をじっくり眺めた。建物は全面的に改装され、南仏の別荘にあるような天窓が趣（おもむき）を添えている。天窓があれば、側面に窓がなくても上方から採光できる。

「天窓から採光する仕組みになっているのか」コルソは皮肉な調子でつぶやいた。「ソビエスキの創作活動には大切だろうな」

「どうしてですか？」バルバラが尋ねた。

「いや、何でもない」

そう言うと、コルソはバルバラを従え、入口のドアまで歩いていった。ドアは黒い金属の枠に大きなガラスをはめこんだもので、そのガラスを通して、玄関ホールの壁に何枚か飾ってあるソビエスキの大きな絵を見ることができた。常設展示というわけだ。

コルソはインターフォンを鳴らし、これ以上ないというほど簡単に自己紹介した。

「警察だ」

「今、行きます」

だが、なかなか誰もやってこない。ゆうに一分以上たってから、ようやくドアの向こうに、絵の具だらけの灰色のネグリジェを着た、小柄な男が現れた。だが近くで見ると、ネグリジェだと思ったものは、十九世紀の画家がよく着ていたような上っ張りだった。顔を見てこの男がソビエスキだとわかった。

ソビエスキは、ガラスの向こう側で楽しそうに大きく手を振ると、錠をはずす作業に取りかかった。錠が重いので、すぐには開かないらしい。

コルソはガラス越しにソビエスキを観察した。作業着の下は裸で、素足のまま、紐のないぶかぶかのショートブーツをはき、縁を折り返した黒いボンネットをかぶっている。刑務所生活ですっかり肉が落ちてしまったのだろう、まるで飢えた人間のように見えた。今は右手でドアノブを回しながら、左手には厚い絵の具のついたパレットナイフを持っている。画家を戯画化して描いたら、きっとこんな姿になるだろう。

「さあ、入ってください」ドアを開けると、ソビエスキが鼻にかかった声で言った。「お待ちしていましたよ！　あなたもよく知っている女性が教えてくれましたからね」

バルバラが不審げな顔をした。コルソは怒りを抑えるために、無理に笑顔をつくった。まったく、エミリアはどこまで人を馬鹿にしたら気がすむのだろう？　だが、それも自分が招いたことだ。彼女を捜査に巻きこむべきではなかったのだ。

「ついてきてください。私のアトリエに行きましょう」

ソビエスキは、その鼻にかかった声にぴったりの口調で言った。人をからかうような、半分パリふう、半分郊外ふうの口調だ。だが、長年の刑務所生活のせいで、口のまわりの筋肉も弱っているのだろう、さかんに唾を飛ばしながらもごもごと話した。

コルソたちは、ソビエスキのあとについて、大きな部屋をいくつも通りすぎていった。どの部屋にも、幅二メートル以上の大きな人物画が掛けてある。モデルはポルノ男優、ポルノ女優、ストリッパー、娼婦などで、男たちはみんな全裸だった。いっぽう、女たちは半裸で、体型は細身から小太りまでさまざまだった。そういった男や女の肉体が、何層にも重ねられた絵の具で厚く塗られている。その立体感が、反射する光の白さや、わずかに青みがかった肌の地色をきわだたせていた。どれも素晴らしい絵だ。

現代アートが、牛を輪切りにしたオブジェを作成したり（ダミアン・ハーストの作品）、風船をねじって作るバルーン・アートを金属で模したり（ジェフ・クーンズ）、表現としては無機質な方向に行くなかで、ソビエスキの作品は、どぎつく、淫らで、野卑だったが、ほかにはない力があった。絵画が本来持っている力強さがあった。そこには紛れもない現実があり、その現実が画家のひと筆、ひと筆で昇華されていた。それは見る者の心を揺さぶる絵だった。コルソにはわかった。ソビエスキは比類なき画家なのだ。

　また、その絵が展示されている空間も素晴らしかった。かつてのボイラー製作所を改装して造っただけあって、天井までの高さが十メートルもあり、その天井にあけられた窓から、光がさんさんと差しこんでいる。壁はどの部屋も一様に真っ白に塗られている。そこには、パリのもっとも美しい現代美術の画廊にも匹敵するような、静かな威厳があった。

　だが、アトリエに入ると、そこはうって変わって、雑然とした印象がした。床やテーブルには物が散らばり、壁にはいくつものカンバスが立てかけられている。まだ何も描かれていないカンバスもあれば、すでに作業が始まったカンバスもある。また、厚い布でしっかりとくるまれたカンバスもあった。制作中のカンバスは、まだ本格的に色が塗られていないものがほとんどで、単色で濃淡をつけられた絵は白黒写真を見るようだった。中に一枚、彩色がなされた絵があって、そこにはビロード張りの壊れた肘掛け椅子にもたれかかる、太った女の姿が描かれていた。それを見て、コルソはニューヨークのクリスティーズのオークションで三千四百万ドルで落札された、ルシアン・フロイドの『ベネフィッツ・スーパーバイザー・スリーピング』という裸体画を思い出した。

　ソビエスキはコルソたちがアトリエの中を観察するのをじっと見守っていたが、しばらくすると、自分のいちばん素晴らしい作品を見せるかのように、左手のほうを手で示した。そちらを見ると、カンバスの枠や、筆や刷毛を浸すための桶、布切れ、肘掛け椅子、何に使うのかよくわからない道具が床に散乱し、その向こうに、大工仕事に使うような作業台があった。そして、その作業台にはチューブや瓶、筆、ナイフなどと並んで、ワインクーラーが置いてあった。ちょうどパレットと刷毛の間だ。ステンレスの表面についた雫が天窓からの光にきらきら輝いている。

「シャンパンでもいかがです?」ソビエスキが言った。まだ午前の十一時だったので、コルソとバルバラは辞退した。が、その時、思いがけないものが目に入ったので、コルソはバルバラのほうを見やった。そこには、作業台にしっかりと固定された、万力があったのだ。カンバスの枠を組み立てるのに、普通、アトリエにはなくてはならないものだが、そのことはこれまで考えてみたこともなかった。これなら、エレーヌ・デスモラの頭を挟むのにぴったりではないか。

〈うまくできすぎている〉コルソは思った。そしてこの瞬間、口の中に金属の味を感じた。これが何の前兆かはわかっていた。こうした予感がする時は、必ず困難な状況が待っているのだ。

38

「私たちがここに来た理由はおわかりですね？」コルソは切り出した。

ソビエスキはシャンパングラスを手に持ったまま、軽くうなずいた。作業台にもたれ、足は交差している。何を訊かれても大丈夫だと思っているのだろうか、顔には笑みが浮かんでいる。

「二〇一六年六月十六日木曜日の夜から十七日金曜日の朝にかけて、それから、七月一日金曜日の夜から二日土曜日の朝にかけて、あなたは何をしていましたか？」

「それぞれ別の女性と一緒でした。手帳を調べておきましたので、間違いありません」

「そういうことを手帳に書いているんですか？」

ソビエスキはシャンパンを一気に飲みほすと、いかにもきまりが悪そうに眉をあげた。もちろん、わざとだ。

「あまりにたくさん相手がいるんでね。手帳につけておかないと、わからなくなってしまうんです。まあ、成功の代償というやつですよ。刑務所を出てからはずっとこんな調子でね」

まったく腹立たしい男だ。そのネグリジェのような上っ張りと黒いボンネットを見ていると、モリエールの笑劇にでも出てきそうな、丸まった黒い靴下と木底靴をはいた登場人物が頭に浮かんでくる。狡猾な役どころの人物だ。

「では、その時のお相手だった女性たちの連絡先を教えていただけますか？」

「名前と住所はお教えしますが、電話番号は無理ですね」

「どうしてです？」

「知らないんですよ。私自身、電話を持っていないので」

「人と連絡を取る時はどうしているんです？」

「自分からは連絡を取らないのでね。向こうからここに来るんですよ」

あいかわらず、自信たっぷりの言い方だったが、コルソは反応しないことにした。と、その時、作業台の上の壁に、写真や版画、クロッキーに交じって、ゴヤの「赤い絵」の複製画が飾られているのに気づいた。〈本当にできすぎだ〉コルソは心の中でつぶやいた。

ソビエスキはゆっくりとシャンパンを飲んでいたが、コルソの視線に気がついたらしい。

「ゴヤがお好きですか？」と尋ねた。それから、またシャンパンに口をつけて続けた。「あれは〈悪魔の画家〉ですな！　まあ、悪くはないが、私のほうが上だ。技術的には、という意味ですがね」

いったい、どこまでうぬぼれたら気がすむのか？　だがそれも、滑稽な上っ張りを着て朝からシャンパンを飲んでいる姿と合わせたら、いかにも俗物だという雰囲気で、統一がとれていないということもない。

「ニーナ・ヴィスとミス・ヴェルヴェットをご存じですか？　本名はソフィー・セレとエレーヌ・デスモラですが……」

「私を馬鹿だと思っているんですか？　そんな言い方はやめてください」

「知っているのか知らないのか、どちらなんです？」

ソビエスキはグラスを置いて、頭をかくと、コンクリートの床にどた靴の音を響かせながら作業台に沿って歩きはじめた。写真で見た印象よりさらに細く、さらに小さい。写真でもがりがりに痩せて、身長も百七十センチと低いことはわかっていたが、実際に見ると、写真のイメージよりも全体に縮小したように感じられた。上っ張りの隙間からのぞく手足は、ロープのようにしか見えない。コルソは遊園地の射的場に置かれる灰色の猿を思い出した。

「エレーヌを知ったのは、あの子から大麻を買ったからです。私はエレーヌが好きでしたよ。顔も身体もね。よくあの子の絵を描きましたよ」

「エレーヌに会いに《ル・スコンク》に行きましたか？」

「ええ、時々ね。ストリップは私の好きな題材ですから……」

コルソは地下室で見つけたスケッチブックのことを考えた。だが、この話題はもっとあとにしたほうがいい。

「そこでニーナ・ヴィス――ソフィー・セレとも知り合ったんですか？」

「そのとおりです」

「そして、まずどちらかの恋人になり、そのあとで、もう一方の恋人にもなったと？」

ソビエスキは、またシャンパンを一気に飲みほした。乾杯するようにグラスをあげて答える。

「正確に言うと、同時に、です。どちらかと先に恋人になったわけではありません」

「同時に？」

「最初から三人で会っていたんです」

「ふたりに金を払っていたんですか？」

「時によりますね。でも、ふたりとも金を受け取らずに帰ることもありました。お金ではなく、楽しみのために来ていたんです。まずはみんなで、ちょっとしたセックスプレイに興じて、それから、私がふたりの絵を描くんです。で、最後は三人で赤ん坊みたいに寝るんです。もしよければ、クロッキーをお見せしましょうか？　全部大事にとってありますからね」そう言うと、ソビエスキは自分でもびっくりだという顔をして、自慢げに笑いながら、付け加えた。「いや、そのスケッチだって、今の私の絵の相場だと大金になるんですよ」

コルソはやるせない思いにとらわれた。ソフィーとエレーヌは同じ施設で育ち、まわりには自分たちの関係を隠しながらも、〈心の姉妹〉としてぴったり寄りそいつづけてきた。親も知らず、世間の冷たい風に当たって育ってきたふたりは、普通のセックスでは心のバランスを保つことができなかった。その結果、性欲を抑えることのできない、この豚野郎の餌食になってしまったのだ。

「失礼ですが、今、セックスプレイとおっしゃいましたね？　どういった種類のプレイなのか訊いてもよろしいですか？」

「もちろんですよ！　でも、まさかそんなことに興味があって、ここにいらしたんじゃないでしょうね？」

コルソは何も言わず、答えを待った。

「よくやったのはSMのプレイですよ」ソビエスキが続けた。「でも、だいたい最後には〈ペギング〉になりましたね」

「聞いたことがありませんね」

「調べてみてください」

ソビエスキがそう言うと、バルバラが前を向いたまま、低い声でささやいた。

「あとで説明します」

コルソは軍隊式にすばやくうなずいた。そう言えば、ここに来てからは、姿勢も直立不動で軍隊式だ。自分はこの男に腹を立てているのだろうか？　それとも、何を訊いても動じない、この男の態度をうらやんでいるのだろうか？　よくわからなかった。

「最後にふたりに会ったのはいつですか？」

「そうですね……。三週間ほど前ですかね」

「手帳で確かめないんですか？」

ソビエスキはにやりとした。

「ちょうど三週間前です。よろしかったら、手帳をお見せしましょう。それがいちばん早いから……。そうすれば、あなたがたも私の行動をすべて知ることができるでしょう」

ソビエスキが何も隠そうとしないことに、コルソは戸惑った。こんなふうに、なんでもオープンに見せようというのは、隠さなければならないものがないということなのか？　だが、《木を隠すなら森に隠せ》と言う。気をつけなければ……。

「ソフィーがネット上でSMゲームに出演していたことはご存じでしたか？」

「もちろん知ってましたよ」ソビエスキはそう言うと、これもまた演技だろう、全身をぶるぶる震わせた。「あの子は性器にいろいろなものを詰めこんでいました。今、思っても身震いがします」

「エレーヌは死体と寝ていました。あなたはそれもご存じでしたか？」

「はい。エレーヌから聞きましたから……。あのふたりは私に隠し事なんかしませんでした」

「ふたりがしていたことに、別に驚いてはいないようですね？」

「刑務所の中では何百回と強姦されましたからね。あそこでは、あなたが思いつきもしないような物を肛門に入れられるんだ。おれのものをしゃぶれと言われて、そうしている間に喉をかききられて死んだやつらもいる。いったい、刑務所というのは何なのかね？　相手が嫌だという行為を強要することが野放しにされている。どうしてそんなことが許されるのか、私にはわからないね。それに引き換え、あのふたりの淫売がネットで何かを性器に詰めこもうが、霊安室で死体と寝ようが、そんなことくらい……」

「少し言葉を慎んだらどうです。ふたりは故人なんですよ。淫売なんて言葉は……」

「淫売でいいじゃないですか。私にとっては侮辱的な言葉ではありません」

コルソはバルバラにそっと合図を送って、尋問を替わってもらうことにした。この男との馬鹿げた会話にすっかり疲れてしまったのだ。

「それでは、おふたりが亡くなったということについては？」バルバラが言った。「その……友人が亡くなったというのに、あなたはあまり動揺していらっしゃらないようですが……」

「動揺していようがいまいが、あなたがたには関係ないでしょう」

そのやりとりを聞きながら、コルソは、ソビエスキの歯がずいぶん抜けおちているのに気がついた。映画の『ロード・オブ・ザ・リング』のゴラムのようだ。ソフィーとエレーヌは、こんな歯抜けの老人とベッドをともにして、どんな歓びを味わったというのだろう？　きっとそこには、普通のセックスにはない倒錯した歓びがあったのにちがいない。

「被害者たちとはどのようなご関係だったのですか？」バルバラが続けた。

「さっき言ったでしょう」

「つまり、性的な関係だけだということですか？」

「人間関係の中では、それがいちばん濃密な関係だと思いますが……。私が知るかぎりではね。それよりも、本当にシャンパンはいらないんですか？」そう言うと、ソビエスキは茶化すように付け加えた。「あなたがたも緊張がほぐれますよ」

コルソは黙っていられなくなって、先ほどのバルバラがした質問を繰り返した。

「被害者のふたりは、あなたと親しくしていたんですよね？　それが殺されたと知って、なんとも思わないんですか？」

「私の気持ちはあなたがたとは関係のないことです。それにソフィーやエレーヌと親しくしていたのは私だけじゃありませんよ」

「でも、殺人で十七年間刑務所にいたのは、あなただけだ」

その言葉に、ソビエスキは笑いだした。

「やっとそのことに触れましたね。おふたりが来た瞬間から、その言葉を待っていましたよ。私が何をしようと、いつでもその過去がついてまわる。おたくら刑事のちっぽけな頭の中では、私は死ぬまで犯罪者なんでしょう？　一度、犯罪を犯したら、更生して社会に復帰できるチャンスはないと、そうおっしゃりたいんですか？」

それには答えず、コルソは言った。

「レ・ゾピト・ヌフの事件――つまり、あなたがクリスティーヌ・ウーを殺した事件は、今回の連続殺人事件と手口がよく似ているんです。ソフィー・セレとエレーヌ・デスモラを殺した事件と……」

「それはどうでしょう？」ソビエスキは落ち着いた口調で答えた。「聞いたところでは、今回の犯人は異常者で、ほとんど同じやり方で殺しているそうじゃありませんか？　しかも、残虐なやり方で……。私の時とはちがいますよ。あの娘には本当に申し訳ないことをしたと思ってますが、あの時、私は麻薬で幻覚症状が現れている状態だったんです。で、盗みに入ったはいいものの、突然、あの娘に見つかり、パニックになった。それで、静かにさせようと思って殴ったら……」

「でも、被害者を下着で縛ったでしょう？　被害者が着ていた下着を使って……」

「いや、あれはあの娘が身につけていたものじゃない」

「何だって？」

「何か縛るものを探して、引き出しを開けたら、下着があったんだ。そこは娘の寝室だったんでね」

「じゃあ、被害者は縛られた時には服を着ていたと？」

「そのとおりだ。私は娘を静かにさせたかっただけだ。それなのに、わめきつづけるから、おとなしくさせようと思って殴ったんだ。殴って……それから首を絞めた。本当だ。あの時の私は麻薬で完全にいかれた状態だったんだ」

それを聞いて、コルソは悔やんだ。ソビエスキを尋問するのは、ブザンソンから資料が届くのを待ってからにすべきだったのだ。だが、それは今さらしかたがない。それよりも、今は最初から気になっていた点を訊いておこう。そう考えると、コルソは作業台に固定された万力を示して言った。

「あの道具は何に使うんです?」

ソビエスキは作業台のほうを振り向いた。

「道具? どれのことです?」

コルソは指で差した。ソビエスキはうなずいた。

「あれですか? あれは万力です。カンバスを枠に固定するために使うんです」

「自分でやるんですか?」

「ええ。描くための準備はすべて自分でやりますよ。刑務所では手伝ってくれる助手はいませんでしたからね」

コルソは万力に近づき、注意深く観察した。だが、ちょっと見ただけではわからない。

「鑑識を呼んで、このアトリエを調べさせてもらうことはできますか?」

「かまいませんよ。隠すことは何もないですからね」

その言葉にうなずくと、コルソは作業台の上の壁に飾ってある、ゴヤの「赤い絵」の複製の前まで行った。絵を見あげながら尋ねる。

「この絵のオリジナルがどこに展示されているかご存じですか?」

「マドリードにあるチャピ財団ですよ。ゴヤの絵の愛好家なら誰でも知っています。私も何度か行って作品を見てきましたよ」

その言葉に、コルソはいきなりソビエスキのほうを振り向いて言った。

「先週の土曜日も行ったんですか?」

「土曜日？　いや。なぜです？」

その瞬間、ソビエスキの後ろにいたバルバラが背中から声をかけた。

「あなたはその日、午前七時四十分発マドリード行き、イベリア航空の飛行機に乗っています」

ソビエスキはびくっとして、肩をすぼませた。それから、胸を撫でおろして、後ろからの声に驚いたという体裁をつくると、にやっと笑って言った。

「おどかさないでくださいよ。まったく、挟み撃ちですか」

「質問に答えてください」コルソは強い調子で迫った。

「一昨日、絵を見にいったんですか？」

「行ってません。画廊のオーナーと会う約束がありましたからね。どうぞ調べてください。ジェズ・ガルシア・ペレスというスペイン人です。でも、これはいったい、どういうことです？　私を尾行させてるんですか？」

「では、チャピ財団には行っていないと？」

「そう言ったでしょう。どうしてそんなことを訊くんですか？」

その質問には答えず、コルソは再びバルバラに合図を送った。スケッチブックのことを問いただそうと思ったのだ。

バルバラはすぐにかばんの中を探って、地下室で見つけたスケッチブックのコピーを取りだした。

「このデッサンに見覚えは？」

「もちろんありますよ。私の絵ですからね」

「このスケッチブックは、《ル・スコンク》の楽屋の隣にある物置き部屋で見つけたのです」

「それはよかった。数週間前から見あたらなくなっていたんでね」

「正確にはいつからです？」

「覚えてませんね。そういうのが十冊くらいあるのでか……」

「状況をより正確に言えば」コルソは続けた。「その物置き部屋の壁はレンガがひとつはずれるようになっていて、そこから《ル・スコンク》の楽屋にいる踊り子たちを覗くことができたんです。きっと、けしからぬ輩が壁に細工をしたんですね」

それを聞くと、ソビエスキは笑いだした。

「確かにけしからぬ輩ですな。それに変わり者だ。踊り子たちは毎晩、舞台の上で服を脱ぐというのに、わざわざ服を着るところを覗くとは……。いったい何が楽しいんでしょう?」

「冗談を言っている場合ではありません。このスケッチブックには被害者を描いた絵が何枚もあるんですよ」

「その絵を描いたのは私だと言っているでしょう」

「ならば、壁に細工をして、踊り子たちを覗いていたのは、あなただということになる。ここには楽屋にいる踊り子たちの姿が描かれているんですから……」

「馬鹿を言わないでください。この絵は実際に楽屋に入って描いたんですよ。あのクラブをやっているカミンスキーとは前からの知り合いだから、楽屋には自由に出入りできるんです」

ソビエスキもカミンスキーもどちらも刑務所に入っていた。だとしたら、このふたりが知り合いでもおかしくない。いや、もっと言えば、ふたりはぐるだった可能性もある。ソビエスキのために、カミンスキーが物置き部屋を使わせていた可能性も……。だが、何のために? 楽屋に自由に出入りできるなら、わざわざレンガをはずして、物置き部屋から覗きをする必要はない。だいたい、裸を見るためだけなら、客席にいればいいのだ。すると、やはり〈覗き〉という行為そのものが大切なのだろうか? 犯人は〈覗き〉をすることに喜びを覚えた。だが、ソビエスキがそんなことに喜びを見出すとは思えない。

やはり、現時点でここに来たのは失敗だった。だが、自分だって、最初から何もかもがうまくいくと思っていたわけではない。ソビエスキとの戦いということで言えば、これは第一回戦にすぎないのだ。

「手帳をお借りできますか?」会談を終わらせるために、コルソは言った。

ソビエスキは作業台の引き出しを開けて革の手帳を取りだすと、両手で差しだした。エルメスの手帳だ。

「お見送りしますよ」アトリエを出ながら言う。そうして玄関口まで来ると、コルソたちのほうに向きなおった。

「ほかに容疑者は? 容疑者は私しか見つけられなかったんですか?」

「今のところは、そうです」嘘をついてもしかたがないと思い、コルソは言った。

「それは私が三十年前に殺人を犯したからですか? もっと頭を使わないと……。刑事さんたちというのは、想像力が足りないようですな」

「想像力が足りないのは殺人犯たちのほうです。刑務所から出ると、いくらもたたないうちに、同じことを繰り返すんだから……。同じ手口で、同じ犯罪をね」コルソは答えた。だが、言っているうちに腹が立ってきて、最後は乱暴な口調になっていた。「そうだよ。同じやり方で、人を殺すんだ。言われなくても、あんたにはよくわかっていると思うがね」

「確かにそうだな」ソビエスキも同じ口調で応じた。

これでいい。刑事とならず者というのは、世界最古のペアなのだ。

「だから、事件が起きると、警察はまず刑務所から出てきた連中を調べる」コルソは続けた。「捜査線上に浮かぶのはまず出所者なんだ。そして、最後まで捜査線上に残るのも……。つまり、出所者が犯人だというわけだ」

ソビエスキは感心したような顔をすると、バルバラに微笑みかけた。

「こちらはずいぶん話がお上手ですね。あなたもそう思いませんか？」

するとと驚いたことに、バルバラはソビエスキに微笑みかえした。コルソの負けだった。

ふたりは建物をあとにして、車を停めた場所に戻った。車に乗りこむと、コルソはバルバラに尋ねた。

「〈ペギング〉というのは何だ？　あの男がソフィーとエレーヌとやっていたセックスプレイとは……」

「〈釘打ち〉と呼ばれています」車のドアを閉めながらバルバラが答えた。「上品な言葉で説明するのは難しいですね」

コルソはエンジンをかけた。

「じゃあ、下品な言葉で説明してくれ」

「張形ベルトをつけた女性によって、男性が肛門性交されることです」

39

サン・トゥアンをあとにすると、コルソとバルバラはさっそくソビエスキのアリバイ捜査に取りかかった。ソビエスキの手帳によると、ソフィー・セレが殺された六月十六日木曜日の夜から十七日金曜日の朝にかけて、ソビエスキと一緒にいたのは、ジュノン・フォントレイという女性だった。また、七月一日金曜日の夜から二日土曜日の朝にかけては、ディアーヌ・ヴァステルという女性と一緒だった。ジュノンの住まいはクレテイユだったが、昼の間はマリリーヌ・クズネッという女性彫刻家のアトリエにいることが多いらしい。そのアトリエは、ベルヴィル地区の高台に位置するカスカード通りにあった。いっぽう、ディアーヌの住所は十六区だった。二人はまずカスカード通りに向かうことにした。

コルソが運転している間、バルバラは手帳をチェックしていた。と、突然、バルバラが尋ねた。

「ソビエスキは私たちが訪ねていくのを知っていたようですね。ボスに向かって、『あなたもよく知っている女性が教えてくれましたからね』と言っていましたけど……。それって、誰のことなんです？」

「どうでもいいことだ」コルソは短く答えた。

バルバラはそれ以上追及することなく、再び手帳に目を落とした。だが、しばらくすると感心したようにため息をついた。

「まったく、あの男は元気ですね」

「何が？」

「毎晩、違う女性か男性と寝ていますよ」

「男たちはともかく、女たちはあの男の何がいいのだろう？　おれには理解できないね」

そう言うと、バルバラが同意してくれるのを期待して、コルソはちらっと助手席を見た。だが、バルバラは何も言わず、静かに手帳を閉じた。今日は朝からずっと靄（もや）がかかっていたが、ようやく日差しが戻ってきて、環状道路を明るく照らしている。空気の分子が白く輝く光の粒子に分解されていくようだ。

「ちょっと手掛かりがありすぎますね」ソビエスキの家を訪ねた感想だろう、バルバラが口にした。

「そんなことを言うなんて意外だな」

それには答えず、バルバラは車の窓ガラスをさげると、気持ちよさそうに外の空気を吸った。空気は排気ガスで汚染されているのだが、それはあまり気にならないようだった。青白い顔が白い布のように、太陽の光を反射している。バルバラが日焼けをすることは絶対にない。油が水をはじくように、バルバラの肌は光をはじくのだ。

「いろいろなことがはっきりしすぎています」そっけ

ない口調で、バルバラが続けた。「万力、ゴヤの絵、スケッチブック。手掛かりがありすぎるのはないのと同じです。それにあの男は自信たっぷりで、こちらを挑発するくらいの勢いでした。本当にやっていないのか、あるいはこちらがまだ決定的な証拠を握っていないと思っているのか。いずれにしろ、アリバイ証言が確かならもうおしまいですよ。あとは状況証拠ばかりです。画家で、被害者と寝て、ゴヤが好きで、白いスーツを着ていたからといって、連続殺人犯だというわけではありませんから……」

バルバラの言うとおりだ。環状道路をおりてピレネー通りを運転しながら、コルソはもうひとつ、悪い材料を付け加えた。

「それに、あの男が一九八七年に起こした事件は、今回の連続殺人事件とは違っていたしな。レ・ゾピト・ヌフで起きた強盗殺人事件は……。ジャックマール元警部に踊らされたかもしれない」

だが、もちろん、ここでソビエスキを容疑者から除外するわけにはいかない。コルソは戦闘意欲を示すことにした。

「もしソビエスキが犯人なら、これからは警戒するだろう。こちらもそのつもりで準備をしなければな」

「見張りをつけるつもりですか？」バルバラが驚いたような声で言った。

「応援部隊の中からふたり配置してくれ。真面目なやつらをな」

「それは合法とは言いがたいですね」

「きみはいつから弁護士になったんだ」

カスカード通りに入ってしばらくいったところで、コルソは車を停めた。通りから奥に入るかたちで行きどまりの道があり、その突きあたりにダンチクに囲まれた竹林が見える。ジュノン・フォントレイが働いているアトリエはそのさらに奥にあるはずだった。竹林のところまで行くと、そこには門があって、その向こうにアトリエの建物が見えた。採光のためだろう、窓は大きく、鋼で強化された枠にガラスがはめられていた。玄関から門までは敷石の小道ができていて、その道沿いに緑に繁る木々が植わっている。木々の間には、建物を守るように、緑色をした背の高い女性のブロンズ像がいくつか建っていた。

門の番地を見て、目的の住所がここであることを確かめると、バルバラがインターフォンを押した。コルソは煙草に火をつけ、携帯のメッセージをチェックした。《記者会見無事終了》というボンパールからのメッセージが入っている。つまり、すべてうまくいったわけだ。今日最初のいいニュースだった。が、悪いニュースにもなり得た。ボンパールはコルソが話した重要参考人——すなわちソビエスキが犯人だという前提で記者会見を行っている。したがって、もしそれが違うとなれば、国じゅうの笑い物になるのだ。

その時、インターフォンから少女のような声が響いた。

「今、行きます」

庭の敷石の上では、木々の葉がつくる木漏れ日が揺れている。小道の並木は門のところまで来ていたので、コルソとバルバラは木陰に入って、建物の中から人が出てくるのを待った。現段階でわかっていることで言えば、ジュノン・フォントレイはパリ国立高等美術学校の三年目を終えたところで、空いた時間にソビエスキやほかの芸術家の助手をしているらしい。

やがて、白の汚れた上っ張りを着た若い娘が、手をポケットに突っこみ、煙草を口にくわえて竹林の間から現れた。ビーツのような赤い髪に、一九二〇年代に流行った釣り鐘型のおかしなクローシュ帽をかぶっている。

「何の用事?」娘は面倒くさそうに、門の向こうから訊いてきた。

コルソは警察手帳を見せて名乗った。

「ジュノン・フォントレイさんを訪ねてきたんだが……」

「あたしがそうだけど……」門のかんぬきを開けながら、娘が言った。「用事は何？」

「いくつか質問をするだけだよ」

「一緒に来て。仕事を続けないといけないから」

風にダンチクの葉が揺れて、さやさやと音を立てている。その音を聞きながら、コルソたちはジュノン・フォントレイのあとについて、敷石の小道を歩いていった。玄関のところまで来ると、ジュノンは建物のまわりを半周して、裏庭に出た。そこには彫刻のかけらがあちこちにころがっていた。

コルソはふたつの架台に板を渡しただけの小さな作業台に、ブロンズ像がひとつ寝かされているのに気づいた。並木の間にあった像よりは、少し小さい。その像の前まで来ると、ジュノンはコルソたちには目もくれずに、作業台の前に置かれた椅子に座った。

「ジュノンというのは本名？」コルソは手始めに、そう訊いた。

「うん。両親がつけたの。変わった親でね。ローマ神話の結婚の守護神なんだって……。ラテン語ではユノだけど……。そういうの知ってる？」

警察が来たことに、ジュノンは驚いている様子もなく、また反発している様子もなかった。ただ単に無関心だというだけだ。年齢は二十歳くらい、高く突きでた鼻と大きすぎる口が顔のバランスを崩し、どう見ても美人とは言えなかった。だが、その容姿には何か人を惹きつけるものがあった。明るい色の瞳もかわいらしかったし、四十キロあるかないかの華奢な身体から発散される若さもまぶしかった。全身が何ともいえないオーラに包まれていて、魅力的なのだ。

「今夜までに終わらせないといけないんだ」そう言って、スキー用のゴーグルをかけると、ジュノンは紙やすりを手にした。

「何をしているの？　錆を落としているのかい？」コルソは尋ねた。

「ブロンズだから錆はつかないけど、何年もたつと酸化して表面が汚くなっちゃうの」像の脇腹や手足の黒ずんだ部分を示しながら、ジュノンは答えた。「年をとったら、肌にシミができるみたいにね」

そうして、像の腕の部分を精力的に磨きはじめた。コルソはジュノンのそばにしゃがんで、耳に口を近づけ、大きな声で尋ねた。

「六月十六日の夜から十七日の朝にかけて、何をしていたか覚えているかな？」

「その日は美術学校で学年末のパーティーがあってね。だから、夜、十時頃までそこにいて騒いでいたんだけど……。そのあとは恋人のところ」

「恋人の名前は？」

ジュノンは像を磨く手を止め、にこりと笑った。

「フィリップ・ソビエスキだよ。知ってるくせに」


ジュノンがソビエスキのことを〈恋人〉と言ったのを聞いて、コルソは不快に思った。あの男に対して使うと、その〈恋人〉という言葉が卑猥な響きを持つように感じられたのだ。だが、それは措こう。コルソは次の質問に移った。

「家に行ったのかい？」

「そう、彼のアトリエにね。サン・トゥアンにある……」

「正確な時間を覚えている？」

「十一時頃だと思う。ウーバーで車を呼んだから……。調べてみるといいかも……」

コルソはもっとはっきりしたアリバイ証言が返ってくると思っていた。そういう証言は嘘であることも多い。だが、ウーバーでタクシーを呼んだとなると……。ソビエスキがソフィーを殺しにいっている間に、ジュノンがウーバーでタクシーを呼び、アトリエまで行ったのだろうか？　アリバイ工作をするために……。が、そうすると、ジュノンはソビエスキの共犯ということになる。コルソには、そうは思えなかった。この娘は本当にソビエスキに恋をしている。アリバイ工作のために雇われたわけではない。

「その日はひと晩じゅう、ソビエスキと一緒にいたの？」

「そうだよ」

「眠ったのは何時頃かな？　それまでずっとソビエスキの隣にいたの？」

「朝の四時くらいまでは起きてたかな。彼と一緒だと、いつも燃えちゃうの。なんたって、若いのよね。本人も言ってる。私は髪は白いけれど、尻は青い。ネギみたいなもんだなんてね」

ソビエスキは誰に対しても下品な冗談をふりまいているらしい。どうやらそれにも慣れてきた。だから、そんなくだらない冗談は放っておいて、コルソは自分の考えに集中した。被害者の顔や身体にあれだけの損傷を与えるとしたら、少なくとも数時間はかかったろう。もしそうなら、犯人は十六日の夜から十七日の朝にかけて、その大半を殺人に費やしたことになる。だが、証言が正しければ、ジュノンは夜の十一時から朝の四時までソビエスキと一緒にいたことになる。結論は――ソビエスキは犯人ではないということだ。コルソは一応、食いさがってみることにした。

「マドモワゼル、今の話は本当に確かかな？　別の時と思いちがいをしているということはないかい？　私たちが捜査しているのは、凶悪な殺人事件なんだ。したがって、きみの証言はとっても重要なんだ。少しでも不確かな点が……」

「ないよ。不確かな点なんて……」ジュノンはきっぱりと言った。「あの夜のことははっきり覚えてるもん」

「嘘の証言をすると、最低でも五年は刑務所に入れられることになるんだよ」コルソは粘った。

だが、ジュノンは返事をせず、平然とやすりがけを再開した。手を動かすたびに、緑の粉が煙のように舞いあがる。

こうなったら、どうすることもできない。まったく手ぶらで帰るのが嫌だったので、コルソはもう少しだけ情報を集めておくことにした。

「ソビエスキとは定期的に会っていたの？」

「会ったり、会わなかったりって感じ？」

「というと？」

「会えばとってもいいし、会わなくてもとってもいい。会うことにこだわらないの」

「付き合いはいつ頃から？」

「二年前からかな」

「出会いは、いつ、どこで？」

「美術学校で……。講演ってやつ？　彼、自分の人生を話すため、学校に来たの」

その講演でおそらくソビエスキは、自分は過去に犯した罪を悔い、刑務所で始めた絵画のおかげで今は更生し、社会復帰を果たしたと語ったのだろう。その言葉に、会場を埋めつくした学生はたちまち魅了されたにちがいない。その場面を想像すると、コルソはソビエスキに対する激しい嫌悪の気持ちが湧きあがってくるのをどうすることもできなかった。だが、あの男は今回の事件の殺人犯なのだろうか？

「きみはどうして、ソビエスキに魅力を感じたの？」

コルソは尋ねた。「あの男が有名な画家だから？」

「じゃないよ。指導者（メンター）なんて、あたしには必要ないもん」

「じゃあ、以前、犯罪者だったからか？」

「そうだよ」

その返事にコルソは飛びあがった。ジュノンはにっこりして、ブロンズ像の胸を磨きつづけた。

「だって、そういうことが聞きたかったんでしょ？」

それから、像を磨く手を止めて、スキー用ゴーグルをはずすと、ひと息ついた。

「こんな古くさい像、ごみ箱に捨てちゃいたい」

「こういう彫刻は好きじゃないの？」

「あなたは好きなの？　こんなのが？」

「きみ自身の作品はどういうものなの？」

ジュノンは数メートル先を指さした。そこには丸椅子があり、その上には、汚い布に覆われた何かの作品があった。

「あたし、ミニチュアを作ってるんだ」

「何のミニチュア？」

「今は見せられない。乾いちゃうから」

コルソは自分の背後でバルバラが笑っている気配を感じた。この娘のことを面白がっているらしい。師匠の作品をまったく評価していない、反抗的で生意気なこの娘のことを……。まあ、でも、かえってこんな娘が、将来、カミーユ・クローデルのような立派な彫刻家になるのかもしれない。


「ソビエスキは昔したように、また暴力をふるったりすると思う？　きみはどう感じている？」

「そんなこと、あたしにわかるわけないでしょ」上っ張りから煙草の箱を取りだしながら、ジュノンは言った。「どっちにしても、あたしといる時、彼は優しいんだから……。天使のようにね。それでいいでしょ」

この娘といる時、ソビエスキはどんな優しさを見せるのだろう？　コルソはいぶかった。この娘も〈張形ベルト〉をつけて、あのセックスに取り憑かれた爺さんを喜ばせているのだろうか？

「きみたちの関係は……普通の関係？」

「何を〈普通〉って呼ぶの？」

そのとおりだ。近くに棍棒があったら、誰かに殴ってほしかった。

「わかった」これ以上泥沼にはまりこむのを避けるために、コルソは言った。「明日供述書を作成するので、オルフェーヴル河岸三十六番地まで来てくれないか？

パリ警視庁まで……」

「行かないこともできるの？」

「いや、できない」

「テレビドラマみたいね」

バルバラを促して、コルソはいったんその場を立ち去ろうとした。だが思いなおして、布で覆われた作品を指さした。

「やっぱりちらっと見せてもらってもいいかな？」

ジュノンはため息をつき、もう勘弁してよと言うような芝居がかった仕草をした。それから、立ちあがって丸椅子のところまで行くと、作品を覆っている布を取った。

　それは粘土でつくった彫刻で、ごく小さな作品だったが、モチーフは独創的だった。なにしろ、がりがりに痩せた若い女と飢えた夢魔（インキュバス）が交わっている姿が造形されているのだ。体位はシックスナインだが、立ったままであるところが普通とはちがっていた。つまり、夢魔（インキュバス）は頭を下にして、鉤爪を床に突きたて、その鼻面を若い女の性器に埋め、女のほうは歓喜の表情で夢魔（インキュバス）のペニスをしゃぶっていたのだ。

　まちがいない。この彫刻はジュノン自身だった。ジュノンのミニチュアなのだ。

40

「にっちもさっちもいかなくなりそうですね」バルバラが言った。

車は環状道路を走っていた。先ほどはパリの北側を東に向かって走ってきたが、今度は南側を西に向かって走っていく。環状道路はパリを囲む昔の城壁の跡地にできたので、城門のそばを通りすぎていくことになる。まず、イヴリー門、イタリー門、オルレアン門と、南東部の門が次々と現れては消えていき、まるで太陽の動きを追うように、車は十三区から十四区、十五区へと移動していく。ブローニュの森の前のパッシー門、ラ・ミュエット門まで来ると、そこは完全に十六区のお屋敷街だ。あたりには金のにおいのする豪華なお屋敷がひしめいている。

「もし、ディアーヌ・ヴァステルが同様のアリバイを証言したら、もうどうしようもありませんよ」バルバラが話を続けた。「こちらとしては、ほかに容疑者を探すしかなくなります」

だが、コルソは返事をしなかった。今回の連続殺人事件の犯人の心理的な特徴が、ソビエスキと一致するかどうかを考えていたのだ。その結論は――おそらく一致しない。コルソはそう確信しはじめていた。ソフィーとエレーヌを殺した犯人は、冷血であると同時に、狂信的な道徳観を持っていて、性的に堕落した生活を送っていた女たちに罰を加えようとした。逆に言うと、残虐なやり方で、苦痛と死を与えることによって、ふたりを〈救済〉しようとしたのだ。いっぽう、ソビエスキは享楽的で、道徳や善悪の観念はまったくない。〈塀の向こう側にいた画家〉として、社会に対して挑発的な態度をとり、富や名声を得た今は、下品に騒いで、楽しんでいるだけだ。いや、本当にそうだろうか？

「聞いているんですか？」バルバラが言った。

　その声でコルソは我に返った。空には雲が戻ってきていた。最初はぽかんとひとつ浮いていただけだったのに、そのうち別の雲が現れると、一ヵ所に集まって、互いに重なり、大きく厚くなってきた。今は空全体に黒く垂れこめている。遠くのほうから、雷の音が聞こえた。

「今はアリバイについて考えるのはやめよう」コルソは言った。「ディアーヌ・ヴァステルから話を聞いてからでいい」

　車はラ・ミュエット門で環状道路をおりて、アンリ・マルタン通りに入った。中央分離帯にも二列の並木が植わっているので、四列の並木が続く広い通りだ。と、急に雨が降ってきた。マロニエやプラタナスの葉に雨の雫が溜まり、銀色に輝きはじめる。通りも雨できれいに洗われた。

　ディアーヌ・ヴァステルの住まいは、このアンリ・マルタン通り沿いにあった。〈緊縛〉の専門家のマチュー・ヴェランヌも同じ十六区のドクトゥール・ブランシュ通りに住んでいたが、通りの趣（おもむき）はだいぶ違う。ドクトゥール・ブランシュ通りには現代的な建物が並んでいたが、アンリ・マルタン通り沿いにあるのは重々しく伝統的な建物で、建物には入口の庇やバルコニーを支えるように、軍艦の船首に飾られるような男像柱（アトランティード）や女像柱（カリアティード）が彫刻されている。十九世紀の末にパリの街を改造したジョルジュ・オスマンの都市計画によって整備された街並みが、今でも変わらず残っているのだ。

　目的の建物の前に着いても、雨はまだ降っていた。激しい勢いで歩道に打ちつけている。コルソたちは首をすくめて、屋敷の門まで走っていった。通り沿いには樹齢百年を超える木々が並び、車道と歩道を隔てている。屋敷はその木々の向こうに隠れるようにしてあった。鉄格子の門のところまで来ると、門柱にはインターフォンと防犯カメラが取りつけてあった。こうしたものを見ると、コルソは時々、自分が配達人になったような気がした。だがその間にも、バルバラがインターフォンのボタンを押して、警察だと名乗っていた。インターフォンに出た相手は、鼻にかかったような声で、アジア系の訛りがあった。

すぐに金属のカチッという音がして、門が開いた。コルソたちは庭に入って、屋敷の玄関を目指した。屋敷の外壁は野ブドウのつるで覆われていた。それは金持ちが飾りのいっぱいついた金庫をつくらせて、金庫には見せないようにしているさまを思わせた。だが、いくらごまかそうとしても、そんなことに騙される者はいない。要するに、そこには金があるということだ。実際、バルコニーの錬鉄の装飾を見ても、窓を二重にしてセキュリティーを強化しているところを見ても、金があるのは明らかだった。壁もどっしりとして、厚い。こんな場所で、タデとふたりで穏やかに暮らせたら、どんなにいいだろう……。コルソは思った。

玄関口では、ガラスの庇の下でフィリピン人とおぼしき女性が待っていた。故郷を遠く離れて、メイドとして不安定な暮らしをしているにちがいない。その表情にはおどおどとしたところがあった。女性の案内で中に入ると、コルソたちは長い廊下を歩いて、閉めきったドアの前をいくつも通りすぎていった。客間は廊下の中ほどにあった。そこはイギリスの高級ホテルの書斎のようで、壁は羽目板張り、窓には花柄のカーテンが掛かっていた。ソファーは革張りで、肘掛けがついている。部屋の奥にはビクトリア朝の大きなマホガニーのデスクがあって、ディアーヌ・ヴァステルはそのデスクに片方の尻を乗せ、半立ちした格好で、コルソたちが来るのを待っていた。

部屋に入ると、コルソたちはすぐに名を名乗った。

だが、ディアーヌは軽くうなずいただけで、ふたりを迎えることも、握手をすることもなかった。微笑みひとつ浮かべない。年齢は五十歳くらいで、身長は百七十五センチくらいだろうか。身体つきはしなやかで、茶褐色の髪をボブにしている。眉がはっきりした美しい顔をしていたが、目じりにはしわが目立った。警察が来るというので――バルバラが電話番号を調べて、「これから伺う」と連絡は入れていたが――その顔には驚きと緊張が見てとれた。服装は鹿の子生地のシャツに洗いざらしのジーンズ、レペット社のバレリーナシューズという、いかにも週末をすごすブルジョワ女性のものだ。パリの有閑マダムということで、一般女性の憧れの対象になりそうなタイプだ。一般女性にとって、こうした女性は〈高嶺の花〉で、現実の競争相手にはなり得ないので、気楽にもてはやすのだ。

部屋にはもうひとり、別の人物がいた。黒いスーツに身を包んだ小柄な男で、ソファーに座って膝にパソコンを乗せている。その姿はまるで書記のようだった。あるいはその昔、貴族の家に出入りして、食事に同席し、ワインを飲むのを仕事にしていた司祭のようでもあった。

「こちらはわたくしの弁護士のグザヴィエ・ナタル氏です」ディアーヌが紹介した。「あなたがたが来るとご連絡をいただいたので、同席をお願いしましたの」

コルソは無理やり微笑みを浮かべて言った。

「マダム、あなたは勾留されているわけでも、取り調べを受けているわけでもありません。弁護士は必要ないんですよ」

「ナタル先生にはわたくしの話すことをすべて記録していただきます。そして、後ほどその書類を一緒に読んで、あなたがたが帰られる前にサインしていただきます」

いつのまにか、世界が逆転している。こちらが調書にサインするというのだ。

「そんなことをなさっても、その書類は法的には何の効力もありません」コルソは辛抱強く説明した。「いずれにしても、あなたには警視庁においでいただき、供述調書にサインしていただかなければなりません」

「それなら、なおさらですわ。わたくしは自分の身を守る必要がありますわ」

「身を守るとは？　何から？」

「警察の先入観からですわ。あなたがたは自分たちの考えに合わせて真実を作りますから……。供述調書をとると言っても、わたくしに尋ねる前からもう答えは決まっていて、それを押しつけるだけなんでしょう？」

コルソはバルバラと顔を見合わせた。まったく幸先の良いスタートになったものだ。

「いいでしょう」コルソは降伏した。「そちらの弁護士さんがとった記録にサインしましょう。では、さっそく始めますが、どんな用件でこちらに伺ったのかはおわかりですね？」

「ええ、だいたいわかっておりますわ。まあ、どうぞお座りになって」

その言葉に、コルソとバルバラは肘掛けのついた革のソファーに腰をおろした。ディアーヌ・ヴァステルはあいかわらず半立ちの姿勢で、デスクにもたれかかっている。その姿はまるで、イギリスの肖像画家トマス・ゲインズバラに公式肖像画を描いてもらうためにポーズをとっているかのように見えた。

「我々は今、ふたりのダンサーが連続して殺された事件を捜査しておりまして……」

「ご連絡ではフィリップ・ソビエスキについて訊きたいということでしたが、それはつまり、その事件にフィリップが関係しているということですね？　それなら、訊きたいことを簡潔におっしゃってください。あまり時間がありませんので……」

「では、単刀直入に……。七月一日金曜日の夜から二日土曜日の朝にかけて、あなたは何をしていらっしゃいましたか？」

「フィリップと一緒に過ごしていましたわ。夜の九時にモンテーニュ通りの《ルレ・プラザ》で食事をして、十一時頃、ここに戻ってきました。フィリップと一緒に……」

「それから？」

「まだ説明が必要ですの？」

「ソビエスキが帰ったのは何時です？」

「朝の九時頃です」

バルバラが口をはさんだ。

「ご主人はいらっしゃらなかったんですか？」

「主人がここにいることなどありませんわ」

ディアーヌ・ヴァステルが不倫をしていることは明らかだった。ほかのブルジョワ女たちが金で男を漁るように……。まったく、ブルジョワなんて、いい気なものだ。きれいに着飾って、臆面もなく……。


「ソビエスキとはずいぶん前からお知り合いですか？」

「一年半くらい前からです。二〇一五年に知り合いましたの」

「どのような状況で？」

ディアーヌはうつむき加減に、数歩前に歩いた。それから、胸の前で両手を組むと、芝居のセリフを暗誦するように話しだした。これ見よがしの態度で……。それまでのエレガントなイメージとはだいぶ違っていたが、このくらいの女性になると、何をやってもよいのだ。気をつけてエレガントなふるまいをする必要はない。ディアーヌがしたことがエレガントなふるまいになるのだ。

「出会ったのは去年の初めですわ。実はわたくし、三年前に数人の友人と一緒に文化サークルを立ちあげましたの。ええ、作家や芸術家と出会いの場をつくろうと思いまして……。それで、二〇一五年の一月にフィリップ・ソビエスキに会おうということになり、伝手を通じて、コンタクトを取りましたところ、サン・トゥアンのアトリエに招待してくださったんです」

「そこで一目ぼれしたというわけですか?」皮肉な口調で、コルソは言った。

「ええ。女はいくつになっても、恋に関しては十六の時と変わりませんから……」

「失礼。あなたのことを茶化したわけではありません。ソビエスキのことを言ったんですよ。でも、私には理解できませんね、ソビエスキにそんな魅力があるとは……。まるで……ドン・ファンみたいじゃありませんか」

「ええ、あの人は自分の好みだと思えば、誰にでも声をかけるんです。若い女だけじゃなくね。わたくしのような年齢の女には、それだけで気持ちが安らぐことなんですの。それに、あなたがたもお会いになっておわかりになったと思いますが、あの人は下品になったり、挑発的になったり、無邪気に甘えてきたり——まったく子どもみたいなんですが、さまざまなかたちで口説いてくるんです。男が言葉を飾って女を口説かなくなった時代に、あれは驚きでしたわ。女なら誰でも嬉しく思うんじゃないでしょうか?」

ソビエスキには、互いに矛盾するさまざまな面があって、それがあの男の魅力になっている。そのことはコルソも認めないわけにはいかなかった。

「それに、セックスがとても上手ですの。素晴らしいことに……」

セックスが上手だというのは、果たして褒め言葉なのだろうか? コルソには理解できなかった。それではまるでセックスがひとりですることのようではないか? スフレを作ったり、棒高跳びをするように……。相手がスフレを作るのなら、こちらはおいしく食べればいいだろう。棒高跳びをするなら、バーの高さに感心すればいい。だが、セックスとなると……。言うまでもないことだが、セックスはふたりでするものだ。それによって、パフォーマンスも変わる。ある女性にとって上手なセックスが、別の女性には下手だということもあるのだ。タンゴはふたりで踊るものだ。だが、そう言いたい気持ちはこらえて、コルソは話を続けた。

「そのセックスのことですが、調べによると、ソビエスキには何か特別な嗜好があったらしいのですが……」

「特別な嗜好？　別に何も気がつきませんでしたが……」

そのへんのチンピラ刑事のように、わざと下品な質問をしてみたが、ディアーヌはこの挑発に乗ってこなかった。コルソは深入りするのをやめた。

「おわかりではないようですが……」ディアーヌが言葉を続けた。「確かに、わたくしはフィリップと寝ていますけれど、わたくしたちの関係でいちばん大切なのは、そのことではありません。まったく違います。もちろん、さっきも言ったように、セックスでもあの人は最高ですけど……」

「では、いちばん大切なのは何でしょう？」バルバラが質問した。

すると、ディアーヌはコルソの後ろの壁を手で示した。振り返ると、そこには小さな絵が掛かっていた。激しく雨が叩きつけるふたつの窓の間に……。コルソはそこに絵があることに初めて気がついた。

「もちろん、あの人の絵です」

モデルはストリッパーか、あるいはポルノ女優か、絵には筋肉のついた裸の痩せた女性が黄土色を基調とした色彩で描かれていた。本当に小さな絵ではあるが、それを見ていると、画面から火柱が立ちのぼっているように思えた。

コルソは向きなおって、ディアーヌのほうを見た。ディアーヌはマホガニーのデスクの後ろに回ると、そこにあった大きな革の肘掛け椅子に座った。弁護士のほうは、生まれながらの書記のように、パソコンに会話を打ちこみつづけている。バルバラも負けじとばかりに、メモ帳とペンを取りだしていた。

「ご主人はどう思っていらっしゃるんですか？　こういったことを……」コルソは尋ねた。

「フィリップのことをどう思っているかということですか？　それでしたら、とても気に入っていますわ」

「ソビエスキを知っているんですか？」

「ええ。何度かうちに食事に来たことがありますから……。夫はフィリップのことを、何というか、とても愉快な人物だと思ったようです。まあ、それも当然でしょう。夫は銀行員で、独創的なことを思いついたり、行動に移したりすることはできませんから……。だから、フィリップの話を聞くと……」

「ご主人はご存じなんですか？　つまり……」

古典的な質問だ。コルソはこんな質問をする自分が嫌になった。

「夫婦関係を平穏に保つためには、相手が何をしているかについては、目をそらす必要があるんですの。相手がしていることを見ないように、顔をそむけて……。そのせいで、時々、首が痛くなったとしてもね。夫はそうしています。そして、わたくしも……。夫が何もしていないとお思いですの？　そんなことはありません」

「わかりました」コルソは立ちあがって言った。「あなたの証言によって、凶悪な殺人事件の犯人が無罪になる可能性もあります。それはおわかりですね？」

「わたくしが無罪にするわけではありません。わたくしは、ただ、事実を申しあげただけです」

面談は終わった。ジュノン・フォントレイに続いて、ディアーヌ・ヴァステルも、連続殺人事件が起こった時のソビエスキのアリバイを証言したのだ。

弁護士が書きとった面談記録にサインをすると、コルソはディアーヌに向かって、できるだけすみやかに警視庁に出頭して、供述書にサインしてもらう必要があると、ぼそぼそと説明した。それから、バルバラをともなって、玄関に向かった。

玄関まではディアーヌがみずから送ってくれた。ドアを開けると、雨はまだ玄関のガラスの庇に激しく打ちつけていた。

「警視さん、あなたは道を間違えていますわ」ディアーヌが忠告した。

コルソはため息を押し殺した。愛する画家をかばうためにまた新たな証言でもするのかと思ったからだ。だが、そうではなかった。

「もしかしたら、フィリップはずっと人殺しなのかもしれません。つまり、本性では、ということですけれど……。でも、あなたが調べている事件の犯人はフィリップではないわ。あの人のやり方ではないもの」

「では、ソビエスキのやり方とは、どういうものです?」

「怒りにかられて、一線を越えるようなやり方ですわ。突発的に、愛人の首を絞めるとか、絵のモデルを殴って死なせてしまうとか。そんなことならあるかもしれません。でも、新聞で読んだところでは、今回の犯人は何かの儀式のようなやり方をしているということじゃありませんか。結び目にこだわるとか……。ソビエスキにそういう〈祭儀的な〉ところはありません。また、計画的に犯罪を実行することも、犯罪の痕跡を残さないようにすることもできません。確かに母親から虐待されて育っていますが、〈虐待〉を象徴するかたちで人を殺して、自己表現をすることはありません。自己表現なら絵を描くことでやっていますから……。あの人にとってはそれでもう十分なんです」

コルソは自分が感じていたことを、これ以上うまく表現してくれる言葉を知らなかった。

41

ジュノン・フォントレイとディアーヌ・ヴァステルの証言によって、さしあたって、ソビエスキのアリバイは成立してしまった。だが、そう簡単に敗北を認めるわけにはいかない。ふたりはソビエスキの恋人だ。だから、嘘をついている可能性だってあるのだ。それを突きくずす間、自分たちは別の方面から証拠を固めなければならない。職場に戻ると、バルバラはソビエスキ関連の明細書の解読に取りかかった。ソビエスキは電話は持っていないが、銀行口座は持っている。金の出入りから何かわかるかもしれない。

ナタリーは、コルソとバルバラが持ちかえった手帳をもとに、ソビエスキの交友関係を洗いはじめた。そうやって、ソビエスキがいつどこで何をしていたか、詳しく調べていこうというのだ。もしかしたら、その中でジュノンとディアーヌの証言とは反対の証言も出てくるかもしれない。

リュドヴィクは、まだフルーリー＝メロジス刑務所から戻っていなかった。

コルソは自分のオフィスに戻った。パソコンを開くと、ファイル無料転送サービスのWeTransfer（ウィー・トランスファー）を使って、司法警察ブザンソン支部から事件の捜査報告書が届いていた。一九八七年にレ・ゾピト・ヌフで起きた強盗殺人事件の報告書だ。コルソはファイルを開くと、スキャンしてPDFにした報告書を印刷した。あとは午後の残りの時間を使って、資料の解読にあてればいい。

それから数時間後、捜査報告書を隅から隅まで読んだ結果、午後七時になって、コルソはようやく自分の直感が正しかったと確信を持った。一九八七年の強盗殺人事件と今回の連続殺人事件には、まったく共通点がなかったのだ。ジャックマール元警部は、ソビエスキが更生するはずがないという思い込みから勝手に想像を膨らませ、今度の連続殺人事件もソビエスキが犯人だと決めつけた。その妄執に踊らされて、コルソのほうは新米刑事のように、突きすすんでしまったのだ。

捜査報告書によると、事件の概要は次のようなものだった。一九八七年三月二十二日の日曜日、宝飾店を営むミシェル・ウーとアンヌ・ウーの夫妻はスイスとの国境の村、ブザンソンから五十キロほど南に行ったレ・ゾピト・ヌフの自宅を留守にしていた。週末はいつもスイスのヌーシャテル湖畔にある別荘で過ごすことにしていたからだ。したがって、三月二十二日のこの日曜日、自宅はいつもの週末のように空っぽのはずだった。そこで、ソビエスキは警報装置のスイッチを切って、家に侵入した。ところが、そこでは驚くべき事態が待っていた。娘のクリスティーヌが家の中にいたのだ。クリスティーヌは、普段は在籍するブザンソン大学の近くで独り暮らしをしていたが、この日は自宅に戻っていた。勉強をするのに、自宅の本を参照しようと思ったからだ。

そうとも知らず、ソビエスキは現金や宝石を探して、家の中を荒らしていた。そして、物音に気づいて様子を見にきたクリスティーヌに見つかってしまったのだ。ソビエスキはクリスティーヌを殴りつけて、寝室まで引きずっていった。それから、タンスの中にあった下着を使ってクリスティーヌを縛り、やはり下着でさるぐつわをかませた。そうして、なおも邸内を物色していたが、そのうちに意識を取り戻したクリスティーヌがさるぐつわをはずして叫びはじめたので、パニックに陥り、最後には首を絞めて殺してしまったのだ。ソビエスキはその後、骨董屋とトラブルを起こしたことがきっかけで逮捕され、〈窃盗及び傷害致死〉の罪で送検された。裁判では、犯行当時、覚醒剤で幻覚症状が現れていたと主張したらしい。

　これがレ・ゾピト・ヌフで起きたことだ。綿密な計画などひとつもない。手口もまったく違う。この事件をもって、ソビエスキが今度の連続殺人の犯人だとすることはできない。自分は見当違いの方向に進んでしまったのだ。

　自分に対する怒りを抑えようと、コルソは立ちあがって部屋の中を歩きまわった。だが、腹立ちは収まらない。コルソは携帯をつかむと、まだパリに滞在しているはずのジャックマールに電話をかけた。誰かに苛立ちをぶつけたかったのだ。

「それがどうしたと言うんだ」コルソが責めたてると、ジャックマールは反論した。「今度の連続殺人事件と共通点はないと言うが、私は今度の事件について、詳しい資料は持っていなかったのだ」

「でも、詳しい資料はなくても、何かしら共通点があると思ったから、ソビエスキが犯人だと思ったんですよね」

「結び目のことがあったからな。それで、あの事件を思い出したんだ……」

　コルソはスキャンされた捜査報告書の写真に目を落とした。そこには、クリスティーヌが下着で縛られた時の結び目がクローズアップで写っていた。

「結び目にも共通点はありません。レ・ゾピト・ヌフの事件と今回の事件では、違ったかたちで結ばれています」

「まあ、あれから三十年近くたっているからな。やり方を変えたとしても不思議じゃない。犯罪者というのは進化するものなんだ。ともかくやつは精神病質者(サイコパス)だ。いつでもどこでも、平気で人を殺せる男だ」

　これ以上、話をしてもしかたがない。コルソはため息をついた。ジャックマールの考えを変えることはできそうもない。だが、ジャックマールは自説を押しとおそうと、話を続けた。

「いいか？　予審証人尋問のあと、私はソビエスキに会いに、拘置所に行ったんだ」

「どうしてです？」

「なんとなくだ。だが、やっと話したら、面白いことがわかったね。あいつは他人に対する共感というものが、まったくないんだ。倫理観もまるでない。殺人はいけないということだって理解していない。何が善で何が悪かなんて、まるでわかっちゃいないんだ」

「じゃあ、どうして自分が逮捕されなければならなかったのかも、わからなかったでしょう。さぞや、あなたのことを恨みに思っているでしょうね」

すると、ジャックマールは思いがけないことを口にした。

「それがまったく違うんだな。やつは私にこう言ったんだ。『あんたも辛いね。生きるってのは大変なことだ。まあ、その大変なことを一時、分かちあったんだから、おれたちは仲間みたいなもんだ』と……。どうも、やつは我々警察官に対して哀れみのようなものを抱いているらしい。自分は法の上にいると思っているのか、そもそも、法なんてたいした意味を持っていないと考えているのか……。そういったことからすると、法を守る警察官の世界などというのは、惨めでちっぽけに見えるらしいのだ」

「ほかにはどんなことを話したんですか？」

「ラブレターだよ」

「ラブレター？」

ジャックマールは笑いだした。

「あきれたもんだよ。やつが刑務所に入ると、女たちからの手紙が警察に山のように届いてね。まあ、そいつを渡す目的もあって、拘置所に行ったんだが……。手紙は私も読んだよ。やつが無実だと信じて、どこまでも支えると書いている女もいれば、やつが犯人だと考えて……さらに興奮している女もいる。女というのは、まったく理解できない生き物だ。きみはどうか知らんが、私はとっくのとうに理解するのをあきらめたよ」

それには返事をしないことにして、コルソは先ほどの捜査でわかったことを告げた。

「今回の事件については、そのどちらにもアリバイがありました。犯行が推定される時間に、ソビエスキは女と会っていたのです。それぞれ、別の女ですが……」

それを聞くと、ジャックマールはせせら笑った。

「どうだかね。あいつは悪知恵が働くんだ」

コルソは心の中でうなずいた。ソビエスキには本当にアリバイがあって、今は立派に更生して、画家として活躍しているのかもしれない。だが、この元刑事が頑なに信じているように、アリバイはうまく工作したもので、その本性は昔と変わらず、今度の連続殺人もやつがやったのかもしれない。やつは根っからの殺人犯なのだ。

「騙されちゃだめだ」警告するような口調で、ジャックマールが執拗に繰り返した。「やつは刑務所で研鑽を積んで、すごい画家になった。ということは、別の研鑽を積んで、殺人鬼として腕をあげたってことも考えられるんだからな。いいか、犯罪者は進化するんだ」

そうかもしれない。ジャックマールとの電話を終えると、またソビエスキを疑う気持ちが強くなって、コルソはこの際、すべての捜査報告書を見なおそうと決心した。ボルネックの捜査、自分たちの捜査、ジャックマールがした捜査――そのすべてだ。すべてを俯瞰すれば、そこから見えてくるものがあるはずだ。

その時、ドアをノックする音がして、リュドヴィクが入ってきた。ようやくフルーリー＝メロジスの刑務所から戻ってきたのだ。

「あっちに一日じゅういたのか？」

「そうですよ」リュドヴィクは、息を切らしながら答えた。階段を大急ぎでのぼってきたらしい。「看守や受刑者からたくさん話を聞いてきました」

「それで？」

「まず、全員が口をそろえて言っていたのは、ソビエスキが暴力的な男だったということです。それに加えて、非常に頭がよいと……」

「だからと言って、連続殺人事件の犯人ということにはならないがな」

「ええ。でも結構、悪知恵を働かせています。一九八七年の強盗殺人で裁判にかけられた時、やつは法廷で、『犯行当時、自分は覚醒剤で幻覚症状が現れていたために、急にパニックになって暴力をふるった』と主張したらしいのですが、覚醒剤の件は本当ではないようなんです。つまり、少しでも刑を軽くするために弁護士が考えだしたことのようで……」

法廷で嘘の証言をしたということか。だが結局、二十年の刑を言い渡されたのだから、この弁護士の作戦はうまくいかなかったことになる。リュドヴィクが続けた。

「ともかく、暴力的で、頭がよい。それがやつの特徴です。やつはそのふたつで、ほかの受刑者たちを支配していました。刑務所内には、やつが作った特別ルールがあったんです」

「しかし、あの身体つきだぞ。いくら暴力的だと言っても、刑務所内を支配できるものか。それに、おれたちが探してる犯人は、突発的に暴力をふるうような人間じゃない」

「ええ、やつは確かに、キャンディーの棒のような貧弱な身体つきをしていますが、暴力的であるということは、身体つきの問題だけじゃないんです。性質の問題というか……。暴力をふるう時には、容赦のないやり方をするので、受刑者たちはやつを恐れていました。実際、フルーリー＝メロジスでも、その前のブザンソンでも、やつは何人も仲間の受刑者を殺したと言われています」

「そんなのは、単なる噂だろう。囚人のたわごとだ」

それを聞くと、リュドヴィクはかばんから調書をいくつも取りだして、コルソのデスクに並べた。

「殺人は実際に起こっています。そして、刑務所内の調査では、毎回、ソビエスキが疑われています」

コルソはソビエスキが「刑務所の中で、何百回と強姦された」と話していたことを思い出した。あれは刑務所内で、自分が暴力をふるいだす前のことだったのか？　それとも、ソビエスキは嘘をついて、自分がやっていたことをほかの受刑者からされたように言っていたのか？

「だが、その調査の結果、やつは仲間の受刑者を殺したことで罪に問われていない。そうだろう？」調書をめくりながら、コルソは言った。

「証拠がなかったからですよ。証言する人間もいない。刑務所でよくある〈沈黙の掟〉というやつですね。刑務所というのは、そういうところなんです。ソビエスキが殺したところを見ていても、誰も何も言わなかった。それだけ、ソビエスキは仲間の囚人から恐れられていたんです」

だが、それだけでは、《ル・スコンク》の事件とは結びつかない。今度の事件の犯人は、ただひたすら暴力をふるう人間ではないのだ。すると、コルソの態度を見て考えていることがわかったのか、リュドヴィクがさらにほかの資料を並べながら話を続けた。

「さっきも言ったように、ソビエスキはただ暴力的だというだけじゃないんです。非常に頭がよかった。一九八八年に逮捕された時、ソビエスキは読み書きができなかったんです。それなのに、刑務所の中で大学入学資格試験（バカロレア）に受かり、最終的には法学の学士号を取得しています。つまり、暴力で仲間の囚人たちを震えあがらせるいっぽう、その知識と頭のよさで、刑務所内を支配したのです。受刑者からは〈裁判官〉と呼ばれていたようです」

コルソは眉をひそめた。

「裁判官？」

「ええ、フルーリー＝メロジスの刑務所では、そうあだ名されていました。受刑者たちの間で揉め事があると仲裁に入り、合意を守らなかった人間が出てくると、罰を与えたそうです」

コルソは思わず身を乗りだした。ソフィーとエレーヌを殺した犯人は、ふたりに罰を下したのではないかと考えていたからだ。ソフィーはSMの愛好者だったし、エレーヌは死体性愛者だ。犯人はふたりの性倒錯が許せなかった。だから、懲罰を与えたのだ。

「それだけじゃありません。もっと興味深いことがあります」リュドヴィクが言った。

「何だ？」コルソは顔をあげた。

「ソビエスキは刑務所で〈緊縛〉をやっていたんです」

その言葉はコルソの頭を直撃した。

「つまり、誰かを縛っていたのか？」

「そうです。どうやって持ちこんだものか、受刑者たちにロープの使い方を教え、お互いに縛らせて、楽しんでいたようです。刑務所の中では、これも貴重なお楽しみってわけで……」

コルソはリュドヴィクの資料をまとめて、自分のファイルに入れた。

「いい仕事をしてきたな、リュド。よくやった。あとでじっくりと、この資料を読んでみるよ」

リュドヴィクは嬉しそうな顔をして尋ねた。

「そちらのほうは？　何か見つかったんですか？」

「ああ。詳しくはバービーから聞いてくれ」

リュドヴィクが出ていくと、コルソはすべての資料を棚に戻した。別にしなければならないことが頭に浮かんだのだ。時間を確認すると、午後八時を過ぎたところだった。もしかしたら、チャンスがあるかもしれない。携帯のアドレス帳を開くと、コルソはソビエスキの監視を命じていたふたりの研修生のうちの、ひとりの電話番号を探した。普通、元受刑者の監視にはベテラン刑事があたる。新人——ましてや研修生に監視を任せるのはリスクが大きいからだ。しかし、新人や研修生には大きな長所があった。警察官くささをほとんどにおわせないのだ。連絡先が見つかると、コルソは電話をかけた。

「今どこにいる？」

「モンマルトル通りの《シレンシオ》です」

その店なら、コルソも知っていた。映画監督のデヴィッド・リンチが作った最先端の会員制クラブで、《ル・スコンク》から数ブロックしか離れていない場所にある。

「やつはそこで何をしている？」

「ラジオ番組の公開録音をしています。《フランス・キュルチュール》の番組です。ソビエスキはその番組のレギュラー出演者のひとりなんです」

「どのくらいかかるんだ？」

「少なくとも、二時間はかかると思います」

返事を聞きながら、コルソは拳銃をホルスターに滑りこませ、ジャンパーを着た。ソビエスキに〈緊縛〉の知識があったとは……。結局は、ジャックマールが正しかったのだ。ソビエスキは刑務所で殺人鬼としての腕をあげた。あの男に騙されてはいけない。行動するなら、早いほうがいい。

それに、結果が出れば、手段は正当化できるはずだ。

42

ミシュレ通りに車を停めて外に出ると、かつてはボイラー製作所だった巨大な建物が夜空にくっきりと浮かびあがっているのが目に入った。それはまるで、恒星としての命を終えて密度が高くなった巨大矮星(わいせい)のように思われた。工場の跡地だっただけあって、敷地は舗装されていて、だだっ広い。その奥に赤いレンガ造りのアトリエが見えた。アトリエは背後にある家からも遠く、周囲から完全に孤立している。パリ郊外の人口が密集している地域にしては、珍しいロケーションだ。つまり、今夜、ソビエスキのアトリエにしのびこもうとしている刑事には好都合だということだ。

門の錠はわけなくはずすことができた。だが、この

先にはセキュリティー・システムが取りつけられているにちがいない。といっても、門から建物までの広い敷地には警報装置が設置されている気配はなかった。玄関のドアまで来ると、コルソは懐中電灯を取りだし、あたりを照らした。センサーや警告灯、防犯カメラがないか、探したのだ。そうして、何もないのを確認すると、錠前キットを使って、ドアの錠を開けた。

中に入りながら、コルソは思った。ソビエスキは住まいにセキュリティー・システムを導入するタイプではないのかもしれない。確かに、その絵は非常に高額で取引されているし、世の中にはそれを狙う人間がいるということも十分、承知しているだろう。だが、それを言うなら、ソビエスキ自身も窃盗をしたことがある。盗みを目的として他人の家に侵入し、人まで殺しているのだ。そういった経験から、ソビエスキは窃盗をする人間を仲間だと考えているのかもしれなかった。仲間なのだから、別に警戒する必要はない。持ってい

きたいものがあれば、自由に持っていくがよいと……。

　コルソはゆっくりと時間をかけていくつもの部屋を通り抜けた。ガラス張りの天井と真っ白な壁とコンクリートの打ちっ放しの床――すべてがつるんとして、金属のようになめらかだ。ソビエスキ自身が描いた人物画がいくつか壁に掛かっているだけで、ほかには何もない。コルソは薄暗がりの中、絵に描かれた人物に見られているような気がした。部屋を通りすぎるたびに、ストリッパーや麻薬中毒患者、女装の男たちが目で追ってくる。いや、それだけではない。社会の底辺を思わせるような、この暗がりの中で、人物たちはこの場所こそが自分たちの棲家(すみか)だと言わんばかりに、もぞもぞと動いているように思えた。社会から非難されることに怯えて、小動物のように警戒して、それでも生きようと、必死にもがいて……。そう、この人々はどんなに疲れはて、極限状態にあっても、死ぬまでもがきつづけるのだ。

　おしろいを厚く塗り、どぎつい口紅を引いた顔、半分閉じたまぶた。執拗にこちらを見つめる視線。クラフト紙に描かれたこの人物たちは、麻薬や貧困に、あるいは自分たちの悪行に苦しんだにちがいない。そんなふうに苦しみ、耐える姿を絵に描くことによって、ソビエスキはこの者たちに〈赦し〉を与えたのだろうか？　それとも、ソビエスキの〈赦し〉は、ほかのかたちで与えられるのだろうか？

　住居侵入はもちろん違法だ。それなのに、ここに来ようと思ったのは、なんとかして、ソビエスキの隠れた面を見つけだしたかったからだ。ソビエスキは母親に虐待され、麻薬に溺れ、果てしない性欲に取り憑かれて、いわば歪んだかたちで人格を形成された。そういった過酷な運命を背負った人間が、シャンパンを飲みながら下品なジョークを飛ばす、単なる道化者であるはずがない。あの男はもっと複雑で、危険な人物になっているはずだ。不幸な女たちを餌食にする〈性の捕食者〉――〈生命の捕食者〉でもある。それだけの男なのだから、本性の隠し方も心得ているにちがいない。自分はそれを見つけにきたのだ。

そうやって、いくつもの部屋を通り抜けた末に、コルソはようやくアトリエにたどりついた。ソビエスキの隠された面は、絵に表れているだろう。ならば、制作中の絵画やデッサンを見ればよい。絵には犯罪者の心理状態が表れるから、隠された面があれば必ずそこに出ているはずだ。そう言えば、《ル・スコンク》の物置き部屋で見つけたスケッチブックの絵にも、ソビエスキの一面が表れていた。あれはソビエスキが忘れていったものだろうか？　それとも、誰かが捜査をかく乱するために置いていったものだろうか？（その可能性も、コルソは排除していなかった）だが、問題はそこではない。重要なのは、絵にはソビエスキの心理状態が表れるということだ。制作中の絵画やデッサンを見て、スケッチブックとは違った、ソビエスキの隠れた一面が発見できれば……。

懐中電灯で照らしながら、コルソは制作中の作品を片っ端からチェックしていった。カンバスの覆いをはずし、クロッキー帳をめくり、石版画の入った箱を開ける。だが、特にこれといったものは見つからなかった。これまでソビエスキの絵を見て感じたものと、印象は変わらない。

と、その時、コルソは隅のほうに、一メートル×〇・七メートルほどの絵が置かれていることに気がついた。これもまた制作途中のもののようで、注意深く灰色の布が掛けられている。慎重に布を取りのけると、コルソはゆっくりと懐中電灯を向けた。光を受けて、まだ乾ききっていない絵の表面が丸く光った。そして、その絵の全体を目にした時――コルソはその場で飛びあがった。

そこにはソフィー・セレが殺された場面が描かれていたのだ。

ソビエスキの隠れた一面を見つけるどころではない。これは確かな証拠だ。ソビエスキは間違いなく、ソフィー・セレを殺したのだ。そう確信すると、コルソはかすかな笑みを漏らした。

おぞましく、病的な筆遣い、素晴らしい表現力――コルソはどんな細部も見逃すまいと絵を眺めた。そうして、こういう結末に至ったソビエスキの運命に思いを致した。刑務所で始めた絵によって、ソビエスキは自分の中の悪魔を封じこめ、立派に更生することができたように見えた。だが、その悪魔は結局、姿を現し、殺しの場面を描いた絵によって、ソビエスキはまた刑務所に戻ることになるのだ。

その時、突然、まぶしい光がアトリエを照らした。

「馬鹿なことをしたもんだな」

振り向くと、そこにはソビエスキが立っていた。オーダーメードと思われる白のリネンのスーツにシルクのポケットチーフ、襟がイタリア風になった無地のシャツ、靴は縁飾りのついたスエードのモカシンだ。公開録音なので、盛装に身を包んだのだろう。

「違法な尾行、不法住居侵入。間違いなくプライバシーの侵害だ。下手を打ったな。これできさまは降格だ。これからは凱旋門の広場で交通整理でもするんだな」

だが、コルソは動じなかった。腕時計に目をやる。それから、笑みを浮かべて言った。

「ソビエスキ、もうそんなことを言っている場合じゃないぞ、現在の時刻は二十三時四十五分。ソフィー・セレ殺害容疑でおまえを逮捕する」

43

　三十分後、アトリエの敷地にはパトカーが並んだ。中から制服の警官がおりてきて、その一部は玄関や裏口の警備にまわり、また別の一部はパトカーの近くで待機した。そして、最後の一団が建物の中に入って、ソビエスキを連行しにいった。ソビエスキはいっさい抵抗せず、ひと言も言葉を発することなく、弁護士を呼ぶこともなかった。自分ひとりで戦う準備はできているとでもいうようだった。

　ソビエスキが連れていかれると、コルソは急いでカトリーヌ・ボンパール犯罪捜査部長に電話をかけた。

「いい知らせと、悪い知らせがある」と言って……。いい知らせとは、今回の連続殺人事件の犯人を逮捕したということだ。悪い知らせとは、その逮捕が違法な状況下で行われたということだ。だが、違法な状況下と言っても、逮捕が取り消されるとはかぎらない。何事にも例外はある。勾留と釈放を担当する判事が特例を認めてくれる可能性もある。コルソとボンパールはそこに賭けるしかなかった。ボンパールがなんとかその判事の許可をとって時間を稼ぎ、その間にコルソが容疑を固める。道はそれしかなかった。

　コルソはまた鑑識にも電話をかけた。アトリエをくまなく調べて、被害者二名のDNAを検出してもらうためだ。ソビエスキはこの建物のどこかでふたりを殺したにちがいない。おそらく、秘密の部屋で……。その部屋を探しだすのだ。やるべきことは山のようにあった。だが、今はソビエスキのアトリエをじっくり調べることができる。きっと決定的な証拠が見つかるだろう。

　電話をかけおわると、コルソはもう一度、ソフィーが殺された場面を描いた絵を眺めた。それはまさしく、ププリエごみ処理場で発見された時のソフィー・セレの姿だった。苦しい姿勢で緊縛された身体、耳まで裂けた口、涙のように赤い血を流す目、喉の奥に詰められた石ころ、そして下着の結び目——現場検証の写真で見たものと、何から何まで同じだった。ひとつも違うところはない。警察と犯人しか知り得ないことが、すべて描かれていた。つまり、ソビエスキが犯人だということだ。これほど確かな証拠はない。

　絵の具が乾ききっていないところからすると、この絵は描きおわってから、それほど時間はたっていないだろう。少なくとも、十日はたっていない。それも当然だ。ソビエスキはソフィーの死後、数日後に、この絵を描きはじめたのにちがいないのだから……。いずれにしろ、科学捜査部の技術を以(もっ)てすれば、この絵を描きおえたのがいつなのかは、簡単にわかるだろう。

警官たちが来るまでの間は、コルソはソビエスキとわざと話をしないようにしていた。これから始まる尋問に、影響を与えたくなかったからだ。ソビエスキのほうも返事はしないだろうと考えた。その代わりに、もう少しアトリエの捜索を続けることにした。

　ソビエスキを手錠で部屋の隅につなぐと、コルソはソフィー・セレが殺された場面を描いた絵の下絵やスケッチがないか、あちこちを探しまわった。残念ながら、下絵やスケッチは見つからなかったが、もっといい収穫があった。

　空き地の真ん中で苦しい姿勢で縛られた裸の女性の絵——エレーヌ・デスモラが殺された場面を描いたものだ。まだ、描きかけの作品だったが、それに間違いない。耳まで裂けた口、赤い涙を流す目、喉の奥に詰められた石ころ、下着の結び目……。こちらも警察と犯人しか知り得ないことが描かれている。

　そうすると、ソビエスキはひとつのテーマにもとづいて、連作を描いていたのだろうか？〈睡蓮〉を描いたモネのように……。モネにとっての〈睡蓮〉が、ソビエスキにとっての〈ストリッパー〉なのだ。あるいは、〈ストリッパーの殺害〉なのか……。

だが、もしそうだとしても、ソビエスキはあまりにも不用心なのではないか？　手錠でつないだソビエスキのほうをちらっと見て、コルソは思った。最初の殺人の絵をアトリエで乾かし、同じアトリエでふたつ目の殺人の絵を制作しているとは……。とりわけ、今日の午後は警察がやってきて、鑑識の警察官をここに呼んでもよいかと尋ねたのだから……。早ければ、明日にでもアトリエが調べられる可能性があったのだ。それなのに、証拠をそのまま残しておくなんて……。一刻も早く処分すべきではないか。

いや、ソビエスキは絵を処分したりはしない。コルソは思った。ソフィーとエレーヌが殺された場面を描いた絵は、どちらも絵としては素晴らしいが、それが素晴らしいだけに、ソビエスキがふたりを殺した動機は、まさにその場面を絵に描くためではないかと思えてきたからだ。殺害現場は絵の背景で、被害者の〈苦悶〉と〈死〉は絵の主題。ソビエスキはまず現実で描くべきものをつくりあげてから、それを絵にしたのだ。その意味で、殺人は〈現実〉と〈創造〉の中間に位置していたということだ。あるいは、殺人そのものが〈表現〉だったと言えるかもしれない。

いや、もっと言えば、ソビエスキは絵を描いて、人に認められることにしか関心がないのかもしれない。ジャックマールの言葉を思い出しながら、コルソは考えた。ジャックマールは、ソビエスキは精神病質者（サイコパス）だと言っていた。他人に対する共感もないと……。おそらく十七年間の刑務所生活で、その傾向はさらに強まったのだろう。アトリエの外のことなどもはやどうでもよくなり、自分の描く絵で人々の注目が集められるなら、手段を選ばなくなってしまったのだ。

そんな生活を続けるうちに、もともと精神病質者（サイコパス）だったので、その病んだ頭の中で、〈絵を描く〉ことと〈人を殺す〉ことが同じことになった。ソビエスキは絵を描く代わりに人を殺し、人を殺す代わりに絵を描くようになったのだ。少なくとも、描いた絵から殺人のインスピレーションを受けたり、殺人から絵のインスピレーションを受けたことはあったろう。殺人は絵を描くための下絵にすぎず、絵もまた殺人の下絵にすぎなかったのだ。

そんなことを考えながら、コルソは警官隊の到着を待った。そして、またソビエスキのほうを見やりながら思った。〈こいつは警察で口を割るだろうか？　いや、絶対、割らないにちがいない。それどころか、たちどころに反撃を仕掛けてくるにちがいない。実際、犯罪者として考えた時、ソビエスキほど手ごわい相手はいない。この男は法律を知っているし、裁判の仕組みも知っている。悪いことに、メディアの扱い方も熟知している。裁判が始まったら、無実を主張し、警察の違法捜査を指摘して、権力の横暴を訴えるにちがいない。また、現在持っているコネを使えば、大勢の支援者を動員することも難しくあるまい。芸術家や知識人、政治家など、やつを刑務所から出すために戦った連中が、今度はやつが刑務所に戻らないようにするために戦うことだろう……〉

そこまで考えた時に、パトカーのサイレンの音がして、建物の外が騒がしくなった。警官隊が建物の中に入ってくる音も聞こえた。コルソはソビエスキのほうを見た。すると、ソビエスキは黙ったまま、歯が抜けた黒い隙間をみせて、にやっと笑った。その昔、歯を真っ黒に塗ったという日本の女性のように……。だが、その顔は、冷たい笑いが貼りついた仮面のようだった。冷ややかな視線でコルソの目を見つめると、ソビエスキは言った。

「おまえは人生で最悪のへまをしたな」

それから、入ってきた警官に連れられて、アトリエを出ていった。

44

「自分がどういう状況にいるのか、ちゃんとわかってるのか？」

翌朝、取り調べのために、オフィスに連行されてきたソビエスキに向かって、コルソは言った。ソビエスキは被疑者用の椅子に深々と座って、部屋の壁を眺めまわすと、窓側の上部が傾斜している部分に目を止めた。ここは屋根の傾斜が二段になっているマンサード屋根の下なので、壁に急な傾斜がついているのだ。窓には鉄格子がはまっている。二〇〇二年に銃乱射事件を起こしたリシャール・デュルンがこの窓から飛びおり自殺をしてから、予防措置がとられることになったのだ。

「私が物を考えていない人間のような言いぐさだな」

「おまえは残りの人生を刑務所で過ごすことになるんだ」

それを聞くと、ソビエスキは肩をすぼめた。今は金の縁取りのついたトレーニングウェアを着ている。逮捕された時には盛装だったが、連行される時に着替えの服を持ってきたらしい。そうして、パトカーを何台も連ねてパリ警視庁に到着すると、さっそく服を着替えたというのだ。トレーニングウェアはおそらく有名ブランド品だろうが、〈逮捕されたジゴロ〉という現在のソビエスキにはぴったりのイメージだった。はだけた上着からタトゥーのある裸の胸が露わになり、朝の光に金のネックレスがきらめいている。タトゥーと合わせて見ると、ネックレスはラップ歌手の安物のアクセサリーのように見えた。ソビエスキは帽子までかぶっていた。ヒョウ柄のバンドがついた、ボルサリーノのグレーのフェルト帽で、目深にかぶっているので、顔が半分隠れている。

その帽子のつばを人差し指で下から押しあげると、ソビエスキは言った。

「私を脅そうとしても無駄だ。おまえは私と同じ世界の人間なんだからな。似た者同士、戦うとしよう。試合は今、始まったばかりだ」

それには答えず、コルソはパソコンの電源を入れた。そうして、尋問調書の新規のファイルを開きながら質問した。

「姓名、住所、生年月日は？」

それを皮切りにして、ソビエスキは訊かれるままに、抑揚のない声で答えていった。犯行の当夜、どこにいたかを問われると、六月十六日の夜から十七日の朝にかけてはジュノン・フォントレイと、七月一日の夜から二日の朝にかけてはディアーヌ・ヴァステルと一緒に過ごしたと、手帳にあったとおりに答えた。

コルソは両手をデスクに置き、強情な子どもを諭すように、穏やかな口調で話しかけた。

「いいか？　ソビエスキ。よく考えてみるんだな。アトリエで発見された、あの二枚の絵のことを考えれば、アリバイなんて役に立たないんだぞ」

「だが、これが真実だ」

「いや、おまえは嘘をついている。ジュノンだって、きっちり締めあげてやれば、本当のことを話すだろう。あのアリバイ証言は嘘でしたと言って……」

「ジュノンを脅すつもりか？　だが、それは無理だな。あの子は脅しには屈しない。性根が据わっているからな」

確かにあの子は性根が据わっている。コルソはジュノンが自信たっぷりに話していたのを思い出した。だが、目の前にソビエスキの描いたあの絵を突きだされたら、さすがに動揺せずにはいられないだろう。ソフィーが殺された時の絵を見たら……。たちまち怖気づいて、あのアリバイ証言は嘘だったと告白するにちがいない。

「わかった。では、そのアリバイが成立するかどうか、別の角度から考えてみよう。もしおまえが六月十六日の夜をジュノンと過ごしたのだとすれば、いったいどうしてあんな絵が描けたんだ？　あの絵は、ソフィーの遺体がププリエごみ処理場で発見された時と、まったく同じ姿で描かれていた。おまえは被害者を縛っているロープの結び目も、喉の奥に詰めこまれた石もしっかり描きこんでいる。これは世間には公表されていない。死体発見現場の写真は公開されていないんだ。こんな細かいところまで知っているのは犯人だけだ。これをどう説明するつもりだ？」

「芸術家のインスピレーションといったところかな。そのイメージが天啓のようにおりてきたんだ」

「ふざけるな。どうせ嘘をつくんだったら、もう少しましな嘘をつけ」

「新聞記事やネットの情報を読んだからね。残りは推理したんだよ」

「職業を間違えたな。それなら刑事になるべきだった」

「新聞には、ソフィーは下着で縛られていたと書いてあった。だとしたら、両手を背中で縛られていたと想像するのは難しいことじゃない」

「そう、新聞には《下着で縛られていた》と書いてあっただけだ。だが、《ロープで両手、両足を縛られ、手首と足首をショーツを使って背中でつながれ、さらにはその手首、足首がブラジャーで首と結ばれていた》とは書いていなかったぞ」

「少しでもSMに通じていれば、このタイプの縛り方はよくあるものだとわかるはずだがね」

「犯人がSMに通じていたとはどこにも書いていない」

「ソフィーはSMの愛好者だったんでね。《縛られていた》とあれば、そちらの方向に連想が働く。あたりまえじゃないか！」

「じゃあ、ロープや下着の結び目はどうだ？　おまえが描いた結び目は、実際のものとまったく同じだ」

だが、ソビエスキは陰険な笑みを浮かべて言った。

「それは偶然だろう。私は結び目など描いていない。筆のタッチで、結び目が描かれているように見えただけだ。そんなものは証拠にもならんよ」

コルソはソビエスキのところまで行って、平手打ちを食らわせてやろうかと思った。だが、キーボードを乱暴に叩いて、その衝動をこらえた。

「じゃあ、顔の傷はどうなんだ？　新聞には《顔には傷がつけられていた》としか書いてないはずだ。それなのに、おまえはソフィーの顔の傷を、犯人がつけた傷、そのままに描いている。これはどう説明するつもりだ」

「傷？　傷なんて描いていないね。私が描いたのは横顔だ。もしかしたら、傷は反対側にあったのかね？

それじゃあ、知っていても描けない」

「とぼけるな。ソフィーは口から耳まで顔を裂かれていたんだ。おまえが描いたようにな」

「いや、私はそんなものは描いてない。私は大きく開けた口を描いただけだ。ムンクの『叫び』をイメージしてね。あの子を殺した時、犯人も同じインスピレーションが湧いたんだろう。それで、口を大きく切り裂いた……」

「犯人がインスピレーションを受けたのはムンクではなく、ゴヤなんじゃないか？」

「ああ、『赤い絵』の連作のことか。確かに、私は自分であの連作を模写して、アトリエの壁に飾ってある。だが、それだけのことだ。何の証拠にもならない」

「いや、それだけじゃないぞ。おまえが犯人だと示す事実は山ほどあるんだ。まず、おまえは被害者ふたりと寝ている。それから、《ル・スコンク》の楽屋裏をうろついていた。〈緊縛〉の愛好家で……」

「だからと言って、私が犯人だということにはならないだろう」

「ひとつひとつを見ればそうかもしれない。だが、すべて合わせてみれば、意味を持ってくるさ。なにしろ、おまえは十七年間、刑務所にいたんだからな」

「私はもう罪を償ったんだ」

「ほかにもあるぞ。三十年前、おまえは被害者を下着で縛った。今回の連続殺人のようにな」

「その話はもうしただろう。あの事件と今回の事件は関係ない。コルソ、おまえのために忠告してやる。このまま突きすすんでも壁に当たるだけだ。おまえは無実の人間を強引に犯人にしたてあげようとしたことで、懲戒されることになる」

コルソは微笑んだ。

「おまえはおれを〈人権侵害〉で訴えるつもりなのか？」

「私がじゃない、コルソ。友人や支援者たちがだ。私を牢から出すために戦ってくれたすべての人々がだ」

「それは恐ろしい」からかうように、コルソは言った。

ソビエスキはこちらに身を乗りだすと、大きく眉をあげた。先ほどから、その細い眉はソビエスキが何かを言うたびにあがったりさがったりして、苛立ちや驚きを表していた。ボンパールが言う〈あがったり、さがったり、便器のふたのような眉〉だ。

「冗談を言っていられるのも今のうちだ」今度は眉をひそめて、ソビエスキが続けた。「自分でも地雷原を進んでいるとわかっているだろう。おまえが持っている証拠は何の役にも立たない。それにこの逮捕は違法だ。すぐにしっぺ返しを食らうことになるぞ」

「じゃあ、どうして弁護士を呼ばないんだ?」

ソビエスキは女を前にしたジゴロが自分の魅力を見せつけるようなポーズをとった。両脚を開き、デスクに片肘をついて、ネックレスが目立つように、軽く前かがみになるポーズだ。

「弁護士なら、急いで呼ぶ必要はない。時間はたっぷりあるからな。いずれにしろ、おまえのやり方は違法だ。最初から私を犯人だと決めつけて、勝手な捜査をしていたからな。こちらだって警戒したさ」

頭の中でアラームが鳴りひびいた。

「何が言いたいんだ?」コルソは訊いた。

「どうして私が夜の十一時に家に戻ったと思う?」

「公開録音が終わったからだ」

「録音は夜中の十二時までの予定だった。戻ったのはセキュリティー・システムが作動したからだよ」

「セキュリティー・システム?」

「アトリエのセキュリティー・システムだ。おまえは気がつかなかったんだ。まあ、無理もない。目立たないように設置されているからな」

コルソは喉がからからになるのを感じた。〈刑務所に入ったことがあるから、窃盗をする人間を仲間だと考え、セキュリティー・システムを導入していない〉

だって？　ずいぶんとおめでたい考えをしたものだ。刑務所に入ったせいで、この男はむしろ警戒心が強くなったのだ。

「しかも、このシステムは不審者を発見しても、鳴らないし、光らない。ただ、私が身につけている超小型受信機が振動するだけなんだ」そう言うと、ソビエスキはウインクをして見せた。「侵入者の存在を知ったところで、あとは私が判断すればいいだけだ。警察に連絡するか、自分で対応するか……」

「それなら、おれがアトリエに侵入した証拠は残らない。『侵入者がいた』という、おまえの証言があるだけだからな。それよりも、こちらに重大な証拠がある。殺人の場面を描いた絵という証拠が……」

「いや、おまえがアトリエに侵入した証拠はある。おまえは気づかなかったろうが、システムにはビデオカメラも設置されているんだ」

今度は胃が痛くなった。ビデオカメラに映っているのであれば、不法住居侵入の何よりの証拠になる。これではボンパールも手の打ちようがない。

「ビデオで録画されたものは、直接、弁護士に届くようになっている。今頃、弁護士は大笑いで、その録画を見ていることだろう。なにしろ、このセキュリティー・システムに、間抜けな刑事が引っ掛かることなんて、めったにあるもんじゃないからな」

コルソは強気に出ることにした。

「間抜けはどっちだ？　自分のアトリエに、犯人しか知らない現場の様子を描いた絵を残していたんだから……。決着は法廷でつけよう。裁判官も喜んであの絵を証拠として採用してくれるだろうよ」

「ついでに、私に違法な尾行をつけたことも証拠として採用してもらったらどうだ？　コルソ、もっと慎重になるべきだったな。おまえは私の力を軽く見ている。私はかつて罪を犯したものの、刑務所で更生し、出所後は社会で活躍している人間のモデルと言うべき存在なんだ。人々はやりなおしのできる人生に希望を見出している。そんな私を違法捜査で逮捕し、再起の芽をつぶそうとしているとわかれば、メディアが黙ってはいまい。たちまち世論を味方につけて、警察の横暴を叩くだろう」

それを聞いて、コルソは一九九一年に起きたオマール・ラダッドの事件を思い浮かべた。ラダッドはモロッコからの移民の息子で庭師として働いていたが、奉公先の女主人を殺した疑いで逮捕された。その後、裁判では一貫して無実を主張したものの、結局は有罪の判決を受ける。だが、後に、その判決を下した裁判官が「ラダッドが移民の家系であったことが判決に影響を与えた」と告白して物議をかもし、それを境に世論は一機にラダッド擁護に傾いたのだ。セザール・バティスティの身柄引き渡し事件でも、バティスティがテロリストの組織に属していたのに、世論は引き渡しは不当だと、むしろバティスティのほうに味方した。まったく、警察にとって、世論が介入してくるほど厄介な事件はなかった。強盗や殺人を繰り返したジャック・メスリーヌについても、逮捕に向かった警察が一斉射撃を加えて殺してしまったことで、いまだに警察を非難する声があるほどだ。

「なるほど。それでは、こちらはあらためて証言を確かめるとしよう。証人が嘘をついていた時に備えてな。警察が本気を出したら、アリバイ証言など簡単にくつがえるぞ」

それを聞くと、ソビエスキの顔がこわばった。さっきまで穏やかな微笑を浮かべていた唇が、今や憎しみをあらわにしてひんまがっている。眉と同様、唇もまた、ソビエスキの気持ちを表情豊かに表現しているのだ。

「くそっ！　証人を脅すつもりだな」ソビエスキはわめいた。「いいか？　ジュノンにもディアーヌにも手を出すんじゃないぞ。さもないと……」

「さもないと、どうする気だ？　警察に嘘をついたらどんな目にあうか、あのふたりも知っておくべきだ。おまえと一緒に破滅すると……。まあ、そうなってもしかたがないな。ろくでもない男と寝たツケだ」

　すると、またソビエスキの表情が変わった。前のように、余裕のある笑みを浮かべている。だが、その落ちくぼんだ目の奥には、何かに取り憑かれたような、異様な光がきらめいていた。

「まあ、考えてみたら、おまえなど相手にするまでもなかったな。刑務所の中では、おまえみたいなやつを次から次へと懲らしめてやったんだから……」

「そうらしいな、〈裁判官〉。それもおまえの不利な証拠になる」

「何だと？」

「何でもない。いずれにしろ、おまえは容疑者と決まった。午後には判事に召喚されて、未決勾留になるだろう」

「それじゃあひとつ、いいことを教えてやろう」酔っ払いがカウンター越しに身を乗りだすように、顔を近づけてきて、ソビエスキが言った。「くだらん証拠を集める前に、私の絵をよく見るんだな。答えはその中にある」

「何の答えだ？」

「おまえはいい刑事だ」ソビエスキはからかうように言った。「信用してるぞ。真実を見つけだすんだ。無実の私がどうやってあの絵を描くことができたか？　その真実を……。答えは絵の中にある。そして、おまえにはそれがわかるはずだ」

　コルソは混乱した。だが、ソビエスキの言葉がはったりでないことはわかった。自分は何かを見逃している。だが、何を？

「もういいかね？」

　ソビエスキが立ちあがりながら言った。その姿には社会の底辺から這いあがった〈闇のプリンス〉の趣(おもむき)

があった。

「証拠をでっちあげるなら、早いほうがいいぞ」最後にそう言うと、ソビエスキはまたウインクをして、付け加えた。「私は策略家だからな」

45

「うまくいっているの？　それともいっていないの？」

電話で呼び出しを受けて、犯罪捜査部の部長室に行くと、ボンパールはいきなり言った。昨日の午前中に続いて、今日も記者会見を開いて、新聞記者たちを黙らせるつもりなのだ。「容疑者を逮捕した」と言って……。そうすれば、「犯罪者を野放しにしている」と、警察を非難する声も静まるだろう。だが、それはあくまでも、ソビエスキが本当に犯人で、警察に対する別の非難を抑えこむことができたらの話だ。ボンパールのデスクの正面に立つと、コルソは「記者会見を開くのはもう少し待ってほしい」と懇願した。ここはなだめても、すかしても、もう少し時間の余裕を得る必要がある。

「うまくいっています。ただ……」

「まだ自白が引き出せていない？」

「自白は引き出せていません。それよりも……問題があるんです」

「どんな問題？」

コルソはソビエスキのアトリエに不法侵入したこと、その時の様子を防犯カメラで撮られて、録画されていたことを手短に説明した。

「何てこと……」ボンパールは歯の間からため息を漏らした。

自宅のアトリエでソビエスキを逮捕したあと、コルソはすぐにボンパールに電話をかけていたので、ボンパールは事後的に、夜間の家宅捜索の許可は取ってくれていた。だが、ことは不法侵入だ。しかも、証拠まである。これでソビエスキが犯人ではなかったら、大変なことになる。

「何とかします」コルソは言った。「交渉してみると言うのはどうでしょう？」

「交渉？　いったい誰と？」

「ソビエスキとです。それから、やつの弁護士と……。ソビエスキはこちらがやつのアリバイを崩すために、アリバイ証言をしたジュノン・フォントレイとディアーヌ・ヴァステルに手荒な真似をするんじゃないかと恐れています。まあ、アリバイ証言はひっくり返すにしても、ふたりに手荒な真似はしないと約束したら、防犯カメラの件については……」

「何を寝ぼけたことを言ってるの？　じゃあ、逆にソビエスキが防犯カメラのことを公表したら、証人に手荒な真似をするということ？」

「そういうことです。その時は遠慮なく、証言が嘘だと暴きだしてやりますよ」

沈黙が流れた。しばらくして、あきらめたように、ボンパールが言った。

「じゃあ、今日は記者会見はできないというわけね」

「今日、一日くれませんか？　ほかの証拠を見つけますから……。今、部下たちがやつの銀行口座や女性関係を調べています。それから、鑑識に言って、アトリエの調査もしてもらっています。やつがあそこで被害者たちを殺していれば、何らかの痕跡が残っているはずですから……。やつはこれからもメディアや政治家を使って、こちらに揺さぶりをかけてくるでしょうが、決定的な証拠をつかめば……」

　だが、ボンパールは信じられないという顔をしたまま、返事をしなかった。

「今晩が山だと思います」

「吉と出ればいいけれど……」

　ボンパールのオフィスを出ると、コルソは自分のオフィスに戻り、捜査報告書を作成するための資料を集めた。それから、その資料をかばんに入れて、〈書類の神〉であるクリシュナの部屋に入った（チームのみんなから〈独房〉と呼ばれている部屋だ）。クリシュナは法学の修士号を持っていて、複雑な司法行政手続きにも詳しい。クリシュナであれば、誰からも非難されないように捜査報告書を作ってくれるはずだ。今回は重大なものまで含めて、かなり違法捜査をしているので、それが違法に見えないように、うまくごまかす必要があった。この捜査報告書は、本日のうちに検察に送られることになる。

　どの点に重きを置いて報告書を作成してほしいのかを簡単に説明すると、コルソは言った。

「とりあえず、きみにはこの報告書を下書きとして作ってほしい」

「どういうことです？」

「できあがっても、すぐに検察に送ってはいけない。誰にも見せてはいけない。まだ何があるかわからないから……」

禿げた丸い頭に、四角いべっ甲の眼鏡――クリシュナは、数学のノートに似ていた。円や長方形で埋まった幾何学のノートに……。その幾何学の厳格な規則のように、クリシュナは手順どおりにしないことが気に入らないようだった。

「わかりませんね。捜査報告書が完成したら、いつものようにすぐに送ればいいじゃないですか？　何か重大な捜査事実を修正する必要が出てくるということですか？」

コルソはあいまいにうなずいた。額に手を当てて考える。そう、状況によっては大きく書き換えなければいけないことがあるかもしれないのだ。

その時、クリシュナのオフィスにバルバラが顔を出した。

「まだ、オフィスにいたのか？」コルソは思わず、不機嫌な声を出した。「鑑識と一緒に、ソビエスキのアトリエに行ったんじゃないのか？」

「今戻ったところですよ。あちらは、ほとんど終わりました」

「もう終わったのか？」

「そのとおり、もう、終わったんです」

バルバラは頬を紅潮させ、落ち着かなげに視線を動かしていた。悪い兆候だ。おそらく、あまり収穫がなかったのだ。一瞬、クリシュナを見つめてから、バルバラが言った。

「ちょっといいですか？」

そして、廊下に出ると、疲れたようなため息をつきながら、声をひそめて話しはじめた。

「結局、何も見つかりませんでした。どうやらソフィーとエレーヌはあのアトリエには来ていなかったようです。指紋ひとつ見つかりませんでした。あの男がふたりを殺したとしても、それはあの場所ではありません」

「血痕のひとつもなかったのか？」

「皆無です」

「万力は？」

「取りはずして分析にまわしました。でも、現場でルミノール反応を調べたんですが、何も出ませんでした」

「わかった。もしそうなら、考えられることはひとつ。絶対に、もうひとつ別のアトリエがあるということだ。銀行口座のほうは調べたのか？」

「作業は始めていますけど、家宅捜索で夜も朝も時間をとられているので……」

「じゃあ作業に戻ってくれ。ソビエスキはどこかにアトリエを買うか、借りるかしているはずだ」

「わかりました。それから、念のため、マチュー・ヴェランヌに連絡をとってみました。ええ、〈緊縛〉の専門家です。でも、ソビエスキのことは知らないと言っていました」

コルソはカレイのように目玉をぎょろぎょろさせた男を思い出した。あの男と面識がないのであれば、ソビエスキはパリの〈緊縛〉の世界とは関わりを持っていなかったのにちがいない。つまり、刑務所内で実践していた〈緊縛〉の技術は、ほかのところで学んだことになる。あるいは、独学で身につけたか……。

「SMの道具は出てきたか？」

「ロープの切れ端さえありませんでした」

バルバラはいつも果敢に事件に立ち向かい、決して戦闘意欲を失ったことはない。だが、今日はさすがに意気消沈しているように見えた。殺害の場面を描いた絵を発見したことで、ソビエスキを完全に追いつめたと思ったのだが、まだ勝利を宣言するには早すぎたのかもしれない。いや、それどころか、ソビエスキを逮捕したこと自体がまちがっていた可能性もある。

「ストックはどうしている？」

「近所や友人への聞き込みを続けています。でも、セックスに関して見さかいがないということを除けば、あの男の評判は悪くないですよ。悪口を言う者はありません」

「リュドは？」

「まだアトリエです。今は現場を封鎖する指揮をとっているところです。私は鑑識と一緒に戻ってきたので……」

「ソビエスキの弁護士について何か情報は？」

「ありません」

どうして、ソビエスキの弁護士はいまだに連絡をしてこないのだろうか？　なぜ、反撃を仕掛けてこないのだろう？　ソビエスキの話によれば、弁護士はコルソが不法侵入した時の防犯カメラの録画を受け取っているはずだ。それならば、すぐに警察に駆けつけて、依頼人の釈放を要求するのが普通だろう。

それなのに、弁護士が動かないということは、あらかじめそう指示されているからにちがいない。つまり、ソビエスキは何かを待っているのだ。でも、何を？

そう考えながら、コルソはバルバラを見て、言った。

「じゃあ、きみは銀行口座に戻って、ソビエスキが別のアトリエを持っている形跡がないか調べてくれ。ところで、絵は今どこにある？」

「絵というと？」

「ソフィーとエレーヌの絵だよ。あの、殺した場面を描いた……」

「ああ、鑑識が持っていると思いますが……」

それを聞くと、コルソはまっすぐ科学捜査部に向かった。中庭を横切って向かいの建物に入ると、階段をのぼって、鑑識課のある階の廊下を進む。そこは〈古い犯罪博物館〉といった風情を漂わせていた。

取り調べが終わる直前に、ソビエスキは、「私の絵をよく見るんだな。答えはその中にある」と言っていた。そうすれば、自分は無実であるにもかかわらず、どうやってあの絵を描くことができたのか、その真実が見つかるとうそぶいて……。その言葉がずっと気になっていた。つまり、あいつは絵の中に自分の無実を証明するメッセージを隠したということか？　もしそうなら、こちらの状況は決定的に悪くなる。

　コルソは鑑識のいちばん大きな部屋に入った。そこはパリ植物園の建物にある、古ぼけた研究室に似ていた。昔ながらの実験台、ブンゼンバーナー……。新しい器具は遠心分離機くらいだ。アメリカのテレビ番組『ＣＳＩ：科学捜査班』のような、時代を先取りした光景からはほど遠い。

　課員たちはパソコンや顕微鏡に向かって忙しく仕事をしていた。どんな仕事をしているのか訊きたい気持ちもあったが、説明を聞いてもわからないだろうし、第一、ここに来たのはそんなことをするためではない。コルソは手短に挨拶すると、今日の午前中、ソビエスキのアトリエに行ったチームの責任者に会いたいと訪問の目的を告げた。

　やがて、白衣の男が目の前に現れた。金髪で、〈プレイモービル〉の人形のような大きな顔をして、引っ込み思案な表情をしている。体型はリコーダーのように細い。犯人と格闘するには不向きな身体つきだ。

「警部補のフィリップ・マルケです。どのようなご用件ですか？」

　コルソは自己紹介し、ソビエスキの絵を見せてくれと頼んだ。

「その絵なら現在分析中です。一緒に来てください」

　そう言うと、警部補はコルソの前に立って歩きだした。コルソはそのあとについて、隣の大部屋を通り抜けた。床がへこんでいるので、時々、足をとられそうになる。古くさい器具が並んでいるのといい、まるで七〇年代の化学教室だ。

「こちらです」

　目的の部屋の前まで案内すると、警部補はそこで戻っていった。コルソは部屋に入った。すぐに金属製の画架に立てかけられたソフィーの絵が目に入った。絵のそばには係官がふたりいて、何やら作業をしている。コルソはそのうちのひとりがニコラ・ラポルトであることに気づいた。ラポルトは犯罪捜査部と科学捜査部の調整役をしていて、コルソもこれまでに何度か一緒に仕事をしたことがあった。頭がよく、仕事はできたが、組合に加入していて、いつも不平をこぼしている。この点はあまり好みではなかった。

「何か出たか？」ラポルトの近くに行くと、コルソは尋ねた。

「特にないね。絵の具とニスを調べた結果では、ソビエスキがこの絵を描きおわったのは一週間前だな」

一週間前ということは、六月二十八日だ。制作に数日かかるとすると、描きはじめたのは六月の二十四日前後か。ソフィー・セレは六月十六日の夜から十七日の朝にかけて殺されているので、計算は合う。ソビエスキはソフィーを殺してから、この絵を描いたのだ。まるで、殺人が絵の下書きだったとでも言うように……。そうして、七月一日の夜から二日の朝にかけて、エレーヌ・デスモラを殺害し、その場面を絵に描きはじめた……。特に不思議なことはない。だが、ソビエスキのあの言葉は？　「私の絵をよく見るんだな。答えはその中にある」あれはいったい、何を意味するのだろう？

「ほかに気づいたことはないか？」コルソは尋ねた。

使われた絵の具は何かなど、ラポルトがいくつか技術的な説明を始めた。だが、コルソはほとんど聞いていなかった。ソビエスキの言葉の意味を探ろうと、意識を集中して、絵を観察していたのだ。

ソビエスキは誇張した表現を用いず、見たままの姿を描いていた。胎児のように身体を丸め——だが、背中の後ろで手首と足首を縛られ、さらには首に巻きつけられた下着が手首と足首に結びつけられているので、頭と胸だけ後ろに反らした異様な格好。その下着のねじれ、首を絞めることになった結び目、耳まで切り裂かれた大きな口、コンクリートの上に広がった髪……。画家はどんな小さなものも見逃すことなく、詳細に描いていた。喉の石は角の形まではっきり見え、張りだした肋骨は肉を突きぬけそうだった。

と、突然、コルソは右下に描かれた、奇妙なものに気づいて、声を出した。

「何だ、これは？」

「どれだ？」

「この黒い、角になってるやつだ」

そう言うと、コルソは右下にある黒い三角のものを指さした。端に描かれているため、途中で切れているが、それは明らかに地面でもコンクリートでもなく、そこに置いてあるものだった。犯人の遺留品か？ だが、そんなものはなかったはずだ。

ラポルトは眼鏡をかけ、至近距離から絵を見つめた。それからしばらくして、身体を起こすと、いまいましそうに言った。

「なんてこった」

「何なんだ？」コルソは訊いた。

ラポルトは何も言わず、眼鏡をはずしてコルソを見つめた。コルソはもう一度、絵を眺め、そしてどういうことか理解した。

「まずいことになった」ラポルトが簡単に結論を言った。

46

オフィスに戻ると、コルソはすぐにバルバラを呼びだした。

「敵は内部にいた」

「どういう意味です？」

「ソフィーを殺した場面を描いた絵のことだ。あれはソビエスキが現場の様子を自分で見て、そのまま描いたものじゃない。鑑識の写真を見て、描いたものだ。それを示すために、やつは現場検証の時に鑑識の連中が持っていった黒いアタッシェケースを絵の端に描いていた。科学捜査部で使っているポリプロピレン製のアタッシェケースだ。角のところだけ、三角にね」

「ということは、つまり……」

「やつに現場検証の写真を渡したやつがいるってことだ。あるいは売ったやつが……」

「自分の無実を証明するために、あとから描きくわえたかもしれませんよ」

「いや、アタッシェケースの角には小さな傷があって、ソビエスキはその傷まで正確に再現していた。ラポルトが元になった写真のアタッシェケースと突きあわせて検証したから間違いない」

　そう言うと、コルソは誰がソビエスキにその写真を渡したのだろうと、あらためて考えた。最も疑わしいのは、鑑識課のカメラマン、バンジャマン・ヌゲンだ。ヌゲンはプブリエごみ処理場とサン＝ドニの空き地の両方の現場で写真を撮っている。二十九歳とまだ若く、鑑識では四年前から働いている。ラポルトはヌゲンの仕業にちがいないと言っていたが、その点は慎重に、本人を問い詰めて確認する必要があった。それはラポルトがすると言う。

コルソのほうは、バルバラに言って、電子版の現場検証報告書の閲覧履歴をチェックさせることにした。閲覧はすべて記録されているので、誰が、何日の何時に、どの写真を見たかはすべてわかるのだ。もちろん、ダウンロードしたり、転送したりすれば、それもわかる。だが、コルソは電子版の写真を送ったのではなく、紙に焼き増しされた写真がひそかに売られたのではないかと考えた。いったんプリントされてしまえば、そのあとはもう追跡不可能になるからだ。

鑑識のカメラマンでないとすると、次に可能性があるのは最初にソフィーの事件を担当したボルネックの部下たちだ。いや、そうとも言えない。ソビエスキはソフィーの写真だけではなく、エレーヌの死体発見現場の写真も持っていたはずだからだ。その場合——自分の部下も疑わなくてはいけなくなる……。

「知っているやつはいるか?」コルソは閲覧履歴をチェックしているバルバラに訊いた。

「何人かは……」

「そいつらの誰かがやったのか?」

「そんなことわかりませんよ」

コルソはため息をついて、首を横に振った。急に虚しさがこみあげてきた。つまり、捜査のしょっぱなから容疑者と接触していた警察官がいたということだ。おまけに、ソビエスキは殺人犯ではないということになる……。だが、そのことについては、とりあえず考えないことにした。考えても、胃が痛くなるだけだからだ。

「金の動きを調べる必要があるな」

「どういうことです?」

「ソビエスキはその写真を金を払って、手に入れたんだろう。だったら、金の流れがどこかに残っているはずだ」

「まさか。ソビエスキが警察官の銀行口座に振り込みをしたとでも?」

バルバラの言うとおりだ。写真を渡した報酬は、痕跡が残らないよう、現金で支払われたはずだ。

「とりあえず銀行口座は調べておいてくれ。相手に支払うために、まとまった金を引き出しているかもしれないからな」

それを聞くと、バルバラはそんなことはあり得ないという顔をした。コルソもそう思った。この取引に関しては、ソビエスキも慎重にやったにちがいない。だが、今はそんなことを言っている場合ではない。ともかく、緊急にソビエスキに写真を渡した人間を突きとめ、このスキャンダルを処理する必要があるのだ。世間に知られる前に……。

コルソは正面突破をはかることにした。ソビエスキ本人に直接、訊くのだ。

「すぐ戻ってくる。きみは自分のオフィスで待機していてくれ」それだけ言うと、コルソは部屋を出た。

ソビエスキは裁判所のある《パレ・ド・ジュスティス》の地下の拘置所にいる。これから、警察の捜査報告書を受けて、予審判事が尋問を行い、起訴が決まれば裁判に進む。その裁判で有罪判決が出たところで、刑務所に移送されるのだ。

《パレ・ド・ジュスティス》は警視庁と中庭でつながっているので、コルソは階段をおりて、中庭に出た。それから、《パレ・ド・ジュスティス》の入口まで来ると、セキュリティー・エアロック室を通って、建物の中に入った。そのまま地下におりて、窓に鉄格子のはまった拘置所の独房の扉の前を通りすぎていく。ここは廊下も鉄格子で遮断され、看守に開けてもらわなければ出入りできないようになっている。凶暴なやつらが逃げださないように、すべてが厳重に監視されているのだ。

コルソはソビエスキの独房に入った。ソビエスキは、先ほどと同じ、金の縁取りのついたトレーニングウェアを着ていた。だが、帽子はかぶっていない。そのせいで、頭の大きさが半分になったかのように見えた。コルソを見ると、ソビエスキは眉をあげ、それからひそめた。同時に、唇をすぼめて、すぐにひんまげた。おそらく、また怒りがこみあげてきたのだろう。少し焦りを感じているようにも見える。

「写真をどこで手に入れた？」コルソはいきなり訊いた。

「何の話だ？」

ソビエスキの左のこめかみには青あざがあり、右頬が腫れていた。ジャケットの襟には血のシミがついている。傲慢な態度をとって看守に殴られたものか……。ひさしぶりに入った拘置所の生活は厳しいもののようだった。

「馬鹿な真似をしたもんだ」そう言って、コルソはソビエスキの隣に座った。「現場検証の写真を手に入れて、それをもとに、ソフィーとエレーヌが殺された場面を絵に描くなんてな。しかもわざわざ、その写真に写っていた鑑識のかばんを描きいれた……」

ソビエスキの眉と唇が大きく動き、嘲るような笑みが浮かんだ。残っている歯と、血のついた歯茎が露わになった。

「保険だよ。私が現場にいなかったことを示すためのな」

「どうやって写真を手に入れたんだ？　言え！　こっちは、司法妨害と公務員に対する贈賄の容疑で、おまえを逮捕することもできるんだからな」

「威勢のいいことだ。まあ、そんなことをしたって、警察官が普段どうやって小遣い稼ぎをしているのか、世間に告白することになるだけだがな。それに、現場検証の写真を見てソフィーの絵を描いた以上、私が犯人であるという証拠はなくなった。おまえは明日にでも、私を釈放せざるを得なくなる。そうなったら、無実の人間を違法逮捕したことで、世間の非難はおまえに向かう。それも当然の報いだ。おまえのせいで、私は大変な苦痛を味わったんだからな。おまえのほうも、少しは痛い目にあってもらわないと……」

コルソは下を向いた。蛍光灯の光を受けて、床にはソビエスキの顔の影ができている。それは黒い鍾乳石のように見えた。顔をあげると、扉の窓のガラス越しに看守が覗いているのが見えた。ソビエスキが暴れださないか、監視しているにちがいない。つまり、ソビエスキは独房に入れられてから、何度も暴れているのだ。顔の傷もその時にできたものにちがいない。

「あの写真をいくらで買ったんだ？」

「どうしてだ？　ほかに売りたい写真でもあるのか？」

「質問に答えるんだ」

「まあ、そんなに高い値段じゃない。いいか？　コルソ。物にはすべて値段がある。警察官の良心なんて、今ではそんなに高い値がつくもんじゃないんだ」

「誰から買った？」

「手下を密告するようなことはしない」

「警察官が手下だと言うのか？」

ソビエスキが顔を近づけてきた。間近で見ても、その肌は磨いた革のようにつるつるしていて、外からの攻撃をすべて弾きかえしてしまうように見える。自分の身を守るには、そうやって外に対して閉じてしまうしかないと思って、わざとつるつるにしたようだ。子どもの頃から、長い年月をかけて……。

ソビエスキが言った。

「おまえはフルーリー＝メロジスの刑務所に部下をやって、私のことを調べさせたろう？　いや、それはわかっている。そこで、私は〈裁判官〉と呼ばれていた。それはおまえも知っているな？　では、どうしてそう呼ばれていたか、その理由も知っているか？」

「受刑囚たちでつくった掟に従わせていたからだろう？」

「私が作った掟にだ。囚人たちが私の作った掟に従えば、私は手下として保護する。従わなければ、反乱分子として懲罰する」

「その掟を警察官にも適用すると言うのか？」

「私と取引する警官については、そうだ。そいつらは私の保護下にある」

コルソは、ソビエスキを壁に押しつけてやりたい衝動に駆られた。だが、それをなんとかこらえると、言った。

「おまえはその警察官を脅して、その写真を手に入れた可能性もあるな。だとしたら、間違いなく、有罪だ。自分の無実を証明したかったら、そいつの名前を言うんだ」

その言葉に、ソビエスキは大笑いした。

「無実を証明するだって？　私は別に脅したりなんかしていない。ただ写真を売りたいというから買っただけだ。それが何の罪になると言うんだ。罪に問われるのは、私に写真を売ったやつだけだろう。いずれにしろ、そいつを見つけるのはおまえの仕事だ。私のほうからたれこんだりはしない。まあ、心配しなくても、すぐに見つかるよ」

コルソは唇を噛みしめた。ソビエスキは余裕たっぷりに、忠告するような口調で言った。

「おまえは最初からすべてを間違えているんだ。私はソフィーとエレーヌを殺していない。そこを間違えているところが、おまえの最大の問題だ。コルソ、さっさと私を釈放したほうがいい。さもないとパリじゅうの笑い物になるぞ」

コルソはもしソビエスキがふたりを殺していないならと、ほんの少しだけ、ソビエスキの立場になって考えてみた。だが、それはやはり間尺に合わない。

「おまえが殺していないのなら、どうしてあの絵を描いたんだ。わざわざ写真を買ってまで……」

「創作のためだ。ああいったものは、創作意欲を刺激するんでね。まさに、私の世界だろう？」

それを聞くと、コルソは立ちあがって、抑えた声で言った。

「いや、殺したのはやっぱりおまえだ。アリバイだって、ジュノンとディアーヌに頼んで、嘘の証言をさせたのだろうし、写真だって自分が無実だと思わせるために、わざと鑑識のかばんが写っている物を持ってこさせた。で、あとからかばんを描きくわえたんだ。ふたりを殺したのはおまえだ。必ずその罪を償わせてやるからな」

そうして、看守に合図をすると、黙ってその場をあとにした。

警視庁に戻ると、バルバラがオフィスに向かって走ってくるのに出くわした。バルバラはコルソの腕をとると、ほとんど力ずくで最上階の屋根の上に引っ張っていった。用心ぶかく、出入口のドアを閉める。それから、ドアに耳をつけて、誰もついてきていないのを確かめた。

どうして、こんなに慎重になる必要があるのだろう？　勾配のついた屋根の上まであがると、煙草を取りだしながら、コルソはいぶかった。

まもなく、トタンの斜面をあがりながら、バルバラが近づいてきた。普段でもコルソの胸くらいまでしか背丈がないのに、屋根の勾配のせいで、さらに小さく見える。

「ソビエスキの銀行口座を調べましたが、何も出てきませんでした。ただ、金持ちだということがわかっただけです」コルソを見あげるようにして、バルバラは言った。「クレジットカードも小切手も使わず、時々、思いついたように、かなりの金額の現金を引き出しているだけです。写真を買ったとしても、そこからお金を出したのでしょう。いつ、何にお金を使ったのか、知るのは不可能です。ですから、こっちのほうはあきらめてください」

「そいつはいいニュースだ」熱のない声で、コルソは答えた。

「いや、きっと、もっといいニュースが……。ソビエスキが携帯電話を持っていないと言ったことは覚えていますね」

「隠れて使っている気もするが……」

「いえ、持っていないのは本当なんです。でも、ほかに連絡方法があって……。昔ながらのやり方ですが、ソビエスキは行きつけのバーのいくつかに伝言を残すやり方をしているんです。たとえば、十一区のサン・モール通りの近くに《イッポカンプ》というバーがあるんですが、そこに行けばソビエスキと間接的に連絡をとることができるんです」

「どうしてそんなことがわかったんだ？」

「ストックからの情報です。で、そこへ行って店主を問い詰めてきました。二週間ほど前に、ソビエスキに対する伝言を頼んでいった者はいなかったかとね。店主は記憶があいまいなようでしたけど、警察バッジを見せつけたら、思い出してくれましたよ。刑事ふうの男が二週間前と数日前に、二度やってきたと……」

「それはどんな男だったんだ？」

「髪はふさふさの赤い縮れ毛で、言葉には南部のアクセントがあり、ラグビーと出会い系のサイトの話ばかりしていたということですが……。誰か思いあたる人間がいますか？」

「いいニュースだ」コルソは吐きすてるように言った。

ソビエスキに写真を渡したのはリュドヴィクだったのだ。

47

「悪夢ね」ボンパールがつぶやいた。

サン・ルイ島、シテ島という中の島によってふたつに分かれたセーヌ川は、ノートルダム寺院を右に見て、少し下流のプティ・ポン・カルディナル・リュスティジェ橋のあたりまで来たところで、いちばん細くなる。ゆったりした流れは高い岸壁に挟まれた運河のようになり、そこにはいつも偶然のように、何艘かの平底船が停泊している。なかなか味わい深い光景だ。

コルソが「緊急に報告したいことがある」と言って電話をかけると、ボンパールはすぐに「それなら、外で話をしよう」と答えた。そこで、ふたりは警視庁の外で待ち合わせ、オルフェーヴル河岸でセーヌ川を見ながら、現況を確認した。だが、それ以上、詳しい話をするには、その場所は警視庁に近すぎる。すると、ボンパールが「ふたつ向こうの橋まで行きましょう」と言ったので、ふたりは歩いて、そこまで行くことにした。まず、オルフェーヴル河岸をノートルダム寺院のほうに向かい、サン・ミシェル橋は通りすぎて、そのままマルシェ・ヌフ河岸を進む。そうして、ノートルダム寺院の前の広場の手前まで来ると、観光客やスケートボードをする若者、テロを警戒する兵士たちを横目に、プティ・ポン・カルディナル・リュスティジェ橋を渡り、ちょうど橋の真ん中まで来たところで足を止めたのだ。何かを告白するにはぴったりの場所だ。

「悪夢ね」煙草に火をつけながら、ボンパールが繰り返した。

「まあ、なんとかしますよ」

「なんとかするって……。これまで、あなたがしてきたことは失敗ばかりじゃないの」

「まあ、聞いてください。ソビエスキは明日、釈放するしかないと思いますが、その前にやつと取引します」

ボンパールは呆れたような顔をした。

「まあ、取引するなら、あなたしかいないでしょうね。その必要があるのは、あなたなのだから……」

その皮肉は耳に入らなかったふりをして、コルソは続けた。

「現場写真を見て描いたということで、あの絵は使えなくなってしまいましたが、警察官から写真を手に入れたということは、やつに対する攻撃材料になります。そんなこと、許されることではありませんからね」

「特にリュドにとってはね」

「ソビエスキにとってもそうです。公務員への贈賄、不法な証拠品の取得……。やつを吊るしあげようと思ったら、なんとでも理由はつけられますよ」

「そうやって、左岸のインテリや右岸の新聞記者たちを怒らせるつもり？」

コルソはボンパールの腕をつかんで言った。

「やつに会いに、拘置所の独房に行ったんです。やつは余裕がありそうに見せていましたが、本当は刑務所に戻るのが怖いんです。だから、おまえも罪に問われると脅してやったら、現場写真のことは公表しませんよ。これでリュドの件はもみ消しにできる」

橋の欄干に両手を置いて、ボンパールがちらりと視線を投げてよこした。その姿は船の舳先に立つ船長のようだった。

「うまくいくの？」

「うまくいかせてみせますよ。どんな手を使ってもね。それで、捜査をゼロから始めるんです」

「でも、捜査報告書があるでしょう？　そこでは確か、あの絵を重大な証拠として扱う予定じゃなかったの？犯人と警察しか知らない殺しの場面を絵に描いていたことが、ソビエスキが犯人である何よりの証拠だと言って……」

「報告書はまだクリシュナのところにあります。検察には送っていません」

「じゃあ、その検察はどうするの？　逮捕してしまったんだから、ソビエスキを送検しないわけにはいかないわ」

「逮捕するのが早すぎたと言ってください。検察が起訴しても、公判を維持するに足る、十分な証拠がなかったと説明して……」

あいかわらず欄干に両手を置いたまま、ボンパールはサン・ミシェル橋のほうを見ていた。すでに日は暮れて、セーヌの川面に残照が映えている。素晴らしい眺めだ。こんな状況ではなかったら、魅惑的だとさえ言えただろう。コルソはボンパールを眺めた。荒んだ少年時代を過ごしていた頃から何かと面倒を見てくれた、いわば保護者である人を……。そして、また長い間、犯罪捜査の女王として、部下たちを指揮してきた、優秀な警察官を……。


だが、かつては美しかったその顔も、時の流れと過酷な仕事のせいで、今では翳りを帯びている。おそらく、殺人や強姦、麻薬の密売など、凶悪で陰惨な犯罪と関わりつづけてきたせいだろう。人間の邪悪な部分に毒されて、外見的にも内面的にも輝きを失ってしまったのだ。そう、内面的にも……。かつては社会的な不公正に憤り、貧困ゆえに犯罪を犯してしまう人々に同情して、少しでも犯罪者を更生させようと努力していた。だが、その努力が報われないことに失望し、自分の理想に幻滅を抱くようになると、今ではル・ペンのような極右の政治家に投票し、犯罪を防ぐためには死刑を復活するしかないと主張する、単なる強硬派になってしまっていたのだ。

ボンパールを眺めながら、コルソは、この人は自分の愛人でもあったのだと考えた。最初にベッドをともにしたのは、モベール・ミュチュアリテ駅近くのみすぼらしいホテルだった。ふたりとも武器を身につけたままだったので、ホルスターが絡まって身動きできなくなったことを覚えている。だが、覚えているのは、その時の滑稽な姿と、過ちを犯してしまったというい まいましい気持ちだけだ。

「それでリュドは？」ボンパールが尋ねた。

「ここに来る前に、殴りつけてきました」

「本人は何て言っているの？」

「どうやら金が必要だったようです。出会い系で知り合った女と遊ぶためにね。賭け事にも手を出していたようで……」

「こういったことは、今回が初めて？」

「本人はそう言ってますがね。たぶん、嘘だと思います」

「じゃあ、辞めさせなさい」

「そのつもりです。ただ、時期はもう少しあとで……。この事件が片づいたら、辞表を出させせます」

「決めるのは私よ。でも、まあ、いいわ。そのほうが本人のためにもいいでしょう」

そう言うと、ボンパールは一瞬、口をつぐみ、それから尋ねた。

「でも、どうしてリュドはソビエスキを知っていたの？ つまり、事件の前から、ということだけど……」

「ナイトクラブの乱交パーティーで知り合ったと言っています。ソビエスキは、自分は血まみれの死体とか、残虐な写真の愛好家で、そんな写真があったら、どんな値段でも買うと言っていたそうです」

「例の写真はいくらで売ったの？」

「一枚につき一万ユーロだそうで……。リュドは借金まみれだったというから……」

するとボンパールがこちらを向いて言った。

「で、さしあたってはどうすればいいの？ あなたの考えを聞かせてちょうだい」

「さっきも言ったように、送検はとりやめです。膨らみすぎたスフレはしぼませないといけません」

ボンパールはため息を漏らした。それから、長い沈黙の末に、力のない声で言った。

「わかったわ。検察に電話をして、逮捕するのが早すぎたと言っておく。こちらの非を認めてね。ソビエスキは釈放よ。今夜には勾留が解かれるでしょう。それでいいなら、先に帰ってちょうだい。私はもう少しここで風に当たっていくから……」

コルソは一礼して、その場をあとにしようとした。すると、ボンパールが袖をつかんで言った。

「わかっていないようだから言うけど、この問題が解決しても、事態はちっともよくなっていないのよ。事件はふりだしに戻ってしまったんだから……。早く真犯人を見つけなさい」

「犯人はソビエスキです」コルソは言った。

「だったら、もたもたしていないで、本物の証拠を見つけることね。ソビエスキが反論できない、決定的な証拠を……」

すっかり日の落ちたセーヌの河岸を歩いてオルフェーヴル河岸に戻ると、コルソは《パレ・ド・ジュスティス》の地下にある拘置所に向かった。中に入ると、担当の刑務官に頼んで、ソビエスキに手錠をかけて、検査室まで連れてきてもらった。プールの更衣室のようなタイル張りのその部屋の中なら、誰の目も耳も気にすることなく話をすることができるからだ。

コルソの姿を見ると、ソビエスキは表情をこわばらせた。

「釈放されるんじゃないのか?」

コルソは刑務官のほうを向いて、ふたりだけにしてくれという合図をした。バタンとドアが閉まると、ソビエスキはさらに不安そうな表情になった。

「座るんだ」コルソは命令した。

検査室の中央にはベンチがふたつ、背中合わせに置かれている。だが、ソビエスキは身動きひとつしなかった。手錠をはめられた姿で、その場に立ちつくしている。顔面がぴくぴく痙攣していた。自由の身になれると思っていたのに、こんなところに連れてこられて、暴力をふるわれると思ったのだろうか？ つい一時間ほど前の傲慢さはみじんもない。

怯えた声で、ソビエスキが叫んだ。

「自分に不利な証拠が出たから、痛めつけようって言うのか？ そんなことをしたら、判事にばらしてやるからな。それだけじゃない。ここから釈放されたら、メディアにもしゃべりまくってやる」

「座れと言っているんだ」

そう言いながら、コルソはソビエスキの肩をつかんで、無理やりベンチに座らせた。自分も隣に腰をかける。それから、言葉を続けた。

「おまえを送検するための捜査報告書を作成した。おまえのしたことは、そこにすべて書かれている。証拠も添付されている。おまえがどんなふうにして、死体発見現場の写真を手に入れたかを示す証拠も……」

「そんなことをしてもいいのか？ 困るのはおまえたちのほうだぞ。それとも、大事なことをわざと抜かして書いたのか……」

「いいや、抜かしてなどいない。おまえがどうやって鑑識のコンピューターをハッキングして、死体発見現場の写真を盗みだしたのか、そのやり方が詳細に書いてある」

「何をふざけたことを言ってるんだ」ソビエスキは狐につままれたような顔で、声だけ荒らげた。

コルソはなだめるように言った。

「心配するな。おまえに悪意はなかったとも書いておいたから……。確かに現場写真は盗んだが、それは捜査を妨害しようとか、悪事を働こうとしてやったものではなかったと……。ただ、芸術家として創作意欲をかきたてられるテーマを求めていただけだと……。まあ、悪いことは悪いことだが、情状酌量の余地もある。刑務所に入っても、それほど長くいることはないだろう」

「ハッキングだって？　でたらめもいい加減にしろ。私は携帯電話さえ持っていないんだぞ」

「そうだな。だがパソコンは持っている。だから、おまえの家に鑑識のIT技術者を送っておいたよ。今頃は、おまえのパソコンを使って、自分たちのパソコンに侵入し、現場写真を盗みだしているはずだ。日付を調整してね。もちろん、おまえを嵌めるために……」

「このゲス野郎が！」

「落ち着くんだ。今なら、まだなんとかなる」

話を聞いている間、ソビエスキはベンチの端で身体を丸めていたが、突然顔をあげると、険しい目つきでこちらを睨みつけた。追いつめられた動物のように……。そう、追いつめられた動物だけに、いよいよとなったら、全力で反撃を仕掛けてくるだろう。痩せほそった老人だからと言って、侮ってはいけない。

「絵のことはまだ誰も知らない」コルソは言った。

ソビエスキの目にかすかな光がともった。

「捜査報告書は書き換えることにするよ。もちろん、おまえがソフィーやエレーヌと関係を持っていたことや、スケッチブックのことは書くことにする。耳まで口を裂かれた被害者の顔とゴヤの『赤い絵』の人物が似ていて、おまえのアトリエにその複製画があることもな。だが、これはすべて状況証拠だ。これだけで逮捕するには少し早すぎたと報告すれば、検察も無理には動くまい。運がよければ、おまえは今晩にもここを出られることになる」

「そんな手には乗らないぞ」ソビエスキはさっそく反撃を開始した。「おまえのほうこそブタ箱に送ってやる。リュドヴィクといったな、おまえの部下から買った写真はちゃんと保管してあるんだ。ハッキングなどする必要もない。そのうえ、防犯カメラにはおまえが私の家に不法侵入した証拠がしっかり残っている。これが公表されたら、おまえはおしまいだ」

コルソは静かにうなずいた。ここで熱くなる必要はない。状況を認めたうえで、相手を説得するのだ。

「だからだよ。おまえはこちらの弱みを握っている。そして、こちらもおまえの弱みを握っている。リュドヴィクからも話は聞いたよ。やつがおまえに売った写真のリストも渡された。今頃は鑑識のＩＴ技術者がおまえのマックにファイルをつくって写真を入れているはずだ。リュドヴィクもおまえに写真を売ったことはないと言っていた。つまり、おまえがハッキングして盗んだんだ」

「そううまくはいくもんか。パソコンに細工をしたって、専門家が調べればすぐにわかることだからな」

「いや、そこがうまいところでね。おまえのマックを調べるのは、鑑識のＩＴ技術者なんだ」

「ちくしょう」ソビエスキが吐きすてた。「やつが写真を売った証拠なら、ほかにも……」

「ないね」コルソは一蹴した。「リュドヴィクは領収書にサインをしていないはずだ。おまえがやつから買ったと主張しても、否定するだけだろう。現役の警察官と前科者、世間はどちらの言葉を信じると思う？」

「つまり、内輪でかばいあうってわけか、くそ野郎が！」

その言葉に、コルソはソビエスキの肩に手を置いて言った。

「おまえのこともかばってやるさ。この件については、お互い水に流そう。そうしたら、誰も傷つかなくてすむ」

「そんなことを言って、結局はハッキングの罪で刑務所送りにするつもりじゃないだろうな？　どうやったら、おまえの言葉を信じられる？」

ソビエスキは下手に出ていた。やはり刑務所に行くのが嫌なのだ。コルソはもうひと押しした。

「安心しろ。おまえはハッキングの罪で刑務所に行くことはない。それは保証する。だが、ほかのことでは別だ。もうじき、おまえはソフィー・セレとエレーヌ・デスモラを殺した罪で、刑務所に戻ることになる。つまり、今夜、釈放されたとしても、おまえはほんの少し、時間の猶予を与えられたというだけなのだ」

ソビエスキは黒い歯の隙間を見せて笑った。この試合は引き分けで、すぐに次の試合が始まったことがわかったようだ。そして、その考えが気に入ったらしい。

「幸運を祈る」ソビエスキはささやいた。

拘置所のある《パレ・ド・ジュスティス》から警視庁に戻る間、コルソは考えた。これで当面の問題は解決した。もちろん、ソビエスキのパソコンにハッキングの痕跡を残すというのは、すべてはったりだ。たとえ仲間の警察官を守るためといえども、鑑識の警察官が容疑者のパソコンに不正な細工を加えることは考えられない。だが、その点について、ソビエスキは何も言わなかった。不法住居侵入についても、こちらがはったりをかましたあとは、しつこく言い張ることはなかった。この件は痛み分けなのだ。ソビエスキはハッキングの罪に問われることなく釈放され、こちらは不法侵入と現場写真の流出を判事に知られることなく、闇に葬り去ることができる。

オフィスに戻ると、コルソはボンパールに電話して、ソビエスキとの取引は成功したと報告した。ボンパールはひと言も言葉を発することなく、電話を切った。

次にコルソはクリシュナのオフィスに行き、報告書を見なおした。そうして、死体発見現場を描いた絵に関する部分は、添付した証拠とともに丸ごと削除して、新たな報告書を作成した。それから、鑑識課に行くと、フィリップ・マルケ警部補に言って、ソフィーとエレーヌの絵を返してもらった。「捜査上、必要だから」と言うと、マルケ警部補は、〈プレイモービル〉の人形のように真ん丸な目でこちらを見つめていたが、そういうことならと、すぐに手続きをとってくれた。

こうして、無事に二枚の絵を回収して戻ってくると、コルソはバルバラを呼んで、これまでの経過と結果を知らせた。リュドヴィクについては、「今回は警察という組織を救うため、尻ぬぐいをしてやったが、この先、一緒にやっていくつもりはない。今度の事件が片づいたら、辞めさせる」と伝えた。バルバラは黙ってうなずいた。

それが終わると、今日のところは、さしあたってすることがない。「これまでの調査をまとめて、一度、見なおしを終えたら、全員、帰っていいぞ」と言って、バルバラを退出させると、コルソは大きく息を吐いた。明日からまた捜査を開始しなければならない。今度はゼロからのスタートだ。ソビエスキが犯人だと証明する決定的な証拠をつかまなければならないのだ。

オフィスを出ると、めまいが襲ってきた。足がふらふらする。確かに最悪の事態は避けられたが、それは大海で遭難して、救命ボートで漂っているようなものだ。

自宅に戻ると、コルソは食事もとらずに、服を着たまま、ソファーで眠りについた。夢を見ることもなかった。

48

「アドリアンです」電話の声がそう言った。

その声の主が、ソビエスキの見張りについた研修生だとわかるのに、数秒かかった。ソビエスキは昨夜十一時頃、〈出国禁止及び当面はパリ市内にとどまること〉という条件つきで、拘置所から釈放されていたが、用意周到にバルバラが監視させていたのだ。

　時計を見ると、朝の九時になろうとしていた。そうすると、あれからずっと眠りつづけていたのだ。まるで昏睡状態に陥ったかのように……。

「どうしたんだ？」コルソは尋ねた。

「今、北駅に来ています」

「なぜだ？」

「ソビエスキを追ってきたんです。夜のうちはおとなしくしていたんですが、さっきタクシーに乗ったので、あとをつけてきたところ……」

「やつはどこに行くんだ？」

「まったくわかりません」

　コルソはびっくりした。釈放されたものの、ソビエスキは事件の参考人として、当面はパリの外に出ないようにと裁判所から言い渡されていた。それなのに、今、列車に乗ってどこかに行こうとしているのだ。いったん電話を切ると、コルソは部屋を飛びだし、階段を駆けおりた。

「やつから目を離すな。おれもこれから行く」

　すぐに車に飛び乗ると、サイレンと回転灯をつける。フォルクスワーゲンの《ポロ》だ。その時、アドリアンからまた電話が入った。

「やつはユーロスターに乗るつもりです！　今、切符を買っています」

コルソはセーヌを渡り、セバストポル通りを走りぬけていった。足はアクセルを踏みつづけ、信号は全部突っきった。ユーロスターなら、もちろん行き先はイギリスだ。だが、やつはイギリスに何をしにいくつもりだろう？　いくら虚勢を張るのが得意だと言っても、今はおとなしく家にこもっていなければならない時期なのだ。おそらく、監視がついているのだって知っているはずだろう。

「ユーロスターだな。わかった」

「あの、ぼくはどうすれば？」

「おれの切符を買っておいてくれ」

迷いはなかった。ソビエスキがイギリスに行こうとしているからには、何か秘密の理由があるにちがいない。その理由は今度の事件と関係しているかもしれない。いや、その可能性はおおいにある。

車は北駅に近づいてきた。北駅にはどこか猥雑な雰囲気がつきまとっている。昔ながらの駅を拡張し、地下にスペースを広げ、汚く、騒がしいいっぽうで、こぎれいな空間も含んでいる。そこが猥雑なのだ。駅のまわりもつねに混沌としている。狭すぎる道路にたくさんの車がひしめき、あちらこちらから車が進入してくる。北駅というのは、流れの強い海流に囲まれた島のようなものだ。島に上陸しようとしても、近づいたかと思うと、海流に運ばれてすぐに島から遠ざかり、なかなか上陸することができない……。

運転しながら、コルソはアドリアンに電話をかけた。

「やつはどこにいる？」

「改札を通りました。白い帽子をかぶっています」電話口から息を切らしたアドリアンの声が聞こえた。「今はセキュリティー・チェックの順番を待っているところです」

「おれの切符を持ってるな？」

「今、買っているところです」

コルソはその辺に適当に車を停めた。セキュリティー・チェックの順番を待っているなら、しばらく時間がかかるだろう。自分は警察バッジを見せればすむのだから、十分に間に合う。

「やつは今、チェックイン・ゲートを通過しました。ホームまで尾行したほうがいいですか？」

「いや、おれが行く」

　コルソは乗降客の罵声を浴びながら、人の流れに逆らい、駅の中央コンコースを走りぬけた。ユーロスター乗り場に向かうエスカレーターを駆けあがる。と、アドリアンの姿が目に入った。コルソは自分の車の鍵を渡し、列車の切符を受け取った。

「あの、切符のお金は誰に請求したらいいんでしょうか？」

　返事をする代わりに、コルソは自分の車のナンバープレートの番号を告げた。そうして、そのままチェックイン・ゲートのほうに走っていった。三色旗のついた警察の身分証明書のおかげで、フランスからの出国手続きはあっという間に終わった。イギリスへの入国手続きはもう少し面倒だったが、最終的にはそれほど手間取ることなく通過することができた。イギリスは国民投票でEUからの離脱を決めたばかりだが（二〇一六年六月二十三日）、現時点ではまだEUの仲間なのだから、審査も厳しくなかったのだろう。

　ホームに着くと、保安検査員が最終グループの乗客の検査を行っているところだった。コルソも旅行の理由を質問されたが、あいまいに答えておいた。まさか容疑者が列車に乗っているというわけにもいかない。

　発車時間が迫り、ホームからは見事に人が消えていた。コルソも黄色と青に塗られたユーロスターの車両に近寄った。弾丸が軌跡を描いて飛んでいるようなその姿は、「私は科学技術の粋を集めた列車だ。科学の進歩に反対する連中は、私に乗せずに置いていく」と言っているように見えた。

　自分の乗る車両までホームを走るか、それとも最初の車両に乗って、中を歩いて自分の席まで行くか？　コルソは迷った。ホームを走れば、ソビエスキに窓から姿を見られる危険があるし、中で移動してもやはり見つかる可能性がある。

そう考えて、コルソはいちばん前の車両に乗って、そこから動かないことにした。ソビエスキを探すのは、ロンドンのセント・パンクラス駅に着いてからでいい。

ここまで走ってきたので、息が切れ、身体は汗だくになっていた。コルソは空いている席に腰をおろして、目を閉じた。この列車のどこかにソビエスキも乗っている。やつはおれから逃げることはできない。そう思うと安心して、なんだか楽しくなってきた。旅には、いつでも人の心を浮きたたせるものがある。ソビエスキを尾行して、捕まえるのはロンドンに着いてからだ。それまでにすることはひとつしかない。部下に連絡して、自分がどこにいて、何をしようとしているのか、説明することだ。部下たちはきっと何事かと思っているにちがいない。なにしろ、パリを騒がす連続殺人事件の真っ最中に、捜査を指揮する課長がオフィスに姿を現さないのだから……。

49

列車が出発すると、コルソはすぐにバルバラに電話をかけて、状況をかいつまんで説明した。

「ひとこと言ってもいいですか？」バルバラが言った。

「だめだ。きみには、新たな捜査を始動させるための準備をしてほしい」

「新たな捜査ってなんです？　ソビエスキを追っているなら、今までと変わりないじゃありませんか？」

「だから、ソビエスキを捕まえるための新たな捜査だ」

　そう言うと、コルソはボルネックの捜査報告書から始めて、これまでに集めたすべての資料を〈ソビエスキが犯人だ〉という視点で洗いなおしたいと伝えた。

「きみにはその準備をしてほしいんだ」

　だが、バルバラはすぐに反論した。

「私たちはソビエスキを追いつめるのに失敗して、釈放したばかりなんですよ。それなのに、まだその線にこだわるんですか？　ここは別の容疑者を探したほうが……」

　コルソは返事をしなかった。たとえ堅牢そうに見えるアリバイがあったとしても、また、アトリエにソフィーとエレーヌを殺した痕跡が残っていなかったとしても、さらには、殺人の場面を絵に描いたことが決定的な証拠にならなかったとしても、いや、むしろ現場写真を買って描いたのだとしたら、犯人はそんなことはしないだろうという反論があったとしても、ソビエスキが容疑者であることは間違いない。「やつが犯人だ。やつを手放してはいけない」頭の中ではいつもそう叫ぶ声が聞こえた。

「ほかはどうします？」バルバラが尋ねた。

「ほかというのは？」

「《ル・スコンク》の建物の調査とか、エレーヌの隣人の調査とか、養護施設の調査とか、有料ポルノサイトの会員の調査とか、そのサイトのビデオを作ったスタッフの調査とか、それに出演した俳優の調査とか、私たちがやってきたすべての調査のことですよ。ボンパール部長が応援部隊をたくさん送ってくれたおかげで、今や私たちのフロアは、小さな会社くらいの規模になっているんですよ」

コルソは適当に受け流した。

「うまくやっておいてくれ。効率的に仕事を割りふって、みんなをまとめてほしい。おれのいない間にきちんと仕切ることができるのは、きみしかいないからな」

これでバルバラはずいぶん気をよくしたにちがいない。だが、それに対する返事はなかった。その代わり、バルバラは別のことを尋ねた。

「リュドはどうします？」

「まったくいつもと同じように接するんだ。これまでにないほど全力投球で捜査に励むだろうよ」

「ストックや応援部隊には何て言えばいいんですか？きっとソビエスキが釈放になった理由を知りたがるでしょう。それにはリュドの話をしないと……」

「いや、おれが夜中に令状をとらずに家宅捜索をしたために、釈放しなければならなくなったと言えばいい。ここはとにかく全力を尽くさなければならない。ソビエスキはひと筋縄ではいかないんだから……」

「わかりました。ひとこと言ってもいいですか？」

「だめだ。おれのほうが、きみに言いたいことがある。昨日、頼んだとおり、きみにはやつの別のアトリエを見つけてもらいたい。銀行口座、請求書、クレジットカードをしらみつぶしに探すんだ。おれのほうは、すべてがうまくいけば、今晩には戻るよ」

それだけ言うと、コルソは電話を切った。〈これでいい、自分は正しい方向に進んでいるんだ〉そう自分に言いきかせる。あの男は何を考えているかわからない。危険な男なのだ。だが、とりあえずこれから二時間は何も起こらないだろう。ここは列車の中だし、ソビエスキは、自分と同じこの列車に乗っているのだ。

そう思うと、コルソは少しだけ身体の力を抜いて、座席に沈みこんだ。だが、どうしても考えるのはソビエスキのことだ。あの男はどうしてイギリスに行くのだろう？　ジュノンとディアーヌはどうして嘘のアリバイ証言をしたのだろう？　あの証言は、もちろん嘘に決まっている。だが、どうして？　ソビエスキを愛しているから？　それも信じられない。きっとソビエスキがうまいこと持ちかけて、説得したにちがいない。では、どんなふうに？　そもそもソビエスキは、ソフィーとエレーヌをどうやって連れだしたのだろう？　あのアトリエで殺したのでなければ、殺害現場まで連れていく必要がある。そこはどこだろう？　やっぱり、別にアトリエを借りているのだろうか？

と、その時、突然、非常ベルが鳴った。列車はすでに英仏海峡の下を走っているはずだ。いったい、何が起こったのか？　ソビエスキが何かしたのか？

列車はすぐに速度を落としはじめた。非常ベルは鳴りつづけていて、トンネルの中で音が反響している。粒子加速器のなかの素粒子も、この非常ベルの音のようにパイプの中でぶつかりあうのだろうか？　コルソはそんなことを考えた。まもなく、列車は停車した。すると、突然トンネル内の明かりがついて、黄色いベストを着た保安警察の警察官や消防士が線路沿いの通路に現れた。乗客は席から立ちあがり、動きまわったり、大声をあげたりしている。「故障だ」と叫ぶ者もいれば、「火事だ」と騒ぐ者もいる。「テロだ」とわめく者もいた。だが、本当の意味でのパニックにはならなかった。

やがて、シューという音とともに車両の扉が開き、保安警察の警察官たちが入ってきた。警察官たちは、荷物を持たずに外に出るよう、乗客たちに指示した。

「心配ありません。これから作業用トンネルに避難しますが、そこならまったく安全です」

そう説明して、安心させていく声を聞きながら、コルソは「英仏海峡トンネルには、実際には三本のトンネルがある」と聞いた話を思い出していた。三本のうち、南側にあるのがイギリスに向かう列車が通るトンネル。北側にあるのは、フランスに向かう列車が通るトンネル。そして真ん中にあるのが、保守点検作業や、緊急時の乗客避難に用いられる作業用トンネルだ。今はまさにその、緊急避難というわけだ。

周囲の動きに従いながら、コルソはまたソビエスキのことを考えた。やっぱり、ソビエスキが何かしたのではないか？　乗客は列車に沿って縦一列に並びながら、列が動きだすのを待っている。その列に加わりながら、コルソは少しでも情報を得ようと、警察官に質問した。だが、「現在、調査中です」という答えしか返ってこない。黄色い蛍光色のベストを着て、額の部分にランプのついたヘルメットをかぶった警察官たちは、映画の『ミニオンズ』に出てくるキャラクターを連想させた。乗客の間にはさまざまな噂があふれ、最終的には「ボヤでもあったのだろう」ということで落ち着いた。

しかし、実際には煙のにおいはしない。それどころか、トンネル内を流れる空気はさわやかで快適だった。奇妙な沈黙の中、やがて行列はゆっくりと動きだした。まるで、これは避難訓練だとでもいうように……。

コルソは時々つま先立ちになって、白い帽子をかぶった男がいないか探してみた。だが、目の届く範囲には、そんな男はひとりもいなかった。

行列は列車とトンネルの壁に挟まれた狭い空間を進んでいった。トンネルのモルタルの天井の下で見ると、ユーロスターは駅で見た時よりさらに巨大に感じられた。壁が迫っていることもあって、かなり圧迫感がある。壁は丸いカーブを描いていて、巨大なホースの中にいるように思えた。聞いた話によると、トンネルは円形に掘削された部分にあらかじめ工場で生産された円弧状のブロックをはめこんでいくことでできあがっていく。したがって、トンネルの壁は、リング状になったそのブロックが規則正しく並べられて造られているのだが、どこまでも同じように続いていくそのブロックの模様を見ると、距離感がわからない、不思議な感覚になった。

最初の驚きがおさまったせいか、人々は大声を出すこともなく、時おり小声で会話を交わすだけで、静かに歩いていた。だがそのうちに、自分たちがどこにいるのかをはっきり理解しはじめたからなのか、心配になってきたようだ。コルソは人々の間に不安が広がるのを肌で感じた。無理もない。自分たちは今、海面下百メートルという場所にいて、頭上には四千立方キロメートルの水の塊があるのだ。

このままではパニックが起きるかもしれない。そう思った時、トンネル内を強風が吹きぬけた。作業用トンネルに入るためのエアロック室が開けられたのだ。エアロック室は、列車が走るトンネルで火災が発生した時に、炎や煙が入ってこないように中の空気が加圧されている。だから、扉を開けると強風が吹きつけるのだ。人々はころびそうになって、しゃがみこんだり、近くの人にしがみついたりした。

エアロック室の扉は黄色い防火扉になっていて、そのまわりを入り組んだ配管が取りかこんでいる。人々はそこを目指して、足を踏んばり、身体を折りまげて進んでいった。コルソは列になって歩いていく人々を追いこして、ソビエスキを探すことにした。この騒ぎの中で、あの男が逃げてしまうのではないかと心配になったからだ。もちろん、この状況では逃げる場所などあるはずがない。だが、それでもコルソは心配だった。

　列から抜けだして、先を急いでいると、コルソはすぐに〈ミニオンズ〉のひとり——黄色いベストの警察官に押しもどされた。と、まさにその時だった。白いボルサリーノの帽子をかぶった男がエアロック室に入ろうとしているのが目に入ったのだ。片手で帽子を押さえ、背中には黒っぽいリュックをしょっている。だが奇妙なことに、リュックの上には丸めたキャンプ用のマットがくくりつけられていた。まるでトレッキングに出かける年寄りのバックパッカーといった風情だ。

　胸騒ぎを感じて、コルソはもう一度列を抜けると、急ぎ足で進みはじめた。風はますます強く、冷たくなっている。

　が、今度は消防士に肩をつかまれた。

「こら、あわてるな」消防士はフランス語で命令した。「別に緊急事態が発生したわけじゃない。並んで前に進むんだ。少し待っていれば、また列車に戻れる」

「何を待つんです？」警察官の身分証明書を示しながら、コルソは尋ねた。

　それを見ても、消防士は特に仲間意識は感じなかったようだった。しかし、それでも質問には答えてくれた。

「もう危険はないと確認がとれるのを……」

「いったいどんな危険なんです？」

　だが、今度は質問に答えてくれなかった。コルソを列に押しもどすと、消防士は、ほかの場所で列からはみでた人をまた中に戻すために小走りに消えていった。行列はゆっくりと進み、コルソもようやくエアロック室の入口まで来た。ソビエスキが作業トンネル内にいることを確認しようと、コルソはまたつま先立ちになって、先のほうを探した。

　しかし、ソビエスキの姿はどこにもなかった。こうなったら、もうためらっている場合ではない。コルソは列から出ると、壁に身を寄せて、決然と歩きはじめた。警察手帳を顔の前に掲げたので、誰も注意しにくるものはいない。壁の近くはさらに風が強かった。その風に逆らいながら、コルソは進んでいった。

そのうちに行列の中ほどまで来て、ソビエスキがいたと思われるあたりにたどりついたが、その姿は見つからなかった。コルソは列の先を見通した。目印は白いボルサリーノの帽子とリュックの上のキャンプ用マットだ。だが、そんな姿をした者はひとりも見えない。いったいどこに消えたのだろう？　いや、そもそも消える理由があるのだろうか？　わざわざトンネルの中で姿を消す理由が……。

コルソは壁に沿って歩きつづけ、列の先頭まで来た。保安警察の警察官と消防士たちがフランス語と英語を交えて話している。が、あいかわらずソビエスキは見つからない。その時、コルソは壁に扉があることに気づいた。ソビエスキはこの扉から、どこかに逃走したのだろうか？　すぐに開けてみようとしたが、ロックされているようで、一ミリも動かない。そう言えば、トンネル内の扉はここから百キロメートル離れた陸地の管制室で操作されていると聞いたことがある。もしそうなら、ソビエスキがここから外に出られたはずがない。

その時、誰かが後ろから声をかけてきた。

「そこで何をしている？」英語だった。

保安警察の警察官がコルソの態度を不審に思って、確かめにきたのだ。それはまるで、スーパーマーケットで万引きを発見した時のようだった。

コルソは何と答えていいかわからなかった。というより、何をどう考えたらいいのか、わからなかった。目の前にあるのは、明白な事実だけだ。フィリップ・ソビエスキは、英仏海峡の下で、どこかに消えてしまったのだ。

50

イギリス人の美意識はクリスマスの飾りに集約されるのではないだろうか？　コルソはいつもそう思っていたが、セント・パンクラス駅を出て、ロンドンの街を見渡すと、あらためてその思いを強くした。金色の文字が躍るショーウインドー、赤い電話ボックスに赤いバス、赤銅色のドアノブ、頭の上におかしな丸い帽子を乗せたボビーと呼ばれる警察官……。どれもこれも、小さな鐘をたくさんつけた、クリスマス・ツリーのオーナメントのようだ。ちょっと気取ったおとぎの国――それがロンドンだ。

　もちろん、二〇〇〇年以降ロンドンは大きく変貌し、才能ある建築家たちによって造られた現代的な建造物や、ガラスと金属でできた高層ビルが林立している地域もある。だが目の前の広場の光景は、むしろクリスマス・ツリーの下に置かれたプレゼントを思わせた。銀色の絵柄が描かれた金色の包装紙に包まれたプレゼント。その中身はチョコレートボックスだ。

　結局、非常ベルは誤って鳴らされたものだった。危険がないことが確認されると、乗客は再び車両に乗りこみ、ユーロスターは四十五分遅れただけでロンドンに無事到着した。しかし、ロンドンに着いたからといって、このあとどうすればよいのだろう？　ソビエスキは姿を消してしまった。結局、自分は忙しい捜査の真っ最中に、半日もつぶしてロンドンまでやってきて、することを見失って途方に暮れているのだ。ロンドンにしては珍しく日差しに恵まれ、楽しそうにしている観光客に交じって……。もう滑稽としか言いようがない。「おまえは馬鹿だ」という声が、頭の中で鐘のように鳴り響いている。おまけにトンネル内で風に当たったせいで、身体が冷えてしまったのか、風邪の症状が表れていた。身体がぞくぞくする。

この状態では、もうパリに戻るしかない。コルソは窓口に並んで、帰りの列車の切符を買った。列車は午後の遅い時間のものしかとれなかったので、それまではここで待っているしかない。コルソは駅の待合室で、長い間、ぼんやりしていた。それから、列車に乗る前に腹ごしらえだけはしておこうと思って、構内にあるハンバーガーの店に入った。店の奥に座って、機械的に口を動かし、チーズバーガーを喉に押しこむ。泥沼にはまりこんだような気分だった。

その時、コルソは移動中にバッテリーを節約するため、スマホを機内モードにしていたことを思い出した。ロンドンでソビエスキを追跡することになったら、バルバラに電話をかけて、あの男が立ち寄りそうな場所について、情報を得なくてはならないと思っていたからだ。まあ、今となってはそんな用心も無駄になってしまったが……。コルソは機内モードを解除して、その間に届いていたメッセージを確認した。

パリを出発してすぐバルバラに電話をかけたあと、スマホにはそのバルバラから五つ以上のメッセージが送られてきていた。パリで新しい展開があったのだろうか？　ソビエスキを追いつめることのできる決定的な証拠が見つかったとか……。砂漠の遠くにオアシスを発見した旅人のように、コルソは急に元気を取り戻し、すがるような思いで、バルバラに電話をかけた。

「ソビエスキは今、高速道路に乗って、マンチェスター、リバプール方面に向かっています」電話に出ると、バルバラは早口で言った。

「どうしてそんなことがわかるんだ？」

「あの男が持っていたリュックを覚えていますか？」

ソビエスキは逮捕された時、着替えと一緒に、ルイ・ヴィトンの黒っぽいリュックを持ってきていた。郊外の団地にいる、格好をつけたチンピラのように……。

拘置所の記録によると、その中に入っていたのは、現金と身分証明書、コンドーム、興奮剤、潤滑剤だけだったという。その時、コルソはエアロック室に入ろうとしていたソビエスキの姿を思い出した。そうだ、あいつは黒っぽいリュックをしょっていた。

「覚えているが……。それがどうしたと言うんだ？」

「ソビエスキが拘置所にいた時、私は刑務官に言って、一応、中身を見せてもらったんです」

いかにもバルバラらしい。何事も自分の目で確認しないと、気がすまないのだ。バルバラが続けた。

「それで、その中に土産を残しておきました」

「何を？」

「GPSの受信機です。国内治安総局の連中が押しつけてきたやつがあったでしょう？　最新式の超小型のモデルなので、まず見つかることはありません。列車の中から電話をもらった時に、『ひとこと言ってもいいですか？』と何度も伝えようとしたのに、『だめだ』と言われて、知らせることができなかったんです。今、ちゃんと知らせましたからね」

コルソはあらためて舌を巻いた。バルバラは頼もしい右腕というだけではない。いつもほかの課員より先を行っているのだ。おそらくは自分も含めて……。

「そのGPSの情報は……おれも直接、知ることができるのか？」

「はい。アプリを使えば、ボスにも簡単にソビエスキの位置がわかりますよ。地図の上でカーソルが動いていきますから、それに従っていくだけです。ソビエスキは午後一時半にセント・パンクラス駅を出て、すぐに高速道路M四十号線に乗って北に向かいました。現在は高速道路M六号線でマンチェスター、リバプール方面に向かっています。でも、どこに行くかは、まだわかりません。その先に行くかもしれませんし、途中で高速をおりるかもしれませんから……」

ということは、ソビエスキは列車の中にいたということだ。では、非常ベルを鳴らしたのはやつだったのだろうか？　何のために？　やつは本当にトンネルで姿を消したのだろうか？　自分はどうかしてしまったのかもしれない……。コルソは思った。

「今はどこにいるんだ？」

「バーミンガムのあたりです。誰が運転しているのかは知りませんけど、どちらかと言えば年寄りの運転です。この速度ならリバプールに到着するのは十九時頃でしょうね。でも、繰り返しますけど、本当にどこに行くのかわかりませんよ」

コルソは腕時計に目をやった。この時間なら、レンタカーを借りて高速を飛ばせば、やつに追いつけるだろう。アプリで位置を確認して、近くまで来たら、距離を保って追跡すればいい。そうすれば、やつが何をしようとしているか、わかるだろう。

「ソビエスキがイギリスで連絡を取りそうな相手は？」コルソは訊いた。

「わかりません。ひとつ画廊がありますけど、それはロンドンですから……」

「あいかわらず素晴らしい仕事ぶりだ。きみは最高の部下だ」

「お世辞は結構です」バルバラはそう言って、クスクスと笑った。「早くあとを追ってください。あまり時間がないので……」

「どういうことだ？」

「GPSは、コンドームの箱のいちばん手前のコンドームの中に隠してあります。だから、あの男が誰かと寝て、そのコンドームを使ったら、もう追跡することはできません。誰かに寝取られる前に、早くあなたの恋人を見つけてください。ソビエスキを……」

51

ソビエスキからはかなり遅れをとっていたが、コルソはアウディA3のオートマチック車をレンタルして北に向かった。フランスの車と違ってハンドルは右だったが、すぐに慣れた。ところが、ロンドンの街を出る時に道に迷って間違った方向に行ってしまい、そこで三十分、時間を無駄にしてしまった。

ソビエスキはゆっくりした速度で進んでいたが、最初から二百キロメートル以上、距離の差がついている。スマホの地図上を移動する小さな青いカーソルは、あいかわらずM六号線をマンチェスター、リバプール方面に移動していた。そうして二時間後、M六号線がM五十六号線と交わるところで、ソビエスキの車はリバプール方面には行かず、マンチェスター方面に向かった。

運転をしている間、コルソはソビエスキを見失わないようにという緊張感があるいっぽう、窓外の景色を楽しむ余裕もあった。郊外の住宅街を抜けて高速に入ると、景色はだんだんのどかになり、今は緑の丘に田舎風のコテージ、白い柵といった、のどかな田園風景が広がっている。それを見ていると、日常の喧騒を離れて、ほんの少しだけ、心が安らぐような気がした。夏の日差しにもかかわらず、緑の丘にはところどころに水たまりができている。おそらく、気まぐれに襲ってくる驟雨が残していったものだろう。たとえ太陽が照りかがやいていたとしても、イギリスでは雨と無縁でいることはできない。雨はこの国のDNAのようなものなのだ。

午後七時――ソビエスキの車がマンチェスターの街に入った。青いカーソルはノーザン・クオーター地区のホールズワース通りで動きを止めた。自分のいるところからだと、まだ百キロメートルくらいあったので、コルソは少し焦る気持ちになった。だが、ここで派手にスピード違反をして捕まるわけにはいかない。道がまっすぐなのをいいことに、コルソは運転しながら、グーグルマップで、その地区の写真を見てみた。通りはどこも狭く、汚らしく、建ちならぶレンガの建物の壁や敷地の塀に極彩色の絵が描かれている。検索してみると、どうやらストリートアートで有名な地区のようだ。ソビエスキの車が停まったホールズワース通りにはストリートアートはほとんどないが、やはりここも狭く、寂れた通りだった。半分前方を気にしながら、コルソはさらに検索を続けた。すると、この通りには《ノースパッド》という名の画廊があることがわかった。画廊のホームページをクリックすると、扱っている画家のリストが現れ、ソビエスキの名がいちばん上にあった。一カ月後にソビエスキの絵の展示会があるらしく、そのためのサイトも開設されていた。

ということは、あいつが裁判所の指示を無視して、国外にまで来たのは、このためだったのか？　もちろん、それはあいつのやり方らしい。ソビエスキは権威から命令されたからと言って、唯々諾々と従うようなやつではない。自分がやりたいことを自由にやる男だ。だが、そうすると、ふたつの事実が浮かびあがることになる。まず、ソビエスキは国外に逃亡しようとしたのではないということ。それから、イギリスに来たのは秘密の理由があったからではないということだ。

突然、空模様が怪しくなってきた。さっきまで夏の日差しが降りそそいでいたというのに……。空は今や、イギリスの産業革命を推進した蒸気機関車から出る煙のような、真っ黒な雲で覆われていた。

そのうちに、コルソはマンチェスターの郊外にさしかかっていた。あたりには、草地の間に赤茶色の武骨なレンガ造りの建物が点在する、侘しい光景が広がっている。これもまたイギリスの顔だ。

街が近づくにつれて、高層ビルと昔ながらの一軒家が混在する奇妙な風景が目に飛びこんできた。一軒家は茶色や灰色のくすんだ色合いだが、ビルはモンドリアンやロスコの絵のように明るい色彩のものもあって、調和がとれていなかった。さらに街に近づくと、コンクリート製の四角い団地も目に入ってきた。道路沿いには広めの間隔を置いて、街灯が並んでいる。街灯は肉屋でウサギを吊るしている鉤のように見えた。団地の上には黒い雲が重く垂れこめている。

画廊の所有者と打ち合わせがすんだのだろう。ソビエスキは三十分前にこの街を出ていた。だが、ロンドンに戻る様子はない。今度はM六十一号線に乗って、北西の海岸に向かって進んでいた。そのまま行けばランカシャー州に入る。コルソは、マンチェスターで降りてホールズワース通りの画廊のオーナーに聞き込みをするか、ソビエスキを追ってランカシャー方面に向からか考えた。

こういう時はバルバラに相談するのがいちばんだ。スマホを見ながら運転するのにも疲れてきたので、コルソはバルバラに電話をして、自分が迷っていることを告げた。

「地図で見ると、やつはランカシャーのプレストンかブラックプールに行くのかもしれない。あるいはもっと北のランカスターか海岸沿いのモーカムの可能性もある。きみはどう思う？」

「ブラックプールですね」

「どうしてだ？」

「ブラックプールというのは海水浴場のあるリゾート地で、リバプールやマンチェスターから労働者階級の家族連れがよく訪れる場所です。遊園地もあります。ビールを飲んだり、フィッシュ・アンド・チップスを食べたりして、陽気に楽しむところですよ」

「そんなところへやつが何をしにいくって言うん

だ?」

「あの町には大人の娯楽もたくさんありますからね」

「と言うと?」

「ストリップショーを見せるナイトクラブとか……。それもひとつではありません」

コルソは身体が熱くなるのを感じた。アクセルを踏みこむと、マンチェスターの高速の出口の脇を走りぬける。それから、いくつか高速を乗りついで、最終的には北に向かった。やつはおそらくブラックプールに新たな獲物を探しにいくのだろう。もしかしたら、歓楽街の片隅で、ソビエスキを逮捕できるかもしれない。もちろん、殺人の現行犯で……。そう思うと、希望が湧いてきた。今夜はいいことがあるかもしれない。コルソは思った。

52

高速をおりると、コルソは赤いレンガ造りの家が建ちならぶ住宅街を通りぬけて、一気に海岸沿いのプロムナードまで車を走らせた。町の北側には海沿いにテーマパークがあって、そこにはエッフェル塔を小さくしたようなブラックプール・タワーがそびえている。南側にはやはり海沿いに遊園地があって、ジェットコースターが見えた。防波堤には観覧車もある。その近くにはカジノもあった。プロムナードにはファストフードの店や土産物屋、ゲームセンターが隙間なく並び、訪れた客を呼びよせていた。そろそろ日も暮れかかってきたので、あちらこちらでネオンが輝き、暗くなってきた空を照らしている。昼の暑さで熱した空気が冷たい海面で冷やされたせいか、あたりには霧が立ちこめてきた。夕闇の中、霧を通して浮かびあがる町の姿は、まさに要塞のようだった。

コルソは海沿いの駐車場に車を停めて、エンジンを切った。しばらくの間、スマホの地図上を動く、青いカーソルをわくわくする気持ちで見つめる。青いカーソルは密林の奥に隠されたエメラルドのように思えた。自分は密林を探検する冒険家で、これまで泥にまみれ、熱病に悩まされながら、昼夜を問わず、歩きつづけてきた。そうして、今、ようやく探しもとめてきた宝石のありかを突きとめたのだ。

車のドアをロックすると、コルソはスマホを手に歩きはじめた。まずは海岸沿いを行って、フライドポテトやフィッシュ・アンド・チップスの屋台、ハンバーガーやピザを売るファストフードの店、バーやビンゴ・ルームの前を通りすぎる。店はどれも赤やピンクや水色など鮮やかな色で塗られていた。あたりが一段と暗くなると、店の看板はネオンサインで色とりどりの光を放つようになり、それが遠くまで続くさまは、プロムナード沿いにスパンコールをちりばめたようだった。通りには裸電球が一列に吊るされていて、金や銅のフィラメントがまぶしく光っている。風に運ばれて波のしぶきが飛んでくるので、電球がショートしてしまうのではないかと、コルソは少し心配になった。

あたりには耳をつんざくような騒音が鳴り響いていた。ロックやラップ、サルサ、サーカスの音楽、手回しオルガンの単調なメロディなど、建ちならぶ店の中から、それぞればらばらに、あらゆる種類の音楽が流れてくるのだ。ゲームセンターからは、大当たりの出たスロットマシーンがコインをじゃらじゃら吐きだす音が聞こえる。呼びこみの口上も、スピーカーを使って、大音量で流される。マイクのせいで声が割れて、その言葉はもはや何を言っているのかわからなかった。だが、いちばんうるさいのは、空を切り裂きながら、頭上を通りすぎるジェットコースターの音だ。レールを軋ませながら、近くを通り抜けていく、すさまじい轟音。そばにいると、それだけで身体が振動して、歯医者で歯を削られているような気分になる。

コルソは遊園地の前を急いで通りすぎ、まるで海からの風に押されるようにして、海岸沿いのプロムナードから町の中に入っていった。観光客でにぎわう表通りと違って、コルソが入っていったあたりの裏通りは、社会の掃き溜めといった様相を呈していた。家族手当を酒や薬に使ってしまうのだろう、飲んだくれの年寄りや、腕にタトゥーをしてヘロインを吸っている若者があちらこちらにたむろしている。この町でも貧困は代々受け継がれていくのだ。酒や薬に酩酊しながら、ジェットコースターのように、社会の底辺に落ちていく人々――だが、このジェットコースターが上にあがることは決してない。

スマホの地図を移動する青いカーソルを追いながら、コルソは今は大人のための猥雑な界隈を歩いていた。カーソルは動きを止めない。やつはいったい、何を探しているのだろう？　ストリップ劇場か？　胸の大きい売春婦か？　それとも、次の犠牲者だろうか？　裁判所の指示を無視したことで、フランスに帰ったら、ソビエスキは間違いなく召喚される。もしかしたら拘置所に戻されるかもしれない。ソビエスキにはそれがわかっているのだろうか？　それとも、ただ自分の気持ちの赴くままに、自由気ままに生きようとしているのだろうか？　ソビエスキの性格からすれば、それも不思議ではない。やっぱり、ソビエスキは新たな獲物を手に入れようとしているのではないか？　コルソは思った。残虐なやり方で殺して、新しい絵を描くために……。しかし、そうだとしたら、それこそこちらの思う壺だ。やつが片手に下着を持ち、もう片方の手にナイフを持っている現場を取りおさえるのだ。

コルソはまた画面のカーソルを見た。ソビエスキのいる場所を示す青いカーソルは、さっきから、同じところを行ったり来たりしている。まさしく獲物を探しているように……。これまでのところ、コルソはまだソビエスキに接近していなかった。その姿を実際に確かめてもいない。だが、相手の位置はもうわかっているのだから、無理をする必要はない。今は距離を保って追跡するほうがよかった。相手に見られて警戒されたら、それでおしまいだ。

と、ソビエスキの位置を示すカーソルが歓楽街を抜けて、海岸のほうに動きだした。遊園地の方向だ。夜も更けてきたので、遊園地からは、子どもを連れた女たちが出てくる。子どもたちは手に綿菓子を持っていた。男たちは酒を飲んだ勢いで、大声で叫んだり、小突き合いの喧嘩をしたりしている。だが、少しでも騒ぎが大きくなりそうになると、近くにいた兵士たちがすぐに収めにかかった。兵士たちの任務は、もちろん酔っ払いの相手をすることではない。テロに備えて、巡回することだ。だが、そのおかげで、遊園地の秩序と安全が取り戻されるのだ――皮肉な気持ちでコルソは考えた。

カーソルは遊園地に入っていった。遊園地には〈楽しい浜辺〉(プレジャー・ビーチ)という名前が付けられている。まったく、何が楽しいのか？　そう思いながら、コルソも続いて、中に入った。そのとたん、ジェットコースターが轟音を立てて、頭上を通りすぎていった。巨大なスケートのエッジが氷を削っていくように、夜空を切り裂いていく。と、今度はすぐ脇を別のジェットコースターが通り抜けていった。血の気が引いた乗客たちの顔が現れたと思った瞬間、消えていった。乗客たちは大きく口を開けて、歓声をあげていた。

その時、突然、ソビエスキの姿が目に入った。ジェットコースターのレールが複雑に交差して、大きな8の字になっているあたりに向かっている。だが、ソビエスキだって、わざわざジェットコースターに乗るために、この場所までやってきたわけではあるまい。コルソはソビエスキを観察した。どこかで着替えを買ったのだろうか、ソビエスキは昼間、トンネルの中で見た時とは違う服装をしていた。三〇年代の仕立てを思わせる、ゆったりしたグレーのフラノのズボンをはき、その上には、半袖のシルクのアロハシャツを裾を出して着ている。帽子はつばの広いベージュのカウボーイハットに変わっていた。列車に乗って町から町へ移動する、二十世紀のアメリカの労働者がかぶっていたような帽子だ。ただ、黒っぽいリュックだけは昼間と変わらず、背中にしょっていた。

コルソは歩みを早めた。ソビエスキはジェットコースターのチケット売り場には行かず、立ち入り禁止の柵をくぐって、レールが頭上一メートルくらいに迫る高架の下を通り抜けていった。

それを見ると、コルソもあわててあとを追おうとした。だが、突然、イギリス人らしい女性の一団に行く手を阻まれた。赤紫のワンピースにブルーのウイッグをつけた年配の女たちだ。おそらく、園内で楽しく酒を飲んで、泥酔してしまったのだろう、女たちはカードを手に、「ビンゴ！　ビンゴ！」と叫んでいた。コルソは女たちを押しのけて、自分も柵をくぐり抜け、芝生の上を走った。ちょうど真上を、ジェットコースターの車列がガタンゴトンと音をたてて、ゆっくりと上昇していくところだった。

そのジェットコースターが急降下した時、コルソは反対側の柵をくぐっていた。そこは遊園地の敷地の外の道路で、まったく人通りがなかった。ただ、人魚の装飾のついた街灯がぼんやりとあたりを照らしている。コルソは左右に目を走らせた。ソビエスキはいない。あの男はまたどこかに姿を消してしまったのだ。

53

道路の向こう側は、ソビエスキがさっきうろついていた場所とはまた違う歓楽街だった。道路を渡って、横道を入っていくと、すぐにナイトクラブが立ちならぶメインストリートに出た。どの店もストリップやラップダンス（客に接触しながら踊るダンス）が売りで、ネオンで飾られたけばけばしい看板には《ヴィーナス》、《堕天使》、《天国》、《ルージュ》、《純潔》、《背徳》といった挑発的な店名が、淫らなポーズをした裸の女の姿とともに掲げられている。スクリーンに踊り子たちの姿を映している店もあった。そして店の中からは、それぞれ種類の異なる、別々の音楽が耳障りな音をたてて、大音響で聞こえてきた。

スマホの画面でソビエスキのいる位置を確かめると、コルソは男ばかりの通行人をかきわけながら、メインストリートを走りはじめた。ソビエスキの姿は五十メートルも行かないうちに見つかった。アロハシャツを着て、ベージュのカウボーイハットをかぶった男がゆっくりと歩いている。コルソは歩みを緩めて、あとをついていった。近づきすぎると、気づかれてしまう恐れがある。現行犯で取りおさえようと思ったら失敗は許されない。

と、突然、ソビエスキが右に曲がって、暗い通りに入っていった。コルソもあとに続いた。こちらの通りは人影がまばらで、ネオンの飾りのついた看板もない。並んでいるのはどんな種類の店なのだろう？　戸口の下の隙間から漏れる明かりが、暖炉の熾火（おきび）のように、ほのかに光っている。

あたりが薄暗いのに乗じて、コルソはソビエスキとの距離を詰めた。ソビエスキのほうは、すでに目的地が決まっているというように、迷いのない足取りで歩いていく。そして、そこからさらに暗い通りに入った。その時、コルソもその通りがこれまでのものとは雰囲気が違っていることに気づいた。メインストリートで騒いでいる男たちとは異なり、この通りにいる男たちは、ほとんど口をきかない。いくつかの店にはショーウィンドーがあって、そこには写真が飾られていたが、その写真は小さく控えめで――裸の男のものばかりだった。

おそらくソビエスキは、今夜は男と寝たくなり、男娼のいるこの界隈で相手を探すことにしたのだろう。だが、コルソは落ち着かない気分になった。確かに通りにいる男たちは無口だったが、コルソを見ると、なまめかしいウインクを送ってきたり、舐めまわすような視線を投げかけてくる。コルソは自分が欲望の対象になって、その欲望に取りかこまれているような気がした。過去の暗い記憶がよみがえってくる。《シテ・パブロ・ピカソ》のタワーマンションの地下室に監禁されて、性奴隷にされていた記憶が……。男娼たちは静かな音楽が聞こえてくる店の入口や、薄暗いポーチの陰で、誘うような仕草をしていた。その間も、誰か客がやってこないかと、焼けた針の先のような鋭い視線を向けて、夜の闇に目を凝らしている。ソビエスキのあとについて、こうした店のどれかに入らなければいけないかもしれないと思うと、コルソは心がひるんだ。だが、ここまで来て、ソビエスキを自由にさせるわけにはいかない。

気がつくと、コルソは狭い路地に入りこんでいた。両脇には店もない。音楽も聞こえてこない。街灯ひとつなかった。ただ、路地の隅にはいくつもの人影が佇み、突然コルソの前に飛びだしてきては、腕をとったり、投げキスをしたり、何やらわからない言葉を耳もとにささやいてきたりした。

コルソは一刻も早く、この路地を通り抜けたかった。

だが、ソビエスキがそうはさせてくれなかった。時おり立ちどまっては、相手と交渉したり、親しげに話しこんだり、建物と建物の細い隙間に入りこんで愛撫やキスを交わしたりで、いっこうに前に進んでくれないのだ。しかし、だからと言って、相手を決めてどこかに行こうとするわけではなく、しばらくすると、また陽気な足取りで歩きはじめる。

そのため、コルソのほうも時々歩みを止めて、ゆっくりと歩かざるを得なくなった。その結果、必然的にすべての男娼の気を引くことになった。

その時、不意に後ろから手が伸びてきて、コルソはあっという間にレンガの壁の窪みに押しつけられた。顔をあげると、自分にキスをしようと迫ってくる男の顔が見えた。コルソは反射的に、男の腹にストレートをぶちかましていた。男は驚いて、何歩かあとずさった。

しまったと思い、コルソは男の肩に手を置いて、英語で言った。

「悪かった(アイム・ソーリー)。大丈夫だったか(アー・ユー・オーケー)？」

すると、びっくりしたことに、男はひざまずいて、コルソのズボンの前を開けようとした。おそらく、優しく謝罪の言葉をかけたことで、プレイのひとつだと勘違いされたのだ。倒錯したプレイのひとつだと……。

コルソは男を突きとばすと、小走りにその場を離れた。そして、ふと顔をあげると、その先の工事中の建物の足場の下で、ソビエスキが髪の長い男とディープキスをしている姿が目に入った。相手が好きで好きでたまらないといったキス——こんなにも情熱的なキスを見たのは、高校生の時以来初めてだった。

ソビエスキと男は身体を離し、手に手を取って歩きはじめた。きっとソビエスキはしばらくいったところで、この男を殺すにちがいない。では、それを防ぐためにすぐに声をかけるか？　いや、まだ早すぎる。殺そうとしたところで現行犯逮捕するのだ。ソビエスキがナイフを振りあげた瞬間を捉えて……。否認も反論もできない状況で……。

ふたりのあとについていこうと、コルソは足を一歩、踏みだした。その時、背後から聞きなれた音がした。鋲を打った靴の音が舗装された道路をかつかつと鳴らして走ってくる音。それもひとりではなく大勢で……。パリでもよく耳にする襲撃の足音だ。ネオナチが移民やホモセクシュアルを襲撃する足音……。振りかえると、思ったとおり、鉄の棒を持ち、メリケンサックをはめたスキンヘッドの若者たちが、路地になだれこんできていた。やつらの言うところの〈ホモ狩り〉だ。拳銃に手を伸ばしながら、コルソは〈ソビエスキのやつ、運に恵まれたな〉と思った。これでやつを捕まえることはできない。

スキンヘッドの男たちはすぐそばまで迫っていた。コルソはスライドを引いて、銃身に初弾を充塡しようとした。だが、その瞬間、こちらに走ってくる男娼たちにもみくちゃにされた。男たちに追われて、男娼はほとんどが逃げだしていた。だが、中には鉛管を武器に、ごみ箱のふたを盾にして立ち向かおうとする者たちもいた。

コルソは後ろを向いて、ソビエスキと髪の長い男の姿を確かめた。ふたりの姿はもう路地から消えていた。そして、もう一度、前を向いた瞬間、真正面からスキンヘッドの男がひとり、大声でわめきながら、殴りかかってきた。地面に叩きつけられ、アスファルトに背中を打ちつけながらも、コルソはなおも拳銃のスライドを引こうとした。すると今度は、手首をめがけて鉄棒が振りおろされ、《ドクター・マーチン》のブーツで顔に蹴りを入れられた。ブーツの先端に打ってある鋲が肉をえぐり、額から鮮血がほとばしった。だが、コルソはしっかり拳銃をつかみ、手から放さなかった。しかし、血のせいで、もう何も見えなかった。

男たちは執拗に殴る蹴るの攻撃を続けてきた。コルソは身体を丸めて、ダメージを最小限にしようとした。こめかみから血が流れ、目の前に閃光が走った。ただ、銃は相手に奪われないように、足の間にしっかり挟んだ。腕がまったくあがらない。顔はもう血まみれだった。脳みそもピューレになっているにちがいない。痛みで身体中が麻痺していた。だが、コルソは相手の攻撃が緩んだ隙に、なんとか膝をついて身を起こした。右腕に激痛が走った。悪態をつこうとするが、言葉にならない。

ふと顔をあげると、ビニールレザーのジャンパーを着たでこぼこ頭の小男が、両手でコンクリートのブロックを振りあげているのが見えた。ここで死ぬのは間尺に合わない。だが、これまで警察官として危険な戦いを生きのびてきたことを考えたら、これでちょうどチャラなのかもしれない。まあ、これが年貢の納め時なのだ。そう考えると、コルソはまぶたを閉じ、首をすぼめて、運命の一撃を待った。

だが、何も起こらなかった。思い切って目を開けてみると、スキンヘッドの男は姿を消していた。路地には人っ子ひとりいない。その代わりに、大勢の警察官が百メートルほど先から突進してくるのが見えた。後ろからは自動小銃を抱えた兵士たちもついてくる。コルソは拳銃を放して、両手をあげようとした。だが、痛みのせいで、上まであげることはできなかった。

警察の照明が路地を明るく照らしだした。警官や兵士たちの靴音が耳に障った。壁には血痕がついているようには見えない。〈レンガの壁というのは便利なもんだ〉コルソは思った。〈血がついても見分けがつかないんだから……〉

まもなく、やってきた警察官に身体を押さえつけられた。うつぶせのまま、コルソはゴヤの「赤い絵」のことを思い出した。

54

翌日、コルソはプレジャー・ビーチ遊園地内にある建物の一室で、警察の取り調べを受けた。昨夜、ネオナチが男娼たちを襲撃した事件を受けて、現場に近いこの遊園地に仮の〈対策本部〉が設けられたのだ。襲撃後、スキンヘッドの男たちがこの遊園地に逃げこみ、園内に潜んでいるという情報にもとづいて、何人もの警察官たちが手掛かりを探して、雨の中、アトラクションの間を歩きまわっていた。雨に濡れたアトラクションは昨夜の輝きを失い、侘しかった。ネオナチを見つけるのは、それほど難しいことではないだろう。だが、警察はスキンヘッドの男たちが遊園地に来る客を襲う危険もあると見たらしい。警察官を大量に動員し、大々的に捜査を行っていた。

コルソの取り調べをしているのはティム・ウォーターストンという警部だった。プラスチック製のデスクの上にはコルソの警察手帳、身分証明書、公務員用の拳銃が証拠品として並べてある。

昨夜、警察官に押さえこまれたあと、コルソは被害者であることがわかって、ほかの被害者たちとともに、治療のため《ブラックプール・ビクトリア病院》に連れていかれた。最初は痛みのために頭が朦朧としていたが、やがて麻酔薬がきいて少し楽になった。だが、何度も顔を殴られたせいで口が開かず、言葉を発することができなかった。本当は病院に連れていかれるまでの間も、どうして自分があの場所にいたのか、説明したかった。そして、すぐにソビエスキを探せと指示を下したかった。やつはあの一緒にいた長い髪の男を殺しているにちがいないからだ。だが、口が開かないコルソはその情報を伝えることができず、警察官たちは帰っていった。ベッドがひとつ置かれているだけの、窓のない薄暗い部屋で、コルソは身体を丸めて眠りについた。

それから、いったいどのくらい眠っていたものだろう。目が覚めた時、コルソは自分がどこにいて、どうしてそこにいるのかわからなかった。そのうちに少しずつ記憶が戻ってきた。見ると、右の前腕が肘からの添え木で固定されていた。頭が朦朧としていたので覚えていないが、レントゲン撮影で骨折が見つかったのだろう。そう思いながら、コルソは薄暗がりの中を起きあがり、廊下に出た。まだ、身体がふらふらしていた。フィッシュ・アンド・チップスの代わりに、パンチと蹴りを食らうとは……。まったく、楽しいイギリス旅行だった。

病院は不思議な造りになっていた。電気のスイッチがないかと右側を探すと、左側にあったり、ドアを押して開けようとすると、引いて開ける仕組みになっていた。別の廊下に続くドアだと思って開けたら階段だったり、階段もあがったと思ったら、その先ですぐさがるようになっていた。コルソはあちこちで物につまずき、こんなおかしな構造の病院を建てた連中に悪態をつきながら、なんとか病院の玄関ロビーにたどりついた。そこでようやく、もう朝になっていたことを知ったのだ。だが、イギリスらしく厚い雲に覆われた、灰色の朝だった。

玄関ロビーでは、警察官がふたり、コルソの時計やスマホ、財布など、身のまわりの品を袋に入れて、コルソが出てくるのを待っていた。コルソはおとなしくふたりに従い、フランスのものと同じくらい古くて汚いパトカーまで歩いていった。イギリスの警察は自分をどうするつもりなのかと思いながら……。おそらく逮捕されることはないだろう。自分は別に違法行為はしていないのだから……。ブラックプールで昨夜、新たな殺人事件が起きたと言って、容疑者としてソビエスキの写真を見せるのだろうか？　それとも、ただ次のフランス行き列車に乗せて、パリまで送りかえすのか？　そのうちのひとつか、あるいは全部が起こるのかもしれない……。そんなことを考えているうちに、パトカーが停まった。そうして、まったく予想していなかったことに、警察ではなく、このプレジャー・ビーチ遊園地の仮の〈対策本部〉に連れてこられたのだ。

コルソはデスクに並べられた自分の身分証明書と拳銃に目をやった。それから、向かいにいるティム・ウォーターストン警部の顔を眺めた。ウォーターストンは黄色いレインコートに蛍光色のたすきをかけていた。携帯用無線電話を持っているところを見ると、この場の責任者のようだ。赤毛のいかつい男で、映画『X-MEN』シリーズのウルヴァリンのように、もみあげから口髭までがつながったマトンチョップ髭をしている。

「フランスに電話をしたよ」ウォーターストンは気さくな調子で言った。「あんた、パリではずいぶん有名な刑事だそうじゃないか」

「だからと言って、別にいいことばかりじゃない」コルソも気取らずに答えた。

ウォーターストンは大笑いした。

「まあ、どっちにしても、ここでは何の意味もないがな。ここはイギリスなんだから……」

コルソはなぜ自分がイギリスに来たのかを話そうと思った。これはパリで起きた殺人事件と関係があるのだと……。英語なら完璧に話すことができた。警察の試験に受かったあとに、ボンパールのはからいで、一年間、アメリカの大学で勉強していたことがあったからだ。だがウォーターストンは、コルソがイギリスに来た理由などどうでもよく、昨夜の襲撃事件のことしか頭にないようだった。

「あんたを襲った連中は、〈血と名誉〉（ブラッド・アンド・オナー）の信奉者らしい（白人至上主義のネオナチグループのこと）」

「知らないな」

「要するに、いまだにナチの戯言を信じている馬鹿どもだ。もちろん、人種差別はイギリスでも禁じられている。だが、地下でひそかに活動して、このブラックプールにまで入りこんだらしい。まあ、すぐに見つけてやるがな」

コルソは黙ってうなずいた。別に何も言うべきことはなかった。ウォーターストンが続けた。

「あとで写真を見せるよ。その中にあんたを襲ったやつがいないか、確認してくれ。医者は何と言ってる?」

コルソは腕の添え木に目を落とした。病院を出た時に、診断書はもらっていた。

「何でもない。橈骨(とうこつ)にひびが入っただけだ」

「その怪我を負わせたやつは、結果的にあんたを窮地から救ったわけだ」

「と言うと(パードン)?」

「まったく(マイ・ゴッド)! あんた、腕をやられていなかったら、発砲していたろう? フランスの刑事がわざわざイギリスの北部まで来て、イギリス人を射殺したとあっちゃ、リンチにあって、縛り首にされるところだった」

そのとおりだ。コルソは何も言わず、窓の外を見た。雨が激しくジェットコースターのレールに打ちつけている。ガラスを伝う雨の雫がダイヤモンドのようだ。少し風邪気味の時には、熱い紅茶でも飲みながら、窓から雨を眺めるのも、イギリスらしくて悪くない。ホテルの暖かい部屋で……。一瞬、そんな想像をして、くつろいだ気分になった。だが、たちまち悪寒が襲ってきたので、そんな想像は吹きとんだ。身体が震える。病院のベッドに戻って、頭から毛布をかぶって眠りたかった。

と、ウォーターストンがデスクに両肘を置いて、大きな身体を乗り出してきた。

「まあ、とんだ災難だったが、今度のことは忘れたらいいさ。だが、あんたがあそこで何をしていたのか、個人的に興味がないことはない。ゲイが集まる界隈で、銃を持って、水曜の夜にな。電話で聞いた話では、あんたは今、パリを震撼させてる殺人事件の捜査を率いているそうじゃないか？　どうしてこのブラックプールまで来たんだ？　この町がいくら魅力的だからと言って、観光に来たわけじゃないだろう」

ようやく待っていた質問が来た。イギリスに来た目的を話して、捜査に協力してもらわなければ……。そう考えると、コルソはカップを手に取り、中身をひと口飲んだ。熱い紅茶ではない。生ぬるく、まずいコーヒーだ。出されたコーヒーはコップの底が見えるほど薄かった。だが、そんなことはどうでもいい。コルソは気持ちを集中させて、すべてを話した。ソビエスキがパリで起きた連続殺人事件の犯人に間違いないこと。いったんは捕まえたが、違法な家宅捜索をしたことがわかって条件つきで釈放されたこと（このあたりは、少しごまかした）。そのソビエスキが裁判所の指示を無視してイギリスに渡ったので、あとを追いかけてきたところ、マンチェスターで画廊のオーナーとは会ったものの、すぐにこのブラックプールに来たので、第三の殺人を犯すのではないかと考えていること。そして、さきほどスマホを確認したところ、ソビエスキの現在地を知らせるGPSの信号が午前二時に途絶えていたので――つまり、その時間にソビエスキがコンドームを使ったか、発信機を見つけてしまったかのどちらかということだが――今は一刻も早くソビエスキの居場所を知りたいと考えていること……。

「やつはきっと、このブラックプールで、新たな殺人を犯すにちがいない」

コルソは言った。それは刑事としての確信だった。

「だから、ソビエスキがどこにいるか、調べてくれないか」

ウォーターストンは信じられないといった顔をした。

しかし、それでも、「ソビエスキね。どんな綴りなんだ？　一応、調べさせてみるか」

そう言って署に電話をかけ、ホテルや交通機関を調べるよう、部下に指示を出してくれた。それから、しばらく考えこんだ。あいかわらず黄色いレインコートを着て、大きな赤毛の頭にそのコートのフードをかぶったままだ。

「しかし、思い切った行動をするもんだな」半ば面白がるように、半ば感心したように、ウォーターストンが言った。「フランスの刑事ってのは、みんなこうなのかね？　私などは、そんな勝手な単独行動は心配でできないが……」

コルソは思わず感情的になって言い返した。

「勝手かどうかは問題じゃない。問題は犯人を捕まえることだ」

「だが、今、聞いた話からすると、そのソビエスキという男は、本当に連続殺人事件の犯人かどうかもわからないんだろう？　実際、条件つきとはいえ、釈放されたんだし……。何もイギリスまで追ってくることはないだろう」

コルソは左手の拳を握りしめた。

「いや、やつは犯人だ。そいつが列車に乗るとわかったら、じっとしていることはできない。また人を殺させるわけにはいかないからな」

「どうして殺すとわかる？」

「やつはそういう男なんだ。もしかしたら、もう殺しているかもしれない。昨日、寝た男を……。そうだ！　その恐れがある。おい、この近くで死体が見つかっていないか？　そんな報告は受けていないか？」

それを聞くと、ウォーターストンは眉をひそめて、唇を突きだした。のんびりとした雄牛のようなその顔に、その表情は似合わなかった。髪が濡れているかのようにこめかみに張りついている。

「そんな報告は受けていない。死体なんて見つかっていない」

その言葉に、コルソは少し安心した。だが、今はまだ午前九時だ。ソビエスキは部屋の中で、あの髪の長い男娼を殺して、置き去りにしたのかもしれないし、あるいは遺体をどこかに移した可能性もある。それとも、昨夜の襲撃騒ぎで、人を殺す気分ではなくなったのだろうか？　だが、そう考えながら、コルソはもうひとつの可能性があることに気づいていた。あまり認めたくない可能性が……。自分が間違っているという可能性だ。ソビエスキはイギリスで人を殺してはいない。また、殺すつもりもない。そして……。もしかしたら、ソフィーとエレーヌを殺した犯人でもない……。

黙っていると、ウォーターストンが追い打ちをかけてきた。

「私にはその男が昨日、このブラックプールで人を殺したとは思えない。そう考えるのがまともだろう？　そうじゃないかね？」

苛立たしい気持ちを抑えて、コルソはため息をついた。ウォーターストンが続けた。

「つまり、そのソビエスキという男は裁判所の出国禁止の指示を無視してイギリスに来た。何のために？　マンチェスターの画廊に来て、その画廊のオーナーと一ヵ月後に迫った個展の打ち合わせをするためだ。出国禁止の指示を無視したのはよくなかったにせよ、その点は問題ない。殺人事件の容疑者として逮捕されていたにしても、とりあえずは釈放されたのだから……。それなのに、その男がマンチェスターからブラックプールに誰かを殺しにくると想像するとは……。いや、本当に殺したと主張するとは……。フランスの刑事はテレビドラマの見すぎだとしか考えられないね」

「馬鹿にするのはやめてくれ。あんたはソビエスキという男を知らないから、そんなことが言えるんだ。あいつを知っていたら、あんたも同じことをして、同じことを考えたはずだ」

「さあな。私はあんたのように想像力が豊かではないんでね」

そう言うと、ウォーターストンはボールペンのノック部分をカチカチと鳴らした。部屋の中はそのノックの音と、窓に雨が当たるパチパチという音しか聞こえなくなった。

「じゃあ、これまでの話を一緒にまとめようか」パソコンを指さして、ウォーターストンが言った。

コルソはあらためて腕時計に目をやった。今頃、ボンパールやチームのメンバーはどうしているだろう？そう思うと、自分はこんなところでいったい何をしているのかと、歯がゆい気持ちになった。バルバラと電話で話して以降、メッセージは届いていない。悪い兆候だ。捜査は進展していないのだ。

その時、デスクの上の電話が鳴った。受話器を耳に当てると、ウォーターストンは話を聞きながら、メモ帳に何か書きはじめた。時おり、コルソのほうをちらっと見る。コルソはウォーターストンの目が緑色をしているのに気づいた。防波堤の下でよく見る、コンクリートブロックについた藻や苔の緑だ。その深い緑は、湿った赤い髪とよく合っていた。

「あんたのソビエスキは八時二十分発のユーロスターに乗ったらしいぞ」電話を切りながら、ウォーターストンは言った。「今頃は英仏海峡の下だ」

コルソはどう考えたらいいのかわからなかった。またしても一杯食わされた――そんな苦い感覚だけが残った。

「まあ、そうがっかりするな」パソコンを起動しながら、ウォーターストンが言った。「ソビエスキはパリに戻ってから料理すればいい。パリはあんたの領分だからな。だが、ここでは違う。まずは供述調書だ。そのあとは市役所に行ってもらおうか。市の保険係があんたに腕の治療費を払ってほしいそうだ」

「冗談だろう」

それを聞くと、ウォーターストンはにっこり笑って言った。

「もちろん冗談だよ。調書を仕上げたら、あんたが車を停めた場所まで送らせよう。運転はできるか？」

コルソは腕の添え木を見つめた。いつまでこれを付けていなければいけないのだろう？　初めての経験だったので、見当もつかなかった。

「できると思う。車はオートマチックだし、右ハンドルだからな」

「それじゃあ、まあ、知り合えてよかったよ」ウォーターストンはそう言ってキーボードを叩きはじめた。

「十五分くらいで、さっさと片づけちまおうぜ」

その時、ドアをノックする音がして、ウォーターストンと同じくらい、いかつい男が部屋に入ってきた。部屋全体を揺らすかと思うほどの勢いで、男の足音が床に響きわたった。男は制服の上にレインコートを着ていて、部屋じゅうに雨の雫をまきちらしながら、ウォーターストンのそばまで行った。何ごとかを耳もとでささやく。それを聞くと、ウォーターストンの顔に衝撃が現れた。表情は凍りつき、顔色は蒼白になった。

「ちょっと、ここで待っていてくれ」そう言って立ちあがると、ウォーターストンは、入ってきた警察官とともに部屋から出ていった。

おそらく死体が発見されたにちがいない。コルソは確信した。思ったとおりだ。だが、同時に敗北感も抱いていた。またもや先を越された。結局、新たな殺人を防ぐことができなかったのだ。すぐ近くまで追ってきたのに……。

しかし、別の意味では希望があった。その死体にソフィーやエレーヌと同じような殺され方をした形跡があったら、ソビエスキがやった何よりの証拠となる。なにしろ、ソビエスキは昨夜、このブラックプールにいて、イギリスの人々はパリでどんなふうにストリッパーが殺されたのか、まったく知らないのだから……。

あとはパリでソビエスキを逮捕すればよい。理由は殺し方がパリの事件と類似していること、殺人が起きた場所にいたこと——それだけで十分だ。そうだ、やつはパリで裁かれることになる。ここで人を殺した罪によってではなく、パリでソフィーとエレーヌを殺した罪によって……。

やがて、ウォーターストンが深刻そうな顔で部屋に戻ってきた。これまできちんと見ていなかったというように、コルソの顔をしげしげと見つめる。その目には驚きが含まれていた。

「殺人が疑われる事件が起きた」その場に立ったまま、ウォーターストンがつぶやいた。

「遺体が発見されたのか？」コルソは尋ねた。

「まだだ。だが、今朝早く、漁師がおかしなものを見たというんだ。小型のゴムボートに乗った男が、航路標識のある場所に、裸の死体を投げ入れるのを見たと……。少なくとも、それらしきものを……」

「その航路標識はどのあたりに？」

「陸から二キロ沖に出たところだ」

「確認する必要があるな」

「ご忠告ありがとう。もちろん、そのつもりだ」

やっぱり、ソビエスキは人を殺したのだ。だが、GPSのことからすると、午前二時にはコンドームを使っていたはずだ。それから、相手を殺して、海に沈める時間があっただろうか？

「悪いが、あんたはここで待っていてくれ」ウォーターストンが言った。「向こうで何か発見されたら、またあんたから話を聞くことにするよ」

「いや、おれを連れていくんだ」コルソは強い調子で言った。

「だめだ」

「これはおれの事件なんだ。おれは殺人犯を知っている。きっと役に立てるはずだ」

ウォーターストンは、顎でコルソの腕の添え木を指し示した。

「その状態でか？」

コルソは一瞬のうちに添え木をもぎ取った。

「これで問題ない」

55

二時間後、コルソたちは《ゾディアック》社製のゴムボートでアイリッシュ海に漕ぎだしていた。あいかわらず天気は悪く、空には黒い雲が低く垂れこめていた。海も黒々としている。その黒い波間を縫って、ボートは滑るように走っていた。ほとんど揺れを感じることもなかった。船のことはあまり知らないが、おそらく三百馬力以上あるにちがいない。だが、少し船から身を乗りだして海面を覗いた時、コルソはこの暗い海の底知れない深さを思い、背筋が凍りつくのを感じた。まさに、ヴィクトル・ユゴーの『レ・ミゼラブル』に出てきた《黄昏の淵》だ。

ウォーターストンは二名の部下と、ボートの操縦士一名、潜水士二名を連れてきていた。潜水士たちは、これから数十分後には航路標識の下に広がる、水温十二度の海の中に潜らなければならない。ちなみに、海面に浮かぶ航路標識は真っ黒な色をしていて、誰が名づけたのか、ブイは《ブラック・レディ》と呼ばれていた。

突然、操縦士がエンジンを切って船を止めた。鯨をやり過ごそうとしたのだ。鯨は大きな波を起こしながら、コルソたちのそばを悠々と泳いでいった。そのせいでボートは大波をかぶり、コルソも全身びしょ濡れになった。そうして、ボートから落ちないよう、ひびが入っていないほうの腕で座席にしがみついた。

そのうちに揺れは収まったが、鉛色の空からは、あいかわらず激しく雨が落ちてくる。風も強い。航路標識はポリエチレン製で、頭に信号灯をのせたロケットのような形をしていた。サイドにフィンのついた丸い浮きに支えられて、海の上に浮かんでいるのだが、とりたてて美しい外見というわけではない。《ブラック・レディ》という詩的な名前にはまったくそぐわなかった。

操縦士が捜索地点にボートを近づけると、潜水士たちが準備を始めた。ウォーターストンとふたりの部下は、《ブラック・レディ》の周辺を注意して見つめていた。コルソは寒気を感じた。身体が凍えて、震えが止まらなかった。雨と波のしぶきが口から入ってくる。まわりはどちらを向いても鉛色だ。鉛色の空に、鉛色の海。そこに激しい雨が叩きつけている。それを見ていると、鉛色の世界に閉じこめられたようで、全身の感覚がなくなってきた。

「まったく、なんて天気だ。あんたの言うことなんか聞くんじゃなかったよ」ウォーターストンが愚痴をこぼした。

「やつはこの下に遺体を沈めたにちがいない。潜って探さないと……」コルソは憑かれたように言った。

ウォーターストンが不機嫌そうにうなずいた。レインコートにくるまって、ボートの舳先に立ったまま、あいかわらず航路標識のあたりを見つめている。

「航路標識の下には何があるんです？」コルソは尋ねた。

ウォーターストンが潜水士のひとりに目で合図した。

「チェーンです。海底につないでおかないと、流されていってしまいますから……」潜水士が答えた。

「チェーンは石につながれているんですか？　それとも錨に？」コルソはさらに訊いた。

「いろいろですよ。たぶん、《ブラック・レディ》は海底に沈めた大きなコンクリートブロックにつながれているんじゃないかと思いますが……」

コルソは決心をつけて、立ちあがった。ふらつく足取りで、潜水士たちに近づいていく。そして、先ほど返事をしてくれた潜水士の前で、バランスを失って倒れた。潜水士はすでにタンクを足もとに置き、ウェイトベルトをつけて、ボートの縁に腰をおろしている。その装備を見て、コルソはたぶん大丈夫だろうと考えた。

「おれもあんたたちと一緒に潜りたいんだが」きっぱりと言う。

「そりゃ、だめだ」

コルソの言葉を聞いて、びっくりしたのだろう。ウォーターストンも潜水士たちのほうにやってきた。吹きつける雨で頬髭が濡れて、小さなヤギ髭のようになっている。空の色を映しているのか、緑色の目も灰色に変わっていた。まつ毛に雨の雫がついている。

「まったく、あんたを連れてくるんじゃなかったよ」

それを聞くと、コルソははっきりと告げた。

「ウォーターストン警部、これはパリで起きた事件に関連した捜査なんだ。そして、パリの捜査はこのおれが指揮している。おれはソビエスキの手口をよく知っている。やつがこのブラックプールの事件の犯人なら、遺体の様子を見ただけですぐにわかる。だから、おれは遺体が遺棄された場所をこの目で見ておく必要があるんだ。たとえ、それが水の中だとしても、ひとつひとつの事実が大切になってくるんだ。パリで起きた事件にとっても、それからこの事件にとっても……」

ウォーターストンは今にも怒鳴りだしそうな顔をしたが、なんとか思いとどまったようだった。レインコートのポケットから煙草の箱を取りだすと、唇で一本くわえ、箱を持った手ですぐに口もとを覆い、もういっぽうの手でライターを出して、雨と風をよけながら、巧みに火をつけた。口もとを覆った手の後ろで何が起こっているのかわからない、まるで手品師のような手さばきだった。雨がDNAとなっているこの国では、自然にこんな手さばきが身につくのにちがいない。

「あんたは噂どおりだな」煙草の煙を吐きだすと、ウォーターストンが言った。

「噂というと?」

「フランス人ってやつは、この世で一番手に負えない連中だっていうことだよ」

コルソは異議を唱えないことにした。まわりでは黒い海が波を寄せたり引いたりしながら、隙あらばボートを呑みこもうと、虎視眈々と狙っている。その海の敵意を鎮めることは誰にもできないと思われた。

ウォーターストンが近くの席に腰をおろした。コルソもその隣に座った。なんとしてでも、一緒に潜っていいという許可をとらなければならない。そのためにはタフな交渉が必要だった。

「つまり、あんたの考えでは、ソビエスキはマンチェスターで画廊の仕事の打ち合わせをしたあと、新しい獲物を探して、男娼を買って、このブラックプールにやってきた。そうして、さんざん楽しむと、その相手を殺して、海に捨てたというわけか?」

「そうだ」

「だが、そのためには真夜中にボートを見つけなきゃいかんだろう。最初から殺すつもりで用意していたのか？　まあ、その点は今、部下たちに聞き込みに行かせているが……。それに、仮にボートを見つけたとしても、この航路標識の下に死体を沈めるために、ここまで来なければならない。どうして、わざわざそんなことをする必要があるんだ？」

「それはたぶん……」

「異常者だからか？　そんなふうに考えたら、誰のことでも犯人にできる」

「でも、目撃者がいるじゃないか」

「証言としてはあいまいだ。供述書も見せたろう？」

確かに小型のゴムボートを目撃した漁師は、死体らしきものを捨てるのを見たと言っただけだ。漁師はそれが何か確かめようと、航路標識のそばまで自分の船を寄せたが、その時にはもうゴムボートは姿を消していたという。航路標識のあたりも特に変わったことはなかったということだった。ウォーターストンが言葉を続けた。

「これくらいあいまいな証言で、水温が十度しかない冷たい海に部下を潜らせるんだ。それだけでも感謝してもらわないと……」

「いや、絶対に何か、見つかるはずだ。おれも一緒に潜らせてくれ」コルソは食いさがった。

「そんなことができるはずがないだろう」

その時、潜水士たちのひとりが口をはさんだ。

「行くんですか、行かないんですか？」

潜水士たちは、ふたりとも立ちあがっていた。クロロプレンゴムの黒いフードをかぶり、背中にはすでにタンクをしょっている。そうして、じれた様子で、じっとこちらを見ていた。

もう時間がない。まったくのはったりをかましてでも、許可をもぎとらねばならない。

「警察官として、おれは自分の行動に責任を持てる。それにダイビングの経験も十分にある」コルソは言った。

「それは知らなかったな」まったく信じていない様子で、ウォーターストンが答えた。

　ダイビングの経験があるというのは、もちろん嘘っぱちだ。そんなものは、まだエミリアとうまくいっていた頃に、アンティル諸島の暖かい海で、何回か講習を受けたことくらいしかない。

　ウォーターストンは、あいかわらず手品師のように片手で口もとを覆ったまま、煙草を吸っていた。黄色いレインコートを風でばたばた言わせながら、しばらく考えこんでいる。と、急に空の一角の雲が切れて、太陽の光が差しこんできた。ウォーターストンの赤い髪と緑の目、黄色いレインコートが貝殻の真珠層のように虹色にきらめいた。

「その腕はどうするんだ？」ウォーターストンが尋ねた。

「さっきも言ったろう、まったく問題ない」


　吸い殻を海に投げ入れると、ウォーターストンは潜水士たちに向かって、頭で合図をした。それから、ボートの片隅を手で示した。そこにはまるでコルソのために用意されていたかのように、ダイビングスーツがあった。

「無事に帰ってくることだな」ウォーターストンが言った。「手ぶらで戻ってくるあんたの顔を見てやりたいからな」

56

身体を水に慣らそうと海の中に入って、最初に感じたのは、水の冷たさだった。それは一瞬のうちに身体全体を覆い、あっという間に骨までしみとおった。すぐに身体が痺れてきて、節々がこわばり、最後にはいっさいの感覚がなくなった。死が目の前にある。今は死の一歩手前にいるということしかわからない。潜水士たちもすぐに身体を動かさず、じっとしている。

しばらくすると、ようやく感覚が戻ってきた。最初に水に入った時とは違う感覚。その感覚は少しずつかたちになり、はっきりとしてきた。温かさの感覚だ。全身を温かさが包み、柔らかい絹のベールにくるまれているような気がした。これほど安心して、落ち着ける感覚は初めてだ。まるで、温められた血液が全身を巡っているかのように思えた。いや、それに似たことが本当に起こっているのかもしれない。《デュポン》社のクロロプレンゴムの素材でできたダイビングスーツを通して、水は肌とスーツの間に入りこむ。その水の膜が肌を通して血液で温められ、全身を包んでくれるのだ。

だが、そうした感覚の変化が現れるのは、水に入ってからほんの数秒間のことだ。あとは手足を動かしているうちに、身体が次第に冷たい海に慣れていく。そうなったら、いよいよ潜水が可能になる。見ると、潜水士たちがはっきりした合図を送ってきた。これから三人で、海底まで潜っていくのだ。

ダイビングマスクを通して、太陽の光が屈折して水の中に入っているのが見える。上下に揺れる波がマスクの表面にぶつかって、小さな泡をたてる。ボンパールは刑事という職業について、よくこう言っていた。

「殺人犯は海面にいて、自由に海を泳いでいく。被害者は死体となって海の底に沈んでいる。私たち刑事は、その中間にいるの。最初に死体を発見して、海の上を自由に泳ぎまわる犯人を見つけにいくのよ」と……。

〈よし行くぞ〉コルソは心の中で気合いを入れて、身体を丸めた。幸い、冷たい水のせいで、ひびの入った右の前腕も感覚が麻痺して痛みをあまり感じなくなっている。コルソは水面に出していた頭を水の中に突っこみ、ほかのふたりに続いて、海中深くへと潜っていった。

だが、しばらく行ったところでびっくりした。太陽がまた雲の中に隠れたせいか、光が差さず、見渡すかぎり、暗黒の世界が広がっていたのだ。まるで泥炭の沼地のなかに閉じこめられてしまったような気がする。あるいは古代からの歴史を、光や色や命とともに、いくつもの地層の中に閉じこめてきた深い地中にいるように……。これはこの世の終わりの光景だろうか？

生きているものは何もない。魚一匹、姿が見えない。何かがいることを告げる、ぼんやりした輪郭もない。何かと何かの境界もない。いっさいが動かない。永遠の死だ。

と、五メートルほど下にぼんやりと薄い明かりが見えた。明かりはふたつあった。潜水士たちがつけているライトの光だ。そう言えば、水に潜る前に頭のライトをつけるのを忘れていた。だが、もう遅い。今は腕一本で泳いで、仲間の潜水士たちについていかなければならない。ライトを点灯している余裕はなかった。コルソは遠ざかっていく光を見失わないように、神経を集中し、ふたりに追いつこうと、必死で足を動かした。急に潜って水圧がかかったせいだろう、鼓膜がびりびりした。

コルソは耳抜きの動作を行った。意識してやったのではなく、自然にそうしていたのだ。人差し指と親指で鼻をつまみ、指で鼻をかむように強く息む。すると、息は外に出ることができないので、鼓膜のほうに行くのだ。バルサルバ法というやり方だ。ダイビングの講習で習っていたのを身体が覚えていたのだろう。

潜水士たちは少し下降したところで潜るのをやめ、コルソが追いつくのを待っていてくれた。ふたりが上に向けてくれるライトの光で、コルソは水中の様子を少しだけはっきり見ることができた。と、その時、ふたりのいるところからまっすぐ上に一本の線が通っているのに気づいた。航路標識から垂れさがるチェーンだ。《ブラック・レディ》を海上につなぎとめる鎖……。コルソはそのチェーンに沿っておりていった。なぜだか、自分の身体が自分から離れていくような気がする。自分は上にいて、下に潜っていく自分の影を見ているような気分だ。

コルソが近づいてくるのを見ると、仲間の潜水士たちも降下を再開した。軽くチェーンを握りながら、さっきよりよりもスピードをあげて潜っていく。コルソはふたりに倣って、自分もチェーンを握っていくことにした。この先には同じチェーンを握っている人間がいる。そう思うと、安心した気持ちになった。自分はこの重苦しい世界に、たったひとりで閉じこめられているわけではないのだ。

その時初めて、コルソはここには音もないことに気がついた。海上で聞いた小さな波の音も、自分の呼吸の音も聞こえない。完全な静寂の世界だ。そう思うと、また不安が押しよせてきた。何も聞こえず、何も見えず、誰かと話すこともできない孤独の世界。このままここに放りだされたら、いったいどうなるのだろう？宇宙空間にたったひとりで放りだされたように……。果てしなく続く時空の中で、たったひとり正気を保って生きていかなければならない――そういう状態になったら？　コルソはチェーンを握りしめ、潜水士たちのライトを見つめた。このチェーンとあの光だけが、自分をこの世に結びつける絆だ。それがなければ、自分は永遠に無限の空間に浮かびつづけるのだ。

　コルソはダイビングコンピューターを見た。講習では深さと圧力に関しても講義を受けていた。陸上では一平方センチメートルの皮膚には一キロの圧力がかかる。それが一バールだ。だが、水深十メートルではもう一キロ増え、二バールとなる。水深二十メートルでは三バール。こうして十メートル潜るごとに一バールずつ増えていくのだ。では、人間はどのくらいの深さまで潜れるのだろう？　それは覚えていなかった。水面に戻る時に、どのくらい時間をかけたらいいのかも、講習で聞いたが忘れてしまった。ただ、潜水中は体内の窒素濃度があがるので、そのまま浮上してしまうと、いわゆる減圧症になる。したがって、少しずつ濃度が低くなるよう、ゆっくりとのぼらなければならない、ということだけは覚えていた。

　潜水士たちはどんどん下降を続けていた。コルソは自分のしていることが正しいのかどうか、不安になった。ソビエスキはどうして殺した相手をわざわざ海に沈めたのだろう？　だが、供述調書によると、漁師は確かに《死体のようなものをロープで石のブロックに結びつけ、海に投げ入れた》と証言していた。理由はともかく、ソビエスキが被害者の死体に石の重しをつけて、海に沈めたことだけは間違いない。

　水深三十メートルの手前まで来た時、潜水士たちがまた潜るのをやめて、コルソのほうを見あげた。ライトの光が二本、背の高い海草のようにまっすぐのぼってきて、コルソの前で交差した。光は潜水士たちが頭を動かすのに合わせて、ゆらゆらと揺れた。コルソは少しペースをあげて、ふたりに近づこうとした。なんだか酒に酔ったような気分で、気持ちがいい（体内の窒素濃度が高まったために生じる窒素酔いの症状）。全身を温かい水の膜で包まれたような感覚だけがずっと続いていた。息を吐くと、氷の結晶のような透明な気泡が目の前を立ちのぼっていく。身体がふわふわして、まるで無重力状態にいるような

——この世に存在していないような気がした……。

と、その瞬間、頬のあたりに鋭い痛みが走った。コルソは思わず、チェーンから手を放し、後ろに反りかえった。その動きで口からレギュレーターのマウスピースがはずれた。呼吸のための空気はレギュレーターを通じて、このマウスピースまで送られてくる。コルソはあわててマウスピースをくわえようとした。だが、そのとたん、今度は喉の奥が焼けるように痛くなった。激痛をこらえながら、コルソはマウスピースを口に持っていこうとした。その時、下からあがってきた潜水士たちのひとりがコルソの手をつかみ、もうひとりがマウスピースを奪いとった。わけがわからず、コルソはふたりを振りはらおうとした。なぜだ？ 心の中で叫ぶ。なぜ、そんなことをする？ もしかしたら、おれを殺す気か？ そうだ！ なぜだかわからないが、こいつらはおれを殺そうとしている。たぶん、喉の痛みもこいつらのせいにちがいない。こいつらはタンクの中に有毒ガスを入れたのだ！

口の中に海水が流れこんでくる。コルソは口を閉じた。ここで溺れ死ぬわけにはいかない。イギリスの海なんかで……。コルソは使える片手を振りまわし、ふたりを叩いて逃げようとした。だが、ひとりに羽交いじめにされたかと思うと、もうひとりに口をねじあけられた。コルソはその手を噛もうとした。だが、相手はすぐに手を引っこめ、今度はナイフを使ってこじあけようとした。海水を飲ませて、無理やり溺れさせようというのだ。だが、どうして？ こいつらはソビエスキの手の者なのか？ リュドヴィクを買収したように、ソビエスキはイギリスの警察官も金で思いのままにしたのか？ おれを殺したあとは、「マウスピースがはずれたせいで、溺死した」と報告すれば証拠も残らない。

目の前の潜水士はとうとうナイフで口をこじあけると、ワニを捕まえるハンターのように、奥歯に何かを嚙ませた。これでもう口を閉じることはできない。海水が流れこんでくる。苦しい。喉の奥にはあいかわらず激痛が走っている。と、潜水士がナイフを口に入れてきた。ギザギザの刃のナイフだ。喉を突こうというのか？　それとも耳まで切り裂こうと？　もうだめだ。自分はここで死ぬのだ。コルソは目を閉じた。その瞬間、喉の痛みが引いた。マウスピースが口に差しこまれ、呼吸もできるようになった。ふたりの潜水士は、何事もなかったかのように、身体から離れていった。

その時、何か透明な糸くずのような物が目の前を流れていくのが見えた。クラゲの触手だ。そうか、こいつが喉の奥にあったのか。何かでちぎれたクラゲの触手が頬に触れ、その痛みに驚いてマウスピースを放した時、逆に口から喉の奥まで入りこんでしまったのだ。潜水士たちはすぐにそれに気づいた。そこで、上まであがり、自分を救ってくれたのだ。少々、荒っぽいやり方で……。触手はそれだけで生きているかのように、ひらひらと流れていった。あのまま喉にあったら、全身に毒が回って死んでいたにちがいない。

安堵の気持ちを嚙みしめながら、コルソはその場で一度、くるりと回転した。それから、また頭を下にすると、チェーンをつかみながら潜っていった。

そして――とうとう死体を発見した。

死体は、コルソのいる場所から数メートル下で、ロープにつながれて、海中に漂っていた。潜水士たちのヘッドライトに照らされて、まるでスポットライトを浴びているかのようにくっきりと浮かびあがっている。不気味な光景だ。その死体の格好を見た時、コルソは自分の確信は間違っていなかったと思った。死体はソフィーやエレーヌのものと同じ姿勢をとらされていたのだ。両手は背中で縛られ、手首と足首がつながれている。だが、被害者が男だったためか、今回は手首と足首をつなぐのにロープが使われていた。首に巻かれていたのもブラジャーではなくロープだ。そして、そのロープはソフィーやエレーヌの時と同じように、手首と足首を結んだロープにつながれ、被害者がもがけば、自然に首が絞まるようになっていた。

驚きが去ると、コルソは下に向かい、潜水士たちに合流した。そこであらためて見ると、死体は別のロープでチェーンにつながれていた。というより、死体の胴体に巻かれたロープの先が大きな輪っかになっていて、その輪の中にチェーンが通っているのだ。犯人はチェーンを通すかたちで輪っかを作り、それから死体を投げ入れたにちがいない。おそらくは航路標識の下から死体が離れないように……。

死体はまた別のロープで胴体を巻かれ、そのロープはいくつかの石のブロックに結びつけられていた。死体を沈めるには一定の重さが必要だが、ブロックが大きすぎると、重くて持ちあげることができないからだろう。ブロックは下まで沈まず、まるで無重力状態にあるように、死体と同じように海中に漂っていた。ちょうどそうなるくらいに、重さの計算をしたのか？ あるいは死体にガスが溜まって、底まで沈んだのに浮かびあがってきたのか？〈そっちだ！〉コルソは思った。このままだと、どんどんガスが溜まって、最終的には航路標識のところに死体が浮かびあがることになる。犯人は死体を発見させたかったのだ。ソビエスキは……。

そう考えたとたん、はっとして、コルソはフィンキックをすると、死体の顔のそばまで泳いでいった。どうしても確認したいことがあったのだ。すると――思ったとおり、その顔は口から耳まで、鋭い刃物で切り裂かれていた。これで絶対に間違いない。犯人は同一人物なのだ。この事件はパリの事件に関係がある。この事件はパリの事件に関係がある。

それにしても、水深四十メートル近くまで来て、ゴヤの「赤い絵」に描かれた人物のような顔を見るとは……。被害者は三十代くらいの男だったが、たぶん元はきれいな顔をしていたにちがいない。だが、今は耳まで裂かれた口で、暗い叫びをあげていた。それに、長い間水に浸かっていたせいで、顔がぶよぶよだった。水が揺れるにつれて、かすかに顎が揺れ、水の中で息をしているようにも見える。身体のほうも、魚につつかれ、ついばまれたのか、肉がちぎれている。コルソは、被害者の皮膚や肉の破片が自分のまわりに浮遊していて、マウスピースの隙間から入ってくるのではないかと思った。考えただけで、胸が悪くなってくる。その気持ちに負けないように、コルソはわざと死体から目をそらさなかった。

　死体のそばでは、ふたりの潜水士たちが水中カメラで写真を撮っていた。それは地上で現場写真を撮る鑑識のカメラマンと変わりなかった。

　コルソはふと、自分はもう二度と、水面に浮かびあがれないかもしれない、と思った。底知れぬ事件の闇にひきずりこまれて、そこから抜けだすことはできないのではないか、と……。この事件はいったい、どこまで続くのだろう？　ソビエスキは最初からこの男に狙いをつけていたのだろうか？　それとも行きずりの男娼をたまたま標的に選んだのだろうか？　明かさなければならない謎はたくさんあった。だが、たったひとつわかっていることがある。それは——ソビエスキが犯人だということだ。

57

「死体の身元確認を待たないのか？」

コルソがこれから自分はパリに戻るつもりだと言うと、ウォーターストンが訊いた。

「いや、それだと、たぶん数日はかかるだろう。おれはパリでソビエスキを捕まえなければならないから……」

「待てよ。この事件の犯人が、その男だという証拠は、まだひとつもあがっちゃいないんだぞ」

「殺し方を見ればわかる。パリで起きた連続殺人とそっくりの手口だからな。その殺人が起きた街にソビエスキがいたこと自体が、やつが犯人だという何よりの証拠になる。これなら、予審判事もやつの尋問を開始することができる」

　死体を発見したあと、コルソと潜水士たちは減圧症に――俗にいう潜水病にならないように、十五分近くかけて、ゆっくりと水面に浮上した。そうして服を着替えると、ウォーターストン警部とともに、遺体が運ばれたフリートウッドの港に来ていたのだ。遺体の引きあげ作業には二時間以上かかり、三隻のモーターボートと二十人の潜水士が動員された。

　遺体はこの港に運ばれたあと、すでにヘリコプターでブラックプールの病院に移送されていた。このあとはマンチェスターから来る監察医が検死をすることになっている。コルソたちが港に着いた時には、遺体はまだ運ばれてくる途中だったが、どこで聞きつけたのか、驚いたことに、桟橋にはマスコミが押しかけていた。海中から残虐に殺された不気味な死体が発見されたということで、新聞記者やカメラマンたちは大騒ぎだった。コルソは意識して、その集団から離れているようにした。早くパリに戻ろうと考えたのは、それもひとつの理由だった。ここで記者たちにつきまとわれて無駄な時間を過ごすよりは、パリに帰って、ソビエスキを追及したほうがよっぽどいい。

ウォーターストン警部のほうは、捜査が始まる前からうんざりしているようだった。殺人事件となると、麻薬の売人やネオナチを相手にするのとは違う。それに、昨日のネオナチの襲撃で、ブラックプールの評判はさがってしまったと言っていた。殺人事件が公表されたら、その評判はさらに悪くなることだろう。ただ、警部にとってただひとつの救いは、捜査がすぐに終了するだろうということだ。なにしろ、犯人はもう予測がついているのだから……。ウォーターストンの顔を見ながら、コルソは思った。

いずれにしろ、この警部はこれから殺人が行われた部屋を探しだし、指紋やDNAを採取しなければならない。そこにはソビエスキのものと被害者のものが残されているだろう。防犯カメラを調べれば、遺体を運んでいるソビエスキの姿がどこかに映っているかもしれない。フランスと違って、イギリスは防犯カメラの導入に積極的で、ブラックプールの街角にも、多くのカメラが設置されているという（フランスは設置されていても、きちんと作動していないことが多いのだ）。そのカメラに録画された映像を見れば……。さらに、ソビエスキは海に出たので、使用したボートの特定も必要だ。だが、そこでコルソは思った。どうしてソビエスキはわざわざ被害者を海に沈めたのだろう。近くの空き地に捨ててもいいはずなのに……。いったい、どうしてこんな込みいったことをする必要があるのだろう。

「じゃあ、あんたはこれからパリに帰るんだな」ウォーターストンが確かめた。

コルソはうなずいた。すると、ウォーターストンはパンと両手を打ってから言った。

「だが、その前にひとつすることがある。あんたを病院に連れていく」

「病院なら、今朝、引きはらってきた。もうどこも診てもらう必要はないぞ」

だが、その返事にはとりあわず、ウォーターストンは遺体の移送されているブラックプールの病院にコルソを連れていった。もちろん、もう一度遺体に面会させようとしたわけではない。コルソの前腕に添え木を当てさせたのだ。

「できるだけ早くイギリスを出国したいんだが……。手続きが簡単にできないかな？」コルソは頼んだ。このイギリスの警察官に対して、仲間意識が芽生えていた。

「それならマンチェスターの空港から出たほうがいい。夕方の便があるはずだ。手続きは簡単にするよう連絡しておくよ」

それから、プレジャー・ビーチ遊園地の仮の〈対策本部〉まで戻ると、ふたりは二時間ほどかかって、昨夜の襲撃事件の供述調書と、死体発見の捜査報告書をつくりあげた。もちろん、細かい事実は適当にいじって……。その結果は双方に満足のゆくものになった。すなわち、フランスの警察官がパリで起きた事件の容疑者を追って〈非公式〉にブラックプールまで来たが、ネオナチによる襲撃事件に巻きこまれて、容疑者を見失ってしまった。そこで、ブラックプールの警察が〈非公式〉に捜査に協力したところ、おそらく容疑者が殺したと思われる死体が発見されたというものだ。

それが終わると、コルソは昨夜レンタカーを停めた場所までウォーターストンに車で送ってもらい（遊園地からあまり離れた場所ではなかったが）、空港に向かって出発した。

部下たちに連絡しなければと思いついたのは、車を走らせてすぐの時だった。コルソは路肩に車を停めると、バルバラに電話をした。そうして、こちらで起きた新たな事件について詳しく説明すると、パリに戻ったらソビエスキを逮捕したいので、準備をしておいてほしいと伝えた。あの男にはこれまでずいぶんひどい目にあわされている。だから、今回は警視庁の捜査介入部（凶悪事件の現行犯逮捕を専門とする部局。通称ギャング対策部）にも協力してもらい、メディアも巻きこんで、大掛かりな作戦を実行するつもりだった。

いっぽうパリでの捜査は、午前中に予想したとおり、何の進捗もないようだった。バルバラには、捜査をゼロから再スタートして、これまでに集めたすべての資料を〈ソビエスキが犯人だ〉という視点で洗いなおすように指示を与えていたが、ゼロから再スタートしたまま、いまだにゼロのままだった。とはいえ、このブラックプールの事件で、状況は一転した。「これでもう心配する必要はない。今夜にもソビエスキを逮捕できるだろう」コルソは上機嫌でバルバラにそう言うと、電話を切った。

二時間後、マンチェスター空港でパリ行きの便に搭乗しようとしていたところで、バルバラから電話があった。

「とうとう見つけましたよ」

「何をだ？」

「ソビエスキと関係のある株式会社ですよ。これまで一度も聞いたことのない会社です」

コルソは首筋がぞくぞくするのを感じた。ビンゴだ。もちろん、ぬか喜びに終わる可能性もあるので、そう簡単に舞いあがってはいけない。だが、捜査をしていると、こういうことはよくあるのだ。何も手掛かりがつかめないまま、何日も何週間も捜査しつづけて、いい加減うんざりしたところに、突然、突破口が開いて、そこから決定的な事実がいくつもいくつも出てくることが……。バルバラの突きとめた情報は、その突破口になるにちがいない。

「説明してくれ」

「ボスの言ったとおり、ソビエスキに関する情報をすべて見なおしていたんですが……。そうしたら、つい十分ほど前に、あの男が《テミス》というペンネームで、ポルノ小説のためにイラストを描く契約をしていたことに気がつきました」

「それで？」

「テミスというのは、ギリシア神話の〈正義と裁き〉の女神です」

「女性の名前なのか？」

「ソビエスキはそんなことを気にする男じゃありませんから……。重要なことは、この名前を選んだということです。ボスは、今度の事件の犯人は、被害者に罰を与えようとしたのではないかと考えていますよね？」

「そのとおりだ」じりじりする気持ちを抑えて、コルソは言った。「だが、それがこの事件とどう関係してくるんだ？」

「そんなに先を急がないでください」バルバラは言った。「それを見て、私はこの名前と同じ会社がどこかにあるんじゃないかと思ったんです。ソビエスキが秘密裏につくった会社が……。ソビエスキはその会社にもやはり《テミス》という名前をつけるのではないかと……。私の勘ですが……」

刑事としての勘に頼った強引な理屈だが、刑事というのはそういうものだ。それに、バルバラの勘はこれまでも成果を発揮してきている。

「それで、その会社は見つかったのか？」

「〈テミス〉という言葉で検索したところ、パリ周辺のイル＝ド＝フランス地域だけでも二十社近くありました。ただ、そのうちのひとつが絵の具を作るための化学物質を輸入する会社だったんです」

それを聞いて、コルソはバルバラの勘が的中していることを確信した。はたして、そこから何が出てくるのか？　何か重大な事実が出てきたとしたら、ソビエスキはますます追いつめられるにちがいない。

「その会社の詳しい情報はあるのか？」

「いいえ。企業紹介のサイトには、最低限の情報しか載っていませんでしたので……。売上高も、収支も、従業員についても、いっさい不明です。ペーパーカンパニーのにおいがしますね。でも、ソビエスキはその会社を通じて、絶対に怪しいことをしているにちがいありません。というのも、その会社の所在地は……」

「ソビエスキのアトリエなのか？　サン・トゥアンにある……」

「そのとおりです。あの男がこんな不用心なことをするなんて驚きですけど……。でも、ソビエスキはこんな幽霊会社まで、捜査がたどりつくとは思ってもみなかったんでしょう」

間違いない！　これはビンゴだ。背筋のぞくぞく感は、今や全身にまで広がっていた。大声で叫びたい衝動に駆られたが、コルソはあえて沈黙を保った。バルバラも何も言わない。もしこの会社がどこかに建物を借りているのならば、そこが殺人現場かもしれない、とコルソは思った。たぶん、バルバラも同じことを考えているにちがいない。ソビエスキはどこかで殺人を犯しているはずだが、殺人現場がサン・トゥアンの自分のアトリエでないならば、それはきっとこの建物にちがいない。それこそが、二日前からずっと探している場所だった。

突然、頭にソビエスキの姿が浮かんだ。最後にブラックプールで見た姿……。カウボーイハットをかぶって、アロハシャツを着た姿だ。あんな格好をして、やつは自分は人を殺してもかまわない、警察につかまることもないと自信満々なのだ。まったく傲慢な男だ。その姿のまま刑務所にぶちこんでやりたい。いや、もうすぐ自分はそうすることができるのだ。

そう考えると、思わず大きな笑みが浮かんできた。きっとバルバラも同じ思いにちがいない。

「これから搭乗するので、シャルル・ド・ゴール空港に二十時半に着く」

「じゃあ、空港で待っています」

58

出発が少し遅れたせいで、コルソは午後九時にシャルル・ド・ゴール空港に到着した。まわりは観光客ばかりで、〈憧れのパリ〉に来たからだろう、どの顔を見ても浮きうきしていた。

バルバラは先に来て待っていた。幸せそうな観光客たちとは対照的に、暗い顔をしている。履きつぶした《スタン・スミス》の靴を突っかけ、到着ゲートでぽつんとひとり、爪を嚙んでいる。頰のあたりはまるでスタンガンを呑みこんだかのようにぴくぴくしていた。

昨夜の襲撃のせいで、コルソは唇を腫らし、顔じゅうを絆創膏だらけにして、腕には添え木をしていた。だがそれを見ても、バルバラは何もコメントしなかった。というよりは、それを見ただけで、今度のイギリス旅行が波乱万丈のものだったと理解したようだ。

パリに戻ってくる飛行機でコルソは熟睡していたが、その間にバルバラは調査を進めて、さらに詳しい情報をつかんでくれていた。ソビエスキがペーパーカンパニーとして使っていた《テミス》という会社が、サン・トゥアンのアドリアン・レヌ通りに一軒家を借りていることを突きとめたのだ。北駅からまっすぐ線路沿いにポワッソニエ通りを北上し、環状道路をくぐったあと、左に曲がって突きあたった通りだ。バルバラが示してくれた地図によると、ソビエスキのアトリエのあるミシュレ通りからは一キロメートルも離れていない。歩いていける距離だ。《テミス》は、そこに絵の具の原料となる化学物質を保管していることになっていた。

コルソが帰ってきたことで戦闘意欲が戻ってきたのか、熱のこもった調子でバルバラが言った。

「どうしましょう？　まずはミシュレ通りのアトリエに行ってソビエスキを捕まえ、それからアドリアン・レヌ通りの家に行って、家宅捜索を行いましょうか？　それとも家宅捜索のほうはストックとリュドを送りこみ、こちらはミシュレ通りのアトリエに乗りこんで、ソビエスキに手錠を……」

「いや、逆にしよう。ストックとリュドにソビエスキを逮捕させる。アドリアン・レヌ通りの家にはおれたちが行こう」

「本気ですか？　自分の手でソビエスキを逮捕したくないんですか？」不審そうな顔で、バルバラが尋ねた。

コルソは首を横に振った。ソビエスキはその家を隠れ家として、さまざまな犯罪を行うために使っていたにちがいない。ソフィーとエレーヌもそこで殺したのだ。その隠れ家に踏みこんで、いよいよ証拠をつかむことができると思うと、心がはやった。モノが勃起している。もしかしたら、バルバラより熱くなっているかもしれなかった。〈見てろよ！　今度はこっちが一杯食わせてやる！〉そう心の中で叫ぶと、コルソは言った。

「本気だ。やつに向かって、こっちはおまえの隠れ家を見つけたんだと言ってやりたいんだ。やつがどんな顔をするか、今から楽しみだ。それより、家宅捜索の許可はとってあるな？」

「準備は万端です。でも、ソビエスキのところにリュドを行かせるのはよくないんじゃないですか？」

「いや、あえてそうするんだ。リュドがやつの手下なんかじゃないことを示すためにな。リュドはまだうちのチームの刑事だ。それをやつに思い知らせてやる」

「わかりました」

　そう言うと、バルバラはスマホをつかみ、ナタリーに電話をかけた。そうして、「これからリュドと一緒にチームを指揮して、ソビエスキを逮捕しにいってほしい。不測の事態に備えて、腕っぷしの強い制服警官を何人か連れていくこと」と短く指示を下した。コルソは横から、「ただし、ソビエスキには逮捕理由をはっきり言わないようにしろ、じらしておけ」と声を張りあげた。

「ソビエスキを警視庁に連行したら、私たちを待っていてちょうだい」

　そう最後の指示を伝えると、バルバラは電話を切ろうとした。だが、コルソはもう一度、横から声を張りあげた。

「待て。作戦変更だ。ソビエスキのアトリエの近くまで行ったら、そこで待機していてくれ。おれたちの行く場所からアトリエまでは一キロメートルと離れていない。家宅捜索が終わったら、そっちに急行するから、一緒にやつを締めあげよう」

　シャルル・ド・ゴール空港のあるロワシーは、サン・トゥアンからそれほど遠くない。高速一号線に乗って、サン＝ドニの多目的スタジアム、《スタッド・ド・フランス》を過ぎたら県道二十号線に入り、線路をくぐったあとに、ミシュレ通り、ドクトゥール・ボエ通り、アドリアン・レヌ通りと進んでいけばいい。

　サン・トゥアン地区にあるということで、コルソはアドリアン・レヌ通りは、団地や空き地、不法占拠された建物が並ぶ、八〇年代の荒んだ通りに似ているのだろうと想像していた。だが、実際に来てみると、そこはまったく違う風景だった。ソビエスキが古いボイラー製作所を豪奢なアトリエに改装したように、アドリアン・レヌ通りもずいぶんきれいになっていた。おそらく、この界隈に移りすんできたブルジョワ・ボヘミアンと呼ばれる人々（お金はあるが、少し反体制的で、エコでお洒落な生活を楽しむ人々）が家を買うようになり、自分たちのセンスでお金をかけて、貧しく、汚らしかった街を、豊かに、美しく、変貌させたのだろう。

　コルソは、タワーマンションとはいえ郊外の荒れはてた団地で育ったため、貧しくて汚らしい場所はよく知っていたし、そういったところには絶望しかないことも、身にしみてわかっていた。しかし、だからと言って、こんなふうに小ぎれいに変えてしまってよいかと言えば、おおいに疑問を感じた。そこにはブルジョワの傲慢さが透けて見えるのだ。庶民には冷たい大手の銀行に口座を開いて、たくさん預金をしているくせに、口先だけは格好をつけて、芸術好きを気取っている。そうして、つい最近まで荒れていたこの地域の評判をよくしようと、品のいいふりをする。ジャック・ブレルの『まったくこいつらは（セ・ジャン・ラ）』の歌じゃないが、《そんなふりをするのはよしな／もともとそうじゃないんだから》だ。

　と、バルバラが一軒の家の前で車を停めた。どうやらここが、ソビエスキが隠れ家にしているところらしい。周囲と同じような小洒落（こじゃれ）た家だ。だが、もちろんソビエスキは、ブルジョワ・ボヘミアンとは違う。本物の芸術家らしく創造的な家を建てることもできるが、そんなことをしたら、周囲から浮くことになるので、目立たないようにわざとまわりに合わせているのだ。両開きの緑の鉄門の上からは、庭に茂ったオークとマロニエの葉しか見えない。まるで、〈おばあちゃんの家〉といった風情だ。この門の奥が殺人現場になっていたとは想像もできない。本当にこの家で間違っていないのか、コルソは不安になった。

「ここで間違いないのか？」バルバラに確認する。

「ここです」もう一度、スマホの地図を見ながら、バルバラは答えた。

すると、そこにあらかじめ呼びだしておいた錠前屋が助手を連れてやってきた。

「錠前屋にサインさせてくれ。そしたら、中に入ろう」コルソは言った。

「応援部隊の到着を待たないんですか？」

「待たない」

「家宅捜索の証人はどうします？」

コルソは錠前屋と助手を顎で示した。

錠前屋はあまり気乗りしないようだったが、結局、ぶつぶつ言いながら、助手とともに証人になることを宣誓し、書類にサインした。それから、バルバラが渡した、本日の作業の支払い約束書をポケットにねじこんだ。

門の扉は格子ではなく、鉄板になっているので、向こう側は見えない。コルソは背伸びをして、門の上から中を覗いた。木々の向こう、五十メートルほど先に、赤い屋根が見えた。あの家の中だ。コルソは手が震えてくるのを感じた。

錠前屋は車から道具を持ってきたり、助手に指示を出したりで、なかなか仕事を始めなかったが、しばらくして、ようやく作業に取りかかった。その五分後、電動のこぎりで錠が切断されると、門はギィッと不気味な音をたてて開いた。金属が焼けるにおいがあたりに漂った。

　庭は鬱蒼としていた。足もとには砂利を敷きつめた小道がこぢんまりとした家まで続いている。コルソとバルバラはその道を進んでいった。あとには道具箱を抱えた錠前屋と助手が続く。周囲の家と同じく、家はまったく平凡だった。珪石(けいせき)のレンガの壁、合わせガラスの窓、その窓にかかった白っぽいカーテン、錬鉄の枠にガラスを嵌め込んだ庇……。こんな退屈な家に住むことになったら、庭の木にロープをかけて首をくくりたくなるくらいだ。

　それでも木の葉の陰で鳥がさえずり、暮れかかった太陽の光があたりをオレンジ色に染めるのを見ると、のどかな気分になった（この時期のパリの日没時間は午後十時）。これから玄関の錠を壊して、家宅捜索に乗りこむとは思えない。

　家の前まで来ると、錠前屋が入口のステップをのぼって、玄関の錠をはずす作業に取りかかった。

「ずいぶんと単純な錠だな」馬鹿にしたような口調で言う。

　それを聞いて、コルソもステップの途中までのぼって、玄関の周辺を確かめた。もし、ここでソビエスキが何か犯罪に関わることをしているのであれば、そんなに簡単に錠がはずせるはずがない。むしろ、徹底的にセキュリティー・システムを強化しているはずなのだ。コルソはミシュレ通りのアトリエにしのびこんだ時に、自分では気づかず、防犯カメラに撮られていたことを思い出した。それだけの用心をする男なら、この家だって、周囲と同じにしてカモフラージュするだけではなく、完璧なシステムが導入されているはずなのだ。

　コルソがその疑問を口にすると、錠前屋は、「いや、特別なセキュリティー・システムは設置していないね」

　そう言って、無造作にドアを開けた。その瞬間、つんと鼻をつくカビのにおいがドアの外まであふれ、その場にいた全員が後ずさりした。

「なんてにおいだ！」手をバタバタさせながら、錠前屋がうめいた。「こりゃあもう、長いこと、誰も中に入ったことがない感じだな」

コルソはバルバラと顔を見合わせた。ソフィーとエレーヌの殺害はこの三週間の間に起きている。その間に、誰もここに足を踏み入れていないとすると……。自分たちが握っている証拠は、この家は《テミス》という会社が借りているもので、その会社は住所をソビエスキのアトリエに置いてあるというだけなのだ。それなのに、ここを殺害現場だと考えるなんて、自分たちはまたしても間違いを犯してしまったのだろうか？そう考えると、悔しさがこみあげてくる。

だが、その時に、ふと隣にあるガレージが目に留まった。ガレージにしては大きい。家と同じくらいの大きさで、少なくとも百五十平方メートルはありそうだ。

「あれも開けてくれ」コルソはガレージを指して言った。

錠前屋はステップをおりると、今度はガレージの跳ねあげ式扉に向かった。だが、すぐに感嘆したようなため息を漏らした。

「どうしたんだ？」コルソはそばに行って尋ねた。

「いやあ、驚いた。こいつは、さっきのやつとはまったくわけが違うよ。電気仕掛けで、しっかりロックされている。普通のガレージじゃ、めったにお目にかかれないやつだな」

コルソは思わずバルバラの手をつかんだ。とうとう見つけたのだ！連続殺人犯が秘密裏に作業をしていた場所を……。ソビエスキはここでソフィーとエレーヌを殺したのにちがいない。少し気を静めようと、コルソとバルバラは庭にあった、木陰のベンチに腰をおろした。錠前屋によると、ロックを解除するには最低、三十分はかかるという。しかたがない。それまではふたり並んで公園にいるように、辛抱強く待っているほかない。

その時、コルソは思い出して、ミシュレ通りのアトリエの近くで待機しているもうひとつのチームに電話を入れることにした。電話はすぐにナタリーにつながった。ナタリーの話によると、ソビエスキは現在、アトリエの中にいるらしい。今日の午後、アトリエに戻ってきてから再びアトリエを出るのを目撃されていないからだ(それは朝からずっとアトリエを見張っていた研修生が確認していた)。コルソはブラックプールの男娼がいる通りをうろついていたソビエスキの姿を思い出した。それから、耳まで裂けた口で何かを叫ぶようにしながら、海中を漂っていた死体を……。あれだけのことをして、今は自宅でのうのうとしているとは! もしかしたら、今頃はアトリエにこもって、昨日の死体の絵を描いているのかもしれない。まったく太い野郎だ。

湧きあがってくる怒りを抑えながら、コルソはナタリーに、「家に踏みこむのは、もう少し待て」と指示した。この場所で何か強力な証拠が見つかれば、逮捕はもっと鮮やかなものになる。

時刻は午後の十時になろうとしていた。ようやく日が暮れる頃だ。と、助手と一緒に作業をしていた錠前屋がこちらを向いて合図をした。やっとガレージの扉が開いたのだ。錠前屋と助手に外で休んでいるように言うと、コルソは懐中電灯を手に、バルバラと一緒に扉の前に立った。右腕は添え木をしているので、銃と懐中電灯を一緒に持つことはできない。だが、銃のほうはしっかりバルバラが構えていた。

ガレージは暗く、中の様子はあまりよくわからなかった。ただ、懐中電灯のライトを当てられたものだけが、薄暗がりに浮かびあがる。はたして、ガレージの中がはっきり見えた時、そこにある光景は最悪のものなのだろうか? いや、最悪かどうかは立場の違いによる。最悪の光景なら、自分にとっては最高の光景だ。

「靴カバーを持ってきてくれ。それから頭のカバーと手袋も……」緊張した声で、バルバラに命じる。

バルバラが戻ってくるのを待つ間、コルソは扉の前に立ったまま、懐中電灯で中を照らした。その光に驚いて、小さなネズミが逃げだしていった。コルソはびくっとして、身体を硬直させた。それから、気を落ち着けると、また懐中電灯をガレージに向けて、中の様子を確かめていった。まずは三方の壁にライトを当てる。どうやら窓はないようだ。左側の壁には細長いカウンターがあった。そのうえには、何か道具が置かれていたが、懐中電灯の明かりだけではよくわからない。そこで、今度はガレージの中央にライトを当てた。すると、木製の作業台が浮かびあがった。監察医の言葉が思い出される。「犯人は被害者を肉屋の肉切り台のようなものに乗せていた」監察医は確かそう言っていたのだ。ほかにも、「エレーヌの左肩と左腰、それから左太股には刺がささっているのが見つかった」と言っていたが、その理由もこのガレージでわかるのだろうか？　だが、それはあとで確かめればよいことだ。コルソはなおもガレージの中を照らした。床にはいくつもの壺が置かれている。中身は化学物質だろうか、軽い刺激臭を発していた。最後にガレージの奥に懐中電灯を向けると、そこには大きな機械があることがわかった。覗き窓のついた金属の箱といった趣で、扉がついている。人間ひとりくらいは楽に中に入れそうだ。

その時、バルバラが靴のカバーと頭のカバー、手袋を持ってきた。それをふたりで黙って身につけると、まずはコルソが足を踏み入れた。すぐに電気のスイッチを探して、明かりをつける。

すると――そこで浮かびあがった光景に、コルソは〈とうとう見つけた〉と思った。

それは、ただただ不気味で、身の気もよだつような光景だった。最悪の光景――いや、見方によっては最高の光景だ。というのも、作業台の上には血のような赤い跡が広がっていたのだ。まさに肉屋の肉切り台だ。その上には何に使ったのか、やはり赤く染まった木くずが散らばっていた。そして、その台の縁を見た時、コルソはあっと声をあげた。そこには大きな万力が固定されていたのだ。監察医はそのことも言っていた。「エレーヌは台に取りつけられた万力のようなもので、頭を両側から挟まれていたのではないか」と……。

コルソは左側のカウンターに目をやった。さっきはよくわからなかったが、そこにあるのはカンバスを組み立てるための道具だった。いや、普通であればその目的に使われるのだが、この状況で見ると、ほかの目的に使われたのではないかと思えてくる。たとえば、拷問に……。その証拠にほとんどの道具には茶色い跡がついていた。おそらく、血痕にちがいない。

そう思って、カウンターに近づこうとした時、コルソは床に置いてあった段ボール箱につまずいた。箱には角のある大きな石がいくつも入っていた。ソフィーとエレーヌの喉を塞いでいたのと、まったく同じ種類のものだ。コルソはその場に立ちすくんだ。震えが止まらない。まるで身体の中を電流が走っているかのようだ。言葉が出ない。いや、息をすることさえできなかった。

バルバラのほうを見ると、右側の壁に取りつけられた棚の上を夢中になって調べている。そうかと思うと、道具のひとつひとつに顔を近づけ、まるで博物館を訪れた見学客のように、ひとりでしきりにうなずいている。バルバラもまた、このガレージで発見したものに興奮しているのだ。

コルソはひとつ大きく息をすると、ガレージの奥に向かった。と、期せずして、バルバラも右側の戸棚から離れ、金属製の大きな箱の前で、コルソと合流した。何の機械なのだろうか、前面中央には計器やボタンのたくさんついたスイッチ盤がある。機械についた窓から中を覗いて、バルバラが言った。

「どうやら窯のようですね」

それを聞くと、コルソはすぐさま決定を下した。興奮のあまり、声がかすれていた。

「鑑識を呼んでくれ。一時間以内に、課員全員がここに集まるようにと言うんだ」

その指示に従ってバルバラが鑑識に電話をする間、コルソはもっと詳しく、このガレージを調べることにした。確かにこのガレージは、《テミス》が借りている家のガレージだ。そして《テミス》は、ミシュレ通りのソビエスキのアトリエに住所を置いている。しかし、だからと言って、このガレージをソビエスキが使っているという証拠はない。ここがあの男のものだということを示す、もっとはっきりした証拠を見つけたかった。

その証拠はまもなく見つかった。左側のカウンターの端のほうに、まだ描きかけの複製画があって、ベラスケスやエル・グレコ、スルバランなどのスペイン絵画の巨匠たちの作品に交じって、ゴヤの「赤い絵」の複製画があったのだ。まだ完成はしていないようで、細かい部分に空白がある。

コルソはナタリーに電話をかけた。

「五分後にそちらに行く。一緒にアトリエに踏みこもう」

「何か新しい発見があったんですか?」

「秘密のガレージが見つかったんだ。連続殺人犯のね」

59

「調子はどうだ？　居心地は悪くないか？」

警視庁に連行されると、ソビエスキはバルバラとリュドヴィクのオフィスに連れてこられた。コルソは自分のオフィスでいくつかメールを受け取ってから（その中には鑑識から来たものや、イギリスから来たものもあった）、この部屋に取り調べをしにきた。

ソビエスキは何も言わなかった。自分にとって、状況は悪いほうに向かっていると感じているのだろう。時おりリュドヴィクのほうを見るが、すぐにまた下を向く。もうリュドヴィクが自分の役には立たないとわかったのだろう。むしろ、今は自分を刑務所に戻らせようとしていると……。

コルソはソビエスキの顔を見つめた。帽子をかぶっていないので、全体がはっきりと見える。部屋の明かりに照らされて、その顔は真っ白に見えた――石膏の胸像のように、真っ白な顔……。表情もない。いや、表情はあった。恐怖の表情だ。罪を悔いているわけでも、この先どうなるのだろうという不安を感じているわけでもない。今度こそ本当に刑務所に戻らなければならないとはっきりわかって、心から恐怖を抱いている表情……。そう、その顔には恐怖が貼りついていたのだ。

コルソは薄いファイルを手に、バルバラのデスクに座っていた。バルバラは拳銃を手に、部屋の隅に立っている。部屋にはナタリーもいた。リュドヴィクの隣で、成り行きを見守っている。誰もが黙ったまま、険しい顔をしていた。ソビエスキが捕まったからといって、嬉しそうな顔をしている者はいない（もっとも、この事件で誰かが嬉しそうな顔をすることなど、一度もなかったが……)。部屋の中は重苦しい雰囲気に包まれていた。空気が張りつめ、何かあったら、たちまち爆発しそうだった。

コルソは部下たちに向かって、部屋の外に出るように合図をした。昨日は一日、イギリスまで追いかけていって、ひどい目にあったのだ。少しくらいふたりきりで話をしても、ばちは当たるまい。部下たちもわかってくれるはずだ。

「イギリス旅行は楽しかったな」コルソは言った。

それを聞くと、ソビエスキは咳払いをして尋ねた。

「何の話だ?」

コルソは微笑んだ。

「とぼけるな。おまえがイギリスにいた証拠はたくさんある。ユーロスターの切符の予約、税関の通過記録、防犯カメラの映像……。どうせ嘘をつくんなら、もっと大事なところでつくんだな。おまえの運命がかかっているところで」

ソビエスキはまた口を閉ざした。

「どうしてイギリスに行ったんだ?」コルソは尋ねた。

「行っちゃいけなかったのか?」

「あたりまえだ。裁判所から出国禁止の指示が出ていたんだからな。どうしても行きたいなら、許可をとらないと……」

「許可だって? そんな年齢はもう過ぎたんだ」ソビエスキはうめくように言った。「全部で二十年近く刑務所にいて、その間、人にへつらって許可を求めてきた。そんなことはもう終わったんだ」

「さあ、どうかな。おれは終わってはいないと思うがな。それより、質問に答えろ。イギリスには何をしにいったんだ?」

「マンチェスターの画廊のオーナーに会いにいったんだ。展示会の打ち合わせのためにね」

「それは知っている」

「知っているなら、質問するな。時間の無駄だ」

ソビエスキはあいかわらずだった。声も口調も変わらない。だが、全体に元気がない。かなりまいっているようだ。

「いいか？　裁判所の指示を無視すれば、それだけで拘置所に逆戻りしてもおかしくなかったんだぞ。おまえは展示会の打ち合わせをするためだけに、わざわざその危険を冒したというのか？」

「そうだ。展示会は一カ月後なんだ」

「画家としては立派なことだ。いや、確かにおまえはそんじょそこらの画家とは違う。しかし、だからと言って……」

それを聞くと、ソビエスキは抜けた歯の隙間を見せて、得意げな笑みを浮かべた。

「そうだ。私はそんじょそこらの画家とは違う。特別なんだ」

「特別じゃない！」コルソは言った。「おまえは殺人事件の参考人だったんだ。ほかの人間のように、どこにでも自由に移動できるわけじゃない。同じことを何度も言わせるな。裁判所の指示を無視すれば、釈放が取り消される。そうなったら、展示会に行くこともできなくなるんだぞ」

ソビエスキはまた黙りこんだ。自分の殻に閉じこもって、存在を小さく、固めてしまったように見える。おそらく、刑務所にいた時には、そうやっていたのだろう。その時代に戻ってしまったのだ。看守から殴られ、ほかの受刑囚から強姦され、後にようやく自分で刑務所内の掟をつくって、なんとか生きのびた時代に……。ただ生きようとする、冷たく、純粋な意志を核にして、まわりは隙間ひとつ、亀裂ひとつない固い殻で覆ってしまっていた時代に……。今、目の前にいるソビエスキはまさにそんな状態だった。

「私のことは私が決める。もう誰にも決めさせない」ソビエスキは繰り返した。「あんな時代はもう終わったんだ」

コルソは腕の添え木に目をやった。骨にひびが入っているせいで、少し腕が痛い。昨夜は本当にひどい目にあった。だが、今は気分がよかった。いろいろあったが、この男のあとを追いかけてイギリスに行ったせいで、獲物を捕まえることができたのだ。今、その獲物は自分の目の前にいて、怯えている。怯えた獲物をいたぶるのは楽しかった。

「ユーロスターの中で非常ベルを押したのはおまえか?」

ソビエスキはじっとしていた。驚いたふりも見せない。列車に乗っていたことも否定しなかった。

「どうして、私がそんなことをしなければいけないんだ?」

「おれが訊いているんだ。さっさと返事をしろ。非常ベルを押したのはおまえか?」

ソビエスキは手を振って、もうたくさんだという仕草をした。こんなやりとりが続くなら、もう話はしたくないというように……。コルソは話題を変えて、質問を続けることにした。

「で、ブラックプールではどうだった?」

「どうだったとは?」

「展示会の打ち合わせがすんだら、もうイギリスに用事はないだろう。それをわざわざブラックプールまで足を伸ばしたというのは……。フランスに帰る前に、ちょっとしたお楽しみが欲しかったのか?」

ソビエスキは椅子の上で身をよじった。

「そっちこそ、何度、同じことを言わせるんだ。コルソ、刑務所を出てから、私は自分のやりたいことを、やりたい時にやっているんだ。おまえのようなろくでなしのデカに口を出される筋合いはない」

「質問の答えになっていないな。おまえは、どうしてブラックプールに行ったんだ?」

「ちょっとのんびりしたかっただけだ。海岸のリゾート地でね」

コルソはファイルを開けて、海から引きあげられた死体の写真を何枚か、机に置いた。写真はさっき、メールに添付されて、ブラックプールの警察から送られてきたのだ。

「おまえの言う〈のんびりする〉っていうのは、これか？」

「何だ、この写真は？」

「昨夜、ブラックプールで殺された若い男の写真だよ」

ソビエスキは驚いたような顔をした。いや、本当に驚いているように見えた。

「何の話をしているんだ？」

コルソは思わず、身を乗りだした。だが、冷静さは失わなかった。

「こういう話だ。まず、おまえはソフィーとエレーヌを残虐な手口で殺した疑いをかけられていた。だが、とりあえず条件つきで釈放されて、ブラックプールに行った。そうしたら、そのブラックプールで、まったく同じ残虐な手口で、この男が殺された……。これを偶然の一致と思えるやつがいたら、お目にかかりたいね」

ソビエスキは唖然としたように頭を横に振った。ここに連れてこられた理由がやっとわかったという顔をしている。だが、それでもソビエスキはしらを切った。

「知らないな。昨日の夜はジムという男と一緒にいた。フェラチオが最高にうまい男だ」

「苗字は？」

「聞いてないな。なにしろ、口が塞がっていたからな」

「おまえは男とも寝るんだな？」

「男でも女でもどちらでもいい。気持ちよくいければいいんだ」

「おまえの言うジムには、どこに行けば会えるんだ？」

「さあな。男娼たちが集まる通りに行けば、会えるんじゃないか？　そこで客を引いているからな」そう言うと、ソビエスキはコルソにウインクをしてよこした。

「おまえさんだって、知ってるだろう？」

つまり、ソビエスキは遊園地にいた時から尾行されていたのに気づいていたということか？　だが、後ろから刑事がついてきているのがわかって、なぜ人を殺すような危険を冒したのだろう？　もしかしたら、こちらがネオナチに襲われて怪我をしたのを見て、安心して事を進めたのかもしれない。

コルソはファイルから、被害者の身元を示した書類と、生きていた時の写真を取りだした。これもまた、ブラックプールの警察から送られてきたものだ。

「この男を知っているか？」

「知らない」

「名前はマルコ・グワルニエリ。三十二歳。イタリア出身。ブラックプールの麻薬の売人で、仲間からはナルコと呼ばれている。ナルコってのは、英語で『麻薬の売人』ってことだ」

「そんな名前は一度も聞いたことがないな」

コルソがフランスに戻るまでの間に、ウォーターストンはまたたく間に被害者の身元を割りだしていた。身元確認の決定的なポイントになったのは指紋だった。被害者は麻薬の密売で逮捕されたことがあるので、警察に登録されている犯罪者の指紋のデータを照合したら、すぐに見つかったのだ。ウォータースト ンのメールによると、被害者は同性愛者ではなく、売春行為もしていなかったろうということだった。

実を言うと、そのメールを読んだ時、コルソは動揺した。考えていたシナリオがふたつとも崩れたからだ。シナリオのひとつは、昨夜、ソビエスキは殺人の衝動に駆られて、男娼の中から無作為に犠牲者を選んだというものだ。だが、グワルニエリはそのケースには当てはまらない。同性愛者ではないし、したがって男娼でもないからだ。もうひとつのシナリオは、ソビエスキがすでに被害者を知っていて、その被害者があまりにふしだらな生活を送っていることに憤りを感じ、懲罰を与えたというものだ。ソフィーやエレーヌが倒錯的な性生活を送っていたことが許せず、残虐なやり方で制裁を加えたように……。だが、こちらのシナリオも、ソビエスキがこのマルコ・グワルニエリという男と知り合いでなければ、成り立たない。それにグワルニエリは、麻薬の売人というほかに、どんなふしだらなことをしていたのだろう？　考えれば考えるほど、疑問が生まれてきた。だが、このグワルニエリという男が手首と足首を縛られ、耳まで口を裂かれて殺されていたのは確かなのだ。

「船の操縦はできるのか？」

「いいや。なぜだ？」

コルソはその質問に答えなかった。代わりに訊く。

「ロープをリュックに入れているのか？」

ソビエスキは笑った。

「なぜ、そんなことを訊く？　その馬鹿げた質問はいったい何なんだ？」

「死体を海に沈めたのはなぜだ？　ブラックプールの沖に……」

それを聞くと、ソビエスキはいきなり立ちあがった。コルソはソビエスキに手錠をはめていなかったし、ロープもかけていなかったので、自由に動けるのだ。手錠をかけなかったのは、刑事と容疑者ではなく、一対一で対決したい気持ちがあったからだ。

ソビエスキはデスクのそばまで来ると、コルソに食ってかかった。

「おまえのふざけた話はもうたくさんだ。私は……」

だが、その言葉が最後まで終わる前に、コルソはデスク越しに、ありったけの力を込めて、ソビエスキに平手打ちを食らわせた。使ったのは自由になる左手だが、手のひらがじんじんして気持ちよかった。何日も前から、この男を張りたおしたくてたまらなかったからだ。

ソビエスキはうめきながら床に倒れこんだ。

〈まったく、わざとらしいやつだ。もっと殴られたいのか〉そう思うと、コルソはデスクを回りこんで、ソビエスキの脇腹に足蹴りを食らわせた。立ちあがろうとすると、今度は正面で構えて、頭突きをする。ソビエスキの鼻がぐしゃっとつぶれて、血があふれでた。

お楽しみの始まりだ。コルソは最初からこの時を待ち望んでいたのだ。ソビエスキはふらついて、頭から床に倒れた。だが、それでもまた立ちあがろうとしたので、顎に肘打ちを食らわせる。腕に激痛が走った。無意識に右腕を使ってしまったので、骨にひびいたのだ。添え木はどこかに吹っとんでいた。

だが、そんなことはどうでもいい。なおもソビエスキを殴りつけようと、コルソは相手の身体に馬乗りになって、左手の拳骨を振りあげた。その時、ナタリーとリュドヴィクがいきなり部屋に入ってきて、コルソを床から引きはがし、壁に押しつけて、攻撃をやめさせた。コルソはふうっとひと息ついた。レフェリーがテンカウントをするのを待つボクサーの気分だった。

だが、カウントがテンに達する前に、ソビエスキは立ちあがって防御姿勢をとった。それでも、添え木の肘打ちはそうとうダメージを与えたようだ。使えない右手を使うとは、とんだサウスポーだ。コルソは思った。

「このゲス野郎め」ソビエスキは血の混じった唾を飛ばして言った。「その女デカと腑抜け野郎をどかして、かかってくるがいい」

だが、コルソはその挑発に乗らなかった。もはや、気持ちは落ち着いていた。と、そのタイミングを待っていたかのように、今度はバルバラが入ってきた。ソビエスキを椅子に戻すと、ティッシュの箱を取って、ソビエスキのほうに投げる。

その箱からティッシュを何枚か取りだすと、ソビエスキは傷口を拭った。片方の頬が前よりも窪んでいるように見える。たぶん、パンチのせいで、歯が一本折れたのだろう。まあ、今さら一本、余計に折れたとしても、ソビエスキにとってはどうでもよかったろうが……。コルソは自分の椅子に戻ると、〈もういいぞ〉と部下たちに合図を送った。だが、部下たちは不測の事態に備えてこの場に待機することにしたようだ。

再び取り調べがはじまった。コルソは話を家宅捜索のことに移した。

「秘密のガレージを見つけたぞ。アドリアン・レヌ通りのな」

「あれはアトリエだ」

「ずいぶんおかしなアトリエだな。万力に、窯に、拷問道具がそろっているなんて……」

それを聞くと、ソビエスキはせせら笑った。まだそれだけの余裕が残っていたらしい。

「ほんとに、おまえは何も知らないんだな。万力はカンバスの枠を作るためのもので、ほかの道具はカンバスを張るためのものだ。窯は絵の具を乾かすのに使うんだ」

「道具は血だらけだったが……」

「それは顔料だ」もう一度、引きつった笑みを浮かべて、ソビエスキが答えた。

「そうじゃない、ソビエスキ。すでに分析はすんでるんだ。おまえのいわゆる〈アトリエ〉からは、少なくとも六つの異なったDNAが検出された。おまえが殺害した六人の女性の血液だ」

その言葉に、ソビエスキの表情が変わった。今度ばかりは本当に動揺しているようだ。目を大きく見開き、紙にインクを垂らしたように、瞳孔がみるみるうちに広がっていく。

「騙そうったってそうはいかないぞ」追いつめられたように、ソビエスキが叫んだ。

コルソは何枚かの資料をひらひらと振りかざした。

「鑑識の最初の検査結果だ。ガレージのいたるところから、おまえの指紋が検出された。それから、ソフィーとエレーヌの指紋もな。また、六人分の血液のうち、二人分はソフィーとエレーヌのものだと確認された。残りの血液の持ち主は、ここ数年の行方不明者の中から見つかるだろう。この調査はすぐに始める。おれがおまえの立場だったら、今すぐ弁護士を呼ぶけどな」

ソビエスキはデスクに乗せられた報告書を見つめた。まだ自分の置かれた状況をよく呑みこめていないようだ。

「自分でやったことがわからないのか？　ならば、おれが教えてやろう」コルソは続けた。「人間はそんなに変わるもんじゃない。おまえは刑務所を出てからも女性たちを殺してきたんだ。最初のうち、死体は絞殺し、切り刻んで、窯で焼いた。連続殺人犯のランドリュのようにな。ソフィーとエレーヌ以外の四人の被害者は、そうやって殺したんだ」

ソビエスキは今や何の反応も示さなくなっていた。その表情からは、何を考え、どんな気持ちでいるか、まったく読みとることができない。身体がこわばり、どんどん縮んで、小さな彫像になったように見える。その姿を見て、コルソはイラクの砂漠で発見されたという悪魔の彫像を思い浮かべた。そう、ソビエスキはまさしく〈悪〉を凝縮した彫像だった。コルソは言葉を続けた。

「だが、そのあと、理由はわからないが、おまえはやり方を変えた。世間に自分の作品を見てほしいと思うようになったんだ。殺人という作品を……。かわいそうに、ソフィーとエレーヌはおまえのその自己顕示欲の犠牲になったんだ。おまえはふたりを殺し、ゴヤの絵に変貌させた。そうやって、警察を挑発し、愚弄するのは楽しかったろう。だが、残念だったたな。おまえは今、ゲームに負けた。こうなったら、潔く負けを認めるんだ」

ソビエスキは肩をすぼめた。頭がすっぽりと肩に埋まるくらいに……。そのせいで、頭が胴体から切り離されたように見える。それはまるで納骨堂の片隅に置いてある骸骨のようだった。

「こいつを拘置所に連れていってくれ」コルソは部下たちに向かって言った。

その間にも、ソビエスキはどんどん縮んでいった。コルソはもう一度ソビエスキに話しかけた。

「明日からは予審判事の取り調べが行われる。そのあとはすぐにフルーリー＝メロジス刑務所に被疑者として収監される。おまえはもうおしまいだ、ソビエスキ。もう二度と塀の外に出てくることはできないんだ」

その瞬間、予想もしていなかったことが起こった。ソビエスキが椅子に座ったまま反りかえり、聞いたこともないような悲痛な叫び声をあげたのだ。心の底から湧きでる、恐怖と絶望の叫びを……。

それを聞いて、コルソは自分でも思いがけない感想を抱いた。ソビエスキの声は、母親から引き離されようとしている子どもの叫び声のようだと思ったのだ。

60

翌七月八日の金曜日から、ソビエスキはミシェル・チュレージュ予審判事のオフィスに呼ばれ、ソフィー・セレとエレーヌ・デスモラに対する計画殺人の被疑者として、取り調べを受けはじめた。マルコ・グワルニエリの殺害に関しては、別件としてイギリス警察が担当することになった。だが、犯行手口が類似していること、ソビエスキが当時、死体が発見されたブラックプールにいたことから、この事件がソビエスキに不利に働くことは、十分、考えられた。

コルソと部下たちは七月の末まで、予審判事の取り調べに必要な捜査記録の作成に追われた。被疑者はもちろん、話を聞いた関係者全員の供述調書を読みなおし、ひとつにまとめるのである。まだ確認しなければならないこともいくつかあった。たとえば、ソフィーとエレーヌ以外にソビエスキが殺したと思われる被害者たちの身元はまだ突きとめられていなかった。また、その被害者たちをソビエスキがどうやって殺したかも、はっきりしたことはわからなかった。その意味では、ガレージからソフィーとエレーヌの血液が検出されたことを除けば、ソビエスキに不利な証拠が出てきたわけではなかった。だが、ソビエスキを罪に問うにはそれで十分だった。アドリアン・レヌ通りの秘密のガレージで、ソビエスキはソフィーとエレーヌを殺した。だから、その罪を償わなければならないのだ。

最初の事件が発生した日から二十三日後の七月十日の日曜日、警視庁犯罪捜査部長のボンパールは颯爽と記者会見を開き、事件の解決にあたって、犯罪捜査部第一課のコルソ課長とそのチームが素晴らしい捜査をしたと、その活躍を称えた。当然、最初に事件を担当した第三課のボルネック課長はあまり愉快ではなかったろうが、物事には巡り合わせというものがある。ボンパールはひそかにボルネックをオフィスに呼ぶと、「次はあなたの番ね」と励ました。いっぽう、コルソはこの一件で、おおいに将来を嘱望されることになった。警察内では早くも、次の異動では「警視正に昇進か」という声も出ていた。中には冗談半分に、「次の犯罪捜査部長はこれで決まった」とか、「警視庁長官も夢ではないかも」と無責任な噂を流す者もいた。

コルソ自身は昇進の話題にはまったく興味がなかった。だが、いずれタデの親権を得ることができた時のことを考えると、この事件の解決によって昇給が決まり、もう少し時間的に安定した部署で働けるようになればいいと思っていた。

いっぽう、リュドヴィクは〈一身上の都合により〉、予定どおり警察を辞めた。辞任の挨拶はなく、別れの言葉ひとつなかった。「またひとり、将来有望な若者がいなくなったわね」というボンパールの言葉で、この一件には終止符が打たれた。

ソビエスキを逮捕して送検したあと、コルソは捜査記録の作成と並行して、厄介な問題に取り組んだ。息子の親権問題だ。親権を獲得して、タデと一緒に暮らすようにするには、〈自分がこれまで父親としてきちんとした義務を果たしてきたこと〉、それから、〈父親として、息子を育てるのにふさわしい社会的立場と経済力を持っていること〉を証明しなければならない。この点、捜査チームのリーダーとして、パリを騒がしていた〈ストリッパー連続殺人事件〉を解決したことは、有利な材料になった。弁護士は、もともと「調停は厳しいが、可能性がないわけではありません。国じゅうを騒がしている殺人事件を解決したら、あなたは英雄になる。そうなれば、話は別ですから」と言っていた。それだけに、このニュースを歓迎し、これによって警察内で昇進するなら、なんとか戦えないことはないと、少しだけ明るい見通しを伝えてきていた。そこで、コルソは親権を請求する書類の中に、事件の解決を称賛している新聞記事もいくつか入れておいた。

そのいっぽうで、〈これまで父親としてきちんとした義務を果たしてきたこと〉を証明する資料となると、集めるのに苦労した。それを証明するには、友人や知人などの証言が必要だが、これまで周囲の人間に心を開いてこなかったせいで、友人はいなかった。そこで、ボンパールやバルバラなどの職場の上司や同僚、部下、さらに、今住んでいる建物の一階にあるカフェの主人などに証言を頼んだが、全部合わせても五名分しか集めることができなかった。あとは、息子と一緒に外出をしたり、息子の面倒を見てきたことを証明するために、ディズニーランドや移動遊園地に行ったり、公園に連れていったり、ピアノのレッスンの送り迎えをした時の写真を入れた。また、経済的に問題がなく、教育に熱心であることを示すため、銀行口座の明細をコピーしたものを添付し、教育関連の支出にはわざわざ下線を引いたりもした。

そうしたことの結果、資料はなんとか三十くらい集まったが、うんざりする思いでその作業を続けながら、コルソはまた別の思いにとらわれていた。自分は今、〈父親として親権を得るのにふさわしい〉ことを証明するために必死になっているが、それは無実の罪に問われて、みずからそれを立証しなければならない人と同じではないか？　コルソはこれまでの刑事生活の中で、そういった人々を何人も見てきた。その人たちは自分が何もしていないということを証明するために、すべてを放りだして戦っていたのだ。今なら、その人たちの気持ちがわかるような気がした。

結局、書類は七月末にできあがり、コルソはそれを自分の弁護士であるジャノーに提出した。ジャノーはその書類を相手側の弁護士に送った。もうしばらくしたら、相手側からも同じような書類が届くことになっていた。

その頃には予審判事のための捜査記録も提出していたので、そういったいっさいがっさいが終わると、コルソはようやくバカンスに入り、タデと一緒に過ごすことができるようになった。幸い、腕の添え木もはずれ、顔の傷も治っていたので、〈薄汚れた刑事〉ではなく、〈普通の父親〉として、息子といても恥ずかしくない外見を持つことができた。

バカンスはシチリアに行き、《クラブ・メッド》(旧《地中海クラブ》)が経営する宿泊施設に滞在することにした。子ども向けのアクティビティがたくさん用意されている家族向けのバカンス村だ。だが、《クラブ・メッド》の施設を利用するのはこれが初めてだったので、かなりの不安もあった。クラブでは宿泊客をGM——ジェントル・メンバーと呼び、宿泊客同士で一緒にスポーツを楽しんだり、食事をともにしたりする。それに抵抗を覚えたのだ。人付き合いはやはり苦手だった。実際、現地に行くと、コルソはなるべくそういった機会を避け、友人も作らなかった。だが、それでも、水着を着て、日焼けした楽しそうなバカンス客と同じベンチに座ってタブレ(クスクスのサラダ)を食べていると自分が〈普通の人間〉になったような気がしてほっとした。特に、タデが嬉しそうな顔で、朝から晩まで遊びまわっているのを見ると、その気持ちは強まった。数日もすると、コルソはこう悟るようになっていた。自分が息子をバカンスに連れてきたのではない。息子が自分をバカンスに連れてきてくれたのだ。

けれども、そうやってバカンスを楽しんでいる間も、事件のことは頭から離れなかった。

海岸からプールへ、プールからバーへと、ぶらぶらと移動する間、つい事件のことが頭に浮かんでしまうのだ。ソフィーやエレーヌの耳まで裂かれた口。その口は何を叫ぼうとしていたのだろう? それから、アクタールのあのおぞましいポルノ・ビデオ。そのビデオの中でソフィーがしていた、目をそむけたくなるようなゲーム。エレーヌの死体性愛。エレーヌは、深夜こっそり霊安室にしのびこんで死体と交わり、それをまたロマンチックな日記に綴っていたのだ。そして、ソフィーやエレーヌと同じように物言わぬ叫び声をあげ、海の中で漂っていたマルコ・グワルニエリの死体。マルコの死体は水に浸かって、ぶよぶよになっていた。そういった記憶が鮮明なイメージをともなって、何度も何度も頭に浮かんでくるのだ。仕事としてたくさんの事件を扱っていても、刑事は決して、ひとつひとつの事件を忘れることはない。刑事にとって、記憶とはむしろいちばん大切な商売道具なのだ。何か事件が起きると、刑事は必ず過去の事件と照らしあわせる。目の前の事件と昔の事件を比較して、共通する部分を探し、そこから解決の糸口を見つけるのだ。

　事件の内容については、コルソにはいつまでも気になってしかたがないことがあった。ブラックプールの沖で海に沈められていたマルコ・グワルニエリのことだ。ソビエスキはどうしてこの男を第三の被害者として選んだのだろう？　マルコの経歴についてはすでに詳しい情報が入っていたが、この男はほかのふたりの被害者とまったく共通点がなかった。まずは男であること。したがって、ストリッパーでもないこと。マルコは男娼ですらなかった。ブラックプールの男娼が立つ通りでスキンヘッドのネオナチに襲われた時、ソビエスキが一緒にいたのはマルコではなかった。同じ闇の世界に生きていても、マルコの専門は麻薬のほうで、自分も麻薬に浸かりながら、ブラックプールのカジノやストリップ・クラブの出口で麻薬を売っていたしがない売人だった。

　生い立ちをさかのぼって見ても、ソビエスキとの関わりは見えない。生まれたのは一九八三年の暮れで、場所は、スイスとの国境に近い、北イタリアのアオスタだ。トリノで育ち、その後、母親に連れられてイギリスに渡った。母親は幼いマルコの手を引きながら、ダンサーやウェイトレスをしてイギリスじゅうを渡りあるいた。そうして、最後はストリッパーになったのだ。ソフィーとエレーヌとの共通点と言えば、ストリップの世界と無縁ではなかったということくらいだ。

リバプールで過ごした少年時代は、不良として鳴らし、軽犯罪を何度も繰り返している。記録によると、三十二年の人生のうち、十年以上をリバプールのアルトコース刑務所、ウエスト・ミッドランズ州のバーミンガム刑務所、マンチェスターのフォレスト・バンク刑務所などで過ごしている。マルコもマルコなりの人生の旅をしてきたということだ。

だが、そこで最初の疑問に戻ると、ソビエスキはどうしてマルコを被害者に選んだのだろう？　それまでの人生で知り合いでなかったとすると、考えられるシナリオはただひとつだ。あの夜、ジムという髪の長い男娼と寝たあと、ソビエスキは今度は殺人の獲物を探して、もう一度、街に出かけた。そうして、ストリップ・クラブの出口で麻薬を売っていたマルコに目をつけ、麻薬をたくさん買ってやるからと言って、マルコの部屋まで行った。それから、例のあの残虐なやり方でマルコを殺したのだ。マルコが部屋で殺されたのは間違いない。身元が判明したあと、イギリスの警察がマルコの借りていた汚いワンルームマンションを調べたところ、マルコ本人のものと思われる大量の血液が発見されたからだ。ソビエスキはマルコの車を使って死体を港まで運んだ。そこから《ボストンホエラー》社製のゴムボートに乗せて沖まで運び、石の重しをいくつかつけて、《ブラック・レディ》と呼ばれる航路標識の下に沈めた。ボートはおそらく港に係留してあったものを盗んだのだろう。

だが、どうしてわざわざそんな面倒なことをしたのだろう？　コルソはその点も気になっていた。ロープで縛ったり、口を切り裂いたり、石の重しをつけて海に沈めたりするには、それなりの準備がいる。突然、人を殺したくなって、衝動的にやったものとは思えない。ということは、ソビエスキは初めから誰かを殺すつもりで、その準備をしていったということだろうか？　だが、コルソはそれ以上は考えないようにした。ここから先は予審判事の仕事だ。しかも、マルコについてはイギリスの警察が調べることになっているのだ。今の自分はバカンスを楽しめばいい。

タデはほかの子どもに交じって、毎日、海岸やプールで楽しく遊んでいる。ヤシの木陰のビーチチェアに寝そべりながら、コルソはタデの様子を見守り、タデと目が合うと、手を振って合図を送った。〈これでいい。おれの任務は完了したのだ〉そう考えて、深い満足感に浸りながら……。そうして目をつむると、バカンスが終わったあとに、楽しい生活を送っているところを空想した。すべてがよい方向に進んで、素晴らしい生活を送っているところを……。自分は昇進し、タデと一緒に新しい家で暮らしている。もしかしたら、新しい妻もいるかもしれない。いや、それはまた考えなければならないが、少なくとも、今よりは忙しくない部署に異動して、夕食に間に合うよう定時に帰宅しているはずだ。もう殺人鬼やら強姦魔などと関わらなくてもすむ――そんな落ち着いた生活を送っているはずだ。安心して眠ることのできる、穏やかな生活を……。早くそんな生活がしたかった。

だが、コルソはもともと楽天家ではなかった。世の中、そんなにうまくいくはずがない。目を開けると、太陽はどぎつい光であたりを黄色く染めている。大麻リキッドを薄めるのに使う酸っぱいレモンのような色だ。飲みのこしたコカコーラのグラスの底には、茶色く固まったコーラが大麻樹脂（ハシシ）のようにへばりついている。この先、何があるかはわからない。呑気に夢みたいなことを考えていてはいけないのだ。〈玄関の扉を開けたら、そこにはいつも糞がある〉人生とはそういうものなのだ。

その考えは間違っていなかった。バカンスが終わると、甘ったるい希望を打ち砕くような、がっかりするようなことが待ちかまえていたのだ。

61

九月になってパリに戻ると、コルソは弁護士のジャノーから、エミリア側から送られてきた親権を請求するための書類を見せられた。エミリアはどうやら八月の間、自分の弁護士とともにずっとパリに留まり、この作業にいそしんでいたらしい。その書類はコルソが送った薄っぺらいものとは比べものにならなかった。コルソの書類にはせいぜい三十ほどの資料がつけられていただけなのに（そのうちのいちばんの売りは、コルソが〈国じゅうを騒がしていた事件を解決した英雄〉だというものだ）、エミリアの書類には教育から医療まで、ありとあらゆる点でエミリアが母親として献身的にタデの面倒を見ていたことを示す、百三十四の資料が添付されていたのだ。ピアノや柔道など、エミリアが個人教授を雇ってタデにさせていたさまざまな習い事。その個人教授たちとの面談の記録。学校の教師との定期的な連絡と保護者面談の記録。タデが病気にかかった時に、医者に連れていったり、薬を買いにいったことを示す証拠。これを見れば、小さな息子が母親のもとで、穏やかで豊かで落ち着いた生活を送っていることが一目瞭然だった。これでは〈妻に暴力をふるったと疑われている夫〉に勝ち目はない。もともと、〈母親ルール〉によって、親権に関する調停は母親に有利に判定される。それに加えて、こんな見事な母親ぶりを示されたら、もうどうすることもできなかった。

一度は明るい見通しを示したものの、この書類を受け取ったとたん、弁護士のジャノーはすっかり匙を投げてしまった。「調停の結論はこれから半年後に出されるけれど、その時にはもう殺人事件のことは世間から忘れられているわ。あなたは英雄ではなくなっているでしょう。それに、昇進だってまだ確定していないし……。相手側のこの素晴らしい資料と比べたら、とうてい勝負にはならないわ。もう結果は出たも同然よ。だいたい、奥様の輝かしいキャリアに比べたら、あなたはくだらない、というか――世間的にはということだけれど――まあ、一介の刑事にすぎないのだから」

そう言うのだ。

それを聞いて、コルソは思った。〈いいだろう。おれがくだらない刑事だと言うなら、とことん、そのようにふるまってやろうじゃないか〉と……。こうなったら、もう手段は選ばないつもりだった。

そうして、九月五日の月曜日の朝、コルソは自分のオフィスにバルバラを呼びだした。

「捜査をしている時に、ちょっと思ったのだが……」

コルソは切りだした。

「何をです?」

「きみはアクタールのポルノ・ビデオについて詳しかったね」

「前に聞いたことがあったんですよ」

「〈緊縛〉の師匠もすぐに見つけてきた」

「あれは捜査の役に立ちましたね」

「立ちいったことを訊くようだが、きみはずいぶん、その……そういった分野に詳しいようだ。いや、もちろんこれは非難しているわけじゃない」

「あのくらいは誰でも知っていますよ。一般教養かと……」

「そうかな。気に障ったら許してほしいが、おれはむしろ、きみがそういったものに関心を持っているんじゃないかと……。ポルノとかSMとか〈緊縛〉とか、そういったものに……」

それを聞くと、バルバラの表情がこわばった。普段以上にぴりぴりしている。

「関心はありますが……。でも、それだけですよ。どうしたんです？　私が何かとんでもないことをするんじゃないかと、ご心配ですか？　売春斡旋業取締部の連中に尾行させるつもりだとか……」

コルソは口もとに笑みを浮かべて、あいまいにうなずいた。しばらくは、こうして腹の探り合いをするしかない。言いたいことは口に出さず、お互いに皮肉の応酬をして……。話を先に進めるために、コルソは引き出しを開けて一枚の写真を取りだした。ごく普通のエミリアの写真だ。

「この女性を知っているか？」

「見覚えがあるような気がしますが、誰ですか？」

「エミリアだよ。離婚調停中の妻の……」

バルバラはかすかに笑みをみせた。

「じゃあ、廊下かどこかでたまたま顔を見かけたんでしょうね」

「それはないな。彼女はここに来たことは一度もないんだ。きみはほかの場所で会っているはずだ」

「どこでです？」

「きみが夜を過ごしている場所で……」

「さっきからいったい何が言いたいんですか？」

エミリアのSM嗜好について、コルソはこれまで人に打ち明けたことはなかった。それがあまりに度を越しているので、悩みの種になっているとは……。エミリアと離婚することは人にも話したが、離婚の原因がその異常な性的嗜好にあるとは言っていない。エミリアが普通ではないと、誰にも知られたくなかったのだ。もちろん最初は、タデが将来、母親の本当の姿を知ることを恐れて、そのことを離婚調停に利用するつもりもなかった。だが、こうなったら、ほかに方法はない。まずはバルバラに打ち明けることでしか、物事は始まらないのだ。

「つまり、エミリアは、その……痛みを感じることが大好きなんだ。まるでSMの百科事典のように、ありとあらゆるプレイを知っていて、実践している……」

デスクの上に手を置くと、バルバラはこれ以上ないほど警戒した口ぶりで言った。

「で、私にどうしろと？」

「息子がおれのところに来ている間、彼女は異常なプレイにのめりこんでいるはずだ。相手の顔に脱糞しあったり、棍棒のようなものを膣に突きさしたり……。そういうクラブがあるんだろう？　息子がいない時は、いつもそういう場所に出入りしているはずなんだ」

「だから、どうしろと？」

コルソはエミリアの写真をバルバラのほうに押しやった。

「息子がうちに来る日を教えるから、きみもそういったクラブに行ってほしい。そうして、写真や動画を撮ったり、証言を集めてほしいんだ。もし彼女が違法行為をしていれば、刑務所に送ることができるし、少なくとも精神病院に入れることはできるかもしれない。そういった証拠を持ってきてくれないか？」

「そういうクラブに行って動画を撮ってくるなんて……。そんなに簡単なことだと思っているんですか？」

「簡単なことだと思ったら、きみには頼んでいないよ。やってくれないかな？」

しばらく沈黙があった。やがて、バルバラが言った。

「女性に対して、そんな汚い手を使うなんて……。あまり気が進みませんね」

「息子の親権を獲得するには、それしかないんだよ」

「まさにそれですよ。気が進まない理由は……。性的嗜好を理由に、相手の女性から息子を取りあげようとするなんて、本当に下劣です。最低です」

女性同士の連帯感からか、それともSM愛好者としての連帯感からか。あるいは、その両方からか……。コルソはこういった反応が返ってくるとは思ってもみなかった。

「いや、SM的な傾向があると言っても、最初はそれほどではないと思っていたんだが……」コルソは説明を続けた。「結婚してしばらくしたら、カミソリの刃で自分の陰唇を切ったり、爪の間に針を突っこんだりしはじめてね。おれにはどうすることもできなくて、好きなようにさせていたんだが、今は子どももいるし、しかも一緒に住んでいるんだからね。そのことも考えないと……。あいつの異常な嗜好のせいで、子どもをだめにするわけにはいかないんだ」

「でも、奥さんだって、やっていいことといけないことの区別はついているでしょう？」

「さあ、どうかな……。あいつは常軌を逸しているから……」

「倒錯趣味はあるかもしれませんが、それはそれ。母性本能はまた別ですよ」

「そうだな」コルソはため息をついた。「確かにそのとおりなんだが……。でも、あいつの場合はそうも言ってられないんだ。あいつは病気だ。そして、その病気がよくなることは、決してないんだ。わかってくれ。

おれはいつかあいつが自分のSMプレイにタデを巻きこむんじゃないかと思って、それが心配なんだ」

　その言葉に、バルバラはエミリアの写真を見た。

「そんなふうには見えませんけど……。ちょっと東洋的で、彫刻のように落ち着いた顔をしていて……。穏やかな人に見えますけど……」

「いや、あいつは危険なんだ」コルソは繰り返した。

「これについては、おれの言葉を信用してほしい」

「調停を行った結果、決定が下されるのはいつですか？」

「六カ月後だ。だが、おれはもう調停の場に行くつもりはないんだ。エミリアと直接、取引したい。あいつの喉もとにナイフを突きつけて、合意書にサインさせる。それを判事に認めさせるつもりだ」

　それを聞くと、バルバラは獲物を襲う鷹のように素早い動作で、さっと写真をつかんでポケットに入れた。

「ボスのところに息子さんが来る日を教えてください。必要なものは手に入れて、しかるべき時にお渡ししますから……」

　コルソは、自分の最も奥深くにあった何かがほぐれていくように感じた。実力行使――結局のところ、それしかないのだ。

62

九月中旬、コルソはチュレージュ予審判事から呼び出しを受けて、ブラッスリーに出かけていった。予審判事が捜査を行った警察官に直接、事情を聞くことは、別に珍しいことではない。だが、ブラッスリーで食事をしながら捜査の話を聞くというのは、めったにあることではなかった。

コルソはブラッスリーがあまり好きではなかった。昔ふうの広いホールにシュークルートのにおいが充満し、食器が音をたてるなか、人々が楽しげにおしゃべりをする——そういった雰囲気になかなか馴染めないのだ。だが、このブラッスリーは一見の価値があった。床のタイルはモザイク模様で、モールスキンの長椅子に銅製の肘掛け、天井からはチューリップの形をしたシャンデリアがさがっている。壁にはミュシャのステンドグラスがあった。ボックス席はそれぞれすりガラスのパネルで仕切られていて、まるでオリエント急行の個室にいるみたいだった。

しばらくすると、テーブルの真ん中に、チュレージュ判事が注文した〈海の幸の盛り合わせ〉が置かれた。生牡蠣、ハマグリ、イチョウガニ、バイ貝、ヨーロッパアカザエビなどが、色鮮やかな盛りつけで、氷の上に並べられている。盛り合わせとは別に、楊枝を添えたタマキビガイもあった。マヨネーズやエシャロットソース、ライ麦パン、そしてフィンガーボウルも運ばれてくる。コルソは見ただけで、もう食べる気がしなくなった。

だが、それにしても、予審判事はどうして自分を呼びだしたりしたのだろう？　この事件の捜査では、ずいぶん違法なこともした。クリシュナの力を借りて、書類上はなんとか合法的に見えるように体裁を整えたが、予審判事はその不備に気づいて問題にしてきたのかもしれない。そう思うと、不安になった。同じように被疑者を取り調べると言っても、予審判事は現場で捜査を行うことはほとんどない。自分の静かなオフィスで被疑者を尋問し、あとは理解不能な専門用語をこねくりまわして、法廷に送りこむだけだ。自分のような警察官が毎日、現場でしているようなことは、まったくわかっていないにちがいないのだ。

そのうえ、チュレージュは頭が固く、規則を厳格に適用することで知られていた。ミスがあったら、ほんの小さなものでも見逃さない、細かいことにこだわるタイプだ。

コルソはそっと顔をあげて、チュレージュを見た。チュレージュは小柄な男で、タイトなスーツを身につけていた。顔はよく日に焼けていて、黒々とした眉と落ちくぼんだ頬は、歌手のシャルル・アズナブールに似ている。何か心配事があるのだろうか、表情は少し曇っていた。

それを見ると、コルソはいっそう不安になった。だが、チュレージュの目的が、この事件に関する捜査官としての意見を聞きたかっただけだとわかると、ようやく安心した。そこで、マヨネーズのかかったゆで卵をフォークでつつきながら、数週間に及ぶ捜査の模様を簡潔に話した。事件とはなるべく距離を置いた、客観的な姿勢で……。ソビエスキに対してさまざまな感情を抱き、平静さを保てないところがあったとは知られたくなかった。

すると、コルソの話を途中でさえぎって、チュレージュが尋ねた。

「ソビエスキが母親を慕っていたことは知っていたかね」表情と同様、声は浮かない様子だった。

「いいえ」

「十七年間、刑務所にいて、出所したあと、ソビエスキは母親の居どころを探しにいったんだ。母親のほうは一度もソビエスキを訪ねてきたりはしなかったのにね」

「それで、居どころはわかったんですか?」

「ああ、モンタルジの近くの養護施設にいた」

　コルソはジャックマール元警部の資料にあった、ソビエスキの母親の写真を思い出した。体格は非常に小柄で、目はぎょろりとして、何かに取り憑かれたように、大きく見開いていた。夫に逃げられたせいで、男に憎しみを抱くようになり、幼い息子を虐待することを生きがいにしていたような女……。ソビエスキが居どころを見つけた時には、六十代半ばになっていたはずだ。いったい、どのようになっていたのだろうか?

「ひどい状態だったらしいよ」まるでコルソの内心の言葉が聞こえたかのようにチュレージュが言った。

「統合失調症を病み、いくつもの性病にかかって潰瘍を患っていたらしい。ソビエスキは母親をパリ郊外の民間でいちばんいい病院に入れ、二〇一三年に母親が死亡するまでずっとその金を払っていたようだ。それは親戚が証言している。母親が死んだあとは、毎週、パンタンの墓地へ行き、墓石の前で黙禱していたそうだ。あの墓地なら、サン・トゥアンからも近いからね」

　コルソはそんな話は聞きたくなかった。それではまるで、ソビエスキが人情に厚いようではないか。自分でもはっきりとは意識しないうちに、コルソはソビエスキの異常な性欲を強調するかたちで、捜査の話を続けていた。若い頃は強姦や婦女暴行を繰り返したこと、出所したあとは大勢の情婦や情夫と関係を持っていたこと……。

　だが、チュレージュはソビエスキのそういった側面には興味がないようだった。生牡蠣に口をつけ、ゆっくりと吸いこむと、こう質問した。

「刑務所を出たあとに、ソビエスキが人を殺したと思うかね？」

「もちろんですよ。その証拠に、秘密のガレージに血痕が見つかったじゃありませんか」

「だが、ソフィーとエレーヌのものを除けば、誰の血液かわからない。被害者は特定できなかったんだろう？　たとえ、被害者がいたとしてもね」

そう言うと、チュレージュはまた生牡蠣を手に取り、チュルルルと音をたてながら、ゆっくりと吸いこんだ。この男はこんなふうに時間をかけて、牡蠣を丸呑みするのが好きらしい。まるでクンニリングスの愛好家が相手をじらすようにして……。コルソは胸が悪くなった。

「そんなことは問題じゃありませんよ」いらいらしながら言う。「ソフィーとエレーヌの血痕は残っていたんですから……。ソビエスキは殺人犯なんです。あの男は若い時に人を殺した。刑務所の中でも人を殺した。出所してからも人を殺した。出所後、捕まらなかったのは、有名な画家であることが隠れみのになったからです。社会的な地位があがったせいで、疑いがかけられなくなったんです」

チュレージュは今度は楊枝を手にして、タマキビガイを口に入れた。

「つまり、根っからの犯罪者だということか？　私はそう断定したくはないのだが……」そう言うと、タマキビガイの灰色の殻を皿に置く。

コルソは相手に自分の声がよく聞こえるように、テーブルに身を乗りだした。それから、ハンマーで釘を打ちこむような断固とした口調で言った。

「ソビエスキは刑務所で恐れられていました。自分で勝手に掟を作り、その掟に従わない者には懲罰を下したからです。そう、所内では〈裁判官〉と言われていたくらいです。そうして、何人もの受刑者を強姦し、気に入らない者は殺すことまでした。そうかと思うと、ロープを使って、緊縛プレイをして、受刑者たちを倒錯の世界に引きこみました。あの男は危険です。それは刑務所の中にいても、外にいても変わりません。あいつは社会のごみです。人間のくずです。あんな男を野放しにしていてはいけないんだ」

それを聞くと、チュレージュが笑みを浮かべた。コルソはしまったと思った。つい興奮して、ソビエスキに対する心情を吐露してしまったからだ。一度犯人だと思い込んだら、絶対にその信念を曲げない刑事だとは思われないようにしたかったのに……。頭上からシャンデリアの電球の光が降りそそいでくる。その光に照らされて、自分が今、相手の目にどのように映っているのか、コルソは想像した。そして思った。〈ちくしょう。こんなところに来るべきじゃなかった。それが無理なら、せめてバルバラを連れてくるべきだった。バルバラなら、おれを抑えてくれただろうに……。おれがこんなふうに言いはじめたら、止めてくれただろうに……〉

「だが、刑務所内ではいろいろ勉強して、社会復帰のための努力をしていたようだが……」

「確かに絵の勉強を始めて、才能を開花させました。ソビエスキは素晴らしい画家です。それは間違いありません。また、たくさん本を読んで、勉強もしました。収監された時には、ほとんど読み書きができなかったのに、刑務所を出た時には学士の資格までとっています。きっと、もともと頭がよかったのでしょう。でも、いったいいつから、頭がいいと殺人犯にはならない、ということになったんでしょうか？」

チュレージュは静かにうなずいた。そして、今度はライ麦パンをエシャロットソースに浸して食べた。酸っぱいにおいが鼻をついた。

「きみは、殺人のやり方が違ってきている、と書いていたが、その点についてはどう考えているのかね？つまり、ソフィーとエレーヌの前に他の女性を何人も殺しているのだとすれば、ということだが」

「それは、だんだんやり方が進化してきたということです。犯罪者は進化するんです。出所後、すぐにやった殺人は、レ・ゾピト・ヌフでやった強盗殺人のやり方を繰り返したのでしょう。おそらくは発作的に相手の女性を殴りつけ、顔に怪我をさせ、そのあとで絞殺したんです」

「では、どうしてその死体は見つかっていないのだろう？」

「それは窯（かま）で焼いたせいですよ」

「だが、窯からは死体を燃やした形跡は発見されていない」

「でも、あとからきれいに掃除すれば……。形跡が残らないようにする方法はいくらでもありますよ」

「そうかもしれない。では、どうして今度は死体を人目にさらすようにしたんだと思う？　ソフィーとエレーヌの時は……」

その疑問に関しては、コルソは自分なりの答えを出していた。

「おそらく殺人に対する欲望が美学と結びついたせいでしょう。ソビエスキは殺人を美学として考えるようになったんですよ。絵画のせいで……」

「どういうことだね？」

「ソフィーとエレーヌの殺人は、ゴヤの絵に触発されたものだと思われます。ふたりはゴヤへのオマージュであり、殺人自体が作品なんです」

チュレージュは蟹ばさみを取ると、勢いよく蟹の足を割った。殻が飛びちって、天井まで届くかと思われた。

「じゃあ、マルコ・グワルニエリのケースはどう説明する？　なぜ遺体を海に沈めたんだ。それでは見つからないじゃないか。どうして、ソビエスキは遺体を隠したんだ？」

この答えはすでに出ていた。

「遺体は、隠したわけではないんです」

「何だって？」

「遺体は放っておけば、ガスが溜まって、航路標識のところに浮いてくるようになっていました。海に沈める時にも、わざと漁師に見つかるようにしていますし……。わざわざ、そんな手間のかかることをしたのは、きっと作品のバリエーションを増やすためでしょう。だって、ソフィーやエレーヌと同じように後ろ手に縛って、耳まで口を切り裂いているんですから……。見つかることを前提に沈めたに決まっています。ソフィーやエレーヌの時も、あの男は自分につながる手掛かりを残しませんでした。たまたま捜査線上にソビエスキの名前が浮かんだので、それでここまで来られたのです。つまり、あの男がそうするつもりなら、誰にも知られずに殺すことができた。でも、あの男はわざとそうしなかったのです。新しい作品を見せるために……」

チュレージュは返事をしなかった。皿に顔を近づけて、エビを食べる。唇はマヨネーズでぎとぎとに光っていた。その様子は「きみの言うとおりだ」と言っているように見えた。いや、それどころか、「そんなことは最初からわかっているよ」と言っているように……。

コルソはいらいらしてきた。まわりくどいやり方は嫌いだった。

「チュレージュ判事、どうして私をここに呼びだされたのですか？　私は休暇から戻ったばかりです。すでに報告書に書いた以上の情報は何もありませんよ」

「いや、今日、きみを呼びだしたのは、ソビエスキが犯人だときみがどのくらい確信をもっているか、確かめたかっただけだよ。きみの覚悟を聞こうと思ってね」

「どういう意味ですか？」

「裁判が始まったら、きみを証人として喚問する。証人として来てくれるね？」

「もちろんです。私は……」

「敵は手ごわいぞ。それもかなりだ」

「私たちが手にしている証拠を以てしてもですか？」

チュレージュはカモメのように目を凝らすと、氷の上に残っていた最後の貝類をあさった。

「ソビエスキが弁護士を変えたんだよ」

「最後のあがきですね。弁護士が誰になろうと、あいつはもうおしまいですよ」

「クローディア・ミュレールを雇ったんだ」

「聞いたことがありませんが……」

「それは驚きだな。パリでいちばん刑法に詳しい法律家だ。〈法の女神〉のようにね」

「それで？」

チュレージュは皿の底に隠れていた最後の牡蠣を見つけだした。いかにも貪欲そうな目つきで、貝殻の中を見つめる。それはまるで、虹色に光る真珠層の中に、本物の真珠が輝いているとでもいうようだった。

「それで、だ」

チュレージュはコルソの言葉を繰り返すと、また大きな音をたてて、牡蠣の身を吸いこんだ。そして、言った。

「あの女には、そうとう手こずることになりそうだぞ」

第三部

63

それから約一年が過ぎた。その間に、少なくともふたつは勝利と呼べる出来事があった。

ひとつ目の勝利は親権の問題に決着がついたことだ。もちろん、自分の望む方向で……。バルバラはたったの三カ月で素晴らしい成果をあげてくれた。《レヴィダン》というSMクラブで撮影した、とんでもない写真を持ってきてくれたのだ。その写真でエミリアは舌に針を刺し、ナイフで自分の脇腹を切り裂いて、恍惚とした表情を浮かべていた。切り裂かれた腹からは腸がむきだしになっていた。どこかの病院の救急治療室の光景ではない。そういったことをみずから進んでやって、しかも、その様子をその手の好事家たちに見せるクラブがあるのだ。場所は、ベルギーとの国境近くの、もう使われていない遺体安置所の地下だということだった。〈ひどいものだ〉コルソは心の中でつぶやいた。

バルバラは捜査のプロとして、さっそくこの写真の入ったUSBメモリーを専門家に見せて、写真が合成したものではなく、本当に撮影されたものであるという証明書をもらった。それから、ファイルを消去できないようにロックして、コルソに渡したのだ。〈ひどい証拠だ。だが、鉄板だ〉コルソは思った。

これだけの材料があれば、あとは事を進めるだけだった。コルソはエミリアを高級ホテルのバーに呼びだした。エミリアがいつも出入りしているような場所だ。そのバーで、コルソは、シャンパングラスとローストアーモンドの皿の間に、プリントアウトした写真を置いた。

「何が言いたいわけ？」エミリアは平たい声でそう尋ねた。

「離婚調停の申立書は読ませてもらったよ。確かにおれはごろつきの警察官で、育ちの悪い乱暴者だ。だが、きみの地位だって、そう安定したものじゃない。おれがこいつをマスコミに持っていったら、きみの評判やキャリアはどうなるか……」

ちょうどその頃、政界ではオランド政権で経済相を務めたエマニュエル・マクロンが二〇一七年五月の大統領選を目指して、みずからが創設した政党《共和国前進（アン・マルシュ）》を基盤に選挙運動をしていたが、エミリアはその活動を手伝っていた。二〇一六年の暮れのことだ。もし、マクロンが大統領に当選すれば、エミリアもさらにキャリアをアップすることができる——そういう状況だった。ただし、それは舌に針を刺し、はらわたをむきだしにした写真が世間に公表されなければの話だったが……。

「そっちの条件は何なの？」単刀直入にエミリアは尋ねた。

「離婚は調停ではなく、協議によってすること。もうひとつはタデの親権を共同親権にすることだ」

立場的には自分のほうが優位に立っていたが、コルソは方針を変えていた。愛情の面からも、教育の面からも、タデにとっては、父親とも母親とも同じだけの時を過ごすことが大切だと思うようになっていたのだ。ただし、こう釘を刺しておくのは忘れなかった。

「だが、もしきみが自分の倒錯した趣味にタデを巻きこんだり、タデを折檻するようなことがあったら、その時は遠慮なく、この写真を公表するからな。そうなったら、きみがタデに会えるのは、立会人同席のもと、一カ月に一度、三十分だけになるぞ」

「どうして、最初からそうしないの？」

「タデにはきみが必要だと思うからだ。たとえ、きみが異常な人間であっても……」そう言うと、コルソは写真を厚紙のファイルにしまい、笑みを浮かべてつけ加えた。「大丈夫だ。必ずうまくいくよ」

「どうやって、タデの面倒をみるつもり？」

「部署を変わるんだ」

新しい職場はもう決まっていた。ナンテールのレ・トロワ・フォンタノ通りにある薬物密輸取締本部だ。司法警察本局が管轄する部局で、パリ警視庁の麻薬取締部のように麻薬の売人を相手にするのではなく、主に海外県・海外領土からの密輸を監視する組織だ。

「あなたは街の中を這いずりまわっているほうが、性に合っているでしょうに……」

「そんなことはない。今のおれにはタデが生きがいだからね。そのために、そろそろ生活を変えてもいい頃だ」

別れ際に、エミリアはひとつ質問した。その質問は最初から予期していたものだった。

「誰かいい人がいるの？」

コルソはミス・ベレーのことを考えた。以前ほど頻繁には会っていなかったが、それでも会うことは生活の一部になっていた。それは意味のあることだった。

「いるよ」少し挑発するつもりで、コルソは答えた。

「真剣な付き合いなの？」

「そのうちわかるさ」

そう言いながら、コルソは思わず、エミリアを見た。だが、その時にはもうエミリアはいつもと同じように、相手を見くだしたような笑みを浮かべていた。〈したたかな女だ。こいつだったら、何があっても生きのびるだろう〉コルソは思った。

「たったひとりの妻もとどめておけなかったくせに……」

「そうだな。だが、息子は守るつもりだ」

それを聞くと、エミリアはコルソのグラスを手に取って——たぶんブルガリアの伝統的な習慣だったのだろう――その中に唾を吐いた。それから、何も言わずに立ちあがると、バーを去っていった。だが、コルソはそれで気分を悪くすることはなかった。もともとエミリアと乾杯をするつもりはなかったからだ。〈過去の悪夢〉と酒を酌みかわしてもしかたがない。

それからしばらくすると離婚協議が始まり、それは順調に進んでいった。そのことを祝うために、コルソはタデとバルバラを連れて、タデのお気に入りのレストランに出かけた。パリ五区のサン・ミシェル通りにある、マクドナルドのリュクサンブール・パンテオン店だ。

例の写真を手に入れてもらって以来、暗黙のうちに、バルバラはタデの〈代母〉になっていた。だが、別に宗教的な意味ではなく、〈後見役〉といったようなものだった。普段、刑事がこの言葉を使う時のニュアンスで言えば、「もしタデに危害を加える者がいたら、私が容赦しない。遠慮なくぶっ放す」という意味だ。よく《不幸はひとりではやってこない》と言うが、それは十分に真理を伝えた言い方ではない。《幸運もひとりではやってこない》のだ。

一カ月後の二〇一七年二月、コルソはナンテールにある薬物密輸取締本部に栄転した。これがふたつ目の勝利だ。そこは百五十人の職員を抱える部局で、もちろんコルソは部長になったわけではなかったが、ナンバー2かナンバー3の立場に置かれることになり、警視庁の犯罪捜査部第一課長であった時よりもずっと責任は重くなった。過去に麻薬依存症であったことで、コルソはまた麻薬に関係する仕事をすることには抵抗があった。前に警視庁の麻薬取締部にいた時もそうだったが、近くに麻薬があると、また腕を注射の跡だらけにするのではないかと不安になるのだ。だが、この職場なら給料があがり、勤務時間も安定しているので、タデのためにはこれがいちばんよかった。すべてはタデのためなのだ。

　やがて、その新しい部署にも慣れてくると、季節は春になっていた。犯罪捜査部から離れたせいで、ソビエスキの件からは遠ざかってしまったが、それでも、時おり、事件のことはバルバラを通して耳にすることがあった。それによると、ミシェル・チュレージュ予審判事は昨年の八月から八カ月以上にわたって予審を行ったという。これまでに十人以上の証人を尋問し、証言が食いちがう場合は対質尋問も行い、事件に関することでさまざまな専門家に意見を求め、あらたに家宅捜索をさせるなど、調査に調査を重ねて、天井まで達するほど資料を積みあげたというのだ。どうやらチュレージュ予審判事はソビエスキに重い量刑を科したいようだった。

　いっぽう、ソビエスキはもう拘置所で暴れるようなことはなかったらしい。だが、頑固にアリバイを主張して、犯行をまったく認めなかった。ブラックプールでの出来事についても、自分にはアリバイがあると言って、七月六日の夜から七日の朝にかけては、ジムというイギリス人の男娼とベッドをともにしていたと言い張った（しかし、ブラックプール警察からの報告によると、そのジムという男の足取りはいっさいつかめていないらしい）。また、アドリアン・レヌ通りの秘密のガレージで発見された血痕については、「自分は罠にはめられたんだ」と愚にもつかない主張を繰り返すばかりだという。

　いや、確かに愚にもつかない主張ではあるが、それでも予審判事は、裁判で真犯人が明らかにされるという〈予測不能の事態〉が起きないように、ソビエスキに対して悪意を抱いている人物のリストアップを始めたという（それを聞いた時には、コルソもびっくりした）。十七年に及ぶ刑務所生活の間、特に後半は自分で掟を作って絶大な権力をふるっていたので、ソビエスキはまわりの受刑者から恨みを買うことも多かった。

予審判事はそういった受刑者をすべてリストアップして、もしかしたら、その中にソビエスキを罠にはめようとして、ソフィーやエレーヌを殺した犯人がいるのではないかと恐れたのだ。裁判が始まってから、弁護側からそんな事実が突きつけられたら大変なことになる。だが、それを心配してリストを作った結果、そこに掲載された受刑者の名前はそうとうな数にのぼり、まるでオペラ『ドン・ジョバンニ』で、従者のレポレッロが主人の口説き落とした女の数を読みあげる「カタログの歌」のようになった。だが、いくら人数が多くなっても、その中にわざわざ殺人をしてまでソビエスキを陥れようとする者がいるとは思えなかった。またこの殺人は、よほど頭がよくて度胸の据わった人間でなければできないが、そういった人間はリストの中にはひとりも見あたらなかった。

弁護士のクローディア・ミュレールについては、どんな準備をしているのか、噂はまったく聞こえてこなかった。そこでコルソは興味を持って、ミュレールについて調べてみることにした。すると、昨年チュレージュ予審判事から聞いたとおり、凄腕の女弁護士であることがわかった。年齢は三十六歳。これまでに数々の殺人事件の弁護を引き受け、有罪になるのは間違いないと思われた凶悪犯を無罪にしたり、かなりの減刑を勝ちとったりしたことで有名だった。弁護士として、これほど輝かしい経歴はない。弁護については、自分なりのはっきりした哲学を持っているようで、いくつかのインタビューではこう語っていた。

「私は依頼人のためだけに弁護をするのではありません。むしろ、この社会を公正なものにするために、依頼人の弁護を引き受けるのです。法のもとでは誰もが最良の弁護を受ける権利を有しています。凶悪犯であろうと、それは変わりません。それが正義です」

インターネットの動画で、このインタビューを何度も聞いて、コルソはミュレールの言葉をすっかり暗記してしまった。だが、その考えに対しては、強い反発を覚えた。ミュレールの意見に従えば、たとえ凶悪犯でもすぐに許され、街に放たれることになる。そうなれば、自分たち現場の警察官は、せっかく捕まえた犯人を何度も捕まえなおすことになる。凶悪犯は何度も同じ罪を犯すに決まっているからだ。

だが、このクローディア・ミュレールに関してコルソが最も強い印象を受けたのは、その外見だった。長身で、流れるような栗色の髪……。顔だちはくっきりしていて、ドライポイント（銅版画の技法のひとつ。鋭利な鋼鉄の針や先端にダイヤモンドがついた針で銅板を彫って版をつくる）のダイヤモンドの針で細い線を描いたように端正だった。その顔は優雅で、厳格だった。まるで、彼女が体現する正義のように……。その美しさは、見る者の心を凍らせた。「おまえには美しすぎる」動画を見ながら、コルソは自分に向かって言った。

チュレージュ予審判事はこのミュレールを〈法の女神〉と言って、警戒していた。ソビエスキを恨んでいた者のリストを作成したのもそのためだ。法廷でどんな事実を突きつけてくるかわからないということで、予審判事をはじめ、検察官や裁判官たちは、ミュレールに対して、〈事実を燻しだす女（アンフュムーズ）〉というあだ名をつけていた。

そんな折もおり、四月の末に、コルソは《パレ・ド・ジュスティス》で偶然チュレージュ予審判事に出くわし、言葉を交わす機会があった。チュレージュはこの時もまた、ミュレールに対する警戒心をあらわにしていた。ミュレールはまだ弁護方針を明らかにしておらず、何を企んでいるかわからないという。チュレージュは不安な様子で、ミュレールはきっと強力な秘密兵器を持っていて、裁判でそれを繰りだしてくるにちがいないと言っていた。

64

フィリップ・ソビエスキの裁判は、二〇一七年七月十日の月曜日に、《パレ・ド・ジュスティス》の中にある重罪院の法廷で始まった。

刑事でありながら、コルソはむしろ犯罪者と同じように、この《パレ・ド・ジュスティス》が嫌いだった。もったいぶった建築様式、高い天井、長い廊下、何段も続く階段、そして、冷たい石の柱や大理石の床……。ここにいると、「おまえなど無力な存在にすぎない」と言われているような気がする。強大で、冷厳な〈法の力〉の前では、人間など塵のようなものにすぎない――そのことを思い知らされるのだ。

ソビエスキの裁判が行われる重罪院は、この《パレ・ド・ジュスティス》のいちばん奥にあった。

重罪院と聞くと、コルソはいつも教会を思い浮かべてしまう。殺人などの重い罪を犯した者に対して、〈正義〉という唯一、絶対の裁きが下される場所のイメージ……。だが、それは単なるイメージで、実際の姿はかけ離れている。重罪院には裁きを下す神などいない。そこにいるのは、立派な法服で仮装した人間たちだけだ。そいつらは真に公正な裁きを下す代わりに、なるべく客観的に見えるように体裁を取りつくろって、どうにか判決らしきものをひねりだすのだ。しかたがない。人間とは弱く、過ちを犯すものだからだ。〈法の裁き〉はいつも、その弱い人間が犯す過ちによって、歪められてきたのだ。犯罪者は人間の弱さから過ちを犯し、ここに連れてこられる。だが、それを裁くのも、弱く、過ちを犯す人間なのだ。ボンパールはよくこう言っていた。「リンゴの実はリンゴの木から離れたところには着地しないでしょう？　人間の下す裁きも、人間から離れたところには着地しないのよ。つまり、所詮は人間のしたものだということね」と……。

　ボンパールの言うとおりだ。そのことを考えると、コルソはいつも、〈一生懸命捜査をして真実を追求しても、結局無駄だ〉という、深いニヒリズムに陥った。自分は、事実が示す手掛かりから出発して、犯人を逮捕し、できるだけたくさんの証拠をつけて、予審判事に送る。だが、そのあとは？　そのあとは人間の手に委ねられる。たとえば、犯人が有罪になるかどうか、どの程度の刑を科せられるかは、犯人が有能な弁護士を雇う金があるかどうかで決まるのだ。有能な弁護士が説得力のある議論を展開すれば、陪審員たちはすぐにそれに影響されてしまう。特に弁護士が颯爽としていたり、自信たっぷりだったり、美しかったりしたら……。また、その時の陪審員たちの気分によっても、出てくる判決は違う。コルソはそれに我慢ならなかった。起こった犯罪はひとつなのに、たったひとりの人間の能力で、判決が変わってしまっていいのだろうか？　あるいは、その日は雨が降っていたかどうかとか、出がけにいいことがあったかどうかとか、その時々の陪審員たちの気分によって……。いや、それは杞憂でも何でもない。裁判のために選ばれながら、陪審員たちは裁判のことを何も知らないのだ。これではTGV《テー・ジェー・ヴェー》（フランスの超高速列車）を建設するのに、鉄道のことを何も知らない素人たちが重要事項を決定するようなものではないか。

　判例に倣うというのも問題だ。判決は裁判官と陪審員の合議によって行われるが（フランスの陪審制は実質的には参審制で、陪審員だけで有罪無罪を決めるわけではない）、ある日、裁判長の主導で馬鹿げた判決が下されると（消化不良とか愛人との喧嘩とか、その理由はたくさん考えられる）、その判決がその後の裁判で〈判例〉として効力を持ってしまうのだ。そして、それがまた〈判例〉となって、次の裁判に受け継がれていく。これでは〈裁判が公正だ〉とは、とうてい言うことができない。

そういうこともあって、コルソは自分が容疑者を逮捕して予審判事に送ったあとは、裁判の結果に惑わされないようにしていた。もちろん、結果がどうなろうと、逮捕した容疑者が真犯人であることには、つねに自信を持っていた。いや、自信がなければ、逮捕などできない。逮捕というのは、ある意味で〈裁きを下す〉ということだからだ。〈もしそうなら、ソビエスキも自信を持って《裁き》を下していたのだろうか?〉コルソは思った。〈刑務所内で掟を作って、受刑者たちを裁いたり、ソフィーやエレーヌを殺して、その背徳的な行為を裁いたりした時に……。きっとそうにちがいない〉だが、いずれにせよ、自分が裁きを下すのは、犯人を逮捕するまでのことだ。そのあとのことは、意識して関心を持たないようにしていた。自分が担当した事件の裁判を傍聴することもなかった。

けれども、今回の事件については、最初から最後まで裁判を傍聴したいと思った。そこで、公判に合わせて休暇をとり、この重罪院にまでやってきたのだ。この裁判には自分自身も証人として喚問されているため、通常であれば、証言を終えてからでないと傍聴できない。だがコルソは、あらかじめすべての公判を見ることができるよう、特例を申請して許可されていた。

タデは昨年同様、七月の間はブルガリアで過ごすことになっていたので、パリにはいない。したがって、コルソはこの先、数週間、ほかのことに気を取られることなく、再びソビエスキと向かいあうことになったのだ。実際にまたあの男に会うと思うと、コルソは心が騒いだ。それがあの男の持つ〈悪魔の力〉なのだろうか、ソビエスキにはなぜか人を引き寄せる力があった。

ほかの大勢の傍聴人たちとともに法廷に入ると、コルソはまるで高熱が出た時のように身体が震えた。重罪院と聞くとつい思い浮かべてしまうように、教会に入ったような気がしたからだ。傍聴席の長椅子は祈禱台にそっくりだし、ニスを塗った木の扉は司祭館の扉を思わせた。まもなく法服を着た裁判官たちが入廷するが、それを待つ気持ちは、きらびやかな祭服に包まれた司教や司祭が入場するのを待つ気持ちと似ていた。人々は小声で話し、これから始まる審理を厳粛な気持ちで待ちかまえている。教会でミサが始まるのを心静かに待つように……。中には瞑想している人もいる。確かに、見た目は教会と同じだ。だが、そこでこれから繰り広げられることを考えると……。

いよいよ審理が始まる時間が近づいてきた。まだ開いたままの扉の外側にはカメラマンが群がり、カシャカシャと音をたてながら、シャッターを切っている。羽目板張りの壁や、絵が描かれた格天井にフラッシュが反射する。開廷中は写真撮影がいっさい禁止されているので、カメラマンたちは必死なのだ。誰もが肘で人を押しのけながら、少しでもよいアングルから撮影しようとしている。

それを見ると、傍聴席もざわざわしてきた。椅子の上で身体を動かす音や、近くの人と話す声がひとつになって、石の天井に反響する。その音を聞いていると、コルソは不安になった。何か得体の知れない装置が、歯車を軋ませながら動きだした――そんな音に聞こえたからだ。傍聴人たちが好奇心をむきだしにして、むさぼるように見つめる中、これからここでは、さまざまな言葉が飛びかい、さまざまな感情をもつれさせながら、判決という不確かな着地点を目指していく。どこにあるのかもわからない、正しいのかどうかもわからない着地点を目指して……。

やがて、すべての扉が閉じられた。そして、陪審員席の脇の扉が開くと、この裁判に関わる人々が順番に入廷してきた。

最初に入ってきたのは陪審員たちだ。陪審員たちは、法廷のいちばん奥に設けられた、一段高い席に向かい、中央の裁判官席の左右に分かれて着席した。それから、検察を代表して、次長検事（法院検事長に次ぐ高位の役職）が左側のボックス席に座ると、被害者の損害賠償を請求する原告代理人が傍聴席にいちばん近いところに腰をおろした（フランスでは同一事件に関して、刑事裁判と同時に民事裁判の審理も行う）。今回は被害者であるソフィーとエレーヌに身寄りがないため、被害者側の原告となったのはストリップ・クラブ《ル・スコンク》の経営者であるピエール・カミンスキーだった。ソビエスキの古くからの友人だと言うが、この裁判では敵として戦うことになるのだ。カミンスキーは外人部隊の兵士のように髪を短く刈りあげ、強面（こわもて）のファシストのような面構えをしていた。胸も腕も筋肉が隆々としていて、上着がはちきれそうだ。陪審員も傍聴人も、いったいこの男は何者で、どうしてここにいるのだろうと、疑問を感じたにちがいない。コルソはカミンスキーのような前科者が検察側にいていいのだろうかと思った。

その次は弁護側だ。重要案件にもかかわらず、弁護士はクローディア・ミュレールひとりだけだ。ミュレールは傍聴席のほうには目もくれず、右側の弁護人席まで行くと、黒い絹の法服の折り目を正しながら椅子に座った。そうして、すぐに手もとの資料に目を落とすと、そのあとは顔をあげることもなかった。その姿をひと目見て、コルソは激しく心を揺さぶられた。ネットの動画によってではなく、直接ミュレールを目にするのはこれが初めてだった。最初に思ったのは首が長いということだ。椎骨が人より多いのではないかと思われるほどで、そのほっそりした首は、アングルの描いた『グランド・オダリスク』を思わせた。その長い首を強調するように、ミュレールはかすかにウェーブのかかった栗色の髪を後ろでまとめて、アップにしていた。そのせいで、額の生え際が美しく見えた。肌はつるつるで、白い陶器を思わせる。鼻筋はきれいに通っていて、非の打ちどころがない。眉はくっきりして、その端正な顔だちをいっそう際立たせていた。

今のところ、ミュレールについてわかるのは、その美しい外見だけだ。それだけわかれば十分だった。クローディア・ミュレールは、甘いからといって飲みすぎてはいけないカクテルのようなものだ。その美貌は、カクテルをほんの数口、味わうように、遠くからちらちら眺めて楽しんでいればよい。コルソは動画を見た時と同じように、自分に向かってつぶやいた。

「やっぱり、おまえには美しすぎる」

ミュレールが席に落ち着くと、それからしばらくして、黒と赤の法服にアーミン（シロテンの毛皮を表象する模様）のストールをつけた裁判長が現れた。大審裁判所長の階級を持つミシェル・ドラージュだ。ドラージュは二名の女性陪席裁判官を従えて法廷に入ってくると、中央に設けられた裁判長席に腰をおろした。陪席裁判官たちも、その両隣に着席した。そのあとには、書記やら何やら、コルソがその役職を忘れてしまっていた人々が入廷した。見ものだったのは、裁判に関係する書類が次から次へと運ばれてきたことだ。いったい、どれだけの資料を準備したものか、布の表紙をつけられた書類が長い列を作って、あとからあとから持ちこまれてきた。

こうしてほかの人物がすべて出そろうと、いよいよ最後に、この裁判の主役である被告のフィリップ・ソビエスキが登場した。コルソはクローディア・ミュレールの美貌にも惹きつけられたが――それは一見の価値があるものだったが――ソビエスキが入廷すると、やはり目を見張らざるを得なかった。ソビエスキはいつものジゴロふうの白いスーツを着て、キラキラした金のネックレスを首から垂らしていた。顔は以前よりやつれていて、勾留生活の辛さが深く刻まれていた。拘置所のあるフルーリー＝メロジス刑務所で殴られたのだろうか、鼻や口が斜めに曲がっている。奥歯も折れてしまったのか、頬も落ちくぼんでいる。コルソは、マレーネ・ディートリッヒやジョーン・クロフォードなどハリウッドのスターたちが、顔に陰影をつけるために奥歯を抜いたという話を思い出した。ソビエスキがガラスで覆われた被告席につくと、その顔を見ながら、傍聴席はしばしざわめいた。コルソも高鳴る胸を抑えることができなかった。いよいよ、この悪魔を裁く時が来たのだ。

やがて、法廷内に裁判長の毅然とした声が響いた。

「被告人は立ちなさい」

65

被告が立ちあがると、最初に書記が簡単に起訴事実を読みあげた。この時、書記は被害者の名前を読みまちがえ、時系列も間違えた。二〇一二年以降、裁判の開始にあたって起訴状を読みあげることがなくなっていたので、事件の概要はまだわからない。コルソ自身も事件の経過については、もう忘れていることも多かった。だが、それは別に問題ではなかった。〈まあ、これから裁判で事件を詳細にふりかえっていくのだから、細かいことを覚えていなくてもかまわない〉コルソは思った。

書記による起訴事実の読みあげが終わると、裁判長は被告に対して、その権利を伝えた。また、審理の結果、無期懲役の判決が下る可能性があることも伝えた。だがそれを聞いても、ソビエスキは何の反応も示さなかった。クローディア・ミュレールにも動揺はない。ミュレールは椅子から立ちあがると、〈無罪〉の主張をした。これは裁判が始まる前に記者会見で明らかにされていたことで、その意味では周知の事実であった。だが、それでも法廷内にはざわめきが広がった。これから出てくる証言や証拠のことを考えれば、ソビエスキの有罪は確定しているように思えたからだ。弁護側に有利な材料はソビエスキの愛人たちによるアリバイ証言くらいなのだ。しかし、それはすぐに検察側によって崩されると見られていた。そう考えると、〈無罪〉の主張は自殺行為とも言えた。

弁護人が着席すると、裁判長がソビエスキに対する尋問を開始した。ソビエスキは問われるままに答え、犯行に関するすべてを否認した。態度は落ち着いていて、反抗的なところはいっさいない。一年前と比べると、すっかり素行をあらためたかのようだ。その控えめな答弁と、道化を思わせる白ずくめの衣装に、法廷にいる人々は悪い印象は抱かなかった。そこにいるのは残虐な罪を犯した殺人鬼ではなかった。滑稽な姿をした哀れな老人だった。人々は同情こそ覚えたものの、憎しみや恐怖は感じなかったのだ。

こうして最初に公訴事実の確認を行うと、次に裁判長は、フィリップ・ソビエスキがこれまでどういう人生をたどって、どういう人格を形成し、また犯行が行われた時期にどういう精神状態にあったのか、証人や本人に尋問することによって明らかにしようとした。

だが、コルソにとっては、この尋問を聞いて、新たに得られた情報はなかった。ソビエスキの生涯は三つの時期に分けられるが、そのどれについても、そらで言うことができたからだ。最初の時期は母親に虐待されて育ち、少年院を転々としながら悪に染まっていき、強姦や婦女暴行を繰り返した時期——幼少期から青年期までの時期だ。ふたつ目の時期はレ・ゾピト・ヌフで強盗殺人を犯して、十七年間、刑務所に入っていた時期。この時期、ソビエスキは刑務所内で掟を作り、それに従わない者に対しては、〈裁判官〉として制裁を加えていた。仲間たちに〈緊縛〉を教えたり、絵を描きはじめたのもこの時期だ。最後は、その絵が注目されて、文化人たちの支援のもと、恩赦で釈放され、画家として活躍を始めた時期。いわば栄光の時期だ。

　証人はそれぞれの時期にソビエスキと深く関わった人々が集められていたが、最初の時期の証人はことごとくソビエスキに対して不利な証言をした。乱暴な子どもでカッとなるとすぐ暴力をふるったとか、あちらこちらで強姦を行ったとか、悪いことばかりを言いたてたのだ。特に強盗殺人に先立つ数年間は、女であれ、男であれ、見さかいなく、自分の性欲の餌食にし、スイスやイタリアとの国境付近をうろうろしながら、強姦や窃盗を繰り返したと、ソビエスキの有罪を後押しするような証言があいついだ。それを聞いて、次長検事や原告代理人の口もとに笑みが浮かんだのは言うまでもない。

　こういった証言に関して、裁判長から質問があると、ソビエスキはそのたびに丁寧に答えていた。すでに知っていたことばかりだったので、コルソは少しうんざりした気持ちで聞いていた。ただ、この尋問で注目すべき点があるとすれば、それは弁護人のミュレールが何の反応も示さないことだ。不利な証言に反論して被告をかばうこともなく、また敵対的な証人たちに反対尋問をすることもなかった。証言が積みかさなっていくうちに、ソビエスキには精神病質者（サイコパス）のイメージが定着していく。だが、ミュレールは弁護人としての責務を放棄してしまったかのように、審理が進むままにしているのだ。

「弁護側から、質問はありませんか？」

「いいえ、裁判長」

そういったやりとりが何度も繰り返された。コルソはあらためてその美貌に魅了された。顔だちは優雅で、またそれゆえに傲慢で、そのふたつのバランスが微妙なところで保たれている。そして、そのバランスを弁護士の法服が支えていた。この場合、弁護士の法服というのは、音楽における形式のようなものだ。たとえば、〈ソナタ〉という形式があって、その枠に収めて作曲するから、素晴らしい曲が生まれる。あるいは美術の世界で、〈黄金比〉という枠にあてはめて描くから、素晴らしい絵が生まれる。それと同じで、法服という枠があるから、傲慢と優雅が微妙なバランスを保ち、その美貌が輝いて見えるのだ。和服を着て、帯を締めた時に、日本の女性がいちばん美しく見えるように、黒い絹の法服にアーミンのストールを垂らし、胸に白い飾りをつけた時、クローディア・ミュレールはいちばん美しく見えるのだ。

やがて、ソビエスキの生涯をたどる証人喚問は、レ・ゾピト・ヌフで行われた最初の強盗殺人事件に関するものに移り、証人席には司法警察ブザンソン支部の元警部ジャックマールが立った。ジャックマールが何を言うかはわかりきっていたので、コルソは法廷にいる人物を詳しく観察することにした。まずは裁判長のミシェル・ドラージュだ。ドラージュは小柄で髪が薄く、まったく威厳があるようには見えなかった。その昔、フランス王国カペー王朝のルイ九世は裁判制度を整え、みずからも樫の木の下で裁判をしたと伝えられるが、このドラージュにルイ九世の継承者となる資格があるようには思えなかった。肥満気味の身体、禿げあがった頭、どこにでもいそうな善良なフランス人といった外見からすると、〈法〉の頂点で君臨するというよりは、剣と天秤をかついであくせく働いているといったイメージだった（剣と天秤は正義の象徴）。

裁判長から左手に視線を向けると、検事席には次長検事のフランソワ・ルージュモンがいる。法服の胸にレジオン・ドヌール勲章や国家功労勲章をつけた、いかにも偉そうな男で、太った身体を時々、揺すりながら、椅子にふんぞりかえっていた。ふさふさの髪、黒々とした眉、大きな顎は、まさに弁論で相手を叩きつぶそうとする、検事にはふさわしい顔つきだった。これで頭にかつらをかぶせ、ハイカラーのシャツに大きな蝶ネクタイをつけさせて、ぴっちりした上着を着せたら、十九世紀の雄弁家もかくやと思わせたにちがいない。

その隣、傍聴席に近いところには、被害者の損害賠償を請求する原告代理人のソフィー・ズリタンがいる。年齢は五十歳くらいか、小柄でずんぐりした体型の女性で、一見、控えめな印象を受けるが、肝が据わった人物のようにも見えた。髪はブロンドで、焼きたてのワッフルのような色をしている。ズリタンは、若い頃のボンパールに似ていなくもなかった。つかの間、関係を持っていた頃のボンパールに……。予告なしにいきなり拳銃を抜くようなタイプだ。

その間も証人喚問は続き、レ・ゾピト・ヌフからやってきた人々が次々と証言台に立った。だが、裁判長は適当なところで、この強盗殺人の話を切りあげた。この事件に関しては、ソビエスキはすでに刑に服していたし、今、審理の対象となっているパリの連続殺人事件と関連性があるのか、はっきりしたことは証明されていないからだ。

ミュレールのほうからは、あいかわらず、ひと言の発言もない。

やがて、審理の対象は、第二期の刑務所時代に移っていった。この時期の証言も、ソビエスキに有利に働くとは言えなかった。所内で勝手に掟を作って、〈裁判官〉として制裁を加えたことは、法廷内では特に嫌悪の情をもって迎えられたし、〈緊縛〉を実践していたことも陪審員の眉をひそめさせた。ソビエスキは悪徳の権化に見えたのだ。もちろん、刑務所の中で勉強を始め、法学の学位を取得したことを証言する者もいたが、ソビエスキが優れた頭脳を持っていたということは、その頭のよさを犯罪に利用した可能性があると受け取られた。刑務所時代のことで、ソビエスキにかろうじて有利な証言と言えば、絵画を学びはじめて、美術の才能を開花させたことくらいだった。

証言台にはソビエスキが服役していた刑務所の所長や元服役囚が次々に立ったが、質問をするのは裁判長だけで、検察側は次長検事も原告代理人も、特に質問しようとはしなかった。クローディア・ミュレールもあいかわらず沈黙を守っている。それを見て、コルソは〈いったい、ミュレールは何をしようとしているのだろう？　どんな戦略を立てているのだろう？〉と思った。〈おそらく、これまでのソビエスキの不利な状況を一気にひっくり返してしまう秘密兵器を持っているのだろう。それは間違いない〉と……。

休廷をはさんで午後になると、ソビエスキの精神鑑定をした医師がふたり登場した。

最初の医師は顎からもみあげまで髭を伸ばし、ジャカード編みのセーターを着た男で、のっけから、「ソビエスキは殺人を犯すような男だ」と決めつけて、大演説をぶった。まるでレゴのブロックをはめこんでいくように、ステレオタイプの意見を自分の説に織りまぜていくのだ。その説ときたら、ピンと指ではじいただけで、崩れてしまうようなものだった。残るのは、ただ悪意だけだ。コルソはもちろんソビエスキに味方するつもりはなかったが、それでもこんなふうにでたらめなやり方で、ソビエスキの精神がぶったぎりにされるのを聞くのは愉快ではなかった。ソビエスキの精神について、この医師はあらゆることを説明し、あらゆることに意見を述べたが、その実、何も言っていなかった。無駄に時間を費やしたあげくに、たどりついた結論はふたつ。《一、子ども時代の経験と、刑務所での生活が被告を殺人に導いた》《二、この殺人には被告が師と仰ぐゴヤの影響が見られる》というものだ。

〈たいした新発見（スクープ）だ！〉コルソは心の中で皮肉った。

ふたり目の精神科医は甲高い声の大男で、ひとり目の説を踏襲したうえで、あらたな結論をつけ加えた。《被告はこれまでずっと暴力を繰り返し、人を死に至らしめてきた。その過程で〈愛〉が少しずつ〈死〉に変わってきた。つまり、被告は殺すことによって愛したのだ》と……。〈これまたスクープじゃないか！〉コルソは思った。

コルソは別にふたりの意見に反対しているわけではない。特にふたり目の医師の結論は、前々から自分が思っていたことだった。だが、それをこんなふうに仰々しく、もったいをつけて聞かされると、〈こんな議論など、どうでもいいのではないか〉と思えてくる。それに結論こそもっともらしいが、その説には欠陥もたくさんあった。たとえば、ふたりとも幼少期の経験からソビエスキがセックスに取り憑かれるようになったと言ったが、それでは、なぜソフィーとエレーヌは強姦されていなかったのか——その疑問に関する説明はなかった。

〈そう、こんな議論など、どうでもいいのだ〉コルソは思った。アリストテレスは〈人はそれぞれ違った価値を持っている。また、どの価値を高位に置くかも人によって違う〉と言っているが、もしそうなら、さまざまな価値観を持つ人々の証言によって、ソビエスキの価値を測ることに何の意味があるだろう？　そういった証言をもとに、何時間もかけて、ソビエスキの生い立ちや、それぞれの時期にしてきたこと、あるいは作品について、詳細に調べたところで、いったい何がわかるのだろう？　そんなことで、ソビエスキの頭の中がわかるとでも言うのだろうか？　ソビエスキがどうして殺人を犯し、またその殺人の意味が本人にとって何を意味していたかなど……。

ミュレールは精神科医たちに対する尋問も行わなか

った。医師たちの説の欠陥をつけば、簡単にその証言の信憑性を失わせることができるのに、コメントひとつ述べない。〈いったいどういうつもりなんだ？〉コルソはわけがわからなくなった。たったひとつ考えられるのは、逆張り戦法だ。これだけソビエスキに不利な証拠がそろっているということは、逆にソビエスキが真犯人ではないことの何よりの証拠だと論証していくのだ。もちろん、それだけで、三人の裁判官と六人の陪審員が説得されるはずがない。ということは、ミュレールは〈ソビエスキは罠にはめられた〉と証明しようとしているのではないか？　不利な証拠ばかりだというのは、逆に〈罠にはめられた〉証拠だからだ。いや、それはあり得ない。だが、ミュレールが何か材料を持っていることは明らかだった。

チュレージュ予審判事だって、言っていたではないか。ミュレールは〈事実を燻しだす女(アンフュムーズ)〉だと……。

66

一日の審理が終わると、コルソは急いでクローディア・ミュレールの姿を探した。だが、玄関口で待っていても、ミュレールは姿を現さない。そこで、〈おそらくミュレールは、裁判官や検事、弁護士が使う関係者専用出入口から出たのにちがいない〉と考え、建物の脇にある関係者用出入口に回った。そして、警察バッジを見せながら、そこから外に出たところで、出入口の石段の下に、すでに私服に着替えたミュレールがいるのに気づいた。ミュレールは通りに向かって歩いていくところだったが、背が高く、栗色の髪をしているので、後ろからでもわかった。

コルソは石段をおりて、あとを追った。近くで見ると、ミュレールは本当に長身だった。スパンコールの付いたTシャツを着て、タイトなジーンズでほっそりした脚を包んでいる。その姿は優美な曲線を描くトルコのサーベルのようでもあり、アルベルト・ジャコメッティの彫像のようでもあった。その優雅さに、コルソは顔面を拳で殴られたより、もっと強烈な衝撃を受けた。

「いったい、どういうつもりです」コルソは後ろから声をかけた。

それを聞くと、ミュレールは背後をふりむき、静かに微笑んだ。その笑みに、コルソは思いがけなく獲物を見つけてびっくりしたセッター犬のように、間抜けな顔でその場に立ちつくした。いっぽうミュレールは、少しくらいなら、この唐突に現れた男と話をしてもよいと思ったらしく、煙草の箱を取りだした。マルボロの箱だ。コルソは自分の名を名乗りもせず、もう一度、問いかけた。

「いったいどうするつもりなんですか？　どんな武器を隠しているんです？」

ミュレールはゆっくりと煙草に火をつけると、煙を吐きだした。それから、コルソにも煙草を勧めた。コルソは一瞬、ためらったが、一本、抜きとった。健康にはともかく、気づまりな雰囲気をやわらげるには煙草がいちばんだ。少なくともこの一世紀の間、煙草はそのための役に立ってきた。昔ながらのやり方で緊張をほぐすことができて、コルソはほっとした。

コルソの煙草に火をつけると、ミュレールが言った。

「その質問にお答えしなければならない理由はないと思いますが……。特に、あなたに対しては……」

この返事を聞くかぎり、ミュレールはこちらが誰なのか知っているらしい。コルソは言葉を続けた。

「ミュレールさん。あなたは今日一日、どの証人からも話を聞きませんでしたね。次長検事に反論することもなかった。あなたはこのままソビエスキを有罪にしようとしているんですか？」

「それでしたら、あなたのほうはご満足じゃなくて？」

コルソは答えなかった。ゆっくりと煙を吐きだす。大丈夫、自分は冷静で、事態を把握している――そう確かめるように……。

「規則をお忘れかしら？」もう一度、煙を吸って吐きだしながら、ミュレールが続けた。「私はあなたと話をしてはいけないのよ」

「捜査は終わったんです。私はもう関係ない」

「ほかに秘密を漏らすかもしれないでしょう？　たとえば次長検事に……」

「警察官が弁護側の戦略を検事に漏らすだって？　そちらこそ規則を忘れていますよ」

しばらく沈黙があった。七月の熱い空気のなか、目の前にはゆらゆらと立ちのぼる煙しかなかった。日が差しているのか、差していないのか、コルソにはそれもわからなかった。ミュレールしか目に入っていなかったからだ。〈それにしても、美しい〉コルソは思った。そうして、自分を叱咤した。〈いや、こんなところで、この女に見とれていてはいけない。もっと話を訊きだすことに集中しなくては……。これじゃまるで、クリスマス飾りのキリスト誕生の馬小屋の中で、のんきに手をあげて喜んでいる赤ら顔の人形と同じじゃないか〉だが、そう思いながらも、ミュレールの美しさに目がくらんで、思考が麻痺した。

ミュレールが言った。

「私が証人に質問しなかったり、検事に反論しなかったりしたのは、証言や検事の指摘する事実が〈真実〉を裏づけていたからよ。本当に起こったことを……」

「つまり、ソビエスキが有罪であることを？」

「無実であることをよ」

コルソは思わず声をたてて笑った。

「コーヒーでも飲みませんか？」笑いながら、声をかける。

「ナンパでもするおつもり？」

「私はそういうタイプではありません」

「では、どんなタイプなのかしら？」

　コルソは思いつきで、真実をぶちまけることにした。

「まあ、タイプというか、さんざん揉めた末に妻と離婚して、小さな息子を育てています。親権は共同にしました。警察では警視庁の刑事として現場で二十年、今は司法警察本局の管轄下にある部局でデスクワークをしています。つまり、個人的にはいろいろなことが変わる最中ということで……」

「その中に新しい女性はいないんですか？」

「まだいません」

　と、ミュレールが煙草を捨てて、足で揉みけした。

「いいわよ。行きましょう。でも、この周辺はだめよ」

　結局、ふたりはソルボンヌに行くことにした。事件を担当した警察官と被告人の弁護士が裁判中にカフェに行くなど、あまり聞いたことがなかった。規則に照らして、これがいけないことなのかどうかはもう覚えていなかったが、少なくとも推奨されないことであるのは間違いない。

　駐車場に停めてあった古いポロの助手席に座ると、ミュレールはソルボンヌ大学で過ごした学生時代の話を始めた。もともと法学の勉強をしたのは、社会的に弱い立場にあって自分では身を守れない人々を守るためで、それによって、より深いレベルで民主主義を実現したいと考えたからだという。また、それは学生時代に抱いた単なる夢ではなく、今でもそうした希望を胸に、日々の戦いを続けていると……。そのあまりの純真さに、最初、コルソは冗談かと思った。だが、そうではなかった。ミュレールは、今はもう存在しない〈高邁な理想を追求する左派〉なのだ。

　カフェに着くと、ミュレールはコーヒーを注文した。

コルソもそれに倣った。やがて、話題は裁判のことに戻った。

「でも、弁護人が審理の途中でまったく発言しないのもおかしいと思うんですが……」

「さっき言ったでしょう？　それは検察側が真実を裏づけるような事実をたくさん明らかにしてくれているからよ。これまでソビエスキに関わってきた人たちの証言も、精神科医による鑑定も、すべてソビエスキが無実だと証明している」

「私にはそうは思えませんが……」

「それは、あなたが何も聞こうとしていないからよ。証人にしろ、精神科医にしろ、あの人たちが示しているソビエスキは、あまりにひどい虐待のせいで心が歪んでしまった子どもの姿よ。その幼少期の体験のせいで、怒りに駆られるままに暴力をふるったり、性的欲望を抑えきれず、強姦や婦女暴行を繰り返してしまう精神病質者（サイコパス）の姿……。そうじゃなかったら、普通のセックスに満足できず、倒錯的な性行為に耽溺する変質者の姿……。ええ、ソビエスキがそういう人間であることは間違いない。けれども、それはソフィー・セレとエレーヌ・デスモラを殺した犯人の姿とは違う。犯人は最初から計画を練って、手の込んだ殺人を実行している。法廷で明らかにされたソビエスキの姿とは、まったく違うでしょう？」

それは最初にコルソも思っていたことだった。でも、今は違った。コルソはジャックマール元警部が言っていた言葉をそのまま口にした。

「犯罪者は進化するんです。刑務所で研鑽を積んで、殺人鬼として腕をあげたということも考えられます。その結果、計画を練って、より洗練された殺人ができるようになった……」

「そうかしら？　では、どうして刑務所を出てから、殺人を犯すのに十年も待ったのです？」

「待っちゃいませんよ。刑務所を出てから、ソフィーとエレーヌを殺す前に、やつは四人の女性を殺しているんですから……。やり方はソフィーやエレーヌの時ほど洗練されていませんが、でも、これも腕を磨くのに役立ったんです。アドリアン・レヌ通りの秘密のガレージから被害者たちの血痕が見つかっているでしょう?」

するとミュレールは法廷で尋問をするように、両腕をあげた。

「でも、遺体は見つかっていない」そうして、コルソの答えを待たずに、言葉を続けた。「それに、刑務所でソビエスキが犯罪者として洗練されたということはありません。フルーリー＝メロジスは、オックスフォード大学ではないのですから……。刑務所に入ったせいで、さらに乱暴になっただけです」

「でも、ソビエスキは刑務所内で勝手に掟を作って、〈裁判官〉と呼ばれていました。そこで、自分には人を裁く権利があると思うようになったのです。ソフィーとエレーヌの殺人には懲罰的な意味合いがある。そうは思いませんか?」

ミュレールはうなずいた。コルソはその顔をじっくりと見た。顔だちがくっきりして、厳格な印象を与えるので、ドイツふうに見える。そう言えば、インターネットで調べた時に、オーストリア出身だとどこかに書いてあったのを思い出した。

「あなたが作成した捜査報告書に、そんな記述がありましたね。ソビエスキは被害者たちが性的に背徳的な行為をしたのが許せなくて懲罰を与えた。ソビエスキは〈懲罰〉という強迫観念にとらわれている。あなたの説はよく知っていますよ」

「でも、実際に、〈裁判官〉と呼ばれて、ほかの受刑者たちに制裁を加えていた。〈裁判官〉というあだ名は私がつけたわけではありません」

「でも、やり方が違います。刑務所で制裁を加えた時は、鉄アレイでほかの受刑者を殴りつけるというやり方だった。けれども、ソフィーとエレーヌの場合は、用意周到に準備をして——そう、あなたが言う意味で洗練されたやり方で殺している。それはゴヤに触発されたからですか？　刑務所で絵を描きはじめた時に、ゴヤを知って……」

「その可能性はありますね。ゴヤに触発されて、殺人を犯したということは、刑務所で洗練された何よりの証でしょう。繰り返しになりますが、ソビエスキは進化したのです」

「いいえ。この事件の犯人は、数カ月にわたって被害者たちを尾行し、その生活を細かいところまで調べあげています。そして、ソビエスキのやり方とはまったく違う洗練された方法で殺しているんです。ソビエスキが乱暴者で、精神病質者で、変質者であるというのは、そのとおりです。でも、ソフィーとエレーヌを殺したのは、ソビエスキではありません」

それを聞いて、コルソはちょっと挑発してみることにした。

「じゃあ、マルコ・グワルニエリのケースは？　こっちのほうがあの男のやり方に近いと？　マルコが殺された方法はソフィーやエレーヌと同じでした。そして、マルコが殺された時に、ソビエスキは殺害現場のブラックプールにいたのです」

「その殺人事件は、今回の裁判では審理の対象になっていません」

「だが、必ず言及されるにちがいない」

「ええ。でも、その時は検察が笑いものになる。ソビエスキはボートの操縦免許を持っていません。それなのに、ボートを盗んで、エンジンをかけ、沖まで操縦していったと？　私がそう指摘すれば、法廷じゅうが大笑いするでしょうね」

ミュレールの話し方は落ち着いていて、ちっとも攻撃的なところはなかった。動画で見た感じでは、もっと鋭く切りこんでくる印象だったが、実際に会ってみると、思っていたよりずっと穏やかで、柔らかな物腰の人物だった。

コルソはもう一度、秘密のガレージに残っていた証拠のことを持ちだした。

「では、あの証拠のことはどうなるんです? アドリアン・レヌ通りにあった証拠のことは……。あの秘密のガレージからは、被害者であるソフィーとエレーヌの血痕、指紋、DNAが採取されているんですよ。ソビエスキの指紋もある。あそこには決定的な証拠が山ほどあったんです」

すると、ミュレールが突然、テーブル越しにこちらに身を乗りだしてきた。香水の匂いが鼻をくすぐった。コルソは思わずドキリとして身体を後ろに引いた。香水のせいではない。ミュレールが身を乗りだしてきたからだ。その瞬間、ミュレールが両手を広げて、自分を抱きしめるのではないかと思ったのだ。というよりは、翼を広げて、自分を包みこむのではないかと……。

その瞬間、コルソはミュレールの――クローディアの魔法にかかったのだ。魔法なのか、呪いなのか……。

「確かに決定的な証拠に見えるけど……」論敵に立ち向かう女闘士のような表情で、クローディアが言った。「検察が何を言おうと、その証拠は無効にしてみせる」

「無効にできるかどうかの問題じゃないんだ。だって、科学的な証拠として、あの場にあったんだから……」

コルソは言った。

クローディアはしばらく考えこむような顔をした。

「そろそろやめにしましょう。捜査を担当した警察官と被告人の弁護人がこんな話をするのはよくないことだから……。やっぱり、規則違反だもの」

「あなたは話しすぎてしまうか、まったく話さないか、どちらかなんですね?」

その言葉に、クローディアは降参したというように微笑んだ。その瞬間、コルソは時間が十五年ほどさかののぼって、女学生のクローディアと話をしているような錯覚にとらわれた。今いるようなカフェで煙草を吸いながら、ふたりで情熱的に夢を語っている錯覚に……。クローディアが美しいことはネットで動画を見た時からわかっていたが、こうしてクローディアといると、ひとつ思いがけないことがあった。クローディアは自分をただの警察官として見ているわけではない。人間として好感を持っているようなのだ。声をかけてから、ずっと感じのいい態度で接してくれている。

「私はソビエスキが罠にはめられたんだということを証明するつもりよ」唐突に、クローディアが言った。

それは先ほどの裁判でも、ちらっと頭に浮かんだ考えだった。でも、これまでの捜査からすれば、そんなことはあり得ない。

「罠？」小さく笑みを浮かべながら、コルソは尋ねた。「いったい、誰にはめられたんです？」

「ソビエスキには敵がいたの。まあ、あんな生き方をしてきたのだから当然ね。その敵がソビエスキを罠にはめようとした。その可能性を考えてみた？」

「警察はあまり考えませんでしたがね。でも、予審判事は考えましたよ。ブザンソンとフルーリー＝メロジスの刑務所を調べて、ソビエスキを恨んでいた連中を全員、探しだしましたからね。でも、それこそ、あんな緻密な計画をたてられるようなやつはひとりもいなかった」

「そうかしらね。敵は刑務所にしかいないわけじゃないと思うけど……」クローディアは言った。

だが、すぐに後悔したように見えた。大切な情報を漏らしてしまったという苛立ちで、その美しい顔が曇っていく。ということは、クローディアは裁判の流れを変えてしまうような重要な証拠を握っているということだろうか？

〈いや、これははったりにちがいない〉コルソは自分に言いきかせた。そんな重要な証拠があるなら、自分たちが見逃していたはずがない。ソビエスキを罠にはめようとする人物が見つからなかったのは、そんな人物が捜査線上に浮かびあがってこなかったからだ。つまり、最初からいないということだ。これははったりで、クローディアはむしろ、今ある証拠から別の説を打ちたて、別の犯人を示そうとしているのではないか？　刑事裁判ではよくある手法だ。陪審員たちを攪乱し、自信を持って判決を下せないようにするのだ。そうすれば、少なくとも、減刑は勝ちとれる。

コルソは冷静に話そうと努めた。だが、気がつくと、口調は攻撃的になっていた。

「何をなさろうとしているかは想像がつきます。でも、こちらには証拠があるんです。陪審員を騙すことなんてできないでしょう。そんなやり方で、減刑を勝ちとろうとしてもだめです。そんなのは真実をねじまげて、自分たちの思う結果を出そうとする、急進的な左翼の手法だ。不健全なやり方です」

それを聞くと、クローディアは顔色を変え、手のひらでテーブルをぴしゃりと打った。

「私のほうも具体的な証拠を出してみせますよ。警察も検察も尻尾を巻いて逃げだすしかない証拠を握っているんですから……」

反論しようと、コルソは口を開こうとした。だが、クローディアはその隙を与えなかった。

「ソビエスキは犠牲者です。まずは資本主義社会の……。資本主義社会は、そこで暮らす人々に優しく微笑みかけているように見えますが、お金という価値を絶対視して、誰もが均質な暮らしをすることを求めています。ソビエスキはそういった社会では生きられません。それからブルジョワ的な良識の被害者でもあります。その良識によると、一度でも罪を犯すと、その罪は一生、つきまとうことになるのです。そして最後に、あなたたち警察の犠牲者でもあります。警察にとって、犯人は永遠に犯人ですから……」

それを聞いて、コルソは胸を撫でおろした。一瞬、クローディアがその証拠というのをここで明かしてしまうのではないかと思ったのだ。そんな重大なことを裁判の間に弁護士から聞かされたら、事件を捜査した警察官として、非常に厄介な立場にたたされることになる。クローディアだって面倒なことになるだろう。

だが、実際にクローディアが口にしたのは、いかにも左翼が考えそうな、薄っぺらな考えだった。ソビエスキのことを、ユダヤ人であるがゆえに冤罪を被ったドレフュス大尉に見なして、一度でも罪を犯したら、絶対に許されない独断的な社会の犠牲者だと主張する——どこにでもある戯言だった。

「つまり、ソビエスキは罠にはめられたんですね」余裕を持って、コルソは言った。「法廷で明かされるのが楽しみですよ」

相手が急進的な左翼であれば、何も心配することはない。こういうタイプはよく知っている。要するに、「犯罪者が悪いのではない。罪を犯させた社会がいけないのだ」と言って、すべてを社会のせいにするのだ。

と、クローディアがテーブルの上に、コーヒー代をぴしゃりと置いて言った。

「そう。ソビエスキは罠にはめられたんです。私はそれを証明するだけではなく、誰が罠にはめたかも明らかにしてみせます」

コルソは眉をひそめた。

「それはつまり……」

「真犯人のことよ」そう言うと、クローディアは立ちあがって、バッグを胸に抱えた。「ご心配なく。犯人は法廷に姿を見せます。だから、あなたは裁判が終わったところで、真犯人を捕まえればいい。簡単でしょう?」

67

「証人は氏名と年齢と職業を言ってください」裁判長の声が法廷に響いた。

今日は自分が証人として法廷に立つ日だった。それは昨日からわかっていたのだが、まさか自分が最初に証言台に呼ばれるとは思っていなかった。ともかく、朝九時に審理が始まると、裁判長が自分の名を口にしたのだ。

コルソは言われるままに自分の氏名と年齢と職業を告げると、「すべて真実を話すことを誓います」と宣誓の言葉を述べた。それから、どのように捜査を行って、ソビエスキを逮捕するに至ったか、つぶさに説明した。気をつけることはふたつだけ。できるだけ中立の立場を保って、ソビエスキを糾弾するような口調を避けること、もうひとつは、捜査の過程で何度も犯した違法行為をうまくごまかすことだ。これについては、昨夜、ひと晩じゅう証言の練習をしておいた。

だが、陳述をしながらも、コルソは昨日のクローディアの言葉が気になっていた。クローディアは何か重要な証拠を握っているのだろうか？　ソビエスキが何者かによって罠にはめられたという証拠を……。だとすると、自分たちは決定的な情報を見落としてしまったのだろうか？　それが何であるのか、コルソにはまったく見当がつかなかった。

証言は三十分間続いた。途中、話をさえぎったり質問をする人もいなかった。コルソは、このまま終わってほしいと思った。予定どおり、次長検事や原告代理人からは何の質問もなかった。検察側にとって、コルソの証言はすべて知っていることばかりなので、新たに尋ねることはなかったのだ。

「弁護人からは何かありますか？」裁判長が尋ねた。

するとクローディアが立ちあがって、「ありません」と答えた。被告人弁護士が法廷で口を開いたのは、昨日の開廷以来、これが初めてだった。

「ただいまの話を聞いて、私の理解が正しければ、二〇一六年七月三日まで、あなたは何の手掛かりもつかんでいませんでしたね。司法警察ブザンソン支部の元警部、ジャックマール氏がパリ警視庁を訪ねてくるまで……」

「それは、今申しあげたとおりです」コルソは不機嫌な声で答えた。

「でも、それを手掛かりというのは、間違っているのでは？　本当は手掛かりなど、ひとつもなかったのではありませんか？」

「どういうことですか？」

「昨日、ジャックマール元警部の陳述を聞きましたが、元警部は客観的な事実をもとに、素晴らしい想像力を発揮して、被告人が本件の犯人である可能性が高いと述べていました。それは大変説得力のあるものでしたが、そのジャックマール元警部の意見があなたの捜査に影響を与えたのではありませんか？」

「ジャックマール元警部は一九八七年のレ・ゾピト・ヌフでソビエスキが起こした強盗殺人事件と今回の連続殺人事件の共通点に気がつき、その点を指摘してくれました。つまり、元警察官として義務を果たしたのであり、我々もまたそちらの方向で捜査を進めることで、自分たちの義務を果たしたわけです」

「つまり、元警部はあなたに会って、被告人が犯人ではないかと、自分の〈印象〉を話した。あなたはそれまで手掛かりがなかったので、それを手掛かりにして捜査を始めた。本当は手掛かりでも何でもなかったのに……。違いますか？」

「まったく違います。フィリップ・ソビエスキの人物像は、犯人の人物像と一致していました」

「でも、その段階では、犯人がどんな人物かまだわかっていなかったはずです。だから、少しでも怪しいと思われる人物がいたら、誰でも容疑者にすることができた。違いますか？」

「違います。ソフィー・セレの殺人事件は、きわめて特徴的でしたから、容易に人物像を描くことができました」

「では、あなたはその特徴がレ・ゾピト・ヌフでの殺人と似ていると思ったのですね？」

コルソは黙った。昨日の審理では、レ・ゾピト・ヌフの事件と今回の事件にはあまり関連性がないという方向で、裁判官や陪審員たちは納得していたからだ。検察側もそれに異議を唱えなかった。

「被害者を本人の下着で縛ったところが……」しばらく考えてから、コルソはようやく口を開いた。「共通点であるように思いました……」

すると、クローディアは一枚の紙を手に証人席に近づくと、その紙をコルソの鼻先に突きつけた。コルソは思わず後ずさった。

「これは一九八七年以降に起きた殺人事件の中で、被害者を拘束するために被害者自身の下着が使用された事件のリストです」

いったいどこでそんなリストを手に入れたのだろう？　コルソは驚いた。自分たちも同じことを調べたが、何も見つけることができなかったのだ。〈ちくしょう！〉コルソは心の中で毒づいた。

「フランスでのリストですか？」コルソは尋ねた。

「ヨーロッパ全体です。調査をフランス国外に広げてはいけない理由はありませんからね。殺人犯が国内にとどまっているとはかぎりませんから……。つまり、被害者を本人の下着で縛っていたのはソビエスキだけではないということです」

「縛っていたことだけじゃありません。顔に傷をつけていることでも一致しています」

「確かに被告人は被害者であるクリスティーヌ・ウーの顔を殴っています。けれども、それはカッとなって殴りつけたもので、本件のふたりの被害者につけられた傷とは違います。こちらのほうは入念に準備されて、意図的につけられたものです」

コルソは答えなかった。この問題で議論をすると、こちらの不利になるからだ。

「では、質問を変えます。ともかく、フィリップ・ソビエスキに当たりをつけると、あなたはさっそく自宅に尋問に行きました。実質的な容疑者として……」さっきよりもいっそう証人席に近づくと、クローディアは尋ねた。「そのことに、被告人は同意しましたか？」

「同意も何も、あの時の状況では、選択の余地はなかったと思います」

「それはいけませんね。あなたは十分な証拠もないのに、被告人をほとんど容疑者扱いして、被告人がやったのかどうかもわからない連続殺人事件について尋問したわけです」

「ソビエスキはふたりの被害者のことをよく知っていました」

「被害者を知っていたのは被告人だけではありません」

「ふたりの遺体が〈緊縛〉に使われる特殊なやり方で縛られていたのはご存じですね。ソビエスキは刑務所内で〈緊縛〉を実践していました」

「それは何の証拠にもなりません」

「では、スケッチブックはどうです？　《ル・スコンク》の物置きに使われている部屋で、ソビエスキのスケッチブックを見つけたんです。そこには被害者であるソフィー・セレとエレーヌ・デスモラの絵が描かれていました」

「被告人はそのクラブへの出入りを隠したことは一度もありません。また、大勢のストリッパーの絵を描いていますが、その全員が殺されたわけではありません。それにだいたい、絵を描いたからと言って、殺したことにはなりません。そのくらいはおわかりでしょう?」

コルソは、証人席の手すりを握りしめた。指に汗がにじんでくる。もしかしたら、クローディアは最初のソビエスキの逮捕のことを持ちだしてくるだろうか? あの件では不法住居侵入など、違法なことをしているので、突っこまれると厄介なことになる。そう言えば、リュドヴィクが現場写真を横流しした件も、持ちだされると困ったことになる。だが、それはあるまい。そんな写真に興味を示していたことがわかれば、ソビエスキにとっても不利な材料になりかねないからだ。

そういったことを考えながら、コルソは最後の反撃を試みた。

「では、ゴヤの絵についてはどうお考えです? 被害者たちはゴヤの『赤い絵』の登場人物そっくりに殺されていました。ソビエスキのアトリエには、その『赤い絵』の複製画があったのです」

「でも、あなたは被告人の自宅を訪れるまで、そのことは知りませんでした。したがって、それはあなたの尋問に正当性があったという理由にはなりません」

コルソは思わず、拳で手すりを叩きつけた。

「まったく! 自宅に行って尋問したから、ゴヤの複製画が見つかったんじゃないか! 捜査とはそういうものだ。行って、見つける。その逆じゃない」

「では、そういうことにしておきましょう」少し後ろにさがりながら、クローディアは言った。「でも、ソフィー・セレとエレーヌ・デスモラのふたつの事件に関して、被告人にはアリバイがあります」

「アリバイについては、一応、確認しました」

「それなら、なぜ被告人が犯人ではないと考えなかったのです? あなたはそのあともソビエスキを容疑者として捜査を続けましたね?」

確かに、このふたつの事件について、ソビエスキのアリバイは証明されているように見える。だが、ソビエスキがジュノンとディアーヌというふたりの愛人の証言を買った可能性もある。それに愛人の証言がどこまで法廷で効力を持つものか……。また、アリバイということで言えば、ブラックプールのマルコ・グワルニエリのこともある。あの事件ではソビエスキにアリバイはなかった。しかし、それを持ちだすのは両刃の剣だ。確かに、マルコがソフィーやエレーヌと同じやり方で殺されたことがわかれば、ソビエスキには不利な要素として働くだろう。反対に、釈放されたばかりの相手を尾行するのは違法ではないかと言われれば、こちらに不利になる。自分はソビエスキを追って、イギリスまで行ってしまったのだから……。数秒の間にすばやく考えを巡らせた結果、コルソはこう答えた。

「アリバイというのは、つねに完璧なわけではありません。完璧に見えても、それを疑うのが警察官の仕事です」

　それを聞くと、クローディアは何かを考えているかのように、顎に手を当てながら、弁護人席のほうに歩いた。動作のひとつひとつが細かく計算されているにちがいなかった。被告人を無罪にするためには、どんな演技をすれば効果的なのか、あらかじめ考えぬかれているのだ。〈そんなことでうまくいくものか〉コルソは心の中でつぶやいた。

　と、突然、クローディアがくるりとコルソのほうを向いて言った。

「つまり、あなたは十分な証拠がなくても、被告人を容疑者として尋問するいっぽうで、今度はアリバイ証言のようにきちんとした証拠があっても、まるで証拠がないかのように、被告人を容疑者であると考えるということですね？」

　コルソは網をかけられたような気がした。

「何が言いたいんです？」

一歩、こちらに足を踏みだすと、クローディアが言った。

「つまり、あなたは客観的事実は無視して、ただ自分の勘に頼って捜査を行ったということです。あなたはつねに、ソビエスキが犯人だという信念に導かれて行動していました。被告人が〈悪人面〉をしていたとか、そんな理由で……」

「だから何なんだ？　捜査の結果、有罪が証明されたんだから、そんなことはどうだって……」

コルソは思わず不用意な言葉を漏らした。そして、言ってから、しまったと思った。

「警視、法律をご存じでしょうか？　フィリップ・ソビエスキは、判決が下されるまでは推定無罪なのです。私たちはまさに、被告人が有罪なのかそうでないのかを決めるために、この場にいるのです」

コルソは地団駄を踏む思いだった。このいまいましい法廷で、法律に縛られてがんじがらめになっている気がした。

「我々の捜査はきちんと為されたものです」コルソは大声を張りあげた。「ちゃんと物的証拠にもとづいて、フィリップ・ソビエスキが犯人である可能性が非常に高いという結論にたどりついたのです」

コルソは虚勢を張った。だが、追いつめられているのは間違いなかった。この先、どんな攻撃が仕掛けられてくるのだろう。コルソは身構えた。まるで、銃殺部隊の前に引きずりだされた死刑囚のようだった。だが、クローディアはただこう言っただけだった。

「ありがとうございました、警視」

尋問は終わった。どうしてかはわからないが、恩赦が与えられたのだ。

だが、それはこの場でなぶり者にされなかったというだけの話だ。裁判官も、陪審員も、傍聴人も、このやりとりを聞いた人々は、誰もがコルソの捜査に問題があったと考えるだろう。ソビエスキが犯人だと決めつけて、見込み捜査をしたと……。クローディアはこれからもこんなふうに細かい点にケチをつけ、有罪の証拠を切りくずしにかかるのだろう。

コルソは一九九五年に結審したO・J・シンプソンの裁判を思い浮かべないわけにはいかなかった。シンプソンは元妻とその恋人を殺害したとして起訴されたアメリカン・フットボールの黒人選手だが、〈証拠品を発見した刑事が人種差別主義者だった〉という理由で、警察が提出した証拠の信憑性が失われ、結局は無罪になってしまったのだ。こちらの裁判はそこまでひどくはないが、警察の証拠を無効にしようという試みは確実に始まったのだ。

だが、クローディアの目的は本当にそこにあるのだろうか？　もちろん、それだけでもいまいましいが、それ以外に、クローディアはもっと大きな攻め手を考えているような気がした。勘だけに頼って捜査をしたというのは、大切な情報を見すごして、捜査を深めようとしなかったということだ。

一年前に予審判事の取り調べを受けるようになってから、ソビエスキは「自分は罠にはめられた」と繰り返していた。自分は、捜査の過程でその可能性を考えてみたことはない。

だが、クローディアはその可能性に注目して、実はもうその証拠を握っているのではないか？　そう思うと、コルソは昨日のクローディアの言葉を思い出した。

「そう。ソビエスキは罠にはめられたんです。私はそれを証明するだけではなく、誰が罠にはめたかも明らかにしてみせます。そう、真犯人のことよ。ご心配なく。犯人は法廷に姿を見せます。だから、あなたは裁判が終わったところで、真犯人を捕まえればいい。簡単でしょう？」

68

コルソの陳述が終わると、午前の残り時間は、被害者に関する証言にあてられた。被害者と親しかった人々が——そのほとんどはストリッパー仲間だったが——次々と証言台に立って、ふたりの人となりについて述べた。それから、ふたりの性倒錯に関する証言が始まった。ソフィー・セレがハードなSMを嗜好していたこと、エレーヌ・デスモラが死体性愛者だということがわかると、法廷は墓場のように静まりかえった。だが、死者に対する尊重の念から、あからさまな非難を口にするものはいなかった。

午後からは検察側の証人が呼ばれて、おもに科学的、専門的見地から、ソビエスキの有罪を裏づける証拠があげられていった。だが、これはほとんどが状況証拠で、ソビエスキが犯罪に関わる何かをしたのを見たとか、ソフィーやエレーヌの死体や、縛られていたロープにソビエスキの指紋が見つかったとか、直接的な証拠はなかった。

証人席に立ったのは、警察の鑑識課員、科学者、〈緊縛〉やSM、美術の専門家で、その人々はパワーポイントを使って図表を示しながら、事件に関わる専門的な内容を説明した。スクリーンには数式や化学式、写真や絵画が次々と映しだされていった。廷内にいた人々にとって、この時間はうんざりするほど長く、退屈だった。〈緊縛〉の師匠、マチュー・ヴェランヌの話でさえ、居眠りをする人々が多かった。しかしながら、アドリアン・レヌ通りにあるフィリップ・ソビエスキの秘密のガレージから、まだ身元の判明していない四名の女性の血痕とともに、ソフィー・セレとエレーヌ・デスモラの指紋や血痕、DNAが発見されたと説明された時には、誰もが目を開け、耳をすました。

　検察側にとっては、最大の証拠だ。

　昨年の夏、ソビエスキは秘密のガレージでソフィーやエレーヌを殺し、遺体が発見された場所まで運んでいったのだ。ただ、どのようにしてそこまで運んだのかは、まだ突きとめられていなかった。使用された車は見つかっていないし、ソビエスキは運転免許も持っていない。〈もしかしたら共犯がいたのかもしれない。いずれにしろ、この証拠があればソビエスキの有罪は確定だ〉コルソは思った。

　証言は殺害の方法にまで及んだ。《ソビエスキは被害者を下着で縛り、〈緊縛〉のやり方で身体を縛った。エレーヌの時は、頭が動かないように万力で挟みつけることまでした。被害者たちは首に下着を巻きつけられ、苦しい格好でもがきながら、みずから首を絞めていった。その間、ソビエスキは被害者たちの口に大きな石を押しこむと、耳まで口を切り裂いた》この説明に聴衆は皆、凍りついた。陪審員たちも恐怖におののいている。その姿を少し意地の悪い気持ちで眺めながら、コルソは考えた。これでソビエスキは終身刑になるだろう。

　検察側の証人尋問は午後三時半頃まで続いた。そのあとは、弁護側の証人が登場する番だった。

　最初に証言台に立ったのは、ソフィーが殺された夜にソビエスキと一緒だったという美大生ジュノン・フォントレイだ。ジュノンは証言の途中、「あなたは宣誓したうえで、その発言をしているとわかっていますね？」と裁判長から何回、念を押されても、それには答えず、「その夜は確かにサン・トゥアンのアトリエで、ソビエスキと一緒にいた」と以前の話を繰り返した。その事実の重みを示すように、床の一点を見つめて話すジュノンの姿は、どうやら陪審員たちの好感を呼んだらしい。その真剣な様子を見ていると、高名な画家に憧れて愛人になった軽薄な美大生には思えなかった。

コルソはジュノンの様子を観察した。服装はヒッピーふうで、ちょっと意表を突くような小粋な格好をしている。頭には今日も、一九二〇年代に流行った釣り鐘型のおかしな帽子をかぶっていた。だが、ジュノンの話を聞いているうちに、コルソは、去年は気がつかなかった可能性に思いいたった。ジュノンは真実を語っているが、すべてではない。その夜、ジュノンはソビエスキと一緒にいたが、ひと晩じゅうセックスしていたというのは嘘のような気がした。もしかしたら、ジュノンが共犯だという可能性もあるのだろうか？

コルソはもう一度、ジュノンを尋問したくなった。だが、すでに警察の捜査の段階は過ぎ、今は裁判のさなかだ。検察側は「証人が被告人の愛人であったことを考えると、その証言に簡単には同意できない」とコメントするだけで、特に質問はしなかった。下手に問いただして、「一緒にいた」という証言を繰り返され、陪審員の心証がソビエスキの無罪に傾くのを恐れたのだ。

クローディアも尋問しなかった。「弁護人からの質問は特にありません」と堂々と述べる姿に、法廷内の人々は、クローディアがジュノンの証言に自信を持っていることを理解した。おそらくこの瞬間、ほとんどの人々にとって、事件の夜ソビエスキがこの美大生と一緒に夜を過ごしたということは、疑いようのない事実となってしまった。実際に証人や弁護士の顔を見たり、話を聞いたりすると、そこには計りしれない影響力が生まれるのだ。コルソは心配になった。いくら物的証拠が強力であっても、陪審員たちがアリバイを信じてしまったら、もうどうすることもできない。

ジュノンが傍聴席に戻ると、次はエレーヌ・デスモラが殺された夜にソビエスキと一緒にいたというディアーヌ・ヴァステルが証言台に立った。

法廷内の空気ががらりと変わった。ディアーヌは大きな屋敷に住む金持ちの女性で、容姿も美しい。こういった女性は相手を見くだし、高慢で冷たい態度をとるものだが、演技なのか、これもまたディアーヌの一面なのか、今日、そんな尊大なところは見せなかった。陪審員から質問があると、まずはその言葉に注意を傾け、穏やかで優しい口調で答えていた。そこには軽蔑もよそよそしさもなく、相手に対する思いやりがあった。それこそ、全身から温かさがにじみでてくるのだ。ただし、相手が少し失礼な質問をした場合は除いて……。その場合は、逆に皮肉を言ったり、尊大な態度をとることもあった。

外見についても、昨年会った時より、ずっと感じがよくなっていた。髪型はかっちりしたボブだったのに、今はソフトボブにして、斜めカットでふんわり感を出している。もともとの顔のラインは、黒と白のチョークでデッサンされたように少しきついところがあったが、全体にチークでぼかされ、柔らかい印象になっていた。証言台に立つ姿にも落ち着きがあった。裁判官や陪審員に対して――つまりは〈法〉に対して、まったく怯むことなく、ゆったりとした態度で臨んでいた。ジュノンが裁判長に反抗的な態度を見せ、証言台の手すりにしがみついていたのとは対照的だ。裁判長に年齢を訊かれた時にも、聞こえなかったふりをして答えず、職業を訊かれた時には、「無職です」とはっきり答え、そこには人生の経験というものが感じられた。

証言のほうは、「憎しみも抱かず、恐れることもなく、真実を――ただ真実を話すことだけを誓います」と言うと、エレーヌ・デスモラが殺害された七月一日金曜日の夜から二日の土曜日の朝にかけて、ソビエスキと一緒に過ごしていたことを明らかにした。それによると、その日、ディアーヌとソビエスキは夜の九時にモンテーニュ通りの《ルレ・プラザ》で食事をして、十一時頃、そのままふたりでアンリ・マルタン通りの屋敷に戻ってきた。そうして、ソビエスキは朝まで

〈親密な時間〉を過ごしたあと、九時にたっぷりと朝食をとって、屋敷を出たという。

ジュノンは若い美大生なので、陪審員に与えた影響は大きいとはいえ、社会的に見れば、その証言は軽く扱われてもしかたのないところがあった。だが、ディアーヌ・ヴァステルは十六区の大きな屋敷に住む、ブルジョワの夫人だ。その証言には重みがあった。もしこのディアーヌのアリバイ証言を崩せないようなら、本当にソビエスキの無罪が確定してしまう。コルソはますます心配になった。

「ほかの証拠は被告人が犯人であることを示しています。あなたの証言はそれと矛盾していますが、それについてはどうお考えですか?」裁判長のドラージュが尋ねた。

「それを説明するのは、わたくしの仕事ではありません。わたくしがここに来たのは、その日、自分が何をしていたのかを申しあげるためです。それだけですわ」

「あなたは先ほど、『ただ真実を話すことだけを誓う』と宣誓なさった。それは覚えていますね?」

「ええ。アルツハイマーになるには、まだ早いですから……」

法廷内に笑い声が響いた。これがディアーヌふうのやり方だった。裁判長が、不機嫌な声でもう一度尋ねた。

「あなたが被告人とともに過ごしたという夜に、被告人がエレーヌ・デスモラを殺害したという証拠がたくさんあるんですよ。それにはどう答えますか?」

ディアーヌ・ヴァステルはため息をついた。裁判長はディアーヌの虎の尻尾を踏んでしまったらしい。ディアーヌはうんざりした顔で言った。

「それはあなたがたの問題だと思いますが……。わたくしの問題ではありませんわ」

ドラージュが壁の時計に目をやった。すでに午後四時だった。

「あなたと被告人との関係はどのようなものですか？」

「それははっきりしていると思いますが……」

「気持ちの面ではどうですか？」

それを聞くと、ディアーヌはにっこりと微笑んだ。その瞬間、あたりに魅力が弾けた。ディアーヌはブルジョワ女性でありながら親しみを見せるという、魔法を使ってみせたのだ。

「わたくしたちは……」

夢見るような声だった。そして、この時初めて、ディアーヌはソビエスキのほうを向いた。ソビエスキは、映画『キル・ビル』ふうの黄色いジョギングウェアを着ていたが、ディアーヌと目が合っても、何の反応も示さなかった。ガラス張りの被告席で、まったくの無表情のまま、小さく固まっている。その姿はサメのえさ用の水槽で飼われた黄色い魚のようだった。

「わたくしたちは……」ディアーヌが続けた。「お互いに強く惹かれあっていますの」

「肉体的にですか、それとも気持ちの面でですか？」

「身体から始まって、やがて特別な優しい気持ちになりますの。それを愛と呼んでもよろしくてよ」

ディアーヌは尊大な口調でそう言った。身体と気持ちを切り離すことのできない〈愛〉というものの深さを理解できない、つまらない裁判長に真実を諭すというように……。

「つまり、それほど特別な関係であると……。それではその関係のせいで、あなたが被告人と一緒に過ごした日を間違って覚えているということはありませんか？」

この裁判長の遠回しな非難に、ディアーヌは毅然として答えた。

「それはありませんわ、裁判長」

その勢いに押されて、裁判長はしばらく黙りこんだ。

ちらっとディアーヌのほうを見て、その場を取りつくろうように、何度かうなずく。それから、おもむろに口を開いた。

「ヴァステルさん、あなたは結婚されていますね。愛人と一夜を過ごしたと認めることで、何か問題が起きたりしないのですか？」

「それがどうしたとおっしゃるの？」

ディアーヌの声の調子が変わった。今度こそ、本当に腹をたてたようだ。

「つまり、そのせいで、ご主人に何か言われたとか……」

ディアーヌは満面の笑みを浮かべた。おそらく、この裁判長は大馬鹿だと思ったのだろう。

「夫は現在、仕事で香港に行っていると申しあげましたわね。あちらには別の妻と、子どもがふたりいるんですのよ」

それを聞くと、裁判長は呆然とした顔をした。まるで、電車に乗りおくれて、駅のホームで立ち往生している男のような顔だ。ディアーヌ・ヴァステルの世界は、裁判長の理解を完全に超えていたのにちがいない。

その間コルソのほうは、次長検事でも原告代理人でもいいから、ディアーヌのアリバイ証言を崩してくれないかと、心の底から願った。裁判長が口にしたように、所詮は愛人の証言なのだ。日付でも状況でも何でもいいから、少しでもディアーヌの証言に嘘があると指摘できれば、陪審員の心証はソビエスキの有罪のほうに戻ってくる。「愛する男のために嘘をついた」というのは、わかりやすいシナリオだからだ。ソビエスキがディアーヌを脅迫していたという証拠でもいい。ともかく、ディアーヌの証言は信用できないと、陪審員たちに思わせなければならないのだ。

だが、次長検事も原告代理人も、証人を尋問する権利を放棄してしまった。ジュノンの時と同じく、下手に、偽証ではないかと追及して、相手から自信満々で反撃を食らった場合、陪審員たちに与える影響から、ソビエスキのアリバイが確固たるものになってしまうからだ。

検察側に質問がないとわかると、クローディア・ミュレールが質問する許可を求めた。ジュノンの時と違って、今度は何か訊くことがあるらしい。

「ヴァステルさん、ひとつだけ質問があります」立ちあがりながら、クローディアは言った。「その夜、あなたはソビエスキとふたりきりでしたか？」

「いいえ」

法廷内にざわめきが広がった。

「ちょっと待ってください」裁判長が割ってはいった。「あなたはずっと、被告人と〈親密な夜〉を過ごしたと言っていましたよね」

「ええ。でも、ふたりだけでとは言ってませんわ。〈仲間は多いほど楽しい〉と言いますでしょう？」

それを聞くと、裁判長は恨みがましい顔になって、言った。

「でも、あなたはこれまで一度も、その〈親密な夜〉にほかの同席者がいたとは言っていませんでしたよ！」

「誰もそのことをお尋ねにならなかったからですわ」

人々のざわめきはますます大きくなった。裁判長は傍聴席に向かって、静粛にするよう求めた。

「一緒にいたのは誰ですか？」クローディア・ミュレールが尋ねた。だが、もちろん、質問の答えはもう知っているようだ。

「本名は知りませんが、アベルと呼ばれています。ある種の専門家ですわ」

「何の専門家ですか？」

「快楽の専門家です。アベルはわたくしたちと一緒にいて助言をくれるんです。そして、小道具や刺激剤も持ってきてくれます。本当のプロですの」

今や法廷じゅうがディアーヌの言葉に耳をすまして

いた。聴衆はこれから証人がどんな〈奔放な愛の世界〉に連れていってくれるのか、わくわくしながら待っていた。

「その人物は何時に来ましたか？」

「夜中の十二時頃です」

「何時に帰りましたか？」

「夜中の三時頃です」

「その三時間の間、フィリップ・ソビエスキはその場を離れませんでしたか？」

「離れませんでした。それどころか、右に左に大活躍でしたわ。上を下への大騒ぎとは申しませんが……」

法廷内にまた笑い声が響いた。裁判長は事態を収拾しようと、再び「静粛に！」と言った。それから、怒りのせいで自分をコントロールできなくなったのか、乱暴な口調で訊いた。

「大変、結構な話だが、そのアベルとやらはどこにいるんだね？　いや、なぜその証人がリストに載っていないんだ？」

最後の言葉は弁護士のクローディア・ミュレールに向けられたものだった。クローディアは笑みを浮かべてそれに答えた。

「裁判長、その人物はリストに載っています。本当の名前はパトリック・ビアンキといって、この次に証言する予定になっています」

裁判長は検察側に視線を走らせた。コルソもそちらを見た。次長検事のフランソワ・ルージュモンは、証人の名前を探しているのだろう、手もとの資料を急いでめくっている。原告代理人のソフィー・ズリタンも、〈本日の審理予定〉を調べはじめている。

コルソは不思議に思った。そんな大事な証人がいることを全員が見逃すとは、いったいどういうことなのだろうか？

69

やがて、証人用の入口からパトリック・ビアンキが入ってきた。あまり目立たない男で、この男が地下鉄に乗っていたり、投票所にいたりしても、誰も目に留めることはないだろう。ビアンキは中肉中背、アディダスの上下を着て、スポーツのコーチのような風采をしていた。年齢は三十代、髪を短く刈り、反りかえった鼻とキラキラした黒い瞳を持っていた。表情は快活だ。コーンフレークのコマーシャルにでも出てきて、《もりもり食べて、きみも未来のチャンピオン》とでも言っていそうなタイプだ。

証人が氏名と年齢、職業を言って宣誓の言葉を述べると、裁判長はさっそく尋問にとりかかった。少し興奮しているようだ。それが新事実が出てきたためなのか、ビアンキが何をしたかに個人的な興味があるためなのかはよくわからなかった。

「あらためて訊きます。あなたの職業は何ですか？」

「表向きは、映画の音響技師です」

「もうひとつの仕事のことです。今日の審理に関係するほうの仕事ですよ」

ビアンキはうなずくと、裁判官や陪審員たちを見渡した。法廷じゅうの視線が自分に集まっているのがわかって、気分が高揚しているようだ。生涯でこれほど注目を集めたのは、これが初めてだろう。

「もうひとつの仕事ね。ぼくはまあ、介助人のようなものです。〈快楽の介助人〉……」

「と言うと？」

「ぼくのところには、もっと自由に性の快楽を追求したいという人たちが、お客としてやってきます。社会にはいろいろなタブーがありますからね。ぼくはそのタブーをはずした快楽を提供するんです」

「その……お客はたくさんいるんですか？」

「結構いますよ。ぼくが手伝っているのは、倦怠期の夫婦や、関係の滞っている愛人たち、新しい刺激を求めている恋人たち、それから……」

裁判長がそこでさえぎった。

「どうやってあなたを見つけるんですか？　連絡はどのように？」

「インターネットですよ」

「いつから、その活動をしているのですか？」

「十年ほど前からです。最初はスワッピングのクラブでやりはじめたんです。ぼく自身がそこの会員だったので……。でも、残念ながら、それで生活できるほどは稼げません。そこで、仕事を始めたんです。映画の音響技師の仕事を……。まあ、こちらも不定期ですが……」

法廷内から笑いが漏れた。ソビエスキも笑顔を見せた。ビアンキが入ってきてから、審理が自分に有利に進んでいるのを感じて、表情が柔らかくなっている。

裁判長が質問を続けた。

「その夜、あなたに連絡を取ったのは誰ですか？」

「ディアーヌ・ヴァステルです。午後でした」

「家に着いたのは何時ですか？　正確に教えてください」

「夜中の十二時です」

「フィリップ・ソビエスキはそこにいましたか？」

「はい。というか、もう始まっていましたよ」

「あなたはいったい何をするんですか？」

アベルは、「法廷で話してもいいのだろうか？」とでも言うように、ソビエスキのほうにちらりと目をやった。その様子を見て、コルソは信じられない気持ちになった。この〈快楽の介助人〉だという男は、〈セックスのコーチ〉という職業上の守秘義務を守らなくてもよいのかと、そんなことを気にしているのだ。事は殺人事件で、自分の証言によって、被告の有罪か無罪かが決まるのに……。

ソビエスキがウインクをして、ビアンキにゴーサインを出した。ビアンキが話しだした。

「えっとですね、ぼくはそこで、おもにフィリップとの肉体関係を受け持っていました。その間にフィリップ自身はディアーヌのことを担当するんです。どういう形かわかりますか?」

裁判長が何度かうなずいた。たぶん、自分ではうなずいていることに気がついていないにちがいない。クローディアは密かに勝利を味わっているはずだ。廷内の反応を見るかぎり、ビアンキの話にショックを受けたにせよ、あるいはその話を面白がっているにせよ、聴衆がビアンキの話を信じたことは、ほぼ間違いないからだ。

ビアンキは、その後もさらに詳しい話をしたので、ソビエスキがその夜、ディアーヌ・ヴァステルと一緒にいたというアリバイ証言はほぼ間違いないものになった。ディアーヌの証言だけではなく、パトリック・ビアンキの証言も加わったからだ。ただし、その証言は〈張形〉やら〈潤滑剤〉やら〈肛門性交〉という言葉がちりばめられた特殊な趣(おもむき)を持つものになったが……。

いずれにせよ、ソビエスキに対するアリバイ証言は、この時までは愛人ふたりによるものしかなかった。愛人の証言であれば、愛情を優先したために嘘をついたということだって考えられる。だが、ビアンキの出現によって、アリバイ証言はより中立で、公正なものになった。ビアンキが愛情のためにソビエスキをかばうといわれはないからだ。もっとも、ふたりから金をもらって証言しているなら、話は別だが……。しかし、それだって、検察にとっては、アリバイを崩すためのハードルがさらにあがったことになる。

結局、検察側は次長検事も原告代理人もビアンキを尋問しなかった。

「質問はありません、裁判長」そう言って、検事はすぐにまた腰をおろした。

もちろん、弁護側にも質問はなかった。パトリック・ビアンキは任務を果たしたのだ。

コルソは、傍聴席の上のほうにある高い窓の外を見た。太陽はそろそろ西に傾きはじめたところで、光はほんのりと黄金色に染まっている。時計を見ると、もうすぐ午後の六時になるところだった。まもなく閉廷の時刻だ。法廷には、今日の審理はこれで終わりという雰囲気が漂いはじめた。裁判長もそうするつもりになったのか、閉廷の合図を告げようと木槌を手に取った。

その時、クローディアが立ちあがった。

「裁判長、ここで参考人として、新たな証人の話を聞いていただきたいのですが」

「今ですか？」

「はい、その証人はそのためにわざわざここまでやってきました。そして、できれば、今夜ここを発って帰ることを望んでいます」

「それは誰ですか？」

「ジム・デラヴィーです。〈リトル・スネイク〉という通称のほうがよく知られていますが……」

「どのような理由でその人物を召喚したのです？」

「昨年の七月六日の夜から七日の朝にかけて、ブラックプールの町で、フィリップ・ソビエスキと一緒に時を過ごしているからです」

それを聞いたとたん、コルソは飛びあがった。〈いったい、どうやってその男を連れてきたんだ〉啞然として、声も出ない。法廷内にはざわめきが広がっていた。それは次第に大きなうねりになって、興奮を巻きおこしていった。

「裁判長、異議を申したてます」次長検事のルージュモンが口を挟んだ。「ブラックプールの件は、この法廷での審理対象になっていません」

「これに対して、弁護側はどう答えますか？」裁判長のドラージュは、そのままクローディアに尋ねた。

「裁判長、確かにブラックプールの事件は、この法廷での審理の対象ではありません」クローディアは答えた。「しかし、この事件はこちらで審理している連続殺人事件にも影を落としています。たとえば、今回の捜査を担当したコルソ警視は、ブラックプールで殺人のあったその夜に被告人が現地にいたことは、被告人にとって不利な事実だと考えています」

裁判長はうなずいた。

「それで？」

「弁護側としては、ブラックプールで殺人事件が起こった時刻に、被告人にアリバイがあったことを証明し、このイギリスの事件が本件の審理に影響を与えないようにしたいのです」

「いいでしょう」


コルソは呆然自失の状態のまま、法廷に〈リトル・スネイク〉こと、ジム・デラヴィーが入ってくるのを見つめた。「フェラチオが最高にうまい男だ」ソビエスキはこの男のことをそう言っていた。だがコルソは、現実にはいない男をソビエスキがでっちあげたのだとばかり思っていた。実際、ブラックプールの警察だって、この男を見つけることができなかったのだ。確かに、この男が存在して、ソビエスキのアリバイが証明されたら、審理は完全に弁護側に有利に展開する。

それにしても、クローディアはこの証人をどうやって見つけてきたのだろう？　この男に金を払ったのだろうか？　現地で探偵でも雇ったのだろうか？　〈いずれにしても、たいしたもんだ〉コルソは思った。

だが、ほかの可能性がないわけではなかった。ブラックプールで望みどおりに証言してくれるチンピラを雇って、証人にしたてあげた可能性だ。だが、ソビエスキ本人ならともかく、クローディアがそんな危険を冒すだろうか？　コルソは証人席に立った長身の男をじっくり観察した。すると、男の顔に見覚えがあるような気がした。そうだ、あの男だ！　あの時は一瞬見ただけだったので、すぐには思い出せなかったのだが、間違いない。あの男娼が集まる狭い通りで、ソビエスキとディープキスを交わしていた男だ。

ということは、もしかしたらもうひとつの可能性もあるのだろうか？　そう思いついて、コルソは背中に冷や汗が噴きだしてくるのを感じた。それはこんな可能性だ。あの夜、ソビエスキはただ夜の相手を探していて、この〈リトル・スネイク〉を見つけた。自分はふたりの情熱的なキスシーンを目撃している。その後、スキンヘッドのネオナチが襲ってきたので、男娼たちは逃げて散りぢりになった。自分も殴る蹴るの暴行を受けて、病院に運ばれた。その間に、ソビエスキとこの男はどこかに隠れていたのか、あるいは素早く逃げだしたのか、難を逃れて、どこかに行った。そして、朝までふたりで楽しんでいた……。

もしそうなら？　もしそうなら、ソビエスキはブラックプールで人を殺していないことになる。自分はすべて間違っていたのだろうか？　ソビエスキは無実なのだろうか？　だが、あの海中に漂っていた死体の殺され方は、明らかにソフィーやエレーヌを殺したやり方と同じものだ。ということは？　今まで馬鹿げた話だと思っていたが、〈罠にはめられた〉という説は正しかったのだろうか？　エレーヌとソフィーを殺したあと、殺人犯はソビエスキの秘密のガレージにわざとふたりの血痕をつけ、ソビエスキを罪に陥れようとした。イギリスの事件も、ソビエスキがブラックプールに行った時を狙って、同じやり方で殺人を行った。ソビエスキが犯人だと思わせるために……。よく考えてみれば、その可能性だってあるのではないか？

ジム・デラヴィーがイギリスふうのきざな英語を話すので、コルソは胸がむかついた（コルソの英語はアメリカ英語だ）。ジムの話し方は、いかにも面倒くさそうで、人を小馬鹿にした雰囲気がありありと伝わってきた。外見もその話し方と同じく、無精で汚らしく、おおざっぱだった。長い髪はほとんど手入れされておらず、半分はずれたブラインドのように、顔の半分を隠している。それだけでもうっとうしいのに、男は時おり、もったいぶった仕草で、その髪をかきあげたり、芸術家のように頭を振って、後ろに流したりするのだ。

顔つきはタフで、腕にタトゥーを入れているところは、喧嘩っぱやい街のチンピラのイメージのほうが強い。ゲイと言っても、映画『プリシラ』に出てくる女装のゲイたちのようには見えない。それよりは、たちの悪いフーリガンといった風貌だ。あの街にたむろしていたどうしようもない若者のように、ブラックプールの場末で生まれ、ビールを浴びて育ったごろつきという表現がぴったりだった。

裁判長に問われると、ジムは男娼街でソビエスキと出会ったこと、通りですぐにソビエスキと長々とキスをしたこと、その時、ネオナチの襲撃があったので逃げだしたことをだらだらとしゃべった。それは確かに、コルソが自分の目で見たとおりの光景だった。そのあと、ジムは、自分は数年前からその界隈で客をとっているが、ソビエスキはすべての面で上客だったと臆面もなく話した。

この証言はすべて英語で行われたために、クローディアは通訳を手配して陪審員全員にヘッドホンを配り、議事進行を完全に仕切っていた。コルソはただ呆然としていた。昨日は有罪判決が出るのは明らかだと思えたのに、今は予断を許さない状況となったのだ。

「正確にはどこにあるのですか？　あなたが一年契約で借りているという、その部屋は……」

裁判長がいらいらした口調で尋ねた。ジムが自分の部屋にソビエスキを連れていったと説明した時の場所がよくわからなかったのだ。すると、ジムはあいかわジムは、人を小馬鹿にしたように答えた。

「だって、住所を言ってもどうせわかんないでしょ。大ジェットコースターのすぐそばですよ。あの耳をつんざくような音を出すやつ。まあ、だから家賃が安いんだけど……」

「それでフィリップ・ソビエスキはひと晩じゅうあなたと一緒にいたのですか？」

「明け方までね。スキンヘッドのやつらの〈ホモ狩り〉のあと、あの人って言うか、そこにいる人はびくびくしちゃってね」そう言って、ジムはソビエスキにウインクを送った。すると、ソビエスキも素早く投げキスを返した。「だから、ひと晩じゅう慰めてやったんだよ」

それを聞くと裁判長のドラージュは、眼鏡を直しながら、何かもごもごと口の中でつぶやいた。機嫌が悪いのは明らかだ。敵意のこもった目でジムを見つめると、同じくらい敵意のこもった目で陪審員たちがつけているヘッドホンを見つめている。確かに、これではハーグの国際刑事裁判だ。パリの重罪院で行われている殺人事件の裁判とは思えない。コルソは少し裁判長に同情した。おそらく裁判長は、この裁判の成り行きが変わってきたことも気に入らないにちがいない。実際、コルソの見込みでも、審理は数日程度で終わり、判決は明らかに有罪になるはずだった。マスコミもそういう見立てだった。ところがいざふたを開けてみたら、当初の予想より、事態は混乱の様相を呈してきたのだ。これでは裁判長だって嫌になるはずだ。

裁判長が尋ねた。

「なぜ、もっと早く警察に知らせなかったのですか？」

「お巡りとは、あんまり仲がいいわけじゃないんでね」

「では、一年もたってから、証言しようと思ったのはどうしてですか？」

ジムは髪をかきあげると、自分の席ですました顔をしているクローディア・ミュレールを指さした。

「それはほら、あそこにいるキャサリン・ゼタ＝ジョーンズに説得されたからだよ」

確かにクローディアは、女優のキャサリン・ゼタ＝ジョーンズに似ていた。ただし、本物よりもっと長身で、もっとミステリアスだ。いっぽう、ジムの言葉を聞くと、裁判官たちは顔を見合わせた。ジム・デラヴィーをパリの重罪院に連れてくるのに、クローディア・ミュレールが金を払ったのは明らかだからだ。それは明白な違法行為だった。だが、裁判官たちはそのことについて言うつもりはないようだった。手段は問題ではない。問題は結果なのだ。

だが、そのいっぽうで、裁判長は検察側にジムを尋問する時間を与えなかった。もうこんなことはたくさんだと思ったのだろう、裁判長は最後のゴングを鳴らすように、閉廷を宣言した。


人々は足早に法廷をあとにした。法廷の外では裁判の成り行きについて、人々が話す声が石の壁や丸天井に反響した。第一報を送ろうと、新聞記者たちが携帯に向かって、がなりたてている。検察側と弁護側の今日の勝敗について、皆の見立ては一致していた。一対一の引き分けだ。秘密のアジトで見つかったソフィーやエレーヌの指紋や血痕、DNAの証拠を出してきたところで検察側がまず一勝。ジュノンとディアーヌ、パトリック・ビアンキ、それからジム・デラヴィーのアリバイ証言を引きだしたところで弁護側の一勝。明朝はまたボールをセンターに置いて、戦いは一からスタートすることになる。

コルソは急いで、建物の脇にある〈関係者専用出入口〉に向かった。クローディアは今日もそこから出ると思ったのだ。

クローディアは昨日と同じ出口の石段のところにいた。二本の円柱の間だ。

「素晴らしい反撃じゃないですか」そばまで行くと、コルソは声をかけた。

クローディアはマルボロに火をつけると、昨日とは違った馴れなれしい口調で答えた。

「あなたには、まだ何も見えてないのね」

70

翌日、コルソが傍聴席に腰をおろすと、ちょうどクローディアがジャン＝ピエール・オディシエという新たな精神科医を召喚したところだった。コルソは弁護側の依頼でソビエスキの再鑑定が行われたのかと思ったが、そうではなかった。単なる証人として呼ばれたらしい。最初のやりとりでわかったところによると、オディシエは一九八八年からパリの公立病院で精神科医として勤務し、現在はメゾン・ブランシュ総合病院の部長と、パリ・デカルト大学の医学部教授を務める臨床医で、フィリップ・ソビエスキの〈友人〉だという。

十五年ほど前から週二回、フルーリー＝メロジス刑務所において、医務室の医師と相談しながら受刑者たちの診察を行っているということだが、ソビエスキとはそこで知り合ったらしい。

　白髪まじりの少し乱れた髪、顔だちは整っていて、知性と情熱を感じさせる。口は固く引きむすんでいて、強い意志を表している。全体から漂う雰囲気は俳優のようで、いかにも女性受けしそうに見えた。

　証言台に立つので気持ちは入っているようだが、プレッシャーを感じている様子はない。今日はどうしても言わなければならないことがあるので、それを言いにきた――そんな感じだ。その佇まいは、ベテランの狙撃手（スナイパー）を思わせた。

「刑務所で被告とお知り合いになったということですが……」裁判長のミシェル・ドラージュが尋ねた。

「つまり、あなたはその時期にフィリップ・ソビエスキの精神疾患の治療を行ったということなんですね？」

「違います」

　オディシエのピシャリとした物言いに、裁判長はびくりと身体を硬直させた。どうも裁判長は昨日から押されぎみのようだ――コルソは思った。オディシエが続けた。

「刑務所で知り合いになった時、私がソビエスキに興味を持ったのは、治療が必要な患者としてではありません。画家としてです。私は画家としてのソビエスキに注目したのです」

　その言葉を聞くと、裁判長はクローディア・ミュレールのほうを向いて言った。

「フィリップ・ソビエスキは殺人事件の被告として、この法廷で審理を受けているのですよ。画家として、その芸術的才能について審理を受けているわけではありません。この証言は殺人事件の審理と何か関係があるのですか？」

「はい、あります、裁判長」クローディアは毅然として答えた。

コルソは不安に駆られた。今は弁護側にとって大事なところだ。ということは、よほど重要な証言を引きだそうというのか？　クローディアはいったい何を企んでいるのだろう？

「いいでしょう」裁判長はあきらめて言った。「では、最初に、どのような状況でフィリップ・ソビエスキに出会ったのか説明してください」

「最初に会ったのは、もちろん患者としてです。診察の際、私はいわゆるブラックリストに載っている受刑囚の精神状態に注意していました」

「ソビエスキはそのリストに含まれていたのですね？」

証言台で胸を張ると、オディシエはうなずいた。小柄で痩せているが、態度には自信があふれていた。

「ソビエスキはトラブルメーカーでした」オディシエは言った。「刑務所の規則とか、看守の指示とか、すべての権威にはむかい、逆に自分で勝手に〈掟〉を作って、ほかの受刑囚に守らせていました。まったく難しい人間でしたよ。ところが、ある時、受刑囚にかぎらず、いつも患者に実施しているテストをソビエスキに実施してみると、ソビエスキが知覚に関して、特別な感覚を持っていることがわかったのです」

「もっとわかりやすく言ってください」

「そのテストとは色覚に関するものだったのですが、ソビエスキは色に対して、非常に高い感度を持っていました。まあ、これは精神疾患とも関係したことで、双極性障害――いわゆる躁うつ病の人が躁の状態になっている時は、通常の状態よりも色に対する感度が高くなります」

「ソビエスキは躁うつ病だということですか？」

「そうではありません。けれども、色に対する感度が高いのです。テストのために絵画を見せると、絵が瞬いて見えるとか、色が揺れて見えると言いました。ともかく、視覚的なものに関しては、非常に反応が強い。芸術性の高い絵画に対しては特に著しい反応がありました」

「つまりそれは……スタンダール症候群のようなものですか?」

それを聞くと、オディシエがからかうような笑みを漏らした。面白そうに言う。

「スタンダール症候群をご存じなのですね。簡単に言うと、〈作家のスタンダールがイタリアに旅行に行った時、フレスコ画を見あげて、めまいと動悸に見舞われた。それは芸術の力のせいで、これまで多くの観光客が同じような症状に襲われている〉というものですね。しかし、あれはまあ一種の伝説のようなもので、今ではその理由がわかっています。つまり、教会などで高い位置にあるフレスコ画を鑑賞していると、頭をずっと後ろに反らせたままにしているので、めまいや動悸を感じるのです」

知識を披露したつもりが一蹴されて、裁判長は苦虫を嚙みつぶしたような顔をした。

「それでは、どういうことなのです?」不機嫌に尋ねる。

「最初は先ほど言った双極性障害、それから気分障害を疑いました。けれども、ソビエスキの卓越した色覚は、いかなる精神疾患とも関係のないことがわかりました。〈芸術的才能〉を精神疾患と考えるのなら、話は別ですが……」

「つまり、あなたはその時に、ソビエスキが〈画家〉だとわかったということですか? 本質的な意味で……」

「はい。私がテストのために絵画を見せたのが、運命的だったのだと思います。絵画がソビエスキを呼び、ソビエスキの身体がその呼びかけに応じたと言いますか……」

だが、このオディシエの言葉は抽象的すぎて、聴衆の賛同を得られなかった。陪審員たちも、この医師の言葉は信じられるのか、という顔をしている。

そこで挽回の必要を感じたのだろう、オディシエは具体的な事実の説明を始めた。

「ええ、私はソビエスキに絵の才能があるのではないかと思ったのです。そこで、フルーリー＝メロジス刑務所で絵画教室を開くことを提案しました。つまり、ソビエスキはそこで絵を始めたというわけです。まずはデッサン、それから油絵を学び、ある程度、技術がついてくると、図書室で見つけた画集の絵を夢中になって模写していました。その才能は……信じられないほどでした。いっぽうで、それには治療の効果もありました。模写をひとつ完成させるたびに、気持ちが落ち着くようになっていったのです。模写した絵を自分のものにし、自分に取りこむかたちで……」

「つまり、絵を描くことが精神の安定をもたらしたと？」

「そのとおりです。自分の気持ちを抑えられないことが病気であるとすれば、絵を描くことによって、みずからそれを治療していったのです」

裁判長はそれ以上、質問しなかった。廷内もしんと静まりかえっていた。陪審員も、検察側も、傍聴人も、新聞記者たちも、この証言にどのような意味があるのか、誰もわかっていなかったのだ。裁判長は原告代理人に向かって、「何か質問がありますか？」と発言を促したが、原告代理人は黙って首を横に振った。そこで、質問権は弁護側に移り、弁護士のクローディア・ミュレールが立ちあがった。

「教授、今のお話を伺って、最初に確認しておきたいのですが、被告人は絵を描くことによって、精神を安定させていった。つまり、絵から悪い影響を受けることはなかったということですね。少なくとも、絵を描きはじめてから、数年の間は……。それはおそらく九〇年代の終わり頃でということになると思いますが…

……」

「はい、そういうことになりますね」

「では、そのあとで、模写をすることによって、いわば……病的な反応を引き起こす絵に出会ったということはありませんか?」

「ありますね。ゴヤの絵です。というより、ソビエスキはゴヤの絵に魅了されていました。というより、病的に取り憑かれていました。そのせいでしょうか、ほかの絵と比べて、ゴヤの絵の模写だけはうまくいかないようでした」

「それはたとえば、『赤い絵』のことですか?」クローディアがさらに質問した。

「いいえ。当時、その絵はまだ発見されていませんでしたから……。ゴヤの絵の中で、ソビエスキが特に取り憑かれていたのは、プラド美術館に展示されている『黒い絵』の連作でした。ソビエスキは何度もその連作を模写していました。その姿は、自分に取り憑いてしまった『黒い絵』の魔力を振りはらおうとしているようにも見えました」

「それはできたのでしょうか? 被告人は自分に取り憑いていた『黒い絵』の魔力を払うことが……」

その質問に、オディシエは被告席にいるソビエスキのほうに温かいまなざしを向けた。その目を見れば、この精神科医がソビエスキのことを殺人犯だと思っていないことは、すぐにわかった。オディシエが答えた。

「はい、そう思います。明けても暮れても、『黒い絵』の連作を模写しつづけた結果、ソビエスキは自分の画風を見つけたのだと思います。つまり、ゴヤから自由になった。と同時に、幼い頃から抱えていた、性に対する強迫観念からも解放された。ストリッパーやポルノ俳優をモデルに大きな絵を描くようになって……」

「ありがとうございました」

その言葉とともに精神科医が退廷すると、廷内は狐につまれたようになった。その気持ちを代弁するかのように、裁判長がクローディアに向かって言った。

「弁護人、この審理において、今の証言はなぜ必要だったのでしょう？　私は理解に苦しみますね。我々には余分な時間はないんですよ」

すると、クローディアは立ちあがって、裁判官、そして陪審員たちが並んでいる席の前までやってきた。

「裁判長、まずは今の証言をする機会を与えてくださったことに感謝します。確かに、今の証言はソビエスキと芸術の関わりについて述べただけで、この審理とは関係ないように思われるかもしれません。けれども、実際にはこれからお話しする内容に深く関わっています。その意味では、非常に重要なのです」

「どういうことです？」

「捜査によれば、殺人犯はゴヤの連作『赤い絵』の三つの絵に影響を受けて、被害者の身体を傷つけたことになっています。具体的に言うなら、その三枚に描かれた登場人物はいずれも大きく口を開けていましたが、被害者たちの口はナイフで耳まで切り裂かれ、口が開いたままになるように、大きな石が詰めこまれていました。つまり、警察や予審判事は、『殺人犯はソフィー・セレとエレーヌ・デスモラの顔を使って、ゴヤの作品の精神を再現しようとした』と考えたわけです。『赤い絵』の連作の中には、傷つき、叫びながらガレー船を漕ぐ囚人を描いた、『叫び』と題された作品がありますが、ふたつの殺人はとりわけその作品の再現であると……」

それを聞くと、裁判長は肩をすぼめて、両腕を広げた。

「確かに、警察や検察の主張はそのとおりです。そして、今、あなたが呼んだ証人は、被告人にとってゴヤの絵がいかに重要で、そこからどれだけ多大な影響を受けたかを明らかにしてくれました。だとすると、わざわざ証人を呼んで、被告人とゴヤの絵の強い結びつきを示すことは、弁護側にとって、むしろ不利になるのではありませんか？」

「いいえ、裁判長」クローディアは動じることなく答えた。「さっきも申しあげたように、これまで警察のコルソ警視と、予審判事のチュレージュ氏は、被害者の殺され方がゴヤの『赤い絵』に似ているという一点から、被告人の『赤い絵』に対する情熱と殺人を関連づけてきました。しかしながら、『赤い絵』に対するソビエスキの関心には、まったく別の理由があるのです。ええ、この裁判で審理されている殺人事件とは、まったく関係のない理由が……」

　それを聞くと、コルソはガラス張りの被告席にいるソビエスキに目を走らせた。そして、その様子に打ちのめされた。というのも、ソビエスキが以前のように、狡猾な、勝ち誇った表情を浮かべていたからだ。その目の輝きを見ただけで、コルソは自分が負けるかもしれないという気がした。

　その恐れを現実のものにするかのように、クローディアが被告席に近づき、ソビエスキに話しかけた。

「今、問題になっているゴヤの『赤い絵』の連作は、二〇一三年に発見されて、今はマドリードにあるチャピ財団の美術館に展示されています。そこで被告人に伺いますが、あなたはどうして、この『赤い絵』の三枚に、そんなに興味をお持ちなのでしょう。よろしかったら、話してくださいませんか？」

　すると、ソビエスキは目の前のマイクのほうにかがみこみ、裁判長の目をまっすぐに見て言った。

「裁判長、それはまったく単純な話なんです。その三枚の絵は、私が描いたものだからです」

71

法廷内は一瞬、ざわめいた。が、それほど大きなざわめきにはならなかった。というのも、ほとんどの者が声を出すより先に、驚きで凍りついていたからだ。裁判長が事態を収拾しようと、クローディアに向かって言った。

「ミュレール弁護士、法廷は舞台ではありません。思いがけない展開で、傍聴席を驚かす必要はないのです」

だが、クローディアは再び裁判長の席に近づくと言った。

「裁判長、ここで被告人は罪を告白します。ですが、それはソフィー・セレとエレーヌ・デスモラの殺人事件に関する自白ではありません。別の事件に関するものです。ただし、その自白を聞いていただければ、ソフィーとエレーヌの事件について、被告人が完全に無罪であることがわかると思います」

「被告人が完全に無罪だとわかる？　では、どうしてもっと早くにそうしなかったのです」

「本人の話をお聞きになれば、それはおわかりいただけると思います」

裁判長はうんざりした顔をした。明らかに不機嫌になっている。

「被告人、話してよろしい」

コルソはソビエスキを見つめた。法廷の高い位置にある窓から、夏の光が舞台のスポットライトのように、ソビエスキの姿を浮かびあがらせている。ソビエスキは昔のように力を取り戻していた。昨日は黄色いジョギングウェアを着ていたが、今日は明るい色の細い縞模様のシャツに白いネクタイ、そしてトレードマークの白いスーツを身につけていた。だが、白いボルサリーノの帽子はかぶっていない。法廷での着用を禁じられたものか、あるいはかぶらないほうがいいと、クローディアから助言されたのかもしれない。いずれにせよ、その姿はブライアン・デ・パルマ監督の映画『アンタッチャブル』に出てくるフランク・ニッティに似ていた。

「裁判長」ソビエスキが静かな声で語りはじめた。「先ほど話があったように、絵を始めた頃、私は図書室の画集の絵を模写して勉強しました。最初は鉛筆を使ってデッサン画を真似て……。色の使い方を教わってからは、油絵の模写を始めました。特にゴヤを……。まだ下手くそでしたが、経験が浅いことを考えれば、かなりのもの……」

「被告人は余計なことを言わないように！　事実だけを話してください」裁判長がいらいらした声で先を急がせた。

ソビエスキはニヤリとすると、眉をあげて廷内を見渡した。その姿に、コルソは以前のソビエスキの面影を見てとった。悪賢い顔、偽りの謙虚さ、そして口元には薄笑い。ソビエスキは、一年間の刑務所暮らしで打ちのめされたわけではなかった。自分の時が来るのを待っていただけなのだ。

「でも、ゴヤは私の情熱なのです」

「その話はすでにオディシエ教授から聞きました」

「いいえ。先生は私がゴヤの絵に取り憑かれたと言っただけです。そうではありません。私がゴヤの絵の模写を続けた目的は、私自身がゴヤになることだったんです」

だが、裁判長はその言葉には取りあわず、事実の確認のほうに注意を向けた。

「そうすると、刑務所を出たあとも、あなたはゴヤの絵の模写を続けたんですね」

「いいえ、その時はもっと先を行っていました。私は新しいゴヤの絵を描いていたんです。つまり、ゴヤのスタイルや技巧をすっかり自分のものにしたうえで、その時代のゴヤだったら描く作品を——私がゴヤになって描いていたのです。完成した絵は自分で持っていましたが、自分自身の作品よりも、そちらにずっと満足していました。ちなみに、自分自身の作品とは、自分のスタイルで、自分の技巧で描いたもののことです」

裁判長は冷ややかなままだった。ひだのある、赤い法服に身を包んだその姿は、トランプのダイヤのキングに似ていた。だが、ソビエスキはジョーカーだ。抜け目なく、腹黒く、どのカードにもなることができる。

「私はこの時代には向いていないんです」ソビエスキは続けた。「現代絵画なんかくそくらえです。自分を売り込むためにいろいろと新しい試みをするが、その実、新しいものなど、何ひとつ生みだしちゃいない。私自身の絵だってそうです。つまり、私が自分の名で署名した絵ということですが……。それだって、ほかの現代絵画同様、大量に出まわっている、くだらない絵のひとつです」

「つまり、あなたの絵は独創的なものではないと？」

「はい」ソビエスキは力強く言った。「もちろん、私なりの個性はあります。でも、そんなものは、特に驚くようなものではありません。歴史に残るようなものでもありません。絵画史という大きなうねりの中で見ると、ほかの凡百の絵と同じように、濃淡の違いでしかありません。決して、独立した輝きを放つものではないのです」

「だから、ゴヤのような絵を描きたかったということですか？」

「いえ、私はゴヤそのものなのです」ソビエスキはマイクに顔を近づけて言った。被告席はガラスで囲まれているので、マイクが必要なのだ。「ゴヤとしてゴヤの絵を描いているかぎり、私は時代を超え、世界を超えた画家なのです」

法廷は静寂に包まれていた。誰もが固唾をのんで、成り行きを見守っている。さっきまでは連続殺人事件の審理が続いていたはずなのに、被告が突然、自分の秘密を告白しだしたせいで、展開ががらりと変わってしまった。そして展開としては、こちらのほうが断然、面白かった。ただ、何がどうなっているのかはさっぱりわからなかったが……。

コルソ自身も、この先、話がどうころんでゆくのか、まったく読めなかった。この話はいったいどこにつながっていくのだろう？　けれども、少なくとも、この告白は本物だという気がした。そして、もしこの告白が本物で、それが今回の事件の無実を証明するものなら、ソビエスキは結局、この裁判を切り抜けることになる。〈たぶん、そういう結果になるのではないか〉コルソにはそんな予感がした。

ソビエスキが話を続けた。

「ゴヤの作品の中で、いちばん私が惹かれたのは『黒い絵』の連作でした。絵のスタイルももちろんですが、それだけではなく、この絵を描いた時のゴヤ自身の状況に強く気持ちを動かされたのです。というのも、これを描いた時、ゴヤはすでに年老いていて、病気で、耳も聞こえず……」

「被告人は、事件に関係のある事実だけを述べてください」裁判長が言った。

だが、ソビエスキはまるでその言葉が聞こえなかったかのように、話を続けた。

「この『黒い絵』の連作を、ゴヤはカンバスにではなく、家の壁に描きました。『黒い絵』の連作というのは、ゴヤの頭に浮かんだ悪夢や幻覚、妄想を絵にしたものですが、ゴヤはそれを、漆喰を塗った壁に油絵の具で描いたのです。どうして、そういったものをテーマに選んだのか？　それは、そうするよりほかに、しかたがなかったんです。ゴヤは年をとって、耳も聞こえず、まさに《聾者の家》と名づけられた家にひとりぼっちで暮らしていました。しかも、スペインはそれに先立つ二十年もの間、戦争の惨禍に見舞われています。そういった状況で、音のない世界に閉じこめられていたのですから、記憶の底から浮かびあがる暗いイメージを絵にするしかないではありませんか。後にゴヤの絵を描きはじめた時、私はゴヤとして、この同じやり方をしました。独房の記憶から浮かびあがってきた恐ろしいイメージを絵にするというやり方を……。そうです。何年もの間、私もゴヤと同じ《聾者の家》で生きてきたのです」

その《聾者の家》という言葉に引きずられたわけでもないだろうが、裁判長は耳の悪い人に話しかけるように、さらに大きな声で言った。

「被告人に訊きます。その話はソフィー・セレとエレーヌ・デスモラの殺人と何か関係があるのですか？」

しかしソビエスキは、「ちょっと待って」とでも言うように裁判長の言葉を制止すると、先を続けた。

「私だって、刑務所を出てすぐに有名な画家になったわけではありません。インタビューを受けるようになったのは、比較的最近のことです。刑務所を出たら自分の力で食べていかなければなりませんから、当然、仕事を見つける必要があります。そうやって、ほかの出所者たちと同じく、〈社会復帰〉をするわけです。私の場合は、古い絵画を修復する工房で、その作業を手伝う仕事でした。ええ、出所者の社会復帰を支援する団体が見つけてくれたのです。本当です。調べてくれればわかりますが、私はそこで三年間、昼夜を問わず、働いたのです。そして、あらゆる技術を習得しました。時には法に触れることをするための技術も……。もちろん、その工房では使いませんでしたが……。でも、そのあといろいろな伝手ができると、私はいつしか絵画の贋作を手掛けるようになったのです。複製ではなく贋作を……」

裁判長は時計を見た。だが、ソビエスキの話を止めることはなかった。数日前、裁判が始まった時には、確かに殺人事件の話をしていたのに、今は絵画の贋作の話に変わっている。死体はいつの間にか、絵画にすり替わってしまったのだ。重罪院の法廷でこんなことが起こるのは、めったにあることではない。裁判長はまた時計を見て、それからソビエスキを見た。話を事件に戻そうか、このままソビエスキの話を聞こうか、迷っているのだ。ソビエスキが続けた。

「そうですね。『黒い絵』の贋作を作ることができるようになるまでには、四年かかりましたよ。しかし、それだけかかって、私はゴヤのスタイルを完全に自分のものにして、自分がゴヤになったわけです。ただ、『黒い絵』の連作はマドリードのプラド美術館にあるので、真作と偽って流通させることはできません。本物の在処（ありか）がわかっていますから……。贋作というのは、美術館とか個人のコレクションにある真作とすり替えたり、有名な画家の埋もれていた作品が発見されたと偽ったりして、世に出すものなのです。ただし、そこで問題になるのはスタイルを真似るなどの技巧の問題ではありません。もちろん技巧も大切ですが、それよりももっと物理的な問題が重要になるのです」

「物理的な問題とは何です？」結局、話を聞きたいという気持ちのほうが勝ったのだろう、裁判長は尋ねた。

それを聞くと、ソビエスキは咳払いをした。昨日までの無表情とは打ってかわって、今は喜びに輝いた、生きいきとした表情になっている。これまでの波乱万丈の生涯を象徴するように、ソビエスキはまたもやどん底から這いあがってきたのだ。それはまるで壮大なマジックを見るようだった。

「贋作づくりというと、スタイルを真似するのが難しいと考えがちです。でも、それは問題のひとつでしかなく、またいちばん重要な問題でもありません。贋作でいちばん難しいのは、物理的な問題です。つまり、贋作が確かにその時代に描かれたことを裏づける、科学技術的な問題です。というのも、たとえば、過去の巨匠の埋もれた作品が発見されたというニュースがどこかで流れたとしましょう。その作品は当然、専門家の鑑定に付されるわけですが、この時、真っ先に行われるのが化学分析です。カンバスはその時代のものか、絵の具の成分はその時代に使われていたもので、現代のものが混ざっていないか、そういう調べ方をするのです。ですから、現代の贋作者の敵は、細かな筆のタッチから真贋を見分ける鑑定家の目ではありません。科学の力で真贋を見分ける化学分析器なのです」

「どうやら、さらに話がずれてしまったようですね」裁判長が言った。「被告人はすみやかに殺人事件のことに話を戻してください」

「今、話します。贋作を制作する時、私はカンバスの古さや、絵の具の成分、そして絵の具の乾き方などに大変な注意を払って、特に絵の具を乾かす時には、あらかじめ決めた手順をしっかり守るようにしています。ソフィー・セレの殺人があった夜、私は贋作づくりの仕上げとして、そうした作業をしていたのです」

「そのことを証明できますか？」

「はい、その時はひとりではありませんでしたから……」

「誰と一緒にいたのですか？」

「ジュノン・フォントレイとです」

法廷内にざわめきが起こった。コルソは竹林の奥にある女性彫刻家のアトリエで、ブロンズの像を磨いて、「こんな古くさい像、ごみ箱に捨てちゃいたい」と話していた娘の姿を思い浮かべた。確かにそんな像を磨くくらいなら、ソビエスキを手伝って、ゴヤの贋作を作るほうが、はるかに魅力的で、わくわくすることだったのだろう。

「では、昨日の証言とは違って、その夜は、あなたとその……マドモワゼルの間に、性的関係はなかったのですね？」裁判長が尋ねた。

「いいえ、ありましたよ」ソビエスキはそう言って笑った。「絵の具を乾かしている間にね」

「ふざけるのはやめなさい」裁判長は大声を出した。「絵の具を乾かしていたかどうかは別として、その証人なら、その夜はあなたと過ごしていたと、昨日、証言したばかりではありませんか。同じ証人を持ちだしてくるなら、この話にこれ以上、時間を割くことはできません」

それを聞くと、ソビエスキは深くため息をついた。まったく芝居がかった態度だ。〈信じるか、信じないか、それが問題だ〉というわけだ。

「窯を調べるだけでわかりますよ」ソビエスキが言った。

「何の窯です？」

「贋作を作るには、絵の具の乾燥がとても大切なんです。たとえば、二百年前の画家の贋作を作るなら、絵の具は二百年くらいたったように乾いていなければならない。私はアトリエに、そのための窯を設置しました。絵の具を素早く乾かすと同時に、年代物のように固くすることのできる窯です。それを使うと、今、描いたばかりの絵が二百年前の作品になるのです」

コルソはアドリアン・レヌ通りの家宅捜索に行った時に、秘密のガレージに窯があったことを思い出した。それを最初に見つけた時、あれは被害者をばらばらにして焼くためのものだとバルバラと考えたものだ。では、ソフィー・セレが殺された夜、ソビエスキはジュノンと一緒に、あの窯で絵の具を乾かしていたというのか？　いや、違う。あの窯のあった古いガレージは、ソフィーの殺害現場なのだから、ソビエスキの証言が正しいとすれば、窯はミシュレ通りのボイラー製作所を改築したアトリエのほうにもあったということだ。だが……。コルソは考えていて、わけがわからなくなった。

「それで？」裁判長が尋ねた。

「それで、できあがった贋作はその窯に入れて、絵の具を焼成するのですが、そのためには窯の温度をいくつかの段階で、細かく調整していく必要があります。それができるのは私だけです。何時間も時間をかけてカンバスを乾かし、硬度を確認して、また乾かします――その作業を何回も繰り返すのです」

「しかし、あなたの言葉だけでは、そのことは信じられませんね。では、その夜に窯に入れた作品はどこにあるんです。なんという画家のなんという作品の贋作なのです?」

ソビエスキはガラス張りの被告席で、一歩、後ろにさがった。

「あの作品についてはお話しできません」

「なぜです?」

「職業倫理というやつです。あの夜の作品は、たぶん今頃、どこかの美術館にありますよ。じゃなければ、私が燃やしてしまったか。出来の悪い作品は燃やすことにしていますから……。まあ、これは私だけの問題ですが……」

「被告人、今は自分が自由の身になるかどうかが、かかっているんですよ」

「窯の記録装置を調べてください。そこには、その日に実行されたすべての操作が記録されています。専門家を呼んでください。そのプログラムは誰も細工することができないようになっているんです。その日の記録を見れば、殺人のあった時間に、私がアトリエにいたことが証明できます」

裁判長が肩をすくめて、両腕を広げた。法服の赤い袖が優雅に動いた。

「被告人、いったい、この話をどうやって信じろと言うんです?」裁判長は親しげな口調で話しかけた。

「その時に絵の具を乾かしていた作品の名前も言えないのに……。そもそも、あなたが本当に贋作画家かどうかということさえわからない」

「私が贋作画家である証拠は、マドリードにある『赤い絵』の連作を分析してもらえばわかります。最初に言ったように、あれは私が描いたものですから……」

「しかし、美術館のほうは、購入の時に検査しなかったのですか？」裁判長は訊いた。

「もちろん、しましたよ。でも、私はしっかり仕事をしていますからね。当時のカンバスにさらに自分で手を入れてから、その上に絵を描いています。顔料はゴヤの時代、十八世紀のものを使っていますし……」

「それでは、本当に古い絵なのか贋作なのか見抜けないのではありませんか？」

ソビエスキは笑みを浮かべた。白いスーツを着てマイクにかがみこんだその姿は、なかなかの見ものだった。やつれたロックスター……。長年の麻薬と淫蕩のせいで、身体はがりがりに痩せて、幽霊のようになっている。だが、その身体からは力がみなぎっていた。

「職業上の秘密なので、あまり告白したくないのですが、私の技術にもひとつ穴があるんです。スペインの専門家が見抜けなかった穴がね。白を使う時、私は当時の画家と同じように鉛白という顔料を使用していますが、それは十八世紀のものではなく、現代のものです。したがって、そのふたつはまったく同じものではないのです。つまり、放射性物質の半減期によって、含まれている元素の量が違ってしまう……」

「少々技術的な話ですな」裁判長が顔をしかめて言った。

「つまりこういうことです。鉛白には鉛二一〇とラジウム二二六という放射性物質が含まれていますが、このふたつはそれぞれ違う半減期で、ほかの物質に変化していきます。したがって、鉛白に含まれている物質を測定すれば、いつの時代につくられたものかわかるわけです。マドリードにある『赤い絵』をこの点から分析してみてください。使われたのが、現在の顔料だとわかるはずです。絵が描かれたのは、ここ十年以内であると……」

「しかし、それだけでは、アリバイの証拠として、まだ十分であるとは……」

それを聞くと、ソビエスキが微笑んだ。

「いや、十分ですよ。私は贋作者で、窯の記録を見れば、その夜、私が贋作を作るために、ひと晩じゅう窯の温度を調整していたことがわかります。それにジュノンの証言があるのですから、これ以上何が必要だと言うのです。もし、私が贋作者だというもっと確実な証拠が欲しいのなら、マドリードの『赤い絵』にエックス線を当ててみるといい。三枚の連作の一枚からは、絵の下に描かれている別の絵が浮かびあがってくるはずだから……。それは犬とクジャクを描いた、狩りの場面の絵です。カンバスも同時代のものを使わないといけないので、あの絵を描くために、私はあの時代のカンバスを購入したのです。なんなら、その狩りの絵を描いてみせてもいい。あの絵の下に何が描かれているか知っているのは、贋作者だけですから……」

廷内は驚きに満ちていた。誰もが呆然とした顔をしている。裁判長のドラージュは明らかに動揺して、なんとか冷静さを保とうとしていた。次長検事のルージュモンと原告代理人のズリタンは、席に貼りついたまま、動くこともできない。ソビエスキは間違いなく、本当のことを言っている。誰もがそう思った。これだけ詳細に説明されたら、反論など、思いつけというほうが無理だろう。

いっぽう、弁護人のクローディア・ミュレールの顔には、勝ち誇った表情があふれていた。

と、誰からも発言を求められていないのに、ソビエスキがまた話しはじめた。

「あなたがたは、私をソフィーとエレーヌを殺した犯人だとして、裁判にかけた。そのうえ、イギリスで起こった殺人事件についても、犯人だと疑っている。では訊くが、直接的な証拠はどこにあるんだ？　ビデオもない、証人もいない、遺体を発見した現場にも何の痕跡もない。あるのは、誰だって細工できるような、アトリエに残された証拠だけだ。窯を調べてくれ。そうしたら、ソフィー・セレが殺された夜、私が自分のアトリエにいたということがわかるはずだ」

　すると、やはりあの夜、ソビエスキはジュノンと一緒にミシュレ通りの自宅のアトリエにいて、そちらにもあれと同じ窯があったのだ。コルソは怒りに震えた。ソビエスキは無罪を勝ちとり、この状況から抜け出そうとしている。そして、自分は重大な捜査ミスを犯した刑事として、これからずっと生き恥をさらしていかなければならないのだ。

「よろしい」裁判長が言った。「つまり、被告人は殺人で刑務所に行くよりは、贋作を制作した罪で刑務所に入ったほうがよいと判断したわけですね。まあ、それは当然でしょうが……」

　だがそれを聞くと、ソビエスキが言下に否定した。

「そうじゃありません、裁判長。私は自分がやったことについて裁かれたいのです。自分のやっていないことについて裁かれたくはありません」

「しかし、被告人もこれまで贋作を制作していたことは隠していたでしょう？」少しむきになって、裁判長が言った。

「それはそうですよ」ニヤッと笑って、ソビエスキは答えた。「誰だって、面倒は避けたいですからね」

「そんなふうには見えないが……」

「私は画家です。私はゴヤなんだ。私を刑務所に入れるがいい。そして筆と絵の具をくれ。そうすれば人生を続けていける」

　その言葉に、コルソは、ソビエスキの本当の狂気を見た気がした。殺人者の狂気ではなく芸術家の狂気だ。ついていけないと思うと同時に、心を惹きつけられる。陪審員たちのほうを見ると、すっかり思考が麻痺して、この男に魅了されてしまったようだ。

これが裁判というものだ。コルソはいつものように、指の間から正義がこぼれていくように感じた。砂がさらさらと細くすべりおちていく感じではない。思い切りひねった水道の蛇口から、水が勢いよく流れだしていく感じだ。

「休廷にします」裁判長が宣言した。「審理は午後から再開します」

72

午後の審理はジュノン・フォントレイに対する証人尋問から始まった。

「なぜ、本当のことを言わなかったのです？」裁判長が尋ねた。

「本当のことを言いました」

「ソフィー・セレが殺された夜、あなたはずっとソビエスキと性的関係を持っていたと言いましたよ」

「彼の仕事を手伝ったとも言いました」

「どんな仕事か、はっきりとは言いませんでしたね？」

「誰もそのことを聞かなかったからです」

「それではもう一度、確認します。あなたは二〇一六年六月十六日の夜から十七日の朝にかけて、フィリップ・ソビエスキが贋作を制作するのを手伝ったのですね？」

「はい」

「その絵はどんな絵ですか？」

「わかりません」

「わからないとは、どういうことですか？」

「全体は見ていないんです。あたしがやったのは細部だけですから……」

ジュノン・フォントレイが嘘をついているのは明らかだった。どんな絵なのか明かしてしまうと、ソビエスキに迷惑がかかると思ったのだろう。なぜだか知らないが、ソビエスキはそれについては秘密にしておきたかったのだ。だが、ジュノンは別に怯えているようではなかった。後悔している様子もない。それよりも、怒っているように見えた。髪が乱れて、頬が紅潮している。目はまっすぐに裁判長を見つめていた。見ようによっては、髪をつかまれて、無理やり証言台まで引きずられてきたようにも見える。

「どのくらい前からソビエスキを手伝っているんですか？」

「一年くらいです」

「最初からすべて話してください」

そう言うと裁判長は、これからこの小娘を絞りあげて全部吐かせてやる、といった顔をした。この法廷ではこれまで裁判長を小馬鹿にしたり、その指示に逆らう者が多かったので、この機会に意趣返しをしようというのだろう。

「最初は買い物を手伝ってたんです」ジュノンは答えた。「彼のために絵の具やカンバスを買って……。あ、カンバスの枠もです。それから、帳簿もつけました。帳簿は結構、大変でした。フィリップはこれについてはうるさくて、完璧なものを求めたからです」

「仕事を手伝っていて、何か変だと思ったことはありませんでしたか？」

「ありました。あたしが買い物するほかに、自分でおかしなものを買ってたから……」

「どんな物ですか？」

「古い布とか……。どうでもいいようなものです」

「仕事はどちらでしていたのですか？」

「彼のアトリエの事務室です。つまり、正式なアトリエのってことだけど……」

「もうひとつの、アドリアン・レヌ通りのアトリエに連れていかれたのはいつですか？」

「えっと、半年くらいあとだったと思います。そっちは秘密のアトリエで、絵の具の実験とか、誰にも知られちゃいけない研究をしているとかで……」

「その言葉を信じたのですか？」

「どちらとも言えません。そこに行くと、彼は自分で絵の具を作ったり、化学薬品の試験をしているみたいでした。でも、あそこにはすごく大きな窯があって……。それは変だと思いました」

ということは、ミシュレ通りの自宅のアトリエには窯がないのか？　コルソは思った。そうすると、ふたりは窯の調整をしながら、ソフィー・セレを殺したのだろうか？　それなら、ジュノンも共犯になる。コルソはまたわけがわからなくなった。

「そんなところで、ふたりきりでいて、怖くはなかったのですか？」

「いいえ、全然。もうずっと前から一緒に寝ていましたから」

それを聞くと、裁判長は鼻白んだような顔で、ため息をついた。

「被告人は贋作を制作していたということですが、それを知ったのはいつですか？」

「もっとあとのことです。彼は、自分の中にはふたりの画家がいるのだと言いました。ひとりは、あたしが知っている画家で、もうひとりは……ゴヤそのものだと」

「それを聞いて、あなたはどう思いましたか？」

ジュノンはかすかに笑みを浮かべた。鼻が高く突きでて、口も大きいので、その顔はちょっと鳥のようだ。おそらく最初の興奮が収まって、落ち着いてきたのだろう。その顔には明晰さが表れていた。明るい色の瞳は、毅然としているようにも、夢見ているようにも見える。この娘がソビエスキの共犯として、ソフィーを殺すことがあるだろうか？　いや、ありえない。コルソは心の中で否定した。だが、そうすると……。

「自分はゴヤそのものだと彼が言うのを聞いて、どう思ったかということですか？　別におかしなことだとは思いませんでした。やっぱり、彼は天才だと思いました」

裁判長が苦虫を嚙みつぶしたような顔で、何かもごもごとつぶやいた。たぶん、罵り言葉を口にしたにちがいない。

「贋作を作って売るというのは、単なる詐欺行為だと、あなたはわかっていましたか？　芸術でも何でもなく、金儲けのための手段にすぎないと……」

「彼はそんなふうには言っていませんでした」

「それは当然だと思いますが……。そんなことを本人が言うわけがありません」

「違うんです。彼はゴヤのような絵を描きたかったんじゃないんです。自分がゴヤになって、ゴヤが描く絵を描きたかったんです。過去からほとばしりでてきたような作品を……。彼は……」そう言うと、ジュノンは声を震わせながら続けた。「自分は時空に裂け目を作ったのだと言っていました。ゴヤの作品が現代によみがえるように……」

少しの間、沈黙が続いた。ジュノンはソビエスキのほうに熱いまなざしを向けると、言った。

「その時の彼は……とっても魅力的だったんです」

「ですが、違法行為ですよ。少なくとも、それをゴヤの作品だと言って、売ったりしたら……」

それを聞くと、ジュノンは肩をそびやかし、澄んだ瞳でまっすぐに裁判長の目を見て、言った。

「あたしは四年前からパリ国立高等美術学校で勉強をしています。学校では、デッサンや絵画、彫刻について教えられ、いくつも研修を受け、何人かの有名な画家のもとでアシスタントもしました。でも、フィリップと一緒にいた数カ月の間ほど、芸術について多くを学んだことは、これまで一度もありませんでした。彼といる時は、絵画の神髄に触れることができたんです」

その言葉はこの法廷にいた誰の心にも届いた。贋作の制作は違法行為だとしても、それが神聖な意味を持っていると知れば、受け取る側の気持ちも変わってしまうのだ。先ほどまで、下世話な好奇心から贋作に興味を持っていた人々は、ソビエスキとジュノンの芸術に対する熱い思いに打たれ、敬虔な信者が教会で神父の言葉を聞くように、宗教的な気持ちになった。

「では、ソフィーが殺された夜の話に戻りましょう」裁判長が言った。「その夜の数時間、あなたはソビエスキのために何をしたのですか？」

「あたしは彼がカンバスを窯に入れて、絵の具を焼成するのを手伝いました。それによって、絵の具は数世紀前に描かれたものと、同じだけ乾くことになるんです。でもそのためには、フィリップがひと晩じゅう窯を見守って、焼成がうまくいっているかどうか、確認しなければいけません。それがあの夜、あたしたちがしていたことです」

「あなたは、この証言によって、自分が刑務所に行くことになるというのは、わかっていますか？」

「はい」

「まだ、ほかに言うことがありますか？」

ジュノンは姿勢を正した。それはまるでジャンヌ・ダルクのような誇り高き敗北者の姿だった。最後にもう一度、裁判長の目をまっすぐに見つめると、ジュノンははっきりと言った。

「あたしは何も後悔していません」

その言葉を聞くと、おそらく法廷で拍手が巻きおこってしまってはと困ると思ったのだろう、裁判長がすかさず閉廷のための木槌を手にとった。

が、その瞬間、

「ひとつだけ、証人に確かめたいことがあります」

次長検事のルージュモンが言った。そして裁判長が許可を与えると、ルージュモンは続けた。

「ソフィー・セレが殺された夜、被告人とあなたは、アドリアン・レヌ通りのアトリエ——つまり秘密のガレージで贋作を作っていたんですね？」

ジュノンはうなずいた。それを確かめると、ルージュモンは続けた。

「その秘密のガレージは、当夜、ソフィー・セレが殺害された場所だと目されています。もしそうなら、証人の証言も、窯の記録装置も、被告人が犯行現場にいなかったというアリバイを証明することはできないのではありませんか？」

法廷にどよめきが起こった。確かにそのとおりだ。コルソもずっと気になっていたので、どういうことか知りたかった。

その時、弁護人のクローディア・ミュレールが発言を求めた。

「裁判長、そして陪席裁判官と陪審員の皆さん、それこそがまさしく被告人の無罪の証拠なのです。アドリアン・レヌ通りのアトリエはソフィー・セレの殺害現場ではありません。エレーヌ・デスモラの殺害現場でも……。あそこに残っていた指紋や血痕、DNAは、誰かが被告人を罪に陥れようとして、つけたものです。被告人は罠にはめられたのです」

法廷にどよめきが起こった。このままで収拾がつかなくなると危惧したのか、裁判長のドラージュが今度こそ木槌を打ちおろして、閉廷を宣言した。

「新たな事実が出てきたこと、またすでに証拠として提出された事実の再検討が必要であること、それから証人及び被告人の供述内容の真偽を確認するために、調査及び鑑定を行うことが必要となること。以上の理由に鑑み、当法廷は追加捜査を実施することとし、その任務を司法警察本局の《文化財不正取引対策本部》に託すことにする。今後の審理は、そういった調査の結果を待って、二〇一七年十一月二十二日に再開するものとする」

裁判長の最後の言葉が終わると、法廷内は喧騒に包まれた。裁判官たちは黙って立ちあがり、足早に退廷していった。陪審員たちは、何があったのか状況を理解できず、互いに顔を見合わせていた。次長検事と原告代理人は呆然としたまま、その場を動けないでいた。

いっぽう右側の席では、弁護人のクローディア・ミュレールと被告人のソビエスキが、被告人席のガラス越しに手を合わせていた。それはまるで、刑務所の面会室で恋人同士がガラス越しに手を合わせているように見えた。つまり、ふたりはそういう関係なのだろうか？

コルソはとりあえず、廊下に向かって流れる人の群れについていった。マスコミは極度の興奮状態に陥っていた。カメラマンは出口から人が出てくるたびにフラッシュをたき、ラジオのレポーターは誰かれかまわずマイクを向け、司法担当記者は携帯を耳に当てっぱなしで、第一報を送っていた。

その雑踏からなんとか抜け出すと、コルソは建物の脇の〈関係者専用出入口〉に向かった。おそらく、これでソビエスキは無実を勝ちとるだろう。完敗だった。だが、それでもクローディアに会って、潔く自分の負けを認めたかった。自分の能力が劣っていたと伝えたかった。だが、石段をおりたところには誰もいない。と、その時、

「コルソ警視」脇のほうから声がかかった。

振り向くと、そこにクローディアがいた。柱のそばで静かに煙草を吸っている。白と黒の法服が海賊の旗のように風にはためいていた。

「あなたはいい捜査官よ。その点は間違いないわ。でもね、この事件の真実が何かは、あなたにはわからない。ソビエスキは天才だけど、あなたは普通の警察官だから……」

73

車は《パレ・ド・ジュスティス》の裏手にあたるドーフィーヌ広場の近くに停めていた。そこまで行って車に乗りこもうとした時、コルソは誰かに呼びとめられた。振りむくと、そこには次長検事のフランソワ・ルージュモンがいた。淡い色のスーツを着て、立っている。

「一緒に来なさい」

それは命令だった。十五分後、コルソは、ソルボンヌ大学近くにあるエコール通りの《バルザール》という店に連れてこられていた。またブラッスリーだ。セピア色の写真を見ているような古き良き時代へのノスタルジーにあふれた店……。だが、その古き良き時代というのは、いつの時代のことだろう？　コルソは思った。

ルージュモンのあとについて店の奥のテーブル席まで行くと、そこにはまるで陰謀を巡らすかのように、三人の男女が待っていた。ひとりはすぐにわかった。予審判事のチュレージュだ。予審判事は以前、クローディアのことを「あの女には、そうとう手こずることになりそうだぞ」と言っていた。〈お説のとおりで〉苦笑ぎみに笑いかけてくる予審判事を見ながら、コルソは心の中で返事をした。

あとのふたりについてはすぐにはわからなかったが、しばらくして、原告代理人のソフィー・ズリタンと裁判長のミシェル・ドラージュだと気づいた。すぐにわからなかったのは、ふたりとも法服姿ではなく、私服を着ていたからだ。ソフィー・ズリタンは半袖の白いワンピースに身を包んでいて、小柄でずんぐりした体型とワッフルのようなブロンドの髪と合わせて見ると、金色のふたがついた白い磁器のティーポットのように見えた。タデと一緒に見た、人形アニメによるラヴェルのオペラ『子どもと魔法』の登場人物のようでもあった。裁判長のミシェル・ドラージュは半袖のピンクのワイシャツを着ていて、どこかの会社の支店長といった雰囲気だ。

〈法服を脱いでしまえば、中身はこれか〉コルソは思った。法廷という権威がなくなったら、どこにでもいるような男や女にしか見えない。自分の評判や年金のポイントのことばかり心配している、ただの平凡な連中にしか……。

「みんな、スマホの電源を切ってテーブルの上に置いてくれ」ドラージュが命令した。

コルソは笑いだしそうになった。まさに、これから陰謀が始まるのだ。その場にいた全員がその命令に従うと、誰にともなく、ドラージュが言った。

「さあ、どうする？」

法服を脱ぐと同時に、気取りもてらいも脱ぎすてたらしい。

「ご自分で審理の最後におっしゃったでしょう」予審判事のチュレージュが答えた（ということは、予審判事も傍聴人席の中にいたのだ）。「追加調査のために捜査を再開し、『赤い絵』の鑑定を命ずると……」

「我々は贋作についての裁判をしているわけじゃないんだ」次長検事のルージュモンが不満を漏らした。

「しかし、ソビエスキが贋作者であるかどうかは、裁判のポイントになる。だから、まずはこれが事実かどうか確かめなければならないだろう」チュレージュが言った。

するど、椅子の上で落ち着きなく身体を動かしていたソフィー・ズリタンが口を開いた。香水の匂いが、目に見えない妖精のように、テーブルのまわりに漂っている。

「スペインの裁判所と一緒に仕事をすることになるのかしら？　そうなったら、悪夢ね。国際的な司法手続きは大変なんだから……。書類は山のようだし、証拠品を送ってくれと言うと、いちいち税関で留められるし……。ものすごく時間がかかるわ」

「そうともかぎらないさ」チュレージュが答えた。「警察の《文化財不正取引対策本部》がチャピ財団を説得して、『赤い絵』を貸してもらうことができれば、フランス国内ですべての検査を実施できるだろう。詳しいことはまったくわからないが、たぶん、数カ月ですむことなんじゃないかな」

「チャピ財団がオーケーするはずないわ」ズリタンが反論した。「だって、『赤い絵』が真作だとしたら、ものすごい価値があるんだもの」

「でも、逆に言えば、それが真作なのか贋作なのか、財団としても知りたいはずだと思うんだが……」チュレージュが言った。「それから、アリバイの問題も考えないといけない。アドリアン・レヌ通りの秘密のガレージにある窯の記録装置を調べて、ソフィー・セレが殺された夜に、ソビエスキが窯の前にいたかどうか、確認しなければならない。だが、たぶん、ソビエスキは本当のことを言っていたんじゃないかな。私にはそんな気がする」

コルソは目の前で起きていることが信じられなかった。ジャーナリストの目の届かないところで、裁判官と検事、予審判事、それから原告代理人が一緒にコーヒーを飲んで、裁判の方針を相談しているのだ。これはもちろん、あってはならないことだ。職業倫理にもとるし、法律違反でもある。この場に足りないのは、弁護士のクローディア・ミュレールだけだ。

ズリタンがまた口を開いた。ブロンドの髪が天窓から差しこんでくる日の光に、きらきらと輝いている。

「ソビエスキの言ったことが本当だとすると、私たちはおしまいね。ディアーヌ・ヴァステルと、〈快楽の介助人〉とか言っていたセックスのコーチの証言、それからあのイギリス人の証言があるし、帽子の娘もはっきりと証言していた。これで窯の記録装置を調べて、ソフィー・セレが殺された夜に、ソビエスキが秘密のガレージにいたことがわかれば、陪審員たちはソビエスキに無罪の判決を下すでしょう」

誰もが沈黙した。今や怖いのは、自分たちに対する糾弾のようだ。だが、裁判長もそうなのだろうか？　裁判長は検察と馴れあいの関係で、いつも検察の望む方向に審理を導いているのだろうか？

と、次長検事のフランソワ・ルージュモンが言った。

「だが、それは殺人現場がどこかという問題と密接に絡んでいる。ソフィー・セレとエレーヌ・デスモラの指紋や血痕、DNAが示すように、殺害現場があの秘密のガレージなら、そんなアリバイの証拠は意味をなさないことになる。そうでなければ、あの女弁護士が言ったように、殺害現場は別の場所で、ソビエスキは罠にはめられたことになる。そうだ！　窯の調整は、あのジュノンという美大生がやって、その間にソビエスキが別の場所でソフィー・セレを殺した可能性も……」

それを聞くと、

「フランソワ、やめてくれ」ドラージュがたしなめた。「やつが贋作の焼成作業をジュノンに任せておくはずがないだろう。美術学校を卒業したかしないかの小娘に……」

「でも、やつが実際に焼成作業をしたかどうかは、その時に窯に入れた絵を調べてみないと……。窯の装置に残されている記録どおりに焼成すれば、その絵で使われた絵の具がまさにその硬さになると、実証実験をして証明しなければ——というより、その硬さにはならないと証明しなければ……。そのためには、ソビエスキを叩いて、どこにその絵があるかを吐かせる必要がある」

「だが、やつは口を割らないだろう」ドラージュが言った。「なぜだか知らないが、それだけは言わないと決めているようだからな。それに問題はどの絵を焼成したかではなく、そのやり方がきちんとしていたかどうかだ。記録装置は、焼成がプロの手で成されたかどうかを証明するんだ。したがって、我々としては窯のプログラミングが細工できるようになっているかどうかを調べたほうがいい。もし細工できないなら、ソフィーの言うとおりだ。我々はおしまいだ」

要するに、ここに集まったメンバーは今日の審理の結果を受けて、ソビエスキを有罪にすることは無理のようだと感じて、自分たちが笑い者にならないようにするにはどうすればいいか考えているのだ。

だが、それなら自分はどうしてここに呼ばれたのだろう？　コルソは不思議に思った。

と思う間もなく、全員がこちらを見た。

「コルソ警視、ソビエスキが無罪になるなら、別の犯人が必要だ」ドラージュが強い口調で言った。

「と言うと？」

「きみはこの事件の捜査を指揮した。事件に関連した資料は頭の中に入っているだろう？　裁判を再開する前に、別の容疑者を見つけることができると思うか？」

確かに、それまでに別の容疑者を見つければ、司法のメンツはどうにか保つことができる。見ると、裁判長だけではなく、次長検事も、原告代理人も、予審判事も、全員が返事を待っている。コルソは喉がからからに渇くのを感じた。だが、注文したペリエには手をつけなかった。

「私は何週間もこの事件を捜査して、ほかの手掛かりも詳しく調べてみました。でも、ソビエスキを除いて、誰ひとりとして容疑者として浮かびあがってくる人間はいませんでした」

「ソビエスキは、『自分は罠にはめられた』とずっと言いつづけているね？」予審判事のチュレージュが言った。

「それについては、判事ご自身もお調べになったことと思います。ソビエスキの刑務所時代の仕打ちを恨んで、罠にはめようとした元受刑囚がいたのではないかと……。けれども、そういったことができるほど計画的な行動をとれる者はいなかったとか……」

その言葉に、予審判事は渋々うなずいた。

「だから、きみに、誰か容疑者を見つけてほしいんだ」ドラージュが言った。「ソビエスキを罠にはめた男でもいい。まったく別の人物でもいい。誰でもいいから……」

「私はもう警視庁の犯罪捜査部の刑事ではありませんよ」

「私が捜査を指示したのは犯罪捜査部ではなく、司法警察本局が管轄する《文化財不正取引対策本部》だよ。きみはちょうど、トロワ・フォンタノ通りに勤務しているんだろう？」

「私が在籍しているのは薬物密輸取締本部です。まあ、《文化財不正取引対策本部》も同じ建物の中にありますが……」

「それなら、きみを《文化財不正取引対策本部》に異動させればすむ話だ。かまわんだろう？」

コルソは、すぐには返事をしなかった。本当のことを言えば、頼まれずとも、密かに捜査を行うつもりだった。一年以上前から、ソビエスキが犯人であると信じて行動してきたのに、今やすべてが無駄な努力に終わり、殺人犯がいなくなってしまうなんて、どうしても許せなかった。頼まれなくても捜査はする。だが、それは別の容疑者を見つけるという方向ではなかった。

「そんなに急に私を異動させることは難しいと思いますが……。でも、捜査には、すぐに取りかかります。《文化財不正取引対策本部》と連絡をとって、私自身は隠密に行動しますよ」

それを聞くと、みんなは満足した顔を見せた。

するると、あいかわらず落ち着きなく身体を動かしながら、原告代理人のソフィー・ズリタンが質問してきた。それはコルソの考えを端的に訊く質問だった。

「あなたはどう思っているの？」

「何をです？」

「ソビエスキが無実かどうか」

それを聞いて、コルソは手の内をすべて見せることにした。

「捜査を重ねた結果、昨年の夏、私はソビエスキが犯人だと確信しました。それから一年たって新しい事実が出てきたわけですが、私は自分の確信が間違っていたとは思いません。ええ、いくら新事実が出てきて、ソビエスキに有利な状況ができあがってきたとしてもです。私はソビエスキという人間をよく知っています。だから言えるのですが、犯人はあの男に間違いありません。では、アリバイの証拠はどう考えるのかということですが、ソビエスキのアリバイは決して鉄壁ではありません。おもな証言者は愛人だし、ほかの証言者だって金で証言を買うことができます。窯の記録装置だって何か細工をしたか、そもそもあの場所で焼成を行いながら、ソフィーを殺した可能性だってある。そうじゃなければ、ジュノンに詳しく手順を教えこんで、ソビエスキは別の場所でソフィーを殺したとか……。あるいは、共犯者がいるとか……。私はソビエスキがあらゆることを計算に入れて、非常に緻密なアリバイを準備したのだと思います。すべてがソビエスキの計画の一部なのです」

　その言葉に全員がうなずいた。だが、心から同意していたわけではないのは、顔を見ればわかった。四人の腹は決まっているように見えた。ソビエスキの代わりの犯人を見つけて、お茶を濁すこと。ソビエスキという深みにはまるつもりはもうないのだ。ちょうど背中のタンクの空気の残量が少なくなってきたダイバーのようなものだ。もう少し深く潜ってみれば財宝が見つかるかもしれないのに、命の危険を冒すつもりはないのだ。真実の追求よりも、自分の身の安全を考えて、巧みに世渡りをしていく、狡猾な偽善者たち……。自分はこの人たちとは違う――コルソは思った。最悪の事態を想定し、そうなった時の覚悟もできている。そのうえで、信念を貫くのだ。

　と言っても、あからさまにそう宣言してしまっては、この人たちを敵に回すことになる。コルソは妥協した態度を見せておく必要があると思い、席を立つ前に、こう言葉を残した。

「まあ、私自身はそう信じていますが、別の容疑者を見つけるという方向でも捜査してみますよ。ええ、できるかぎりのことをします。任せてください」

74

その後、コルソが《文化財不正取引対策本部》に異動することはなかった。あたりまえだ。いくら次長検事や、大審裁判所長である裁判長が力を持っているとはいえ、警察官の異動をすぐに決定できるはずがない。あれから数ヵ月が過ぎたが、コルソはあいかわらず薬物密輸取締本部にいた。その結果、捜査のほうは同僚には内緒で行うことになり、部内の目をごまかすため、イタリア方式を採用することにした。つまり、自分の椅子の背に上着をかけて、午後じゅうずっと姿をくらますのだ。

だが、この内密の仕事を行うにあたって、都合のいいことがひとつあった。九月になったばかりの時に、《文化財不正取引対策本部》が、自分たちは〈贋作〉のほうを調査するので、新たな容疑者の捜査については、犯罪捜査部に担当してほしいと、警視庁に要請してきたのだ。犯罪捜査部のボンパール部長は、この捜査を第一課に任せることにした。そして、その第一課を率いるのが、この春に課長に昇進したばかりの《バービー》こと、バルバラ・ショメットなのだ。

裁判長たちに約束した手前、コルソは新しい容疑者の捜査にも真剣に取りかかることにし、まずはバルバラとともに、刑務所時代の関係者の中から、ソビエスキに恨みを持っている者の洗いだしを行った。具体的に言うと、フルーリー＝メロジス刑務所で、〈裁判官〉であったソビエスキに辱められ、制裁を加えられて、重傷を負ったすべての人物、それから、規則を破ったことを看守に密告されて量刑が重くなった者たちだ。そのついでに、不良少年時代にさかのぼって、悪事を警察に密告されたことのあるチンピラ仲間も調査の対象にすることにして、可能性のある人間についてはひとり残らず調べあげた。だがその結果は、チュレージュ予審判事が出した結論と同じだった。すなわち、〈この中には、これだけの犯罪を企てることのできるような人物はひとりもいない〉というものだった。

コルソは現代美術の世界についても調べてみた。ソビエスキは平気で人に対して毒づいたりするので、ほかの画家や画廊のオーナー、美術品のコレクターに喧嘩を売って、復讐心を抱かせたのではないかと思ったからだ。だが、やはりそのような人物は見つからなかった。いや、もちろん、美術の世界の人々が、子どもの合唱団のようにみんな仲良しというわけではないだろう。そこには嫉妬や羨望が渦巻き、隙あらば相手の足を引っぱってやろうという輩がうようよいるはずだ。だが、たとえその中にソビエスキを罠にはめた連続殺人犯がいたとしても、パリの国際現代美術フェアやバーゼルの美術フェアに行って、すれちがう人々全員に尋問することなどできるはずがなかった。

十月になっても結果は何も出なかった。だが不思議なことに、捜査を続ける間にコルソは、〈ソビエスキが罠にはめられた〉という、この新しい仮説に馴染んでいった。おそらく、犯人はなんらかの理由でソビエスキに恨みを抱き、かわいそうな娘たちを殺して、その罪をソビエスキになすりつけようとしたのだろう。その点、犯人は用意周到だった。殺し方はソビエスキが傾倒しているゴヤの絵を思わせるように、「赤い絵」の人物そっくりに、口を耳まで切り裂いた。また、被害者を縛ったやり方も、ソビエスキが刑務所で実践していた〈緊縛〉で使われるものにした。その時に下着で縛ったのも、レ・ゾピト・ヌフで起こった強盗殺人事件につなげて、ソビエスキに疑いを向けさせるためだ。《ル・スコンク》の物置き部屋から見つかったスケッチブックも犯人がわざと置いたものだろう。被害者をソビエスキの愛人にしたのも、そうすれば、警察はやがてソビエスキにたどり着くはずだと考えたからだ。

コルソは心の中で何度も否定しながらも、この説を受け入れていった。もちろん、それはたまらなく辛いことだった。自分は犯人ではない者を逮捕してしまった。刑事としてやってはいけない、大きな間違いを犯してしまったのだ。それを認めることは、はらわたをひきちぎられるほど苦しいことだった。その苦しさから逃れるために、コルソはブラックプールで起きたマルコ・グワルニエリの殺人事件のことを考えて、犯人はやはりソビエスキなのではないかと思い込もうとした。あの事件では、被害者はソフィーやエレーヌと同じく〈緊縛〉のスタイルで後ろ手に縛られ、耳まで口を裂かれて殺されていた。そして被害者が殺された時、ソビエスキはブラックプールにいた。ならばやはり、あれはソビエスキがやったことではないか？　もしそうなら、ソフィーとエレーヌだって、ソビエスキが殺したことになる。だが落ち着いて考えてみれば、これもまたソビエスキを罠にはめるためだというのは明らかだった。真犯人も、コルソと同じようにソビエスキを追ってブラックプールまで行き、ソビエスキがジムという男娼と寝ている間に、ソフィーやエレーヌと同じやり方でマルコ・グワルニエリを殺したのだ。すべてがソビエスキのやったことだと思わせるために……。やはり、自分は無実の人間を逮捕してしまったのか。そう思うと、コルソは神経がすりへって、身も心もくたくたになった。

この間に贋作のほうは捜査が進展していた。《文化財不正取引対策本部》の面々がフルーリー＝メロジス刑務所でスケッチブックを見つけ、ソビエスキがゴヤの絵を手本にしていたことを証明する具体的な証拠をたくさん集めていたのだ。

もちろん、刑務所時代のものはゴヤに影響を受けたというだけで、ソビエスキが贋作画家であることの直接的な証拠とはならない。だが、《文化財不正取引対策本部》の部員たちは、ゴヤの重要な作品である『目隠し鬼』の完璧な模写や、女性闘士アグスティナ・デ・アラゴンを描いたエッチング（版画集『戦争の惨禍』の七番「なんと勇敢な！」）の完璧な複製を発見していた。さらにアドリアン・レヌ通りの建物の天井裏からは、いかにもゴヤが描きそうなテーマで制作された贋作がごっそり見つかった。これはいずれ「ゴヤの未発表作品を発見！」というかたちで世に出そうと思っていたのだろう。ソビエスキは自分が〈異端の画家〉と呼ばれたスペイン最大の画家、フランシスコ・デ・ゴヤそのものになるという夢を実現したのだ。

いっぽう司法警察本局もソビエスキの出所後数年間の行動について調査を行い、裁判でのソビエスキの発言が本当だという裏づけをとっていた。それによると、ソビエスキは、七区のクレール通りにある美術品修復の工房で三年間を過ごし、昔の色を再現するために顔料の調合を行っていたというのだ。工房のオーナーによれば、三年後に工房を辞めた時、ソビエスキは複製の制作に必要な技術をほとんどマスターしていたという。

《文化財不正取引対策本部》はまた、ソビエスキの収支を洗いだしていた。すると、通常の絵の売却による収入は、生活実態に見合っていなかったことがわかった。いくらソビエスキの絵の評価が高いといっても、その評価額ではミシュレ通りの古いボイラー製作所を買えないことが判明したのだ。すなわち、ソビエスキは贋作を売った金で、あの広大なアトリエを購入していたのだ。

だが、さすがの《文化財不正取引対策本部》も、チャピ財団が「赤い絵」の連作を購入するのにいくら払ったのか、情報をつかむことはできなかった。財団はこの連作を贋作と知って購入したのか、真作だと信じて購入したのか、それもわからなかった。理由はわからないが、固く口をつぐんで、明かそうとしないのだ。

ソビエスキが贋作をどのようなかたちで売ったのか、その密売経路も調べられた。だが、これについても何の成果も得られなかった。どのようなかたちにしろ、必ずそれを仲介した画廊のオーナーや美術品の販売業者が共犯として関わっているはずだが、それがつかめないのだ。購入先から逆にたどっていくのも難しかった。一般に贋作が未発表作品の発見というかたちで世に出てくる時には、〈故人のコレクションを相続した時に目録にあった〉とか、〈古い屋敷の屋根裏部屋を整理していたら、それらしいものが見つかった〉という体裁を整える。つまり、嘘の出自が作られる。最終的に所有者になる者は、その嘘を信じて購入するわけだが、購入者からさかのぼっていっても、どこでその嘘の出自が作られたのか、突きとめることができない。途中に必ず善意の第三者が入ってくるので、流れが止まってしまうのだ。

ソビエスキの場合、いったい、いくつの贋作を売りさばいたのかさえ、突きとめることができなかった。いくらで売ったかもわからない。帳簿には当然のことながら、この副収入は記されていなかった。ソビエスキはスマホを持っていないし、パソコンを調べても裏帳簿は見つからない。いったいどんなかたちで贋作から得る収入を管理していたのか、見当もつかなかった。

だが、警察はそれ以上、追及しなかった。ソビエスキのアリバイが成立するためには、まずはソビエスキが贋作画家であること、次に、ソフィー・セレの殺害当夜、窯の温度が焼成（しょうせい）に熟練したプロの手によってきちんと調整されていることのふたつが必要だった。ソビエスキが贋作画家であることは、「赤い絵」の化学分析によって確認された。いっぽう窯のほうも、記録装置を調べた結果、当夜、焼成に熟練したプロの手で動かされていたことが確かめられた。ならば、アリバイが成立するための必要条件はクリアしたと言ってよい。もちろん、それは必要条件であって、十分条件ではないが……。窯のある秘密のガレージが殺人現場である可能性は残っているし、ジュノンが実は焼成の達人で、ガレージに残って窯の温度を調節している間に、ソビエスキが殺人を犯しにいった可能性もある。だが、警察はその可能性は低いと見ていた。

コルソは苛立つ気持ちに必死に耐えた。今回の件で頭がおかしくなりそうだった。夜になるたびに夢を見た。その夢では、まずゴヤが《聾者の家》の壁にゴヤ自身が見た悪夢を描いている。その場面は次第にぼやけ、今度はソビエスキが独房の壁に「赤い絵」を描いている。最後は、夢の世界によくあるように、ソビエスキの代わりに自分が牢獄の鉄格子の奥にいる場面になる。鉄格子の向こうでは、三人の人間が大きな口を開けて、何か叫んでいる。その三人とは、ソフィー・セレと、エレーヌ・デスモラと、マルコ・グワルニエリだ。三人は、「この恨みを晴らしてくれ」「犯人を見つけてくれ」「自分たちに心の平和を与えてくれ」と、コルソに懇願していた。だが、コルソはその願いを叶えたくても、牢獄に閉じこめられているので、外に出ることができない。そこで、爪で壁を引っかきながら、自分を苛む亡霊たちの声をかき消そうと、今度は自分が大きな口を開けて叫ぶのだ。

気がつくと、たいてい何かを叫びながら、目を覚ましていた。ベッドの上ではっと身を起こすのだが、身体じゅう汗びっしょりで、胸がむかむかした。こういう時、コルソはクローディア・ミュレールのことを考えた。クローディアに関するニュースは何もなかった。だが、コルソはこの数カ月の間ずっと、電話がかかってくるのを期待していた。自分から連絡を取りたい衝動にかられたことも数知れずあった。だが、彼女に連絡していったい何を言おうというのか？　クローディアと最後に会った時、彼女はこう言った。「あなたはいい捜査官よ。その点は間違いないわ。でもね、この事件の真実が何かは、あなたにはわからない。ソビエスキは天才だけど、あなたは普通の警察官だから……」あの時、自分は何かを思ったのだ。

だが、いったい何を思ったのだろう？

75

裁判は、予定どおり二〇一七年十一月二十二日に再開された。同じ顔ぶれでの再開だった。同じ裁判官、同じ弁護士、同じ陪審員、そして同じ被告人。しかし、それはもう同じ裁判ではなかった。重罪院の法廷内には、アドリアン・レヌ通りの建物から見つかったいくつもの絵が、羽目板の壁の上に掛けられていた。見たところ、十七世紀から十八世紀にかけてのスペイン画家のものばかりのようだ。フアン・デ・バルデス・レアル、フランシスコ・パチェーコ、フランシスコ・デ・スルバラン、そしてもちろんゴヤもあった。髭をはやし、首のまわりにひだ襟をつけた男たちの肖像画、苦悩の表情を浮かべた聖人たちの絵、中庭を描いた風景画……。画題はさまざまだ。ただし、どれも贋作だ。

しかし専門家の説明によると、ここに展示されたのはすべて下絵か失敗作で、カンバスを再利用するためにソビエスキが保管しておいたものらしい。それを聞いて、人々はびっくりした。いずれも見事な技法で描かれているので、素人の目には、これが下絵や失敗作であるとはわからないからだ。人々はただ感嘆して、その絵を見つめていた。

コルソはソビエスキのほうに目をやった。ガラスで覆われた被告席の中で、ソビエスキは生まれかわったように見えた。「もう殺人罪で有罪の判決が下ることはない」と思っているようだ。有罪になるとすれば、それはこの場を飾っている素晴らしい絵画を描いた罪によるものでしかない。そして、そちらの罪であれば、すぐに許されるはずなのだ。

この日、ソビエスキは、光沢のあるサテンの生地で仕立てた、目もくらむばかりの真っ白なスーツを着ていた。さらには、前回の公判では身につけていなかった、白いボルサリーノの帽子をかぶっていた。その姿は完璧だった。一九二〇年代のジゴロふうといった時代遅れのものではない。まるでプロモーションビデオから飛びだしてきたように、時代の先端を行っていた。まさにこれが〈二十一世紀のゴヤ〉の姿だ。

午前中の審理は、専門家による調査結果の発表にあてられた。展示された絵を見ながら、人々はこれからどんな素晴らしいショーが始まるのかと期待した。だが、そのあとに行われた絵の具の年代判定の説明は、思ったより面白くなかった。鉛白に含まれるラジウム二二六の半減期がどうとか、鉛二一〇の半減期がどうとか、化学者たちが真面目くさって解説するだけで、退屈きわまりなかったのだ。おそらく、聴衆の中で、この話を理解できた者はほとんどいなかったろう。

だが、専門家によるこの化学分析の結果は、ソビエスキのアリバイに関して、決定的とも言える意味を持つものになった。発表の最後に、この分析を行った鑑定チームのリーダーは、こう結論を述べた。

「チャピ財団から借りうけた『赤い絵』の連作を化学分析したところ、この連作はフランシスコ・デ・ゴヤの時代に描かれたものではなく、分析の時点から十二年以内に制作された贋作であることがわかりました。というのも、この連作に使われた白い絵の具に含まれていた鉛白の組成を調べたところ、放射性物質である鉛二一〇の含有量がゴヤの時代のものではなく、現代のものであることが判明したからです。これは事実として断言することができます」

これでソビエスキが贋作画家であることが、ほぼ証明された。

次に、アドリアン・レヌ通りの窯の記録装置を調べた専門家からも、ソビエスキのアリバイ証明に有利な調査結果が出たことが伝えられた。裁判官も陪審員も傍聴人も、再び理解不能な技術的説明を延々と聞かされるはめになったが、それでも結論だけははっきりしていた。

「窯の記録装置には、二〇一六年六月十六日の夜から一七日の朝にかけて、その窯を連続して使用して、焼成を行っていた記録が残っていました。その焼成記録は、〈描かれたばかりの絵画の絵の具を急速に乾かす工程〉と一致していました。この窯の温度調節は、焼成に熟練したプロがひと晩じゅう窯のそばにいて、実際に絵の具の乾き具合を見ながら行ったにちがいありません」

その焼成に熟練したプロとは、この場合、フィリップ・ソビエスキにほかならない。ソビエスキはソフィー・セレが殺害された夜、窯のそばにいたのだ。もちろん、その夜、ほかの誰かが窯のそばにいて、細かく温度調節をした可能性もあるが、法廷にいた人々はもはやその可能性は考えなかった。フィリップ・ソビエスキは新しい絵の具を古いものに変えて、〈贋作〉を

〈真作〉に変える錬金術師なのだ。窯で死体を焼く殺人犯ではない。ソフィー・セレ殺害事件に関して、フィリップ・ソビエスキは無実なのだ。

こうして午前中の審理が終わると、午後は証人尋問になった。コルソはもう一度、美大生のジュノン・フォントレイが現れるのではないかと思った。絵の具を乾かす時に、ジュノンはソビエスキと一緒にいたからだ。だが、裁判長が名前を呼んだのはアルフォンソ・ペレスという名の見知らぬ人物だった。

そのペレスという男が証人用の扉から入廷した時、廷内にはざわめきが起こった。というのも、証言台に進みでたペレスの服装がソビエスキとまったく同じだったからだ。真っ白なスーツに黒いバンドのついた白い帽子。まさにソビエスキの分身だった。ただし、ペレスのほうがお洒落でスペイン的、そしてソビエスキより若々しく見えた。

アルフォンソ・ペレスは証人席に立つと、手すりをつかんで両腕を突っぱり、ちょうどバーのカウンターに身体を預けてウイスキーを注文するかのように、裁判長のほうに身を乗りだした。それを見ると、裁判長が言った。

「まず、誓いの言葉を述べてください。『憎しみも抱かず、恐れることもなく、真実を――ただ真実を話すことだけを誓います』と……」

ペレスは裁判長の言葉を繰り返した。

「憎しみも抱かず、恐れることもなく、真実を――ただ真実を話すことだけを誓います」

なかなか渋い、しゃがれ声だ。

「氏名と年齢、職業を述べてください」

「アルフォンソ・ペレス、六十三歳、実業家です」

「美術品の蒐集家(しゅうしゅうか)でもありますね？」

そのあと、裁判長とペレスの間でいくつか質疑応答がなされた。それを聞いて、コルソは「赤い絵」の連作について、今まで知らなかった情報を得ることができた。それは絵の所有に関することだ。「赤い絵」の連作はチャピ財団のものではなく、このペレスが所有しているものだった。財団はペレスから「赤い絵」を貸与されているだけなのだ。ペレスはマドリードの大富豪で、有名な美術愛好家だった。おそらく、〈ゴヤの未発表作品〉という言葉に釣られて、ソビエスキの贋作とは知らずに購入したのだろう。

「私が所有している十七世紀から十九世紀にかけてのスペイン絵画は、個人のコレクションとしては最大のものです」ペレスが胸を張って、説明した。

「そのコレクションはゴヤの絵画が中心なのですか?」

「いいえ。ゴヤは私の大好きな画家ですが、市場に流通しているものはほとんどありません」

「フィリップ・ソビエスキとはどのように知り合ったのですか?」

「一度も会ったことはありません。マドリードで有名な画廊のオーナーであるフェルナンド・サンタ・クルス・デル・スル氏が、こういう作品があると、私に紹介してきたんです」

そこで、裁判長が片手をあげてペレスの話を制し、法廷内の人々に補足説明をした。

「その画廊のオーナーは、心臓発作のため二年前に死亡していることをお知らせしておきます。本日、その人物が証人席にいないのは、そのためです。では、証人は話を続けてください」

その言葉に、ペレスは話を再開し、この連作が自分のところに紹介された経緯を話した。それによると、その画廊のオーナーは「実はゴヤの絵が発見されたんだが……」と言って、こんなふうに説明したという。

「カスティーリャ地方の貴族の家で相続があった時に、屋根裏部屋から出てきたんだ。その貴族の屋敷はマドリード郊外の《聾者の家》があった場所の近くでね。たぶん祖先がゴヤと親交があったのだろう。絵に署名がなかったので、誰の作ともわからなかったのだが、屋敷を相続した人間がもしやゴヤの作ではと思って鑑定に出したところ、本物だという結論になったんだ」と……。

ペレスの話し方は人を惹きつけた。その声は、暗く情熱的なギターの響きに合わせながら聞く者の胸を締めつける、フラメンコの歌手のしゃがれた歌声のようだった。その右手は手すりをつかみ、左手は今にも剣を抜こうとしている昔の貴族のように、腰に当てられていた。その様子を見ながら、コルソははたと思いあたった。

マドリードの美術館で見かけた、白いスーツに白い帽子の男は、この男だ。あれはソビエスキではなく、このペレスだったのだ。ペレスは美術館に展示された自分の絵を見にきたのだろう。自分でも言っていたように、ゴヤが大好きなのだ。しかし、そうだとすると……。コルソは直感的に理解した。真犯人はこの男だ。

そうだ！　間違いない！　なぜなら、ペレスには動機があるからだ。復讐だ。自分を騙して、ゴヤの贋作を売りつけた人間に対する復讐……。たぶん、ペレスはどこかの時点で、あの「赤い絵」の連作が贋作だと知って、屈辱を感じた。騙されたという屈辱。そして、スペイン絵画の蒐集家である自分がこけにされたという屈辱。これは金の問題ではない。名誉の問題だ。「赤い絵」の贋作を買わされたことによって、自分は蒐集家としてのプライドを傷つけられたのだ。

これはとうてい許せることではない――そう考えると、アルフォンソ・ペレスは自分にこの絵を紹介したマドリードの画廊のオーナーを問いつめ、贋作者がソビエスキであることを突きとめた。そしてソビエスキに復讐するため、かわいそうな娘たちを殺して、その罪をなすりつけようとしたのだ。憎い贋作者を一生、刑務所にぶちこむために……。ソビエスキが疑われやすいようにと、ペレスはソビエスキの愛人たちを被害者に選んだ。また、ソビエスキが刑務所で〈緊縛〉を縛していたことを知って、そのやり方で被害者たちを縛った。殺し方についても、「赤い絵」の影響が現れていると見せかけるために、被害者たちの口を耳まで切り裂いた。すべてはソビエスキを犯人にするためだ。

だが、被害者の顔をあんなふうに切り裂いたのは、もうひとつ意味がある――コルソは考えた。二件の殺人がソビエスキに対する復讐であることを本人にはっきりとわからせるためだ。ソビエスキなら、耳まで切り裂かれた口が「赤い絵」を真似したものだとすぐに気づくだろう。そうして、自分が復讐の対象になっていると理解する。あの口は警察に対するメッセージでも、世間に対するメッセージでもない。ソビエスキ本人に対するメッセージだったのだ。

その瞬間、クローディアの言葉が頭によみがえってきた。

「犯人は法廷に姿を見せます。だから、あなたは裁判が終わったところで、真犯人を捕まえればいい。簡単でしょう?」

コルソは反射的にクローディアのほうを見た。クローディアは食いつくようにペレスを見つめていた。

〈間違いない〉コルソは思った。クローディアは、ペレスが真犯人だとわかっていて、裁判官や陪審員たちの前に差しだしたのだ。たぶん明日にでも、もう一度ペレスを証人席に喚問して、法廷にいる人々全員の前で真実を暴くにちがいない。

「残念ながら今回の鑑定で、『赤い絵』の連作は、ゴヤの真作ではなく贋作だということがわかりました。あなたはこれまで、この連作が贋作かもしれないと思ったことは、一度もなかったのですか?」裁判長が質問した。

「思ってもみませんでしたよ!」

ペレスは手すりをつかんだまま、ほとんど叫ぶように答えた。怒りと屈辱感からか、帽子の下に見える顔が歪んでいる。

「購入する前に鑑定に出さなかったのですか？」

「もちろん、出しましたよ。でも、あの時はすべてのテストで、本物だと証明されたんです」

それを聞いて、コルソは嘘だと思った。購入前に鑑定に出して、本物だと証明されたというのは本当だろう。だが、ペレスは「赤い絵」の連作が手に入ったあとに、もしやと疑念を抱いて、もう一度鑑定に出したのではないか？ そして今度は、贋作であることが証明された。そうなったら、もちろん怒りは収まらない。自分は騙されたのだ。体面を保つために、「赤い絵」が贋作であることは秘密にしながら、ペレスは自分を騙した男に復讐するため、密かに計画を練りあげる……。

だが、そこまで考えて、コルソは仮説を押しすすめるのをやめた。これは十分な根拠のない、ただの想像にすぎない。それよりも、今は審理に気持ちを向けよう。そう思うと、コルソは背中を丸め、頭に浮かぶ考えには耳を貸さないようにしながら、審理の終わりまで、証人たちの言葉を聞くことに集中した。

76

「今、邪魔かな？」車で帰宅する途中、コルソはバルバラに電話をかけた。

「いつでも邪魔ですよ」

「冗談を言ってる暇はないんだ。きみの助けが必要なんだ」

「どうしたんですか？」

運転しながら、コルソは現在の状況を説明した。アルフォンソ・ペレスという新たな容疑者が浮かんだこと、その男はソビエスキにそっくりだが、ソビエスキよりお洒落で金持ちのスペイン人であること、犯行の動機は、真作と偽ってゴヤの贋作を買わされたことへの復讐。それから、この件ではすでに弁護士のクローディア・ミュレールが何かをつかんでいて、おそらく明日の法廷では、今回の事件の真犯人として、このアルフォンソ・ペレスを糾弾するだろうということ。

これに対して、バルバラはひとつもコメントを差しはさまなかった。その代わりに、ヒューッと一回、口笛を吹いた。コルソの話を信じていないのだ。

「ペレスの詳しい情報を集めてくれないかな？」コルソは言った。

「やってみます」

「急いでほしい。ミュレール弁護士は明日にでもペレスを召喚するつもりだ。おれはミュレール弁護士より先にペレスを捕まえたいんだ。わかるかい？」

すると、バルバラはいつものように、気のなさそうな声で尋ねた。

「もし、そのペレスが犯人だというのが間違っていたら？」

「だから、間違っていないという情報が欲しいんだ。

それがあったら、必ずやつを捕まえてみせるよ。それから、マドリードの駐在員に電話で問い合わせるのも忘れないでくれ。アルフォンソ・ペレスは地元の有名人のはずだから……」

コルソは勢いこんで話した。この数ヵ月間、刑務所関係者をあたっただけで、何の動きもないままだったが、突如として、捜査に新しい息吹が吹き込まれたのだ。高速道路に入って、数秒のうちに時速百キロまで加速した気分だった。

と、そこでようやく、バルバラが疑問を口にした。

「でも、本当にペレスが真犯人なんですか？　その話はよくわかりませんね。ボスはペレスがソビエスキに殺人の罪を着せようとしていると言いましたけど、結局、ソビエスキは無罪になりそうじゃありませんか。ペレスがソビエスキを罠にはめようとしたというのも、状況証拠にすぎません。それに、もしペレスがソビエスキを罪に陥れようとしたのだとしても、結果的には、そのせいで『赤い絵』が贋作だと世間に知られてしまったじゃありませんか。そうなったら、ペレスはただの間抜けだと思われるだけです」

コルソもそのことは考えていた。ソビエスキが殺人の罪で起訴されたら、いろいろな面から捜査が行われ、「赤い絵」が贋作だということが世間にもわかってしまうかもしれない。自分の体面を考えれば、それは避けたいところだ。だがペレスにとっては、自分の体面を保ちたいという気持ちよりも、自分をペテンにかけたやつを破滅させてやりたいという意志のほうが強かったのだ。こけにされたら、仕返しをする。これは名誉の問題だ。ソビエスキが無罪になって、計画が失敗に終わったというのは、結果的にそうなったというだけのことだ。

「今すべての疑問に答えを出すことはできない」コルソはとりあえずそう答えた。「でも、ここで野放しにしたら、ペレスはまた何かを企むだろう。ソビエスキに復讐するために……」

「いくつか情報を集めたところで電話しますよ」バルバラが言った。

「その情報だが、いちばん大切なのは、ペレスがパリでどこに泊まっているかだ」

「いったい、何をするつもりなんです？」

「やつから目を離さないようにしたいだけだ。今晩からね」

そう言うと、コルソは電話を切った。今度は別の問題を解決しなければならない。タデのことだ。昔、タデとエミリアと三人で暮らしていた時には、電話を一本入れるだけで、急な尾行を入れたり、一晩じゅう張り込みをしたりすることができた。だが、そんな時代は終わった。今は午後七時には家に戻ってベビーシッターと交代しなければならない。コルソはベビーシッターに電話して、少し残業できないか訊いてみた。だが、午後八時から国立東洋言語文化研究所で中国語講座があるからと、きっぱり断られた。

どうしよう？　コルソは考えた。エミリアに電話するのは問題外だ。そこで、それよりはましな選択肢を選ぶことにした。ミス・ベレーだ。ここ数カ月の間に、コルソはミス・ベレーとタデを何度か会わせていて、タデも彼女になついていた。

本当はこういうことを彼女に頼むのは気が進まなかった。頼むことで、そのつもりはなくとも重たい関係になってしまうからだ。ミス・ベレーはもちろん引き受けてくれた。こちらから与えるものは少ないのに、いつも多くのものを返してくれる。そう思うと、このパートナーに対して、突然、感謝の気持ちでいっぱいになった。

ミス・ベレーとの電話を切ると、コルソは自分が生きている非道な世界と、ミス・ベレーが暮らしている平穏な世界をつないでいるものは何なのか考えてみた。自分が生きているのは、暴力と狂気に満ちた世界だ。

そこにはソビエスキやペレスなどの殺人者がいて、顔を切り裂かれた女たちがいる。ゴヤの贋作も流通している。息子やミス・ベレーが暮らしているのは、愛情にあふれた優しい世界だ。まったく関係のない、このふたつの世界をつないでいるものは？　それはいったい何なのか？　いや、もちろん、その答えはわかっている。自分自身だ。自分という存在だ。このふたつの世界の間で、自分は過熱したヒューズのように今にも切れそうになりながら、このふたつの世界を結んでいるのだ。

その時、手の中でスマホが鳴った。番号を見ると、バルバラからだ。さっそくペレスの居場所を知らせてきたのにちがいない。

77

予想に反して、ペレスが宿泊していたのは、パリの高級ホテルではなかった。セーヌにほど近いサン・ミシェル地区の学生街――カルチェラタンと呼ばれるあたりの地味な三ツ星ホテルだ。〈目立たないように、というわけか〉バルバラから情報をもらうと、コルソはサン・セヴラン教会の近くにあるサン・セヴランホテルに向かった。

適当なところに車を停めて、プティ・ポン通りからユシェット通りに入ると、そこにはギリシア料理やトルコ料理など、エスニックの店が並んでいる。どの店もメニューを見ると、脂肪たっぷりの料理が並んでいて、コレステロールのことを考えると、健康的とは言えなさそうだ。だが、世界各国から来る観光客で、狭い通りは賑わっていた。観光客たちは英語で書かれたメニューを見ながら、ギリシア料理を食べようか、トルコ料理を食べようかと迷っている。テイクアウトで買ったギリシア料理のギロピタやトルコ料理のケバブを手に、仲よく歩いているカップルもいる。ギリシアとトルコは、これまで二千年間一度も果たせなかった共存を、このカルチェラタンでついに成しとげたのだ。

コルソは、コートを着こんだ人々の間を縫って、小走りで歩いた。通りが交差して少し広くなっている場所には、ストリートミュージシャンのグループがいて、耳をつんざくような音でギリシア音楽を演奏していた。だがよく見ると、グループのメンバーはチュニジアやモロッコから来たマグレブ系で、アラブふうの味つけで、シルタキ（ギリシアの大衆舞踊）の曲を奏でるのだ。また、テロに対する警戒のためだろうか、完全武装して犬を連れた警官たちが、ひっきりなしに通りをパトロールしている。それはただでさえ不安なこの界隈に、いっそうの緊張感を与えていた。ちょうどクリスマスシーズンとあって、伝統的なフランス料理の店やクレープ店は、あちこちに星をちりばめたクリスマス用のイルミネーションで飾られている。そのせいで、息苦しい雰囲気はさらに強くなった。

ユシェット通りからグザヴィエ・プリヴァ通りに入ってその小路を抜けると、コルソはサン・セヴラン通りに入った。目指すホテルはこの通りにある。コルソはホテルが見えるところまで行くと、少し離れた場所からホテルの正面を見張った。そうしていると、自分が手負いの猛獣を追ってきて、猛獣が姿を隠した洞窟の様子を窺っているような気がした。ペレスは確かにここに潜んでいる。プライドを傷つけられ、屈辱に心を引き裂かれて……。おそらくは復讐を以てしても、まだ癒すことのできない痛みを抱えながら……。

ペレスはなかなか出てこなかった。今夜はそのまま眠ってしまうのだろうか？　いや、ソビエスキを罪に陥れるために、まだ何かしようとするにちがいない。

やがて、午後九時になった。あまりの寒さに、コルソはとうとうホテルの向かいのクレープ店に駆けこんだ。そこからなら、ホテルの入口がよく見える。しばらくするとバルバラから電話があり、ペレスに関して、現時点で集めることのできた情報をすべて伝えてくれた。それは自分の直感を裏づけるには十分なものだった。

アルフォンソ・ペレスには、傷害罪と詐欺罪で服役した経歴があったのだ。ただ、その後はうまく立ちまわったのか、刑務所に入った記録はなく、廃棄物処理の事業で財を成して、億万長者になった。マドリードのフランク・ニッティ（シカゴのギャング、アル・カポネの後継者。映画『アンタッチャブル』でビリー・ドラゴが演じたフランク・ニッティは白いスーツを着て、黒いバンドのついた白い帽子をかぶっている）は、人生の大半をごみと一緒に過ごし、絵画のコレクションでようやく人に自慢ができるようになったのだ。

ペレスは、これまでに何度か結婚し、子どもも何人かいたが、妻や子どもたちとはあまり交流がないようだった。大富豪らしく各地にいくつもの屋敷を保有し、そこを渡りあるいて、つねに孤独な暮らしをしていた。そんなわけで、ペレスがいつもどこにいるのかは誰も知らなかったし、ましてや美術品をどこに隠しているのかなど、まったくわからなかった。集めた美術品は、チャピ財団に「赤い絵」を貸与したように、時おりどこかの美術館に貸し出すことがあったが、コレクションのほとんどは用心深く隠されたままだったのだ。

そう、だから、この美術品のコレクションがペレスの唯一の自慢であり、趣味だったのだ。おそらくペレスは、十七世紀から十九世紀のスペイン絵画については、自分がいちばん精通していると自負していたことだろう。ところが、ゴヤの真作だといって贋作をつかまされたことにより、その誇りをずたずたにされてしまったのだ。

午後十時になったところで、ようやくペレスがホテルから出てきた。だがその格好を見て、コルソは啞然とした。きちんと折り目の入った明るいグレーのスーツを着て、例によってアメリカのマフィアのようなボルサリーノの帽子をかぶっている。真冬にこの格好とは……。目立たないようにするつもりなら、もっとほかにやりようがあったろうに……。だが、こんな格好でいったいどこに行くつもりだろう？

人混みの中、ペレスはサン・セヴラン通りを歩いていった。あとをついていくのは簡単だった。誰もが黒っぽいコートを着ている時期に、明るい色の服を着ているのはペレスしかいなかったからだ。それにあの帽子は団体旅行のガイドが高く掲げている旗のようなもので、決して見逃しようがなかった。

だが、こうして尾行を始めたものの、コルソは実のところ、自分が何を期待しているのかわからなかった。ソビエスキを罠にはめるため、何か画策するのではないかという気はしたが、具体的にそれが何かと言うと、見当もつかなかった。今回の旅行では、パリには数日滞在するだけらしい。その間に何ができるかわからなかったし、尻尾を出したり、何か違法な行為をするとも思えなかった。といっても、今日の裁判の成り行きを見て、ペレスが、ソビエスキを罠にはめる計画が失敗したと思っているなら、スペインに帰る前に何かをしないともかぎらない。ともかく、あとをつけてみるよりほかないのだ。それに、この尾行はマドリードで姿を見失った時の雪辱戦のように思えた。〈今度はまかれるものか〉コルソは思った。

ペレスが少し足を速めて右に曲がり、アルプ通りに入った。コルソは少し待ってから、自分も右に曲がった。だが、アルプ通りは大勢の人でごったがえしていた。五メートル先も見えない。人々の頭上では電飾の豆電球が揺れ、うっかりすると電線が垂れてきて、歩いている人を感電させそうだった。

コルソは雑踏の中に突っこんでいった。ここはパリだ。自分の地元だ。そんな場所で新人の警察官のように尾行をまかれるわけにはいかない。と、その時、ボルサリーノの帽子が目に入った。ペレスだ。ペレスは通りをまた右に曲がるところだった。そこはユシェット通りだ。だが、方向としては戻ることになる。ペレスはなぜ、そんなことをするのだろう?

コルソは走りだした。右に曲がって、ユシェット通りに入る。だが、ペレスの姿は見えない。コルソはひとつ息を吐いてから、また走りだした。と、突然、右のほうから誰かに腕をつかまれ、狭い通りに引っ張りこまれた。この近くにあるパリでいちばん細いシャ・キ・ペッシュ通りではなかったが、狭くて暗いことでは負けないグザヴィエ・プリヴァ通りだ。

コルソはベタベタした汚い壁に押しつけられた。目の前には、ペレスの日焼けした顔がある。見ると、ペレスは地元のチンピラが持つような飛びだしナイフを手にしていた。初対面の人間に対する挨拶としては、あまり穏やかなものではない。コルソはペレスが傷害罪で服役していたことを思い出した。どうやら億万長者になっても、暴力をふるうのはやめられないらしい。

だが、そのナイフに注意を払ういっぽうで、コルソはペレスの顔に見とれてしまった。くっきりとして意志の強そうな眉、鉤型に曲がった鼻、弓形に結んだ口――そこには思わずひれ伏してしまいたくなるような威厳があった。その顔はマドリードの名士のものというより、ホメロスの『イリアス』に出てくる古代の戦士のものだった。

「いったい何のつもりだ?」怒りを一気に爆発させるように、喉を震わせながら、ペレスが叫んだ。

「ステファン・コルソ警視だ」コルソもひるまず大声を出した。「ソフィー・セレとエレーヌ・デスモラの殺人容疑でおまえを逮捕する。今この時からおまえは……」

「この野郎(イホ・デ・プータ)!」ペレスがスペイン語で叫び、ナイフを振りおろしてきた。

　コルソはすんでのところで頭をそらした。だが、ペレスは、もう片方の手で喉を絞めあげてくる。息ができない。確か六十三歳だと言っていたような気がするが、年齢以上の力だ。いや、年齢を考えなくても、すごい力だ。ペレスがまたナイフを振りあげた。コルソは喉にあてられた手を振りほどき、パンチをかわすボクサーのように身体をかがめて、ナイフを避けようとした。が、ナイフは肩に突きささった。痛みは感じなかった。感じたのは、うなじに飛びちった血の温かさだけだ。反射的に左手を前に出して、相手の手首をつかむ。それから、右手を拳骨にして、腹にフックを食らわした。これでかなりのダメージを与えたはずだ。だが、何も反応はなかった。それどころか、うなじにハンマーのような拳骨パンチが落ちてきた。コルソは膝から地面にくずおれた。〈いったい、このヘラクレスみたいな力はどこから出てくるんだ?〉膝をつきながら、コルソは思った。

　が、そこで目をあげた瞬間、ナイフの刃がこちらに迫ってくるのが見えた。キラキラ光って、クリスマスの電飾が落ちてきたかのようだ。考える間もなく、コルソは足を踏んばり、牡羊のように頭から相手の胸にぶつかっていった。ナイフの一撃はそれ、数秒の余裕ができた。が、ペレスはすぐにまたナイフを振りあげた。コルソは前腕でペレスの顔を殴りつけた。一瞬、ペレスは怯んだが、すぐにまたナイフを振りあげると、怒りくるった熊のように襲いかかってきた。

　コルソはまた左手でペレスの手首をつかむと、その手を押しさげ、背中の後ろにねじりあげた。ペレスの身体が前かがみになる。そこで、右手を手刀にして、相手の膝の後ろに空手チョップを食らわせた。膝の靱帯を痛めつけて、立てなくさせようとしたのだ。

　ペレスはその体勢から逃れようと、脚の筋肉に力を込めて、一気に身体を起こした。背中の後ろでねじられていた手も、コルソの手を振りほどいて、勢いよく前に持ってくる。その瞬間――ペレスの手に握られていたナイフはみずからの首に向かっていった。すべてが一瞬の出来事だった。何がどうなったのかもわからないまま、コルソはその場に立ちつくした。ペレスは血だらけで、自分もまた血だらけだった。

コルソはあらためてペレスの様子を見た。首にはナイフが突きささっている。ちょうど右の動脈のあたりだ。傷口からは血がどくどくとあふれだしている。ズボンが汚れるといけないと思い、コルソは後ろに飛びのいた。ペレスはまだ生きていた。朦朧とする意識の中で、一度放したナイフの柄をまたつかもうと、何度も首に手をやっている。だがうまくつかめず、手が触れるたびに、ナイフは深く突きささっていった。と、ついにペレスの手がナイフの柄をつかんだ。白目をむきながら、思い切り引きぬく。すると、開いた傷口から勢いよく血が噴きだした。それが命取りになった。かっと見開いた目がだんだん力を失っていき、ペレスはやがて息絶えた。

コルソは考えた。とりあえず、人目につかないところに死体を移動させなければ……。あたりを見回すと、壁沿いにおりている雨どいの向こうに、建物の上階にあがる階段口が見えた。コルソは死体の両腋の下に手を入れると、そこまで引きずっていった。これでとりあえず、通りからは見えない。だが、これはあくまでも一時しのぎだ。ポケットを探って携帯を取りだすと、コルソは血のついた指で、この窮状から自分を救ってくれる番号を押した。

「もしもし?」

バルバラの声がした。コルソはようやく水面に浮かびあがって、息ができた気がした。

「今、どこにいる? 仕事中か?」

「どこだと思います? いつものところで、いつものことをしていますよ」すぐに遠慮のない返事が戻ってきた。

　確かに、バルバラが夜の十時より前に職場を出ることはない。

「迎えにきてくれないか？」コルソは喘ぎながら言った。ナイフで刺されたせいで、肩が痛い。

「どこにです」

「そこから川を渡って、すぐのところだ。カルチェラタンのグザヴィエ・プリヴァ通りだ」

　バルバラが笑い声をたてた。

「前はそうでしたけどね」

「前って？」

「十七区に引っ越す前です」

　そうだ。犯罪捜査部は、パリ警視庁のほかの部局とともに、パリのはずれに引っ越していたのだ。パニックに陥っていたため、すっかりそのことを忘れていた。

「どうしたんですか？」バルバラが尋ねた。

　足もとの死体を見つめながら、コルソは答えた。

「死人が出て、困っている。この状態からおれを助けだしてくれ」

「二十分で着きますから。しっかりしてください」

これなら二日もすれば、すっかり元に戻るだろう。傷の手当てが終わると、コルソはタクシーを呼んで、ミス・ベレーを家に帰した。結局、詳しいことはひと言も説明しなかった。ただ、「ありがとう」と言っただけだ。もしかしたら、自分は女性に対する恨みを——とりわけエミリアに対する恨みを、すべてミス・ベレーにぶつけているのかもしれない。コルソは時々、そう思わずにはいられなかった。

カルチェラタンで起こったことをどうするか？　それはすでにバルバラと話して、できるだけのことをしていた。コルソが考えたのは、まず裁判に対する影響だ。ペレスが死んだことがわかれば、公判中に証人が殺されたということで、裁判がまた延期されるかもしれない。真犯人がわかった以上（コルソはペレスが犯人だと確信していた）、ソビエスキが犯人でないことはもうわかっていた。ならば、裁判を長引かせていつまでも不安定な状態におくようなことはせず、なるべ

78

まだ現実感のないまま、コルソは血だらけの状態で家に戻った。ミス・ベレーはタデを寝かしつけたあと、そのまま家に残っていた。玄関でふた言、三言、簡単に言葉を交わすと、コルソはシャワーを浴びにいった。コルソが刑事という危険な仕事についているのをよく理解しているので、ミス・ベレーは何も言わなかった。そうでなければ、別れ話が持ちあがるような、別の意味で大変な事態になっていただろう。コルソが浴室から出てくると、ミス・ベレーは何があったのか訊くこともなく、傷口をガーゼで押さえ、絆創膏を貼ってくれた。その間に、コルソのほうもだんだん頭がはっきりしてきた。幸い、肩の傷はたいしたことはなかった。

く早く解放してやりたかった。クローディアもそれを望んでいるだろう。だがそのためには、死体の身元が判明するのを、裁判が終了するまで遅らせなければならない。陪審員たちがソビエスキに無罪の判決を下すまで……。そこでコルソとバルバラは、きわめて単純な解決法をとることにした。ペレスの死体から身分を証明するものをいっさい取りあげたのだ。こうしておけば、身元が判明するまでに数日はかかり、その間に裁判は終わっていることになる。ソビエスキは無罪になり、そのうちに死体の身元も判明する。そうしたら、その時点でアルフォンソ・ペレスをソフィー・セレとエレーヌ・デスモラの殺人事件の容疑者として、書類送検すればいい。もちろん、それを裏づける詳しい捜査報告書を作成して……。

いっぽう、今後、ペレスの死にコルソが関わったと判明した場合はどうするか？　コルソとバルバラはそれについても決めていた。もちろん、できることは限られている。いちばんいいのは、〈今のところは何も言わず、最初の捜査の結果が出るのを待つ〉というものだった。そこでもし運悪く、コルソとペレスの関係が明らかになってしまった場合は、〈完全な正当防衛だった〉とするコルソの供述書と、それを裏づける捜査報告書をバルバラが作成する。事情聴取をした日付は今日の日付に繰りあげて……。つまり、事件後にすぐ事情聴取をしたという体裁にするのだ。

今夜のことは一応、これで問題ない。だがそう考えても、心の中は殺伐としていた。コルソはタデの寝室に行き、そっと息子にキスをした。だが、穏やかな表情で眠っているタデの顔を見ても、ちっとも気持ちは落ち着かなかった。逆に、涙があふれ、嗚咽がこみあげてきた。息子を起こしてはいけない。そう思って、コルソは急いで部屋を出た。〈自分は善良な人間の側にいて、タデのように純真な人々を守っている〉そう思いたかった。だが、そう思うのは難しかった。〈むしろ、自分は邪悪な人間の側にいて、暴力に満ちた残酷な世界を家の中に持ちこんでいるだけなのではないか？　このままでは、結局、息子に悪夢を見させてしまうのではないか？〉そんな気がした。

　コルソはコーヒーの準備をしてから、もう一度シャワーを浴びた。だが、浴室から出てコーヒーポットを手にしても、堂々巡りでまた同じことを考えるだけだった。しかたがない。コルソは居間のソファーに腰かけ、気持ちを落ち着かせようとした。事態を詳しく分析することはできなかったが、少なくとも状況は明らかだ。ソビエスキは無実で、真犯人はペレスだ。そして、自分は犯人を死なせてしまった。単純な話だ。

　脳みそが溶けて流れていくような気がした。ブラックプールの海中に漂っていたマルコ・グワルニエリの遺体のように……。

　その時、玄関のベルが鳴った。ソファーにもたれて十杯目のコーヒーを飲んでいる時のことだ。コルソはいい知らせを期待した。もしかしたら、自分の〈代母〉であるカトリーヌ・ボンパールが、「大丈夫よ。すべてわかっているから……。私に任せて」と言いにきてくれたのではないか？　《シテ・パブロ・ピカソ》の地下室に監禁されていた時に、窮境から自分を救いだしてくれたように……。まるで、ピノキオを救った青い妖精（ブルー・フェアリー）さながらに……。だが、ボンパールにはまだこのことを知らせていないので、助けにきてくれるはずがない。それなら、バルバラだろうか？　バルバラが、「遺体はすでに身元不明者として、法医学研究所に移された」と言いにきてくれたのか？　そうだったら、いいのだが……。

　しかし、扉を開けると、そこに立っていたのはクローディアだった。

「なんてことをしてくれたのよ！　この大馬鹿野郎！」コルソの顔を見るなり、クローディアは罵った。

　コルソはなんと答えたらよいのか、わからなかった。

クローディアは美しくなかった。醜くもなかった。ただ、怒りの塊だった。

「何の話です？」コルソは尋ねた。

「アルフォンソ・ペレスのことよ」

コルソは脇に寄って、クローディアを中に入れた。脇を通りすぎた時に、香水のにおいがした。ソルボンヌのカフェでテーブル越しに身を乗りだした時、鼻孔をくすぐったにおいだ。

「何か飲みますか？」コルソは一応、尋ねてみた。

「あれは私の犯人だったの。まったく！　明日の裁判で、あの男が真犯人だということを証明して、ソビエスキの無罪を勝ちとるつもりだったのに！」

すると、やっぱり、クローディアはペレスが真犯人だとわかっていたのだ。「ご心配なく。犯人は法廷に姿を見せます」と言ったのは、ペレスのことだったのだ。それなら、こちらも腹を割って話せばよい。

「しかたがなかったんです。あの男は尾行されていることに気づいて、私に襲いかかってきたんですから……。ああでもしなければ、私は危うく喉を切り裂かれるところでした。でも、あなたはどうして、そのことを知っているんです？　ペレスが死んだことを……」

だが、それには答えず、クローディアは立ったまま、窓辺の見えない一点を見つめた。髪をポニーテールにして、黒いキルティングのコートを着て、エナメルのブーツを履いて……。ブリーフケースを手に、颯爽と立つその姿は、正義のためなら自分の身を危険にさらすのも厭わない、女闘士のように見えた。

「この事件を調べている時、私は独自のルートでペレスにたどり着いた。そして、ペレスが真犯人だと確信したのよ。そこで昨日、ペレスが法廷に姿を現したのを見て、密かに連絡をとったの。夜の十時にサン・ミシェル広場の向かいのカフェで会おうと……。ええ、贋作のことがあるから、ペレスがいずれ法廷に来ることはわかっていた。その機会をずっと窺っていたのぶん落ち着いた声で答えた。「ところが、いくら待ってもペレスは来ないし、そのうちにユシェット通りに警官が集まりはじめた。それでピンと来たのよ。ペレスに何かあったんじゃないかって……。そうしたら、たまたま知り合いの警察官がいたので、立ち入り禁止のロープが張ってある中に入れてもらったの。で、遺体とご対面ってわけ」

「なるほど……。で、その遺体が誰なのか、警察に言ったんですか?」コルソは心配になって尋ねた。こんなに早く身元がわかってしまったら、面倒なことになるからだ。

すると、すべてを見透かしたかのように、クローディアが笑みを浮かべた。冷たい、氷の笑みだ。

「やっぱり、そういうことなのね。身分証明書がすべて持ち去られていると、警官が言っていたけれど、あれはあなたが盗んだということだったのね。ほんとに何をしでかすかと思えば……」

「なぜ、私が盗んだと思うんです?」

コルソはわざと距離をおいた話し方をした。今のクローディアは間違いなく敵だ。敵と馴れなれしくしてはいけない。

「それがいちばん自然だからよ。だいたいあなたは、路地で犯人と戦って相手を殺してしまうくらいなんだから……。身元をわからなくするために身分証明書を盗むくらい、平気でやるでしょう。まったく、そんなことができる警官はあなたひとりね。あなたは犯罪者の敵というだけじゃない。司法の敵よ。危険きわまりない」

「危険なのはペレスのほうです。連続殺人を犯して、警察に追われていることがわかると、尾行してきた刑事を殺そうというのだから……」

濡れた髪を払うように、クローディアが首を横に振った。コルソは続けた。

「もしかしてあなたは、ペレスのことを犯人だと疑っているのと、本人に話すつもりだったんですか？」

クローディアはうなずいた。

「ええ、私が調べた情報をもとに問いただすつもりだったの。そして、もう逃げられないから、おとなしく自白するのがいちばんいいと説得するつもりだったのよ」

「カフェで会って？」

「証人と会うには、カフェがいちばん安全よ」

いったい、クローディアはペレスが犯人だという、どんな情報をつかんだのだろう？　だが、コルソは今の段階で、それを知りたいとは思わなかった。ペレスが犯人であることは、いずれ自分の手で証明するのだ。それよりも、ペレスのような危険な男と夜の十時に接触をはかるとは……。コルソはその大胆さに感心した。やっぱり、女闘士だ。

「あなたが路地で襲われていたかもしれないんですよ。自分の秘密をつかんだ女弁護士を殺すために……。ペレスならやりかねない。現に、この私が襲われているんだから……」

「大丈夫よ。身の守り方くらい、知っているから……」

そう言うと、クローディアはこの時になってようやく腰をおろした。コルソは反射的に立ちあがった。ポケットに手を突っこみ、窓の前に行って外を眺める。だが、見えるのはコシャン病院の窓のない壁だけだ。タデと一緒に暮らすようになったら引っ越そうと思っていたが、なんとなくぐずぐずしていた。目の前の壁は、自分が乗りこえられないものの象徴のように思えた。

コルソは振り返って、クローディアを見た。クローディアは椅子にもたれて、何か考えごとをしているように見えた。おそらく、ペレスが死んでしまったせいで、ソビエスキの無罪を証明するのが難しくなったと思っているのだろう。所詮、この女も自分のキャリアのことしか考えない、ただのうぬぼれ女なのだ。法廷で真犯人を明かすという派手な逆転劇を演じてソビエスキの無罪を勝ちとり、新聞やテレビで自分の名前を売って、さらにキャリアをアップさせたいだけなのだ。新たな顧客を獲得し、もっともっと金を稼ぐために……。被害者たちも真犯人も、ただその目的のために必要なのだ。キャリアのためなら、この女はすべてを踏み台にする。

「ペレスが死んだことによって、法廷で真実を暴くことはできなくなりましたが、でも、まだ遅くはありません」ポケットに手を突っこんだまま、コルソは言った。「死んでいようが生きていようが、アルフォンソ・ペレスが犯人であることには変わりありません。起訴することはできるでしょう」

また濡れた髪を払うように、クローディアが首を横に振った。その時コルソは、髪が本当に濡れているのだということに気づいた。どうやら雨が降っているらしい。外の世界に意識が向いていなかったせいで、雨が降りだしたことに気づかなかったのだ。

「まったく何も知らないのね」クローディアがつぶやいた。「一度も法律を勉強したことがないのがまるわかりよ。いい？　死者を起訴することはできないの。被疑者は死んだとたんに不起訴となるのよ」

「でも、送検はできる。そうしたら、ソビエスキが犯人ではないという有力な傍証になるでしょう。あなたの目的は、ソビエスキを無罪にすることでは？」

「私はね、ほかに犯人がいるらしいとか、有罪にするのは証拠が不十分だとか、そんな理由でソビエスキが無罪になるのは嫌なのよ。すべての疑いを晴らしたいの。真実を正々堂々と世の中に明らかにしたいのよ！」

その言葉の調子に、コルソはさっきクローディアに抱いた考えは間違いだったと思いなおした。クローディアはキャリアのことしか考えない、自分勝手な女ではない。社会に正義をもたらすという大きな理想を掲げ、その正義を実現するために、十字軍のように戦っているのだ。それとも……。もしかしたら、クローディアもまたソビエスキに惹かれてしまったのだろうか？　ジュノンやディアーヌと同じように……。いや、そんなことを考えるなんて、自分はクローディアに恋心を抱きはじめたのだろうか？

「私が証言しますよ」クローディアのそばに行きながら、コルソは言った。「ペレスを尾行していたら、ナイフで襲いかかってきたと……。結果はあんなことになりましたが、ペレスが襲ってきたことは事実です。それが何よりの証拠じゃありませんか、ペレスが今回の事件の犯人であることの……」

「本当に何にもわかってないのね。死者は起訴されないの。つまり、有罪になることはない。その意味では、事件は解決されないのよ」

それを聞いて、コルソはさっきとは別の意味で腹がたった。理想を掲げるのはよいが、クローディアは一途すぎる。また、完璧を求めすぎる。だが、現実はそうはいかない。きちんと解決していない事件など山ほどあるではないか。それが司法というものなのだ。あちこちに穴があって、妥協やその場しのぎで、なんとかやりくりをしているのだ。

と、クローディアがブリーフケースをつかんで、立ちあがった。こちらを睨みつけて言う。

「朝になったら警察に行って、あなたの逮捕を要求します。殺人罪と逃亡罪でね。グザヴィエ・プリヴァ通りにはあなたのDNAが残っているはずよ」

「だめだ、それは」思わず乱暴な口調で言うと、コルソはクローディアの行く手をさえぎった。「責任から逃れるつもりはないが、おれは刑務所に入るわけにはいかないんだ。前にも言ったが、おれには息子がいる。おれは息子の面倒を見なければならないんだ」

「残念だけど、あきらめることね。あなたは負けたの。法律はあなたを容赦しない。あなたのようなクズは、刑務所に行くしかないのよ」

そう言うと、クローディアはコルソをよけてドアまで歩いていった。そして振り向きざまに言った。

「このまま逃げきれるなんて思わないことね。まったく、卑怯者で、情けない警官だこと。おまけに刑事としての能力もない。いいこと？　あなたに能力がないせいで、ソビエスキは残りの人生をずっと刑務所で過ごす羽目に陥るところだったのよ」

「いや、おれが事件を担当していた時、捜査資料はすべてソビエスキが犯人だということを示していた」コルソは反論した。「もちろん、それはペレスがソビエスキに罪を着せようとしてやったことだが……。それはあんただって、わかってるだろう？」

あいかわらず乱暴な口調で、コルソは言った。今や、クローディアは敵なのだ。口調が乱暴になったからと言って、そんなことを気にしている場合ではない。

「捜査資料ですって？　それはあなたがソビエスキに対する憎しみに駆られて、作りあげたものでしょ。あなたときたら、自分の目に見えることしか見ていない。もっと目に見えていない部分を調べなくちゃ。そうすれば、ソビエスキが誰かに罪を着せられているってわかったでしょう。ソビエスキはもう釈放されるでしょうし、ペレスは死んでしまったから、被告席に座ることはない。だから、ふたりの代わりに、私があなたを被告席に座らせてあげる。ペレスを殺した罪でね。覚悟しなさい。今回はボンパールも、あなたを助けにこられないんだから……」

〈ちくしょう！〉コルソは心の中で毒づいた。こんな女に恋心を抱きはじめていたとは……。こんないかれた女に……。いや、「いかれた」というのは、別に恋心を裏切られたからではない。この女が理想として掲げる正義の裏には、何か異常なものが感じられるからだ。クローディアは「あなたはソビエスキに対する憎しみに駆られて、捜査資料を作りあげた」と言うが、憎しみに駆られて自分を糾弾するのは、クローディアも同じではないか。クローディア・ミュレールこそ、憎しみに駆られて、正義をふりまわしているのではないか。警察に対する憎しみに駆られて……。いや、これはやっぱり、ソビエスキに対する愛のせいか。クローディアは、ソビエスキに対する、異常で歪んだ愛のせいで、突っ走っているのだ。

「そうよ。ボンパールもあなたを助けにはこられない」ドアを開けながら、クローディアは言った。「私がボンパールのことを知っているのが不思議？　自分が弁護を引き受けた事件の捜査官ですからね。あなたのことはすべて知っているのよ。これまでボンパールはあなたをかばって、いろいろな……」

その言葉がまだ終わらないうちに、コルソはクローディアの喉をつかんだ。それから、クローディアの身体をドアの枠に押しつけながら、耳もとでささやいた。

「よく聞くんだ、このいまいましいブルジョワ女が！　そんなにおれの過去が知りたかったのか？　でも、まだまだおまえの知らないことがあるぞ。おまえが調べる前に、こっちから教えてやる」

その時、コルソは自分がクローディアを窒息させそうになっていることに気づき、急いで手を放した。クローディアは喉をさすっていたが、その場にとどまっていた。言葉の続きを待っているようだ。コルソは話しはじめた。

「十三か十四の時、おれは里親に引きとられて、ナンテールの《シテ・パブロ・ピカソ》のタワーマンションで暮らしていた。あんたが育ったのとは、まったく違う環境だ」

「確かに違う環境ね」

「あのあたりのことを知っていると言うのか？　おおかた夜の八時のニュースで聞いて、知った気になっているんだろうが……。荒れはてた郊外の団地の様子を伝えるニュースでな。まあ、それはともかく、当時のおれは里親家庭とうまくいかなくて、不良を気取って、麻薬に手を出すようになっていた。それで、〈ママ〉と呼ばれるカリスマ的な密売人とつきあうようになっていたんだ。〈ママ〉って呼ばれていることでわかるとおり、そいつはホモセクシュアルでね。つまり、おれはその意味で、そいつに気に入られたわけだ。愛人としてな。で、初めはただで麻薬をもらえるから喜んでいたんだが、まもなく状況が変わってね。まあ、最初からそのつもりだったんだろう。そいつはおれを性奴隷にしたんだ。やつ専用の……。そのうちに金をとって、仲間たちにやらせるかたちで……。やつの目的はおれを使って、金を稼ぐことだったんだ」

話を聞いている間に、クローディアはドアの内側に戻っていた。玄関ホールの暗がりの中で、蛍光灯の小さな光に照らされ、顔が青白く浮かんで見える。

コルソはクローディアのほうに手を伸ばした。クローディアはさっと身を引いた。だがそれにはかまわず、コルソはさらに腕を伸ばして、クローディアの後ろにあったドアの把手をつかみ、静かに閉めた。こんな話を隣人たちに聞かせる必要はない。

「やつらのお気に入りは、輪姦プレイってやつでね。もちろん、金はやつに払うんだが、みんなでおれをまわしていくんだ。おれはさすがに逃げだそうとした。そしたら、やつはおれをタワーの地下室に閉じこめたんだ。ろくろく食事も与えず、一グラムのヤクもくれずにな。おれは頭がおかしくなるかと思った。で、数日後、やつがおれの様子を確かめにきた時、おれはもうコントロールがきかなくなっていた。近くにあったドライバーを握ると、やつの目をつぶし、胸のあたりを十七回、突きさしていた……」

薄暗がりの中、蛍光灯の明かりに、クローディアの目が光ったように見えた。その目はきらきらと輝いていた。コルソは言葉を続けた。

「ボンパールと最初に会ったのは、その時のことだ。当時、ボンパールは麻薬取締部を率いていて、〈ママ〉が属していた密売組織を監視していた。その過程で、地下室の奥にいたおれを見つけたんだ。〈ママ〉を殺したあと、おれはそのまま三日間、死体のそばにじっとしていた。もうどうしていいかわからなかったんだな。動く気力もなかった。ドライバーで刺した時に返り血を浴びたせいで、血まみれになっていたが、その血はもう凝固して、服や肌にこびりついていた。ボンパールはその穴倉からおれを救いだしてくれたんだ。そうして、大学入学資格試験（バカロレア）を受けさせ、警察学校に入れた。まあ、そのおかげで、おれは警視庁でも一、二を争う刑事になったんだが、中身はその地下室にいた時と変わっていない。おれはいつも殺人犯なんだ」

その話を聞いて、クローディアはさすがにショックを受けているようだった。キルティングのコートの下で、身体が小刻みに震えているのがわかる。

「ど、どうして、私にその話をするの？」

「あんたがおれとボンパールの関係について言ったから、まだ知らないことを話してやろうと思ってね。ボンパールが地下室でおれを発見した夜、おれたちはセーヌ川近くの工場跡に〈ママ〉を埋めた。それで、固い絆ができたんだ」

「私がこの話を使って、あなたを攻撃するとは思わないの？」

コルソはドアを開けて、クローディアの帰り道をつくった。冷たい笑いを浮かべて言う。

「マドモワゼル、法律のことは何も知らないようだね。犯罪には時効というものがあるんだよ」

するとクローディアはひきつった笑みを浮かべて答えた。

「この事件は精神病質者（サイコパス）だらけだけど、またひとり精（サ）

神病質者(サイコパス)が増えたようね。あなたよ」

「あんたも入れればふたりだ」

クローディアは何も言わず、廊下の奥に消えていった。

79

翌朝八時、バルバラから電話があった。

「ボスは本当に運がいいですね」

「どういうことだ？ 説明してくれ」

「まず、グザヴィエ・プリヴァ通りの事件は、私のチームの担当になりました」

「きみが当直だったのか？」

「いいえ。そうなるようにしたんです。なんとか手をまわして……」

「それから？」

「鑑識と話をしました。犯行現場には一種類の血痕しかなかったようです。被害者のものです」

まったく、見事な手際だ。

コルソは汚れた皿を食器洗い機に入れた。タデは歯を磨いている。朝食を終えて、学校へ出かける前のあわただしい時間……。朝のいつもの光景だ。

昨日、あんなことがあったばかりなのに、どうしてこんなふうにいつもの暮らしを続けることができるのだろう？ コルソは不思議でならなかった。とはいえ、昨夜は眠れなかった。眠れないというか、起きたまま、時おり、夢を見ている感じだった。ほとんどは正気なのだが、ところどころに狂気の時間が混じっている。そんな感じだ。

「鑑識は指紋も採取しましたが、何も特筆すべきことはなかったそうです。これで任務完了です」

「と言うと？」

「もう誰も何も言ってくることはありませんし、あとは男の身元確認を待つだけです」

コルソはクローディアのことを考えた。昨夜言っていたように、ペレスを殺した罪で、コルソを警察に訴えるだろうか？ このことは一応耳に入れておいたほうがいいと思い、コルソは、昨夜クローディアが訪ねてきたことをバルバラに話した。

「ボスは女性にもてるんですね」

「いったい、あの女は何がしたいのか？ あんな夜更けに何をしにきたのか？ どう考えてもわからないんだ」

「忘れることです。この件に関して、クローディア・ミュレールは何もすることができません。それに警察に訴えたとしても、調書をとるのはこの私ですから……」

タデは今は玄関で靴を履いていた。リュックを背負ってかがみこんでいる姿は、昔の徒刑囚を思わせる。小説『パピヨン』に出てくる、一九三〇年代のカイエンヌ刑務所にいた徒刑囚を……。

「今朝のニュースは見たか？ いや、ソビエスキの裁判についてだが……」コルソはバルバラに尋ねた。

「ボスはどうです?」

コルソはタデが起きる前に、ネットを検索して、いくつかの新聞のニュースの見出しを見ていた。新聞は〈ソビエスキはゴヤをはじめとするスペインの巨匠の贋作画家だった〉、また〈ソフィー・セレの殺害当夜、ソビエスキはまさにその贋作づくりをしていた〉と書き、このふたつから考えると、アリバイが成立した可能性が高いと報じていた。

「どうやら、この裁判は私たちの手からこぼれ落ちてしまったみたいですね」苦々しげな口調でバルバラが言った。「まあ、よくあることですけど……」

その言葉に相槌を打つと、コルソは電話を切る態勢に入った。

「もう出かけないといけないんだ。学校に遅れてしまうから……」

タデはもうエレベーターの前にいた。待ちきれなくて、足を踏みならしている音が聞こえる。早く学校に行きたくてたまらないのだ。これ以上待たせることはできない。

と、バルバラが最後に言った。

「ソビエスキは無罪になるでしょうが、陪審員と裁判官、合わせて九人のうち、何対何で決まったのか、見てきてくださいよ。それで、あとでちゃんと私にスコアを報告してください」

80

傍聴席に座ると、コルソは心が落ち着いた。この席ではもう刑事として事件に関わることはない。ただの傍聴人として、裁判の成り行きを見守ることができる。ほかの傍聴人と同じように、その他大勢のひとりとして……。昨日の出来事のせいで、頭はくらくらするし、胸もむかむかする。まったく本調子とは言えなかったが、目立たないように座っている分には問題なかった。

今日はまず原告代理人の論告、続いて次長検事による論告求刑が行われるはずだった。これまでの審理の流れからすると、次長検事はアドリアン・レヌ通りの秘密のアトリエから、ソフィー・セレとエレーヌ・デスモラの指紋と血痕とDNAが発見されたことを重視して、ソビエスキの有罪を主張すると見られていた。アリバイについては弁護側の証言を崩せてはいないものの、証言がおもに愛人たちによるものであること、また証言を金で買った可能性もあるとし、ソビエスキのアリバイを認めない戦略で来ると思われた。実際、秘密のアトリエが殺害現場であれば、ソビエスキのアリバイは成立しなくなるのだ。

逆に弁護側は、殺害現場は秘密のアトリエではなく、それゆえに、ソビエスキのアリバイは成立すると主張してくるはずだった。ソビエスキは贋作画家であり、その贋作づくりのために、ソフィー・セレの殺害当夜はその秘密のアトリエで窯の温度を調節していたと証明されたからだ（実際はソビエスキでなくとも、熟練した焼成のプロが調節したものだと証明されただけだが、状況からしてソビエスキが調節した蓋然性が高い）。またエレーヌ・デスモラの事件についても、愛人であるディアーヌ・ヴァステルの証言のほかに、パトリック・ビアンキというセックスのコーチの証言もある。さらには、この法廷での審理の対象ではないものの、ブラックプールで起きたマルコ・グワルニエリ殺害についても、《リトル・スネイク》ことジム・デラヴィーの証言があって、いずれの事件でも、犯行当夜、ソビエスキが殺害現場にいなかったことが証明されている——ということから、おもにアリバイの面から、弁護側はソビエスキの無罪を訴えてくると思われた。

　そういったわけで、こうして事実だけ拾ってみると、検察側にもまだ戦う余地はあったが、昨日の公判の勢いから見ると、勝敗の帰趨（きすう）はもはや明らかだった。おそらく、今、この法廷にいる人々のなかで、ソビエスキが犯人だと考えている者はひとりもいないだろう。それをひっくり返すには、よほどの証拠が必要だった。「事件は終わったわね」カトリーヌ・ボンパールならそう言うだろう。その意味では、傍聴にくるまでもなかった。だが、コルソは次長検事の論告求刑がどんなものになるか聞きたかった。次長検事は最後まで戦うつもりだろうか？　それとも、今後の自分の立場を考えて、自分に責任がかからないよう、うまくごまかしてしまうのだろうか？　コルソはクローディアの最終弁論も聞きたかった。いや、それを聞くのがいちばんの目的だったかもしれない。きっと、警察の見込み捜査や予審判事の判断の甘さを批判する名演説となることだろう。

　ところが、審理が始まって、裁判長が原告代理人のズリタン弁護士に論告をさせようとした時のことだ。突然、次長検事のフランソワ・ルージュモンが発言の許可を求めた。

「次長検事、規則はご存じですね」この審理を早く終わらせてしまいたいのだろう、裁判長が注意した。「発言したいことがあるなら、原告代理人の論告が終わってからにしてください」

「裁判長、検察側はまだ証拠の提示を終えていません。これから、ぜひ吟味していただきたい証拠がありま す」

それを聞くと、裁判長は自席で身体をこわばらせた。

「証拠とは何ですか?」

「最後の分析結果です。《文化財不正取引対策本部》が昨日、最終結果を提出してきました」

そう言うと、次長検事は事務官に合図をした。事務官はさっそくホッチキス留めした紙の資料を、裁判長と陪席裁判官、陪審員、弁護人に配ったが、コルソがいる傍聴席からは、もちろん中身まではわからなかった。

この思いがけない展開に、誰もがその場で動きを止めていた。クローディアもまったく予想していなかったようで、弁護人席で身を硬くしていた。

と、裁判長がさっと資料に目を走らせてから言った。

「これは絵画を化学分析したものですね。どういうことですか? 『赤い絵』を別の検査にかけたのですか?」

「『赤い絵』ではありません、裁判長」次長検事が答えた。「被告人が本人名義で描いた絵を分析したのです。つまり、贋作ではなく、現代絵画として描いたものです。本日、証拠品として提出するのは、証拠品番号、一三二番、一三三番、一四一番、一五四番、一七二番、一七八番の絵画とそれに関する化学分析で、絵画のほうは、二〇一六年の七月七日に、ミシュレ通りにある被告人のアトリエから押収したものです。それを今回、《文化財不正取引対策本部》が検査にまわしたのです」

裁判長は肩をすぼめた。

「なぜ、その検査を命じたのですか?」

「現代絵画に使用している顔料や、そのほかの成分を調べることが捜査に役に立つのではないかと考えたからです」

「何のためにですか？」

「現代絵画と贋作の関連性を調べ、追加情報を得るためです」

裁判長は納得していない様子で口を開いた。

「いいでしょう。それで？」

「分析の結果、現代絵画のほうに、贋作で使用されていた絵の具や、そう見せかけるために使う化学薬品は、いっさい検出されませんでした」

それを聞くと、裁判長は両手を肩まであげ、「なんだ、それだけのことか」とでも言うように、その両手をストンと机に落とした。そして、たぶんこの話を終わらせようとしたのだろう、木槌を手に取った。と、その時、次長検事が言葉を続けた。

「しかし、別のものが見つかったのです」

「何ですか？」

次長検事は眼鏡をかけて、最初に配った資料をめくりはじめた。そうして、付箋を貼ったところまでくると、

「ここです」と言って、大声で読みあげはじめた。

「《それぞれの絵画からは微量ではあるが、鉄分、葉酸、ビタミンB12などが発見された。その割合は一定で……》」

「つまり、どういうことなんです。結論を先に述べてください」もうこれ以上は我慢できないという口調で、裁判長が言った。

「血液です、裁判長。人間の血液です。ソビエスキの描いた絵には、人間の血液が含まれていたのです」

その言葉に、法廷内は静まりかえった。やがて、どこからか、ひそひそとささやくような声が聞こえてきて、そのささやきはすぐにヒステリックなざわめきに変わった。すぐに裁判長が静粛を求めたが、その裁判長の声も動揺で震えていた。コルソはソビエスキとクローディアのほうを見やった。ふたりとも何があったのかわからないという表情で、互いの顔を見つめてい

る。

もしかしたら、これから予想もしていなかったような、衝撃的な事実が暴かれるのだろうか？　コルソはバロック期のイタリアの画家カラバッジョの逸話を思い出した。カラバッジョは明暗技法を用いて、後の画家たちに多大な影響を与えた偉大な画家だが、私生活では殺人を犯して逃亡するなど、悪名高い生涯を送っている。そして――何よりもおぞましいことに――自分の絵をより生きいきと見せるために、絵の具に精液や血液を混ぜて使っていたというのだ。その逸話はたぶん伝説にすぎないだろうが、ソビエスキなら本当にそんなことをやりかねない。

次長検事は分析報告の発表を続け、「押収された絵からは、間違いなくヘモグロビンが検出された」と述べた。そうして、先を急ぐこともなく、おおげさな口調でドラマチックな効果を狙うでもなく、いっさいの感情を排して結論部分を読みあげた。

「《結論。これらの作品の中には人間の血液の痕跡が認められる》」

それを聞くと、ソビエスキがガラス張りの被告席の中で、大声を張りあげた。

「嘘だ！　これは罠だ！」

ソビエスキの顔は歪んでいた。まるで恐怖に引き裂かれたように、左右が非対称になっている。それはなぜか、口から耳まで切り裂かれたソフィーとエレーヌの顔を思わせた。その間も、次長検事は分析報告を読みつづけていた。

「《それぞれのカンバスからは、異なる血液が検出されていて、その血液は……》」

その時、クローディアが、突然立ちあがって言った。

「裁判長！　弁護側としては裁判の延期を要求します。理由は、弁護側の知らなかった新しい証拠が出てきたからです。弁護側はこの証拠を吟味したうえで……」

「要求を却下します」裁判長が即座に言った。「まずは検事の話を最後まで聞きましょう。裁判を延期するかどうかは、話を聞きおわってからにします。次長検事、どうぞ」

この言葉に意を強くしたのか、次長検事は眼鏡をはずして法廷の真ん中に進みでると、裁判官と陪審員の前に立った。だがそうしながらも、時々、目の端でソビエスキとクローディアを睨んでいるようにも見える。

「もちろん、作品の中に血液が認められただけでは、犯罪が証明されるわけではありません」次長検事は言葉を続けた。「しかし、その血液がどんなふうに使われていたかがわかれば、被告人がソフィー・セレとエレーヌ・デスモラの殺人に深く関わっていたことが証明されます。ええ、被告人が描いた現代絵画には、このふたつの殺人事件について、被告人が犯人だと示す証拠が残されていたのです」

「いったい、どんな証拠なんです?」しびれを切らして、裁判長が言った。

次長検事は数歩、前に進みでると、言った。

「絵画の化学的な分析結果を見て、《文化財不正取引対策本部》は、ある実験を思いつきました。そして、その実験の結果、証拠を発見したのです」

「ですから、どんな証拠なのです? 早く言ってください」

その言葉にようやく、次長検事は話を先に進め、実験の結果を口にした。

「これらの絵には血液で名前が書かれていたのです」

「自分の署名のことですか?」裁判長が尋ねた。

次長検事は黙って首を横に振ると、より効果を高めるためか、さらに数歩進み出た。

「普通、絵画に血文字を書けば、その絵を見ただけで、すぐにわかります。ところが押収した絵画は、黄土色を基調にして描かれています。すなわち、乾いて凝固した血液と変わらない色で……。したがって、その絵の表面に血を使って文字を書いても、時間がたてばまわりの絵の具の色に溶けこんでしまって、何を書いたのかわからなくなるわけです。少なくとも、見た目には……。ところが、凝固した血液は、見た目は同じでも、その化学的成分は絵の具とは違います。化学的には別の性質があるのです」

「それで？」

「私はこれから皆さんに、《文化財不正取引対策本部》がしたものと同じ実験をご覧に入れたいと思います」

そう言うと、次長検事はそばで控えていたふたりの制服警官に合図をした。警官たちは、透明なビニールで覆われた大きな絵を四枚、法廷に運びいれ、検事席の前に並べた。

いずれも、黄土色を基調とした絵だ。

最初の絵に描かれているのは、痩せほそった裸の売春婦。ソファーの上で疲れきった様子をしている。

ふたつ目の絵はストリッパー。身につけているのは、赤い羽根の襟巻きだけだ。

三つ目は麻薬中毒の女。地下道の隅にうずくまり、注射の真っ最中だ。

四つ目はポルノ女優。裸の身体に、緋色の絹の布地を巻きつけている。

法廷内の人々は、思わずのけぞった。ソビエスキが描いた人々が荒んだ世界の向こうから、悲しげにこちらを見つめてくるような気がしたからだ。

「裁判長、窓のブラインドを閉めることを、お許しいただけますでしょうか？」次長検事が言った。「これからお見せするもののために、部屋を暗くする必要があるのです」

その言葉に興味を掻きたてられたのだろう、裁判長は即座にブラインドを閉めるよう指示を出した。法廷が薄暗くなった。フロイトなら、そう言うかもしれない。〈根源的な不安〉を掻きたてるように……。

薄暗がりに溶けこんで、茶色い壁の羽目板はもう見分けがつかない。裁判官たちの黒い法服もまわりと区別がつかない。コルソはもう一度、ソビエスキとクローディアを見た。薄闇の中で、ふたりは絶望し、途方に暮れているように見えた。世界の底に沈んで、もう二度と浮かびあがってこられないかのように……。

このふたりには、もう光は届かないと思えた。

81

廷内が完全に暗くなると、《文化財不正取引対策本部》の捜査員が科学捜査部鑑識課の技術者たちとともに入廷してきた。鑑識の技術者たちは、いつものように白いつなぎの服を着ていた。まるで法廷が犯罪現場に姿を変えたようだ。こんなことはかつて目にしたことのない光景だった。

検事席の前に置かれた絵のところまで来ると、技術者たちはカッターナイフを使って、絵を覆っていたビニールをはがしはじめた。薄暗がりの中で白い服があちらこちらへ移動する姿は、幽霊が踊っているように見えた。〈まだ午前十時なのに……〉コルソは思った。

不思議なことに、窓のブラインドがおろされたあとも、ソビエスキの絵に描かれた人物は姿を消さず、むしろ闇の中で輝いているように見えた。暗闇こそが、自分たちが本来、生きる場所だとでも言うように……。ビニールがはがされると、その印象はさらに強くなった。コルソの目には、暗闇でうごめく人物たちの姿が存在感をもって、はっきりと映った。

次長検事が説明を始めた。暗闇の中、その声はあらゆるところから聞こえてくるように思われた。またその姿は、プラトンの『ティマイオス』に出てくる世界の創造者、デミウルゴスを想像させた。

「ここにある絵の中には、血液で書かれた文字が隠されています。今のところ、その血液は見えません。しかし、書かれていることに間違いはないのです。そして私たちは、絵の具とは異なる血液の化学的な性質から、ある方法を用いることによって、その隠れた文字を見ることができるのです」

その間に、鑑識の技術者たちは、黒いポリプロピレンの手提げかばんを開けて薬品を取りだしていた。コルソには、すぐにそれが何だかわかった。血液に含まれるヘム鉄に反応して青白く発光する現象――いわゆる〈ルミノール反応〉を引き起こす試薬だ。

次長検事は簡単に〈ルミノール反応〉の説明をすると、いよいよ実験に取りかかるよう、技術者たちに合図をした。

「それではご覧いただきましょう。ここにある絵の中にどんな文字が隠されているのか……」

その言葉と同時に、技術者たちは、絵の表面にゆっくりと試薬を噴霧しはじめた。その動きがあまりにそろっていたので、コルソはシンクロナイズドスイミングを連想した。

と、すぐに人々の間から押し殺したような声が湧きあがった。ルミノール反応が現れたのだ。一枚の絵にひとつずつ、青白い文字で女性の名前が浮かびあがっている。文字は大文字で、震えていた。

〈サラ〉〈マノン〉〈レア〉〈クロエ〉……。おそらく描かれた人物の名前なのだろう。売春婦が寝そべっている絵では、ソファーのひだの間に〈サラ〉と書かれている。ストリッパーの絵では、襟巻に沿って〈マノン〉と……。麻薬中毒の女の絵では、地下道の側溝のところに〈レア〉と……。そして、ポルノ女優の絵では、身体に巻きついている赤い絹の上部に〈クロエ〉という文字が記されていた。次長検事が言った。

「ご覧のとおり、どの絵にも女性の名前が書かれていますが、これは血液なのです。この……」

「これは陰謀だ！」ソビエスキが叫んだ。

ソビエスキは、そのあともクローディアに向かって大声でわめいていたが、あまりに興奮しているので、何を言っているのかはわからなかった。すぐに裁判長が言った。

「ミュレール弁護士、被告人を落ち着かせてください。このままでは、退廷させることになります」

いっぽう、傍聴席にいる人々も興奮を抑えきれないようだった。スマホを出して写真を撮る者までいて、シャッター音がするたびに、警備員が注意しにいった。

鑑識の技術者たちは床に膝をつき、あいかわらず絵に向かって試薬を噴霧しつづけている。それによって、血で書かれた文字は、ますます鮮明に、青白く浮かびあがってきた。次長検事が話を続けた。

「さて、科学捜査部の係官たちは、ここにある絵から採取した血液をアドリアン・レヌ通りの秘密のガレージから発見された血液と照合しました。すると、予想どおりの結果が出てきたのです。すなわち、秘密のガレージで発見された六名の女性の被害者のうち、四名の被害者の血液が、ここにある四枚の絵から採取した血液と一致したのです」

それを聞くと、クローディアがすぐに異議を唱えた。

「裁判長！　アドリアン・レヌ通りで発見された血液の持ち主は、ソフィー・セレとエレーヌ・デスモラを除いて、身元が判明していません。また、被害者であるかどうかもわかりません。検察側のやり方は、根拠のない推測で被告人を貶めるもので、とうてい認めることはできません」

だが、それには答えず、裁判長は軽く手でクローディアを制すると、もっとよく絵を見るために、裁判長席からおりて、絵の前に向かった。陪席裁判官や陪審員たちもそれに続く。そうして、くっきりと血の文字が浮かびあがったソビエスキの絵を魅了されたように眺めた。

と、次長検事が裁判長に声をかけた。

「裁判長、どうぞそのまま、その場所にいらしてください」それから、クローディアに向かって言葉を続ける。「なるほど、それではあなたのおっしゃる〈根拠のない推測〉はやめにして、はっきりした被害者たちがいる、今回の殺人事件のほうに戻りましょう」

その言葉が終わると、手袋をはめた制服の警官が新たに二枚の絵を運んできた。その絵が検事席の前に並べられると、また鑑識の技術者たちが試薬の噴霧を始めた。

すると、それぞれの絵にひとつずつ、青白く光る文字で名前が浮かびあがってきた。〈ソフィー〉と〈エレーヌ〉という名前が……。斜めに書かれた、震える筆跡。だが、それが〈ソフィー〉と〈エレーヌ〉であることは間違いなかった。そして、よく見ると、その二枚の絵はソフィーとエレーヌをモデルにした絵だった。

傍聴席は騒然とした。ソビエスキは自分で描いた絵の中に、犯罪の証拠を残したのだ。あまりの衝撃に、人々は我を忘れていた。規則など、もうどうでもいい。人々は絵に描かれた文字をもっとよく見ようと、いっせいに立ちあがり、スマホを頭上にかざして写真を撮った。

コルソはただひとり、椅子の上でじっとしていた。

次長検事がこれから何を言うかは明らかだった。そして、聴衆もすでにその内容を理解していた。ソビエスキは、殺人を犯しては被害者の絵を描き、その絵に被害者の名前を記していたのだ。誰にも気づかれることなく、自分ひとりの秘密として……。次長検事が続けた。

「〈ソフィー〉と〈エレーヌ〉……。このふたつの名前はそれぞれ、今回の事件の被害者の血液で書かれていました。このことからすれば、弁護側はお気に召さないでしょうが、最初の四枚の絵についても、モデルになった人物はソビエスキに殺されたのだと推測できます。これは〈根拠のある推測〉ではないでしょうか?」

最後は声を張りあげてそう言うと、次長検事は鑑識の技術者や制服の警官、《文化財不正取引対策本部》の捜査員に合図をして、絵画を撤収させた。その間に法廷の警備員たちは、ブラインドをあげたり、法廷内で撮影を続ける人々を力ずくで外に出していた。

こうして再び廷内が落ち着くと、次長検事が言った。

「先ほど被告人は、『陰謀だ』と叫びましたが、そうではありません。これについては、《文化財不正取引対策本部》が専門家に依頼して、この六枚の絵に描かれた文字の筆跡鑑定を行っています。鑑定結果は最初にお渡しした資料にも添付されていますが、それによると、ここに書かれた文字は、間違いなく被告人の手によるものだということでした」

再び廷内が騒然となった。だがその時、人々のざわめきを打ち消すように、廷内に絶叫が響いた。

「もう刑務所には戻りたくないんだ!」

それはソビエスキの悲痛な叫び声だった。

82

結局、フィリップ・ソビエスキは懲役三十年（そのうち二十二年は減刑不可）の刑を言いわたされた。つまり、裁判官や陪審員たちは、「この男は刑務所で人生を終えるべきだ」と考えたわけだ。

昨日の審理が始まった時には、無罪判決が出ると確実視されていたのに、検察が最後に繰りだした秘密兵器によって、逆転有罪の判決が出てしまったのだ。冷静に考えてみれば、審理のポイントはひとつになるはずだった。ソフィー・セレの殺害現場がアドリアン・レヌ通りの秘密のガレージではないこと、そして犯行推定時刻にソビエスキがその秘密のガレージで窯の温度を調節していたこと――このふたつが証明されれば、アリバイが成立するのでソビエスキは無罪。反対に殺害現場が秘密のガレージでなくとも、ソビエスキに代わる人物が窯の温度を調節していたことが証明されれば、ソビエスキのアリバイは成立しないので、有罪か無罪かわからない。また、殺害現場が秘密のガレージであれば、まさに犯行推定時刻にその場所にいたのだから、ソビエスキはみずからアリバイを崩してしまったことになる（犯人が推定犯行時刻に殺害現場にいたと自分で証明するとは考えられなかったが……）。エレーヌ・デスモラの事件については、最初の事件でアリバイが成立するようなら、ディアーヌ・ヴァステルやセックスのコーチの証言も信じられることになり、こちらも無罪。反対にソフィー・セレの事件でアリバイが証明できないようであれば、こちらの証言も怪しくなり、有罪になる確率が高いという構図だった。

そして、昨日の最初の時点では、〈秘密のガレージからソフィーやエレーヌの指紋や血痕、DNAが見つかったこと〉は軽視され、それよりも、〈ソビエスキが贋作者で、ソフィーの殺害当夜は、贋作づくりのために窯の前にいたと証明されたこと〉が決定的な要因となって、ほとんど無実の判決が出かかっていた。ところが、最後の最後で検察が反撃を開始し、ソビエスキが描いた絵に、被害者の名前が、被害者の血液を使って書かれていたことが明らかにされたとたん、それまでソビエスキに有利だった証拠はあっという間に忘れられて、有罪判決が出てしまったのだ。

審理の間クローディアは、「新しく出てきた証拠を十分に吟味してから反論にかかりたいので、審理を延期してほしい」と、何度も裁判長に訴えた。だが裁判長は「被告人が自分の絵に、被害者の血で、その被害者の名前を書いたのは明白である」として、延期を認めなかった。

それでもクローディアは、原告代理人の論告と次長検事の論告求刑が終わると、わずかな勝利の可能性を賭けて、最終弁論で戦った。ソビエスキの絵に書かれた血文字については、「あれは塗り重ねた絵の具の上に書かれたものなので、ちょっと似せたら、筆跡鑑定などは簡単にごまかすことができる」とし、秘密のガレージから発見されたソフィー・セレとエレーヌ・デスモラの指紋や血痕、DNAについても、「あんなものは誰にでも細工できる。したがって、秘密のガレージは殺害現場ではない」と反論した。またエレーヌ・デスモラの事件についても、しっかりとアリバイ証言がとれていることを強調し、「次長検事はアリバイの切りくずしさえ行っていない」と、検察側を非難した。さらには、捜査を担当したコルソ警視のやり方が不当で、また偏りがあったこと、警視がきちんと調べれば、「これはゴヤの贋作を買わされた美術品蒐集家のアルフォンソ・ペレスが、被告人に復讐するために行った犯罪だとすぐにわかったはずだ」と、警察にも矛先を向けて、堂々の論陣を張った（ちなみに、ペレスの遺体はいまだに身元が判明していないことになっていた）。おそらく、これだけの材料をもとに、これだけの熱弁をふるえば、普通だったら、被告の無罪は確実になっていただろう（実際、昨日はそうなりかけていた）。だが、被害者の絵に被害者の血で書かれた名前は、傍聴席にいた人々はもちろん、陪審員や裁判官の心にも強烈な印象を与えていた。ひとり卓越した俳優がいれば、ほかの俳優はいくらよい演技をしようとかすんでしまうのだ。

裁判官、陪審員たちによる判決の審議は、わずか二時間で終わった。被告人のアリバイが工作したものだと証明できる者は誰もいなかった。だが、最後に見た血文字のせいで、被告人に対する心証は悪いほうに定着してしまった。その結果、被告人は過去に人を殺しているとか、殺人犯のような顔をしているとか、秘密のガレージというのは、若い娘たちを連れこんで殺害する精神病質者(サイコパス)の隠れ家にふさわしいとか、そういったイメージが広がって、絶対に被告人が犯人だという流れになってしまったのだ。スコアは九対零(ゼロ)だった。

すべてはあの血文字のせいだった。次長検事が法廷を暗くして、その暗闇の中にルミノール反応で青白く光る、被害者の血で書かれた文字が浮かんだ時に、結論はもう出てしまったのだ。その文字は、海の底から腐敗した死体がゆっくりと水面にあがってくるように、被害者をモデルにした絵の表面に浮かびあがってきた。陪審員も裁判官も、傍聴席にいた人々も、メディアも、メディアを通じてこのニュースを知った人々も、誰もがこのイメージに嫌悪を抱いた。そして、人々はこのイメージを裁いたのだ。もはや誰にも流れを変えるすべはなかった。こうして、二〇一七年十一月二十四日の金曜日、被告人フィリップ・ソビエスキに対して、有罪の判決が下されたのだ。

判決が下された時、ソビエスキは叫び声をあげながら、被告席のガラスに頭を打ちつけた。クローディアはショックを隠しきれない様子で、がっくりと肩を落としていた。コルソは胸が痛んだ。ソビエスキもクローディアも傲慢で、自信にあふれている時には、鼻もちならなかったが、こうして敗北に打ちひしがれているところを見ると、それまでとギャップが大きいだけに哀れに感じられた。

その姿をしばらく見つめてから、コルソは疲れきった思いで、法廷を出た。あふれる人々のざわめきも耳に入らず、裁判官や検事のもとに押しよせるジャーナリストたちの姿も目に入らない。そうして、いつもとは違って、建物の脇にある〈関係者専用出入口〉には向かわず、アルレ通りの正面玄関から外に出た。クローディアに会おうとは思わなかった。ふたりで向かいあっても、何を話したらよいかわからなかったからだ。この裁判の熱狂のなかで、ふたりはそれぞれ、違った真実の可能性を見て、違った世界に行ってしまったのだ。

やはり、裁判というのは虚しいものなのか？ コルソは思った。真実というのはひとつであるはずなのに、法廷が示す真実は、いつも相対的なものでしかない。真実の可能性のひとつでしか……。ソビエスキは本当に有罪なのだろうか？《パレ・ド・ジュスティス》を出て、車を停めた場所にたどり着く前から、コルソはすでに疑いはじめていた。裁判の間は、ソビエスキのアリバイは鉄壁なものではないと考えていたが、そうかと言って、まったく考慮に入れなくてもよいものだとは思えない。鉄壁でなければ、アリバイなどなかったことにしてもよいものだなどとは……。結局、血文字の名前のせいで有罪と決まってしまったが、それがいくら強烈なものであったとしても、ほかの証拠を否定したり、可能性を打ち消したりすることができるのだろうか？ ソビエスキが罠にはまった可能性は十分にある。自分だって、今はアルフォンソ・ペレスが犯人ではないかと考えているではないか。

バルバラではないが、またもや手から真実がこぼれ落ちたのだ。事件は表面的には解決したように見えた。だが、納得できる真実はひとつもない。いや、もともと自分は、裁判に信用をおくことができず、〈一生懸命に捜査をして真実を追求しても無駄だ〉と、どこかで考えてきた。その意味ではいつもと変わらないはずなのだが、この事件だけは違った。この事件には妙に気になるところがあって、捜査に心血を注いできた。だからこの事件だけは、誰から見ても間違いのない、納得のいく真実が欲しかったのだ。

もちろん、裁判というのは人間のすることなので、完璧などあり得ない。被告人をはじめ、弁護士、検事、原告代理人、裁判官、陪審員たちが、いつも客観的な事実にもとづいて、明晰な判断を下すわけではない。誰かが明白な事実を認めなかったり、細かいことにこだわりすぎて、目の前にある真実を見逃してしまうこともある。それはよくわかっている。だが、この事件だけは……。

結局この事件でも、裁判の結果、真実が明らかにされたわけではなく、〈真実はこうかもしれない〉という虚構がひとつ認められただけだった。

コシャン病院に沿って車を進ませながら、コルソは肩をすぼめて、このいまいましい事実を頭から振りはらった。と、その時、自分の人生に意味を与えてくれるたったひとつの存在が、建物の前に立っているのに気がついた。タデだ。タデが学童保育を終えて、建物の玄関の前に立っていた。タデが自分の人生に意味を与えてくれている。これは祝うべきことだ。

コルソはタデを車に乗せると、この機会にミス・ベレーも招待して、とくに理由を説明することなく、タデのお気に入りのピザ・レストランに行った。おいしそうにピザを食べる小さな息子を眺めること、そしてその隣に、大きな胸とシンプルな考え方を持った、時々会える恋人がいること――これこそ、何よりも心の安らぐことだった。

そう思いながらも、コルソは家に帰ると、携帯をチェックせずにはいられなかった。自分を欺くことはできなかった。クローディアからの電話を待っているのだ。

83

晴れた日のパリは悪くない。だが、雨の日のパリは想像を絶するほど美しい。黒く濡れた舗道、側溝を勢いよく下る水の流れ、灰色の空と雨に煙る建物。建物の正面を飾る男や女の像は、水を浴びて生き返ったように見える。カフェに入って、雨の雫が伝う窓ガラス越しに外を眺めていると、自分はこの街に抱かれ、優しく包みこまれているのだと感じて、心から幸せな気持ちになることができる。雨はすべてを包みこむ。恋人たちの密会も、悪事の相談も、愛にまみれた犯罪も、欲に絡んだ犯罪も……。雨のパリ。そこにはパリの本当の姿がある。

だが、クリスマスのこの時期は、せっかくの雨の日の魅力も半分に減ってしまう。街にあふれるイルミネーションが雨の雫を、色とりどりの甘草（かんぞう）キャンディーのような、気持ちの悪いものに変えてしまうからだ。だが、しかたがない。これもまたパリなのだ。どこに行ってもお祭りのように賑やかで、騒々しいことこのうえないが、それでも心を温かくしてくれる。

ソビエスキに対する判決が出てから約二週間後の、十二月六日の水曜日、コルソは雨が優しく降りそそぐなか、息子のタデを連れて、オスマン通りにあるデパートにクリスマスのデコレーションを見に出かけた。水曜日は小学校が休みなので、それに合わせて休みをとったのだ。

だが実際にデパートに来てみると、その計画が失敗だったということに、すぐに気づいた。十歳半になる息子は、もうクリスマスのデコレーションを見て目を見はる年齢ではなかったのだ。それよりも、コルソにはどこが面白いのかさっぱりわからなかったが、日本の漫画やアニメが好きで、怪獣や超能力者が出てきたり、拳銃で撃ちあいをしたりした果てに、ヒーローが勝利を収める物語に夢中になっていた。したがって、今日の外出は息子のためではなく、むしろ自分のためだと言ってよかった。お気に入りの漫画を手に、クリスマスのイルミネーションに照らされて、楽しそうにしている息子の無邪気な顔を見ると、コルソは心の底から癒された。

タデは母親に似ていた。美貌だけではなく、物腰や話し方など、母親にそっくりなところが数多くあるのだ。これまでタデの中にエミリアの面影を見つけると、コルソは辛くてたまらなくなった。最愛の息子の中に、この世でいちばん憎んでいる妻がいるのだ。それを思うと、心臓が苦しくなって、生きた心地がしなくなった。だが離婚の問題が片づき、ふたりで親権を共有して、タデが双方の間を行き来するようになってからは、だいぶ心が落ち着いてきた。最近ではタデの中にエミリアを発見しても、それほど心が騒ぐことはない。自分がいて、エミリアがいて、タデが生まれた——そんなふうに考えると、自分たちのような哀れな夫婦がこのような息子を持てたことは、ある意味、救いであるように感じはじめたのだ。確かに自分たちはおぞましいセックスに耽り、そのあげくに激しく対立して、深く憎しみあった。だが、こんな不毛な関係からでも、よいものが生みだされるのだ。いや、よいものどころではない。崇高なものだ。それがタデだ。

その時、携帯電話が鳴って、物思いが中断された。カトリーヌ・ボンパールからだ。

「あの話を聞いた？」

「何の話です？」

「ソビエスキが、フルーリー＝メロジス刑務所の医務室で自殺したのよ」

コルソは息を呑んだ。頭の中が真っ白になって、何も考えることができない。ただ反射的に、警察官らしい質問が口をついて出た。

「方法は？」

「首吊りよ。医務室にあった延長コードを使って……。たぶん、医務室には何か自殺に使えるものがあると思ったんでしょう。そのために、わざと怪我をしたらしいわ。そこで延長コードを見つけて、照明を吊るす鉤に引っ掛けて、首尾よく、事を果たしたというわけ。フルーリー＝メロジスのような刑務所で、いまだにこんなに簡単に自殺できるなんて、呆れるわね」

電話をしながら、コルソは無意識のうちに、タデの手を握りしめていた。クリスマスの雑踏で、息子の手を放さないように……。

「すぐに私のところに来なさい」

「どうしてです？」

「一緒にフルーリー＝メロジスに行くのよ。埋葬の前に、今夜、簡単な弔いの会があるらしいから……」

「行けません。今、タデと一緒なんです」

「急いで来なさい。誰よりも先に着かないといけないのよ」

「どうしてそんなに急ぐ必要があるんですか？」

「あのね、ステファン。この自殺のせいで、またメディアが騒ぎだす可能性があるからよ。まだ誰も、何も知らない今のうちに、体裁の整ったストーリーを準備しておかないと。数時間もしたら、皆に知れわたることになるわ。言っておくけど、この自殺は私たちにとって、面倒なことになるわよ。捜査を担当したあなたにとっても、あなたに捜査を命じた私にとっても……」

84

タデは、クラスメートの母親が快く預かってくれることになった。母親はみんなで昼食を食べ、雨がやんだら、午後はリュクサンブール公園を散歩して、おやつは子どもたちと一緒にクレープを作るつもりだと言っていた。

タデをその家に預けると、コルソは十七区のバスティオン通りにあるパリ警視庁の新しい建物に向かった。今年の初めに警視庁が引っ越してから、コルソはまだその建物に足を踏み入れたことがなかった。建物はガラス張りで、巨大なレゴのようだった。色はスカイブルーだ。それを見た時、コルソはなぜか、少年時代を過ごした《シテ・パブロ・ピカソ》のタワーマンションを思い出した。そして、〈やっぱり犯罪捜査部を離れてよかった〉と思った。完成してなお巨大な工事現場のようなこの建物に、毎日来なくてもいいからだ。

　まだ雨が降っていたが、ボンパールは建物の前で待っていた。コルソはその前に車を停めた。おそらく余計なことを言わないようにするためだろう、ボンパールは車に乗りこむなり、建物の悪口を言った。「まったく、まだ玄関前の舗装が終わらないの。おかげで靴が泥だらけだわ」と……。コルソもまた、どうでもいいことを口にするために、「あまり魅力的な建物じゃありませんね」と相槌を打った。お互いにソビエスキの話題には触れなかった。そのせいで、すぐに何も話すことがなくなってしまった。

　車は環状道路をしばらく走ったあと、《ソレイユ高速道路》と呼ばれる高速六号線に入った。ボンパールが突然、言った。

「アーメッド・ザラウィが釈放されたことは知っている？」

「誰がです？」

「アーメッド・ザラウィ。《シテ・パブロ・ピカソ》の麻薬組織のボスよ」

　コルソは思い出した。一年半前、麻薬取締部のランベールがタワーマンションの地下にある麻薬製造所（ラボ）の家宅捜索をした時、蛇のモニュメントをはさんで、銃撃戦をした相手だ。あの時は、換気ダクトを通って、ラボとして使われていた地下室に天井から飛びこみ、売人をふたり殺してしまったのだ。そのうちのひとりが、アーメッド・ザラウィの弟のメディ・ザラウィだった。アーメッドのほうは逮捕されて、刑務所に入っていたはずだ。そのザラウィが釈放されたというのか？　現在自分が配属されているのは、司法警察本局の薬物密輸取締本部なのだから、そういった情報が入っていてもおかしくないのだが、うっかりしていた。

「でも、だからどうなんです？」コルソはただそれだけ言った。

「報復に気をつけなさい」

「どうしてです？」

「馬鹿も休みやすみ言いなさい」こちらは見ずに、ボンパールが言った。「あなたがやったってことはわかってるのよ。そろそろ自分のお尻は自分で拭くようになさい」

〈代母〉のカトリーヌとしては、息子のことはお見通しというわけか。それにしても、お上品な言い方だ。

「大丈夫ですよ」コルソは落ち着いて答えた。

「わかってないわね。あいつらは執念深いの。ランベールなんか、震えあがってるわ」

それは不思議ではない。あの夜の事件で死者が出たことは、公式には麻薬取締部第二課長のランベールの責任ということになっているからだ。つまり、麻薬組織のボスの弟はランベールが死なせたことになる。だが、本気で報復するつもりなら、きっと自分のところまでたどり着くだろう――コルソは思った。

高速道路から見える景色は泣きたくなるほど単調だった。吐きたくなるようなと言ってもよい。優雅なパリの街並みを抜けているのと違って、目に入るのは、灰色の海のような、コンクリートの壁ばかりだ。その壁はだんだんぼやけていって、遠くの灰色の空とひとつになっている。だが、そんな景色のなかでも、コルソはボンパールと一緒に刑務所に向かうことが嬉しかった。ソビエスキの弔いの会に行くということもあってか（それ自体は気が重かったが）、万聖節の日に墓参りに向かう、小さな家族のような気がしたのだ。

フルーリー＝メロジスの駐車場に車を入れて外に出た時には、雨は土砂降りになっていた。小走りで正門に向かいながら、ボンパールが初めて、ソビエスキのことに触れた。

「やっぱり、犯人はソビエスキだったのね。この自殺が証明しているわ」

「本当にそう思うんですか?」

「そうじゃないと思うわけ?」

正門の前まで来ると、コルソは息を切らしながら呼び鈴を押した。警備員が姿を見せるまでの間に、ボンパールに反論する。

「その反対ですよ。ソビエスキが自殺したのは、裁判が不当だと思ったからじゃないかな」

「じゃあ、控訴すればいいでしょう」

「控訴しても、勾留されることに変わりはないから……。これ以上、ここにいることに耐えられなかったんですよ」

「本気で言ってるの?」

コルソは返事をしなかった。雨は激しく降りつづいている。コルソは急に気分が暗くなった。まるで、この世のすべての悲哀が結託して、自分たちにとどめを刺そうとしているようだ。

やっと警備員が現れた。コルソたちは書類に記入し、身体検査をされて、拳銃を受付に預けた。そして、ドアと鉄格子で行く手をふさがれながら、迷路のように入り組んだ廊下を歩いていった。コルソは刑務所が嫌いだった。その中にずっと閉じこめられるかと思うと、息が詰まりそうになる。普通の人と同じだ。だが、普通の人と違うところは、刑務所が自分の本来の居場所だと感じることだ。これまでもずっと、自分は刑務所の世界にいるべき人間だという気がしていた。もし、あの時ボンパールがかばってくれなかったら、自分は〈ママ〉を殺した罪で、少なくとも十年は食らっていたにちがいない。そのあとも、警察官になったからよかったものの、そうでなければ拳銃を悪事に使う側に回って、二十年は刑務所で暮らすことになっていただろう。

ふたりはソビエスキが自殺した医務室に向かっていた。だが、目指す場所にはなかなか着かない。フルーリー゠メロジス刑務所は、ルーブル美術館ほどの大きさがある。何をするにも、どこに行くにも、最低三十分は歩かねばならず、この世でもっともひどい悪臭を放つ場所を横切らねばならない。それは、投獄された人間が吐きだす苦痛と辛酸のにおいだ。

それからかなり長い間歩いた末に、コルソたちはようやく医務室に到着した。フルーリー＝メロジス刑務所は収容者数の上限を三千人と定めているが、実際には四千五百人が入っている。それなのに医療設備としては、小学校並みの医務室がたったひとつあるだけだ。中に入ると、鉄製のベッドがふたつ、部屋のほとんどを占めているのが目に入った。隅には白いタイルの洗面台、壁にはエックス線写真を見るための陰画スコープが取りつけられている。他には年代物のテレビが一台と、医学書が並んだ小さな本棚があるだけだ。

医務室の責任者である看護師が、まるで紙でできているような藍色の上っ張りを着て現れた。男の看護師だ。首からはワイシャツの白い襟が出ていて、司祭のようにも見える。看護師は、自分の住まいで偉い人が亡くなったばかりだとでも言うような、ものものしい表情をしていた。

「ベッドが空ですが、今日は具合の悪い受刑者はいないんですか？」コルソは尋ねた。

受刑者というのは、いつも具合が悪いと言ってくるものだ。それなのに、誰もいないのが不思議だった。

「何人も来たんですけど、すぐに帰ってしまうんです。遺体があるせいで……」

この刑務所で、いわば古巣に戻ったソビエスキはいったいどんなふうに迎えられたのだろう。名声を成した画家として、同時にストリッパーを殺した犯人として……。コルソはそのことを考えずにはいられなかった。

「こちらへどうぞ」日本ふうに頭をさげて、看護師が言った。

医務室の奥にはもうひとつ部屋があって、そこには薬品用のキャビネット、それから遺体を安置する冷蔵庫があった。おそらく、ソビエスキはこの奥の部屋で自殺したのだろう。薬品キャビネットには鍵がかかっていた。遺体を安置する冷蔵庫は四角い長い箱で、診察台のようなベッドの下にはめこまれていた。看護師が冷蔵庫の引き出しを開けた。引き出しはキャスター付きで、簡単に開け閉めできるようになっている。

遺体は毛布にくるまれていた。毛布のひだが大理石のように硬直していて、墓碑のように見えた。ちょうどフィレンツェの教会堂の奥にある墓碑のように……。

看護師が毛布を腰までめくった。ソビエスキは以前よりさらに小さくなっているような気がした。身体つきは少年のようだ。と、頭の中に、生きていた時のソビエスキの顔が浮かんだ。こけた頬、斜に構えた笑い方、歯の抜けた、挑戦的な口もと……。

「まったくひどいことです」看護師が、両手を股の前で組んで言った。その姿は司祭のようにも、おしっこを我慢している子どものようにも見えた。

「何がひどいんです？」看護師の言い方に引っ掛かりを覚えて、コルソは尋ねた。

「私はあの事件の裁判をずっと追ってきました。ソビエスキのこともよく知っています。ええ、あの人のことなら何でも知っているんです」

なるほど、そいつは完璧だ。するとこの看護師は、自分を非難しようというわけか。コルソは思わず挑戦的な口調になった。

「だから、どうなんです？　何がひどいんです？」

「ソビエスキには、真実を明らかにする時間が与えられなかったんです」看護師の声は、教会の大きな鐘のように低く響いた。

「でも有罪判決が出たんですよ。そうでしょう？」

看護師は悲しそうな笑みを浮かべた。その顔はボンパールではなく、自分に向けられているように思えた。

「警視もあの場にいらしたので、ご承知だと思いますが、評決の審議には二時間もかかりませんでした。あれはそんなに簡単に判決が下せる事件ではないんです」

「でも、やっぱり有罪判決が出たのだから……」コルソはつぶやいた。

「いったい、何の罪で？　ソビエスキは何の罪を犯したというのです？」看護師は、まるで神が直接答えてくれるとでもいうように、天を仰いで問いを発した。

「判決が出てから、ソビエスキはどんな様子でしたか？　落ちこんでいる様子はありましたか？」ボンパールが質問した。

「もう食事もとらず、人とも話しませんでした。まったく自分の中に閉じこもっていました。そして……」

「メッセージか何か、残っていないんですか？」コルソは話に割って入った。

看護師は、効果を狙ってか、コルソとボンパールを交互に見つめた。それから、

「もっといいものが残っていますよ」

そう言って、薬品用キャビネットのところへ向かった。いくつもの鍵を使って、扉を開ける。中は鎮静剤、睡眠薬、向精神薬などの薬でいっぱいだった。キャビネットにはグレーの引き出しのついた小型のケースも入っていた。引き出しにはラベルが貼ってあったり、直接、マーカーで文字が書かれたりしていた。看護師はその引き出しのひとつから紙袋を取りだすと、コルソたちのいるところに戻ってきた。袋を遺体の上に置く。毛布の固まったひだの間だ。

「これは何ですか？」不審そうな声で、ボンパールが訊いた。

「自殺に使われた電気のコードです」

紙袋の口から中身が見えたので、コルソにはすでにわかっていた。看護師が中身を取りだした。

コルソはコードを観察した。と、あることに気づいて、はっとした。コードの先端が〈8の字結び〉にな

っていたからだ。この結び方はソフィーを縛った時にも、エレーヌを縛った時にも使われていた。そして、その時の結び目は、これからもまだ無限に殺人が続くことを暗示するように、きちんと閉じられていなかった。

だが、このコードの結び目はしっかり閉じていた。するとソフィーやエレーヌを殺したのは、やはりソビエスキで、ソビエスキはメッセージを残したのか？　連続殺人は自分の死によって終わりを告げると……。それとも……。

85

よこしまな考えというのは、悪習に似ている。いったん取り憑かれると、もうほかのことは考えられない。

その日のうちに、コルソはクローディアに電話をかけた。だが、彼女は電話に出なかった。コルソは自分でも、なぜクローディアと話したいのかわからなかった。お悔やみを述べるため？　いや、それは嘘だ。何かほかの情報を引きだすため？　このタイミングでそれはあるまい。この機を利用してクローディアに近づきたいだけ？　それだったら最悪だ。いずれにしろ、クローディアは自分のことを恨んでいるにちがいない。ソビエスキが死んだのは、ステファン・コルソという愚かで頑固な刑事のせいだと……。

それでもコルソは、翌日の十二月七日木曜日の昼近くに、クローディアを訪ねることにした。事務所のサイトを見ると、《十二月七日引っ越し予定》とあって、八区のミロメニル通りに事務所を移転することがわかった。おそらく、自宅を兼ねた事務所なのだろう。引っ越しの最中なら、それでもかまわない。逆に気楽に話せるだろう。そう考えると、コルソは家を出て、地下鉄のダンフェール・ロシュロー駅に向かった。普段はめったに使わないのだが、今日は地下鉄に乗ろうと思ったのだ。途中のキオスクで、主要紙を全部買う。ソビエスキの自殺に対して、マスコミがどんな見方をしているのか知りたかったからだ。ちょうど昨日のコルソとボンパールのように、メディアの意見はふたつに分かれていた。ソビエスキが自殺をしたのは、罪を認めたからだという見方と、その反対で、無実の罪を着せられたことに絶望したからだという見方だ。

あのコードの結び目の件は、メディアに公表されていないので誰も知る者はいない。だが、それだとて、あいまいな話にすぎない。ただはっきりしているのは、ソビエスキが「自分が犯人だ。もうこれ以上は殺人は起こらない」と宣言したということだ。だが、それをもってソビエスキが真犯人だとすることはできない。ソビエスキは取り調べの過程で結び目のことは知っていたので、そうすることによって、自分に罪を着せた警察に意趣返しをしたとも考えられるからだ。「どうだ？　これでおまえらの望みどおりになっただろう？　証拠はやるから、私が犯人だと、思う存分、うそぶくがいい」と……。あの男ならやりかねない。コルソ自身は、ソビエスキは真犯人ではなく、意趣返しをしたのだと思っていた。

だが実のところ、コルソはもう、誰が犯人なのか、誰が嘘をついているのか、誰が死んだのかなど、どうでもいい気持ちになっていた。事件のことは忘れて、前に進もうと決めたのだ。

しかし、クローディアのことを忘れることはできなかった。

結局、これからクローディアを訪ねる本当の理由はひとつだった。ソビエスキが死んだことを口実に、クローディアに会いたかったのだ。いったん、よこしまな考えに取り憑かれると、もうほかのことは考えられない。まったく、最悪の理由だ。

クローディアの住んでいる建物は、八区によく見られる、重厚でがっしりとしたジョルジュ・オスマン時代の建築物ではなく、レンガ造りの狭くるしい、背の高い建物だった。

建物の入口は、引っ越しの作業のためにドアが開けっぱなしで固定され、自由に出入りできるようになっていた。おそらくクローディアの引っ越しのためだろう。そう思いながら、コルソは十八世紀ふうの螺旋階段をのぼっていった。途中、梱包された荷物や包装された額を両手いっぱいに抱えた、たくましい男たちが脇を通りぬけて、上にのぼっていった。ソビエスキは、クローディアに絵を贈ったりしたのだろうか？　額を見たことで、コルソはふとそんなことを思った。だが、それは想像するだけで不愉快になる考えだったので、すぐに頭の中から追い払った。そんな馬鹿なことを考えている場合ではない。

三階を過ぎてさらにのぼっていくと、四階にあがる二、三段、手前で、半開きのドアの隙間から、部屋の中にいるクローディアの姿が見えた。そこはリビングルームで、クローディアは赤いビロード張りのソファーに腰かけ、スマホに何か打ちこんでいた。カーテンのかかっていない窓からは冬の日差しが差しこみ――そのまばゆい光の中で、青い空を背景にクローディアの横顔がくっきりと浮かびあがっていた。それは二十世紀の前衛芸術家ルーチョ・フォンタナが制作した作品『空間概念　期待』の中で、フォンタナが赤いカンバスに入れたナイフの切り込みのように、鮮明で強烈だった。

コルソはしばらくそこに立ったまま、クローディアの顔を眺めた。白い陶器を思わせる広い額。黄金時代のギリシア彫刻から取りだしたようなまっすぐな鼻。完璧な形をした、意志の強そうな唇。眉はくっきりして、その形はバランスを崩す寸前で優雅に保たれている。これほど美しい顔をしているなら、性格などどうでもいい。クローディアは明るい性格で、自然に人を惹きつける魅力を持っているのかもしれないし、波乱万丈の人生を送ってきて、その経験から人間味にあふれる性格をしているのかもしれない。長所もいろいろあるだろう。だが、そんなことはどうでもいい。自分が虜になったのは、彼女の外見の美しさだった。

カトリーヌ・ボンパールは、自分の経験から愛について語るたびに（ボンパールは思ったよりも経験が豊富なのだ）、よくこう言っていた。《男は外見しか愛さず、女は中身にしか興味を持たない。私たち女は果実と風味を味わうけれど、男は皮だけで満足しているのよ》と……。

コルソは残りの階段をのぼりきると、クローディアを見つめたまま、心の中でつぶやいた。「これほど美しい皮なら、皮だけで十分だ」

と、おそらく昼食の時間になったからだろう。引っ越しの作業員たちが、クローディアに声をかけてぞろぞろと出てきた。作業員たちが出たあと、コルソはドアを押さえて、開いたままにした。

クローディアがこちらを見つめた。そして、まったく思いがけないことに、微笑みかけてきた。コルソはびっくりして、その場に立ちつくした。中に入っていいかもわからない。

すると、ソファーから立ちあがって、クローディアがやってきた。裁判中に時おり見かけたように、悲しげな目をしている。普段は毅然として、陪審員の心を巧みに操る敏腕の女弁護士も、そんな眼差しをすることがあるのだ。特に今は……。その目に悲しみが宿っていても不思議はない。

歓迎の言葉を口にすると、クローディアはコルソをリビングに案内し、お茶を入れてくると言って奥に姿を消した。これもまた思いがけないことだった。

コルソは室内を見まわした。リビングは狭かったが、アパルトマン全体は広そうだった。メゾネットタイプかもしれない。幅はないが、天井がとても高かった。家具はまだ、とりあえずその辺に置かれている。ソファーに化粧ダンスに、ライティングデスク。何様式かはわからないが、年代物であることは間違いない。

やがて、ティーポットとカップをふたつ、小さな盆にのせて、クローディアが戻ってきた。

「座れば？」

前回と同じ乱暴な口調だったが、コルソはそれを親しさの表れだと感じた。そこで、木製の肘掛け椅子に腰をおろすと（背もたれに美しい彫刻が施された金色の椅子だ）、クローディアが茶を注ぐのを眺めた。茶は紅茶ではなく、緑茶だった。クローディアのほうは、先ほどの赤いビロード張りのソファーに座り、ティーポットを傾けながら、すました表情をしている。その目には、もはや悲しみの色は宿っていなかった。悲しげな目をしている、と最初に思ったのは、〈ソビエスキのことで、さぞや悲しんでいるだろう〉という、こちらの思い込みのせいだったのか。いずれにしろ、目の前のクローディアからは、ソビエスキの死を悲しんでいたり、あるいはその死で動揺しているような気配は感じられなかった。だが、法廷で会っても、あるいは個人的に会っても、クローディアはもともと感情を表すほうではない。万事に冷静なオーストリア人気質が、その傾向に拍車をかけているのだろう。

「どうしてここに来たの？」クローディアが愛想よく尋ねた。今日は本当に驚くことが続く。

「お悔やみを言いたくてね」コルソは言った。

と、ティーポットを手にしたクローディアの動きが止まった。

「私にそんな嘘は通用しないわよ」

「嘘じゃないよ」

「わざわざ新しい事務所にまで来て、私を馬鹿にするつもりなら……」

「違うよ。馬鹿になんかしていない。本当にそう言いたかったんだ」

「むしろ、犯行現場に戻ってきたんじゃないの？」

「何の犯行現場だ？」

「あなたは、私を使ってソビエスキを殺したから……」

コルソが立ち上がる素ぶりをすると、クローディアはコルソの手をつかんで、もう一度、椅子に引きもどした。コルソはそれに従った。クローディアの肌が触れたことで、もう何も考えられなくなっていた。

「おれはソビエスキの自殺とは何の関係もない」コルソはうめくように言った。

「ただ、警察官としての役割を忠実に果たしたということね。私のほうはソビエスキにかけられた罠を暴くことができなかった」

「あれはやっぱり罠だと思っているのか？」

「当然よ。あなたのほうは、まさか今でもソビエスキが犯人だとは思っていないでしょうね？」カップを差しだしながら、クローディアが言った。

コルソは何と答えたらよいか、わからなかった。そこで時間稼ぎに、また室内を見まわした。アンティークの花瓶、素朴な彫刻、美術の本などが、年代物の化粧ダンスやライティングデスクの上に置かれている。花瓶や彫刻はじかに床に置かれているものもあった。その場所が定位置なのか、それともまだ置き場所が決まっていないのかはよくわからなかった。

クローディアは片手にカップを持ち、もう一方の腕をソファーの背に回して、くつろいだ格好をしていた。

足は床におろさず、ソファーの上に横座りしている。今日のクローディアは、シンプルだが洗練された丸首のセーターにジーンズという装いだ。その姿はちょっぴり物憂げで、黒い法服を着て颯爽と法廷に立つ姿とは対照的だった。だが、ほんのりと甘い香りを放つ、緑茶の緑とはよく似合った。

コルソは平静を装いながら、緑茶のカップを口に運んだ。いつものことだが、緑茶を口に含むと、その甘い香りと苦みに物悲しい気分になる。だが、一度やみつきになったら、これはやめられない。セックスや麻薬のように、緑茶は人を中毒にするのだ。

「さあ、決心はついた?」突然、クローディアが尋ねた。

「何の決心だ?」

「私に夢中だって、自白する決心よ」

86

クローディアはこちらの気持ちを本当にわかったうえで、こんな質問をしたのだろうか? こちらの気持ちに応えるつもりがあるならまだしも、そうではないのにこんな質問をするなら、それは残酷というものだ。しかし、たとえそうだとしても、クローディアに自分を傷つけるつもりはなかったろう。なにしろ彼女は弁護士で、恐ろしい事件や、そうした事件を起こす異常な犯罪者の姿を見ている。妻をぶつ切りにする男、夜道ですれちがった女を強姦して殺してしまう男、子どもを虐待する親……。そんなやつらに慣れすぎているので、恋の情熱とか、失恋の痛みとか、そういった自然で普通の感情は、取るに足らないものに思えるのだ。

だから相手の気持ちを考えることなく、思いついたらずばっと訊いてくる。そうでないとすれば、自分のほうにも気持ちがあって、冗談にまぎらわせなければ口に出すことができないのか。

　そう考えて、コルソは自分も冗談を返すかたちで答えた。

「罪を認めます。私はあなたに夢中です」

　それを聞くと、クローディアはカップを置いて立ちあがった。そして、テーブル越しにこちらに身を乗りだし、木製の肘掛け椅子の片方の肘掛けに手をついた。クローディアの顔が数センチのところまで迫った。

「それではこちらの答えもお伝えします」クローディアが言った。「あなたにチャンスはありません。それもまったく……」

　思ったとおり、その声には残酷な響きはなかった。ただ、ありのままの真実を冷静に伝えたといった口調だった。法廷で、「その証拠は無効です。それを以て して、被告人を有罪にすることはできません」と言うのと同じ口調だ。コルソはむしろ安堵の気持ちを覚えながら、子どものように尋ねた。

「でも、どうして？」

　すると、クローディアはまたソファーに座って言った。

「私の心はもう別の人にあげたのよ。〈バラ色ロマンス小説〉ふうに言えばね」

〈バラ色ロマンス小説〉というのは、今ではとっくに使われなくなった表現だったが、バルバラはよく使っていた。ただし、〈バラエロロマンス小説〉と言い換えていたが……。「この分野の小説では、最近セックス描写が増えているから」というのがその理由らしい。

「その別の人とはソビエスキのことか？」コルソは尋ねた。

　クローディアは黙ったままだった。こういった場合、最初に推測した答えが正解である確率が高い。つまり、この女弁護士も、ソビエスキが逮捕されたあとに熱烈な愛の手紙を送った女たちと変わりないということか。

コルソは沈黙が続くに任せた。容疑者を自白させるにはそれがいちばんの方法だ。刑事としての経験から、それがよくわかっていた。

「最初に惹かれたのは絵よ」案の定、クローディアは話しはじめた。「私が属しているのは、あなたが大嫌いな知識階級のブルジョワ・ボヘミアンよ。私たちは体制に反対しているけれど、具体的には誰に牙をむければよいかわからない。なぜなら、自分たち自身が、既成の権力や秩序の一部だからよ。そんな私たちにとって、ソビエスキはまさにおあつらえ向きの存在だった。そう、私たちはソビエスキの中にジャン・ジュネ（刑務所の中で小説を書いて評価を受け、知識人の支援で釈放された作家）やルシアン・フロイド（フロイトの孫で、新表現主義の画家。性に奔放で反道徳的な人生を送ったことで知られる）を見たのよ。それで、私はまずソビエスキという画家が好きになった。でも、しばらくの間、本人に会ったことはなかった。初めて会ったのは二〇一五年のことよ。長期受刑囚の、刑務所内での生活環境改善を考えるシンポジウムがあって、そこで知り合ったの」

そのシンポジウムで、おそらくソビエスキは王様気取りだったにちがいない。「自分はまさに長期の受刑者だ」と言って、ひとりでしゃべりまくっていたはずだ。

「その時の印象を訊きたい？　嫌なやつだった。あんな不愉快な人間に、それまで会ったことがなかった」

そう言うと、クローディアは珍しく顔をしかめた。

「でも、狡猾で乱暴で、朝から晩まで自分のことばかり考えているあの男の中に、私はあるものを感じたの。この人は弱い人間なんだって。小さい頃からひどい目にあって、刑務所で十七年間、辛い時を過ごすことになって、そのあとは刑務所での嫌な思い出を忘れるために、絵画や麻薬、セックスにのめりこんでいった人生……。そう、出所してからのソビエスキは、刑務所で失った人生を取りもどすために、がむしゃらに生きてきたのよ」

「レ・ゾピト・ヌフの事件でソビエスキに殺された娘は、もっとたくさんのものを失ったと思うがね」コルソは口を挟んだ。そちらがブルジョワ左翼の知識人なら、こちらは保守派の警察官だ。

それを聞くと、クローディアは笑みを浮かべて、こちらを小突く真似をした。

「今のは聞かなかったことにする。今は議論をしているわけじゃないから」

「で、そのあとは？　今度の弁護を引き受けることになる前に、またソビエスキに会ったのか？」コルソは話を戻して尋ねた。

「いいえ、一度も。ただ、最初の印象だけはずっと残っていた。きっと弱い人間なんだろうという印象は……。で、そのあとに、《ル・スコンク》の事件が起きたのよ。ソフィーとエレーヌが殺された事件が……。私はかばんを持って、ソビエスキに会いに拘置所に行った。昨日まで支援者だった人が手のひらを返すってわかっていたから……。それまでの弁護士じゃ役に立たないということもね」

「まあ、きみにとっても、いいタイミングだったというわけだ。ソビエスキはすべてを敵に回して、ひとりで戦っていたんだから……」

クローディアは肩をすぼめた。

「いずれにしても、国じゅうの人々がソビエスキにとどめを刺したがっていたのよ。前に一度、罪を犯したことがあるから……」

前に罪を犯したからと言って、また罪を犯すと考えるのはおかしい。立派に更生する人だっているのだから――というわけだ。クローディアの考えは理想論だ。お菓子のように甘々の理想論……。そんなことは、このミロメニル通りのような、エリゼ宮（大統領官邸）の近くに住めるような人にしか言えないことだ。少なくとも、このあたりには刑務所から出てきた人間が住むことはないのだから……。

「ソビエスキは私のこと、覚えていた。一度しか会ったことがなかったのに……」

それはそうだろう。コルソは思った。クローディアのような美しい女をソビエスキが覚えていないはずがない。あいつだって、〈皮〉しか見ちゃいないんだ。

クローディアが続けた。

「私が弁護をすると言うと、ソビエスキはうなずいた。私のことを信頼してくれたみたい。それで、私たちは弁護の準備を始めたの。最初に思ったとおり、ソビエスキが弱い人間だということはすぐにわかった。見た目は下品で、挑発的で、嫌なやつだけど、そんなものは本当の姿じゃないのよ。本当の姿は、弱くて、打ちのめされた人間……。骨の髄まで疲れきって、おなかをすかせた、あの風貌そのものよ。それは小さい頃の悲惨な境遇からきたもので、あの絵だって……」

「きみの話を聞いていると、確かにあの男は魅力的に思える」

「ふざけるのはやめて。私はソビエスキが内面的に弱い人間だと話しているの」

「ソビエスキの内面は、ただ弱いってだけのものじゃないと思うがね。そこには……」

「いいの。女は好きな男の見たいところだけを見るの」

そんな話なら、聞きたくなかった。コルソは思わず、乱暴な言葉を投げつけた。

「ソビエスキのどこがいいんだ？　やつが変態だからか？　ペニスが勃ちっぱなしだからか？　麻薬中毒だからか？　それとも人殺しだからか？」

「いちばんは、絵よ」

「本物の？　それとも贋作の？」

言ってから、すぐに後悔した。議論はしないと言ったのに、おかしな方向に持っていってしまったことに気づいたからだ。クローディアが言った。

「いずれにしろ、弁護を引き受けてすぐに、私はソビエスキに愛情を抱くようになっていたの」

「どうせなら、結婚すればよかったのに……」

「ひどいことを……。ソビエスキは死んだばかりなのよ」

「だが、どうしておれにこんな話を？」

「あなたに幻想を与えたくないからよ。私の人生にあなたの居場所はない。少なくとも、あなたが望んでいるような居場所はね」

これだけはっきりと言われれば、コルソも笑うことしかできなかった。

「確かに、幻想を抱く余地はないな」

「これからソビエスキの葬儀を手配して、ひとりでお墓に行くつもりよ」

そう言うと、クローディアは背筋を伸ばして、ぴたりと合わせた膝の間に、両手をすべりこませた。コルソはその姿を見つめた。と、その時、頭に閃くことがあった。違う！　クローディアは何かほかのことを考えている。今までのは全部、芝居だ。

「そろそろ芝居はやめたらどうだ？」コルソは単刀直入に言った。

「何の芝居？」

「ソビエスキに恋をしたとか、悲しみにくれてお墓に行くとか、そんな芝居だよ」

そのとたん、クローディアが立ちあがった。ジーンズの尻ポケットに、手のひらを外向きにして両手を突っこみ、窓の前に立つ。

「実はあなたが来るのを待っていたのよ。あなたは必ず来ると思っていたから……。それで、事務所のサイトに引っ越しの日付まで載せておいたの」

「おれを待っていた？　どうして？」

「あなたと私で、もう一度、捜査をしたいの」

「何の捜査を？」

クローディアが振りむいた。目もくらむばかりの太陽の光に、白い肌が輝いている。

「もう一度、証拠を調べて、捜査をしたいのよ」

コルソは唖然とした。椅子から立って、クローディアの近くまで行く。

「ふざけてるのか?」

と、クローディアが一歩前に出たので、コルソはあとずさった。磁石と同じだ。引きつけられる力が強い分、反発する力も強いのだ。

「私はペレスが真犯人だと思って、法廷で暴露するつもりだった。でもあのあと、ペレスじゃないことがわかったの。ソフィーが殺害された時刻に、アリバイがあったのよ。だから、ペレスは犯人じゃない。でも、もちろん、ソビエスキがやったわけじゃない。それは断言する。ということになると……」

「ということになると、どうなるんだ?」

「真犯人は別にいるってことよ。ねえ、もう一度、捜査資料を見なおしてみたら? あなたは何か見落としているのよ」

一緒に捜査をすれば、クローディアに近づくことができる。そうすれば、自分に対するクローディアの気持ちも……。コルソは考えた。だがすぐにその考えを否定した。クローディアのソビエスキに対する愛は本物だろう。つまり、この女はあくまでもソビエスキの冤罪を晴らして、そのあとはソビエスキの亡霊とともに幸せに生きていきたいのだ。コルソはそうさせたくなかった。

「クローディア、おれはもうこの事件のことは忘れて、前に進むことにしたんだ」

すると、クローディアはふっと笑っただけで、また窓のほうを向いた。コルソはもう我慢できなくなっていた。この気持ちはどうすることもできない。コルソはためらうことなくそばまで行くと、後ろからクローディアの肩を抱きすくめた。

「事件は終わったんだ」耳もとでささやく。「首を吊ったコードは〈8の字結び〉になっていて、その結び目は閉じていた。つまり、ソビエスキ自身がこの事件は終わったと宣言したんだ」

「でも、真犯人は見つかっていない。それはわかっているでしょう?」抱きすくめられた手を振りほどきながら、クローディアが言った。身体の向きを変えて、まっすぐにこちらを見つめる。「それでは永久に冤罪を晴らせない」

やっぱりそうだ。この女はやつの無実を証明したいだけだ。そうはさせない。

「当てにされても、そうはいかないね。きみの調査に協力することはできない」

そうはっきり言うと、コルソは踵を返して出口に向かった。ドアを開けると、ちょうど昼食を終えた作業員たちが大理石の円卓を運びあげて、廊下に置いたところだった。コルソがまさに外に出ようとした時、クローディアが後ろから腕をつかんで言った。

「手伝ってちょうだい、コルソ。調査はまだ終わってないのよ!」

「そうやって、いつまでもソビエスキが生きているような甘い幻想に浸るつもりか? 終わらない物事というのはない。ソビエスキはソフィーとエレーヌを殺した犯人として死んだ。公式にはそれで事件は片づいている。きみはその事実を胸に抱えて、生きていくしかないんだ。事件のことはあきらめろ。それしかない」

すると、クローディアは戸口に回って、出口をふさいだ。

「あなたはこの事件のことを何も知らないのよ。だいたい、あなたがソビエスキをブラックプールまで追いかけた時、英仏海峡トンネルの中で何があったかさえ、知らないでしょう?」

コルソは思い出した。そう言えばあの時、ソビエスキはトンネルの中で姿を消したのだ。あの不思議な出来事については、すっかり忘れていた。

「あの時、ソビエスキは闇の故買商に、贋作を渡していたのよ。ソフィーが殺された夜に、アドリアン・レヌ通りの秘密のアトリエで絵の具を焼成した贋作を……。その故買商に迷惑がかかるので、裁判では言えなかったけど……。いつもはユーロスターの中で渡すらしいんだけど、あの時は列車が非常停止してしまったので、作業用トンネルの中で渡したそうよ」

「でも、あの時、ソビエスキは絵なんか持っていなかったぞ」

「リュックにくくりつけていたのよ」

そうだ。確かにソビエスキは、黒っぽいリュックにキャンプ用のマットを丸めてくくりつけていた。そして、ブラックプールでリュックを見た時には、そのマットはなくなっていた。そうか、あれは絵を丸めていたのだ。

「だが、あの時、ソビエスキはいつもの白い帽子をかぶっていた。おれはソビエスキを遠くから見かけて、そのリュックと白い帽子の男を探したんだ。でもトンネルの中には、そんな男はいなかったぞ」

それを聞くとクローディアは、「ほらね、あなたは何も知らないのだから」という顔をして言った。

「それは、あなたがリュックと白い帽子しか探さなかったからよ。ソビエスキは、あのトンネルの中にいたの。ただし、違う格好で……。不思議でもなんでもない。あの時、ソビエスキのほうもあなたに気づいたの。それで、リュックに入れていた折りたたみ式のバッグに、帽子とリュックを入れたそうよ。あとはあなたが近づいてきた時に、うまく誰かの陰に隠れればよかった。ね、簡単でしょう?」

87

クローディアのところで、コルソはふたつの病にかかった。

ひとつは失恋の病だ。クローディアの前にいた時は平気な顔をしていたものの、家に戻ってくると、胸が深くえぐられて、傷口がぱっくり開いているのがわかった。この傷口がふさがるには、ずいぶん時間がかかるだろう。コルソはこの痛みから逃げずに、正面からぶつかって耐えることにした。クローディアにふられた現実を受け入れ、彼女を忘れなければいけない理由をひとつひとつ冷静にあげていったのだ。自分にはタデがいて、タデを育てるのに全力を尽くさなければならない。恋人だったら、自分にはミス・ベレーがいる……。そうしていると、時おり、クローディアのことを考えていない時間さえ、持てるようになった。

もうひとつは刑事という病だ。病としては、こちらのほうが重症だった。今回の事件の結末は納得がいかなかったものの（コルソは今や、ソビエスキは《ル・スコンク》事件の犯人ではないと考えていた）、それでは真犯人はと問われたら、アルフォンソ・ペレスがいちばん怪しいと思っていた。ところが、「ペレスは真犯人ではない。なぜなら、アリバイがあったから……」と、クローディアから聞かされたことによって、俄然、刑事魂に火がついてしまったのだ。クローディアは、まさかコルソが自分と一緒に捜査をするとは思っていなかったろうが、ほんの少し情報を与えてやれば、刑事としての本能がうずいて、犯人を狩りだしたくなると知っていたのだ。実際、そのとおりになった。コルソは、クローディアには「あきらめろ」と言っておきながら、捜査を続けたいという気持ちが次第に高まってきたのだ。

英仏海峡トンネルでの出来事は、別にたいしたことではない。ソビエスキがあの場にいたのに気がつかないなんて、単に不注意なミスを犯したというだけのことだ。今度の事件では、うっかり大切なことを見逃して、望ましくない事態に陥るという、不注意なミスをたくさんしている。その長いリストに、またひとつ項目が加わっただけだ。

だが、ソフィーとエレーヌを殺した犯人が司法の追及の手を逃れ、自由を謳歌していると考えると、やはり許せないという気持ちが強かった。ふたりを殺したのが、ソビエスキでもペレスでもないなら、犯人はほかにいる。その犯人を見つけて、真実を明かさなければならない。そうだ。真実は必ず見つけなければいけないのだ。

その考えに取り憑かれると、コルソはある日、シテ島の中にある《ソレイユ・ドール》というカフェにバルバラを呼びだした。《パレ・ド・ジュスティス》の近くにあって、刑事たちがよく行っていた場所だ。新しい警視庁からはずいぶん離れてしまったが、バルバラは時間を作って、やってきてくれた。

《ル・スコンク》のストリッパー連続殺人事件の捜査の状況について尋ねると、バルバラは心から驚いたような顔をした。

「その事件はもう処理済みですよ」口をとがらせて言う。

「わかっている」コルソはうなずいた。「しかし、処理済みであるからと言って、解決済みだということにはならない。この事件では、何も明らかになっていないんだ。犯人さえもな」

「それはそうですが、犯罪捜査部には、ほかにも順番待ちの死体があるんですよ」

「わかっている」

そう言って、もう一度うなずくと、コルソは窓ガラスの向こうのサン・ミシェル橋を行き交う車を眺めた。

「何か新しい情報でも耳にしたんですか？」

サン・ミシェル橋のほうに顔を向けたまま、コルソは首を横に振った。あらためて、考えてみる。もう一度捜査資料を見なおしてみることに、意味はあるだろうか？　だが、事件の資料ならすべて頭に入っている。あれで問題はなかったはずだ。それとも、何か重大な見落としがあったのだろうか？　クローディアが言ったように……。

「ペレスの件はどうなってる？」あいかわらず窓の外に目をやりながら、コルソは尋ねた。

「もちろん、何も見つかっていませんよ」皮肉な口調で、バルバラが答えた。「予審判事は、金目当ての犯行と結論づけることになるでしょう。財布が盗まれていましたからね。まあ、犯人のほうは金を盗るより身分証明書をなんとかしたかったんでしょうが……」

まったく、完全犯罪は警察官にしかできない。コルソは自嘲気味に思った。視線を戻して、バルバラを見る。

昇進して犯罪捜査部第一課の課長になったことで、バルバラはよいほうに変わっていた。以前より神経質ではなくなり、爪を噛むこともなく、顔の表情も穏やかになった。ただ、見た目のほうはまだ改善の余地があるようだったが……。ワンピースはまるで軍隊の毛布で作ったみたいだし、前髪もきちんと切りそろえられていない。

「いつもの調子じゃないみたいですけど、大丈夫ですか？」心配そうな声で、バルバラが尋ねた。

「大丈夫だよ」

「仕事のほうは？」

「毎日、同じことの繰り返しだ。楽なもんだよ」

「タデは？」

「タデのことも、すべてうまくいっている」そう言って、コルソは腕時計を見た。「そろそろ、学校に迎えにいかないと……」

だが、バルバラにはすべてわかってしまったのだろう。

「でも、それがボスの望んだことだったんでしょう?」ますます心配そうな声で言った。

「すべてうまくいっているって、言ったたろう?」コルソはいらいらした声で答えた。

もちろん、うまくなんかいっていない。判決が出てから、ここ二週間ほど、コルソはずっと考えていた。自分は父親として、タデと一緒に静かに暮らせれば、それでよいのだろうか? 今度の事件の真犯人は見つかっていない。それなのに、〈処理済み〉として、このまま放っておいてもよいのだろうか? はたして、それが自分のやり方なのか? だが、それを真剣に考えだすと――だめだ! 自分は静かな生活を選んだのだ。

「会えてよかったよ」立ちあがりながら、コルソは言った。「今度は一緒に昼を食べよう」

バルバラは返事をしなかった。《バービー》にはすべてお見通しだ。長年の付き合いで、こちらが嘘をついていることがすぐにわかるのだ。

バルバラと別れて、タデを学校に迎えにいく間、コルソは心の中で繰り返した。そう、自分は嘘をついている。自分はこの事件の結末に納得していない。それがすべてだ。だが、納得のいく結末に至るためには、方法はひとつしかなかった。パンドラの箱を開けることだ。

しかし、それでもしばらくの間、コルソは悩んだ。ボンパールに電話をして、犯罪捜査部に残っている、今回の事件に関するすべての資料を手に入れたい――そう思って、何度も携帯に手が伸びたが、番号を押す前に思いとどまった。自分でとっておいたメモや資料も見なおさなかった。それをしたら、静かな生活のほうは終わりになるからだ。

けれども、〈真犯人を見つけたい〉という、頭の中に棲みついた考えは、まるで腫瘍が成長するように、日増しに大きくなっていった。コルソは今度の事件でソビエスキが犯人だとした場合、事実に合致しない点、事実どうしが矛盾する点、話のつじつまが合わない点を洗いだして、何度も考えてみた。ペレスが犯人だとした場合も考えてみた。そうして、何度考えても、同じ結論に至った。犯人がソビエスキだということはあり得ない。ペレスだということもあり得ない。真犯人は別にいるのだ。そして、そいつは野放しになっている。毎夜、眠りに落ちる時、コルソは真犯人がベッドのそばで、自分の寝息を窺っているような気がした。自分が寝ている間に、また殺人を犯そうとして……。そうだ。そいつは必ず次の殺人を犯すにちがいない。今日か、あるいは明日にでも……。

そして、十二月十四日から十五日にかけての深夜、コルソは電話の音で起こされた。スマホの画面を見ると、《バービー》と表示されている。

「死体が発見されました」息を切らしたバルバラの声が聞こえた。「ソフィーやエレーヌの時と同じやり方です。後ろ手に縛られ、口が耳まで切り裂かれています。《ル・スコンク》の殺人鬼が戻ってきたんです」

「被害者は？　ストリッパーか？」

一瞬の沈黙があった。コルソはバルバラが泣いているのかと思った。バルバラが泣くなんて、普通だったら絶対にない。かすれた声で、バルバラが言った。

「クローディア・ミュレールです」

88

遺体が見つかったのは、セーヌ河岸のトルビアック の船着き場だった。最初の遺体が発見されたププリエ ごみ処理場からもそれほど離れていない場所だ。午前 三時頃、船着き場に設置されているコンクリート工場 の近くで、夜間警備員によって発見されたという。

ショックだった。あまりのショックにもう何も考え られなかった。ちょうどミス・ベレーが泊まっていた ので、タデの面倒はミス・ベレーに任せることにし (考えられたのは、そのくらいだった)、コルソはと もかく車に乗って、現場に向かった。

自分はずっと見当はずれの方向で、犯人を追いつづ けてきたのだ。そうじゃなければ、こんなことにはな らなかったのに……。ちゃんと正しい方向で犯人を見 つけていたら、クローディアは死なずにすんだのだ。 自分はある意味では、クローディアの殺害に手を貸し てしまったのだ。

だが、どうして彼女なんだ? コルソは考えた。ソ ビエスキの弁護をして、《ル・スコンク》連続殺人事 件に関わったからか? それで、新たな被害者として、 目をつけられたのか? それとも、彼女が事件の結末 に納得せず、もう一度、調査したいと考えたからか? つまり、彼女は自分の協力を待たず、ひとりで調査を 始めて、真犯人にたどり着いたということだろうか? いや、いくらなんでも、それでは展開が早すぎる。彼 女が調査を始めようとしていたことは、犯人は知らな かったろう。それとも、《ル・スコンク》の事件とは 別に、犯人は彼女に恨みを抱いていたのだろうか? 制裁というのはあり得ない。ソフィーやエレーヌと違 って、彼女が性的に堕落していることは考えられないからだ。すると、一連の事件をずっと捜査してきた自分に対する挑発か？　いや、それもないだろう。犯人が挑発したくなるほど、自分はこの事件で重要な役割を果たしていないからだ。二〇一六年六月にソフィーが殺されてから、自分は的はずれのことばかりしてきたのだ。

トルビアックの船着き場に到着すると、紫の光線が闇を切り裂いていた。その紫は緑に変わり、青に変わっていった。今度のことは何もかもが現実に起こったこととは思えなかったが、セーヌを照らすその幻想的な光を見ていると、これは現実ではないという感覚はいっそう強まった。次々に色を変えるこの光線は、セーヌの水面を飛び交う小さな虫たちを焼き殺しているのだろうか？　そんなありそうもない考えが浮かんできた。

コルソは車を停めて、現場のほうへ歩いていった。道路上にいた警備の警察官に警察手帳を見せると、石造りの斜面をくだって、川べりの遊歩道までおりていく。と、そこで、光線の正体がわかった。そこにはセメントを貯蔵する巨大なサイロがあって、そこに取りつけられたいくつものLEDライトがセーヌを照らしていたのだ。その光景は聖なる巨石が神秘の光を放っているようだった。

サイロの下には何人か、刑事が集まっていた。パトカーの青い回転灯がサイロを照らしている。パトカーは何台もあったので、いくつもの回転灯が左から右にサイロを照らして消えていく様子は、夜空を染めるオーロラの中を青い蛍が飛んでいるように見えた。

その光景に魅了され、コルソはしばらく、その場にじっとしていた。やはり、現実感はない。心は乱れているが、それでいて、どこか他人事に思えて、この世界ではなく、別の世界からこの光景を眺めているような気がするのだ。自分が空っぽになってしまったような気持ちだ。

「遺体を見ますか?」

その声にびくっとして顔をあげると、目の前には煙草をくわえて、バルバラが立っていた。その後ろには今は緑に変わったサイロの光が後光のように差している。バルバラの顔は石膏のように白く、その目には生気がなかった。〈急に老けこんでしまったな〉コルソは思った。

「本当に彼女なのか?」コルソは訊いた。

「間違いありません。でも、ほかの被害者と同様、身元を証明するものはありませんでした。服も身につけていません」

光が青に変わった。コルソとバルバラは、サイロの向こうにある遺体発見現場に向かって歩いた。そこに着くと、今度は白い光の洪水が待っていた。鑑識の投光器が現場を照らしているのだ。川岸の道路から見えないように、遺体はテントで隠されていた。だが、どこでどう聞きつけたのか、こんな夜更けにもかかわらず、斜面の上にはすでに大勢の見物人が集まっていた。たいていは、「何があったのだろう?」とひそひそと小声でささやきあうだけだったが、中には、酔っ払って、くだらない野次を飛ばす者もいた。

「あいつらを追っ払うんだ!」テントの前まで来ると、コルソはむっとして言った。

それから、すぐに気づいた。自分はもう第一課のボスではない。そんなことを命令する権利はないのだ。だが、バルバラは鷹揚にうなずいてくれた。

「今やっているんですけど、川沿いの道、全部を封鎖するわけにもいかないので……。気持ちの準備はいいですか?」

「おれは子どもじゃないぞ」

コルソとバルバラは、低アレルギー性の青いニトリルゴムの手袋をはめると、テントの中に入っていった。手袋の青を見ると、コルソはサイロの青い光と同じ色だと思った。サイロの光はまた最初の紫に戻るが、手袋のほうは青いままなのだろうか？　脳がまたありもしないことを考えた。

ふたりに気づくと、遺体のまわりにいた鑑識の係官たちが、すぐに場所をあけた。係官たちは、いつもの白いつなぎの服を着ていた。〈きれいじゃないか。おそろいの服で、ダンスでもするようだ〉コルソは思った。〈ここは死体発見現場じゃない。アートパフォーマンスの会場だ〉と……。さっきから、まったくまともな考えが浮かんでこない。

遺体は、一度見たら、忘れられないものだった。おそらく、自分が死んで、墓に入る時まで、この光景が脳裡から消えさることはないだろう。クローディアの口は耳まで裂かれ、歪んだ〈叫び〉の形を作っていた。喉には大きな石が詰めこまれている。だが、目は赤くなっていなかった。犯人は、そこまで細かく、前の殺人を再現できなかったのだろう。クローディアは、犯人の思いどおりにはならなかったというわけだ。

だが、彼女が抵抗したとしても、できたのはその点だけだった。遺体は横向きで、ほんの少し地面のほうに顔を向けて、縮こまっていた。

「ソフィーやエレーヌとまったく同じ姿勢というわけではありませんが、それはサイロの上から落ちたせいです」バルバラが説明した。

「サイロの上から？　それは確かなのか？」

「上にあがって確かめました。雨は降っていましたが、屋根にはまだ血の跡がありました。サイロの階段を封鎖する扉もこじ開けられていましたし……。たぶん、上で被害者の顔を切り裂いて殺したんでしょう。ところが、遺体が落ちてしまった……」

「なぜだ？」

「なぜそう考えるのかということですか？　それとも、なぜ犯人はそうしたかということですか？」

「ふざけるのはやめてくれ」

バルバラはため息をついた。

「犯人の計画は、たぶん被害者をサイロの屋根の上にさらしておくことだったんでしょう。ソフィーやエレーヌの時と同じ姿勢にしておきたかったら、そのほうがいいですからね。けれども、なんらかの理由で上から投げすてることになった。あるいは、屋根の上に置いておいた遺体がひとりでに滑りおちたということも考えられます。屋根にへこみがありますから……。そうじゃなければ、被害者がまだ生きていて、抵抗しているうちに転落したのかもしれません。でも、これは全部、憶測ですから……。あとは死体解剖の結果を待たないと、はっきりしたことは言えません」

「屋根には血痕が残っていたんだろう？　だったら、足跡や指紋もあるはずだ」コルソは言った。

「それが、ないんです。信じがたいことですが。いったいどうやったのか知りませんけど、足跡ひとつないんですよ。サイロの下のぬかるみにも、屋根の上にも……。おそらく、殺害は屋根の上で行われたと思うのですが、まるで屋根には触れずに、空中に浮揚して作業したみたいに、何も残っていないんです。本当にこの事件は……」

だが、コルソはバルバラの言葉を聞いていなかった。ただ、耳まで口が切り裂かれたクローディアの顔を見つめていた。クローディアは笑っているようにも見えた。そうだ、彼女は自分に微笑みかけている。そう思うと、彼女の足もとに身を投げだして、許しを請いたかった。リビングの窓ぎわで、太陽のまばゆい光に包まれていた彼女の姿が頭に浮かんで、目の前の恐ろしい姿に重なる……。頭の中が破裂しそうだった。

「遺体を搬出させます」バルバラの声が聞こえた。「現場の採取は終わりました。足跡や指紋は見つかりませんでしたが、まだ可能性がないわけじゃありません。遺体が落ちたのは犯人のミスでしょう。だったら、ほかにもミスをしているかもしれません。被害者が抵抗した時に、不意をつかれて、何かを残しているかもしれません。まあ、そんなことはないでしょうけど……」

コルソはもう一度、遺体を見た。遺体は後ろ手で縛られ、手首と足首、そして首がブラジャーで結ばれているため、背中がほんの少し反っている。その時、コルソはクローディアが美しい肢体をしていることに気づいた。痩せぎすで、青白く、気高い。彼女にぴったりの肢体だ。

それから、また大きく裂かれた口を見る。その口はすべてを飲みこんでしまうように見えた。不気味に笑いながら、すべてを……。まるでブラックホールのように……。この紫や緑の光も、無能な警察官たちによる虚しい捜査の結果も……。顔の真ん中にあいた、この黒い穴は、そんな弱々しいエネルギーはすべて吸いこんでしまう。いったん、そこに引きこまれてしまったら、どんなわずかな光も、どんな小さな真実も、二度と出てくることはないのだ。

「被害者と最後にコンタクトをとったのは？」コルソは訊いた。

「十九時頃、裁判所に電話をしたのが、最後です。十六時頃に外に出るのを管理人が見ています。それまではずっと、新しい事務所で引っ越しの片づけをしていたようです」

コルソは先日の部屋の様子を思い出した。壁にかけられた新しい絵、まだカバーがかかったままの家具、とりあえず床に置かれた物。それぞれが然るべき位置に収まるのを待っていた。たぶん、クローディアは、ソビエスキの死後、気分を一新して新しく出直そうと思ったのだろう。事件のことは忘れて……。だが、結局、そうすることはできなかった。真実が明らかにならないかぎり、前に進むことはできないからだ。そこで、調査を再開して、犯人に……。

遺体搬出の担当者が、遺体を包むカバーを持ってやってきた。投光器の光に照らされて、名札を入れる部分が反射している。遺体を包んだら、紙に名前を記入する。それをカバーの名札入れに差しこんだら、遺体運搬車に積みこむことになるのだ。名札に名前を記入するのだけは見たくない。

「この事件はきみの担当になるのか？」テントから出ながら、コルソはバルバラに尋ねた。

「そうなると思います。今、検事からの連絡を待っているところですが、これまでの事件の流れからいっても……」

「明日の朝、電話してくれ。どんな些細なことでも知っておきたいんだ」

そう言うと、コルソは踵を返してサイロのところまで戻った。十二月の凍てつく寒さの中で、クローディアを地上に落としたそのサイロは、刻々と変わる光線を放ちながら、夜を貫くように立っていた。その姿は暗闇に目を光らせる巨大な悪魔のように見えた。

バルバラに別れを告げて、石造りの斜面をのぼりながら、コルソはその夜、初めて現実的なことを考えた。といっても、とうてい立派とは言えない、意気地のない考えではあったが……。〈クローディアの遺族に悲報を伝えるのは、バルバラの役目になるな。この事件の担当なんだから……。おれが担当でなくてよかったよ〉と……。犯罪捜査部にいた時には、この役目が何よりも嫌いだったのだ。凶悪な犯人と戦うのはなんでもなかったが、遺族の悲しみを前にするのは苦手だった。

車のエンジンをかけると、コルソは急発進し、すべての赤信号を無視して、川沿いの道を突っ走った。そして、ノートルダムまで来ると、急ブレーキをかけ、携帯をつかんでボンパールに電話をした。驚いたことに、ボンパールはすぐにクローディアのことに触れた。

「もう知っているんですか？」コルソは尋ねた。

「気の毒にね。将来有望な弁護士だったのに……」

「頼みを聞いてください」コルソはいきなり言った。

「犯罪捜査部に戻りたいんです」

「いつ？」

「今すぐに」

89

もちろん、犯罪捜査部に異動する辞令がすぐにおりるはずはなかった。いかにカトリーヌ・ボンパールに力があっても、ひと晩でそんな奇跡を起こせるはずがない。

結局、異動の希望を出すために、コルソは山のような書類を記入し、オフィスからオフィスへと駆けずりまわり、動機を説明したあげく、ほかの人々と同じように、上層部の決定を待つしかなかった。より正確に言えば、そのうちに自分の希望が上層部によって検討されるのを……。もちろん、その希望はいつか叶うかもしれない。だが、クローディアの事件を追うには、それでは遅すぎた。

そこで、コルソは方針を変えた。密かに捜査の手伝いをしたいと、バルバラに申し出たのだ。だが、バルバラはあまりいい顔をしなかった。バルバラは今や課長になっている。そういう状態で、元上司の助けなど必要なかったからだ。それにバルバラとしては、どうしてもコルソをチームに入れたくない事情があった。必死で情報が漏れないようにしていたものの、その努力の甲斐なく、今回の殺人事件が《ル・スコンク》の事件と似ていることが、メディアにわかってしまったのだ。《ル・スコンク》の事件はコルソが担当していた。また、クローディアはコルソにとっては、いわば敵方である被告のソビエスキの弁護人だった。そういった状況では、コルソは捜査の助けになるどころか、むしろ足手まといになりかねなかった。

実際、メディアにとって、これほど格好のネタはなかった。《ル・スコンク》のストリッパー連続殺人事件は、画家のソビエスキが犯人だということで解決していた。だが、その事件と同じ方法で被害者が殺されたとなると、犯人はほかにいることになる。すると、ソビエスキのほうは冤罪だということになるが、当の本人は有罪の判決を受けたあと、刑務所で自殺しているのだ。これは大変なことだ。警察は無実の者を自殺させたうえに、真犯人を野放しにし、新たな犯罪を起こさせてしまったのだ。メディアの論調は、警察や検察、そしてソビエスキに有罪の判決を下した裁判所に厳しくなりはじめていた。被害者が、《ル・スコンク》の事件でソビエスキの弁護をしていたというのも、なんだかきなくさい。この事件ではほかに、証人として出廷したアルフォンソ・ペレスという美術愛好家も不審な殺され方をしている。このあたりもきちんと追及しなければならない。

というわけで、ただでさえ注目の的なのに、元の捜査責任者であるコルソ警視が現場の第一線に復帰したら、メディアが放っておくはずがなかった。しかも、そのコルソ警視ときたら、勝手な思い込みをもとに、強引な見込み捜査をして、数々の失敗を繰り返したあげく、無実の男を逮捕し、自殺に追い込んだ張本人なのだ。メディアにしたら、「誤認逮捕の責任もとらず、現場にのこのこと戻ってくるのか」とか、「警察の上層部は、どうしてあんな無能な男にまた捜査をさせるのか」と騒ぎたくなるのは当然だった。したがって、たとえ、異動の希望が叶って、犯罪捜査部に戻れたとしても、コルソがこの事件を担当する可能性はなかった。

もちろん、コルソ自身にもそれはよくわかっていた。バルバラが困っていることも……。だが、ここは無茶を言っても、食いさがるしかなかった。

「バービー、聞いてくれ。おれは誰よりも、この事件のことを知っているんだ」

「ボスは知りすぎているんですよ」

「ならば、なおさら結構じゃないか」コルソはさらに無茶を言った。「きみだって、この件ではおれのことが必要なはずだ。ちくしょう！　おれは隠居したわけじゃないぞ！」

結局、バルバラは、渋々ではあったが、コルソが犯罪捜査部に足を踏み入れないこと、いかなることがあっても捜査に口出ししないこと——このふたつを条件に、捜査情報を渡してもいいというところまで譲歩してくれた。つまり、コルソをもぐりの相談役にしてくれたわけだ。

コルソはそれでも不満だったが、ともかくこれで捜査の進行状況はわかることになった。だが、二日後には早くも焦燥に駆られた。捜査はまったく進まず、スタートラインにとどまったままだったのだ。《ル・スコンク》の時とまったく同じだ。だとすると、あの時と同じように、このまま何もできないのだろうか？　そう思うと、無力感に襲われた。

わかっているのは以下のことだけだった。十二月十四日、クローディア・ミュレールは自宅兼事務所の片づけをしたあと、午後四時に建物を出た。これは管理人の証言でわかったことだ。そのあと、午後七時十分には抱えていた案件のことで裁判所に電話をしている。だが、その後の消息はまったく不明だった。ソフィー・セレやエレーヌ・デスモラと同様に、どこかに姿を消してしまったのだ。そして、トルビアックの船着き場の遊歩道で死体で発見された時には、一糸まとわぬ姿で、後ろ手に縛られ、耳まで口を切り裂かれていた。

捜査は、ただ進んでいないというだけではなかった。それよりも、もっとひどい状況にあった。被害者の殺され方が《ル・スコンク》の事件と同様なら、犯人は同じだと考えられるが、その《ル・スコンク》の時に、捜査はすべてやりつくしてしまっていたからだ。今回の事件で新しい手掛かりが出てくれれば別だが、そうでなければすることは何もない。そして、今回の事件でも、新しい手掛かりは出てこなかった。バルバラのチームは以前やった捜査をなぞっては元に戻り、同じく以前やった別の捜査をなぞっては元に戻るというかたちで、何の結果も出せないでいた。

遺体を解剖した結果、クローディアの死因は窒息ではなく、転落によるものであることがわかった。犯人は彼女のブラジャーを首に巻いて〈鞭結び〉にし、彼女がもがけば首が絞まるかたちにしていたが、実際にはそうはならなかったらしい。おそらく、クローディアが暴れたせいで、サイロから転落したのだろう。サイロは高さが二十メートル以上あるので、下のアスファルトの遊歩道にぶつかって、クローディアは頸椎を折った。だが、それだけでは何もわかったことにはならない。

犯人についても、何の情報もなかった。指紋もなければ、足跡もない。鑑識は、クローディアが抵抗した時に、犯人を引っかいて、爪の間に犯人の皮膚が残っている可能性を考え、その点も入念に調べたが、そういったものは見つからなかった。ソフィーやエレーヌと同様、強姦はされていなかったので、精液も残っていない。目撃者もなく、防犯カメラからも不審な人物は見つからなかった。

クローディアの日常生活を調べてみても、容疑者は浮かんでこなかった。クローディアは、生活に派手なところはなく、読書をしたり、映画を見たり、美術館に行ったりするのが趣味という、いわば修道女のような生活を送っていた。引っ越しをしたのも、男絡みというわけではなかった。ソビエスキに恋心は抱いていたかもしれないが、性的な関係を持ったという証拠はなく、ほかに恋人がいた気配もなかった。もしいたとしたら、よほど慎重に、付き合っているのを隠していたのだろう。警察は早い段階で、その線を追うことをやめていた。出身はオーストリアで、両親はウィーンに住んでおり、パリには家族も友人もいなかった。結局、クローディアについて、バルバラのチームにわかったことは、クローディアが社会の不公正と戦っていて、いくら凶悪に見えても、社会から落ちこぼれた犯罪者を救済しようとする、理想肌の弁護士だったということだけだ。

そういった捜査の報告をバルバラから受けながら、コルソにはひとつ不思議なことがあった。ソビエスキの弁護を引き受けた時、彼女はソビエスキが犯人ではないと確信していたはずだ。ならば、真犯人が非常に狡猾で、巧みに被害者を誘いだし、何の痕跡も残さず殺害するという、その行動様式を知りつくしていたはずだ。それなのに、どうして犯人の罠に落ち、襲われることになったのだろう？ これはあり得ないことだった。クローディアは犯罪者の依頼を引き受ける弁護士として、かなりの場数を踏んでいる。時には危険な目にあって、それを切り抜けたこともあったはずだ。その彼女がやすやすと犯人の罠にかかって殺されてしまうだろうか？ 真犯人に出会ったとしたら、なんらかの直感が働いて、そうと気づくのではないか？

そうでなければ、犯人はクローディアが疑いもしなかった人物だということになる。クローディアは自分を襲った人物と知り合いで、その人物をよほど信頼していたのだ。その男――あるいは女に、クローディアは呼びだされた。そうして、自分の命を縮めにいってしまったのだ。

事件が起きてから三日目の十二月十七日の日曜日の夜、バルバラから電話があった。クローディアの遺体が家族に返されたという。司法解剖やさまざまな検査によって、五十時間以上、さらに身体を傷つけられたあとのことだ。両親は、娘をパリのパッシー墓地に埋葬することにしたらしい。

「埋葬はいつだ？」

「明日の午前十一時です」

90

パリの十六区にあるパッシー墓地は、多くのＶＩＰが眠る場所だ。全体で約二千六百の墓があり、一平方メートルあたりのセレブの比率が非常に高い。特に、トロカデロ広場を望む丘の頂上には、多くのセレブが埋葬されている。

コルソは午前十一時前に、このパッシー墓地の入口になっている、アールデコ様式の巨大な門の前に立った。だが、中に入るかどうかは、まだ迷っていた。葬儀の最中に、自分が参列していることをクローディアの家族か、あるいは別の参列者に知られれば、たちまち袋叩きにあって、墓地の栗の木に吊るされてしまうかもしれない――そう思ったからだ。家族にしてみれば、さぞや自分を恨んでいることだろう。なにしろ、自分が間違った犯人を逮捕してしまったせいで、真犯人は野放しになり、そのせいでクローディアは被害者になってしまったのだから……。だが、その真犯人を見つけるためには、埋葬に参列しなければならない。〈このくらいのことで怯むんじゃない〉コルソは自分を奮いたたせた。

遺族の悲しみには関係なく、その日は素晴らしい天気だった。太陽に照らされて、墓石も十字架も黄金色に輝いている。風ひとつない素晴らしい朝だ。空は真っ青で、クローディアの事務所を訪ねた時の青空が思い出された。

墓地を歩くにはふさわしくなかったが、コルソはポケットに手を入れたまま、墓石や霊廟が建ちならぶ小道を進んでいった。霊廟はどれも豪華で、まるで神殿のように白い大理石で造られているものもあれば、教会にあるような天使や乙女を描いたステンドグラスをはめたものもあった。バロック装飾をこれでもかと施した礼拝堂がついているものもある。

こんなところに埋葬されるなんて、たぶんクローディアは気に入らないだろう。コルソは思った。彼女は、犯罪者が生まれるのは社会の歪みのせいだとして、犯罪者を擁護し、社会の底辺にいる者にも平等に正義が与えられることを望んでいたのだ。出身はブルジョワ階級だったが、それに反発して……。それなのに、こんなブルジョワ階級の人々が眠る場所に送りかえされるなんて、決して望んだことではあるまい。

そんなことを思いながら歩いていると、しばらくして、白い紙に木炭で描いたような喪服の一団が見つかった。コルソは用心ぶかく近づき、少しだけほっとした。この一団なら、袋叩きに遭うことはないだろう。クローディアには友だちはいなかったが、家族はいたのだ。皆、高貴な顔だちで、クローディアの死を心から悼んでいた。おそらく全員がウィーンから来たのだろう。ひとりひとりが棺を納めた穴の前に立ち、ドイツ語で弔辞を読みあげている。ドイツ語の弔辞はリズミカルな響きを持っていた。悲しみを抑えた静かな表情で弔辞を読みあげる人、その弔辞を厳粛な面持ちで聞く人々、その前には棺を納めた墓穴がある。あとは金箔貼りの額縁があれば、この光景は一幅の絵として永遠にとどめておけるだろう。

いや、確かにこの一団なら、身の危険を感じる必要はない。マスコミに嘘の情報を流したので、葬儀には新聞記者も興味半分の見物人も来ないはずだと、バルバラは言っていた。「クローディア・ミュレールはオーストリア出身であるため、両親は遺体を母国に運んでウィーン郊外に埋葬する予定である」と、何人かの新聞記者に漏らしたのだ。そのおかげで、参列者の中に記者らしい人間はひとりもいなかった。

そのうちに、コルソは不思議なことに気づいた。この葬儀には司祭もいなければ、式を司る聖職者もいない。棺のまわりでは典礼も儀式も行われず、ただ皆が瞑想して、故人のために祈るだけなのだ。〈このオーストリア人たちは神を信じていないのかもしれない〉そう思いながら、参列者の顔をあらためて観察してみると、男も女も、皆よく似ていることに気がついた。上品な仕立ての同じ黒い服を着て、全員が白い大理石を彫ったような顔をしている。同じ型で作られたウィーンの上流階級の一部が何人かでパリにやってきた――そんな感じだった。

この中で、いったいどの人がクローディアの母親なのだろう？　コルソは考えた。と、その時、小柄な女性が一歩前に進みでた。女性は弔辞の原稿を置くための書見台には目もくれず、棺の前に立った。たぶん、この人が母親なのにちがいない。その後ろには、厳しい顔をした大きな男がボディーガードのように立っている。こちらはおそらく父親だろう。

母親は小柄で小太りだったが、その顔にはクローディアの面影があった。顔の輪郭は滑らかで、顔だちは整っている。髪は黒く、クローディアと同じように後ろで束ねていた。肌は青白かった。娘と比べると、いくぶんふっくらしていたが、冷たい美貌であることに変わりはない。それを見て、コルソはなぜか、聖体拝領のパンのような苦く神聖な味を思い出した。

母親の存在を意識したせいで、コルソは全身がすくみあがった。娘を死なせた仇を見るような、冷たい視線で射すくめられたらどうしよう。そう思うと、身じろぎひとつできなかった。だが、母親はまぶたを閉じたままだった。バッグもコートも持たず、身体の前で手を組んでいる。飾り気のない黒いワンピースに身を包んだその姿は、かつて魔女裁判にかけられて、火あぶりの刑を宣告された女性たちの姿を思わせた。その女性たちは、早く燃えるようにと、硫黄をしみこませた服を着せられていたというが、母親を見ていると、硫黄のにおいがつんと鼻をついてくるようだった。

目を閉じたまま、母親が弔辞を暗唱しはじめた。自分の内部に語りかけるように……。それはスペイン語の詩の一節だった。

愛の言葉を浴びせよう　愛撫とともに
愛するおまえの　真珠の肌に　光の肌に
私は思う　宇宙はすべておまえのものだと
山から運んだ喜びを　おまえにあげよう
薄紅色のツバキカズラを
褐色をしたハシバミの実と
かごいっぱいのキスを添えて
森の香(か)のするキスを添えて

春が桜を咲かせるように
私はおまえを咲かせよう

コルソは、ここでスペイン語を聞くとは思っていなかったが、それがチリの詩人、パブロ・ネルーダの『二十の愛の詩と一つの絶望の歌』の中の有名な詩であることに驚いた。

つまり、悲しみに暮れた母親は、死んだ娘に官能的な愛の詩を贈ったわけだ。いったい、この親子の間には何があったのだろう？　娘は家族に背を向けて、このパリに出てきた。おそらく、ブルジョワの家庭に反発して……。その対極にある、貧しさゆえに罪を犯した、社会の底辺にいる人々を救うために……。

その時、コルソは参列者を遠巻きにするように、何人かの人々が埋葬の様子を見ていることに気づいた。その中には見たことのある顔がいくつかあった。ソビエスキの〈支援者〉である政治家や知識人、芸術家たちだ。おそらく、この〈支援者〉たちは、バルバラの埋葬があるということを突きとめたのだろう。いずれにしろ、ソビエスキが有罪になった時にはどこかに隠れていたくせに、新聞で冤罪だった可能性を知ると、穴から這いだしてきた卑怯な連中だ。

こちらの存在に気づいたのか、連中はひそひそ話を始めた。「あいつは思い込みで捜査をした、ファシストの警察官じゃないか」「無実の人間を捕まえて、反省もしていない、とんでもないやつだ」「あいつが真犯人を野放しにしたせいで、また被害者が出てしまったじゃないか」「まったく、失敗ばかりの無能な警察官のくせに、こんなところに顔を出して……」おそらく、そんなことを言っているのだろう。

だが、幸いなことに、この連中が埋葬の席で弁舌をふるう機会はなかった。これはオーストリア人による、オーストリア人のためだけの埋葬なのだ。さもなければ、連中はいつものように、棺の前に進みでて、弔辞はそっちのけにして、警察の横暴や裁判の不当性を糾弾したにちがいない。

やがて、棺を納めた穴の前では、最後の人の弔辞が終わったのだろう、人々が順番に穴の前に進みでて、白いバラを投げいれはじめた。コルソはほかの墓石の陰に隠れていることにした。バラもなかったし、そうする権利もなかった。ましてや、両親やほかの誰かに哀悼の意を伝えるなど、もってのほかだった。だが、ソビエスキの〈支援者〉たちは、こちらがそんなことをすると思ったのかもしれない。ものすごい目つきで睨んでいた。そうなったら、もう長居は無用だ。

コルソは踵を返した。と、その時、〈支援者〉たちの反対側に、この場にいるはずのない人物がいることに気づいた。なぜここにいるのか、まったくわからない。コルソは墓石の陰に隠れたまま、人々がいなくなるのを待つことにした。この場違いな人物がここにいる理由を突きとめるまで、墓地を離れるつもりはなかった。

91

「どうして、ここにいるんだ？」

参列者が帰りはじめると、コルソは隠れていた場所を抜け出し、その場違いな人物のあとをつけた。そして、一行の後ろを離れて歩いていた小柄な男に声をかけた。最初はただ場違いだと思っただけで、誰だかはっきり思い出せなかったが、今は間違いないという確信がある。科学捜査部鑑識課の係官だ。〈プレイモービル〉の人形のような大きな顔に見覚えがある。

最初にソビエスキを逮捕した時、コルソは、ソビエスキの自宅のアトリエから押収した、ソフィー・セレとエレーヌ・デスモラの遺体発見現場の絵を決定的な証拠としていた。その絵には、犯人しか知り得ない遺体の様子が細かく描かれていたからだ。だが、ソビエスキを尋問した時、「くだらん証拠を集める前に、私の絵をよく見るんだな。答えはその中にある」と言われて、押収した絵を鑑識まで確かめにいった。その時に応対に出たのがこの男だった。結局、絵のほうは、リュドヴィクが横流しした現場写真をもとにして描かれていたことがわかり、逆にソビエスキを釈放する決め手になってしまったのだが、騒ぎが大きくならないように絵を回収に行った時にも、もう一度、この男に会っている。

「どうして、ここにいるんだ?」コルソはもう一度、尋ねた。

「わ、私は……」

「前に会ったことがあるな。名前は……」

「フィリップ・マルケ警部補です」

「ここで何をしている?」

不意をつかれて、マルケはびっくりしたようだった。


必死に動揺を隠している。ウィーンから来た参列者たちはだんだん遠ざかっていく。その後ろ姿に絶望的な視線を送りながら、それでも毅然と答えようと思ったのか、マルケは胸をそびやかして言った。

「クローディアは友だちだったんです」

「どこで知り合ったんだ?」

「仕事でです」

「鑑識は弁護士と一緒に仕事をしないだろう?」

「クローディアが、裁判所の許可をとって、ある事件の血液のサンプルが欲しいと言ってきたんです。鑑識でサンプルの保管をしているのは私なので、それで知り合って……。私は必要なサンプルを彼女に渡し、戻ってきたところで、また保管しました。それだけです。本当です」

最初は証人として尋問していたのに、話を聞いていくうちに、だんだん犯人だとわかっていくことがある。マルケはそんな時の犯人と同じ顔をしていた。

「いつのことだ？」

「えっと、二年前です」

「何の事件だった？」

「お、覚えていません」

嘘だ。この男の話には嘘がある。必要なら、もちろん、コルソは調べてみるつもりだった。クローディアと友だちだったというのも怪しい。彼女には友人はいなかったはずだ。

「いったいどういう関係だったんだ？」

「あなたには関係ありません」

そう言うと、マルケは上着の裾で額をぬぐった。まるで、返事をするだけで重労働だと言わんばかりだ。

「まさか、彼女と寝たりしていたとか……。まあ、そんなことはあるわけないか」相手を挑発するように、コルソは言った。

マルケはまぶしそうに顔を歪めた。立っている位置の関係で、真正面から太陽の光を浴びているのだ。

「あ、あなたに言う必要はありません」

コルソはマルケのスーツの襟首をつかんだ。安物なので、今にも破れそうだ。

「馬鹿を言うな。クローディアは誰かに殺されたんだ。どんな関係にせよ、彼女と関わりがあったなら、おまえは容疑者のリストに載るというわけだ。鑑識の人間なら、捜査の目を欺くのは簡単だ。現場に行って、堂々と証拠をなくしてしまえばいいだけだからな。おまえはクローディアを殺して、証拠を隠滅したんだろう？」

マルケは自由になろうと、コルソの手首をつかんだ。だが、その手は弱々しく、病人のように力がなかった。

「は、放してください！　私はそんなことはしていません」

「じゃあ、言え。いったい、どんな関係だったんだ？」

マルケは口を開いた。だが、襟首をつかまれているので、声が出ない。コルソは襟首から手を放した。そして自分のジャンパーで、その手をぬぐう。まるでフライドポテトをつかんでいたかのように、手がべとべとした。

「つ……付き合っていたんですよ……」マルケは咳きこみながら、その合間にあえぐように言った。

コルソはびっくりした。息が止まるかと思った。この状況で、マルケがそんなふざけた嘘をつくはずがない。ということは、本当だということだ。「まさか、彼女と寝たりしていたとか……」とは言ったが、それはもちろん冗談で、ひょうたんから駒が出てしまったのだ。

だが、そのいっぽうで腑に落ちないところもあった。クローディアは魅力的な女性だった。仕事の面でも素晴らしいキャリアの持ち主だ。しかも、《ル・スコンク》の事件で弁護の依頼を受けたソビエスキに愛情を抱いている。そのクローディアが、こんな〈プレイモービル〉の人形のような顔をした間抜けな男と付き合うなんてことがあるだろうか？

「あのクローディアが？　おまえみたいなちんちくりんと？　まったく信じられないな」

「信じないなら、どうぞお好きに」プライドを傷つけられたような声で、マルケが言った。

コルソは一歩、前に出た。マルケは思わず、後ずさりをして、後ろにあった霊廟に背中をつけた。

「だが、一緒に住んでいたわけじゃないだろう？」

「もちろん違いますよ」

「じゃあ、どういうことだ？」

太陽の光に、マルケの姿が溶けて見える。

「誰にも知られないように、定期的に会っていました。か、彼女は私のことを愛してくれていたと思いますよ」

「いつまでだ？　最近まで、その関係は続いていたのか？」

それを聞くと、マルケの顔に陰険な笑みが浮かんだ。どうして、目の前の男がこんなに攻撃的なのか、その理由がわかったからだろう。この男はクローディアに気があったからだと……。

「彼女はあなたのことを話していましたよ」蔑むように、マルケが言った。

「何て言ってたんだ？」

「この世でいちばん嫌いな警官だと……」

その言葉で、心の傷口が開いた。血が噴きだしている。日光が当たっているせいで、背中は暖かかったが、風のせいで顔は冷たかった。

「なぜだ？」苦痛に顔を歪めながら、コルソは尋ねた。自分でも声がうつろだとわかった。

マルケは肩をすぼめた。どうやら、それ以上はコルソを追い詰めないことにしたらしい。クローディアが埋葬されている場所であまり騒ぎを起こしたくなかったのだろう。コルソにもそれがわかった。

「おれのせいでソビエスキが告訴されたからか？」コルソは気持ちを抑えて尋ねた。

マルケが考えこむような顔をした。どこまで話したらよいか、迷っているようだ。だが、ついに言った。

「あなたが証拠より直感に頼る捜査をしていたからでしょう。彼女はそういった偏屈な刑事が嫌いなんです」

コルソはマルケの顔を一発、殴ってやりたいと思った。しかし、今、ここでそうするわけにはいかなかった。それに、クローディアが自分のことを証拠より直感に頼る刑事だと考えていたことはよく知っていた。本人の口から何度も聞いたことがあったからだ。

「消え失せろ！」コルソは言った。

その言葉を聞くと同時に、マルケは一目散に逃げだし、よろめきながら小道を走っていった。その後ろ姿を見ながら、コルソはもっと追及するべきだったと気づいて、しまったと思った。あの男は本当のことを全部話していない！　だが、逃がしてしまったものはしかたがない。しばらくはあの男から目を離さないようにしながら、やるべきことをやっていこう。

そう考えると、コルソは歩きはじめた。そして、墓地の出口まで来た時には、かなり元気が出ていた。もうバルバラから調査報告をもらう必要はない。自分ひとりの力で調べるのだ。

92

やるべきことはたくさんあった。その手始めに、コルソはクローディアの遺体発見現場の写真を持って、〈緊縛〉の師匠、マチュー・ヴェランヌに会いにいくことにした。専門家の目で見れば、ソフィーやエレーヌの時と、縛り方のわずかな違いがわかるかもしれないからだ。そのわずかな違いが捜査に役立つ可能性もある。

パリは完全にクリスマスムードに包まれていた。クリスマスが待ちどおしいという気分と、逆にその楽しい期間もあと何日かで終わってしまうという気分で、楽しさと寂しさが入り混じったような雰囲気が漂っている。クリスマスを迎えれば、それから年明けまで、人々は飲んだり、食べたり、プレゼントを交換したりして、大騒ぎをする。だが、それはまた一年たってしまったということを忘れるためだ。古い年が終わって、新しい年が来る。そして、時は過ぎてゆくのだ。

コルソが訪問の希望を伝えると、特に予定がなかったのだろう、ヴェランヌは待っていると言った。コルソはさっそく車に乗って、ヴェランヌの住むドクトゥール・ブランシュ通りに向かった。車をおりて中庭に入ると、そこにはあいかわらず、黒い樹脂でできたボクシングのグローブ型の噴水があった。この前、ここに来た時から、どのくらい時間がたったのだろう？　コルソはそう思わずにはいられなかった。

ヴェランヌは以前と変わっていなかった。眼球は飛びだすほど大きく、貪欲そうにきょろきょろとせわしなく動いている。唇は分厚く、笑うと、すべての歯が、まるでどう猛な肉食動物が襲いかかってくる時のように、外に飛びだしてくる。おとぎ話に出てくる人食い鬼のような顔だ。

世の中にはＳＭという歪んだ快楽を追求する上流階級の人々が大勢いる。この男もそのひとりで、現代のサド侯爵として〈緊縛〉という禁断のプレイを楽しみ、ほかの人々にも指導している。飽くなき性の探究者というか……。要するに、自分の好きな時間に、好きなことに打ちこんでいるのだ。そう思うと、コルソはこの男がうらやましくなった。

「ラジオで聞きましたよ。また被害者が出たそうですね」玄関のドアを開けると、すぐにヴェランヌが言った。

「そうなんです」コルソは答えた。

ヴェランヌは、クローディアに対する哀悼の言葉も述べず、また警察の捜査に対するねぎらいの言葉も口にしなかった。そのことで、コルソは逆に気持ちが落ち着いた。

「今日はどういったご用件でしょう？」コルソを客間

に案内して、赤いソファーに腰をおろすと、ヴェランヌが言った。

コルソは遺体が発見された現場の写真を取りだした。

「これが今回の被害者の写真です。これをよくご覧になって、前回までの被害者の縛り方と何か違うことがあったら教えてください。念のために、前の被害者の写真も持ってきましたので、必要でしたら……」

「それには及びませんよ」

写真を受け取ると、ヴェランヌはテーブルの上に並べ、食い入るように見つめた。コルソは肉食獣に餌を与えてしまったような気がした。人食い鬼に獲物を見せてしまったと言うべきか……。

ヴェランヌはしばらくの間、その大きな目を見開き、よだれを垂らさんばかりの表情で写真を眺めていたが、何か気づいたことがあったようで、急に顔をあげた。

「やっぱり、そうだ。私はこの女性を知っていますよ」

「そうでしょう。この女性はフィリップ・ソビエスキの弁護士でしたから……。裁判の時に、ご覧になっているはずです」

「そうじゃないんですよ。もっと前から知っているんです。裁判の時には、よく似ているとは思ったんですが、まさか同一人物だとは思わなくて……」

「どういうことです？」コルソは尋ねた。

するとヴェランヌはその大きな目玉で、コルソを見つめた。

「この女性は、私の生徒だったんですよ」

コルソは頭がくらくらした。身体が震えているせいだろうか、壁にかかった六〇年代の写真が揺れて見える。ヴェランヌの言っていることがよくわからなかった。

「二、三年前に、私の講座に通っていた人です」ヴェランヌが話を続けた。「ローレライという名前でした」

ローレライとは、ライン川にいる人魚で、ギリシア神話に出てくるセイレーンと同じように、美しい歌声で船乗りを魅了し、船を沈没させてしまうという水の精だ。その名の由来はライン川沿いにある〈ローレライ〉という名の岩山から来ている。つまり、ライン川を航行する船はその岩山の付近で座礁することが多く、そこから、船乗りを惑わす人魚の伝説が生まれたのだ。そのローレライという名前をクローディアが名乗っていたとは……。もしかしたら、クローディアはその美しい容姿で、男たちを遭難させてきたのだろうか？ 少なくとも、自分は遭難し、沈没してしまった……。

「私のところには、一年しかいませんでしたよ。とても才能がある人でしたからね。ほとんどの技術は身につけてしまったんです。その後は、緊縛ショーを見せるクラブや、SMのクラブで何度か見かけました」

コルソは何をどのように考えたらよいのか、よくわからなくなった。ともかく、わかっているのは、〈クローディアは倒錯した快楽の世界を楽しんでいた〉〈クローディアの《緊縛》の技術はプロ並みだった〉ということだけだ。そこから考えられるのは、〈この《緊縛》の世界を通じて、ソビエスキと知り合ったのではないか〉ということ、〈もしかしたら、その頃からソビエスキの愛人で、ふたりで《緊縛》のプレイをしていたのではないか〉ということだが、それが事件にどうつながるかというと、見当もつかなかった。

その時、ヴェランヌがさらに驚くことを言った。

「ローレライは〈自縛〉の達人でした」

「何ですか？ それは」

「自分で自分を縛る特殊な技術のことです。いちばん難しいのは後ろ手で縛ることですが、決してできないことではありません。すべてを縛ったあと、背中の後ろに作ったロープの輪に手を入れて、手首を回しながら、〈縛り〉をきつくしていくのです。手首を縛るのが最後なので、通常とは違うかたちになります」

もう頭が爆発しそうだった。ヴェランヌの言っていることはよくわかった。わかりすぎるほどだ。そして、それが意味する真実も……。だが、その真実は決してわかりたくなかった。

「ああ、ちょっと待ってください」

そう言うと、ヴェランヌはテーブルに並べた写真の一枚に顔を近づけ、指で確認しながら、細かく見はじめた。そして、しばらくして声をあげた。

「そうだ。やっぱり間違いない。この縛り方はまさにそのテクニックを使っていますよ。ほら、よく見るとわかりますが、手首を縛ったロープがいちばん上になっているでしょう？　これは最後に手首を縛ったということを意味しています。ローレライが自分で自分を縛ったんですよ」

興奮のあまり、ヴェランヌは目をギラギラさせていた。顔が細いせいで、もはや顔じゅうが目玉に見える。

ヴェランヌが写真を置いて、口を開いた。

「ということは……」

だが、その言葉は最後までは口にされなかった。ふたりとも、何が真実だったか、すでに理解していたからだ。

クローディアは、《ル・スコンク》の事件の犯人のやり方をまねて、みずから命を絶ったのだ。

その理由はただひとつ。フィリップ・ソビエスキが無実だったということを、いちばんわかりやすいかたちで世間に示すためだ。

93

車に乗ると、雨が降りだしてきた。午前中はあんなに晴れていたのに、太陽はいつのまにかどこかに消えてしまい、大粒の雨が地面を叩きつけていた。風も強い。パリは嵐になっていた。激しい雨に建物の丸天井や円柱が濡れる。道路脇の側溝を勢いよく水が流れていく。突風にクリスマスの電飾が揺れ、雨に濡れた車のボンネットや黒いアスファルトに色とりどりの影をつくった。クリスマスの嵐。まだ午後三時だというのに、あたりは夜のように真っ暗だ。

十六区のドクトゥール・ブランシュ通りから十三区にあるトルビアックの船着き場まで、コルソは大急ぎで車を走らせた。車につけた回転灯の光が、雨で濡れたショーウインドーに青い光を反射させていく。だが、ノートルダム付近まで来ると、川沿いの道路は渋滞で動かなくなった。サイレンを鳴らしても、前に進むことができない。

あまり時間を無駄にしたくなかったので、コルソは監察医に電話をすることにした。クローディアがみずから命を絶ったのだとしたら、顔の傷も自分でつけたのだろう。その点で、何かわかったことがないか確認しようと思ったのだ。

「コスカス先生ですか？　今、よろしいでしょうか？」

「はい、どんなご用件でしょう？」

「クローディア・ミュレールの件です。検査結果はありますでしょうか？　私はコルソ警視です」

しばらく沈黙があった。キーボードを叩く音がする。

「コルソ警視？　確か、《ル・スコンク》のストリッパー連続殺人事件の捜査をしていた警視さんですね。

ちょうどよかった。今、警察に連絡しようと思っていたところだったんですよ。私も今、検査の結果を受け取りましてね。おかしなところがあったんです」

「というのは？」

「検査は遺体のいくつかの箇所から細胞組織を採取して行ったんですが、顔から採取した組織だけが変わった結果を示しているんです。ええ、顔の細胞組織からは、強力な局所麻酔薬の成分が発見されているんです」

「ほかの箇所から採取された細胞組織からは検出されていないのに？」

「はい、顔だけです。たぶん、頬を切り開く前に麻酔薬を注入したんでしょう。注入したのはリドカインといって、まさに局所麻酔に使う薬です。そのことからすると、犯人は被害者の苦痛を和らげようとしたみたいなんですが……」

そのとおり、犯人は被害者の苦痛を和らげようとしたのだ。コルソは車の中でうなずいた。止まっていた車の列が動きだした。雨に煙って、遠くのほうはかすんで見える。その向こうにコルソは〈狂気のシナリオ〉が姿を現してくるのを見た。まさに狂気としか言いようがない。こんなシナリオは犯罪捜査部にいた時にも見たことがなかった。

「今、顔のクローズアップを見ているんですが……」

コスカスが話を続けた。「こめかみと頬、それから顎に注射の跡がありますね。検死の時は何も気づかなかったんだが……。いや、なにしろ、あんな殺され方だったから……」

「大丈夫ですよ、先生。私なんか、この事件では、もっと大きな見落としをいくつもしているんですから……。そんなことを言いだしたら、もうとっくのとうに失業者になって、職業紹介所に通っていますよ」

「《ル・スコンク》の事件の時には、そんな形跡はありませんでした。いったいどういうことだと思いますか？」

　監察医はこの謎に不安を抱いているようだ。殺し方が残虐だからではない。殺し方が一貫していないからだ。連続殺人事件の場合、狂気はまるで一本の赤い糸のように、ひとつひとつの事件を貫いているのだ。

　だが、いくら監察医が不安を抱こうと、コルソは監察医に本当のことを言うつもりはなかった。今回の事件にはふたつの狂気が存在するのだとは……。コルソはようやく事件の全貌が見えたような気がした。《ル・スコンク》の事件の犯人は、やはりソビエスキだったのだ。ソフィーとエレーヌを殺したのは……。クローディアはそれを知りながら、ソビエスキを愛してしまったために無罪を勝ちとろうとした。だが、それに失敗して、ソビエスキは《ル・スコンク》事件の犯人として自殺してしまった。クローディアはそのことが許せず、ソビエスキと同じやり方でみずから命を絶つことによって、ソビエスキが真犯人ではなかったことを世間に示そうとした。ソビエスキがソフィーとエレーヌを殺したのも狂気のなせる業なら、クローディアが自殺したのも狂気のなせる業だ。この事件にはふたつの狂気が関わっているのだ。

「この結果は犯罪捜査部に送るんでしょうか？」

「もちろん、そのつもりですが……」

「すみません。二十四時間だけ、待ってくれませんか？」

　コルソは、自分でもなぜそんなことを頼んだのかわからなかった。だが監察医のほうも、検査結果に動転して正常な判断力を失っていたのだろう、それを了承してくれた。コルソは電話を切った。車はちょうど国立図書館の前を通りすぎたところだった。ここまで来れば、トルビアックの船着き場はもうすぐだ。だが、道はあいかわらず渋滞している。コルソは少しでも前に行こうと、左に右に車線を変更しながら進んでいった。

やっとトルビアックの船着き場に到着した。コルソは左にハンドルを切ると、対向車線を渡って、川べりの遊歩道に続く道に愛車のポロを乗りいれた。車線を横断した時に、何台かの車に急ブレーキをかけさせたが、それは気にしなかった。ポロはすぐにコンクリート工場の前に着いた。ポロからおりると、激しい雨が顔を打った。

現場はまだ、立ち入り禁止の黄色いテープでまわりを囲まれていた。雨であたりが灰色に曇る中、この黄色だけが唯一、目に入る色彩だ。遊歩道は少し水につかっていた。このまま水かさが増せば、セーヌの一部になってしまうだろう。セーヌはまるで深く息をしているかのように、ゆっくりと水位をあげていた。

コルソは黄色いテープをくぐって、クローディアがこじ開けた、サイロの階段を封鎖する扉の前まで来た。このサイロで何が起きたかはもうわかっていた。だから、今はその〈起きたこと〉を頭の中で再現しながら、ひとつひとつ現場で確認していきたかった。

サイロのまわりには金属の網で覆われた螺旋階段が設置されている。コルソは身をかがめて、まるで嵐の中を航行する船の甲板にでもいるかのように、風圧に耐えながら、上にのぼっていった。そして、ようやく屋根まで来ると、景色を眺めた。足がすくんだりはしなかった。景色は一面灰色で、何も見えなかったからだ。サイロはすっぽり霧に包まれていた。

空中に張りだした屋根の上で、コルソはあぐらをかいて、ここで起きたはずのことをひとつひとつたどっていった。

十二月十四日から十五日にかけての深夜、クローディアは自分のこめかみと頬と顎に、局所麻酔薬であるリドカインを注射した。そうして、麻酔が効くのを待つ間、服をぬいで、自分で自分の身体を縛った。最初に足首を縛り、そのロープに自分のショーツを結びつける。そしてショーツには、最後に手首を通すための輪にしたロープを結びつけ、そこには首に巻いたブラジャーを結びつけておく。これで背中は少し反ったが、まだ両手は自由がきく。そこで、クローディアはカッターナイフを使って、自分の両頬を口から耳まで切り裂き、喉の奥に石を入れた。そうして両手を後ろに回すと、ロープの輪に手を入れて、手首をまわしながら、きつくなるまで縛ったのだ。両頬の傷口からは血が噴きだしていただろう。コルソはその時の状態を想像した。局所麻酔はしていたものの、顔を切り裂いた痛みは、麻酔薬の効果をゆうに超えていたことだろう。クローディアは苦痛に顔を歪めていたにちがいない。あるいは、トランス状態になって、何も感じていなかったか……。いずれにせよ、死の瞬間には、目の前が緋色に染まっていたことだろう。

ああ、だが、その前にクローディアは、服や注射器、それにナイフを片づけていたはずだ。だが、現場からそういったものは発見されなかった。では、どこに片づけたのだろう？　コルソはまわりを見まわして、屋根に、サイロの内部を見るための上げぶたがあることに気づいた。ふたを開けて、中を覗いてみる。だが、深すぎて、何も見えなかった。

クローディアはそのまま屋根で発見されたかったのだろうか？　それとも、最初から下に落ちるつもりだったのだろうか？

屋根の上で、あぐらを組んで座ったまま、コルソは泣いた。いったい、世の中にこれほどむごたらしい自殺があるだろうか。だが、クローディアは、どうしてこのような死を自分に課したのだろう？　どうしてこんな犠牲を払ったのだろう？

クローディアが自殺したことを証明するためには、まずサイロの中を調べる必要がある。それから、縛り方が〈自縛〉であることを明らかにするために、ヴェランヌに証言してもらうか、少なくとも、専門家としての意見を述べてもらわなければならない。クローディアの死は自殺だったという観点からすべてを見なおすのだ。この事件の場合、鑑識が犯人の痕跡をいっさい見つけることができなかったのも当然だ。犯人はいなかったのだから……。

あとで、バルバラに電話して全部説明しよう、とコルソは考えた。

だが、それよりも、どうしてクローディアがこんな恐ろしいやり方で自分の命を絶ったのか、何よりもそれが知りたかった。クローディアの死が自殺だとわかった時には、気が動転して、愛するソビエスキの無実を証明するために、《ル・スコンク》の事件と同じやり方で自殺をしたのだと考えたが、はたして、そんなことがあるだろうか？ ソビエスキが《ル・スコンク》の事件の犯人なら、愛する人のやり方を真似たというのもあるだろうが、ソビエスキがソフィーとエレーヌを殺したことは証明されていない。だとしたら？ クローディアがこんなことをするからには、必ず理由があったはずだ。

コルソは、クローディアが自殺をする前に、誰かに何かを言い残していないか、調べてみる必要があると思った。では、その場合、誰に話を聞けばよいだろう。考えるまでもなく、そんな人物はひとりしか思い浮かばなかった。〈プレイモービル〉の人形のような顔をした鑑識の係官、フィリップ・マルケだ。マルケに会えば、失恋の傷口をえぐられて、地獄に落ちるような気持ちを味わうことになるだろう。だが、クローディアの思いを知るためには、それもしかたがない。まったく、あんなチンケな男と付き合ったりするなんて、美女というのはなんと気まぐれなものだろう！

腕時計を見ると、もうすぐ四時になろうとしていた。調査を続ける前に、大事な問題を片づけなければならない。

気が進まなかったが、コルソは大嫌いな電話番号を押した。雨で身体がびしょ濡れになっていたので、まるで沼地に座っているような気がした。

「エミリア、おれだ」

「何なのよ。今、忙しいの」

「頼みたいことがあるんだ」

「もちろんお断りよ」

「タデのことなんだ」

「どうしたの？」

「今晩、ベビーシッターが帰ったあとに、迎えにきて、ひと晩、面倒を見てくれないか？　面倒な仕事が入ったんだ」

沈黙があった。コルソはまたか、とうんざりした気持ちになった。実はこれまで、何度かエミリアにタデを預かってくれと頼んだことがあって、そのたびに嫌な思いをしていたのだ。エミリアは、最後にはタデを預かることを承知するくせに（もちろん、それはコルソのためではなく、タデと一緒にいられるのが嬉しいからだ）、さんざん嫌味を言ったり、忙しいから無理だと言ったりして、なかなか承知してくれない。コルソはなだめたり、すかしたり、あるいは逆に強気に出たりして、交渉するのに疲れてしまうのだ。

だが、今回、エミリアはさして文句を言うこともなく、タデを預かるのを引き受けてくれた。もしかしたら、最近、ふたりの関係がよくなってきたのだろうか？　そう言えば、自分のほうも、エミリアに対する見方が変わってきている。エミリアのよいところを認められるようになり、かなり激しい倒錯趣味はあっても、一定の分別はあると思えるようになってきたのだ。これなら、タデを自分のSMプレイに引きこむことはあるまい。そう考えられるようになっていた。

「六時に、タデを迎えにそっちに行くわ」

「ありがとう」

これでコルソは、自由に地獄に落ちることができるようになった。

です。つまり、その……彼女の愛と引き換えに……」

コルソは、クローディアの死が自殺だったということは言わなかった。ここには情報を取りにきたのであって、教えにきたわけではない。ふたりは今、薄暗いリビングで向かいあって立っていた。明かりは棚に置かれたランプだけだ。外ではあいかわらず、雨が降っていた。

コルソは話の続きを待った。だが、マルケはそれ以上、何も言わなかった。

「クローディアは交換条件として何を要求したんだ？」しかたなく、コルソは自分のほうから尋ねた。

「彼女は……」

マルケの声がまた途切れた。コルソはマルケのほうに足を一歩、踏みだした。

「答えろ」

マルケは後ろにあった肘掛け椅子にどんと崩れるように、腰を落とした。目の前からマルケの姿が消えた。

94

「正直に言いましょう。私は彼女と寝ていました。でも、私たちの間には取引があったんです」

十八区のオルナノ通りにあるマルケの自宅を訪ねると、マルケはコルソが来るのを待っていた。墓地で別れた時の様子で、まだ話が終わったわけではないと覚悟していたのだろう。自宅にいたのは、密かにクローディアの喪に服すため、数日間、休暇をとっていたからだ。コルソのほうは、鑑識に電話をして、マルケが休暇をとっていることを知った。そこで、自宅に直行して呼び鈴を鳴らしたのだ。

「取引だって？　どんな取引だ」

「つまり、クローディアが私に頼みごとをしてきたん

「彼女は……」薄暗がりの中から声が聞こえた。声だけが、生きた人間の世界とつながっているようだ。

「彼女は、被害者の——つまりソフィー・セレとエレーヌ・デスモラの血液とDNAのサンプルを、ほかのサンプルとすり替えることを要求したんです」

「なんだって？」衝撃のあまり、コルソは足から力が抜け、あわててマルケの座っている椅子の肘掛けをつかんだ。「もう一度言ってみろ！ 嘘じゃないな？」

「本当です。その頼みをきいて私は、ソフィー・セレとエレーヌ・デスモラの遺体から採取してサンプルとしてとっておいた、血液と、DNA鑑定に使う細胞の組織片を、それとわからないようにして別の場所に保管しました。そして、それとは違う血液とDNA鑑定に使う細胞の組織片を、ソフィー・セレとエレーヌ・デスモラのサンプルとして保管場所にしまったのです」

コルソは肘掛け椅子についた手に力を入れて、なんとか身体を起こした。いったい、何があったのか、よくわからなかった。マルケではなく、こんどは自分が暗闇に呑みこまれてしまったような気がした。今、見つかった新たなパズルのピースは、これまでわかっているピースとは、まったく相容れない。この事実がわかったことによって、今までわからなかったことがわかるようになったわけではないのだ。おそらく、このピースをもとにした絵は、これまで考えてきた絵とまったく違う絵になるだろう。それは間違いない。だが、それがどんな絵になるかは、まったく見当がつかないのだ。

「つまり、きさまのせいで、おれたちはこれまで偽のサンプルを本物だと信じて、捜査を続けてきたわけか」信じられない思いで、コルソは言った。

「そうです」消えいるような声で、マルケが答えた。

それは単なる新情報ではなかった。捜査の根本が揺らぐ情報だった。言うまでもなく、捜査は物証から出発して行われる。その出発点が違っていたら、正しい目的地にたどり着けるわけがないではないか！

「クローディアがサンプルをすり替えるように言ってきたのはいつだ？　事件の最初の時からか？」

「はい、殺人の翌日でした。二〇一六年六月十七日です」

　ということは、最初の事件がほとんど報道されていない時に、クローディアはすでにソフィーが殺されていたのを知っていたことになる。いや、これはまだ触れないことにしよう。もう少しゆっくり考える必要がある。

　それよりは、どうしてクローディアがサンプルのすり替えを頼んだか、ということだ。〈よく考えろ〉コルソは神経を集中した。〈どうしてそんな裏工作をする必要がある？　その時点ですでに、ソビエスキを無罪にしようと思っていたからか？　いや、違う。被害者の血液やDNAは、犯人の身元の割りだしには何の関係もない〉いったん、考えを中断すると、コルソはマルケに訊いた。

「つまり、それと引き換えに、彼女はおまえと寝たわけか？　ソフィーとエレーヌの血液とDNAのサンプルを別の人間のサンプルと取り替えて、そのサンプルがソフィーとエレーヌのものだと思わせるようにするという条件で……」

　だんだん、目が暗がりに慣れてきた。薄闇の中で、マルケが弱々しい笑みを浮かべたのが見えた。尿瓶（しびん）にはいったひびのような笑みだ。

「そうですね。クローディアが私と寝たのは、私に男としての魅力があったからということではないようです」

　どうしてクローディアがサンプルをすり替えなければならなかったのか、その理由はわからなかったが、サンプルをすり替えるための戦略は理解できた。パリ警視庁の中で、一度封印された証拠品をすり替えることができるのは、このマルケだけなのだ。偽の血液やDNAを使って捜査を攪乱させようとする者にとって、この小男はきわめて重要なポストについているのだ。

「すり替えの目的は何なんだ？」

「訊いたけど、答えてはくれませんでした。これは取引だったんです。何も聞かずに条件を呑むか、そうじゃなければ、彼女と寝るのをあきらめるかの……」

そんな取引を持ちかけられたら、マルケは迷わなかったにちがいない。妄想の世界は別にして、現実の世界で、マルケのような男がクローディアのような女と近づきになるチャンスは、まったくないからだ。

「新しいサンプルはどこから持ってきたんだ？」

「クローディアから渡されたんです」

突然、ある事実が頭に浮かんできた。新たな事実はそちらと関係があるかもしれない。

「ソビエスキの絵に、血で名前を書いたのはおまえか？」

「私じゃありません。彼女です」

コルソは、ソビエスキの絵に書かれた血文字の名前を思い浮かべた。〈サラ〉〈マノン〉〈レア〉〈クロエ〉、それから〈ソフィー〉と〈エレーヌ〉。青白く光る震えた筆跡の文字……。

そうだ。クローディアは血文字で名前を書いただけではない。筆跡を似せることまでしたのだ。筆跡鑑定の結果、あの文字はソビエスキが書いたということになったが、絵の具を塗り重ねた、凹凸のあるカンバスの上に書くのだから、それほど厳密なものでなくてもよかったのだろう。でも、それであれば、クローディアではなく、ほかの人間が書いたとしても、いいことになる。

「どうしてそんなに自信を持って言えるんだ？　あの文字を書いたのは彼女だと……」コルソは言った。頭の奥で低い音が鳴り響いている。

「だって、そうとしか考えられないでしょう。ソフィーとエレーヌのものだとされて、鑑識に保管されている血液は、彼女が持ってきたものです。鑑識のものは私以外が手を触れることはできません。そして、私は、その血液を使って絵に名前を書いたりしていない。だったら、その血液を持ってきた彼女が書いたに決まっているじゃありませんか。鑑識に持ってきた残りの血液を使って……」

話をしているうちに、パズルの大きな絵が見えてきた。もし、クローディアがソビエスキの絵に血文字の名前を書いたのだとしたら、それはソビエスキを陥れるためだということになる。しかし、そうすると、彼女の行動はまったく矛盾していることになる。つまり、いっぽうで弁護を引き受けながら、いっぽうで罪に陥れようとしているからだ。パズルの新たなピースが見つかったことで、また新たな謎が生まれてしまった。だが、どちらが本当かと言えば、やはり陥れるほうだろう。弁護するふりをして、追い詰める。無罪放免を求めるふりをして、終身刑を獲得する。ソビエスキを有罪にするつもりなら、弁護士として、法廷という舞台を利用するのがいちばんいいのだ。

そういった事件の大枠が見えてくると、コルソは頭がくらくらしてきた。ソビエスキが刑務所に送られるように、事の始めからすべてを仕組んだのは、クローディアだったのだ。ソビエスキが描いた絵に血文字で被害者の名前を書いたのも、アドリアン・レヌ通りの秘密のガレージにそれと同じ血液を残したのも、すべてクローディアがやったのだ。ソフィーとエレーヌの血液については、どこから入手したか知らないが、すり替え用の血液をマルケに渡したのだから、それと同じものを使えば問題ない。同様に、ほかの四人の女性の血液も、ガレージにばらまくものと、血文字で名前を書くためのものに分けて使えばいい。全部、クローディアの仕業なのだ。

だが、目的はいったい何だったのだろう？　ソビエスキを刑務所に送るため？　でも、どうして？

いや、そもそも〈どうしてソビエスキを罪に陥れなければならないのか？〉という理由から考えるなら、このパズルは別の絵になる可能性もある。コルソはすでにその可能性に気づいていた。確信はないが、否定はできない。それは、クローディア自身が犯人だったという可能性だ。つまり、クローディアは異常な殺人鬼で、ソフィーとエレーヌを殺して、その罪をソビエスキにかぶせようとしたのだ。

しかし、その場合も疑問が残る。どうして、クローディアはそんなことをしたのか？

クローディアが《ル・スコンク》事件の犯人だとすると、問題をふたつに分けて考える必要がある。ひとつは、最初からソフィーとエレーヌを殺すのが目的で、その罪をソビエスキにかぶせようとしたケース。その場合、クローディアがふたりを殺した動機は何かというのが問題になる。

もうひとつは、ソビエスキを罪に陥れるのが目的で、ソフィーとエレーヌを殺したケース。その場合、どうしてわざわざ人を殺してまで、ソビエスキを罪に陥れようとしたのかが問題になる。なにしろ、ソビエスキを犯人に仕立てあげるためだけに、身近にいた女性をふたりも殺し、血液をすり替える工作をしたのだ。これは違う。あまりにも異常だ。そんなことをしてまで、ソビエスキを罪に陥れたいというなら、彼女はソビエスキに対して、よほどの憎しみを抱いていたことになる。はたして、そんなことが考えられるだろうか？　仮にそうだとしたら、どうしてそんなに強い憎しみを抱くようになったのだろう？

いずれにしろ、問題は〈動機〉だ。コルソはパズルの絵がどのようになっても、その結果を受け止めるつもりだったが、その絵を完成させるためには、たったひとつ、いちばん大切なピースが欠けていた。〈動機〉というピースが……。

また、ソフィーとエレーヌを殺すことが目的だった場合も、ソビエスキを罪に陥れることが目的だった場合も、どうして最後にみずから死ななければならなかったのか、その理由が説明できなかった。いったい、彼女はどうして死を選んだのだろう？　その理由も〈動機〉がわかれば、理解できるのだろうか？

と、そこまで考えた時、コルソは重大な事実に気づいた。もしクローディアが犯人なら、どうして血液をすり替える必要があったのだろう？　実際にソフィーとエレーヌを殺しているのだから、その時に採取した血液を使えばいいだけの話ではないか？　そのほうがずっと簡単だ。

「どうして、血液をすり替える必要があったんだ？」

コルソは思わずつぶやいた。

すると、これまでじっと黙っていたマルケが口を開いた。

「クローディアは絶対に教えてくれませんでしたけどね。私はずっと気になって、考えていたんです。そこで、自分でも調査してみました」

「と言うと？」

「ソフィー・セレの場合も、エレーヌ・デスモラの場合も、最初、鑑識にはふたりの本物の血液とDNAのサンプルが保管されていました。けれども、クローディアはその本物の血液とDNAサンプルを、どこから持ってきたかわからない偽の血液とDNAサンプルにすり替えるよう、私に依頼しました。ということは、ソフィーとエレーヌの本物の血液とDNAサンプルに関して、何か隠したいことがあったのではないでしょうか？　ええ、そう考えて、私は別の場所に保管していた本物の血液とDNAのサンプルを取りだして、自分で分析してみたんです」

コルソは喉が渇くのを感じた。からからに渇いて、ひりひりする。

「で、何がわかったんだ？」

　それを聞くと、マルケが弱々しい笑みを浮かべた。部屋は刻々と暗さを増してくる。窓ガラスを叩く雨の音だけが聞こえる。わずかな沈黙のあと、マルケが言った。

「単純なことでした。ソフィーとエレーヌは姉妹だったんです」

「つまり、血がつながっているということか？」

「半分ですけどね。二人は父親が同じです。それは確かです」

95

　午後六時二十三分発のTGV（テー・ジェー・ヴェー）の車両にぎりぎりで乗りこむと、コルソはフランス東部、スイスとの国境にあるフランシュ＝コンテ地方に向かった。まずはフラーヌという一度も聞いたことのない町まで行き、そこで電車を乗り換え、今度はポンタルリエという町に向かうのだ。真実に向かって、パソコンだけを持った、冬の夜の三時間の旅路だ。

　目的地は、ソフィー・セレとエレーヌ・デスモラが一九九三年から二〇〇四年までともに育った、モット・サシー養護施設だった。ふたりを知っている人に会い、マルケから聞いた話の内容の裏を取りたかったのだ。

マルケの行ったDNA鑑定によると、ふたりは半分血がつながった姉妹だった。ふたりの生まれを考えれば、別にそれは不思議ではない。ソフィーは匿名出産で生まれている。母親は一九八四年にリヨンで出産し、赤ん坊を捨てた。父親はわからない。いっぽう、エレーヌは、それから二年後、ロン=ル=ソニエで生まれたが、両親が育児を放棄し、施設に預けられた。父親はジャン=リュック・デスモラ、失業と就職を繰り返して、働いていた時はカフェのウェイターやバーの用心棒をしていたが、アルコール中毒で、すぐに暴力をふるう男だったらしい。ふたりの父親として考えられるのは、この男だ。

想像するに、エレーヌが生まれる二年前、父親はリヨンかどこかの地域をうろついている時に、ソフィーの母親と短い関係を持った。そして母親はなんらかの理由で子どもを捨てたということだろう。養護施設ではよく聞く話だ。珍しいことではない。

その後、ソフィーとエレーヌはこの地域の施設で出会い、なんらかの理由でお互いが姉妹であることに気づいた。それもまあ、不思議ではないだろう。この時から、ふたりは離ればなれにならないようにして、同じ施設、同じ里親家庭で育った。ふたりを離そうとすると頑強な抵抗にあうので、周囲の人たちもふたりの意志を受け入れたにちがいない。こうして、ふたりは一緒に大きくなり、一緒にパリに出て、一緒にストリッパーになった。しかし、自分たちが姉妹だったことは明かそうとしなかった。この点について、エレーヌが通っていた精神科医、マダガスカル出身のイアンジャ・ラジャオナリマナナは、こう言っていた。「ふたりでパリに出てきた時に、隠しておこうと決めたそうよ。そのほうがお互いに頼りすぎず、強くなれるんじゃないかと考えて……。自分の身を守るには強くなる必要があるって感じたんじゃないかと思う」と……。

だから、ふたりが血縁関係を隠していたのは、納得できた。だが、クローディアは？　彼女はどうしてふたりが姉妹であることを隠しておきたかったのだろう。

三時間の電車のなかで、パソコンに入れた資料を調べ、頭に浮かんだことや推測したことを打ちこみながら、コルソは考えた。疑問はたくさんあった。だが、現地で話を聞くまでは、やみくもに考えてもしかたがない。クローディアの埋葬から始まって、午前中からいろいろなことがあったので、かなり疲れてもいる。そんな状態で頭を使っても、ちゃんとした答えが出るはずがない。

ただ、ひとつのことだけが気になった。クローディアは《ル・スコンク》の事件の犯人なのか？　彼女がソフィーとエレーヌを殺したのか？　実はあのあと、マルケにもう一度、細部を確認したところ、ソフィーとエレーヌの血液とDNAのすり替えは、ソフィーの遺体が発見された六月十七日に同時に依頼されたということだった。ということは、その時点でクローディアは、まだ起こってもいないエレーヌの殺害を知っていたことになる。これはクローディアが犯人だという何よりの証拠ではないか？

いや、クローディアは犯人ではなく、真犯人が誰なのか知っていて、その真犯人がエレーヌを殺すつもりだとわかっていただけの可能性もある。でも、それなら、どうして警察に通報しなかったのだろう？　エレーヌが殺されると……。あるいはなぜ本人に知らせなかったのだろう？　あなたを殺そうとしている人がいるから気をつけてと……。

〈いやいや、考えるのはなしだ。今は考えてもしかたがない。現地で話を聞くまで待とう〉コルソは自分に言いきかせた。

外は真っ暗だった。コルソは額を窓ガラスに押しつけ、闇の中から風景を見分けようとした。だが、闇はいつまでたっても闇のままで、何ひとつ見えなかった。コルソは、このまま自分もこの暗闇に紛れてしまいたいと思った。

そのうちに、いつの間にか眠ってしまったのだろう。フラーヌに到着したところで目が覚めた。あわててホームにおりると、そこは別世界だった。すべてが真っ白で、雪に埋まっている。線路沿いの街灯の明かりがレール脇の雪だまりに反射し、それを見ていると、おとぎの国にいるような気がした。ほかの場所に積もる雪はもっとふわふわとして、綿でできたデコレーションのようだ。あとは、キリスト誕生の小さな馬小屋の飾りがあれば、何も言うことはない。

コルソは、自分がこの場所でいかにも場違いなことに気がついた。身につけているのはジャンパーだけで、荷物もない。そんな格好で、誰もいないホームに突っ立っているのだ。どうやらフラーヌでおりたのは自分だけで、ポンタルリエ行きの電車を待つのも自分ひとりらしい。あとは駅員の姿がひとり、ふたり見えるだけだ。

そうやって、十分近く寒さに震えて待っていると、コルソは自分がスノードームの中に閉じ込められているような気がした。容器の中にエッフェル塔やサンタクロースが入っていて、振ると雪が舞う、あの飾りだ。

やがて、小さな電車が到着した。メタルブルーとメタルグレーの、時代を先取りした車両だ。男の子がプレゼントにもらう、おもちゃのような電車……。キリスト誕生の馬小屋飾りとスノードームの次は、この電車だ。まるでクリスマスの世界を歩きまわっているような気がした。

電車は十五分後にポンタルリエに到着した。ここでも先ほどと同じ光景が広がっていた。雪はフラーヌより少し多いかもしれないが、人は少なかった。電車が発車するなり、ホームからは駅員がひとりもいなくなってしまったからだ。

タクシーが見つかってくれるといいが……。そう思いながら、コルソはとにかく出口に向かって歩いた。

すると、街灯の下に、タクシーが一台だけ停まっていた。フロントガラスが黒く、運転手の顔は見えない。マフラーからはもくもくと排気ガスが出ている。こんな寂しい駅で一台だけ待っているタクシーに乗ったら、どこに連れていかれて、何をされるかわかったもんじゃない。そう思うと、少しばかり恐怖を感じた。クリスマスのイメージは、ここでいきなりホラー映画に変わってしまったのだ。だが、もうこのタクシーに乗らないわけにはいかない。

コルソが行先を告げると、運転手は得意げな声を出した。

「あそこまでは山道だからね。ちょうど、スノータイヤをつけていてよかったよ。お客さん、ラッキーでしたね」

タクシーは県道からラルモン街道に入り、山道をのぼってスイスとの国境方面に向かった。窓から見える景色は、月の光に照らされて、幽霊でも出そうに見える。駅で見た雪とは違って、野や山に降り積もる雪はまったく幻想的で、その薄明りの中で、世界そのものが現実離れして見えた。

出だしがこうだったので、コルソは、山の中腹にあるというモット・サシー養護施設は、きっと窓の明かりも消えて、幽霊が徘徊している、壊れかけた城のような建物かもしれないと思った。が、それは杞憂だった。思いがけないことに、施設はピンクにペイントされた横長の建物で、明るく照らされ、外に突きでたバルコニーはおしゃれな感じで、冬のリゾートホテルのようだった。

「ここで待ちましょうか?」

「いや、結構だ。どうもありがとう」コルソはそう言って、運転手に金を払った。

施設には、訪問するとは伝えていなかった。これから、いったいどんな話が聞けるのだろう? コルソは思った。ソフィーとエレーヌは二十四年前に、この施設に一緒にやってきた。まるで姉妹のように……。いや、実は本当に姉妹だったのだが、そんなことは誰も知らなかったはずだ。

深々(しんしん)とした静けさの中、コルソは雪に足をとられないように気をつけながら、施設の玄関まで行った。ステップをあがると、昔ふうの呼び鈴を押す。そうして、凍えるような寒さの中、ジャンパーのポケットに手を突っこみ、身体を震わせながら、辛抱強く、誰かが出てくるのを待った。気温は恐ろしくさがっているだろう。死ぬかと思うほどだ。

やがて、トレーニングウェアを着た小柄な男がドアを開けた。指導員だか囚人だかわからないような外見だ。コルソは警察バッジを見せて名を名乗り、施設の責任者に会いたいと頼んだ。時刻はもう午後の十時半で、アポイントメントもなしに来たとあっては、追い返されてもしかたのないところだ。だが、男はコルソを中に招じいれると、まるでレールの上を進むように、来た方向に戻っていった。

玄関ホールの奥には広い食堂があった。コルソはその食堂の入口で待った。中を見ると、手作りのガーランドや飾り玉で装飾されたクリスマスツリーが、その場を華やかにしていた。コルソは食堂の中に入った。砂の混じった土で焼かれた陶器、ペイントされた壁、暗赤色のリノリウムの床……。どれも消毒や洗浄がしやすいようにという理由で使われている素材だ。こうした施設では、落書きしても、床にジュースをこぼしても、すぐに痕跡を消せるようになっているのだ。思い出も残らない。

ここに来るにあたって、コルソは気持ちがあふれでないよう、心に鍵をかけて準備してきた。自分が施設で育ったからといって、その時の思いを施設にいる人たちにぶつけてしまうのはもってのほかだからだ。だが、クリスマスツリーを見ると、胸が締めつけられた。ボール紙で作った人形や、色紙を貼りあわせて作ったガーランドを見ると（その色紙もフェルトペンで塗って作ったものだ）、施設で過ごしたいくつものクリスマスが思い出された。施設の先生からはプレゼントをもらったが、毎年、そのたびに心がうずいた。みんなにプレゼントが配られていくのを見ると、親がいないことをまざまざと見せつけられているような気がしたのだ。自分には親がいない。だから、自分だけに向けられる愛情もない——そう思うと、心の傷をえぐられているような気がした。

　小さい頃も、そして大人になってからも、普段、コルソは〈人生には施設で育つよりも悪いことはあるし、出自がわからないからといってそれですべてが終わるわけではない〉と考えるようにしていた。だが、自分が誰かもわからないまま親に捨てられ、親からの愛情を受けずに育ったということは、大きな傷となっていて、その傷口がふさがることは決してなかった。そのため、自分はつねにその痛みとともに生き、あちらこちらで集めた愛情のかけらで、その傷口を埋めようとしてきた。たとえ、そのかけらが〈ママ〉と呼ばれた麻薬の密売人のものであっても……。そのせいで、最後にはひどい目にあったとしても……。

　と、その時、後ろから声がした。

「コルソ警視さんですか？　施設長のブリジット・カロンです」

　声のほうを見ると、四十代くらいの、これもまたトレーニングウェアを着た女性が目の前に立っていた。底の柔らかそうな室内ばきをはいている。たぶん、そのせいで近づいてくる音に気がつかなかったのだろう。髪は麦わら色で、顔はレンガのように赤い。顔の形は下膨れだ。コルソは甘いシロップをかけたりんご飴を連想した。

「はい。ステファン・コルソ警視です。本日は、昔この施設にいた、ソフィー・セレとエレーヌ・デスモラについて、お話を伺いたく、パリからやってきました」

　コルソがそう言うと、カロンは驚いた様子を見せた。

「そのために、こんな時間にいらしたんですか？」

「緊急を要する捜査なものですから……。ふたりは、一九九三年から二〇〇四年まで、ここにいたはずなんですが……」

　捜査の目的は告げなかったが、カロンはうなずいた。

「そうですか。こんな雪の日に、わざわざ遠くから……。警察のお仕事も大変ですね。ですが、残念ながら、私は知らないんですよ。私がここに赴任してきたのは五年前のことですから……」

「当時、こちらで働いていた指導員の方はいませんか？」コルソは粘った。「古くからの方がいれば、話を聞かせてもらえるのではないかと思うのですが……」

「いませんね。ここの職員は定期的に異動があるんです。指導員と子どもたちの間に、えこひいきなどの特別な関係が生まれないようにするためなんです」

「まるで銀行みたいですね。融資する側とされる側に特別な関係ができないように……」

「えっ？　何ですか？」

　カロンはそれが癖なのか、握りこぶしをトレーニングウェアの腰のあたりに軽く当てていた。その姿は、東欧から来た小柄な砲丸投げの選手を思わせた。

「いや、何でもありません」コルソはそう言いながら、手に持っていたスマホをポケットにしまった。

　と、その時、カロンが声をあげた。

「ちょっと待ってください。ひとりだけ、いるかもしれません」

「誰ですか？」

「ポンタルリエの医師で、エマニュエル・コーエンという人です。もう四十年もこの地方にいらして、施設にも往診に来てくださっています」

「その人の住所はわかりますか？」

それを聞くと、りんご飴がナイフでぱかっと割れたように、カロンが初めて笑みを見せた。

「ラッキーでしたね。ちょうどここにいらしてますよ。ひとり病気の子どもがいましてね」

コルソは嬉しくて、声をあげそうになった。リスクを冒して事に当たれば、必ずよい結果が出る。無駄足を踏む覚悟でやってきたが、それだけの気持ちがあれば、道は開けるものなのだ。

「今、呼んできますね」

そう言うと、カロンは奥に引っこんだ。

96

そのまま五分ほど食堂で待っていると、階段をおりて、戸口に女医が現れた。エマニュエル・コーエンだ。短く刈ったグレーの髪、背中は曲がっていて、首を上にあげていないと、顔が下を向いてしまうほどだ。縁なし帽にダッフルコート、手には診療かばんを持っている。まさに山の医者という雰囲気だった。四十年間このあたりの山道を歩き、病気の診療や出産の介助をして、この地方を知りつくしている、地域には欠かせないドクターといったところだ。

ひと目見て、コルソはこの医者に好感を抱いた。子どもの頃、こんな雰囲気の医者に何度も会ったことがある。ヘロイン中毒になっていた時に、そこから抜け出す手伝いをしてくれた医者の中にも、このコーエンのような人がいた。そういった医者たちは、もちろん薬も処方してくれたが、もっと大切なものをくれた。愛情や思いやりだ。コルソのようなヘロイン中毒の患者にも優しく接してくれ、エネルギーを与えてくれたのだ。

「ブリジットから、重要な話だと聞いたんだけど。ソフィーとエレーヌのことじゃないの?」

コルソの顔を見ると、コーエンはいきなり言った。

コルソはびっくりした。

「新聞で知ったのよ」コーエンが話を続けた。「かわいそうに、あの子たちがどうやって死んだのかも読みましたよ」

「ふたりのことを覚えていらっしゃるのですか?」

「もちろんよ。何年も治療していましたからね。ふたりとも……」

「どんな病気だったんですか?」

コーエンは食堂の中に入ってくると、ベンチ席のほうに行き、その上にかばんを置いた。それから、ダッフルコートのポケットに手を入れて、こちらを振り返った。まっすぐに立っていても、背中が曲がって首が前に突きでているので、街灯のように見える。

「そうね。風邪を引いたり、おなかが痛くなったりしたこともあったけど、私が診ていたのは、どちらかと言うと心の病よ。ふたりとも、いろいろ問題を抱えていてね」

「具体的に言うと、どんな問題です?」

「ひとりは怒りの感情を抱えていて、もうひとりは幽霊を信じていた」

　どちらがどちらかはすぐにわかった。ソフィーは、自分自身も含めてすべての人間を憎んでいたし、エレーヌは死者と寝ていたのだから……。

　コルソは直接、核心をつくことにした。

「警察の捜査では、ふたりは姉妹だということがわかっています」

「ええ、それはみんな知っていましたよ。あえて言う人はいませんでしたけれど……。いわば公然の秘密で……」

相手の意表をついて、思いがけない真実を引きだそうとしたのだが、あまり意味がなかったようだ。

「姉妹のように、ということではなくて、遺伝上、片方の親が同じだということなんですが……」コルソは念を押した。

「わかっていますよ」

「どうしてご存じだったんですか?」

「確信はなかったけれど、ふたりはとてもよく似ていましたからね」

「外見がですか?」

「いいえ。態度とか、話し方とか……。いくつかの仕草なんかは、驚くほどそっくりでしたよ」

「普段から親しくしていたので、自然に似てきたのでは? そういうことって、ありますよね?」

これでは自分のほうが、ふたりが姉妹であることを否定したがっているようだ。だが、コルソが攻めても、コーエンの確信は揺るがなかった。余裕たっぷりの笑みを浮かべて言う。

「あなたもふたりを知っていたら、絶対にわかったはずよ。あのふたりは血のつながった姉妹でした。間違いないわ」

「調査では、ふたりは父親が同じだとわかっています。ということは、ソフィーの父親は、エレーヌの父親のジャン=リュック・デスモラだということですが……。これはご存じでしたか?」

コーエンはあいかわらずダッフルコートのポケットに手を入れたまま、ベンチのそばに立っていた。背中は曲がり、髪は白髪まじりのグレーだったが、それにもかかわらず、その佇まいは授業の開始を待つ女学生のように見えた。

「それは違うわ。ジャン＝リュック・デスモラは、エレーヌの父親ではありませんよ」

「どういうことですか？」

「もうひとつ、公然の秘密があるんです。エレーヌの母親、ナタリー・デスモラは、ブザンソン郊外で強姦されているんです。エレーヌはその時にできた子どもです」

耳鳴りがした。真実が姿を現すと感じた時には、いつもそうなるのだ。

「エレーヌの母親は――ナタリーは相手を訴えたんですか？ 自分を強姦した男を……」

「いいえ。ナタリーはその時、すでにジャン＝リュック・デスモラと結婚していて、夫から暴行を受けていましたからね。そんなことが公になったら、夫に半殺しにされかねません。だから、憲兵隊の事情聴取には答えたものの、このまま事件を終わらせてほしいと頼んだようです」

「でも、エレーヌがジャン＝リュック・デスモラの子どもである可能性もあるわけでしょう？ つまり、強姦によって生まれたのではない可能性も……」

それを聞くと、コーエンがこちらに数歩、足を踏みだした。

「確かにその可能性もあるかもしれません。でも、ナタリーはその前から、男の人に触れられるのを極端に嫌がっていました。きっと夫からひどい暴行を受けていたせいだと思います。だから、その時の強姦以外に、男の人と交渉を持っていたということもあり得ません。妊娠中も、そんなかたちで子どもができたことが嫌で、安ワインやビールを浴びるように飲んでいたということですよ」

「どうして、そんなにはっきりと言えるのですか？ よその町のことなのに……」

「広いようでも、田舎は狭いですからね。皆がお互いのことを知っているんですよ。どこの町で強盗事件があったとか、どこの村で殺人事件があったとか……。

それに、私はロン゠ル゠ソニエに行った時に、たまたま当時のナタリーを診察したことがありました。ナタリーは、おなかの子は強姦された時にできた子どもだと言っていました。いずれにしろ、あのふたりは悲惨な暮らしをしていました。ナタリーも、夫もね。貧困とアルコール中毒。そして、そこから生まれる暴力……。だから、子どもが生まれたって、とうてい育てられる環境にはなかったんです。自分たちが生きていくのに精いっぱいで……。それで、エレーヌは生まれるとすぐに、児童社会扶助局に保護されたんです」

コーエンの話の中で、コルソは「皆がお互いのことを知っている」という言葉に注意を向けた。それなら、もっと詳しいこともわかるのではないか？

「強姦した男の身元はわかったんですか？」

「噂はありました。どうもその男は、スイスとの国境あたりの町や村をうろついては、女性を強姦していたらしいと……。この出来事の前には、少し北の町でも強姦事件を起こし、その時には裁判沙汰になったとか……。まあ、結局は噂ですからね。本当かどうかははっきりしないんですよ。捜査にあたった憲兵隊員がカフェで話したことが伝わって、どんどん広がっていくうちに、最後にはとんでもない話になってしまうこともありますし……」

耳鳴りがますます大きくなった。これは単なる噂話ではない。

「ソフィーとエレーヌの父親が同じだとしたら、その強姦した犯人がソフィーの父親だということになりますね？」

「そのとおりよ。それに、誰もが知っていたことがもうひとつあるんです」

まったく、田舎の情報網は、警察にとっては宝の山だ。噂話にすぎないとしても、そこには真実が含まれている。

「それはつまり……」コーエンの話がどんどん先に進んでいくので、コルソはいったん口をはさんだ。「その誰もが知っていることというのは、ソフィーの母親に関することですか？」

コーエンがまた数歩、リノリウムの床を歩いて、こちらに近づいてきた。静かに足を踏みだすので、まるで体重を感じさせない。

「そうよ。ソフィーの母親は匿名出産をしましたが、それが誰だかは知られていました。看護師たちは、口が軽いですからね」

コルソは自分の出自のことを考えた。母親が誰であるかは絶対に知ることができないのだと、これまでずっとそう思って生きてきた。自分の出自は絶対の秘密なのだと……。そんなことはない。ちょっと調べる気になれば、いくらでもわかったのだ。だが、自分は調べなかった。おそらく、そうすることで自分を守ってきたのだろう。

「なんという人ですか？ ソフィーの母親というのは？」コルソは唐突に尋ねた。

「三十年以上も前のことで、もう名前は憶えていませんけど、モルトーに向かう県道沿いのレストランでウェイトレスをしていた人でした。この女性も強姦されたんですよ。確か、憲兵隊に訴えて、捜査も行われたんですが、犯人は見つからなかったようです」

「でも、あなたは、その強姦犯人がナタリーの時と同じ人物だとお考えなんですか？」

「そうだと思っています。ナタリーも訴えはしませんでしたが、憲兵隊には供述しています。その供述をソフィーの母親の供述と比べてみると、犯人像が一致しているんですよ。つまり、犯人は貧弱な身体つきで、歯が何本も欠けている男だというんです。憲兵隊はこの地方をうろついていたチンピラの中から、その特徴を持つ人間を探しました。そうして、その男を見つけてきたのですが、捜査はすぐに終わってしまったんです。男にはアリバイがなかったんですが、ソフィーの母親のほうが、『犯人と似ているが、この男ではない』と言って……。最後の最後になって、男をかばいたくなったのかもしれません」

耳鳴りはついに爆発した。そのあとにはざわざわという音が続く。コルソは一瞬、耳が聞こえなくなったのかと思った。そのざわざわした音が静まったところで、コルソは尋ねた。

「ほかに何か覚えていることはありますか？　その時の捜査の手掛かりとか？」

「ありますよ。どちらの事件でも、強姦した時に、被害者の手を下着で縛っていたとか……。でも、それで犯人が特定されたわけではないので、いつの間にか忘れられていきました。もう一度言っておきますけど、私の話は、この国境地域のカフェや居酒屋で交わされた噂話にすぎません。その点はご承知おきください」

最後のほうはもう聞きとれなかった。貧弱な身体つきで、歯が何本も欠け、スイスとの国境地帯をうろつきながら、強姦を繰り返し、その時に被害者を下着で縛る男……。そんな男はひとりしかいない。ソビエスキだ。少し前に姿を現した真実が、恐ろしい津波のように、まともに襲いかかってきた。

ソフィー・セレとエレーヌ・デスモラはフィリップ・ソビエスキの娘だったのだ。おそらく、この事実から出発して考えれば、すべてのことがひとつの〈時系列〉の中にきちんと収まるだろう。それぞれの事実が〈時間〉と〈空間〉の中に秩序をもって位置づけられ、それぞれの事実の間にある〈論理的なつながり〉が見えてくるのだ。〈時間〉も〈空間〉も〈論理〉も、強大な引力に引きよせられるように、すべてはここに集まってくるのだ。

ふと我に返ると、コルソは自分がたったひとりで食堂にいることに気がついた。大きなクリスマスツリーがさっきと同じようにこちらを見つめている。

エマニュエル・コーエンはいなかった。おそらく、コルソがぼんやりしていたので、医務室に戻ることにしたのだろう。コーエンは自分に挨拶をしたかもしれない。だとしたら、自分も反射的に挨拶を返していたにちがいない。

と、突然、赤いリノリウムの床を誰かがやってくる気配がした。

「あら、まだここにいらしたの？」

この施設の長であるブリジット・カロンだ。先ほどと同じトレーニングウェア姿で、底の柔らかそうな室内ばきをはいている。

コルソは何と言ったらいいのかわからないまま、思いついたことを口にした。

「今晩はここに泊めてもらえますか？」

97

ここはどこだろう？　自分は眠っているわけでも、死んでいるわけでもない。だが、暗くて、じめじめした場所にいる。そう地中のような……。

目が覚めた時、コルソは自分がどこにいるのか、自分が誰なのかも思い出せなかった。だが、それから数分するうちに、やっと意識を取り戻し、自分がモット・サシー養護施設に泊まったことを思い出した。食堂で茫然としていたら、誰かが親切にも、空いている部屋のドアを開けてくれ、二段ベッドを示すと、「上の段でどうぞ」と言ってくれたのだ。そこで、自分は服を着たまま、ベッドに横になった。そして、今まで眠りこけていたのだ。

意識がはっきりしてくると、昨日わかった新たな事実が頭によみがえってきた。《ル・スコンク》の事件の被害者ふたり――つまりソフィーとエレーヌは、ソビエスキの娘だったのだ。だが、この事実が今回の事件のすべての中心にあるという確信はあるものの、全体がどのようにつながっているかとなると、まるで雲をつかむような感じで、見当もつかなかった。

ふらつく足で洗面台まで行くと、コルソは冷たい水で顔を洗った。はたして、この事実から出発して、自分はこの事件のすべてのつながりを明らかにしたいのか、それとも、そんなことは不可能だとして、すべてを忘れさってしまいたいのか、それすらもよくわからなかった。

顔を濡らしたまま、コルソは鏡に映る自分の姿を眺めた。とうてい自分だとは思えなかった。目はどんよりとして、髭が伸び、全体にやつれて不安げな顔をしている。まるで、見えないベールを通り抜けて、現実ではない世界に来てしまったようだ。あるいは反対に、完全な真実にたどり着いて、茫然としているようにも見える。ただ、その真実には現実感がなかった。

ともかく、わかっていることだけ並べてみよう、少しでも頭の中を整理しよう、とコルソは考えた。〈クローディアはソフィーとエレーヌを殺した〉〈だとすれば、たぶんマルコ・グワルニエリを殺したのもクローディアだろう〉〈クローディアはソフィーとエレーヌが半分血のつながった姉妹だとわからないように、あの鑑識の人形男と寝て、血液とDNAのサンプルをすり替えさせた〉〈それから、クローディアはソビエスキがソフィーとエレーヌを殺した被疑者として起訴され、有罪判決が出るよう、裏で細工をした〉

いや、確かに事実はそのとおりで、考える材料はたくさん集まっている。だが、あいかわらず、いちばん重要な情報が抜けていた。〈動機〉だ。クローディアは、なぜこんなことをしたのだろう？　いちばん自然なのは、強姦され、辛い思いをした女たちの代わりに〈復讐する〉というものだが、どうしてクローディアがそんなことを思いたったのか、まるで見当がつかない。では、強姦によって生まれたせいで悲しい人生を過ごしてきた、ソフィーやエレーヌの恨みを晴らすためか？　いや、それは絶対にあり得ない。ソフィーやエレーヌの恨みを晴らすために、そのソフィーとエレーヌを殺すなど、どう考えても、論理が破綻しているからだ。

もうひとつ、〈復讐〉であれ何であれ、クローディアがソビエスキを罪に陥れようとしていたのなら、自殺をした時、どうしてそれまでと同じやり方をしたのだろう？　それではソビエスキの無実を証明することになってしまうではないか。これもまた理解不能だった。せっかく、ソビエスキを罪に陥れることができたのに、どうしてクローディアは、その成果をひっくり返すようなかたちで死ななければならなかったのだろう？

こうなったら、することはひとつしかない。コルソは朝食もとらず、ブリジット・カロンに挨拶もせず、タクシーを呼んだ。そして、シャワーも浴びず、着替えもせず、しわくちゃで汚れた昨日の服のまま、マックのパソコンを抱えて泥棒のように出発した。昨夜と同じ雪の中を、タクシーでポンタルリエ駅に行くと、今度はジュネーブ行きの列車に乗った。そしてジュネーブに着くと、そのままタクシーで空港に向かった。その後、どうするかは、はっきりと決めていた。

その前に、まずエミリアに電話して、タデが元気にしていることを確認しなければならなかった。それが終わると、今度はバルバラに電話をかけた。この世界でひとりくらい、自分がどこにいるのか、知っている人間がいてもいいからだ。

「いったい、何をしてるんです？」第一課の課長らしく、威厳のある声でバルバラが言った。部下を心配して怒鳴る口調だ。

「これからウィーンに行くところなんだ。クローディアの両親に会うつもりだ」

「また馬鹿なことを言って、いったい何のつもりです？」こちらに答える隙を与えず、バルバラはまさしく〈課長〉として、説教を始めた。「まだクローディアの件に関わっているんですか？　その件からは、もう足を洗ってください。それは私たちに任せて、ボスはほかのことをするんです」

「そっちは、何かわかったのか？」バルバラの説教は聞きながして、コルソは尋ねた。

「何も」

「つまり、そっちに任せておけば大丈夫だということか？」

「どういうことです？」バルバラが攻撃的な口調になった。「そちらは、何かつかんだんですか？」

「まあな」

「何をです？」

「ウィーンから電話するよ」

そう言って、コルソは電話を切ろうとした。だが、バルバラが大きな声で止めた。

「ちょっと待ってください。伝えておきたいことがあります」

「どうしたんだ？」

「麻薬取締部のランベールのことは知っていますか？」

「いや。何かあったのか？」

「昨夜、サン＝ドニで車の中にいるところを撃たれたんです。バイクに乗った二人組から至近距離で三発……」

コルソはボンパールの忠告を思い出した。「アーメッド・ザラウィが釈放されたことは知っている？　報復に気をつけなさい」ボンパールはそう言っていた。ザラウィはついに復讐を始めたというわけか。弟の仇をとるために……。

「誰の仕業かわかったのか?」

「アーメッド・ザラウィだと思いましたが、あの男にはアリバイがありました」

「殺し屋を雇ったというわけか」

だが、その言葉にバルバラは返事をしなかった。その沈黙は、〈きっと、ボスの頭をぶち抜く依頼もしているはずよ〉と言っていた。ボンパールと同じだ。コルソが《シテ・パブロ・ピカソ》の銃撃戦に参加し、アーメッド・ザラウィの弟を撃ち殺したことなど、とっくにお見通しなのだ。こちらがいくらとぼけたって、ごまかしきれるものではない。あとは、そのことをアーメッド・ザラウィが知っているかどうかだ。知っているなら、ランベールと同じく、自分にも復讐の手を伸ばしてくるだろう。

コルソは適当に別れの挨拶をすると、すぐに電話を切った。今はザラウィの脅威まで考えている余裕はなかった。クローディアのことで頭がいっぱいだった。

ジュネーブのコアントラン空港に到着すると、コルソは一目散に出発ロビーに向かい、午後二時発イージージェット社のウィーン行きの便に席を取った。

出発まではまだ間があったので、空港内の店をうろうろしたり、喫茶コーナーでコーヒーを飲んだりしたが、気持ちはちっとも落ち着かなかった。そうして、搭乗ゲートが開くと真っ先に機内に乗りこみ、窓ぎわの席に座って、目をつむった。これでよい。これでやっと、外の世界を締めだすことができた。だが問題は、心の内側の世界も、落ち着けるものではないということだった。クローディアの動機が〈復讐〉だったとして、クローディアはどうして、ソビエスキに復讐しなければならなかったのだろう? あれほどのことをしたのだから、クローディアはよほど深い恨みを、ソビエスキに対して抱いていたにちがいない。それが何かわからないかぎり、事実はまったくつながらず、永遠に気持ちを落ち着けることはできないのだ。

ウィーンに到着したのは午後四時頃だったが、すでにあたりは暗くなっていた。昨年ソビエスキを追ってロンドンに着いた時には、金色の文字が躍るショーウインドーや赤いバス、頭の上におかしな丸い帽子を乗せたボビーと呼ばれる警察官などを見て、まるでおとぎの国に来たようだと思ったが、年末のウィーンは、きらきらと美しく輝くデコレーションや赤い路面電車、銅製の小さな天使などが街を彩っていて、クリスマスの国そのものだった。

もともとウィーンは、歴史を大切にする由緒ある街として、街のイメージをつくりだしている。ウィーン少年合唱団、スペイン乗馬学校が守りつづけている古馬術、ウィーン国立歌劇場で毎年二月に開かれるウィーン・オーパンバルと呼ばれる舞踏会……。そんなウィーンの街が、この時期に、きらびやかで伝統的なクリスマスのイメージを演出しているのもうなずける。

暖房のきかないタクシーの座席で震えながら、コルソは窓外の景色をぼんやりと眺めた。バロック様式の宮殿や教会、彫像や噴水が次々と目の前に現れては消えていく。だが、そうしたバロック様式の建造物は、ディズニーランドの城のように装飾過多で、MACのロシアン・ブレスレットのように金ぴかすぎた。その過剰な景色の中を人々が早足で通りすぎていく。雪はまだ降っていなかったが、誰もが心の準備をしているように見えた。

コルソは、この街にエミリアと一緒に来たことがあった。SMプレイのせいでふたりの関係が壊れる前――まだ愛があった時代のことだ。ふたりは仲よく腕を組んでこの街におりたつと、フィアカーという辻馬車に乗って街路をめぐり、美術館やコンサートに行って、楽しく時を過ごした。アンカー時計というからくり時計に見入ったり、シュトゥルーデルという焼き菓子を嫌というほど味わったりもした。

「まだ遠いんですか?」コルソは運転手にドイツ語で尋ねた。ドイツ語は、以前エミリアから基礎だけ習ったことがあった。

「もう着きますよ」

ミュラー家の住所はバルバラから聞きだしていた（クローディアは自分の苗字をフランス式にミュレールと発音していたが、本来の名前はミュラーだ）。やがてタクシーは、白い石造りの大きな建物が並ぶ通りに入った。建物の門は、馬車が何台も並んで通れるくらいの広さがある。この通りが、クローディアの両親が住むヒンメルプフォルト通りだ。

タクシーをおりて、建物に入ると、コルソは階段をのぼりながら、内部を観察した。段の大きさはどのくらいか、階段の手すりはニス仕上げになっているか、ドアストッパーの色は何色か? そうやって内部を観察していると、人々の生活がわかる気がした。建物の内部を見ることとは、真実を見ることなのだ。物事の本質を見きわめることとなのだ。そんなことを考えながら、コルソは静かに階段をのぼっていった。

アパルトマンの扉はベージュ色で、ニスが塗ってあった。見るからに威圧的で、中に入るためというよりは、入れたくない者を拒否するために造られているように思える。その扉の前まで来ると、コルソは呼び鈴を押した。それから、二分の間、医者から病気の宣告を受けるような気分で待っていると、ついに扉が開いた。だが、その瞬間、コルソはここに来たのは間違いだと悟った。そこには、Vネックのセーターとベルベットのズボンを身につけたクローディアの父親が立っていたのだが――その顔が峻烈をきわめていたからだ。

「ここに何をしにきたんです?」

フランツ・ミュラーのフランス語は完璧だった。だが、その口調にはわずかな優越感があった。相手の言葉を完璧に話せるという優越感。コルソは自分のつたないドイツ語のことを思い出して、下を向いた。だが、ここは勇気を出して、話をしなければならない。

「お嬢さんについていくつか質問したいことがありまして。捜査はまだ続いているん……」

「出ていけ」

父親のフランス語は、俗語的な表現まで完璧だった。どんなタイミングで、どんな言葉を使って、相手を威嚇すればよいか、十分に心得ている。コルソは降参した。これでは話を聞きだすどころか、逃げるように階段をかけおりることになるにちがいない。

だがその間にも、コルソは父親の顔を観察して、クローディアと似ているところを探しだしていた。クローディアの峻厳な美しさは父親ゆずりだった。突きでた額や、尖った頬骨、淡い色の瞳もよく似ていた。情熱的でありながら、現実的な印象がするところも、そっくりだった。

と、その時、夫の後ろに、クローディアの母親――ミュラー夫人が姿を現した。クローディアと比べると優雅さには欠けるが、顔だちは端正で、透きとおるような肌の白さは、確実に娘に受け継がれたものだった。

一瞬、コルソはこの母親に頼めば、クローディアの話を聞かせてもらえるのではないかと期待した。だが、夫人は遭難者が船のマストにしがみつくように、夫のそばに寄りそっている。〈結局、無駄な旅に終わってしまったな〉心の中で、コルソはつぶやいた。

その時、フランツ・ミュラーがはっきりと言った。

「おまえが娘を殺したんだ」

そうして、コルソの鼻先で、ぴしゃりと扉を閉めた。

98

建物を出ると、コルソはヒンメルプフォルト通りを歩きはじめた。ショーウインドーに自分のみすぼらしい姿が映っている。うなだれ、肩を落として、とぼとぼと歩いている様子は、まさに敗残者そのものだった。

どうしてクローディアはソビエスキに深い復讐心を抱いたのか？　ソビエスキの娘たちを殺して、その罪をソビエスキに負わせようとするほど……。それがわかるまでは、今度の事件は解決しない。矛盾する事実の間を行ったり来たりして、答えの出ない仮説を永遠に組み立てるだけだ。クローディアが殺人犯であるという、冷たい真実を抱えたまま……。「おまえが娘を殺したんだ」クローディアの父親はそう言った。それなら、どんなによかったろう。そうであれば、犯人は別にいることになり、クローディアは殺人犯ではないということになるからだ。自分は真犯人を探せばいい。そうすれば、矛盾した事実はひとつのつながりを持ってくるだろう。だが、クローディアが犯人で、その動機がわからないとすると……。自分は答えの出ない疑問を抱えたまま、パリに戻ることになる。

その時、後ろから声がかかった。

「コルソさん！」

振り向くと、黒いダウンジャケットを着た女性がこちらに近づいてきた。一瞬、誰だかわからなかったが、よく見ると、クローディアの母親――ミュラー夫人だった。

「コルソさん」息を切らしながら夫人は繰り返した。顔は上気している。「さっきはごめんなさいね。フランツは、あの、夫は、混乱しているんです」

コルソは手をポケットに入れたまま、無意識に頭を下げた。お辞儀なのか挨拶なのか謝罪なのか、自分でもわからなかった。あるいは夫人の声をもっとよく聞こうと思って、顔を下に向けただけなのかもしれない。夫人の背丈は、こちらの肩くらいまでしかなかったからだ。

「お話できますか？」スイス風のアクセントで、夫人が訊いた。

コルソは、どこか入れる店がないか、あたりを見まわした。すると、五十メートルほど先にカフェがあった。

「あそこへ行きましょう」

これでクローディアの〈動機〉がわかるかもしれない。コルソは密かに期待した。

カフェに入ると、そこは伝統的なウィンナコーヒーを出すコーヒーハウスではなく、ケーキを食べられるティーサロンだった。店内にはりんごのシュトゥルーデルのにおいが充満し、息をするだけで胃が重くなった。

夫人は、今日は髪を後ろで束ねていなかった。豊かな巻き毛を肩のあたりに垂らし、人形のように整った顔をしている。そうやって、テーブル席にちょこんと座った姿は、クリスマスツリーの枝に飾った天使の人形を思わせた。だが、それは疲れきって、飛べない天使だった。

「何をお飲みになりますか？」コルソは尋ねた。

「コーヒーを」

コルソは注文を終えると、テーブルに両手を置いた。そして、どんな話を聞いても動揺しないようにしようと心に誓った。重要な情報であろうがなかろうが、ともかく冷静に受け止めるのだ。

そのまましばらく、沈黙の時間が過ぎた。ざわざわした店内をウェイトレスがひっきりなしに行き交っている。夫人は話さなかった。コルソも何も言わない。ただ、頭の上をケーキが通りすぎるだけだ。外では、とうとう雪が降りだした。

やがて、コーヒーが来たところで、コルソは口火を切った。

「何かお話しになりたいことがあったのですか？」

「ひょっとしたらお役に立つかもしれない話があるんです。どうお役に立つのかはわからないのですが」

「話してみてください……」

そう言って、あらためて夫人の顔を見ると、コルソは夫人が抗うつ薬を服用しているのではないかと気づいた。ほんのわずかだが、まぶたが腫れて、顔がむくんで見える。しきりに唇を舐めているのは、薬で喉が渇くせいだろう。

夫人はなおもしばらく黙っていたが、小さな声でようやく言った。

「捜査はどうなっているのですか？」

「厳密に言えば、私は前の捜査責任者というだけであって、今は捜査に直接、関係していないのです」

「同僚の方から、お話は聞いていないのですか？」

「聞いています。でも、あまり進展はしていないようです」

「じゃあ、あなたは？　あなたは独自に捜査をお続けになっているのでしょう？　こうしてウィーンにまでいらしているくらいですから……」

コルソは夫人を見た。そして、考えた。真実を知らされた時、この人は耐えられるだろうか？　クローディアは殺されたのではなく、みずから命を絶ったのだと知らされた時……。それだけではなく、クローディアは殺人犯だったと知らされた時……。だめだ。この人に真実を言うことはできない。だいいち、自分だって真実のすべてがわかっているわけではないのだ。

「先ほど、『役に立つかもしれない話がある』とおっしゃいましたが、まずはそちらを教えていただけませんか？」コルソは祈るような気持ちで、そこに話を持っていった。

するとと、夫人はカップを見つめ、スプーンでコーヒーをかきまわしはじめた。店内に充満する甘い菓子のにおいのせいで、コーヒーの香りは漂ってこない。夫人はそうしていれば、いつか話しだす決心がつくとでも言うように、コーヒーをかきまわしつづけていた。そして、とうとう顔をあげると言った。

「クローディアは、フランツの娘ではありません」

コルソは啞然とした。最悪のことは覚悟していたが、現実はいつもその覚悟を上まわる。それはわかっていたが、〈役に立つかもしれない話〉と聞いて、もっと違う種類の情報を期待していたのだ。

「私は中学・高校時代をオルムの学校で過ごしました」いったん口を開くと、これで心が決まったとばかりに、夫人は話しはじめた。「スイスの女子校で、ヌーシャテル湖畔の、イベルドン＝レ＝バンという町の近くです」

コルソの頭には、その地域の地図が入っていた。イベルドン＝レ＝バンは、ポンタルリエから四十キロほどしか離れていない。八〇年代に、フィリップ・ソビエスキが出没して、女性を襲っていた地域だ。

「私はそんなに勉強ができるほうではありませんでした。十八歳になっても、まだスイスの大学入学資格試験に合格していなかったくらいで……。勉強する代わりに、寮を抜け出し、ほとんどの時間をお酒を飲んだり、大麻を吸ったりして過ごしていました。まあ、スイスの女子校の寄宿舎によくいる、遊び好きで、男の子たちからも愛されるタイプの娘だったのです」

夫人は詳しく話していたが、コルソは細かいところまで聞いているのに耐えられなくなってきた。そこで、夫人の話をさえぎると、単刀直入に尋ねた。

「そこの寄宿舎にいらした時に、あなたは強姦されたのですか？」

「そうですね。あれはきっと強姦だったんでしょうね。相手の男とは、国境近くのバーで知り合いました。でも、実を言うと、何も覚えていないんです。ひと目見た時には、反抗的な若者だという印象を受けました。口達者で——でも、どちらかと言えば優しい感じで、最初は私も魅力的だと感じていたと思います。ところが、だんだん攻撃的になって……。もう一度言いますが、あまりよく覚えていないんです。酔っていましたから……。最後は無理やり、バーの裏庭のトイレとごみ置き場の間で、その……されていました。こうして、クローディアを妊娠したのです」

スイス訛りのせいか、夫人の口調はのんびりして、投げやりに聞こえた。だが、その話の内容は率直だった。夫人はしばらく黙ったあと、また言葉を続けた。

「妊娠に気づいたのは、それから二カ月後のことです」

「それで、どうしたのですか？」

「オーストリアふうに解決したんです」

「でも、あなたはスイス人なんですよね」

「私の両親はスイス人でしたが、ずっと以前からウィーンで暮らしていました。父はウィーンの富裕層の税務顧問をしていたんです。つまり、ウィーンに住む上流階級の人々の急所を握っていたわけです」

「どういうことですか？」

その質問を聞くと、夫人はその青白く、丸い顔に笑みを浮かべた。それはまるで絵本に出てくるお月様の顔のようだった。

「私の妊娠がわかると、父は至急、私の夫を見つけるために、ウィーンの上流階級の人々に脅しをかけました。税務署に脱税の報告をしない代わりに、娘の結婚相手として息子をよこせというわけです。すぐにいくつかの家が名乗りをあげてきました。だから、雑誌の身の上相談のように、〈レイプされて、子どもができてしまったんですが、どうしましょう？〉という成り行きではないんです。むしろ、話はとんとん拍子に進んで——結局、ふしだらな娘の一瞬のセックスと、娘に甘い父親の脅しで、ウィーンにひとつ、上流階級の家庭が誕生したというわけです。でも、そのおかげで、クローディアは胸を張って生まれてくることができました。本来なら私生児だったかもしれないのに、ウィーンの上流階級の家庭に、ただ単に予定日より早く生まれてきただけですんだのですから……」

話しながら、夫人は虚空を見つめていた。おそらく、絶望のあまり、すべてをあきらめてしまったのだろう。その淡々とした態度には、どこか人を惹きつけるところがあった。いずれにしろ、この女性はずっと以前に――おそらくは強姦された時点で、人生を捨ててしまったのにちがいない。

「その夜の……相手が誰だったか、わかっているのですか？」訊かずもがなの質問だったが、コルソは一応、尋ねてみた。コルソにはもうその答えはわかっていた。

「最初はわかりませんでした。行きずりの男でしたから……。そのうちに、あのあたりで女性を次々と強姦している男がいるらしいという噂を耳にしました。そして、その数年後にレ・ゾピト・ヌフで強盗殺人事件が起こったのです。あの夜の相手が誰だったかをはっきり知ったのはその時でした。裁判が行われた時、私はスイスにいて、テレビのニュースを見たり、新聞記事を読んだりしました。それで、その男がクローディアの父親だとわかったんです。そうです。フィリップ・ソビエスキです。ニュースで見ると、いやらしい顔のごろつきで、ジゴロのようなきざったらしい服装をしていました。いったい、どうして、あんなクズのような男を素敵だと思ってしまったのでしょう。ほんとに自分でもわかりません。会ってすぐの時には、魅力的だと思ったんですから……。女というのは、いつもどうかしているのです」

これが答えだった。これですべての事実がひとつの〈時系列〉の中にきちんと収まった。八〇年代、ソビエスキはフランス、スイス、イタリアの国境をうろつきまわり、行く先々で女性を強姦して、子どもをつくった。ソフィー、エレーヌ、そしてクローディアもまたソビエスキの娘だったのだ。

「ご主人はこのことを知っていらしたんですか？」

「いいえ。事情をわかっていたのは、双方の両親だけです。フランツはうぬぼれは強いけれど、親に従順な学生でした。クローディアのことは本当の娘だと信じて、大切に思ってきたんです」

コルソはそれを聞くと、クローディアが父親のフランツ・ミュラーと似ていると思ったことを思い出した。まったく、たいした観察力だ。コルソは自分の勘の悪さに呆れた。だが、そんなことはどうでもいい。今はもっと大切なことを訊かなければ……。クローディアがソビエスキの娘だとわかった以上、ふたりにははっきりしたつながりができたことになる。それどころか、クローディアとソフィーとエレーヌの間にも……。三人は父親が同じ姉妹だったのだ。だが、クローディア本人は、ソビエスキが自分の本当の父親だと知っていたのだろうか？　コルソは尋ねた。

「では、娘さんは？　娘さんは自分の出生の秘密を知っていたんですか？」

すると、

「夫は騙せるものです。とても簡単にね」そう言って、夫人は微笑んだ。「でも、子どもを騙すことはできません。クローディアは、この家には何かしっくりこないものがある、どこかに嘘がある——と感じていたようでした。それに、あの子には、小さい頃からかなり不安定なところがあったんです。ええ、大人になってからは、ものすごい自制心で冷静さを保っていましたが……。ちょっとやりすぎなくらいに……。でも、そのくらいしなければ、自分の中で暴れる感情を抑えておけなかったのでしょう。ほんとに大変な子だったんですよ。七歳の時には、最初のうつ病を発症しました。それからも、問題の連続でした。拒食症に自傷行為、ドラッグにアルコール……。結局、娘が二十歳になった時、私は本当のことを話そうと決心しました」

「娘さんはどんな反応を示しました？」

「予想外の反応と言っていいのか、それとも予想どおりの反応と言っていいのか、私にはよくわかりません。それまでのことを考えたら、泣き叫んで、暴れることも覚悟していましたが、そうはなりませんでした。出生の秘密がわかって、自分がやるべきことがわかったのでしょう。娘は法律を学んで、殺人など重大な罪を犯した人の弁護をすると決めたのです。そうして、どんな凶悪犯の弁護も積極的に引き受け、減刑を勝ちとることはもちろん、時には明らかに有罪だと思われたものも、裁判でひっくり返していました。あれはたぶん、父親の行為を正当化するためだったのだと思います。それによって自分の出生も正当化しようと、そう考えたのでしょう。いずれにせよ、それ以来、クローディアの性格はがらっと変わって、感情をほとんど表に出さないようになりました」

クローディアが父親の行為を正当化するために、凶悪犯の弁護を引き受けるようになった――夫人はそう言った。だが、その考えはおそらく間違っている。むしろ、出生の秘密を知らされたその時から、クローディアは父親の行為を激しく憎んだのだろう。また、自分がその父親の〈血〉を受けていることを憎んだのだろう。自分が自傷行為を繰り返し、ドラッグやアルコールに溺れたのも、すべて父親のせいだ。そこで、クローディアは父親に復讐する決心をした。呪われた〈血〉に復讐することを……。

これで最後の〈動機〉がつながった。コルソは思った。いや、それはあくまでも憶測にすぎないが、もしそうなら、コルソにはすべてがわかる気がした。問題は〈血〉なのだ。その〈血〉を根絶やしにするために、クローディアは、

父親を死に追いやる
父親の血を受けたソフィーとエレーヌを殺す
父親の血を受けた自分を殺す

この三つを成しとげなければならなかったのだ。

法律を学んだのは、〈自分が法を犯すのに、なるべく抜け道を知っておくこと〉と、〈父親を有罪にするには弁護士になって、表面上は弁護すると見せかけながら、その実、罪に陥れるのがいちばんいいと判断したこと〉による。また、進んで凶悪犯の弁護を引き受けてきたのは、自分が起こすことになる凶悪犯罪の容疑が父親にふりかかった時、自分が弁護を依頼されやすい環境をつくるためだ。それは見事に成功した。

そうやって考えてみると、ソビエスキに対するクローディアの憎悪の深さは、想像を絶していた。この世界から、ソビエスキの痕跡をすべて消したかったのだ。いや、いくらソビエスキが憎くても、血を分けた姉妹であるソフィーやエレーヌを殺すだろうかと、疑問に思う考えもあるかもしれない。だが、それは問題の立て方が逆なのだ。妹たちを殺したのは、そこまでするほど深く、父親を憎んでいたのだという証明にしかならない。また、〈血を分けた〉と言うが、クローディアが憎んでいたのは、何よりもその〈血〉なのだ。

「娘さんはフランスで法律の勉強をしていますね。それは獄中のソビエスキに会うつもりがあったからでしょうか？」

「いいえ。フランスには法律の勉強に行っただけです。でも、わざわざフランスに行ったというのは、やはり父親の国だからでしょう。そこで卒業後もフランスに住み、凶悪犯たちの弁護を始めたのです。まるで、いつの日にか、ソビエスキの弁護をするとわかっていたみたいに……」

それも問題の立て方が逆だ。コルソは思った。クローディアは、最初からソビエスキの弁護をするために、フランスに渡ったのだ。自分が行おうとしている犯罪の容疑をソビエスキにかぶせ、弁護すると見せかけて、着実に有罪にするために……。だが、それは口に出さず、コルソは尋ねた。

「娘さんはあなたにソビエスキの話をすることがありましたか？」

「めったにありませんでした。クローディアがあの男のことをどう思っているのか、本当のところは私にはまるでわかりませんでした。でも、釈放後に画家として有名になったと知った時には、誇らしい気持ちでいるように感じました」

「今回の事件で弁護を引き受けた時、娘さんはソビエスキに本当のことを打ち明けたと思いますか？」

「いいえ、言ってはいないと思います。もう、それを確かめる手段はありませんけれど……」

そう言って、夫人は腕時計を見た。一時(いっとき)、上流階級の檻の中から遁走してきたが、今はまたその檻の中に戻らなければならないのだ。高圧的な夫の待つ、豪華なアパルトマンの中に……。昔ついた嘘を忘れて、悲しみとうまく付き合っていきながら……。

「娘さんは、ソフィー・セレやエレーヌ・デスモラの話はしていませんでしたか？」

「それは、ほかの被害者の方のお名前ですよね？」

コルソはうなずいた。

「いいえ、してはいないと思います。裁判が行われていた頃は、忙しくて電話もかけてきませんでしたし……」

「マルコ・グワルニエリについてはどうですか？」

「その名前は聞いたことがありません。どうして、娘がその方たちの話をしたとお思いになるんですか？」

なぜなら、四人はみんな兄弟姉妹だからだ。コルソは心の中でつぶやいた。ソビエスキが残した呪われた血の家族だからだ。そうだ。マルコ・グワルニエリも兄弟であることは間違いない。

夫人の質問には答えず、コルソは勘定を払った。それから、丁寧に礼を言った。

「ありがとうございました、マダム。勇気をもってお話しいただき、感謝しています」

「でも、このことが本当に役に立つとお思いですの?」

「いずれにしろ、状況をより明確に理解することができます」

すると、突然、夫人が青白い人形のような静かな態度をかなぐりすてた。テーブルの両脇をつかむと、こちらに身を乗りだしてくる。

「コルソさん、私は自分の知っていることを話しました。今度はあなたが、この事件について、どこまでわかっているのか、本当のことを話してください」

コルソは夫人を見つめた。そうして、真実を知らされた時、夫人がそれに耐えられるかどうか、あらためて考えてみた。クローディアは自分の兄弟姉妹を殺し、入念な細工をして、その罪を父親であるソビエスキになすりつけようとした。この真実に夫人は耐えられるだろうか? いや、無理だ。そんな真実に耐えられる人はいない。

「残念ながら、我々も何もわかっていないんです。犯人が誰なのかも、どうして最初のふたつの事件で被害者たちを殺したのかも、そして、今回、どうして娘さんを殺害したのかも……」

「でも、ソビエスキはこの連続殺人にまったく関係していなかったんでしょう?」

「はい、それについては私の捜査ミスでした。ソビエスキは犯人ではありません。おそらく、犯人はソビエスキを恨んでいて、復讐のために、自分が実行した殺人の罪をソビエスキに着せようとしたのでしょう。そう思っています」

「それじゃあどうして、クローディアが襲われたんですか?」

「それはまさに、娘さんがソビエスキの弁護をしたからだと思います」

夫人はがっくりと、椅子の背にもたれかかった。まるで後ろから肩をつかまれて、十八歳だったあの夜に引きもどされてしまったかのように……。たまたまあの卑劣な男と出会ってしまったために、人生を失うことになった、あの夜に……。あの夜以来、夫人はあの男から、一生逃れることができなくなったのだ。ソビエスキという悪夢から……。

「マダム、我々は犯人を見つけます。約束します。必ず犯人を逮捕して裁判にかけます」

真剣な口調でそう言うと、コルソは立ちあがって、店を出た。これまでの人生で、これほど熱意を込めて嘘をついたことはなかった。というのも、これから事件の真相がすべてわかったとしても、それを明かすつもりはなかったからだ。

もちろん、自分はこの一件を最後まで解明するつもりだった。だが、それは真実を世間に知らせるためではない。この事件を忘れるためだ。忘却の彼方に押しやって、永遠の闇に葬り去るためだ。すべてを解明して、自分はこの事件から自由にならなければならない。なぜだかわからないが、そんな気がした。

99

ポンタルリエの養護施設、そしてウィーンへ旅したことによって、コルソはいろいろな人から話を聞き、ソフィーとエレーヌ、そしてクローディアが、みなソビエスキの娘であることを突きとめた。あとはこの三人とマルコ・グワルニエリのDNAを照合すれば、事件の関係者のつながりが、科学的に証明されることになる（麻薬の売人であったマルコもソビエスキの子どもであることに、コルソは疑いを持っていなかった）。ソビエスキを含めたこの五人は〈家族〉なのだ。

だが、当然のことながら、このDNA鑑定は秘密裏に行われなければならない。そうなると、誰に調査を依頼するかはもう決まっていた。鑑識の〈プレイモービル〉人形、フィリップ・マルケだ。血液とDNAのサンプルをすり替えることによって、図らずもクローディアの共犯者になってしまった男だ。

クローディアの〈動機〉については、一応、納得できる解釈を見つけたものの、具体的な裏づけがないので、あくまでも推測にすぎなかった。おそらく、ソビエスキの精神病質（サイコパシー）を受け継いだのだろう、クローディアは小さい頃から、感情を抑えることができず、自傷行為を繰り返したり、酒やドラッグに溺れていた。また、そういった自分の行動を見るにつけ、ウィーンの上流階級の家庭にはふさわしくないと感じ、自分はどこか違っているのではないかと思っていたはずだ。そういったことはわかるものなのだ。特にクローディアのように頭もよく、勘の鋭い人間なら、自分に対する母親の接し方に影があることを微妙に感じとって、苦しい思いをしていたにちがいない。自分はここにいるべきではない、ここは正当な自分の居場所ではないと思ったはずだ。自分にははたして存在する価値があるのかと考えていたとしても不思議はない。

そして、二十歳になった時、母親から出生の秘密を聞かされ、少なくとも、小さな頃から抱いていた違和感の正体はわかったろう。自分は母親を強姦した男の娘だ。強姦魔の娘だ。いや、それ以上に、強盗殺人を犯した犯罪者の娘だ。それなら、このウィーンの上流階級の家庭に違和感を覚えるのも無理はない。ここが自分の居場所でないのはあたりまえなのだ。自分に存在する価値がないのは当然なのだと……。クローディアはそう思って、これまで自分が苦しんできたのには理由があったのだと納得したにちがいない。だが、そういったことを頭で納得するのと、気持ちで納得するのとは違う。〈自分は病的な性欲から生まれた厄介者なのだ〉とか、〈自分には犯罪者の血が流れているのだ〉とかいう考えは、胸につかえて呑みこめないまま、クローディアの気持ちを苛んだことだろう。クローディアはソビエスキを憎み、その血を呪った。そして、その血が流れていることで、自分自身をも憎んだ。そこで、ソビエスキに関わることをこの世界からすべて抹殺することで、自分が生まれてきたことに意味を与えようとしたのだ。

雪が降る中、コルソはポケットに手をつっこみ、安くて目立たないホテルを探した。今晩はウィーンに泊まるつもりだった。そうして、中央駅の近くにそうしたホテルを見つけると、まるで巣ごもりの準備を終えた動物のように、さっそく部屋に閉じこもり、まずは鑑識のフィリップ・マルケに電話をした。だが、マルケが出なかったので、至急の用件だとメッセージを残し、次にノートパソコンを広げた。ともかく、昨日からわかったこと、推測したこと、心の中で感じていることのすべてを書きだしてみることにしたのだ。

それから一時間ほどして、とりあえず書いたものを読みかえしてみると、やはりクローディアは常軌を逸

していると しか言いようがなかった。ソビエスキは明らかに精神病質者（サイコパス）だった。ならば、その血を受け継ぐクローディアも精神病質者（サイコパス）なのか……。そうであっても不思議はない。だが、そのいっぽうで、クローディアが自分の出自に悩み、苦しんだということはよくわかった。自分だって、きちんとした出生でないことや、その出自自体がよくわからなくて、人生の初めの部分にぽっかりと黒い穴があいている苦しみをよく知っているからだ。自分はその穴にふたをすることを選んだが、クローディアはそうしなかった。逆に、穴を塞いでいるふたを開け、中を覗きこんでしまったのだ。その中にあったのは、殺人や強姦、SMや死体性愛など、あらゆる悪徳が渦巻く地獄の光景だった。クローディアは、この地獄がこちらの世界に入りこんでこないように、戦う決心をしたのだ。ソビエスキの血を絶やすことによって……。

　時計を見ると、すでに夜の十一時だった。コルソはフィリップ・マルケにもう一度メッセージを残し、仕事に戻った。そして我を忘れたようにキーボードを打ちつづけた。この時、実際に起こった出来事を日付とともに書いていると、〈きっとこの出来事はこんなふうに起こったのだろう〉という場面が頭に浮かんできて、そのおぞましさに、思わずキーを打つ手が止まった。たとえば、ソビエスキがソフィーやエレーヌとセックスをしている場面。これはまがうかたなき近親姦ではないか。だが、クローディアはそれをわかったうえで、ソフィーとエレーヌにソビエスキを近づけたのだ。相手が腐りきっていれば腐りきっているほど、抹殺するのに抵抗がなくなるからだ。

　コルソはまた、クローディアがエレーヌの頭を万力で挟み、頬を切り裂いて、喉の奥に石を押しこむ姿を想像した。あるいは、ロープで縛ったマルコの死体を、《ブラック・レディ》と呼ばれる航路標識の下に沈める姿を……。その時、クローディアはなんとも思わなかったのだろうか？　苦痛に叫ぶ妹の姿を見て……。血まみれの姿でぐったりしている弟の姿を見て……。いや、クローディアはおそらく何も思わなかったのだろう。クローディアの頭の中は、呪われた血を根絶やしにすることで、いっぱいだったはずだからだ。

　コルソはまた、クローディアがソビエスキを無罪にするために、法廷で戦う姿を思い出した。あの時、クローディアはソビエスキを弁護しながら、心の中ではソビエスキの絵から血液で書いた名前が早く発見されないかと、待っていたわけだ。自分で書いた血文字の名前が……。それが発見されたら、陪審員たちは有罪に傾くだろうと確信して……。

　ひとしきり起こった出来事を打ちこむと、コルソはクローディアがどうやってソビエスキを罠にはめようとしたか、その策略についてもメモしていった。その中で、いちばん心をつかまれたのは、「赤い絵」からヒントを得たような殺し方をしたことだ。おそらく、クローディアは何年にもわたってソビエスキの調査を行い、ソビエスキの贋作画家としての才能について知っていたにちがいない。そして、マドリードの美術館にある「赤い絵」の連作がソビエスキの贋作だと突きとめると、ソビエスキがゴヤに傾倒していることを利用して、その絵のモデルそっくりに、口を耳まで切り裂く殺し方を思いついた。それはもちろん、ソビエスキに疑いの目を向けさせるためだったが、そのほかにも意味はあった。ひとつは、背徳的な生活を続ける弟や妹たちに懲罰を加えるため。もうひとつは、自分の怒りを表現するためだ。あのおぞましい叫びは、クローディア自身の叫びでもあったのだ。あのやり方は、みずから命を絶つ時にも使われている。クローディアは策略に意味を持たせるためなら、そんなこともできるのだ。あれはそういった女の叫びなのだ。

〈やれやれ、これを見たら、エミリアがかわいく見えるくらいだ〉コルソは思った。

深夜零時にメールの着信音が鳴って、ブラックプールの警察から情報が送られてきた。ずっと以前にコルソが依頼していた、マルコ・グワルニエリの経歴に関する調査記録だ。コルソはファイルを開いて、中身を読んだ。思ったとおりだ。マルコは一九八三年に北イタリアのアオスタで生まれていたが、今回の調査でマルコの母親が強姦されていたことがわかったというのだ。そして、その時にできた子どもがマルコだと……。一九八三年と言えば、ソビエスキが最初の刑期を終えて、刑務所から出てきたばかりで、フランスとスイスとイタリアの国境付近をうろついていた頃だ。つまり、マルコの父親がソビエスキだと考えてもおかしくないということだ。クローディアはジュラ県を始めとするフランシュ＝コンテ地方、スイスのヌーシャテル、イタリアのヴァッレ・ダオスタ州の役場に残っている記録を調べ、ソビエスキの魔の手にかかった女性と、その子どもたちを見つけていったにちがいない。そうして、ソビエスキの血を根絶やしにするために、殺していったのだ。最終的には、その罪をソビエスキに着せるかたちで……。

そこまでパソコンに打ちこむと、あとは何も思い浮かばなくなったので、コルソはここでやめることにした。疲労で頭がガンガンし、もう何を書くべきかもわからなかった。デスクの代わりにしていた小さな台の前で大きく伸びをすると、そばにあるベッドのほうを見る。こいつにころがって、数時間寝たら明日の朝いちばんの便でパリに戻ろう……。

そう考えた瞬間、そう言えばマルケから何の音沙汰もないことを思い出した。〈ちくしょう！〉心の中で、そう毒づくと、コルソはもう一度マルケに電話をかけた。すると、今回はふたつ目の呼び出し音で、マルケが出た。

「どうしたんだ？　折り返せと言ったのに……」コルソは文句を言った。

「できなかったんですよ」落ち着かない口調で、マルケが答えた。

「朝になったら、やってもらいたいことがあるんだ」

コルソは言った。

「どんなことですか？」

「すべてのサンプルの照合をするんだよ」

「どのサンプルのことですか？」

「しらばっくれるな。おまえがサンプルを全部、保管していることはわかってるんだ」

「でも……いったい何を照合するっていうんですか？」

「ソフィーとエレーヌ、ソビエスキ、それにクローディア・ミュレールのDNAだ」

するとと、受話器の向こうから、唖然とした気配が伝わってきた。「おい、しっかりしろ」と言おうとして、コルソははたと気づいた。マルケの様子がどこかおかしいのだ。そう言えば、今までの受け答えもなんとなく上の空のようだった。

「どうかしたのか？」コルソは尋ねた。

するとマルケは意外な言葉を口にした。

「墓が……」

「えっ？　墓？」

「パッシーの……」

マルケは一回にひと言しかいわなかった。これではいつまでかかるのか、わかったものではない。

「それがどうしたんだ？」

受話器の向こうで、何かぼそぼそとつぶやく声が聞こえた。

「はっきりしゃべれよ！」コルソは声を荒らげた。

「実は今日、クローディアのお墓参りに行ったんです」

「それで？」

「そうしたら」マルケは急に大声になって言った。

「墓がなくなっていたんです！」

100

翌日、朝になると、コルソはすぐに空港に向かい、その時点でいちばん早いパリ行きの飛行機に搭乗した。頭が混乱して、まるで酔っ払っているような気分だった。それは昨日の夜から続いていた。〈パッシーの墓地からクローディア・ミュレールの墓が消えてしまった〉マルケの口から、そのことを訊くと、いったいこの事態をどう考えていいかわからず、コルソはとりあえず明かりを消して、ベッドに入った。だが、何かを考えようとしても、「なぜ？」とか「どうして？」という言葉しか浮かんでこない。結局、そういう状態が今まで続いているのだ。

飛行機はちょうど昼の十二時にパリに着いた。コルソはすぐにタクシーを拾って、パリ市内に向かい、リヨン駅でおりた。昨日、ポンタルリエに行くのに列車を利用したので、車は駅の近くの駐車場に入れておいたのだ。しかし、墓が消えるとは？　いったいどういうことなんだ？　あいかわらず、事態がつかめないまま、コルソは愛車のポロに乗ると、猛スピードでパッシーの墓地に向かった。

墓地の管理事務所は、入口の慰霊碑の近くにあった。田舎の駅のような小さな建物で、中に入ると、小さな部屋がひとつあるだけだ。この部屋で、まだ生きている人々が死んだ人々の世話をするのだ。部屋の中にはデスクがふたつ、向かい合わせに置かれている。まるで裁判官と書記のデスクのようだ。きっと、ひとりが死者の数をかぞえている間に、もうひとりが、将来この墓地に入ろうと考えている人々の最終的な意思を、書類に記録したりするのだろう。

コルソが警察バッジを見せると、事務所の責任者はクローディア・ミュレールの書類を出してきてくれた。そして、墓がなくなった理由をコルソが尋ねると、すぐにこう答えた。

「それは、埋葬されたクローディア・ミュレールさんご本人の遺志です。遺言書があったのです」

「どういうことですか？」コルソは訊きかえした。

「クローディア・ミュレールさんは、自筆の遺言書を書いて、マルゼルブ通りのロジエ公証人に託しておられました。非常に詳細な遺言書です。そして、そのロジエ公証人が昨日の朝、当事務所を訪れて、『クローディア・ミュレールさんご本人の遺志により、墓地を移します』と言って、この遺言書の写しを渡してくださったのです」

そう言うと、事務所の責任者は、その遺言書の写しをこちらに差しだした。

コルソは、遺言書など読んでもまったくわからないのではないかと思ったが、一応、手にとって、中身に目を走らせた。読むと、内容ははっきりしていた。

《自分の遺体はおそらく両親によって、パリのパッシー墓地に埋葬されるだろう。だが、それが終わったら、翌日にもパリ郊外にあるティエ墓地に移してほしい》

——これがクローディアの遺志だった。

「どうしてティエなんです？」書類から目をあげながら、コルソは尋ねた。

「さあ、わかりません。でも、公証人からは、はっきりそう指示されました」

その言葉に、コルソはもはや何を質問すればよいのか、わからなくなった。その間も、事務所の責任者は書類の束をめくっている。と、作戦地図のようなものの上で指が止まった。それは移転先の墓地の詳しい区画図だった。

「ミュレールさんは、あちらに霊廟を建てさせていますね」区画図を見ながら、責任者が言った。

ティエの墓地のことは知っていた。一九三〇年頃に、パリの南にあるヴァル＝ド＝マルヌ県にできた墓地で、貧しい人々を受け入れる無料の区画があることで知られている。パッシー墓地が金持ちの墓地であるのに対し、ティエ墓地と言えば、浮浪者や貧乏人、社会から見捨てられた人々の墓地ということになっていた。実際、そこの墓地に埋葬の手伝いに行ったこともある。二〇〇三年の夏、パリ近郊で酷暑のため亡くなった人々のうち、遺体の引き取り手のなかった五十七人の埋葬を担当し、無料区画に葬ったのだ。

「区画の番号を教えてもらえますか？」

「もちろんです」事務所の責任者はしばらくの間、区画図の上でせわしなく手を動かしていたが、ようやく番号を見つけたのか、言った。

「ここですね。百四番から百五番のあたりですね」

その番号は、まさに無料の区域だった。何の装飾もない墓石が列になって並んでいる場所だ。なぜクローディアはそこで眠ろうと思ったのだろう？　いったんこちらに埋葬されてから、ティエに移転するなんて、どういうことなのだろう？　これには何か意味があるのだろうか？

「移転作業は誰が行ったのですか？」

「葬儀会社です。ミュレールさんの遺産から費用が支払われ、すべて精算済みです」

クローディアは何から何まで準備して、そのうえで事を行っていたのだ。殺人も、裁判も、自殺も、墓地の手配も……。

「これをどうぞ」責任者が別の紙を差し出した。「ティエ墓地の簡単な地図です。もしお参りに行かれるのでしたら」

そして、まるでホテルのコンシェルジュが、街を知らない客においしいレストランを教える時のように、地図に十字の印を付けた。

コルソは地図を受け取り、最後の質問をした。

「そこには、誰かほかの人も埋葬されているのですか？」

男はまた書類をめくった。

「名前はわかりませんが、霊廟の広さからすると、中にひとりきりということはないんじゃないでしょうか」

101

コルソは車に乗ると、セーヌ川沿いをガリリアーノ橋まで行き、環状道路に入った。ル・シャプロン・ヴェールのところで《ソレイユ高速道路》に乗り、ランジス方面に向かう。太陽は出ていなかったが、車の流れは順調だった。

ティエ墓地に行けば、すべてがはっきりする。コルソにはそんな気がしてならなかった。なぜだかわからないが、そこに行けば、クローディアは、コルソが真実を見つけるはずだと信じていたのではないか？　真実を見つけたら、ティエ墓地の貧民区画にやってくるはずだと……。

ランジスで高速をおりると、車は道路の両側に倉庫や工場などが並ぶ、殺風景な景色の中を走っていった。コルソは、SMビデオの中で自分の身体を痛めつけるゲームに出演していた、ソフィー・セレのことを思い浮かべた。それから、死体と寝ていたエレーヌ・デスモラのことを……。さらには、ブラックプールのジェットコースターの陰で麻薬を売るマルコ・グワルニエリのことを……。おそらく、クローディアはこの三人の亡骸を、自分が眠る霊廟に移したにちがいない。

クローディアは、呪われた家族のために墓を作ったのだ。クローディア自身が殺した、生きていてはいけない家族の墓を……。では、そこにはフィリップ・ソビエスキの場所も用意されているのだろうか？　いや、それはない。クローディアが見た地獄の中では、ソビエスキがすべての元凶なのだから……。悪の根源――不幸の大本なのだから……。

そんなことを考えているうちに、気がつくと、車はフォンテーヌブロー通りに入っていた。広大なティエ墓地は、この通りの右手にある。やがて、墓地に入るロータリーが見えてきた。ここを右に入れば、その先には墓地の正門である小さな凱旋門があるはずだ。その瞬間、目が何かを捉えた。身体に緊張が走った。無意識に何かが引っ掛かった。頭の中でアラームが鳴った。ちくしょう！　何が引っ掛かっているんだ。

と、左側のサイドミラーを見て、何が引っ掛かっているのかがわかった。

百メートル後方に、黒い大型バイクにまたがった二人組の男がいたのだ。バイクのことはあまり知らなかったが、タンクの形に特徴があった。組織犯罪取締部にいた同僚が、これに乗っているのを見たことがある。《ドゥカティ》社のモンスター・ダークだ。

コルソは瞬時に、後ろに乗った男が持っているものに気がついた。ウージー・プロだ。イスラエル製の有名なサブマシンガンで、一分間に千発連射できる。

男たちはあっという間に追いついてきた。そしてコルソの車に並んだ。その瞬間、コルソは思い切り力を込めて車のドアを開けた。ドアはバイクに激しくぶつかり、バイクは中央分離帯を越えていった。コルソの車もぶつかった衝撃で横を向いた。コルソは急ブレーキをかけて、ハンドルをいっぱいに切った。

するると、車はその場で回転しはじめ、一回、二回、三回とまわって、最後にはガードレールにぶつかって止まった。プスンと音がして、エンジンが止まった。〈アーメッド・ザラウィだ〉コルソは思った。ランベールの次は自分の番なのだ。クローディアの件で頭がいっぱいになっていなかったら、少しは予防措置をとっていたかもしれない。だが、予防措置どころか、危険があることさえ忘れていた。

銃のベルトに手をやる。だが、その瞬間に思い出した。もう銃は持っていないのだ。自分は生活を変えたのだ。今や自分は、事務仕事をする人間であり、もう、銃を片手に悪人に制裁を加えて、善良な市民を守る側にいるのではない。善良な市民として、悪人の手から守ってもらう側にいるのだ。人畜無害なその他大勢のひとりなのだ。

バックミラーを見ると、《ドゥカティ》のバイクが中央分離帯の向こう側でひっくり返り、交通を遮断していた。運転していた男は、バイクの下敷きになって、そこから抜け出そうと、もがいている。後ろに乗っていた男は、もっと遠くに投げだされたのだろう。黒のつなぎに黒のフルフェイスという、全身黒ずくめの姿で、足をひきずりながら、中央分離帯のほうに近づいてくる。その手にはウージー・プロのサブマシンガンが提げられていた。男は中央分離帯をまたぐと、コルソの車のほうに近づいてきた。そして、腕を伸ばすと、いきなりサブマシンガンをぶっ放した。ポロのリアウインドーが吹っとんだ。

助手席に向かって反射的に身を伏せると、その姿勢のまま、コルソはエンジンをかけた。エンジンはかかるか？　かかった。クラッチを踏み、いつもとは逆の左手で、ギヤをバックに入れる（愛車のポロはマニュアル車だった）。身体を助手席に投げだしたままだと、クラッチやアクセルを踏むのに、足を斜めに伸ばさなければならない。なんだか、曲芸師になったような気がした。だが、下手に顔をあげるわけにはいかないので、しかたがない。コルソはクラッチを放して、アクセルを踏みこんだ。車は猛烈な勢いでバックを始めた。顔をあげて後ろを見るわけにはいかないので、状況はまったくつかめなかった。サブマシンガンを持った男が、どこにいるのかもわからない。

男がどこにいたかはすぐにわかった。車に衝撃が走ったからだ。バックした車のすぐ後ろにいたのだ。男は上に跳ねとばされて、車の屋根で弾み、ボンネットに落ちてきた。そしてそのまま地面に転がりおちた。コルソは車のフェンダーが中央分離帯に接触するまでバックを続けた。これで生き残るための時間が数秒できた。

座席にリアウインドーのガラスが散らばっている中、コルソは身体を起こし、前方を見た。サブマシンガンの男は起きあがりかけていた。コルソはクラッチを踏み、ギヤをローに入れて、車を発進させた。男はちょうど立ちあがったところだった。腕を伸ばして、マシンガンの銃口をこちらに向ける。銃口が火を噴いた。コルソは身体をかがめ、アクセルを踏みこんだ。その瞬間、車は男にぶつかっていた。男は、今度は上に跳ねとばされずに、車の下に巻きこまれた。

コルソは加速した。後輪が男を轢いたような気がする。急ブレーキをかけて、バックミラーを覗く。男は後方十メートルにいる。立ち上がる様子はない。コルソは何も考えなかった。ただ、生き残る可能性があることを必死でやった。反射的にギヤをバックに入れると、後ろで横たわっている男の身体に突進する。今度はタイヤの下で、男の頭がグシャリとつぶれる感触があった。

と、左後輪が中央分離帯に乗りあげ、車が動かなくなった。ガラスの破片が当たったせいか、顔面からは血が流れている。ハンドルを握る手が硬直していた。コルソはドアを開けて、外に出ようとした。だが、中央分離帯の段差につかえて、ドアを開けることができない。やむを得ず、シートベルトをはずして、右の座席に移動した。

その瞬間、左側の窓が砕けちり、車内にはまたガラスの破片が散らばった。コルソは瞬時に右側のドアを開けて、地面にころがりでた。バイクの下敷きになっていた男が、そこから抜け出してきたらしい。〈ふたりのうち、どちらがザラウィなのだろう?〉コルソは思った。〈いや、たぶんふたりとも手下だろう。狙撃が下手な連中でよかった〉

コルソは車の後ろ側まで這っていった。敵の姿は見えなかったが、狙撃の角度からおおよその見当はついた。たぶん中央分離帯の反対側にいるはずだ。コルソは危険を冒して覗いてみた。やはり、敵は反対車線にいた。手には半自動小銃を構えている。

コルソの車が行く手を塞いでいるせいで、道路は渋滞していた。思い切ってそちらに走り、停車している車の間に逃げこむか? いや、それはできない。男はすぐに自分が逃げた方向に銃を発砲するだろう。そうなったら、一般市民が危険に巻きこまれることになる。

しかたがない。ここはひとつ、映画のような派手なやり方で、運を試してみよう。そう決心すると、コルソはトランクを開け、数カ月前から入れっぱなしにしてあるガソリンの缶を取りだした。ふたを開けると、中身を車の下にまく。あとはジッポのライターがあれば、準備完了だが、それはもうポケットの中に入っている。コルソはもう一度、中央分離帯のほうを見た。男はこちらに向かって歩きながら、時おり、銃を出まかせに発砲して、楽しんでいた。顔はフルフェイスのヘルメットで覆っている。人々は恐怖にとらわれ、車から降りて、逃げだしていた。そして、ようやく安全だと思える場所まで来ると、警察に電話をしたり、「これから何が起こるのだろう?」と怖いもの見たさで見物していた。

コルソは頭の中で計算した。男がここに来るまでには、あと三十秒はあるだろう。大丈夫だ。その前にガソリンが燃えあがれば、車は……。車は爆発しない。映画の世界はさておき、現実の世界では、車というのはそう簡単に爆発しないものなのだ。その代わり、黒煙を発する。それこそ、今の自分が望んでいるものだ。

コルソは、火のついたライターをポロの下に投げ入れた。シュウという音をたてて、炎がアスファルトの上を滑るように広がった。音はやがて、ゴウッというもっと大きな音に変わった。炎の色も、青からオレンジ、そして、今は白に変わっている。と、期待していたとおり、黒煙があがりはじめた。煙は地面から、開いたドアから、そしてトランクから立ちのぼり、世界をふたつに分断していた。コルソの車のせいで渋滞しているこちら側の世界と、《ドゥカティ》のモンスター・ダークが道を塞いだせいで渋滞しているあちら側の世界だ。

ポロの周辺は完全に煙で包まれていた。そのせいで、もう何も見えない。だが、それは敵も同じだ。コルソは自分が轢き殺した死体の方向に走った。死体が持っていたサブマシンガン、ウージー・プロを手に入れようと思ったのだ。だが、視界が悪いので、どこに死体があるかがわからない。結局、その死体につまずいてころんだせいで、どこにあるかがわかった。もちろん、わかったのだから、それでかまわない。コルソは身体を起こして、膝立ちになった。その瞬間、車のほうから熱風が吹きつけてきた。顔がひりひりして、焼けつくように熱い。だが、身体はぞくぞくと震えていた。

ウージーを探すため、コルソは四つん這いになった。

そして息を止め、あたりを手で探った。煙が沁みて、目から涙が出た。今、この瞬間にも視界が晴れて、それで最後になるのではないかと思った。こちらの姿が見えるようになったら、敵はすぐさま狙いをつけてくるはずだからだ。あるいは、この黒い煙のカーテンの向こうから、突然、姿を現すかもしれない。そうなったら、完全に終わりだ。どんなに狙撃が下手な男でも、一メートルの距離では、はずしようがないからだ。ウージーはまだ見つからない。コルソは手探りであたりを探しつづけた。背中にはポロからの熱風が吹きつけてくる。あたりを包む煙には、もちろん有毒ガスが含まれているはずだ。どんなに口を閉じていても、その有毒ガスは、鼻や目や耳から、いや皮膚の毛穴のひとつひとつから、身体の中に入りこんでくるだろう。このままでは、一秒、一秒、失神に向かって進んでいるようなものだ。

その時、手がぬるりとしたものに触れた。〈ちくしょう！〉死体のヘルメットの裂け目からあふれだした、脳みその液体のようなものに触ってしまったのだ。鼻に近づけると、生臭いにおいがした。吐きそうになった。その瞬間、煙のベールの向こうから、突如、男が姿を現した。手には半自動小銃を抱えている。銃口がこちらに向けられ、手袋をした人差し指が引き金にかかるのが見えた。黒いヘルメット越しに、男はこちらに狙いをつけた。

次の瞬間に待っているのは死だ。だが、コルソは男に引き金をひく暇を与えなかった。直前に見つけたウージーを構えると、男の身体に向かって連射したのだ。男はあっという間に、その他大勢のごろつきが眠る〈死の世界〉に旅立っていった。

102

ティエの墓地は、平坦で見通しの良い場所だ――墓地のある区画は四角く切り取られ、敷石が平らに敷かれているし、墓石のまわりの砂利も平らにならされている。その間を、やはり平らでまっすぐなコンクリートの道路が走っている。その昔、地球が平らだったと信じていた時代を思わせる場所だ。

凍えるような寒さの中、コルソは煤で真っ黒になった姿で、顔面から血を流しながら、まっすぐに並ぶ墓石の間を、どうにかこうにか歩きつづけた。顔は痙攣でぴくぴく動き、身体は寒さと痛みでぶるぶる震えた。ずっと遠くのほうから、パトカーのサイレンが聞こえる。消防車や救急車のサイレンの音もした。通報を聞いて、現場に駆けつけてきたのだろう。こんな静かな墓地のまわりで、こんな騒ぎが起きるとは……。自分はまさしく疫病神だ。

墓地は広かった。おそらく小さな町くらいの大きさがあるにちがいない。そのため、通常、墓参りに訪れる人々は、墓地の中まで車で入り、目的の墓の近くに車を横づけにする。だが、車を燃やしてしまったせいで、コルソは歩いていくよりほかなかった。今は九十四番の区画にいる。ここは〈天使の区画〉と呼ばれ、胎児や新生児の墓がある場所だ。そういった子どもたちは、洗礼を受けずに死んでしまったため、天国ではなく〈辺獄（リンボ）〉と呼ばれる場所に行くことになっている。そこに絡めて言うと、この区画の先には〈貧民区画〉があって、そこはいわば、この世で生き地獄を経験してきた人々の区画だ。その地獄に行くために、〈天国〉と〈地獄〉の中間にある〈辺獄（リンボ）〉を通っていくというのは、何やら象徴的だった。それはともかく、

〈天使の区画〉で胸が痛むのは、花とともに墓石のプレートを飾っている、さまざまな品を目にする時だ。赤ん坊用の小さなヘアバンド、お気に入りの品を入れたガラス瓶、赤ん坊用ブレスレット、新生児にかぶせるボンネット……。どれも小さく、かわいらしく、また華やかであるだけに、幼くして子どもたちを失った親たちの無念さがよりいっそう伝わってくる。子どもたちにしても、せっかくこの世に生を受けたのに、あるいはおなかの中で命が宿ったのに、大人になるまで生きられなかったのは、さぞや悔しかったにちがいない。

通路をはさんで、この九十四番の区画の右隣には百二番の区画がある。ここは、科学のために献体をした人々のために用意された区画で、埋葬すべき遺体がないので、墓の中は空っぽだが、墓石には名前と日付、そして科学のために身を捧げたことが記されている。

その通路を、そのままさらに一区画越え、コルソはようやく百四番と百五番の区画に着いた。このふたつの区画には、金もなく、縁故者もなく、貧困の中で孤独に死んでいった人々が埋葬される。親族や友人、知人がいないので、花が供えられることはない。ただ、低くて平らな墓石が並ぶだけだ。

どうして、クローディアがこの場所を〈永眠の地〉として選んだのか、その理由を想像するのは難しいことではない。クローディアは裕福で、ブルジョワの教育を受け、弁護士というエリートの職業に就いていたが、自分のことをここに眠る人たちと同じだと考えていたのだろう。つまり、自分は価値のない人間だと……。だが、クローディアはいったい、いつからそんなふうに考えはじめたのだろう？　小さい頃から、すでにその傾向があったことは間違いない。母親の話によると、ウィーンの上流階級の家庭で育ってはいても、自分は何かこの人たちとは違うと感じていたようだからだ。拒食症や自傷行為、アルコールやドラッグへの依存は、自分の価値に自信が持てないことの表れだ。だが、心の底から、自分には価値がなく、生きていてはいけないと思ったのは、二十歳の時に、自分は強姦によって生まれてきた子どもで、しかも、父親は人を殺した犯罪者だと知った時だろう。クローディアは、子どもの頃の違和感の正体がわかって納得するとともに、それまで以上に、自分自身を憎むようになった。彼女は自分を憎み、自分を生んだ父親を憎み、父親がまきちらした〈呪われた血〉を憎んだ。そうして、その血をこの世から消しさることが自分の使命だと考えるようになったのだ。そして、一連の事件を起こして、みずからも命を絶ったあとは、〈永眠の地〉にこの場所を選んだ。無価値な人間が葬られる場所を……。この場所こそ、無価値な自分と無価値な弟や妹たちが葬られるにふさわしい。自分たちは生きていてはいけない――いや、そもそも生まれてきてはいけない人間だったのだと考えて……。

コルソは百四番と百五番の区画を見渡した。クローディアの霊廟は探すまでもなかった。低くて平らな墓石が並ぶ中に、ひとつだけ大きな建物が建っていたからだ。だが、それはパッシーの墓地にあるような豪華な霊廟ではなく、コンクリートの打ちっぱなしの、なんの変哲もない建物で、霊廟というよりは、小さな要塞を思わせるものだった。入口の正面には名前も日付もない。ただ、鉄の扉があるだけだ。コルソはその扉のところまで行くと、扉についた把手をまわしてみた。鍵はかかっていなかった。

扉を開けて、中に入ると、霊廟の真ん中には棺が五つ、置かれていた。外から見た時にはわからなかったが、霊廟の壁には銃眼のような小さな穴が開いていて、そこから外の光が差しこんでいた。今は薄日が差してきたので、ぼんやりした冬の光が棺の表面を照らしている。この配置はクローディアの希望によるものなのだろうか、それともそれぞれの棺を埋葬するまでの仮置きなのだろうか？

　いずれにせよ、クローディアはこの霊廟で、ソフィーやエレーヌやマルコとともに兄弟四人で眠ることにしたのだ。ほかの三人の遺体を、どうやって埋葬された墓地から掘りだして、ここまで運んできたかは謎だが、別にそれほど驚くことではあるまい。なんと言っても、クローディアは弁護士で、法律上の手続きについては、すべて心得ているのだから……。それに、クローディアを除けば、ここにいる死者たちに家族はいないのだ。

　棺はどれも松材でできている、ごく普通のもので、足首の位置にプレートが取りつけられている。だが、どうして五つあるのだろう？　最初に霊廟に入った時から、なんとなく気になっていたが、コルソはあらためて疑問に感じた。ひょっとすると、クローディアはソビエスキもここに葬ることにしたのだろうか？　呪われた家族五人で暮らすために……。そう考えて、コルソはひとつずつ棺のプレートに刻まれた名前を読んでいった。〈ソフィー・セレ〉〈エレーヌ・デスモラ〉〈マルコ・グワルニエリ〉〈クローディア・ミュレール〉……。そうなったら、最後はやはり〈フィリップ・ソビエスキ〉にちがいない。そう思って、五番目の棺のプレートを読もうと、身をかがめた瞬間、コルソは思わず後ろに飛びのいた。まるで棺の陰から毒蛇が飛びだしてきたように……。いや、実際、それは毒蛇より恐ろしいものだった。その棺のプレートには、〈ステファン・コルソ〉と、自分の名前が刻まれていたのだ。

　動揺する気持ちを抑えながら、コルソはその棺のふたに手をかけた。棺は封印されていなかった。そこで、少しばかりふたをずらすと、白い長方形のものが見えた。封筒だ。コルソは封を切って、中から手書きの便箋を取りだした。クローディアの直筆を見たことはなかったが、それがクローディアのものだということに疑いはなかった。クローディアはすべてを説明しようと、秘密を託す人間として、自分を選んだのだ。

コルソは今、この場で手紙を読むことに決めた。ここなら、誰にも邪魔をされない。遠くのほうでは、あいかわらずサイレンの音が鳴り響いている。警察はすぐに自分を探しだして、捕まえるだろう。かまうものか。警察に捕まる頃には、自分はすでに真実を知っているのだから……。今はもう、それ以上に大切なことはない。

103

コルソへ

あなたが今この手紙を読んでいるということは、最後までたどり着いて、もうこの事件の真相を知っているということね。

出生の秘密を知った時、私の人生はそこで歩みを止めた。いいこと？ 人間というのは、ひとつの存在じゃないの。〈時間の流れ〉なの。というより、〈時間の流れ〉の一部なの。ある一定の〈時間の流れ〉を生きて、次の〈時間の流れ〉を生きる人につないでいく。そして、そうやって次につないでいくことにこそ、生きている意味があるの。でも、私の〈時間の流れ〉は――私の〈時間の流れ〉には意味がない。もともと、暴力によって、あやまって生まれてきてしまったのだから……。犯罪者の娘として、〈呪われた血〉をもって……。そんなものは、次につないではいけないのよ。

ソビエスキが遺伝上の父親だと知って、その父親が強姦魔だと知った時、私は自分と同じように〈呪われた血〉を持つ人間がいるはずだと思って、あの男が若い頃にうろついていた場所をしらみつぶしに調べていった。そう、私と同じ、間違った血を受け継いで生まれてしまった子どもがいるのではないかと思って……。

そうして、だんだん、〈呪われた家族〉の肖像ができていったの。ソフィーとエレーヌ、それからマルコ……。みんな私の弟や妹たちだけど、あの子たちが何をしていたかを知った時、私は唖然としてしまった。妹たちふたりはともにストリッパーで、ひとりは過激なSMの愛好家、もうひとりは死体性愛者、弟は麻薬の売人で、自分自身も麻薬中毒だった。〈いったい、何よ！　これが私の兄弟だというわけ？〉そう思いながらも、私は納得していた。〈だって、父親はあの男なんだもの。こんなろくでもない連中が生まれるに決まっているじゃないの〉って……。それで、あの子たちをこの世から抹殺することにした。あの子たちが間違って、この〈呪われた血〉をこの世界にまきちらさないように……。

殺すのに抵抗はなかった。第一に、あの男の血を残さないという大切な使命があったから……。第二に、あの子たちは〈呪われた血〉をもって生まれたために、あの子たちは穢れていたから。そのうえ、背徳的な行為に手を染めて、ますます穢れていた。だとしたら、誰かが厳しく制裁を加えて、あの子たちを〈背徳〉の罪から救ってやらなきゃいけないじゃないの。それはあの子たちの姉である私の役目よ。ああすることによって、あの子たちの魂は救われたの。痛ければ痛いほど、苦しければ苦しいほどね。私はあの子たちの魂を救ったのよ。

たぶん、あなたにはわからないでしょうね。私がどうしてあの子たちを苦しめ、あの子たちを殺さなければならなかったか……。頭ではわかるかもしれないけれど、心ではわからない。あなたはチンピラ刑事、いえ、刑事どころか、ただのごろつきのように見えて、実際は小心者のプチブルだもの。それにあなたは神を信じているでしょう？　絶対に信じている。ああ、でも、それなら、私のしたことがわかるかもしれない。カトリックの信者なら、知っているでしょ？　魂が浄化されるには苦しみが必要だと……。犠牲によって、過ちが償われるのだと……。肉体が痛めつけられるほど、魂は天に近づくのだと……。

そう、だからそうしたのよ。そうしなければならなかったの。私はそれこそ極限まで、弟や妹たちを苦しめ、その苦痛の頂点で窒息死させる必要があった。背徳に染まったあの子たちの身体から、穢れを取りのぞき、魂を解放してやるには、それしかなかったのよ。ソビエスキという〈悪〉から生まれた無価値な肉体から、あの子たちの魂を救うには……。

こんな話は退屈？　じゃあ、このあたりで、実際にどんなふうに計画を立てて、それをどのように実行に移していったのか、教えてあげましょうか？　私の計画の大本は、ソフィーとエレーヌとマルコを殺して、最終的にソビエスキを有罪にすることだった。あの男は弱い人間だから、せっかく刑務所から出られたのに、十数年後にまた刑務所に入ることになったら、神経が持たないでしょうから……。それが最大の復讐になるの。それに、あの男が刑務所にいれば、これ以上、〈呪われた血〉が広まる可能性がなくなるから……。

そこで、私はまずソビエスキにソフィーとエレーヌを紹介した。だって、最終的にソビエスキを罪に陥れるなら、三人は知り合いじゃなければならないから……。そうしたのはソビエスキの注意を私からそらすという意味もあったけど……。あの男は、最初に会ったその日から私を口説いてきたから……。まあ、それは描きましょう。ソフィーとエレーヌを紹介すると、あの男はふたりが自分の娘たちだとも知らずに、関心を抱いた。そうして、すぐにＳＭとか、複数によるセックスとか、おぞましい行為を始めたの。いや、いちばんおぞましいのは、それが近親姦だということ。まさに獣ね。それを知ったら、三人がどんな顔をするかと思ったけど、もしかしたら三人とも平気だったかもしれない。それほど背徳に染まっていたのよ。あの三人は……。やっぱり、ソビエスキの血は根絶やしにしなきゃいけなかったのよ。

ソフィーとエレーヌを殺すのは簡単だった。ＳＭと死体性愛を餌にしたら、ふたりともすぐについてきたの。ソフィーなんかは自分から進んで縛られたんだから……。エレーヌは一緒にお墓を暴くと言ったら、ついてきた。ここに死体が埋まっていると野原で言ったら、裸になってころがるもんだから、刺がささって大変だったけど、あとできちんと抜いておいた。マルコのほうはイギリスにいたので、少し面倒だった。でも、ソビエスキは贋作を渡すために、時々ユーロスターに乗ることがわかったので、マンチェスターの画廊経営者を説得して、個展を開かせることにしたの。マンチェスターまで来れば、あの男のことだから、ブラックプールまで行くのはわかりきっていたから……。あとはどのタイミングで行くかだけど、まさか釈放された翌日に行くとはね。でも、あの男がイギリスに渡るとわかったら、私のほうもそれに合わせていけばよかった。

で、その夜、私は弟を殺したの。本当はその前に、あの男がほんのちょっぴりでも弟から麻薬を買ってくれるとよかったんだけど……。でも、私としては、あの夜ソビエスキがブラックプールにいるとわかれば、それで十分だったので、そんなことはあまり気にしなかった。フランスからついてきてくれた警視さんもいたしね。ともかく、私は弟を殺すと、死体を《ブラック・レディ》と呼ばれる航路標識の下に沈めた。ちゃんと漁師から目撃されるように、うまく計算してね。死体を海に沈めるというのは、素敵な考えだったでしょう？　ゴヤの「赤い絵」に新たな彩りを加えてくれて……。警察がマドリードの美術館にある「赤い絵」の連作とこの事件を結びつけて考えてくれるなら、うまく警察を手玉にとったことにもなるし……。

　警察については、最初、あなたがこの事件を担当するとばかり思っていた。それなのに、ボルネックが責任者になって、どうしようかと思っていたんだけど、結局は、あなたが捜査してくれることになった。そう、私の計画では、あなたが捜査してくれることがどうしても必要だったのよ。

　いったん、あなたが捜査の責任者ということになったら、私のほうはあなたの前に、手掛かりをばらまいていくだけでよかった。まずは《ル・スコンク》の物置き部屋にソビエスキのスケッチブックを置き、アドリアン・レヌ通りの秘密のアトリエにソフィーとエレーヌの血痕とDNAを残し、それをあなたに発見させる（どちらも、鑑識の男にすり替えさせたものだけど）。それから、同じ血液を使って、ソビエスキの絵に血文字の名前を書いておいた。まあ、そちらのほうは裁判でのお楽しみというわけ。そうそう、あの血はね、輸血用の血液を専門の研究所からこっそり買ったのよ。こういったことは警察が丹念に捜査をしていけば、いつかわかって、私が犯人だと突きとめられたでしょうけど、私はかまわなかった。だって、私はすべてをやりおえて、みずから命を絶つまで、計画がばれなければよかったんだから……。完全犯罪をやりとげようなんていうつもりは、初めからなかったのよ。

　ソビエスキを犯人にするのに、ジャックマールが飛びこんできてくれたのは、私にとっては幸運だった。それで、警察がソビエスキに関心を持ってくれたのだから……。そうじゃなければ、別のかたちで私が仕掛けていたけれど……。ソビエスキがおたくの刑事から現場写真を買っていたのがわかって、殺害現場を描いた絵が決定的な証拠じゃなくなりそうになった時には、どうなるかと思ったけれど、あなたはそれでも自分の見つけた獲物を容疑者と信じて放さなかった。だから、あなたには感謝しなくてはね。まったく、証拠よりも勘に頼る、思い込みの強い、ろくでもない刑事だけど……。

　裁判の時にいちばん問題だったのは、〈緊縛〉の師匠のマチュー・ヴェランヌだった。私が〈ローレライ〉という名前で、あの男の緊縛教室に通っていたことがわかったら、あなたはそこから根掘り葉掘りほじくって、真相を見つけてしまうかもしれなかったから……。ソビエスキを有罪にして、ソフィーやエレーヌを殺したのと同じやり方で自殺するまで、真相は見つかってはいけなかったのよ。

　いずれにせよ、ソビエスキが逮捕されて、私が弁護人になってからは、事は簡単に進んだ。私としては、いったんソビエスキが無罪になる方向に持っていって、それから有罪にする計画だったんだけれど、無罪のほうは、ひと晩じゅう窯の前にいたというのが、有力な材料になった。もっとも、殺害現場がアドリアン・レヌ通りの秘密のアトリエだとされたら、不利な材料にもなるんだけど……。ソビエスキがゴヤの贋作を描いていたというのもそうね。弁護側にとって有利な材料にも不利な材料にもなる。でも、まあ、私にとってはどちらでも同じ。私は表面的にはソビエスキを弁護するふりをして、最後に有罪にすればよかったんだから……。

　アルフォンソ・ペレスについては、あなたが新たな容疑者として目をつけてくれることを狙ったの。ほら、あの頃、あなたは、〈ソビエスキは罠にかけられたのではないか?〉と思いはじめたところだったでしょう。だから、私はペレスが証人として法廷に姿を見せるタイミングを見はからって、「ご心配なく。犯人は法廷に姿を見せます」と言ったの。その「犯人」とは私のことだったんだけれど、あなたはすぐにペレスに飛びついた。ペレスが死んだ夜——あの夜、私はペレスと約束があったんじゃない。あなたのあとをつけていたの。だから、あなたとペレスが揉みあって、ペレスが死ぬところを見ていた。おかげで、あなたを脅す材料も手に入って、私としては上出来だった……。それにしても、あなたは行く先々で人を死なせるんだから、見事なものよ。さすがね。〈さすが〉としか言いようがない。

有罪のほうは、それまでの裁判がどんな展開でも、被害者の名前を書いた、あの血文字のサインがあれば、そちらの方向で判決が出るとわかっていた。私はこれまでいくつも重罪裁判を経験しているからわかるけど、陪審員というのはそういうものなのよ。インパクトのある事実に飛びつく。たとえ、アリバイがほぼ完璧に見えたとしてもね。ブラインドを閉めて、暗くした廷内に〈ルミノール反応〉による血液の青白い文字が浮かんだ時に、ソビエスキの有罪は決まったの。もちろん、《文化財不正取引対策本部》の警察官たちには、ソビエスキの現代絵画を調べてみようという気持ちなんて、まったくなかった。そこで、あの人たちがそうするように、私が匿名の手紙を書いたというわけ。これは誰も知らない事実だけど、あなたにだけは教えておいてあげる。

その後、有罪判決が出てソビエスキは自殺してしまったけれど、私は、ソビエスキが自殺することは望んでいなかった。意外？　でも、本当なの。あの男には刑務所の中でじわじわと死んでいってほしかったのよ。それからひとつ言っておくけど、あの男が自殺に使った電気のコードに〈8の字〉結びがあって、その結び目が閉じていたというのは、たぶん、あの男なりに考えた捜査を攪乱させる方法よ。あれを見て、やっぱり犯人はソビエスキなのかと疑いだす馬鹿な警察官がいるかもしれない。そう思って、わざとやったのよ。その意味では本当に挑発的な男だったの。

それはともかく、こうして、ソビエスキも死んでしまうと、そのあとに私に残されていたのは、死ぬことだけだった。私は兄弟たちと同じ制裁を受けなければならなかった。呪われた血を絶やし、苦痛によってみずからの魂を浄化するために……。そうよ。私は誰よりも死ななければならなかった。ソビエスキの長女として。私にも犯罪者の血が流れているんだから……。実際、ソビエスキと同じように、私だって人を殺しているんだし……。私は誰よりも私を殺さなければならなかった。誰よりも苦しんで……。「じゃあ、どうして麻酔薬を使ったのか？」と訊きたいかもしれないけど、あれは苦しみを和らげるために使ったんじゃないの。最後まできちんと仕事をするために使ったのよ。痛みのせいで、〈自縛〉ができなくなったら困るから……。私はソフィーやエレーヌ、それから海に沈んだマルコと同じやり方で死ぬ必要があったから……。

どうしてか、その理由が訊きたい？　それは警察の捜査が失敗に終わったと知らせるためよ。有罪判決を受けて、ソビエスキはショックのあまり自殺している。それなのに、これまでと同じやり方で殺人事件が起きたとしたら、ソビエスキは冤罪のせいで、絶望して自殺したことになる。メディアにとっては、格好のネタね。新聞やテレビはすぐにこのネタに飛びついて、警察の失態をなじるでしょう。しかも、私が殺されたということは、無実の人を捕まえて、真犯人を野放しにしていたということだから、その意味でも責任は重い。そのために、新たな犠牲者が出たのだから……。メディアはこの事件を担当していた捜査の責任者を糾弾するでしょう。そうすればあなたは大恥をかいて、生きているのも辛くなる。そう、私はあなたを陥れるためにも、あんなやり方で自殺をしたの。あなたは最初から私の標的だったから……。あなたに死んでほしかった。

ああ、あなたが本当に死んでくれて、このお墓に一緒に入ってくれたら、どんなにいいでしょう。コルソ、霊廟の棺は本当にあなたのものなのよ。さっき、棺にあなたの名前を刻んだプレートがあったのを見たでしょう？　そう、あなたはこの棺に入らなければならないの。だって、私たちは家族だから……。みんな一緒にここで眠らなければならないの。そして、永遠にここから離れてはいけないのよ。

何を言いたいかは、もうわかるでしょう？　でも、結論はあとにして、最初から順番に説明していくことにしましょう。ソビエスキが強姦魔だと知った時、私はフランスの東部、特にスイスとの国境付近を中心に、あの男がうろつきまわった足跡をたどっていった。具体的に言うと、まずは市役所や、町役場、村役場に行って、事件の記録を調べたの。どこかで強姦事件がなかったかとか、そういったものを中心にね。憲兵隊の捜査報告書も見せてもらったし、病院に行って、強姦の被害者が運ばれてこなかったか、運ばれてきたとしたら、どんな人だったのか、記録を調べてもらったりもした。病院関係者に話を聞きにいくことまでしたのよ。カフェのマスターや地元の商店の人たちからも話を聞いた。老人ホームにも行った……。古い話なら、そこで聞くのがいちばんだから……。

その結果、ソビエスキに強姦されたと思われるケースが山ほど見つかったの。でも、最後の最後で確信を持てないものはあきらめるよりほかなかったし、子どもができなかったケースは放っておいた。だって、私の目的は、あの男の血を根絶やしにすることなんだから……。結局、あの男の子どもだと確信が持てたのは、ソフィー・セレとエレーヌ・デスモラ、マルコ・グワルニエリ、そして私だけだった。ＤＮＡ鑑定をして血縁関係が証明されたのは……。

ところが、その後、あのあたりの山里を歩いている時に、それまで聞いたことのなかった強姦事件の話を耳にしたの。まあ、悪魔が贈り物をくれたのね。ボーナスのようなものよ。ええ、強姦の結果、子どもができて、匿名出産で赤ん坊がひとり生まれていたの。

母親は十七歳のグルノーブルの学生で、事件のあと、警察に告訴したんだけれど、捜査の結果、犯人は捕まらなかった。そしてその学生は、迷った末に子どもを産むことにして、ニースに行ったの。妊娠期間中はニースで過ごし、そこで匿名出産することにしたのね。そして子どもを産んだあとは、忌まわしい記憶を忘れて、生きていく……はずだった。でも、それができなかったのよ。数カ月後、学生は絶望を抱えたまま、自殺した。

いっぽう、生まれた子どものほうは――それは男の子だったんだけど、まっすぐに成長するというわけにはいかなかったの。麻薬に溺れ、非行に走り、殺人を犯すという最低の人生を送っていた。でも、ある時、麻薬の捜査に来た女性警察官のおかげで、チンピラ生活から足を洗うことができた。そして、今では警視庁でいちばん腕のいい刑事になっているんだけど……。誰のことだかわかるでしょう？　コルソ、あなたのことよ。

実はずっと以前に、私はあなたの煙草の吸殻を失敬して、あなたのDNAを採取しているの。そして、それをすぐにDNA鑑定にまわしたところ、予想どおりの結果が出たのよ。遺伝子の半分はフィリップ・ソビエスキのものだった。そう、あなたはフィリップ・ソビエスキの長男なのよ。あなたがこのお墓に入らなければならない理由は、これでわかったでしょう？　私の夢はね、あなたがこの捜査の担当になって、この話がすべて、本当の家族の事件になることだった。どうやら、それは叶ったようね。

あなたはこれまで、自分で捜査をして、自分で犯人を見つけたと思っているかもしれないけど、それは違うの。もしかしたら、私に恋をしたと思っているかもしれないけど、それも違う。そんなのはすべてあなたの思い込みよ。あなたはただ、私たち家族の悲しい事件の中で、自分の役割を演じていただけ。あなたの役割は最初から決まっていたのよ。父親を犯人として捕まえて、刑務所で死なせる役割……。その役割をあなたは完璧にこなしてくれた。その点では、あなたに深く感謝している。でも、この〈真実〉は誰にも話さないでちょうだい。これは私たち家族の物語なのだから……。そして、この物語は誰にも知られず、このお墓で完結しなければならないものだから……。

今となっては、あなたがしなければいけないことはひとつよ。私が決着をつけたように、今度はあなたが決着をつけなければならない。

コルソ、私は知っている。あなたはこれまでずっと自分の〈生まれ〉と戦いつづけてきた。あるいは、〈生まれ〉とは違うかたちで生きようと……。だから、警察官になって、結婚して、子どもをもうけた。でも、何をしても救われなかった。あたりまえね。そんな生き方は嘘っぱちで、本当のあなたは、悪党で人殺しで異常者なのだから……。あなたの血は呪われているの。あなたは腐った血から生まれてきたの。けりをつけるのは早ければ早いほどいいのよ。私たちは間違った遺伝子を持って生まれてきた。それはどうすることもできない。だから、私たちは穢れた〈時間の流れ〉を生きることしかできない。もし生きるならね。でも、そんな〈時間の流れ〉は止めてしまうしかないの。少なくとも、次につないでは、絶対にいけないのよ。

あなたは決着をつけなければならない。でも、すぐに行動しなくてもかまわない。よく考えて、決断なさい。そう、よく考えて……。ふしだらで、背徳的な、ストリッパーの妹たちのことを……。一回分の麻薬の値段の価値もないような、麻薬の売人の弟のことを…

…。父親と同じく残酷に人を殺すことのできる、もうひとりの妹のことを……。そして、この世に決して存在すべきではなかった強姦魔の父親のことを……。

　これがあなたの一族よ。これがあなたの血なのよ。あなたに「さよなら」とは言わない。「さようなら神のもとで（ア・デイユー）」とは……。その代わりに、「またね」と言うわ。「またすぐあとで（ア・ビヤント）」と……。あなたもきっと、私たちと一緒になってくれるとわかっているから……。私たちと同じ〈胸の痛み〉を、これまでずっとあなたも抱えて生きてきたはずだから……。私たちと同じ〈心の傷〉を……。不幸の極致から生まれた私たちの居場所は、ティエ墓地のこの場所にしかないのよ。私たちを必要とする人間は誰もいなかった。私たちの存在を望む人間は誰もいなかった。私たちは、この世に生まれる前からすでに死んでいたも同然だったのよ。

　いつか未来に――もしそんなチャンスがあるのなら、私たちも本当の愛の営みによって生まれ、望まれ、待たれ、愛されることがあるのかもしれない。でも、今は、できることはひとつしかない。〈死者の国〉に行くことよ。果肉に包みこまれた種のように奥まったその場所で、〈死者の国〉の静寂の中で、私はあなたを待っている。

クローディア

104

霊廟の外に出ると、墓地は人の波に覆われていた。拳銃を手にした大勢の警察官が、区画の中の敷石や、墓石のまわりの灌木の間を歩きまわっている。まるで、容疑者は死者の中にいるとでもいうようだ。だが、それはある意味そのとおりだったかもしれない。自分は今、死んだ家族に囲まれ、死んだ家族と話をして、ほとんど死んだ状態で、墓の中から出てきたのだから……。

あいかわらずサイレンの音がとどろき、空には黒い煙がたなびいている。まるで、この世の終わりのような情景だ。〈この世の終わりか。結構じゃないか〉そうつぶやきながら、コルソは傾きかけた日の光の中を歩きはじめた。足がよろよろする。とうとう自分の出自がわかった。だが、それは今の自分とは反対側に位置するものだった。自分は犯罪者の息子として、犯罪の世界から生まれてきたのだ。警察官になって以来、自分がずっと戦ってきたのは、自分の生まれた世界だったのだ。自分は善良な市民の側にいるのではない。それを守る司法の側にいるのでもない。市民の生活を脅かす犯罪者の側にいるのだ。殺人犯や強姦魔の側に……。世間に恐怖をまきちらし、世間からは排除されている側に……。

その時、制服を着た警察官がコルソを見つけ、拳銃を向けながら、「おい、止まれ」と声をかけてきた。すぐにまわりの警官たちもそれに倣った。警官たちは興奮していた。無理もない。真っ昼間に平和な通りで、ふたりの男を殺した犯人が、今ようやく見つかったのだ。そうだ。自分は殺人犯で、警察官で、犯罪者から生まれた子どもなのだ。コルソは、まるで警察に見つかって観念したチンピラがするように両手をあげた。

警官たちはコルソの手を後ろにまわすと、その身体を上から地面に押しつけた。素早くボディーチェックをして、手錠をかける。それから、顔を墓石に押しつけると、被疑者の権利を読みあげて、「これからひどい目にあわせてやるから、楽しみに待っているんだな」と言った。

コルソは微笑んだ。未来のことなどどうでもよかった。現在のことも、過去のことも……。ここ一年半、追いかけてきた事件の真実がようやく解明されたと思ったら、その真実が今の自分を内側から崩壊させたのだ。コルソはまさに〈生ける屍〉でしかなかった。

と、その時、上のほうから声が聞こえた。

「この男を放しなさい。馬鹿どもが！」

地面に押さえつけられたまま、コルソは視線をあげた。そこにはバルバラが立っていた。バルバラ・ショメット警視。パリ警視庁犯罪捜査部第一課長だ。肩書は立派になったが、いつもどおりのセンスのない服とよれよれのタイツの上に、レインコートをはおっている。

警官たちはコルソを立たせ、手錠をはずして服をはたいた。そして、

「向こうに行ってなさい」とバルバラが命令すると、そそくさと立ち去っていった。

その後ろ姿を見送ると、コルソは単刀直入に尋ねた。

「やつらの身元はわかったのか？」

「アーメッド・ザラウィ本人と、その右腕のモクタール・カスムです。ボスのために、わざわざ首領がお出ましだったんですよ」

「狙撃の下手くそなやつらだったな」

「何とでもどうぞ」そう言って、バルバラは霊廟のほうを眺めた。「ここで何をしていたのか、説明してもらえますか？」

コルソはすぐには返事をしなかった。クローディア

の言葉がまだ頭の中で渦を巻いていた。結局、クローディアは何もかもぶちこわしてしまいたかったのだ。犯罪者の娘だと知ったことで、自分を憎み、忌まわしい過去から自由になるために、みずから命を絶った。〈呪われた血〉を次につながないためと言っていたが、そんなものはただのお題目で、本当は自分が憎かったのだ。嫌いだったのだ。だから、命を絶つしかなかった。自分ではどうすることもできない、〈出生〉に対する怒り。その怒りをコントロールすることができず、その怒りにまわりを巻きこんでしまったのだ。妹や弟を殺し、無実の父親を犯罪者にして……。そうして、兄である自分には、自殺をすることまで要求した。

「クローディア・ミュレールは最終的にここに埋葬されたんだよ」コルソは言った。

「だから? だから、どうしたと言うんです?」

「この場所を見て、クローディアのために祈りたかったんだ」

バルバラはもちろん、その言葉を信じた様子はなかった。だが、何も言わずにうなずいた。クローディアが殺された事件については、バルバラも何かがおかしいと思っているのだろう。だが、結局、それが何だったのか、事の真相はどうだったのかは、知らずに終わるにちがいない。ほかの事件に忙殺されて、この事件のことはきっと忘れてしまうはずだ。

「警視庁に来て供述書を書いてもらわないと……」バルバラが言った。

「もちろんだ」コルソは微笑んだ。

「そう言えば、ボンパール部長が来てくれと言っていましたよ」

「どうして?」

今度はバルバラが微笑んだ。

「犯罪捜査部への異動申請が承認されたんですよ。今すぐにです。これからはバスティオン通りの警視庁に勤務することになります」

コルソはもう一度、微笑んだ。「バスティオン」と言えば、「要塞」のことだ。警視庁のある場所としては悪くない。そうだ。犯罪捜査部への復帰は、自分がいちばん望んでいたことだった。クローディアは、〈生まれ〉のせいで自分自身を価値のないものと考え、同じ〈生まれ〉であるコルソの価値も、ないことにしようとした。だが、そんなことはない。自分の人生には意味がある。自分はこれからも犯罪と戦っていくのだ。確かに、自分の中にはソビエスキの〈呪われた血〉が流れているかもしれない。だが、その血が次につながっていくことはない。だいいち、タデにはちっとも伝わっていないではないか。自分とエミリアという最悪の両親から生まれたのに、あれは天使のような子なのだ。そうだ。自分はタデを育てなければならない。仕事を大切にしながらも、まず何よりもタデのことを考え、自分の愛情のすべてを注ぎこんで、タデを育てるのだ。それが自分の家族の物語だ。

気がつくと、バルバラはすでに人が集まっているほうに歩きだしていた。上空にはまだ黒い雲のような煙がたなびき、その煙にパトカーや救急車の回転灯の光が当たって、青いまだら模様ができている。

コルソは足をひきずりながら、バルバラのあとをついていった。そして、すべてを自分の後ろに置いていくことにした。クローディアの呪いの言葉も、クローディアが自分の足もとにぽっかりと開けた深淵も、今しがた明かされた恐ろしい真実も……。

コルソはあの場所で待つというクローディアの言葉を胸に刻んだ。確かにクローディアは自分だ。だから、自分はいつかあの場所に行くのかもしれない。

だが、タデはちがう。自分はタデのために懸命に生きなければならない。刑事として、タデのような善良な者たちを守らなければならない。

〈死者の国〉に行くのは、もうしばらく待ってもらわなければならないだろう。

解説

ミステリ評論家
三橋　曉

昨年の夏、書店に並んだフレンチ・ミステリの一冊に、久しく音信の絶えていた旧知の友が、不意に訪ねてきたような嬉しさを覚えた。同じ懐かしさに駆られた読者も少なくなかったろう。ジャン＝クリストフ・グランジェの『通過者』という作品である。

グランジェは今から十八年前、大ヒット映画の原作者として日本に紹介された。その「クリムゾン・リバー」は、アルプス山麓の二つの町で起きたそれぞれの事件を、パリの司法警察局から派遣されたジャン・レノと、地元警察のヴァンサン・カッセルという好対照の二人が追うが、やがてそれが一つに重なり合っていくというミステリ映画だった。封切りとほぼ同時に刊行された原作は、日本の読者にも好評をもって迎えられた。

続けて出たデビュー作『コウノトリの道』と「エンパイア・オブ・ザ・ウルフ」として映画化もされた『狼の帝国』の初期作二篇は、『クリムゾン・リバー』が決してフロックでなかったことを窺わせたが、そこでなぜか翻訳紹介は滞ってしまう。未訳作品のリストは長くなっていき、『通過者』が日本のミステリ・ファンの前に届けられるまでに、実に十三年という歳月が流れてしまった。

主人公が心の中で失踪を遂げる物語、とは『通過者』を評した作者自身の言葉だそうだが、ギリシャ神話に見立てた連続殺人の意想外の顚末は、記憶の片隅に眠るこの作家への興味を目覚めさせるのに十分な衝撃があった。デビュー作から数えて九作目、作家として歩んだ十七年というキャリアが、その作品世界を飛躍的にスケールアップさせていたことに驚くほかなかった。

さて前置きが長くなった。本書は、そのジャン゠クリストフ・グランジェが昨年母国フランスで上梓したばかりの新作『死者の国』(*La Terre des morts* 2018)である。

バーレスク・ショーのダンサーをしていたニーナことソフィー・セレが殺され、ごみ処理場で見つかってから、すでに十三日が経過していた。死体は、下着を使って特殊な方法で縛られ、耳まで裂かれた口の奥には石が詰め込まれていた。成果があがらなかった初動捜査を引き継いだのは、パリ警視庁犯罪捜査部のステファン・コルソ警視だ。部下の四人にニーナの人間関係を徹底して洗うよう命じる一方、自らも被害者が出演していたストリップ劇場《ル・スコンク》のオーナーを皮切りに関係者を訪ね歩いていく。

SMの専門家から縛めの結び目が意味するものを教わり、仲の良かったポルノ男優からは、被害者がいかがわしいオンラインゲームに出演していたとの情報がもたらされる。チームのナンバー2である女性刑事バルバラのお手柄もあり、捜査は新たな局面を迎えるが、さらに彼女は被害者の裂傷がゴヤ晩年の絵画に似ていると指摘する。向かった先のマドリードの美術館で、コルソはニーナの恋人と目される白いスーツとボルサリーノ帽の人物を目撃するが、その頃パリの郊外では、被害者の同僚が死体となって見つかっていた。

この『死者の国』は全体が三部からなるが、かいつまんで紹介したのは、その第一部の途中までに過ぎない。二段組のポケミスで七六〇ページを越えるボリュームに臆する向きもあろうが、心配は無用と言っておく。読者は冒頭の第一章を開き、主人公とともにパリの夜にぽっかりと口をあける《ル・スコンク》の舞台に続く黒い階段を降りていくだけでいい。そこには、底なしにも思える奈落を超高速で走り抜けるジェットコースターが、待ち受けている。

連続殺人もののミッシングリンクやフーダニットをはじめとして、サイコサスペンスのシリアルキラー像やその犯行動機、さらには警察小説やリーガル・スリラーの要素までをも包含するアマルガム状の物語は、時間を過去に遡ったかと思うと、国境を越えてボーダーレスな展開もみせる。フランスには、中世から伝わる綴織（タピスリー）の伝統があるが、本作の絢爛たる絵柄は、絵画以上に高度な技術が必要とされ、芸術性も高いといわれる至高の工芸品を連想させる。

物語を織り成していくのは、ストーリーを描く横糸と、下地になる縦糸だが、ダンサーが相次ぎ犠牲となっていく連続殺人の意匠を横糸が浮かび上がらせていく一方で、縦糸は探偵役ステファン・コルソ警視の人となりやその来し方を詳らかにしていく。

惑わずの歳を目前に控えた彼は、パリ警視庁犯罪捜査部第一課の長として、四人の部下を率いて捜査にあたる。チームの副官格でバービーの愛称もある女性刑事のバルバラ・ショメットとのやりとりは、男女こそ逆だが、『通過者』の気性の激しい女性警部とハンサムな警部補の関係を思い出させたりもする。

常に苛立ち、独断専行の多いコルソは、警察官として決して褒められる人物ではない。司直の手を逃れようとする容疑者には厳しく、時に一線を越え職務違反まがいのこともやってのける。そんな上司の暴走を、バルバラは天性のひらめきと的を得た指摘で軌道修正する役割を果たしていく。

警察組織の内にはもう一人、彼を支える女性がいる。犯罪捜査部の部長カトリーヌ・ボンパールだ。薬漬けになり、社会の底辺でのたれ死に寸前だった少年時代のコルソを窮地から救い出し、警察官への道を開いたのは彼女だった。現在は直属の上司であり、数少ない理解者の一人でもある。

決してプレイボーイではないし、一見女好きにも見えないが、その実コルソは女性との縁が深い。部下のバルバラについ見惚れたり、その昔上司とは男女の仲だったこともある。仕事で煮詰まった時には、避難所としてミス・ベレーという都合のいい恋人もいて、さらには裁判の敵方、弁護士のクローディア・ミュレールにまでただならぬ思いを抱いてしまうのだ。

生い立ちをたどれば、北にアルプスをのぞむ伊仏の国境に近いニースで生まれ、それがコルソというイタリア風の苗字を貰った理由でもある。親を知らぬまま育ったことで、家族というものに対する屈折した感情とともに成長するが、離れて暮らす幼い息子タデへの一途な愛情や、その養育をめぐる妻エミリアとの捻れた関係にも、それが表れている。

さらには、匿名出産（生まれた子どもを養子に出す前提で、自分の名を伏せたまま出産できるフランスの制度）で生を受けたニーナや、両親に見放されたミス・ヴェルヴェットら連続殺人の被害者たちに対しても、社会から突き放された者同士という点で、どこか共鳴しあう部分がある。読み進めるうちにコルソ自身の物語だと思う読者もあるだろうが、それはあながち的外れともいえない。


さて、著者の作品が〈ハヤカワ・ミステリ〉に収められるのは初めてなので、略歴を記しておこう。ジャン＝クリストフ・グランジェ（Jean-Christophe Grangé）は一九六一年七月、パリ近郊のブローニュ＝ビヤンクールで生まれた。ソルボンヌ大学に学び、コピーライター業を経て、二十八歳の時に出会った写真家ピエール・ペランとのコンビで、パリ・マッチ、サンデー・タイムズ、ナショナルジオグラフィックといった各国の有名誌に寄稿、ジャーナリストとして活躍する。

その傍らで最初の小説『コウノトリの道』（一九九四年）を刊行に漕ぎ着けるが、作家としての地歩を固めたのは、ベストセラーとなった次作の『クリムゾン・リバー』（一九九八年）だった。二年後に映画化が実現すると、人気は一気に仏本国から欧州諸国へも広がり、現在グランジェの小説は三十以上の言語に翻訳されているという。

ミレニアムを挟んで作家活動を軌道に乗せたグランジェは、二十世紀に活躍したノワールや心理スリラーをはじめとする多種多様なフランス作家たちと、近年注目を集めるピエール・ルメートルら新世代を繋ぐ存在でもあった。紹介の不幸もあり、日本の読者には長らくミッシングリンクであったが、昨年来『通過者』、『クリムゾン・リバー』の新版、本作と、グランジェの作品をめぐる状況が変わりつつあることは心から歓迎したい。

文字通りの出世作『クリムゾン・リバー』の映画化では、監督のマチュー・カソヴィッツと組んで原作から脚本へのアダプテーションを担当したことからも、映像メディアへ参画する姿勢は当初から積極的だったことが判る。自作の映像化でも映画「エンパイア・オブ・ザ・ウルフ」の他、TVのミニシリーズになった「コウノトリの道」と「通過者」（全六話・日本未放映）、主人公のピエール警視を「すべて彼女のために」のオリヴィエ・マルシャルが演じたスピンオフ作品の「クリムゾン・リバー」（全八話・日本未放映）にも脚本家として関わっている。

また、原作提供以外で注目すべきは、プロデュースにも名を連ねた映画「スウィッチ」（二〇一一年）だろう。モントリオールで暮らすヒロインが、ネットの自宅交換サービスを利用してパリを訪れるが、ショートステイを楽しもうとした矢先、身に覚えのない殺人容疑で逮捕されてしまう。オリジナルの脚本は監督のフレデリック・シェンデルフェールとの共同名義だが、シチュエーションの面白さはグランジェの小説に通底するものがある。

話を本作に戻すと、地獄めぐりにも似たコルソの執念の捜査は、やがて紆余曲折の果てに悪夢のような真相へとたどり着く。そこで容赦なく暴き出されていくのは、非合理的ともいうべき犯行動機である。作者はそれを悪魔的（デモーニッシュ）としかいいようのない論理（ロジック）で、犯人の心に巣食った暗い景色として描き出してみせるが、これはゴシック・ロマンスがもっとも得意とした領域でもあった。

　フランスのスティーヴン・キングの異名もある作者だが、ゴシック・ロマンスという古い酒を、モダンホラーという新しい革袋に入れてみせたのがスティーヴン・キングだったとすれば、ジャン＝クリストフ・グランジェが古酒のために用意したのは、現代ミステリという新しい入れ物だったのではないか。『クリムゾン・リバー』にも発露はあったが、心の暗黒を覗くことこそが現代のゴシックだと考えた作者は、そこへの旅という形で自らの小説のスタイルを作り上げていったのかもしれない。

　そのひとつの成果が、先の『通過者』であり、この『死者の国』だとすれば、次にグランジェという作家がどういう心の風景（ビジョン）を見せてくれるのか。心の騒（ざわ）めきを抑えつつ、それが届けられる時を楽しみに待ちたい。

HAYAKAWA POCKET MYSTERY BOOKS No. 1944

高野　優
たかの　ゆう

1954年生，早稲田大学政治経済学部卒，
フランス文学翻訳家
訳書
『機械探偵クリク・ロボット』カミ
『三銃士の息子』カミ
『黄色い部屋の秘密〔新訳版〕』ガストン・ルルー（監訳）
（以上早川書房刊）他多数

伊禮規与美
いれいきよみ

東京外国語大学外国語学部イタリア語学科卒，
フランス語翻訳家
訳書
『そろそろ、人工知能の真実を話そう』
ジャン＝ガブリエル・ガナシア（共訳）
（早川書房刊）他

この本の型は，縦18.4センチ，横10.6センチのポケット・ブック判です．

〔死者の国（ししゃのくに）〕

2019年6月10日印刷　　2019年6月15日発行

著者	ジャン＝クリストフ・グランジェ
監訳者	高野　優
訳者	伊禮規与美
発行者	早川　浩
印刷所	星野精版印刷株式会社
表紙印刷	株式会社文化カラー印刷
製本所	株式会社川島製本所

発行所 株式会社 **早川書房**
東京都千代田区神田多町2－2
電話　03-3252-3111（大代表）
振替　00160-3-47799
http://www.hayakawa-online.co.jp

（乱丁・落丁本は小社制作部宛お送り下さい
送料小社負担にてお取りかえいたします）

ISBN978-4-15-001944-0 C0297
Printed and bound in Japan

ハヤカワ・ミステリ〈話題作〉

1938
ブルーバード、ブルーバード
アッティカ・ロック
高山真由美訳

〈エドガー賞最優秀長篇賞ほか三冠受賞〉テキサスで起きた二件の殺人に黒人のレンジャーが挑む。現代アメリカの暗部をえぐる傑作

1939
拳銃使いの娘
ジョーダン・ハーパー
鈴木 恵訳

〈エドガー賞最優秀新人賞受賞〉11歳の少女はギャング組織に追われる父親とともに旅に出る。人気TVクリエイターのデビュー小説

1940
種の起源
チョン・ユジョン
カン・バンファ訳

家の中で母の死体を見つけた主人公。昨夜の記憶なし。殺したのは自分なのか。「韓国のスティーヴン・キング」によるベストセラー

1941
私のイサベル
エリーサベト・ノウレベック
奥村章子訳

二人の母と、ひとりの娘。二十年の時を越えて三人が出会うとき、恐るべき真実が明らかになる……スウェーデン発・毒親サスペンス

1942
ディオゲネス変奏曲
陳 浩基
稲村文吾訳

〈著者デビュー10周年作品〉華文ミステリの第一人者・陳浩基による自選短篇集。ミステリからSFまで、様々な味わいの17篇を収録